WALDO WILLIAMS

Cerddi 1922–1970

WALDO WILLIAMS
Cerddi 1922–1970

Golygyddion:
Alan Llwyd a Robert Rhys

Gomer

Argraffiad cyntaf – 2014

ISBN 978 1 84851 815 5

© y cerddi: Eluned Richards a Gwasg Gomer

© y golygiad hwn, y rhagymadrodd a'r nodiadau:
Alan Llwyd a Robert Rhys

Cyhoeddwyd gyda chymorth ariannol
Cyngor Llyfrau Cymru

Cyhoeddwyd gan Wasg Gomer,
Llandysul, Ceredigion SA44 4JL
www.gomer.co.uk

Cynnwys

Dail Pren 1956

Cerddi a Luniwyd neu a Gyhoeddwyd ar ôl *Dail Pren* 1957–1970

Englynion Achlysurol

Rhagair

Y mae arnom, fel cyd-olygyddion y casgliad hwn o gerddi o waith Waldo Williams, ddyled i lawer iawn o bobl. Dechreuwn gyda theulu Waldo.

Yn anad neb, dymunwn ddiolch i David Williams, Rhuthun, sef nai Waldo, mab Roger, ei frawd. Cawsom doreth o ddeunydd gwerthfawr ar fenthyg ganddo – lluniau, llythyrau rhwng gwahanol aelodau o'r teulu, a llyfrau a phamfflcdi a berthynai i Waldo. Cafodd y ddau ohonom groeso cynnes iawn ganddo pan aethom i'w weld yn ei gartref yn Rhuthun ddiwedd mis Chwefror 2014. Ym meddiant Dilys Williams, chwaer Waldo, yr oedd y deunydd hwn yn wreiddiol. Llawer o ddiolch i David Williams am ei hynawsedd, ei gymorth hael a'i gydweithrediad parod. Cyfeirir at bopeth a gafwyd gan Mr Williams yn y Nodiadau fel 'Casgliad David Williams'. Mae ein dyled yn fawr hefyd i Mrs Eluned Richards, Waun-fawr, Aberystwyth, sef merch Mary, un arall o chwiorydd Waldo, am sawl cymwynas. Ganddi hi y mae'r hawlfraint ar waith Waldo.

Dymunwn ddiolch hefyd i Alun Ifans, cyd-ysgrifennydd Cymdeithas Waldo. Anfonodd nifer o bethau diddorol a defnyddiol atom, a rhoddodd inni fanylion cyswllt nifer o bobl a oedd un ai'n perthyn i Waldo neu wedi bod yn gyfaill neu'n ddisgybl iddo.

Hoffem ddiolch i staff y Llyfrgell Genedlaethol am bob cymorth a chymwynas a gawsom ganddynt. Diolch hefyd i Angela Miles, Pen-y-bont ar Ogwr, am roi caniatâd i'r Llyfrgell Genedlaethol i lungopïo fersiwn 1935 o awdl Waldo, 'Tŷ Ddewi', ar ein rhan, fel y gallem astudio'r awdl drosom ein hunain, a'i chymharu â fersiwn arall a oedd yn llaw Waldo ei hun.

Pan ofynnodd Mrs Gwawr Davies, merch W. R. Evans, un o gyfeillion pennaf Waldo, i Mr Eurig Davies, Pontardawe, roi trefn ar bapurau ei thad, daethant o hyd i'r englynion hynny y rhoddodd Waldo y teitl 'Dinistr yr Offerynnau' iddynt. Dymunwn ddiolch i'r ddau am ganiatáu inni gael copi o'r englynion.

Cawsom gyfle i elwa ar arbenigedd a chyngor golygyddol ein cyd-weithiwr Dr Cynfael Lake, a diolchwn iddo am ei awgrymiadau. Ein cyfrifoldeb ni yw pob penderfyniad terfynol a wnaed.

Ac yn olaf, llawer iawn o ddiolch i Elinor Wyn Reynolds, Gwasg Gomer, am ei brwdfrydedd, ei hynawsedd a'i harweiniad. O'r cychwyn cyntaf roedd yn frwd o blaid y syniad o gasglu holl gerddi Waldo ynghyd a'u cyhoeddi mewn un llyfr. Diolch hefyd i Wasg Gomer am roi diwyg mor hardd i'r gyfrol.

Alan Llwyd
Robert Rhys

Rhagymadrodd

Dyma'r ymgais gyntaf i gyhoeddi holl gerddi hysbys Waldo Williams (1904–1971) mewn un gyfrol. Rhyfyg ar ein rhan, fodd bynnag, fyddai galw hwn yn 'gasgliad cyflawn'. Wrth i ni baratoi'r gyfrol deuai cerddi i'r golwg, rhai yr oeddem yn chwilio amdanynt, yn ogystal ag eraill na wyddem am eu bod cyn dod ar eu traws. O ystyried hanes cywain cerddi Waldo Williams mae'n anochel, bron, fod eitemau eraill eto mewn casgliad personol neu mewn colofn bapur ddiarffordd yng Nghymru neu Loegr. Serch hynny, ceisiwyd llunio golygiad mor gyflawn â phosibl.

Cyhoeddasai Waldo Williams gyfrol o gerddi plant ar y cyd â'i gyfaill E. Llwyd Williams ym 1936, ond *Dail Pren* (1956) oedd yr unig gyfrol o farddoniaeth i oedolion a gyhoeddodd yn ystod ei oes. Roedd wedi croesi'r hanner cant oed a buasai hir ddisgwyl am y gyfrol honno gan ei edmygwyr. Mynegwyd eu teimladau mewn adolygiad craff gan Alun Llywelyn-Williams yn *Lleufer*, rhifyn Gwanwyn 1957:

> Ac er mai'n achlysurol y gwelwyd ei waith mewn print, neu efallai oherwydd hynny, rhaid cyfaddef ei fod wedi ymwisgo â rhyw ddirgelwch pellennig, ac felly ag awdurdod hefyd … Yn awr, trwy berswâd cyfeillion, dyma gyhoeddi cyfrol o'i ganeuon a chawn gyfle o'r diwedd i ryfeddu at faint ac amrywiaeth y cynhaeaf, ac i ofidio peth am y cam a wnaed â ni o gadw'r profiad cyfoethog hwn oddi wrthym cyhyd.

Am resymau digon anrhydeddus, aethai rhai edmygwyr ati i geisio gwneud gwaith y bardd ar ei ran, dan yr argraff, mae'n debyg, nad oedd yn ddigon disgybledig i wneud hynny ei hun. Cynhyrchwyd copi teipiedig o 51 o'i gerddi gan J. E. Caerwyn Williams, a cheisiodd J. Gwyn Griffiths yntau wthio'r maen i'r wal trwy fwriadu cyhoeddi casgliad, 'Y Tŵr a'r Graig', ar gyfer Eisteddfod Aberdâr ym 1956. Dyfynnir ymateb dadlennol y bardd i'r bwriad hwnnw yn erthygl J. Gwyn Griffiths, 'Waldo Williams: Bardd yr Heddychiaeth Heriol' (*Cyfres y Meistri 2: Waldo Williams*, tt. 190–201). Roedd ganddo resymau digon dilys dros oedi, meddai: argyhoeddiad moesol ynghylch oferedd geiriau heb weithredoedd, yn un peth, ac yn ail argyhoeddiad artistig ynghylch rheidrwydd gorffen ambell gerdd ar gyfer y gyfrol. Ni fyddai neb yn amau na wireddwyd darogan adolygydd *Lleufer* yn llwyr: 'Nid gormod menter yw dweud y bydd *Dail Pren* yn siŵr o brofi'n un o lyfrau barddoniaeth pwysicaf, ac anwylaf, y ganrif.'

Byddai rhai'n dadlau dros beidio ag ailgyhoeddi cerddi a luniwyd cyn 1956 na welodd eu hawdur yn dda eu cynnwys yn *Dail Pren*. Byddent yn cydymdeimlo â'r safbwynt a fynegir yng ngeiriau W. B. Yeats:

Accursed who brings to light of day
The writings I have cast away!
But blessed he that stirs them not
And lets the kind worm take the lot!

Detholiad oedd *Dail Pren* mewn gwirionedd, ond anodd ei ystyried yn ddetholiad canonaidd, awdurdodol o eiddo'r bardd na ddylid ei ddisodli nac ychwanegu ato. Cynhwysai gerddi cymharol wan, a hepgorwyd cerddi grymus, 'Rebeca (1839)' a 'Cleddau' yn eu plith, a hynny o bosib am y rheswm syml nad oedd gan y bardd gopïau ohonynt wrth law. Ar ben hynny caed gwallau cysodi a golygu mewn mwy nag un argraffiad o'r gyfrol. Ar ôl *Dail Pren* cyhoeddwyd cerddi newydd gan y bardd yn y gyfrol *Beirdd Penfro* (1961) a chafwyd cerddi newydd yn achlysurol iawn yn y wasg Gymraeg hyd at 1970. Os *Dail Pren* oedd y canon, y casgliad swyddogol, dechreuodd y gwaith o'i helaethu yn fuan ar ôl marw'r bardd ym 1971, gydag ysgrif B. G. Owens, 'Casglu Gweithiau Waldo Williams' (*Y Traethodydd*, Hydref 1973, gw. *Cyfres y Meistri 2: Waldo Williams*, tt. 202–29) yn agor y maes. Cynhyrchodd yr un gŵr lyfryddiaeth gyflawn ar y pryd o weithiau'r awdur, sef 'Gweithiau Waldo Williams', *Waldo*, gol. James Nicholas (Llandysul, 1977), tt. 227–52. Nodwn y cerrig milltir pwysicaf yn dilyn hynny. Cafwyd dau gyhoeddiad arwyddocaol ym 1992. Mewn atodiad i *Chwilio am Nodau'r Gân* cynhwysais gerddi cynnar y bardd, yn seiliedig yn bennaf ar lawysgrif LlGC 20867, copi-bwc yn llaw Waldo Williams a gadwyd ar ffarm Hoplas, Rhoscrowther, Sir Benfro, cartref Willie Jenkins, cyfaill i'r bardd a fu'n ymgeisydd seneddol i'r Blaid Lafur. (Mae'r golygiad manwl o'r llawysgrif a geir yn y gyfrol hon yn disodli'r atodiad hwnnw.) Yn yr un flwyddyn cyhoeddodd Gwasg Gregynog ddetholiad J. E. Caerwyn Williams o gerddi'r bardd; hepgorwyd rhai o gerddi *Dail Pren* a chynnwys cerddi eraill. Polisi tebyg o gynnwys rhai cerddi cynnar nas cynhwyswyd yn *Dail Pren* a gafwyd gan Tegwyn Jones yn ei ddetholiad cryno *Un Funud Fach* yng nghyfres Pigion 2000. Cyhoeddwyd *Dail Pren* mewn diwyg newydd fel rhan o gyfres Clasuron Gomer, gyda rhagymadrodd gan Mererid Hopwood, gan Gomer yn 2010.

O beidio â'i galw'n 'gasgliad cyflawn', beth i alw'r gyfrol? Penderfynwyd nodi'r blynyddoedd y cyhoeddodd y bardd ei gerddi cyntaf ac olaf yn ystod ei oes, sef 1922 a 1970. (Ond gwyddys iddo ysgrifennu cerddi cyn 1922.) O fewn y terfynau hynny byddai'n amhosibl gosod pob cerdd yn nhrefn ei chyfansoddi, ond amcanwyd yn fras at drefn amseryddol a phenderfynwyd ar adrannau a oedd yn ymddangos i ni yn rhai ystyrlon a defnyddiol.

[1] Mae 'Cerddi Cynnar' yn seiliedig yn bennaf ar lawysgrif LlGC 20867B. Golygwyd ac atgynhyrchwyd y casgliad hwn yn ei grynswth.

[2] Cafwyd hyd i gerddi mewn llawysgrif ymhlith papurau Waldo yng nghasgliad y teulu, a alwyd gennym yn Gasgliad David Williams, nai i Waldo sydd yn gofalu am y casgliad. Daw'r cerddi hyn, mae'n bur sicr, o gyfnodau gwahanol yn ei yrfa, rhai o'r cyfnod cynnar, dwy o leiaf o gyfnod aeddfetach.

[3] Ceir yn drydydd y cerddi a gyhoeddodd y bardd yn y cylchgrawn deniadol a phoblogaidd *Y Ford Gron* rhwng 1930 a 1935 ynghyd â cherddi anghyhoeddedig o'r cyfnod a gaed mewn llythyrau personol yn bennaf.

[4] Cynhwysir fersiwn gyntaf awdl 'Tŷ Ddewi' yn ei chrynswth, heb ei golygu, fel y'i cafwyd yn y copi yn llaw Waldo a geir yng Nghasgliad David Williams.

[5] Neilltuir adran i'r cerddi a luniwyd ar gyfer ei gyfrol ar y cyd â'i gyfaill E. Llwyd Williams, *Cerddi'r Plant*, gan gynnwys tair cerdd nas cyhoeddwyd yn y gyfrol.

[6] Mae 'Cerddi Heb fod mewn Casgliadau 1936–1956' yn cynnwys cerddi a gaed mewn llawysgrif, mewn llythyrau

ac yn y wasg. Roedd rhai o'r cerddi hyn yn y detholiadau preifat a luniwyd gan unigolion cyn cyhoeddi *Dail Pren*.

[7] Er bod ambell gerdd yn ymddangos mewn adran flaenorol hefyd, ac er mai helaethu canon Waldo yw un o ganlyniadau'r golygiad hwn, cydnabyddwn arwyddocâd *Dail Pren* yn hanes barddoniaeth Cymru trwy gynnwys golygiad o'r gyfrol yn gyfan.

[8] *Dail Pren* oedd uchafbwynt gyrfa'r bardd, ond nid ei diwedd. Neilltuir adran ar gyfer y cerddi a luniodd rhwng 1957 a 1970.

[9] Arferai Waldo lunio englynion achlysurol. Mae'r rhai sydd ar gof a chadw (diolch i Bobi Jones ac eraill) yn cael adran iddynt eu hunain.

[10] O ystyried ei gefndir ieithyddol a'i ddiddordebau deallusol, cymharol ychydig o gerddi Saesneg a luniodd Waldo. Ac eithrio'r englynion Saesneg a gynhwyswyd yn [9] fe'u ceir yn eu hadran eu hunain.

[11] Gan ein bod yn sicr fod rhai cerddi a gyhoeddwyd yn ddienw yn eiddo i'r bardd, penderfynwyd cynnwys adran 'Awduriaeth Bosibl', ac yn y Nodiadau gwelir ein dadleuon o blaid ystyried y rhain yn eiddo'r bardd.

Mae'r casgliad yn un hynod. Rhowch ef wrth ochr gwaith beirdd cydnabyddedig fawr yr ugeinfed ganrif, ac mae'r hynodrwydd – a'r odrwydd – yn drawiadol. Nid gyrfa farddol drefnus, gymesur mohoni. Ceir cyfnodau gweddol dawel ac yna hyrddiau o ganu mewn ambell flwyddyn, 1931, 1939 a 1946 er enghraifft. Mae'r pellter yn fawr rhwng yr awen ysgafn, awen ddwli weithiau, a'r cerddi heriol, aruchel sy'n rhoi prawf dwys ar ein gallu ni fel darllenwyr i'w dilyn a'u dirnad. (Gwir bod

cyhoeddi deunydd cynnar, *juvenilia*, yn ystumio rhywfaint ar
y darlun, ond mae'r cyferbyniad yn un dilys.) Fe'i hystyrir yn
bersonoliaeth ac yn fardd 'gwreiddiol', ond nid ar chwarae bach
y diosgwyd arddulliau confensiynol. Ceir yn ei waith adleisiau
cyson o waith beirdd eraill, ac nid dwyn cyhuddiad yn ei erbyn
yw dweud hynny, ond cyfeirio at elfen gymhleth, gyfoethog yn ei
ganu y dechreuodd beirniaid bellach ei chloriannu'n ofalus.

Mae'r yrfa farddol gyfnewidiol yn adlewyrchu'r bywyd. Yn
Hwlffordd y ganwyd Waldo Williams ym 1904, ac yn yr un
dref yn Sir Benfro y bu farw ym 1971. Yn y sir hon y bu'n byw
am y rhan fwyaf o'i oes, ond gyda dau gyfnod o alltudiaeth
arwyddocaol. Roedd y cyntaf yn un hapus ddigon, gellid tybio,
yng Ngholeg Prifysgol Cymru, Aberystwyth, rhwng 1922 a
1927. Nid felly'r ail. Gadawodd ei sir enedigol ym 1942 gyda'r
wraig a briodasai ychydig fisoedd ynghynt, dan gamargraff
ei fod ar fin cael ei ddiswyddo fel athro oherwydd ei safiad fel
gwrthwynebydd cydwybodol. Aeth i Lŷn; bu ei wraig farw
yno. Aeth i Loegr, i Kimbolton ac yna i Preston, ger Lyneham.
Alltudiaeth drawmatig, boenus-hiraethus oedd hon i raddau
helaeth.

Fel athro ysgol ac athro dosbarthiadau allanol yr enillodd
ei fara menyn ar ôl gorffen ei addysg, ond ni ellid cael dim llai
tebyg i yrfa broffesiynol gynlluniedig. Symud o un ysgol gynradd
yn Sir Benfro i'r llall a wnaeth o ail hanner y 1920au ymlaen,
yn athro llanw parhaol. Dysgu wedyn mewn ysgolion yn Llŷn a
Lloegr, cyn ei gael ei hun yn ôl eilwaith yn athro yn ei sir enedigol.
Cyfrannwyd at yr ansefydlogrwydd gan ddwy elfen: cyflwr ei
iechyd meddyliol a nerfol, ynghyd â'i benderfyniad i wrthdystio,
a hynny hyd at achosion llys a chyfnod mewn carchar, yn erbyn
y grymoedd hynny a oedd yn bygwth y gwerthoedd a'r gymuned

a garai. Manylir yn y Nodiadau ar ddigwyddiadau arwyddocaol i'n dealltwriaeth o gerddi unigol, a chewch ddarlun llawn o'r materion hyn yng nghofiant Alan Llwyd, *Waldo* (y Lolfa, Talybont, 2014).

O ganol yr ymbalfalu am lais ac arddull briodol iddo'i hun fel bardd, ac o bair bywyd profedigaethus ar lawer ystyr y cododd y corff cyfoethog o gerddi a welir yma. Os anghyson ac ansefydlog ar ryw wedd, hawdd deall hynny; ond ar wedd arall, cysondeb unplyg y weledigaeth a'r syniadaeth sy'n dal ein sylw. Bardd a chanddo genhadaeth i'w rhannu yw Waldo Williams. Derbyniodd ei phrif egwyddorion gan ei rieni ar yr aelwyd; yn fachgen ifanc cafodd brofiad yn y bwlch rhwng dau gae yn ystod y Rhyfel Mawr a ddyfnhaodd yr egwyddorion hynny, a'u gwneud yn rhan ohono. Gweithiodd allan eu harwyddocâd cyfoes mewn cyfnod tymhestlog yn hanes Ewrop a'r byd, a'u cymhwyso hefyd at ddatblygiadau lleol, at amlhau sefydliadau milwrol ar ddaear Sir Benfro. Trwy rym ei ddychymyg awenyddol rhoes i'r egwyddorion hynny – brawdoliaeth, heddychiaeth, annibyniaeth barn – egni cyffrous sy'n eu codi ymhell uwchlaw tir y slogan ystrydebol, a hynny mewn modd sy'n golygu nad yw cydymdeimlad llwyr â daliadau'r bardd yn amod anhepgor ar gyfer gwerthfawrogiad dwfn o'i ganu.

O ran polisi golygyddol, cywirwyd orgraff a diwygiwyd atalnodi lle teimlem fod hynny'n briodol. Yn yr achosion hynny lle roedd tystiolaeth fod ffurf gyhoeddedig yn llai cywir na'r hyn a gaed yn llaw'r bardd, dilynwyd y bardd. Esbonnir penderfyniadau unigol yn y Nodiadau i'r cerddi. Mae'r Nodiadau hefyd yn ceisio esbonio cyfeiriadau a all beri trafferth i'r darllenydd. Er na chynhwysir llyfryddiaeth gyflawn o'r gweithiau niferus sy'n ymwneud â cherddi Waldo Williams, cyfeirir yn y Nodiadau at ddetholiad o ymdriniaethau â cherddi unigol. Mae'n werth crybwyll rhai o'r cerrig milltir amlycaf yn yr ymateb beirniadol i'w waith, gan gyfyngu ein sylw i'r hyn a gafwyd er marw'r bardd ym 1971. Cafwyd rhifynnau coffa o'r *Traethodydd* a'r *Genhinen* ym 1971; cynhwyswyd llawer o'r deunydd hwnnw, yn ogystal ag erthyglau a ymddangosodd yn ystod oes y bardd, yn y gyfrol a olygwyd gennyf, *Cyfres y Meistri 2: Waldo Williams* (Abertawe 1981). Trafodwyd pob un o gerddi *Dail Pren* yn gryno yng nghyfrol hylaw Dafydd Owen, *Dail Pridd y Dail Pren* (Llandybïe, 1972). Un o brif hyrwyddwyr barddoniaeth Waldo oedd ei gyfaill a'i gymrodor James Nicholas. Lluniodd gyfrol Saesneg ar waith y bardd, *Waldo Williams* yn y gyfres Writers of Wales ym 1975, a golygodd gyfrol deyrnged o gyfraniadau amrywiol, *Waldo* (Llandysul 1977). Yn ddiweddarach, ef hefyd a olygodd *Bro a Bywyd Waldo Williams* (Llandybïe, 1996). Edmygedd unplyg ar sail adnabyddiaeth bersonol, cydymdeimlad â'i syniadau a gwerthfawrogiad o'i ddoniau – mae'r pethau hynny yn amlwg yng ngwaith James Nicholas, ac maent yn nodweddiadol o agweddau sawl un a fu'n trafod gwaith y bardd. Codwyd trywydd llai amlwg foliannus hefyd, a hynny nid o reidrwydd gan rai yr oedd eu hedmygedd o gyfraniad y bardd fymryn yn llai. Yn hyn o beth yr oedd cyfrol gryno, gyfoethog Ned Thomas, *Waldo* (Caernarfon, 1984) yng nghyfres Llên y Llenor yn gyfraniad o bwys. Canolbwyntiai fy ymchwil i ar y bardd ar ei yrfa gynnar, ar ddatblygiad syniadol ac arddulliadol y cerddi a luniwyd hyd at 1939. Cyhoeddwyd ffrwyth yr ymchwil yn *Chwilio am Nodau'r Gân* (Llandysul, 1992).

Ni fu pall ar yr ymateb i'w waith, a hynny oddi fewn i'r gwersyll academaidd a'r tu allan. Fel y mae ei gerddi yn cynnwys enghreifftiau o ganu delweddol anodd a chanu yn null y bardd gwlad neu'r bardd digrif, felly hefyd y mae'r ymateb iddo yn cael ei gymell gan amrywiol ystyriaethau a'i fynegi mewn gwahanol gyweiriau. Cynrychiolir cenhedlaeth newydd o feirniaid ac ysgolheigion yn anad neb gan ddau frawd, Damian Walford Davies a Jason Walford Davies. Damian Walford Davies a olygodd gasgliad sylweddol o weithiau rhyddiaith y bardd, *Waldo Williams: Rhyddiaith* (Caerdydd, 2001) a chydolygodd y ddau gyfrol o feirniadaeth newydd, *Cof ac Arwydd: Ysgrifau Newydd ar Waldo Williams* (Llandybïe, 2006). Ers hynny cyhoeddodd Jason Walford Davies gyfres o ysgrifau beirniadol cain-ddychmygus ar y bardd. Un a fu'n gyfaill i'r bardd ac a ddiogelodd rai o'i weithiau 'achlysurol' yw R. M. 'Bobi' Jones. Bu'n myfyrio'n gyson yng ngwaith Waldo dros gyfnod maith, a cheir ei gyfraniad sylweddol diweddaraf yn y gyfrol ar-lein *Waldo ac R. S.*, www.rmjones-bobijones.net/waldo.html. Gwelir penllanw ymchwil fy nghyd-olygydd yn y cofiant, *Waldo*. Un o'r criw a wnaeth yn fawr o etifeddiaeth Waldo yn ei gynefin yn Sir Benfro, a'i ddefnyddio i ysbrydoli'r genhedlaeth bresennol, yw Hefin Wyn, a chafwyd cyfraniad gwerthfawr ganddo yn y gyfrol *Ar Drywydd Waldo ar Gewn Beic* (y Lolfa, 2012).

Y cysylltiad cyntaf yn fy nghof rhwng Alan Llwyd a Waldo Williams yw gweld pentwr o lyfrau ar fwrdd mewn fflat ym Mangor Uchaf. Alan oedd wrthi yn ystod gaeaf 1971/2 yn ysgrifennu awdl ar y testun 'Preseli' i Eisteddfod Genedlaethol Hwlffordd, 1972. Yn ystod y degawd hwnnw y dechreuais i ymchwilio i waith y bardd, a daeth cyfle i gydweithio ag Alan ar ôl iddo fy nghomisiynu i olygu'r gyfrol ar Waldo yng Nghyfres y Meistri a gyhoeddwyd ym 1981. Cefais bob anogaeth hefyd i gyhoeddi ffrwyth fy ymchwil ar dudalennau *Barddas* yn ystod tymor Alan yn olygydd. Adnewyddu hen gysylltiad a wnaed felly wrth gydolygu'r gyfrol hon. Gwnaethom hynny fel cyd-weithwyr yn Academi Hywel Teifi, ar ôl i Brifysgol Abertawe benodi Alan Llwyd yn Athro Ymchwil yn Ionawr 2013. Nid anrhydedd i gydnabod gweithgarwch y gorffennol ydoedd, ond cydnabyddiaeth fod un a wnaethai eisoes gyfraniad enfawr fel bardd ac ysgolhaig wrthi o hyd yn rhoi cynlluniau ymchwil a chyhoeddi uchelgeisiol a ffrwythlon ar waith. Yn ystod y cyfnod er ei benodi gallodd ymroi i'w waith ymchwil, gan lunio'r cofiant i Waldo Williams a gyhoeddwyd gan y Lolfa. Ef hefyd a weithredodd fel prif olygydd y gyfrol hon; ef a baratôdd y drafft cyntaf o'r testun a'r Nodiadau. Fe'u nodweddid gan ei drylwyredd a'i broffesiynoldeb arferol, gan hwyluso fy ngwaith i fel cyd-olygydd yn fawr.

Os synnu at 'faint ac amrywiaeth y cynhaeaf' a wnaeth Alun Llywelyn-Williams ym 1957, hyderwn y bydd y casgliad hwn yn ennyn synnu o'r newydd at gyfoeth y cynhaeaf llawnach.

Robert Rhys

Byrfoddau

DP: *Dail Pren*, Waldo Williams, 1956

CAA: *Cof ac Arwydd: Ysgrifau Newydd ar Waldo Williams*, Golygyddion: Damian Walford Davies a Jason Walford Davies, 2006

CDWW: *Waldo: Cyfrol Deyrnged i Waldo Williams*, Golygydd: James Nicholas, 1977

CMWW: *Cyfres y Meistri 2: Waldo Williams*, Golygydd: Robert Rhys, 1981

ChANG: *Chwilio am Nodau'r Gân: Astudiaeth o Yrfa Lenyddol Waldo Williams hyd at 1939*, Robert Rhys, 1992

WWRh: *Waldo Williams: Rhyddiaith*, Golygydd: Damian Walford Davies, 2001

Cerddi Cynnar
1922–1937

1. Horeb, Mynydd Duw

Mynydd Horeb, lle bu Dyn
Gynt yn cwrdd â Duw ei hun:
O! yr undeb, gwir gymundeb,
Rhyngddynt ar y ddirgel ffin.
5   Teimlai Dyn yr Ysbryd Byw,
Clywai guro calon Duw
Mewn unigedd gyda'r Sylwedd,
Daear oedd, ai Nefoedd wiw?

Dwyfol dân y dyddiau rhain
10   Sy'n yr eithin ar y waun,
Ac yn dawel ar yr awel
Lleisiau nefol, distaw, main.
O! am enaid byw y dydd
Cyn aeth wyneb Duw yn gudd,
15   Pan siaradai gyda'n tadau
Seml eu calon, seml eu ffydd.

Crwydraist, Ddyn, o'r Horeb gwir.
Tyrd yn ôl i'r Sanctaidd Dir,
'Nôl i Deml y galon seml,
20   Yno gweli Dduw yn glir.
Rhwyga furiau cul dy gell;
Wele fro'r gorwelion pell:
Tragwyddoldeb, Anfeidroldeb,
Byd yr eangderau gwell.

2. Limrigau

Yr oedd bardd talcen slip o Gaersŵs
Yn cael ambell syniad go dlws,
    Ac ymysg eu nifer
    Mae 'Jones, dewch â slifer
5   A sialcwch e lan ar y drws.'

Ffarmwr yn byw yng Nghwm Cuch,
Nid oedd fel ymgomiwr yn wych,
    Ond sawl gwaith y clywyd
    Athroniaeth ei fywyd:
10   'Mae'n oer, ond mae'n neis cael hi'n sych.'

Roedd pregethwr yn byw yn Ffostrasol
A'i osgedd a'i ddrych yn urddasol,
    Ond bod twll mawr fel soser
    Ym mhen ôl ei drowser –
15   Yr oedd golwg y peth yn ofnasol.

Hen fachgen yn byw yn Llangeler
A glowyd o'i anfodd mewn seler,
    Ond wedi iddo fwrw
    Ar draws baril o gwrw,
20   Ebe fe: 'Ei ewyllys a wneler.'

3. [Cyflwyniad i Gasgliad o'i Gerddi]

Wyf weithiau yn wyllt ac yn wallus,
    Fe'm ganed yn ffŵl, mi wn.
  'Does dim rhaid i'r doeth a'r deallus
    Ddarllen y llyfr hwn.

4. Dangos y Siprys

Tima glip ar fy shiprish, – tima'r ca',
    Tima'r c'irch a'r barlish:
  Hitrach gormod o'r hatrish?
  Wel, falle taw e. Ond tish!

5   Bwried i'w hysguboriau, – a barned
      Y beirniaid y cnydau.
    Caneuon, nid canonau,
    Yw'r had pan fo'n dymor hau.

5. Rhydybedne

'Dwy' ddim yn cofio'r gân i'r afon
   A wnes pan own i'n un ar ddeg,
Ond O! rwy'n cofio'r ias a gefais
   A'r geiriau'n rholio yn fy ngheg.

5   'Does neb yn cofio'r gân i'r afon,
   Na, nid adroddais hi wrth un.
Byd unig, maith yw hoffter plentyn –
   Mae'n rhaid cael clod wrth fynd yn hŷn.

   'Does neb yn … wn i ydi'r afon
10   Yn cofio ambell bennill iach?
Wy' fel 'swn i'n ei chlywed yn canu
   Wrth fynd o dan y bompren fach.

6. Chware Plant

Euthum allan pwy fore i'w gweled
    Yn chwarae trwy'r hanner-dydd-bach,
Crwts a rhocesi Doleled
    Yn chwerthin a champo yn iach.

5   Yr oedd ffwtid a phêl-a-chapanau
    A chip wedi cwympo o'u bri,
A'r un peth ar ôl a'u diddanai
    Oedd cwt-cwt-wrth-fy-nghwt-i.

Mae Tomi ac Enid Awelfa
10   Yn codi eu breichiau'n fwâu,
A'r olaf o'r gwt yn y ddalfa
    Yn dewis 'pwy afal' o'r ddau.

'P'un sy ore, ci bach neu wên swci?'
    ('Wel, pwy ochor s'da Tomi Tŷ-rhos?')
15   'A'r hen Ladi Wen, 'te, neu'r Bwci
    Sy waethaf i'w gwrdd erbyn nos?'

'Ar ôl i ti dyfu' – fel hynny
    Daw pwnc ar ôl pwnc yn ddi-ball,
A'u setlo wrth gydio a thynnu,
20   Nes cario'r naill blaid ar y llall.

7. [Do, Do, Buom Ninnau yn Tynnu]

Do, do, buom ninnau yn tynnu,
    A'n ffwdan 'run ffunud mor ffôl.
Faint gwell wyf i nawr na phryd hynny,
    Dros hanner can mlynedd yn ôl?

5   Mae lliwiau y wawr wedi pylu
        A'i gwlith wedi'i ddifa o fod;
    Mae'r wybyr oedd las yn cymylu,
        Mae'n duo – mae'r storom yn dod.

    Mae'r niwl yn crynhoi ac rwy'n methu
10   Â gweld yr hen lwybyr yn glir;
    Mae'r Llaw fu'n fy nal yn fy llethu;
        Rwy'n barod i gyrraedd Pen Tir.

    Ond O! mae eu miri wrth dynnu'n
        Dwyn ias na ddaeth drosof yrhawg.
15   Tonc eto! cyn torri y llinyn,
        Llwnc eto! cyn torri y cawg.

    Mi glywaf eu lleisiau ymchwyddol
        Yn datsain fel utgorn trwy 'mryd.
    Ailunaf ym mrwydyr dragwyddol
20   Y Plant yn erbyn y Byd.

8. Myfyriwr yn Cael Gras, a Gwirionedd

Lle rhyfedd iawn yw coleg,
    Lle diflas iawn i'r sawl
Sy'n cysgu, dysgu, cysgu,
    A dysgu fel y diawl:
5   Gan hynny, wedi blino
    Ar y 'Celfyddydau Cain',
Mi es am dro trwy'r caeau,
    Ac yr oedd blodau ar y drain.

Mae lleng o ddamcaniaethau
10   Gan holl athrawon col. –
Am farddas neu feirniadaeth
    Baldorddant lond y bol.
Mae'r lle yn llawn o'u llyfrau,
    Cyfrolau tew (ond main),
15   Ond os ewch ma's i'r caeau,
    Wel, mae blodau ar y drain.

Mi fetha' i'r arholiadau –
    Rwy'n ffaelu'n deg â dweud
Pwy ydoedd hwn ac arall
20   A beth amcanent wneud.
A beth wnaf innau wedyn?
    Beth wnaf i wedyn? *Djain,*
Mae drain o dan y blodau
    Ond bod blodau ar y drain.

9. Adduned

(Cyflwynedig i awdur *Ceiriog*)

Onid yw ffasiwn yn beth mawr?
Mae pob rhyw lyfryn o'r wasg yn awr
Yn Gyfres Newydd, cyfrol un.

Rhyw fore, sgrifennaf lyfr fy hun,
5   A dyma ei deitl: *Twm o'r Nant,*
Cyfres cyn Cinio, cyfrol cant.

10. Yr Iaith a Garaf

Pan oeddwn blentyn seithmlwydd oed
    Dy lais a dorrodd ar fy nghlyw;
Fe lamaist ataf, ysgafn-droed,
    Ac wele, deuthum innau'n fyw.

5   O, ennyd fy llawenydd mawr!
    Ni buaswn hebddo er pob dim,
Cans trwy'r blynyddoedd hyd yn awr
    Ti fuost yn anwylyd im.

Dwysach wyt ti na'r hwyrddydd hir
10   A llonnach nag aderyn cerdd;
Glanach dy gorff na'r gornant glir,
    Ystwythach na'r helygen werdd.

'Does dim trwy'r byd a ddeil dy rin,
    'Does hafal it ar gread Duw,
15   A chlywaf wrth gusanu'th fin
    Benllanw afiaith popeth byw.

Dwysâ fy nghariad gyda'th glwyf,
    A dynion oer, dideimlad, sych
A ddywed im mai ynfyd wyf,
20   Mai marw a fyddi dan dy nych.

O, am dy ddwyn o'th wely claf!
    O, na chawn nerth i'm braich gan Dduw!
Ond er fy ngwanned, tyngu wnaf –
    Ni chei di farw tra bwyf byw.

11. Cysegrleoedd

I

Pen Carn Gowrw, Pen Carn Gowrw,
   Yno, llawer Sadwrn gynt,
Fry uwchben y byd a'i dwrw
   Yng nghynefin haul a gwynt,

5   Tri yn un yn nwyd plentyndod
   Yn ymrolio ar y llawr,
Yna'n sefyll yn ein syndod
   At yr eangderau mawr.

Miri bore oes a dderfydd;
10   Erys cof o'r dyddiau gwell –
Llygaid duon dyfnion Morvydd
   Yn ysgubo'r gorwel pell.

II

Mae'n rhaid clirio Parc yr Eithin!
  Bydd fy nghalon yn tristáu
15 Wrth weld diffodd lliw amheuthun
  A gweld cyfnod aur yn cau.

Mae'n rhaid clirio Parc yr Eithin!
  Ni bydd blodau, ni bydd gwawn
Na chudynnau had yn saethu'n
20 Agor dan yr haul prynhawn.

Carnau'n curo yn garlamus,
  Genau'n pori yn ddi-flin
Lle 'doedd dim ond traed Gwilamus
  Yn clindarddu'r eithin crin.

12. Am Ennyd

Y *mae*'n arferiad hynod, ond mae'n lledu fel y pla,
Fod gwraig y ffarm yn codi am whech i odro'r da.
Ma'r clocs ar lawr y glowty yn fwstwr heb ei fath,
Ac wedi pennu ma' nhw'n mynd â'r trap i hala'r lla'th –
5   Ma' hynny os bydd peth yn sbâr ar ôl boddloni'r gath.

Os bydd hi'n fore heulog, ne' os bydd hi'n bwrw glaw,
'Sdim gwahaniaeth am y tywy'; ond os ewch chi 'biti naw
I lawr i dre Clunderwen – fan lle ma'r wyau i gyd –
Fe gewch chi weld y cwbwl yn draffic lond y stryd,
10   A choeliwch fi taw dyna'r fan brysuraf yn y byd.

Ma' rhai yn lled hamddenol, ond ma'r lleill yn ddigon sionc;
Fe glywch y carne'n gweud glac-glac, a'r cannau'n gweud
    glonc-glonc.
Ond ma' Rhywun ar y drothe yn sefillian ac ymdroi;
Ma' hi'n esgus sheino'r bwlyn drws, ond ei hamcan hi,
    'sdim dou,
15   Yw gweld Rhywun Arall yn ei drap yn gyrru fel y boi.

13. Dychweliad Arthur

Pan ddaw fy Arthur i i'r lan
    O'r ogof y bu ynddi cyd,
Bydd gweiddi gyda'r werin wan
    A gorfoleddu ledled byd.

5   Yn frenin balch yr aeth i lawr
        I'w hendre rwysgfawr dan y gro,
    Ond pwy a ddwed na chyfyd nawr
        Yn weithiwr creithiog, du gan lo?

14. Dau Gryfion Gwlad

(*Parritch* yw uwd ceirch Sgotland; *Carritch* yw *Shorter Catechism* yr Eglwys Galfinaidd yno. Y mae'n ddywediad ganddynt mai'r ddau hyn a'u gwnaeth yn genedl.)

'Parritch a Charritch', hwy a gaed
Yn codi Sgotland ar ei thraed;
Ond 'Pawl a Chawl', mae'r ddau'n gytûn,
Yn cadw Cymru ar – lle mae.

15. [Beth Sy'n Bod ar Jac Caslewis?]

Beth sy'n bod ar Jac Caslewis?
  Fytith e fowr iawn o fwyd.
Mae e'n ddu o dan ei lyged,
  Mae ei foche'n eitha' llwyd.

5   Beth sy'n bod ar Jac Caslewis?
  Wedith e fowr iawn ychwaith.
Ydi e wedi colli ei gariad?
  Ydi e wedi colli ei waith?

Beth sy'n bod ar Jac Caslewis?
10   Y'ch chi i gyd am w'bod sownd?
Wel, alréit, fe ddweda' i wrthych
  Y tro nesaf ddof i rownd!

16. Llofft y Capel

(Cyflwynedig i – wel, fe wyddant pwy)

Sonic'n tade am athrawieth
Armin, Calfin, bob yn ail:
Cyfiawnhad trwy ffydd neu weithred
Oedd yn siglo'u byd i'w sail.
5   Hen ddadleuon diwinyddol
Rwyge'r enwad 'slawer dy'.
Beth am lofft y capel newy'?
Dyna'r broblem fowr 'da ni

Pwy a wed taw ni sy'n colli,
10   Pwy a wed taw nhw sy'n iawn?
Pwy a wed pwy rai fydd flaena'
Pan ddaw cifri'r oese'n llawn?
Os taw'n sŵn yr athrawiaethe
Cerdde Calfin ar ei hynt,
15   Onid 'llofft y capel newy"
Ddenodd ddawn Angelo gynt?

A phwy werth yw boddran, boddran
Ar faterion cifrin, cudd?
Bywyd llawn sy'n mynd â'r goron,
20   Teimlad byw sy'n cario'r dydd.
Hed athrawieth, ffy athrawieth,
Cyfyd fel y tarth i ffwrdd,
Ond bydd hynny 'da ni'n sicir
Os bydd gra'n ar lofft tŷ cwrdd.

17. Benywod

(neu Gorff ac Enaid)

Pe meddwn ddawn arlunydd byw
　　Fel hen Eidalwyr 'slawer dydd
Fu'n taenu gogoniannau Duw
　　Dros furiau coeth eglwysi'r Ffydd,
5　Fe baentiwn bictwr Phebi'r Ddôl
Yn magu Sioni bach mewn siôl.

Pe gallwn naddu maen â dawn
　　Gymesur â'r hen Roegiaid gwych
A roddai osgedd bywyd llawn
10　　I garreg oer, i garreg sych,
Fe gerfiwn wyneb Bet Glan-rhyd
Yn gryf, yn hagr, yn fyw i gyd.

Pe medrwn grefft dramodydd mawr
　　I dorri cymeriadau byw,
15　A rhoi i'r byd ar lwyfan awr
　　Ymdrech ddihenydd dynol-ryw,
'Sgrifennwn ddrama Martha'r Crydd
Yn lladd ellyllon ffawd â'i ffydd.

Fe lonnai Phebi'n wên i gyd
20　　Pan rown y pictwr pert o'i blaen,
Ac ymfalchïai Bet Glan-rhyd
　　Wrth weld ei phen ei hun yn faen,
A dwedai Martha: 'Ach-a-fi,
Beth yw rhyw gawl fel hyn s'da ti?'

18. Y Nefoedd

Syniad go ryfedd yw y Nefoedd
Yn ôl dychymyg y canrifoedd –
Rhyw wlad o fythol eistedd lawr
Ar ôl tramwyo'r anial mawr:
5   Gwlad nad oes newid ar ei phryd,
Lle ni bydd dim ond haf o hyd;
Lle ni bydd oerfel noeth y gaeaf
Nac aeddfed olud y cynhaeaf;
Lle byth ni syrth cysgodion nos
10   I leddfu harddwch gwaun a rhos.

Rhaid aros yno yn dragywydd
Heb weld un altrans ar y tywydd;
Heb gwrdd â chyfaill, ar dy hynt,
Yn gweud bod eira yn y gwynt,
15   Neu'n codi ei olwg ar y lloer
A chwyno bod y naws yn oer.

Lle nad oes cysgu, caru, siarad,
Na chywain gwair na dilyn arad,
Na thwmpian yn freuddwydiol iawn
20   Pan ddelo'r hwyr wrth dân o fawn,
Ond canu, canu di-ben-draw
Ar delyn aur. ('Dwy' fawr o law
Ar delyn aur; fe weda'i hyn:
'Sai'n well 'da fi ga'l whisl dùn.)

25   A chanu clodydd yr Efengyl
A byw o hyd yn engyl sengyl.
Os dyna'n Nefoedd Wen, a'n gwobor
Am fyw yn dda – wel, diawl, mae'n sobor.

19. Dyhead

Pan welwyf gant y môr dan loyw nawn,
Pan glywyf ddwndwr drycin ar y don,
Fe gyfyd tristwch megis ffynnon lawn
A deffry tristwch obaith dan y fron.
5   Tristâf wrth lafur cenedlaethau cudd
Fu'n cerfio erof gell yr enaid hwn,
Er blin gaethiwo a fu gynt yn rhydd
Mewn dwys ddyhead am y cread crwn.
Ond, wedyn, cyfyd gobaith yn ddi-oed
10   Y sangaf eto frig y moroedd mawr,
A chlywaf gant y gorwel dan fy nhroed
Pan gwblhaer caniad sêr y wawr.
A fûm, a fyddaf eto: gwyn fy myd
Pan ddelo Duw a'i gyfrin gylch ynghyd.

20. Yn Gymaint …

Plant bach yn breuddwydio trwy'r hirnos
Am borfa las a choed,
A dawnsio gyda'r Tylwyth Teg
Yn ysgafn, ysgafn-droed.

5   Plant bach yn dihuno'n y bore
Yn welw iawn eu grudd,
A chware hyd y strydoedd cul
Nes delo'r nos â'u dydd.

Offeiriaid yn eu gwenwisg
10   Yn sôn am Gyfaill Plant,
A goludogion duwiol
Â diolch ar eu mant.

21. Gwrando'r Bregeth

Trwy ffenest fach y capel
   Rwy'n gweld Ei Ras ar daen;
Rwy'n gweled Coron Cariad
   Yng ngwynder blodau'r draen,
5   A Duw yn hongian ar y pren
   Dan gangau'r onnen Sbaen.

22. Englyn yn Ateb Englyn

Gwawdiwch Blaid y pleidiau, – neu watwarwch
    Anturwyr yr oesau,
   Ond pwy ond hwy sydd yn hau
   Y blydi posibiliadau?

23. Ynys Ffri

(O Saesneg W. B. Yeats)

Mi a godaf ac a af yn awr, i Ynys Ffri yr af,
A chaban clom-a-gwiail a godaf yno'n dŷ.
Naw rhych o ffa a blannaf a chwch i'r gwenyn gaf,
A byw'n y llannerch yn sŵn eu su.

5   A chaf dangnefedd yno – defnynna'n ara' iawn
I lawr o lenni'r bore, i'r griced gana'r nos;
Glas eiliw yw'r ddofn-nos yno, lliw porffor ydyw'r nawn,
A'r hwyr llawn edyn y llinos dlos.

Mi a godaf ac a af yn awr, cans clywed rwyf o hyd
10   Y llyn yn llyfu'i lannau yn dawel nos a dydd;
Pan safwyf ar yr heol neu balmant llwyd y stryd
Fe'i clywaf yn fy nghalon gudd.

24. Cwm Berllan

'Cwm Berllan, Un Filltir' yw geiriau testun
Yr hen gennad mudan ar fin y ffordd fawr;
Ac yno mae'r feidir fach gul yn ymestyn
Rhwng cloddiau mieri i lawr ac i lawr.
5   A allwn i fentro mynd yno mewn Ostyn –
Hen feid[i]r mor droellog, mor arw yw hi?
'Cwm Berllan, Un Filltir' sy lan ar y postyn,
A beth sydd i lawr yng Nghwm Berllan, 'wn i?

Mae yno afalau na wybu'r un scidir
10   Yn llys Cantre'r Gwaelod felysed ei sudd,
A phan ddelo'r adar yn ôl o'u deheudir
Mae lliwiau Paradwys ar gangau y gwŷdd.
Mae'r mwyeilch yn canu. Ac yno fel neidir
Mae'r afon yn llithro yn fas ac yn ddofn.
15   Mae pob rhyw hyfrydwch i lawr yng Nghwm Berllan,
Mae hendre fy nghalon ar waelod y feid[i]r –
Na, gwell imi beidio mynd yno, rhag ofn.

25. Dychweledigion (neu air dros Shir Bemro)

Mae'r hen Jac Sali Parc-y-bryst
Yn caru stŵr y storom fawr.
Gwell ganddo leuad lonydd, drist
Na phisyn tair yn fwy yr awr,
5   'A gwn yn gywir ar ei ach
Genhedliad yr Iberiad bach.'

Amaethwr da yw Twm Pen-lan,
Carcus a threfnus ar ei dir,
Ond chwedl i'w hadrodd sydd gan Ann,
10   Mae'n cario cleber hanner sir.
Brython yw Twm. Mae Ann a'i chlonc,
Wrth reswm, yn Wyddeles ronc.

I'r sgweier a'r 'ffeirad, parch yn drwch –
Ond pan fo llong yn nannedd craig,
15   Rhed bechgyn Angl i lawr i'w cwch
Gan herio'r Werydd, ffyrnig ddraig.
Pryd hynny, fel ers llawer dydd,
Dewrder y Viking fu a fydd.

Daw 'menyw'r pysgod' heibio i'r drws
20   Â'i basged lydan ar ei chefn,
A thros ei min rhed geiriau tlws
Tafodiaith Langwm, lithrig, lefn:
'Our luck was in when you set sail
From old-world Flanders, Mrs Kail.'

25   Mae Morris Derwen-deg mewn ffair
      Yn cario'r fargen fel wrth reddf,
      Ac mewn Cyfeillach dwed ei air,
      Nid dros Drugaredd, ond dros Ddeddf.
      Ar dyddyn bychan mae e'n byw.
30   Pa waeth am hynny? Norman yw.

      Mae plant Shir Bemro'n crwydro'r byd.
      Rhyw ddydd daw un i hyfryd le
      Yn Asia gyfrin – 'nôl i grud
      Y ddynol-ryw. Ac ynddo fe
35   Dychwel dychwcledigion byd
      At yr hen Fam adawsant cyd.

      'Greso, bois bach, yn ôl am sbel
      O'r penrhyn pell,' fe ddywed Hi.
      'Gwedwch shwt fyd sy arnoch?' 'Wel,
40   Gwareiddiad, celfyddydau lu,
      Crefydd, gwyddoniaeth, gras a grym,
      A chawl cig moch, yn fwy na dim.'

26. Wil Canaan

Gofynnodd rhywun iddo ef un tro:
''Na'th storom neithiwr ddamej lan 'da chi?'
'Wel, na,' yn ei lais main, 'dim niwed, c'lo.
Fe dda'th llucheden miwn 'co 'biti dri;
5   Fe godais i dan bwyll i'w gollwng ma's –
A'th ma's fel wên bach swci!' Crefftwr llwm,
A'i storïau doniol, dwl, o hyd, trwy ras,
Yn olud llafar yng nghartrefi'r Cwm.
Darfu pob dim a soniai am ei fedr
10   Yn llunio clocs cymdeithas wrth y fainc;
Pydrodd y gwaddnau llwyf a'r gwaldiau lledr:
Ei Fabinogi a fydd yn wyrddlas Gainc,
Tra dywed gŵr mewn tyrfa neu mewn tŷ:
'Ys gwedo'r hen Wil Canaan 'slawer dy'.'

27. Y Bardd yn Annerch Taten Gyntaf y Tymor

Hawddamor, daten fach ddi-nam
  A welaf draw ar ford y gegin.
Rwy'n cofio claddu d'annwyl fam
  A thithau'n huno yn ei hegin.

5   Hen daten arw ydoedd hi,
  Rhychlyd ei gwedd, ond wrth ei dodi
Breuddwydiwn am dy harddwch di
  Pan ddown â chaib i'th atgyfodi.

Gan nad oes lawer yn ein sach
10   O hen gyfoedion dy rieni,
Diolchwn iti, daten fach,
  Am ddod yn ernes cnwd eleni.

O! daten, 'run wyt ti o hyd:
  Nid yw dy natur fwyn yn chwerwi
15   Er cael dy faeddu gan y byd,
  Er cael dy flingo'n fyw, a'th ferwi.

Ie, para'r un rwyt ti o hyd
  Er newid duwiau a systemau;
Dy gnawd yn faeth i bobl y byd,
20   Dy groen yn well – gan foch – na gemau.

Nid felly yr oedd erioed, mae'n wir.
  Pe bawn i'n dewis mynd i'r trwbwl
Fe allwn dynnu rhester hir
  O rai na'th welsant di o gwbwl.

25 Methusela ym more byd
  A Thubal batriarchaidd, benwyn –
 Pa fodd y buont fyw cyhyd
  Heb brofi tato-a-lla'th-enwyn?

 Yn Eden nid oedd iti rych
30 Na chwr o'r ford yn 'Swper' Plato.
 (Sgrifennodd ei athroniaeth wych
  Cyn bod un sôn am gig-a-thato.)

 Bu raid i Alecsander Fawr
  Ymdaro fel y gallai hebot:
35 Fe goncrodd holl genhedloedd llawr
  Yn llwyr ddidaten – a didebot.

 Bu Dewi fyw yn gant, ond A!
  Ni ddest erioed yn agos ato,
 Ac yng nghyfreithiau Hywel Dda
40 Ni cheir un pennawd: 'Dwgyd Tato'.

 Ond pan nad oedd gyda neb mewn gardd
  Ond hadau mân, a phys a cherrig,
 Pob bendith arnat, daten hardd,
  Fe foriaist atom o'r Amerig.

45 Ond aros ennyd, daten fach,
  Mae cwestiwn pwysig iawn yn codi
 Wrth chwilio'n fanwl mewn i'th ach
  Ynglŷn â'th chwaer – y daten ddodi.

Ai hi yw'r Pechod Gwreiddiol mawr,
50   Fod rhaid i bobl y byd fusnesa
I'w chadw mewn sachlïain nawr
     A'i rhoi mewn lludw'r flwyddyn nesa'?

Ond gwn mai taten bur wyt ti.
     Y mae dy burdeb yn awgrymu
55   Na chei di weld ei phenyd hi –
     Fe'th aned di i'th boeth-offrymu.

Wel, dos i'r ffwrn – A! dynged dost
     A ddaeth i'th ran. Ond fel mae'n bili,
'Does neb yn hido taten rost –
60   Ie, dyna ddiolch dynion iti.

28. Cywydd i Galon 'Gynnes'

('Two saw the mud, the other the stars')

Wel, fe aeth tri o Rywle
Draw, draw dros y môr i dre'
Yng Ngwlad y Stowt am owtyn,
A'u hanes yno yw hyn:
5   I ddau, ffwrn o ddiwrnod
Yn y baw, yn blino bod
Ar eu traed; ond i'r trydydd
Da, a thra da oedd y dydd.
Ie, siriol oedd fel seraff
10   A llond ei gorff (shandi-gaff).

29. Englyn Di-deitl

Halfawr yw dilyn helfa, – a tit-tit,
    Peth ffrit yw ffereta;
    Swmansir am samonsa –
    Nid yw'n deg na digon da.

30. Galw'r Iet

(Ar ffordd fowr yn Shir Bemro)

Arhosed damed bach, drafeilwr,
   A sugned 'i wala fan hyn.
Ma'r weninen yn crwydro'n ysbeilwr
   Dros flode'r camil gwyn.

5   Cered lawr trw'r feidir pentigili,
   A 'dryched trw'r bwlch yn claw';
Bydd e'n dewill os na welith e'r neto'dd
   Yn ochor Parc Draw.

Ma' rhaid i fi weud bod amser jogel
10   'Ddar buodd dyn dierth 'co,
Ond 'bydd Heni damed gwa'th o achos hinny –
   Ma' greso i bawb sy'n rhoi tro.

A ma'r perci'n 'drichid 'run mor ifanc
   Â we nhw 'slawer dy',
15   Sach bod mwy o ragwts yn tiddi 'co heddi
   Na phan we Hoffi 'da ni.

Ond ma' bowyd wedi'r cwbwl yn y ragwts a'r isgall,
   A ma' bowyd ar y cloddie'n llon.
Arhosed damed bach, drafeilwr,
20   A sugned lond 'i fron.

Trw'r dy' yn y cwêd yn y gweilod
   Ma'r adar â'u llaish dros y lle,
A 'da'r nos ma'r gwdihŵ yn treial canu
   (Ond 'sdim pŵer o glem 'dag e).

25   A ma'r Fwêl yn codi yn y pellter
           Ac yn gwilied dros y wlad yn 'i grym;
       Arhosed damed bach, drafeilwr. Drafeilwr, siwrne 'to –
                                                   Hei, drafeilwr!
           So'r trafeilwr yn silwi dim.

       Ma'r trafeilwr yn 'i gar yn ddyn o fusnes –
30   *Arian, moethe mawr, plesere pell,*
       A 'chlywith e ddim byth o'r iet yn galw,
           A 'welith e ddim byth o'r golud gwell.

       Ond yn hongian ma'r hen iet ddioglyd
           Dan gisgod yr onnen ar ben claw',
35   *A'i physt yn mynd o hyd yn fwy mwsoglyd*
           Yn yr houl, a'r gwynt, a'r glaw.

31. *Bardd-rin*

Cynfeirdd, ie, cynfeirdd y Col., – arhosant
    O'r oesau gorffennol
  Yn y wlad yn wastadol –
  Timothëus-Ap-Lewys-Ap-Lol.

32. Y Gwynt

Tyr ar ffrwst trwy'r fforestydd – a rhwyga
    Yr eigion â'i stormydd,
  Ond cwsg ar hinon lonydd
  Yn awel deg dan haul dydd.

33. Sŵn

Mae cân mashîn gwahanu – a shî-shâ
    Rhyw siawns fashîn dyrnu
  Cyn felysed, rwy'n credu,
  Â thelyn y deryn du.

34. Cwyn Cyfaill

Halfawr yw dilyn helfa, – a tit-tit,
    Peth ffrit yw ffereta;
  Swmansir am samonsa –
  Diaw, ydi e digon da?

35. Ag Arian yn Brin

Oes swllt sy fel glaswelltyn; – os afrad
    Wyf, sofren â'n sydyn;
  Y god â'n wag, ac wedyn
  Adre y dof i Dre Dyn.

36. O Ddifrif yn Cyfrif Cant

(Englyn yn siop y crydd)

Tri, a deg, a chwarter deugain, – ac un,
    Ac wyth yn y fargain;
  Wyth ragor, a thri ugain:
  100 yw'r rhif 'rôl cownto'r rhain.

37. Y Faner Goch

Blant Diwydiant, dyweder – amdanoch
    Mai dyna eich baner,
  A thani gan ladd, lladder
  Ffilosoffi *Laissez-faire.*

38. P'un?

Dineilltuedd Ymneilltuaeth; – ffurfiol,
    Ffurfiol anghydffurfiaeth –
  Wn i ai eich gwell neu'ch gwaeth
  Yw eich Bwbach, y Babaeth?

39. Sebon 'Materol'

Gelyn i bilyn bawlyd – yn dyfod,
    Yn difa, dros iechyd;
    Yn un â dwfr mewn diofryd:
    Wabl i bawb o bobl y byd.

40. Sebon 'Ysbrydol'

I bedwar ban budr y byd, – i Seion,
    Ysywaeth, hefyd,
    (Mewn pwyllgor) anhepgor o hyd –
    Wablo a scimo cyn symud.

41. Wedi Methu Dysgu Dawns

Dysgu dawns sy'n dasg go dynn – a'n camre
    Yn cymryd gwaith tipyn;
    Rwy' fel cawrfil – gawrfil gwyn –
    Neu gwrcath â glin gorcyn!

42. Cwmni Da

Ned a Marged a Morgan – a Seimon
    A Sami'r hen garan,
    A Dic hefyd ac Ifan
    A Leisa, a'r neisa' – Nan.

43. Cywydd y Motor-beic

Chwilio rheid a chael rhodio
Ar y traed. A! dyna'r tro.

Wrth ddewr anturio i'th ddeurod
Ni wyddwn beth fyddai'n bod –
5   Y dôi'r anffawd i'r Enffild
A'r ddau gâr affâr affîld,
Dan chwys anhapus yn hwpo,
A'i ado'n glyd o dan glo,
A brysio i'w throedio wrth raid
10   Heb dwymo a heb damaid
Oddi yno yn brudd iawn ein bron
Dan bwys dwys anffodusion.
Difwyn oedd menyw'r dafarn –
Rhoed Duw y fenyw dan farn!

15   A raid cael hun trwy'r ddunos
[O] dan wawd ffawd yn y ffos?
Yn salach ein noswylio
O lawer na llawer llo.
Os oer yw ffos i ŵr *fussy*
20   Yn oer buasai i ni.
Nid 'maners' da yw heb wahawdd
Huno mewn clais neu ym môn clawdd.
Felly, ys druenus dro,
Nid eistedd onid hastio,
25   Onid e, ar ennyd wan,
Wedi'r hwpo dôi'r hepian.

Dau yn y nos – dyna ni;
Dau ddygn, ond dau ddiegni,
Llesgaidd, bron methu llusgo
30   Ar y traed ar lawer tro,
A mwy, pan ddaeth y glaw mân,
Dau rep oeddym yn dripian.

Dau 'sgymun byd, di-hud eu hynt,
Ie, a'r glaw yn treiddiaw trwyddynt
35   Yn annioddefol! Bobol bach!
Dau ffŵl na cheid eu ffolach.

Yn ddiwyd aem, ddau a dau,
Ä th'wyllwch a phothellau,
A newyn trist yr un tro – yn ein hymyl,
40   A ni'n y bicyl yn cnoi tybaco.

Wedi wythawr o deithio –
Yn fy ngwir – os da fy ngho' –
I mewn â'r ddau i Mynach
Yn bwrw bai'n y bore bach
45   Ar bopeth. Olwen rhyw bipiai
Rhwng pryder a hyder. Hi âi
I ymyl y drws aml i dro
I weld a ddôi Idwaldo,
A'n gweld oedd weithian fel gwin – 'run ffunud
50   Yn codi ei hysbryd fel llyncu dau asbrin.

A hi'n holi ein helynt
A diles hanes ein hynt,

Idwal yn drist a distaw
Lywia ei draed i'r stôl draw.

55 Ar hyd ei fwng rhed ei fawd
I'w gosi; cans esgusawd
Nawr am streic ei feic a fyn
Er direidi'r deurodyn.
Bwria'r bai ar rai rhiwydd

60 A nod praw'n ei enaid prudd;
Nydda wae trwy ei straeon,
Sonia am riw a briw bron.

Ond maes o law diamwys lais – cysglyd,
Ond hyf, a gyfyd; y fi a gofiais:

65 'A mi mewn ing yn dringo
Mal y di-ras aml i dro,
Ef a'i gerbyd ynfyd ânt
'Nôl a 'mlaen fel am loniant;
Rhyw wibio mawr heibio i mi

70 Mewn diléit. Mi'n dal ati
Dan bwysau llwythau llethol
Draw, draw ar droed ar ei ôl,
Fy nghorff *i* ddylai orffwys
Mewn mad gydymdeimlad dwys.'

75 Y mae bywyd er beth ydyw
Wrth y ford yn werth ei fyw.
Wedi aflwydd, dedwyddyd;
Un hael yw Olwen o hyd,
Ac yn awr hi ddug i ni

80 Dyrrau o fwyd, dirifedi:

O fwyned, däed dianc
O hyll wae anniwall wanc.

Am dri, wel, aed i'r gwely
Ar ôl y daith faith a fu.
85   Ar y pedwar bu hudawl
Ehedydd a'i fedydd o fawl –
Diaros ddilyw dros ddolydd
O ororau dorau dydd,
Ond er ei nwyd, er ei nodau,
90   'Diawch!' oedd ein hateb ni'n dau:
'Mirain dy gân, ond, Mowredd!
Gwell yw hun, mil gwell yw hedd!'

Nid yw'n annoeth trannoeth trin,
Nid twp yw huno tipyn.
95   'Oes Bethel a Sabotha?'
Medd llefoedd y Nefoedd: 'Na'.
Bore Sul roedd hi'n bur sili
I ofyn hyn mor hyf i ni.
O, na. Yn hun yr uniawn
100   Aros a wnaed dros y nawn.

Beth bynnag, bynnag y bo, – rhaid i'r hwyl,
   Rhaid i'r helynt basio,
    Eithr y ffaith ni chwyth ar ffo:
Wedi'r cyfan, daw'r cofio.

105   O, tra gwelir tir Gwalia
Fe gaiff y daith goffa da.

44. Pe Gallwn

Pe gallwn ganu cân i werin Cymru,
I'r gweithwyr ar y meysydd, ac i'r gwŷr
Yn nadwrdd y peiriannau; yn y trymru
Sy'n trwyo ceyrydd hyll y gormes dur,
5   Ni safai rhag fy ngherdd yr un anrheithiwr;
Heriwn â cherdd bob nerth a fyddai'n lludd;
Sibrydwn eiriau erch yng nghlust y gweithiwr,
Cyfodwn ynddo rym ei dduwdod cudd.
     Mi ganwn, mi ganwn,
10   Heb dewi'r dydd na thewi'r nos mi ganwn
      Nes delai Cymru'n rhydd.

Pe gallwn ganu cerddi fy mreuddwydion
Ni welid strydoedd tlodion Cymru mwy;
Ni byddai cysgod eu trigfannau llwydion
15   Ar ruddiau plant fy ngwlad. Fe'u chwalwn hwy,
Ac ar fagwyrydd moelion y dilead
Cyfodwn deg ddinasoedd breuddwyd bardd,
A thaenwn bob hyfrydwch dros fy nghread
Nes chwarddai blodau'r genedl yn ei gardd.
20   Mi ganwn, mi ganwn,
Heb dewi'r dydd na thewi'r nos mi ganwn
      Nes delai Cymru'n hardd.

Pe gallwn ganu cân fy oriau gwynion,
Ysgubai megis nerthol wynt o'r nef
25   Trwy ddorau preswylfeydd meddyliau dynion,
A'r afiaith sydd o fawredd yn ei lef.

Dymchwelai wael barwydydd y bychander
Sy'n cau, sydd yn crebachu. Gyda'r wawr,
Agorai byrth y Dwyrain i ysblander
30   Dychymyg dynol-ryw holl oesau'r llawr.
    Mi ganwn, mi ganwn,
Heb dewi'r dydd na thewi'r nos mi ganwn
    Nes delai Cymru'n fawr.

Pe gallwn ganu cân a'i hafradlonedd
35   Yn gwasgar rhinion gyda'r pedwar gwynt,
Cyfodai deyrn a gwrêng ynghyd i fonedd
Gwerinwr addfwyn Galilea gynt;
Tynnai bob dyn yn agos at ei gilydd
I ddwyn eu beichiau fel ei faich ei hun;
40   Ni byddai mwy na dirmyg na chywilydd,
Gorchwyl na thras yn gwyro enaid dyn.
    Mi ganwn, mi ganwn,
Heb dewi'r dydd na thewi'r nos mi ganwn
    Nes delai Cymru'n un.

45. Meri Jên

(Cân i'r myfyrwyr yn Aber, ar y dôn 'Clementine')

Yn y llyfrfa, gyda'r dyrfa,
Sylwais gynta' ar ei gwên,
Ac fe'm swynwyd – fe'm gwenwynwyd –
'Môr o jam oedd Meri Jên'.

Cytgan:

5   Anodd canu 'rôl gwahanu
Â'm hanwylyd, Meri Jên.
Beth yw'r lodes a briodes
Wrthi hi a gwyrth ei gwên?

Roedd hi'n hoffi yfed coffi
10   (Wfft i waith, mor hoff dy wên!),
Ac oddeutu rŵm y ffreutur
Mawr y jôc â Meri Jên.

Yn fy hwyliau wedi'r gwyliau
Euthum lawr i gwrdd â'i thrên,
15   Ond roedd Ianto â'i phortmanto –
Y mae'r jaich ym Meri Jên.

Ond mae Ianto wedi danto,
Mae ei fyd yn llym o fên.
Erbyn heddy – paid rhyfeddu –
20   Cymar Jac yw Meri Jên.

46. Gweddi Cymro

O, Ysbryd Mawr y Dwthwn Hwn,
Reolwr bywyd cread crwn,
Arglwydd dy ddetholedig rai,
A fflangell pob meidrolach llai,
5 Plygaf yn isel ger dy fron
Â diolch lond y galon hon
Gan gofio nawdd d'adenydd llydain
Dros wychder Ymerodraeth Prydain.

O, derbyn fi yn ufudd was
10 Er mor annheilwng yw fy nhras:
Adyn o Gymro oedd fy nhad
Heb ganddo hawl i ddarn o'i wlad;
Erys fy mrodyr yn y cnawd
Hyd yma yn werinwyr tlawd
15 Heb fodd i dreulio'r bywyd salaf
Ond trwy ryfeddol ras Cyfalaf.

Ond nid wyf fi, â'm henaid gwyn,
Megis y publicanod hyn.
Diolchaf, Arglwydd, mai fy mraint
20 Yw cael fy rhestru ymysg dy saint.
Ni'm gwelir i fel dynion is
Byth, byth yn nwylo dy Bolîs.
Rwy'n cadw'r Ddeddf, rwy'n moli Mamon,
Ac nid wyf byth yn ffaglu samon.
25 Seliaf fy ffydd yn nerthoedd masnach,
Ac yn enwedig masnach Sasnach.
O, derbyn fi yn ufudd was
Er mor annheilwng yw fy nhras.

43

Diolchaf am dy weithrediadau
30   Dros Ymerodraeth Fawr fy Nhadau.
Mae dy Gyfiawnder yn ddi-ffael –
Llosgaist gartrefi'r werin wael
Yn Ballyshanty a Tralee;
Lleddaist Connolly drosom ni.
35   Lladd eto bob dihiryn erch
Sy'n gomedd iti dreth ei serch
Gan gadw breuddwyd yn ei galon.
A dal ni'n awr trwy'n holl dreialon.

Bydd di yn Deyrn â heyrn yn handi
40   At hen gyfrinydd dwl fel Gandhi –
Barbariad croenddu, digywilydd
Yn dweud na ddylem ladd ein gilydd;
A diolch am dy fod yn darian
I fonedd byd, a'u haur a'u harian;
45   Am fod plant bach yn China rydd
Yn chwysu oriau maith bob dydd
Heb weled cwsg nes tyr y wawr
Er chwyddo golud Prydain Fawr.
O, Arglwydd, derbyn ddiolch sant
50   Am dy Drugaredd at dy blant.

A derbyn fi yn ufudd was
Er mor annheilwng yw fy nhras.
Eiddot yw'r gallu yn oes oesau.
Amen. (*Fe gwyd oddi ar ei goesau.*)
55   'Wel, cofia fod yn barod, Gwenno,
I ginio'r Cymrodorion heno.'

47. Cân i Ddyfed

(Ar y dôn: 'Gwenith Gwyn')

Mae Dyfed lân a'i glannau gwell
   Ar gyrrau pell y gorwel.
O'i chyfyl cudd clywch hafal cân
   Yn dyfod yma'n dawel.
5 O gêl y môr daw galw mwyn
   A heddiw rwy'n awyddu
Am ledu'r hwyl am Wlad yr Hud
   A glanio'n glyd, a glynu.

Pa le fel Penfro, wenfro wiw,
10   A lanwodd Duw haelionus
Â dwylo ffri yn dal y ffrwyth
   A'u dal i'w dylwyth dilys?
Difera dawn yr adar du
   Afradlon, lu hyfrydlais,
15 A chanu'r hedydd yn yr ha'
   Yw'r glana', gloywa' glywais.

Pan rwygo'r fron ellyllon, llu,
   Â dyddiau du dioddef,
A phan â swyn yn ffynnon sych,
20   'Teg edrych tuag adref'.
O anfri'r oes i'r henfro'r af
   Lle caf bob cyfaill cywir;
I'r aelwyd lân a'r tân a'r to
   Sy'n reso na oroesir.

48. Môr o Gân

Môr o gân oedd fy Nghymru gyntaf:
Cân oedd fy nghartref dan gysgod y bryn,
Cân oedd y flwyddyn o'i gwanwyn i'w gaeaf,
Cân oedd yr wybren a'i glesni a'i gwyn.
5   Chwarddai'r awelon rhwng rhedyn y moelydd,
Dawnsiai'r byrlymau dros gerrig y rhyd;
Fry ar ei aden fe gathlai'r ehedydd
A chanai fy nghalon yn ôl ar fy myd.

Môr o gân oedd Cymru fy mreuddwyd:
10   Taflai ei ledrith o'm cylch ar bob tu.
Dygai i'm henaid y gerdd nas clybuwyd
Onid ym mynwes pob plentyn a fu.
Tybiwn fod bywyd pob dyn yn gynghanedd;
Credwn mai'r beirdd oedd mawrion fy mro,
15   Fel na byddai fwthyn yng ngwlad eu gorhoffedd
Heb delyn llawenydd â'i chainc dan ei do.

Môr – nid o gân – yw fy Nghymru heddiw:
Darfu fy mreuddwyd a gwelaf yn glir
Ormes a thrais yn dygyfor yn ddilyw
20   A'u hagrwch yn tonni dros wyneb y tir.
Dan lif anghyfiawnder y gorwedd ei chymoedd,
A chymyl anobaith yn hulio'r nen;
Fflangellir prydferthwch ar hyd yr ystrydoedd.
Hyfrydwch ni ŵyr ble i bwyso ei ben.

25   Ie, môr o dristwch yw Cymru drosti:
       Buan y peidio caneuon ei phlant;
       Wedyn daw bywyd a'i wyll a'i galedi
       A lludded o'u llafur digysur a gânt,
       Heb degwch i'w lunio, er dofi dyhewyd
30   Y duwdod aflonydd yn gudd dan eu bron –
       Duw yn newynu a'i dreiswyr mewn hawddfyd –
       Môr o wae yw'r Gymru hon.

       Ond, môr o gân yw Cymru fy ngobaith …
       Clywaf ei lanw yn codi, draw.
35   Beth yw digofaint y werin wrth ymdaith,
       Onid gorfoledd paradwys a ddaw?
       Deffro, ogleddwynt, a thyred, ddeheuwynt;
       Cyfoded y ddrycin a chryned y byd!
       Heulwen a ddaw yng nghyflawnder y cerrynt,
40   A môr o gân fydd Cymru i gyd.

49. Peiriant Newydd

Mae Peiriant Cynganeddu
   Gan Lewys Jones Cwmcoi.
Mae pob un yn rhyfeddu,
   Fe weithith e mor gloi.
5   Gwedwch pwy air a fynnech,
    Bydded yn fach neu'n fawr,
O'r peiriant hwn – fe synnech –
   Daw'r cyfatebiad lawr.

50. Pantcilwrnen

(Sef marwnad gan fardd papur lleol i'r ddiweddar
Mrs Mary Davies o'r lle uchod a alwyd yn bur sydyn
i'r byd sydd well i fyw)

Ow! fy awen, cân mewn dagrau,
Collwyd un o saint y sir,
Mrs Davies, Pantcilwrnen,
Amddiffynnydd mawr y gwir.
5   Ffyddlon ydoedd Mrs Davies
Yn y cwrdd a'r Ysgol Sul –
Ow! drueni iddi slipo
Ar ben darn o *orange peel*.

51. Rondo

Rho donc ar yr hen fowth-organ –
   'Bugeilio'r Gwenith Gwyn',
'Harlech', neu 'Gapten Morgan',
   Neu'r 'Bwthyn ar y Bryn'.

5   'Dwy' i ddim yn gerddor o gwbwl,
   Ond carwn dy glywed yn awr,
Dy wefusau ar hyd y rhes ddwbwl,
   A dy sawdwl yn curo'r llawr.

A'r nodau'n distewi yn araf,
10   Neu'n dilyn ei gilydd yn sionc –
Rhyw hen dôn syml a garaf;
   Mae'r nos yn dawel. Rho donc.

52. Trioledau

Te

Trw'r drws daw chwerthin a thincial llestri.
    Nos Fercher, nos Fercher. Wel, beth sy'n mind 'mla'n?
Gadewch inni bipo trw' un o'r ffenestri ...
Trw'r drws daw chwerthin a thincial llestri ...
5   O'r annw'l, ma'r Gild yn cael Te yn y Festri,
    A ma' Rhywun yn sefyll yn imil y tân,
A thrw'r drws daw chwerthin a thincial llestri –
    O, Dai, dere miwn i weld beth sy'n mind 'mla'n.

Darllen

Mae Dad yn darllen i Mam yn y stydi.
    Rwy'n gwrando ... Pwy lyfyr sy gydag e nawr?
Rhyw hen, hen lyfyr a'i fin byth yn rhydu
Mae Dad yn ei ddarllen i Mam yn y stydi.
5   Mae e wedi ei ddarllen e ganwaith, O, ydi,
    Mae e'n gwybod ei gynnwys o glawr i glawr.
Mae Dad yn darllen i Mam yn y stydi –
    Pwy lyfyr sy gydag e nawr?

Yn yr Ysgol Sul

Rwy'n meddwl yn fynych fy mod i'n cablu
   Wrth ladd ar gred yr hen frodyr hyn,
Gwell dynion na mi. I beth rwyf i'n dablu?
Rwy'n meddwl yn fynych fy mod i'n cablu
5   Pan glywaf John Maes-yr-Hydre'n parablu
   A'i enaid yn dân dros yr Iesu a fyn.
Rwy'n meddwl yn fynych fy mod i'n cablu
   Wrth ladd ar gred yr hen frodyr hyn.

53. Soned i Bedler

Mi gollais ef o'r ffordd, a chlywais wedyn
    Fod Ifan wedi cyrraedd pen y daith,
Fel arfer, heb ddim dwli anghyffredin,
    'Rôl brwydro'r storom fawr â'i grys yn llaith.

5   Ydi e yn hwtran perlau ar angylion
      Ac yn eistedd yn y dafarn yn ddi-glwy
Wedi galw cwart o gwrw'r anfarwolion
    Cyn troi i mewn i'r 'ysguboriau mwy'?

Wel, 'wn i ddim. 'Doedd fawr o neb yn Seion;
10   Ymddiried ffôl oedd ynddo'n fwy na'r Ffydd,
A chlywyd ef yn dweud yn y Red Leion:
    ''Run lliw â'r lleill yw gwawr y Seithfed Dydd';

A hefyd, 'doedd dim dal ar ei gareion;
    Yr oedd ei stwds yn siŵr o ddod yn rhydd.

54. Awdl i Ddynion Mynachlog-ddu

– Mewn serch ac nid mewn gwawd

Pe teyrnasai'r hen odl
Ar y byd a'i bobl,
Safai'r haul yn dambed
Uwchben Llambed,
5   A dynion Clunderwen
Yn y gwres a ferwen',
A dynion Logi –
'N y tawch yn mogi,
A dynion Cas-wys
10   Yn cwympo fel pys;
Ond – rywsut – rhewi
Wnâi pawb yn Llanddewi,
Ond wedi i'r haul gilio
Ymhell o Lansilio
15   Dôi dynion Llanfyrnach
I gasglu'r esgyrnach,
Fel yr awgrymych,
Yn *buses* Crymych,
Ac wedyn fe'u cladden'
20   Yn Robeston Wathen
Gan fod gormod o stegetsh
Ym mynwent Slebech;
A dynion Whitlan'
Yn ffidlan, ffidlan
25   Wrth weld dynion Llancefen
I gyd yn llefen;
Ond gweiddi twsh-twsh
Wnâi dynion Rosebush,

A churo padelli
30   Wnâi bechgyn y Gelli,
Ond bois Llawhaden
A'u perswaden'
I ymdawelu
Fel dynion Pontsely
35   A mynd adre'n ddidwrw
Fel bois Eglwyswrw,
Heb agor eu pen
Fel bois Eglwys-wen,
Ond ymladd a pheilo
40   Wnâi bechgyn Llandeilo,
A threial cwlffo'r
Bechgyn o Hwlffor',
A'u gwneud yn gydradd
Â dynion Tydrath.
45   Pe bai odl mewn grym
(Peth da bod e ddim)
Wrth dalu'r degwm
I Fishtir Rhigwm,
Heb ddim hwmbwgan
50   Fel dynion Tre-wgan,
Âi'r sir yn seigen
Mewn wythawr a deigen,
A byddai pobl Mynachlog-ddu
Yn gofyn cyn pen mis: 'Beth sy?'

55. Prolog gan Gerddor y Bod

Cân Berffaith fy Mod … ie, damwain ei chwalu
Ar drawiad dwrn Amser trwy'r cread i gyd.
Swyn, nerth ei chyfander … pa ddyn all ddyfalu
O glywed mân nodau wrth hir ymbalfalu
5   Yn nyfnder ei enaid, ym meithder ei fyd?

Preswylydd pob Oes yw pob enaid a drigo,
Pererin Tragwyddol yn cerdded y Tir,
A fy Ngrym yn ei yrru ymlaen yn ddiwyro
Nes dyfod dyhead fy Nelfryd i'w hudo
10   I'r awel fo'n dyner, i'r wybren fo'n glir.

Ba hyd yr ymdreiglai ar lan y môr lleidiog
Nes codi fy Ngrym ef i'r sychdir yn llwyr
A chynnau yn fflam ddall gariad ei famog
A roddai'n rhad erddo ei henaid cynffonnog
15   Heb wybod paham – mi yn unig a'i gŵyr.

Ond safodd wrth ddychwel o'r helfa wyllt arw
Ryw dro, ymhen oesoedd fy Naear ond un.
Fe welodd yr haul ar y gorwel yn marw,
Fe glywodd fy Nelfryd yn galw, yn galw …
20   Fel rhith cân ni chanwyd … Aeth adref yn Ddyn.

56. [Pan Sgrifennoch Lyfr ar Geiriog]

Pan sgrifennoch lyfr ar Geiriog
Peidiwch bod yn amleiriog;
Pan sgrifennoch ar Lasynys
Dowch â'r dechre'n glòs i'r *Finis*.
5   Un gair bach i'r gwir a dystia
Medde'r Artist yn Philistia.

Ond mae'r pris yn dweud ei bart, ist!
Mae Philistia yn yr Artist.
Chwarae teg, pa werth yw tuchan
10   Os yw cylch y llyfr mor fychan?

57. [Dywed, Gymru, a Darewi]

Dywed, Gymru, a darewi
   Nodyn i'm Daearol Gôr,
Neu a glywir di'n distewi
   Heibio i'r hen gaeedig ddôr?

58. Cymru'n Codi ac yn Ateb

Pan ddaw fy Arthur i i'r lan
    O'r ogo lle bu'n cysgu cyd,
Bydd gweiddi gyda'r werin wan
    A gorfoleddu ledled byd.

5   Yn frenin balch yr aeth i lawr
      I'w hendre rwysgfawr dan y gro,
Ond dan dy gerdd fe gyfyd nawr
      Yn weithiwr creithiog du gan lo.

59. [Beth sy'n Brydferth?]

Beth sy'n brydferth? Cymedrolwr
    Ar ben clawdd yn sgwaru slag;
Dyn rhinweddol o Gwmbwrla
    A'i wraig yn ei gadw e mewn bag;
5   Dau shi-binc yn mwsherwmsa;
      Shilgots yn cydadrodd *syntax*;
Ffwlbert gwyrdd yn canu'r giwga
    Mewn hen fwthyn bach to tintacs.

60. Cymru

Ai hon yw y gân ni chanwyd:
    Dedwyddwch y nant rhwng y brwyn;
Hyfrydwch pob sain a gynghanwyd
    A lleisiau awelon y llwyn;
5   Dyhewyd gwylanod gwynion,
    Gorfoledd pob hedydd erioed;
Tangnefedd y nodau dwfn, crynion
    A dyri'r ysguthan o'i choed?
Fe'u clywir yng nghanu plant dynion
10   Pan ddaw Delfryd i'w oed.

Ai hon yw y gân ni chanwyd,
    A glywir cyn glasiad y wawr:
Digofaint pob mellt a daranwyd
    Gan wybren orlwythog i lawr,
15   A rhuthr y rhyferthwy a'i giwed,
    A'i fflangell a'i gyllyll llym,
Pan burir y ddaear o'i niwed
    A rhwygo'r hualau a'i clym?
Ha! Fe ddryllir cadwyni caethiwed
20   Hen dreis-deyrn y Grym.

Yr wyt ti'r Anniddigrwydd Dihenydd
    Â'th swmbwl yn gwaedu pob Oes;
Yr wyt ti'r Weledigaeth Ysblennydd
    Â'th falm yn lliniaru'r loes.

25   Bydd angerdd a swyn eich galwadau
       Yn crwydro trwy'r gwyntoedd ynghyd
    Dros fannau di-ri warciddiadau
       Yn lleisiau â'u hanner yn fud
    Nes cyfyd Cân y Caniadau
30   O binacl eu byd.

61. Mab Tredafydd

(Crwt ar ei *holidays*)

'N Anti Marged Neuaddwayw
  Yn dywedyd 'Nawr 'te, 'mhlant i',
Rhwng pob gair ym mwmial grwmial –
  O na bawn ymhell o'n Anti.

5   Wncwl Tomos yn ei flode,
  Edrych arno gyfyd chwant
Am gael myned draw i rywle
  Ymhell oddi wrtho fe a'i blant.

Plantach mân y Neuaddwayw
10   Yn tŷ ni, yn eitha' iach,
O'r naill stôl i'r llall yn hopo
  Fel pe baent yn fwncwns bach.

Mab Tredafydd ydwyf innau
  Yn tŷ nhwy yn aros sbel,
15   Ond mae'm calon yn Tredafydd
  Heb y bwyd a'r dodrefn swel.

62. Y Ddau Bregethwr

Mae Michael yn pregethu
    Gwirionedd ymhob gair,
Ond wedi gwrando hanner awr
    Mae dyn yn eise air.
5   Pregethith James Llansilio
    Yn flasus, blasus iawn.
Wn i a yw ei bregeth
    O sylwedd 'run mor llawn?

Mae pobun yn beirniadu
10   O hyd yn ddigon call:
Dwed rhai mai'r naill sy ore,
    Eraill a ddwed mai'r llall.
Mae lle i['r] ddau, rwy'n credu,
    A dweud y gwir yn rhwff:
15   I Joseph am a stwffir
    Ond Michael am y stwff.

63. [Nid Tinc Telynau Palas Pell]

Nid tinc telynau palas pell
    A glywir tros y tir achlân
Ond lleisiau llawn y werin well
    Yn uno â'r Anfeidrol Gân.

64. Cerdd Olaf Arthur ac Ef
yn Alltud yn Awstralia

Plentyn bychan ydwyf heno
   Dan y lleuad felen, lawn;
Peidiodd cynnwrf fy mlynyddoedd,
   Aeth fy mryd yn dawel iawn.

5   Dygwn galon ysig profiad
   Trwy y bore a'r prynhawn;
Plentyn bychan ydwyf heno
   Dan y lleuad felen, lawn.

Plentyn bychan ydwyf heno
10   Yn breuddwydio fel y gwnawn
'Slawer dydd wrth grwydro, crwydro
   Dan y lleuad felen, lawn.

Leuad lonydd, trwy yr oesau
   Rhwygir ein breuddwydion gwawn.
15   Ym mherffeithrwydd oer amynedd,
   Sylla arnom, leuad lawn.

Ond pan ddaw perffeithrwydd Daear,
   Pan ddaw plant y byd i'w hiawn,
Sylla er fy mwyn, fel heno,
20   Arnynt hwythau, leuad lawn.

Yna, ar yr awr lonyddaf,
   Heb un cyffro ym mrig y cawn,
Clywir odlau cân ni chanwyd
   Yn dy lewyrch, leuad lawn.

65. Mewn Sied Sinc

'Does dim mwy cyffrous trwy'r holl gread
    Na chawod o law ar sied sinc:
Ysbiwyr y wlad o'r dechread
    Yn disgyn yn dinc ac yn dinc

5   Nes dyfod holl nerthoedd y gelyn
    Â'i feirch a'i gerbydau; a'r frwydr
Yn codi i'w phwynt … yn tawelu …
    Ond bod ambell i filwr ar grwydr.

Dros y bwthyn to gwellt a'i storom o fellt
10   Arllwyswyd galwyni o inc.
Pam nad oes un sôn o Fynwy i Fôn
    Am gawod o law ar sied sinc?

66. [Swyn y Bachau]

Naw bachyn geid pan own i'n grwt
    Yn sgwâr ar nen ein cegin,
A chefais bleser lawer awr
    Â'm meddwl yn ei egin.

5   Chwaraewn bob rhyw drics â hwy,
      Fe'u rhannwn hwy yn drioedd,
    A chawn fod naw'n wyth rhes o dri,
      A syndod mawr i fi oedd

Bob amser cinio wrth y ford
10   A'm golwg tua'r nod,
Nes gwedai Mam: 'Cer 'mla'n â'th gawl
    A gad i'r bache fod.'

Pe dysgwn Fathemateg mwy
    Trwy 'mywyd i'r pen draw,
15   Ni ddelai swyn y bachau mwyn
    Yn ôl. Ble mae y naw?

67. Hi

Cododd lawer bachgen ifanc
   Yn ddinesydd ac yn dad –
Rhai'n golofnau i'r eglwysi,
   Rhai yn arweinyddion gwlad.

5   Gwelwyd hwy yn ymgodymu
   Â materion mawr di-ri,
Ac fe gollsent eu cymeriad
   Oni bai amdani hi.

Trwy ei nerth llefarent weithiau
10   Eiriau anghymharol iawn;
Hithau'n fyw o gydymdeimlad,
   Fel pe'n derbyn gwlith eu dawn.

Bu yn ffyddlon ei gwasanaeth
   I bechadur ac i sant:
15   Cwsg yn dawel iawn, Wisgeren
   Cwmni Drama Cwm-y-nant.

68. Y Gwrandawr

(Fe ddigwyddodd yn wirioneddol yn ein hardal ni)

Efe oedd 'Cadeirydd y Ddrama',
   Eisteddai ar ei stôl,
A'r cwmni yn trefnu'r olygfa
   Tu draw i'r llen o'i ôl.

5   Ond wedi i'r llen gyfodi
   Fe dybiodd ei fod yn rhy bell –
Symudodd i ganol y llwyfan
   'Er mwyn cael golwg well!'

Gwrandawai ar hynafgwyr
10   A merched ifainc, teg
A'r oferwyr a'r duwolion
   Heb ddim un gair o'i geg!

Ar foment o ddifyrrwch
   Ni chwarddai fel nyni,
15   A'r un oedd gwedd ei wyneb
   Ynghanol trasiedi.

Fel pe deuai Duw trwy'r gwagle
   I'r ddaear hon i lawr,
Ac yn ofni dweud dim i dorri
20   Ar Ddrama Plant y Llawr.

69. Cân wrth Wisgo Coler

Rwy'n methu cael y stwden
    I mewn i'r twll ... O, Iff ...
Pe cawn y cythrel cyntaf
    A wisgodd goler stiff,
5   Rhown goler 'r asyn arno
    A'i gadw yn ei gôr –
Na, rhown faen melin am ei wddf
    A'i daflu i mewn i'r môr.

Pa raid cael clamp o goler
10   Yn codi yma'n ewn
Fel mur o gylch y ddinas
    Yn cau'r preswylwyr mewn?
O! dyred, lu banerog,
    Llef utgyrn ... ond, dan bwyll,
15   Rwy'n methu cael y stwden
    I mewn i'r blydi twll.

70. Cân wrth Fyned i'r Gwely

Yr oedd Adda'n ddyn diogel,
    Yr oedd Jacob falle'n fwy;
Ond gŵr mwya'r oesau cynnar –
    Fe ellwch geso pwy?
5   Nid y dyn wnaeth drap llygoden
    Na'r dyn cynta' i werthu llaeth,
Ond y dyn a wnaeth y gwely,
    A'i wncuthur fel y gwnaeth.

Nawr pe buasai wedi gwneuthur
10   Y gwely'n eitha' sgwâr,
Buasai traed dyn yn y gwaelod
    Yn oeri yn yr a'r;
A phe buasai wedi gwneuthur
    Y gwely'n eitha' rownd,
15   Buasai raid iddo grymu lan fel ci
    Cyn mynd i gysgu'n sownd.

Ond – doethineb bendigedig –
    Fe wnaeth y gwely'n … wel …
Yn gywir fel *mae* gwely –
20   Fe ddalith *ddau* yn ddel,
Ac weithiau dalith ragor,
    Ac weithiau dalith lai.
Os na bydd neb o gwbwl arno,
    Wel, nid arno fe mae'r bai.

25   Yn cysgu wrtho ei hunan
        Mae Philip Jones, fel cawr,
    Am fod yr Hen Gorff mor eang
        A'i freintiau fe mor fawr;
    Ond Bebb a Peate a Saunders,
30   Fe gysgon' pwy nos Sul
    'Run man â D. J. Williams –
    Y cenedlactholwyr cul.

    Mi welaf y cenhedloedd
        Yn dringo, dringo'r sta'r,
35   Pob un yn dod â'i channwyll,
        Pob un yn dod â'i jar –
    Aifft, Babylon a Syria,
        Groeg, Rhufain, Sbaen a Phryden.
    I ble mae pawb yn cyrraedd?
40   I'r gwely'n sownd, on'd yden?

71. Rondo

– Pan fyddi di, Lord Birkenhead

Pan fyddi di yn hen, hen ŵr whisgerog,
    Fe fydd rhyw olwg od o dan y rhod:
Fe welir plant y byd yn llu sbanerog,
    A pheiriant at bob diawl o ddim sy'n bod.

5   Ac o'u ffatrïoedd fe fydd pob rhyw nasiwn
    Yn troi'r babanod allan. Ond, rwy'n siŵr,
Bydd well gan lawer iawn y ffordd hen ffasiwn,
    Pan fyddi di'n hen ŵr.

72. Soned

(Wrth edrych ar lun Thomas Hardy)

Fe ddywed gwŷr amdanat, hen nofelydd:
   'Ynfyd yw ef, yn troi o'r heulwen gu
A'r ddaear lon, ac aros yn breswylydd
   Yn nos ddi-loer yr anffodusion lu.'

5   Fe ddywed gwŷr amdanat, hen nofelydd:
   'Nid yw athroniaeth dyn fel hwn yn iach';
Ond creaist Tess a'i hurddas dihefclydd
   Yn herio'r Grym â'i chalon unig, fach.

A gwŷr fy mron mai gwir dy air, nofelydd,
10   Pan ddwedi di yn syml ac yn goeth:
'Cyd â bo hon mewn ing ac mewn cywilydd,
   Nid ydyw Duw yn rhydd – neu nid yw'n ddoeth.'

Hwythau yn beio, beio ar eu rhyw,
A thithau yn rhyddhau, neu'n dysgu, Duw.

73. Y Darten Fale

Mae rhai yn beio'r hen Fenyw,
  Mae rhai yn beio'r hen Foi,
Am fod rhaid i ddyn weithio a gweithio
  Heb fowr o ŵyl na hoi.
5 Trwy chwys y bwytâf fy mara,
    Ond cofiaf, pan fyddaf mewn stwmp,
Na buase dim tarten fale
  Oni bai am y Cw'mp.

Pregethed y cenhadon
10 Nes eu bod nhw'n ddu ac yn las,
A cheisied y diwinyddion
  I droi'r tu mewn tu ma's.
Os sonnir am Bechod Gwreiddiol
  Yr wyf innau yn gofyn yn blwmp:
15 'Beth am y darten fale
  Oni bai am y Cw'mp?'

Mae'r diwygwyr cymdeithasol
  Yn gweld bod y cyfan mewn cawl:
Mae rhai yn beio cyfalaf,
20 Mae rhai yn beio'r Diawl.
Os bydd rhywun yn beio'r hen Arddwr,
  Dywedaf inne: 'Ynghrwmp!
Cofia'r hen darten fale,
  Paid beio'r Cw'mp.'

25 Ond mae amser gwell i ddyfod –
   Fe ddaw'r cenhedloedd i gyd
  I fyw mewn tangnefedd am oesau
   Heb y ffwdan o baratoi ffid.
  Ni bydd neb yn bwyta o gwbl
30   'Rôl clywed llef y trwmp.
  Gwell 'da fi'r darten fale,
   A'r Cw'mp.

74. Y Methiant

(O 'Y Gân ni Chanwyd')

Arthur wrth ei wraig (yn Gymraeg):

Ga'i weld fy nheliveizor ar y silff,
Mae'r dyrfa yn cyniwair er ys tro ...
Ie, dyna nhw'n dygyfor, dyna'r dorf!
Fifth Avenue dan sang, a'r gwynt i gyd
5   Yn crynu gan y Gwŷf sy'n dod o bell.
Pa le mae Shang, fy nghymrawd mwyn o China?
A ddaeth ef eto i gyhoeddi uno
O'r Werin Fawr Ddwyreiniol gyda ni?
Shang â doethineb cylchoedd crwn ei wlad
10   Yn nwfn ei lygaid culion; minnau â
Rhyw lais o bell Afallon yn fy nghlust;
Ac weithiau, rhyngom ni ein dau fe bontiwn
Agendor fawr y ddaear a chaiff plant
Y cenedlaethau ddawnsio ar yr enfys.
15   Ble mae Shang ... ni'm hatebodd i
Pan genais arno'r bore. Dyna fe!
Rho imi'r ffonz i glywed tinc ei lais
A swyn ei Esperanto coeth yn dod
Dros donnau'r ether.

Llais Shang (yn Esperanto):

20   ... yn gymrawd pur,
Yn gyfaill mynwes mwyn; ac y mae
Eich Arthur yn weledydd – ond yn wyllt.

Mae rhith rhyw hen, hen stori yn ei 'fennydd
O hyd yn ei gyffroi. Y mae ei ddelfryd
25   Yn berwi ei waed, ac nid fel delfryd gwŷr
Fy henwlad i, yn dwyn tangnefedd pur.
Mae Arthur yn weledydd ond nid yw'n
Gyfrinydd eto – bachgen ieuanc yw –
Nac yn weithredydd chwaith i'r cyfnod hwn.
30   Bu iddo gyfnod pan oedd byw yn syml;
Bydd iddo gyfnod pan ddaw'n syml eto,
Ond cymhleth a chyffrous yw'r cyfnod hwn,
Ac yn y cwlwm dywed beunydd: 'Torr,'
Ac yn y cynnwrf rhy gynhyrfus yw.
35   A dyna'i fai yn awr. Cyd-af ag ef
Yn ei amcanion. Ond beth fynnwch chi?
Fynnwch chi'r nwy angheuol hyd yr wybr
A'r pelydr coch yn ysu trwy bob dim?
Difëir bywyd dau gyfandir mawr.
40   Fe syrth eich hundai concret lawr yn sarn.

Llais o'r Dorf:

Ag Arthur yn yr *Abstract*. A pha fudd
Ei 'Frân Fendigaid' a'i 'fo ben bid bont',
A'i 'buro trwy y gwaed'. Dywedaf i
Y dylem fyw yfory.

Llais o'r Dorf:

45   Parod wyf
I farw gydag Arthur tros y byd.

Llais arall yn ei ateb:

           Taw sôn â'th ddwli!

Shang (yn newid ei –):

      Na, nid dwli yw.
O'm rhan fy hun mi fyddwn innau farw.
50   Credwch na bydd yr un genhedlaeth byw
Ond trwy'r holl genedlaethau ar ei hôl,
A llawer calon ddewr sy'n barod iawn
[I] aberthu er ein mwyn. Ond credwn i
Fod pob rhyw ddyn a phob anifail briwt,
55   Ie, a phob mân laswelltyn ar y tir,
Yn enaid sydd yn dringo, dringo i'r lan,
I'r bell Nirfana draw. Bydd pelydr coch
A nwy a mellt yn rhwystro'r gweinion hyn
A'u taflu'n ôl ar eu tragwyddol daith.
60   Yn araf try y rhod, ie'n araf iawn:
Rhowch iddi hwb, hi dry yn ôl cyn hir.
Fe welsom hyn yn eich Gorllewin maith
Ar lawer awr adfydus, a nyni
Yn gwylio'n llonydd yn yr Asia draw.
65   Fe welwch chi elynion leng o'ch cylch
Ac ymhob cyfnod gelyn newydd yw,
Ond gwelwn ni y Rhwystrwr oddi mewn
Yn lluddias y pererin ar ei hynt,
A rhwng pob gŵr a'i hun i'w goncro ef.

70 O goncro Kawski, gelyn arall gyfyd
   Cyd ag y cerddwch â'r cydymaith hwn.
   Tybiwch chi fod lliw yn awr yn rhoddi
   Doethineb i waith ffôl, fel y bydd llyn
   Yn aur dan haul, yn arian dan y lloer.
75 Nid felly gweithred ddynol, dwedaf i;
   Tragwyddol gymwys neu dragwyddol gam,
   Brahma neu Shiva, dyma'm dewis i:
   Shiva yw'r pelydr coch a'r nwy angheuol,
   Shiva yw'ch ergyd mellt i rwygo tref
80 Swyddogion Kawski, a'i robotiaid ef,
   I gwympo uchder aruthr eich hundai chwi.
   Ie, Shiva ydyw'r nwydau gwyllt o'ch mewn
   Yn gweiddi Dial ac yn gweiddi Gwaed
   Dan enw Rhyddid. Rhyddid byth ni ddaw
85 Wrth alwad Shiva – Brahma ddaw ag ef,
   Brahma yng nghalon wirion plentyn bach,
   Brahma yng nghalon gŵyr a merched glân,
   A dau hen gel a dyn yn arddyd cae,
   Ac yn ystraeon yr hen wragedd crychlyd
90 Sy'n eistedd wrth y tân. Yn araf try
   Y rhod. Ni phery Kawski'n hir. Fe syrth
   Ei holl gyfundrefn maes o law yn bydredd.
   Mae'n cracio eisoes. Wŷr a merched mwyn
   'Mataliwch am y tro.

Y Dorf:

95   Fe wnawn, fe wnawn.
   Cwymp y ffonz.

Gwraig Arthur:

Mae'r ergyd wedi methu; Arthur bach,
O Arthur, dianc. Mae dy Wyfyn di
Yn barod ar y to. Mi liwiais ef
100   Unlliw â rhai'r Kawskïaid er eu twyll.
Dos at yr hen Garela yn Silon
I'w mwynder hi dy leddfu. A rho imi
Ryw wefrhyd newydd.

Arthur:

Na wnaf, na wnaf byth!
105   O fethu concro af yn aberth waed.
Mae'r Gwyfyn yn barod. Pryd, pa bryd y daw?
Nid wyf yn digalonni. Ofnwn weithiau
Y delai hyn i ben. Pryd daw fy awr?
Dywedodd gŵr o Iddew oes a fu
110   Fod eiliad yn ein gofod ni fel pe ...
Fel pe'n ymledu trwy y Gwagle'n gôn
Hafal i'r golau o'r goleudy uchel
Sy'n 'sgubo dros Dir Dewi gyda'r nos
Gan euro'r ewyn hyd ei greigiog draeth.
115   I lawr yn ogof dwfn fy enaid i
(Ys dwedodd Iddew arall o'r un oes)
Lle cwsg fy nwydau megis milwyr cad
Yn barod i'w cyffroi, mi glywais dincial
Pan oeddwn ugain oed. Ai'r gloch oedd honno,
120   Nis gwn. Ond gwn os safaf yma'n ddewr
Yn wyneb Kawski, p'un ai byw ai marw

A fydd fy rhan, fe gân fy nghloch yn sicr,
Ac ar un eiliad trwy'r cyfanfyd crwn
Clywir y donc haearnaidd. Nid fy awr

125   Fydd honno chwaith ond ymwasgara'n gôn
A'i ymyl cylchog yn ymledu o hyd
Nes cynnwys calon lon pob mam a merch,
A chynnwys mynwes gynnes pob rhyw fam,
A gwên pob plentyn bach, pa un ai gwyn

130   A[i] du, ai brown, ai coch, ai melyn fydd.
Ac fel trwy oesau maith y ddaear hon
Trwy'r caddug ond heb golli dim o'i nerth
Â radiwm heibio i radd a gradd yn blwm.
Try tonc haearnaidd cras fy nhynged dost

135   Wrth wasgar cwanta'i delfryd tros y llawr
Trwy gyfnod gwell ar ôl pob cyfnod gwell
Yn euraidd gân yng nghlustiau'r werin rydd,
Y werin berffaith … Shang, O Shang,
Mae'r hen Ddwyreinwyr syml, o chwilio dyfnder

140   Y fynwes, yn ymestyn at yr un
Â'n coeth-wyddonwyr ni. Ai dyna'r enfys
A bontia'r wybren ddynol maes o law
Pan ddawnsio plant y byd yn llon mewn lliw?
Grrr Grrr Grrr. Hylô, hylô.

Cyhoeddi'r Gwrthryfel
yn Esperanto

145   Gyd-ddynion annwyl a chymrodyr mwyn,
Daeth awr y taro a'r sefyll hyd at dranc …
Coeliwn y medrwn godi'r Ddaear Newydd

Trwy ganu cerdd i mewn i galon dynion,
Trwy dywys breuddwyd hyd y fynwes gêl
150   Fel lleidr yn y nos. Ond dywed Kawski
Na bydded lle yn ei gyfundrefn ef
I enaid unig. Dywed fod y byd
Yn sistem cawraidd yn y gwagle mawr;
Dywed mai tynged rhai yw bod yn 'fennydd,
155   A thynged eraill fod yn ddwylo a thraed
I'r Corff aruthrol hwn. Dywedaf i
Bod gŵr yn gyflawn ŵr, ie, a phob gwraig
Yn gyflawn wraig, ac o'u cyflawnder hwy
Y tyf cyflawnder Daear maes o law.
160   Unffurf y ffenestr fawr â'r cwarel bach
Os torrir hwnnw, hithau dorrir hefyd.
Unffurf yw cylchdro y planedau maith
Â'r mân electra sy'n chwyrnellu'n dawel
O gylch y proton bach yn ddistaw gôr,
165   Bob un â'i lwybr a phob un â'i lais;
A phwy a ddwed nad ydyw'r cread crwn
Namyn rhyw bêl a deflir yma a thraw
Ar gae anfeidrol mewn Tragwyddol chwarae
Tu hwnt i'r deall. 'Nid oes gennym hawl
170   I'r sêr nac ar y lleuad chwaith.' Ond gwn
Fod gennyf hawl i'r enaid hwn. A gwn
I res o dreiswyr hyd bob oes a fu
Ymgiprys cipio'r hawl oddi ar fy mron:
Y Llwyth, yr Ymerodraeth Gynt, y Pab,
175   'Y degau Babau Bach' a ddaeth i'w ganlyn,
Y Brenin Sant, a'r Senedd 'heb un bai';
Ac yna'r 'Werin Rydd' a'r olaf hwn,

Yr holl 'Gyfanfyd' yn ei aruthr rym,
Yw'r pennaf treisiwr. Cyd ag y clywir ef
180   Yn haerllug hawlio â'i ormesol lais
Un cufydd o fantioli urddas gŵr,
Un erw o'r cyfandir wyryf eang
Y ganed pob dyn bach i'w droedio ef
Mewn dewr anturiaeth tuag ei goedwig wyllt
185   A thros ei baith. Cyd ag y cymer 'rhain
Dan enw 'Aberth' i'w anniwall wanc,
Mi heriaf ef yn enw enaid dyn.

Try i'r Gymraeg:

Un peth a saif trwy'r bydoedd: enaid dyn;
Un chwedl a adroddir wrth bob tân;
190   Un gân ddi-dranc sy'n crynu ymhob gwddf;
Un ddrama a chwaraeir ar bob llwyfan.
Un peth rydd werth ar bopeth: enaid dyn.
Beth fuasai glesni'r wybren hebddo ef
A llais awelon llawen, ie, a dawns
195   Yr heulwen ar y môr yn ddelltion mân;
Ac a oes rhinwedd ym mherffeithrwydd sych
Robotiaid? Ond os diffydd enaid dyn
Daw Duw i lawr o'r Nef i grwydro'r ddaear
Mewn hiraeth ac mewn galar. Ond pan ddyry
200   Wadnau ei draed ar gopa can yr Alp,
Fe syrth yn henwr llegach, crwm a dall
Megis y cwympodd Osian fardd yn farw
Wrth ddychwel o hyfrydwch Tir na n-Óg
Ar ddaear Erin werdd, lle nad oedd mwy

205   Na Finn nac Osgar na'u cyfoedion mad.
        Gwybyddwch fel yr unir daear lawr
        Megis pan dafler carreg fach i lyn:
        Ymchwydda'r cylch yn lletach, ac fe ddaw
        O'r teulu ardal, gwlad, cyfandir, byd,
210   Neu fel pan elo gŵr dan hud yr hwyr
        I rodio yn y caeau ger y ddôr
        A gweld y clawdd yn toddi'n rhan o'r cae,
        A'r cae, y maen, y fro o'i gylch a hithau
        Yn un â'r wybr, a theimla'r gŵr ei fod
215   Dan wraidd y borfa a thu draw i'r lloer,
        Ac fel pan ddodo plentyn bach ei glust
        Wrth ystlys y post telegráff i glywed
        Y gwifrau'n gwefru trwy'r tawelwch hwyrol
        A gweld y sêr yn crynu yn gytûn.

Try yn ôl i Esperanto:

220   Ond gesyd Kawski ei linynnau harn
        O'i gapitol yn Nijui hyd bob cwr:
        Llinynnau Masnach Arfog a chronfeydd
        Ariannol ac yn anad un hen gabl,
        Cred Sefydledig. Ac fel cor o deyrn
225   Pan ddalier deiliad yn eu rhwydwaith hwy
        Rhed allan yn ei drachwant am y gwaed,
        Sugna eu heinioes a gwenwyna eu bryd.
        Gyd-ddynion a chymrodyr, cyn y delo
        Eneidiau'n iach i glywed swyn fy ngherdd
230   A'r llais dihafal o Afallon bell,
        Rhaid dryllio rhwyd y cor. Cyfodwch.

Kawski yn ei amddiffyn ei hun.

Kawski (Yn Rwsieg):

Katherine, nid wyf yn ffŵl … Ble mae fy mhib
A'm – diolch – tybaco? Na, nid wyf yn ffŵl.
Nid yw fy nghalon chwaith yn ddur a thrydan
235   Fel cred gwerinwyr syml y Celtaidd draeth;
Lle trenga'r heulwen olaf … a lle tyr
Y tonnau cyntaf o'r Atlantig draw.
Beth wnaf â'r Arthur hwn, [beth wnaf ag ef]?
Gan iddo fethu'n ei fradwriaeth erchyll
240   Ni allaf i ei ladd na'i gadw'n rhydd.
Alltudiaf ef i ynys unig bell
Ym mwynder y Pasiffig. Ca' ymlonni
Ym môr a hinon dyner a thes dydd
Ac yn y nos, a'i sêr a'i lleuad lawn
245   Fe ga' gymdeithas y rhai mwyaf a gâr
A phopeth nad yw'n berygl i mi
Ond ni cha' ddychwel i'w gynefin le
I godi cynnwrf … Holi di beth yw'r
Tynerwch newydd hwn at elyn caeth?
250   Teyrnged i'm trech, Katherine. Nid wyf yn ffŵl,
A chlywaf lais o dan fy mron yn dweud:
'Beth wna yr Arthur hwn â thi'r hen Kawski?
Nid cynllun diafol oedd dy fwriad di
Ychwaith. Fe geisiaist roi i luoedd Daear,
255   Nid rhyddid, onid hedd, trwy ladd y poenau
Sy'n gwau trwy enaid dyn, a thrwy ddileu
Y delfryd dan ei fron a rhoddi hedd.
Gwybuost ti mai ing a dioddefaint

A fyddai yn nydd y trawstro aruthr hwn
260 Fel ymhob oes a fu pan â i'w bedd
Hen genedl, hen ddiwylliant neu hen gred
A dynion mawr yn wylo megis plantos
Ar ôl eu mam heb fynnu eu cysuro
Â thegan newydd a ddodir yn eu llaw.
265 Ond tybiaist wedi gwayw'r cyfwng hwn
Y deuai i ddyn, nid rhyddid, onid hedd;
Fe roiset iddo lu mwyniannau oriog
A phob esmwythder a moethusrwydd teg.
Eithr yn y cyfwng hwn fe gododd Arthur
270 Fel Promethiws yr oesoedd pell a Christ
Yn gwrthod plygu i awdurdod byd.
Can enaid namyn un mewn corlan gynnes
Ac un yn crwydro'r noeth lechweddau eang
Lle 'sguba'r gwynt, lle rhed afonydd byw.
275 Nid Helen, Branwen, Deirdre a Gudrûn
A'u harddwch ingol yn cyffroi pob tud
I'r gad yn benben; nid yw'r rheiny'n ddim
I'r glendid noeth a wêl yr enaid unig
Draw dros y môr yn murmur beunydd 'Tyrd',
280 Nes syrth ryw ddydd yn farw wrth ei thraed.
Kawski, Kawski, a weli di y môr
Yn merwinaw'r tir? Clyw'r gwir yn ymgweiriaw,
[Yn ymgweiriaw. Ac a weli di]
Dyrau Awdurdod, Sefydledig Gred,
285 A phob Tabŵ sy'n llethu enaid dyn
Yn syrthio dan ei gân – sut dwed y Bardd?
'And, like the baseless fabric of this vision,
Leave not a rack behind.' Nid wyf yn ffŵl.

75. Epilog

Ing Promethëus, hoelion Crist;
    Alltudiaeth Arthur Cymru lân:
I blant y byd dair stori drist;
    I mi dri nodyn yn y gân.

5   Un gerdd tu hwnt i gerddi clyw
    A ganodd im, delynferch dlos,
Cân alarch oedd, a mwy nid yw:
    Darfu ei dydd, a daeth ei nos.

76. [Mae Holl Lythrennau'r Wyddor ...]

Mae holl lythrennau'r wyddor
    A phob sillaf yno'n llawn,
Ac, wrth gwrs, y mae'r egwyddor
    Yn syml, syml iawn:
5   Uwchben pob gair mae bodfan
    I ddal bawd fel gwniadur –
Gwasgwch e i'w gydfodfan
    Â Bodfan y geiriadur.

77. Y Cantwr Coch o Rywle

Mae'r cantwr coch o rywle
   Yn meddwl ei fod e'n wych,
Ond mae ei ddatganiadau
   Yn annioddefol sych;
5   Fe'i clywais ef pwy nosweth
   Yn rhygnu trwy ei diwn –
'Dyw Natur wedi ei dorri i ma's
   Na Dyn wedi ei dorri i miwn.

Roedd pawb yn gwrando arno
10   Mewn hiraeth am yr awr
Y dôi i'r nodyn olaf
   A dod o'r llwyfan lawr;
Roedd Dai yn ddiamynedd –
   Clywais e'n dweud wrth Ann:
15   'O, na bai'r dyn yn torri i lawr
   Neu'r cwrdd yn torri i lan.'

78. Piclo Gweledigaeth

Mae dyn yn cael rhyw brofiad
   Sy'n poeni neu yn ticlo,
A heb adael dim llonyddwch
   Nes ei fod e'n ei groniclo
5   Er mwyn ei gael e bant o'r ffordd,
   Ac nid er mwyn ei biclo.

Dyna Paul a'r weledigaeth
   Wrth fynd lawr i Ddamascus –
Fe ddywed rhyw anffyddiwr
10   ''Doedd e'n g'neud dim ond esgus,
Neu wedi cymryd un dros wyth
   O'r stwff sy yn y casgus'.

Ond llawer gwaeth na hynna
   Yw ambell gennad ffôl
15   Bregethith ar y testun
   Â'i gwpsa hir a'i ddrôl,
Ond 'dyw'n deall dim o'r dam
   Am weledigaeth Paul.

Ond yno mae e'n sefyll
20   Fel ceiliog ar ben sticil,
Ac os na choeli di bob gair,
   Dwed fod dy ffydd yn fficil.
Fe dalwn swllt-a-grôt am fforc
   I'w godi ma's o'i bicil.

79. Cân y Cwt

Pe dwedech chi wrth Ifan
    Fod dyn wedi dod o fwnci,
Byddai'r bilsen honno'n ormod
    O lawer iddo lwncu.
5   Dan rym yr ergyd nerthol
    Fe gwympai lawr yn glwt,
Gan ofyn, wrth ddod ato'i hun:
    'Beth ddaeth o'i gwt?'

Mae Lewis, o'r llaw arall,
10   Mor gall, mor gall â'r Pab;
Pe dwedech wrtho yntau
    Fod dyn wedi dod o'r âb,
Atebai: 'Rwy'n rhyfeddu
    Amdanat ti, fel crwt,
15   Yn coelio pob hen stori –
    Beth ddaeth o'i gwt?'

'Dyn nhw'n synnu dim fod Shakespeare
    Yn sgrifennu ei ddramâu,
Bach yn llanw'r byd o fiwsig
20   Yn lle llanw'r bol o gnau;
A Jones yn eistedd mewn sêt fawr,
    Nid ar ben coeden – Twt!
Nid sut y daeth i'w gapel –
    Beth ddaeth o'i gwt?

25   I Lewis ac i Ifan,
        Gair bach o eglurhad
    Ar ran y mwnci olaf
        A fu i'r ddau yn dad:
    Sôn am y golled erchyll,
30   A cheisio dangos shwt
    Y daeth y mwnci ola'n ddyn
        Wrth golli ei gwt.

    Nid drws a gaeodd arno –
        Mae hynny'n syniad tlws –
35   Ond yn yr oesoedd cynnar
        'Doedd neb i gau y drws.
    Nid Ffordyn redodd drosto
        Wrth ratlan ar ei daith –
    Mae'n anodd coelio, falle,
40   Ond 'doedd dim Fords ychwaith!

    'Rôl rhedeg dros bob damwain
        Allsai achosi'r trwbwl,
    Mae dyn yn dod i'r casgliad
        Nad damwain oedd o gwbwl.
45   Ymddengys yng ngoleuni
        A grym rhesymeg gref
    Iddo wneud y peth o bwrpas –
        Y mwnci bach ag ef!

Mi glywa i'r mwnci hwnnw
50   Yn dwedyd wrtho'i hun:
Mi droa' i ddeilen newydd,
    Mi dreia' i fod yn ddyn.
Beth wnaf i â'r canlynwr,
    Ei gadw'n hir neu bwt,
55   Neu neidio i'r dyfodol
    Yn llwyr ddi-gwt?

Nawr, [i gario fy mharseli]
    Byddai cwt yn handi iawn,
Wrth ddod yn ôl o Hwlffordd
60   Â dwy fraich yn llawn.
Er gwaetha'r holl barseli
    Fe allwn smoco'n dwt
Trwy ddal y bib neu'r sigarét
    Yng nghlwm fy nghwt.

65   A hefyd yn y gwely
    Ni raid dweud wrth fy mrawd,
Os bydd bita ar fy nghefen
    (Un o driciau gwaetha' ffawd):
'Hei, bachan, 'co, dihuna,
70   A thro ffor' hyn, a rhwt.'
Fe allwn i wneud hynny
    Fy hun â 'nghwt.

Ond ystyriwn o'r tu arall –
    Wrth eistedd ar stôl fawr
75   Fe fyddai'n anghysurus
    Heb dwll i'w ollwng lawr.

    I ambell deilwr gweithgar
      Byddai'n swmbwl yn y cnawd,
    A chydag ambell baste
80   Hongianai mewn i'r blawd.

    O bwyso'r ddwy ochor
      Yn dawel ac yn deg,
    (Wrth gwrs, nid yn yr iaith gywir
      Y daeth pob gair o'i geg):
85   Mae'n well cael rhyw symudiad
      Na stico yn y mwt:
    Mi dreia' i siawnso bywyd
      Heb un cwt.

    Wrth gofio'r golled erchyll
90   Fe waeddai rhai o gywilydd –
    Miliynau o filltiroedd
      O'u rhoi nhw at ei gilydd;
    Ond 'does dim i'w wneud ond treio
      I wneud y gorau o'r tro:
95   Rwy'n ofni nad yw bosib nawr
      Mynd 'nôl i ddechrau 'to.

    Mae stori arall hefyd –
      Adroddir hi ryw ddydd –
    Am *music* a *mathematics*
100   A pholitics a ffydd,
    A *tins sardines* a *salmon,*
      Ond dyna wedi'r cyfan:
    'Dyw honno ddim yn bwysig
      I Lewis ac i Ifan.

105   Daeth yr holl fwncwn eraill
       (Ond un fwncïes fwyn),
     I weiddi enwau arnynt
       O holl ganghennau'r llwyn:
     Cul-genedlaetholwr arno fe
110   Ac arni hi, 'rhen slwt:
     'Paid hido, Sam,' medde hi, 'dim dam –
       'Sdim rhaid cael cwt.'

     Shwt awd ynghylch y busnes?
       Na, nid trwy dynnu a chnoi,
115   Ond eiste'n dawel bob dydd Mawrth
       Rhwng un ar ddeg a dou,
     A dweud: 'Mae'r cwte yn byrhau,
       Ac yn byrhau bob pwt';
     Ac erbyn sylwi ryw nos Lun,
120   'Doedd dim un cwt.

80. Cân y Bachan Twp

Fe wyddost pam mae'r beirddion
    Yn cadw eu gwallt yn hir –
Nid er mwyn cribo'i gilydd
    Ar ôl 'steddfodau'r sir,
5   Ac nid er mwyn ei rwygo
       Pe syrthiai cân yn fflat,
Ond er mwyn cael 'cyfrwng perffaith'
    Cyn siarad trwy eu hat.

Fe wyddost pam mae'r paentiwr
10   Â barf fawr o dan ei gluste –
Nid am fod ffortiwn Gillette
    Yn pwyso ar ei fryst e,
Ac nid er mwyn ymddangos
    (Ys gwedo Henri) yn frêc,
15   Ond er mwyn sychu'r pictwr bant
    Os 'neith e ryw fistêc.

Fe wyddost pam mae ciwrad
    Yn gwisgo coler ci.
Na? Wir, rwy'n dechrau meddwl
20   Dy fod mor dwp â fi.
I ddyn wrth wisgo studen
    Daw profedigaeth ffôl –
Nac ofna, giwrad bychan,
    Mae'r Satan o'r tu ôl.

25 Ond fe wyddost pam mae'r Nafis
  Yn gwisgo'r crysau hynny,
 A'r hen drowseri cordiroi
  Â'r belts i'w dala i fyny,
 A sanau a sgidie hoelog
30 A'r iorcs yna wedi eu clymu –
 Na? Bachan, diain, oni bai am 'rhain
  Fe fydden yn noethlymun.

81. Cân Seithenyn

Beth sy'n brydferth? Pump ar hugen
 O shalots mewn cwdyn coch;
Gwdihŵ yn gwisgo'i ffedog
 Cwarter wedi deg o'r gloch;
5 Menyw fach gymharol dene
  Yn gweud 'na' wrth Shoni Winwns;
Cath yn darllen Edgar Wallace
 Ac yn cwympo yn garlibwns.

Beth sy'n brydferth? Owns o ferem,
10 Tin corn biff a bocs o goco
Yn llochesu lawr ym masged
 Dyn sy ddim yn arfer smoco;
Caib a rhaw yn sisial ganu;
 Llyffant blwydd yn cadw swai
15 Cyn i fotor-car fynd drosto –
 'Rhain sy'n brydferth! Wel, pam lai?

82. Y Ceiliog Gwynt

Mae ceiliog ar dŷ Betsi
   Yn gweud pwy ffordd mae'r gwynt –
I gael un tebyg iddo
   Fe roddwn ugain punt,
5 Wa'th os bydd pawb trwy'r ardal
   Yn fo'lon ar y tywydd,
Rhoith ei big o dan ei aden
   Ac fe gyfansoddith gywydd.

'Dwy' i ddim yn credu ei fod e
10 Yn gynganeddwr rhwydd.
Mae'n rhaid cael lot o bractis
   Cyn delo dyn i lwydd.
Fe ddyle fod yn feistir
   Ar y 'Groes' a'r 'Esgynedig',
15 Ond dyna sy'n ei dynnu'n ôl
   Yw bai yr hen 'Rhy Debyg'.

Â'i gywydd i'r 'Awyrgylch'
   Fe swynodd bawb trwy'r lle –
Anghofiodd plant yr ysgol
20 Ddod adre i gael eu te;
Ac er mwyn dathlu harddwch
   Dwy linell ar yr awyr,
Fe gaeon' y tafarne
   Ar amser cau, yn gywir.

83. Nodyn wrth Helpu i Gario Piano

Rwyf yma o dan bwys piano,
'Offeryn cerdd' yw'r gair amdano,
A byddai byw yn llai o glefyd
Pe bai'n offeryn cerdded hefyd.

84. [Motor-beic William]

Mae motor-beic 'da William,
   Triumph, medde fe,
Ond ei ffydd e, neu'i ffolineb,
   Sy'n dal popeth yn ei le:
5   Twein a weier yn lle lifers,
    Mae e'n rhatlan lawr trw'r stryt –
Os taw dyna beth yw Triumph,
   Wel, fe leiciwn weld *Defeat*.

85. [Rhoi Cainc ar y Piano]

Rhoi cainc ar y piano,
    Nid canu ei ffordd i'r clinc,
Yw busnes hwn. Pa le mae'r cainc?
    'Dwy'n gweld dim mwy na'r cinc.

5   Gwedais nad own i'n gerddor –
    'Dyw hynny ddim yn deg.
Fe allwn 'olchi crys fy nhad'
    Pan own i'n un ar ddeg.

'Sdim modd cael hwn i dewi?
10   'Sdim posib cael perswâd
Arno i fynd 'nôl i'r twba
    I olchi crys ei dad?

86. [Y Peiriant Cynganeddu]

Mae peiriant cynganeddu
    Gan Defi-Martha-Dic.
Mae pob un yn rhyfeddu,
    Fe weithith e mor gwic.
5   Rhowch eich bys ar air a fynnech
    Yn y Geiriadur Mawr,
Ac o'r peiriant hwn – fe synnech –
    Daw'r cyfatebiad lawr.

87. Holwyddoreg Gogyfer â Heddiw

Beth yw morthwl? Dwrn caeedig
　Ar fraich bren, a dyna'r cwbwl,
Ond bod dyn wrth ffusto hoelen
　Yn dod i lot o drwbwl.

5　Beth yw sosban? Dim ond bola
　Yn deijesto'r bwyd am dro,
Am fod dyn yn rhy fabïaidd
　I f'yta cig a thato'n ro.

Beth yw notbwc? Cof ei berchen
10　Yn ei boced, nid ei ben,
Am fod gormod o fanylion
　Eisoes yn ei glopa pren.

Beth yw 'ffeirad – a phregethwr,
　A llywodraeth, am wn i,
15　A chymdeithas eisteddfodau? –
　Dyna gwestiwn iawn i chi.

Casgliad
David Williams

88. Hiraeth

I

Harddwch, tydi oedd cariad cynta'r byd.
Un waith am byth cusenaist ef – a gwêl,
Byth nid â dros ei gof dy gusan mêl,
A byth ni ddeffry'n llwyr o'r llewyg hud.
5   Trwy'r dydd a'r hwyr a'r nos a'r bore glas
Rhed hen feddyliau'r ddaear ar dy ôl,
A chân aderyn du o goed y ddôl
Ac wyneb merch a ddywed am dy ras.
Ond, Harddwch, pa le'r aethost ti dy hun?
10   O! tyrd yn ôl, yn ncs, fel na bo raid
I'r boen sy'n chwyddo'r galon yn ddi-baid
A'r gwynfyd gwyllt sy'n llosgi llygaid dyn.
O! plyg dy ben i lawr i'n byd o'th nef –
Na, na, un waith am byth cusenaist ef.

II

15   Unwaith am byth … ac eto cwyd gobeithion
I donni trwy galonnau yn ddi-baid
Pan ddeffry hiraeth cenedlaethau meithion
Sy'n gwasgu at eu rhyddid dan eu rhaid.
Bu iddynt ardd, a'i ffrwyth a'u gyrrodd gynt
20   Allan ohoni; ond, er crwydro'n ffôl,
Daw siffrwd y canghennau hyd y gwynt,
Daw arogl y blodau ar eu hôl.

Harddwch a fydd. Harddwch erioed a fu
Cyn codi'n hyf lumanau'r da a'r drwg,
25   Harddwch a saif, un llywydd ar un llu,
Pan dawo'r megnyl a phan ddarffo'r mwg.
Hiraeth yw harddwch wedi mynd ymhell.
Ddaw hiraeth eto'n ôl i'r harddwch gwell?

III

Harddwch, tydi a saif pan awn i'n ffyrdd,
30   A phan ddarfyddwn ni chythruddi di;
Dim ond byrlymau bregus ydym ni
Yn glynu, ennyd, wrth y glannau gwyrdd;
Ond plygaist ti un waith i lawr i'n byd,
Ac erys arno mwy d'anadliad mêl …
35   Byrlymau bregus ydym ni, ond gwêl,
Hiraeth sydd ynom yn ein dal ynghyd.
Hiraeth a ddeil y glas ehangder draw
Ar hyd wynebau ein meidroldeb mân,
A chlyw yr anghlywadwy megis cân
40   Nes cerddo cryndod trwom ar bob llaw,
Cans hiraeth a ddiddana'r ddaear faith
Nes plygi, Harddwch, eto'r olaf gwaith.

89. Yr Hen Le

Mi wn am le a ddeil bob lle trwy 'myd;
Mi wn am lwyn na syrth ei ddail o'm co'.
Mi wn am bethau nad adnabu'r byd
Ar daen trwy'r llwyn, a than fy mron dan glo.
5   Bydd lonydd, hiraeth dwys, bydd dawel, dro;
Yn dy dawelwch cynnal fi tra canaf
A lledrith lle a llwyn yn tonni'n llawn amdanaf.

Mae'r ardd dan drais 'y galon waedlyd' heno;
Ni sua'r gwenyn mwy trwy'r awel lom,
10   Ond gyda'r gwanwyn glas fe gyfyd yno
Chwc lili bengam wrth y twmpath clom;
Felly hir oeda serch ynghanol siom.
Pan gwympo deiliaid Amser dan ei dywydd,
Felly blodeua cariad yn y fron dragywydd.

15   Cenwch eich utgyrn euraid, chwi'r lilïau;
Ar glybod Ebrill cenwch mwy heb dyst;
Rhoddwch eich teyrnged deg i'r hwn a'i piau,
A'ch hiraeth hael tu hwnt i dabwrdd clust.
Cenwch hen obaith trwy'r anialwch. Ust.
20   Harddwch wrth fethu marw'n dal i eiriol.
Odid na wrendy Amser ar y gân lesmeiriol.

Cenwch nes daw'r chwibanwyr uwch y gweunydd
I weiddi 'Rhyddid' i galonnau'r byd;
A'r colomennod mwyn i'w hateb beunydd
25   Gan drydar 'Heddwch' o'r cysgodlwyn clyd.

'Heddwch' a 'Rhyddid' – clywch, o hyd ... o hyd,
A'u hymdrech yn dirdynnu calon dyn
Nes delo'r ddau i ganu 'Hiraeth' yn gytûn.

Fe syrthia'r haf i'r adfail fel perlewyg
30   Ym mreichiau tyner diflanedig oes.
Peidiodd yr ardd â disgwyl amgen diwyg
Na'r galon waedlyd ronc. Fe ddarfu'r loes,
Ac ni wna mwy ond cofio'r rhai a roes
Brydferthwch eu calonnau yn y pamau,
35   A chan mor bell eu dydd, mae weithiau'n hanner amau.

Daw yno yn ei dro aeddfedrwydd hydref
Pan fyddo'r dail mieri'n waetrudd lu
A distaw lais yn galw: 'Adref, adref,
Harddwch a fyn bob harddwch ar a fu';
40   Pan fyddo'r mwsogl ar feini'r tŷ
Yn wlyb, yn berlog dan y manlaw mwyn
A'i ddagrau araf, mawr o dan ganghennau'r llwyn.

Hen le, ni'th welais yn y dyddiau gwell
Ond cyfyd ynof ddychweledig gof
45   Am hen diriondeb dy flynyddoedd pell.
Mae hiraeth yn fy nghalon pan arhôf
Wrth aelwyd oer fy nhadau, a phan drof
I mewn i'w gardd trwy'r faluriedig wal
Rhy felys-brudd yw'r gân i dabwrdd clust ei dal.

90. Efe

Ac yma yn y dyddiau gwell fe'i ganed
A'r bwthyn bach yn glyd o dan ei do,
A'i furiau clom yn llathru gan eu glaned
Dan galchiad mynych crefftwr gorau'r fro.
5   Yma o hyd yr oedd ei gyntaf co'
Dan geinciau'r hen afallen fawr fwsoglyd
A grymai dan ei llwyth gan wegian yn ddioglyd.

Ac yma yn yr haul a'r gwynt a'r glaw
Trwy hen flynyddoedd eang ieuanc oed
10   Y tyfodd ef, gan wrando ar bob llaw
Gyfrinach brig y brwyn a'r ceinciau coed.
Clindarddai'r eithin crin o dan ei droed;
Chwibanu'r dyfrgwn gyda'r hwyr a glybu,
Cyncfin cadno coch ac eog glas a wybu.

15   Yma un hwyr o Saboth hir i'w gofio
Torrodd penllanw'r lle i'w galon ir ...
Roedd atsain canu'r oedfa trwyddo'n nofio
Am 'bererinion yn yr anial dir' ...
Dros noethni'r waun goleuai'r lleuad glir.
20   I'r grugog lawr ymdaflodd ar ei hyd:
'Na! dyma 'nghartref i,' eb ef, 'ers cyn creu'r byd.'

Er gwrando dro ar alwad byd y glöwr,
Ni lwyddodd rhwysg y dre i'w ddenu draw,
Ond dysgodd grefft yr arddwr, fedr y töwr,

25   Osgo'r medelwr ar y fferm gerllaw.

       Unodd ei gorff â throad coes y rhaw,

       A mynych y breuddwydiai ar ddi-hun

       Am nefoedd llanc o'r wlad – cael lle bach iddo'i hun.

       Ac yma fe adnabu wynfyd serch

30   Pan oedai'r aeddfed olau yn yr wybr

       Ym mrig yr hwyr, rhag gado wyneb merch,

       Gan loetran rhwng y meillion ar ei llwybr

       (Meillion a'u mêl tu hwnt i olud crwybr);

       A 'Heddwch', 'Heddwch' y golomen lwyd

35   Yn bêr wrth geisio dal y ddeuddyn yn ei rhwyd.

       Ond beunydd daw'r chwibaniad pell o'r wybr

       I darfu heddwch y golomen goed.

       Pan eilw antur hyd y gwynt di-lwybr

       Pa ŵr trwy'r byd a wêl lle cyrch ei droed?

40   Pa ŵr a wybu dynged gŵr erioed

       Pan fo'n ymgiprys ynddo am ei enaid

       Orfoledd gwaedd o'r glas, a'r llwyn a'i fwyn ochenaid?

       Cyn dychwel adref ar brynhawn o ffair

       Cwrddodd â thynged yn nhafarndy'r dre.

45   Ddengared oedd ei wedd. Mor deg ei air;

       Agored oedd ei law i bawb trwy'r lle.

       'Yf eto … iechyd …' Haeled ydoedd e

       Rhwng sôn am foroedd glas a thiroedd llydain

       Lle chwifiai'r lluman balch uwch antur milwyr Prydain.

50 Heb fyw yn gaeth, yn fyddar ac yn fud
  Dan ludded drom, heb blygu gwar i geibio,
  Ond gweled gwyrthiau Duw yn eitha'r byd
  Cyn elai golau prin ein dwthwn heibio.
  Yntau, wrth wrando'n ddwys, a fu ei reibio?
55 Cododd aderyn ar ei glybod meddw
  A 'Rhyddid' oedd ei waedd. Derbyniodd 'swllt y weddw'.

91. Ei Hiraeth Ef

'Glasach yw'r môr na glas, a blodau'r paith
Yn fôr amryliw, ond pa harddwch yw?
Pellach na phell yw Cymru mwy, a maith
Yw un ar hugain o flynyddoedd gwyw.
5   Safodd yr haul a meirw ydyw'r byw
Er methu marw yn y galon drom –
Felly hiroeda serch ar drannoeth chwerwa' siom.

'Mae blodau'r eithin heddiw hyd y feidir
Ac anadl y gwanwyn ydyw'r gwynt;
10   Daw'r gog a'r wennol adref o'u deheudir
Yn rhydd dan hen gaethiwed oesol hynt.
Minnau yn gaeth i'r rhyddid geisiais gynt.
Cenwch, ehedwch, adar, hyd fy mro,
Mewn cawell anwel wyf ac Amser piau'r clo.

15   'Mae gwanwyn yn y gwynt, a dyna'r dail
Yn mentro'n ôl eu trefn, yn ddiwahardd,
I'r ysgaw mân yn gyntaf, ac yn ail
I berth y ddraenen wen o gylch yr ardd,
A maes o law hyd frig yr onnen hardd.
20   Dail i iacháu cenhedloedd dynol-ryw!
Ond mi ni ddeiliaf mwy – rhy hir fy ngaeaf gwyw.

'Mae gwanwyn yn y gwynt. Mae'r ardd a balem
Megis erioed yn amyneddgar fud,
Yn gwasgar arogldarth o'r pridd a chwalem
25   Er dwyn ei llafur dan ei bendith ddrud.

Un gŵr sy weithiau lle bu dau ynghyd.

O'i amgylch mae unigrwydd mawr, mi wn,

Nas gwelai 'slawer dydd, cyn imi agor grwn.

'Mae gwanwyn yn y gwynt, ond yn eu c'lonnau,

30   Pan gofiont am eu mab, mae gaeaf mwy;

Tra gwynno'r ddau ben annwyl – plant y tonnau –

Dynerwch, bydd yn dyner wrthynt hwy;

A dyro iddynt falm a leddfa'r clwy.

Na chaem ryw hafan dawel yn gytûn

35   Pan dawdd ty hiraeth i a'u hiraeth hwy yn un!

'Mae gwanwyn yn y gwynt. Mae'r wlad yn deffro,

Ac yn yr efail clywir holi mawr

Am aradr ac oged. Mae'r hen gyffro

Yn symud trwy galonnau plant y llawr.

40   Storïau'r efail gynt ar lawog awr!

Ymrithiaf innau weithiau draws eu cof,

Pan gasglo bois y cylch yn gwmni gyda'r gof.

'Arall sy heddiw'n arddu'r Winllan Fawr

A'i olwg union draw wrth dorri cefn.

45   Mae Pol a Darbi'n troedio'n gymwys nawr

O dalar ac i dalar 'nôl drachefn.

Yn ôl o'r aden syrth yr hirdon lefn:

O, arogl tir coch i ddwyffroen iach

Trwy hud tawelwch hwyr neu firi bore bach.

50 'Arall yn cwato rhag y gawod sydyn
  Rhwng 'sgwyddau'r ddau hen geffyl – neb yn was,
  Ond hwy ac ef yn drindod, am funudyn
  Yn llonydd ddisgwyl am y cwmwl glas;
  Ac wedi gollwng, arall fydd dan ras
55 Yn troedio'n araf adre'n ddiofalon,
  Yn ôl trwy'r caeau bach sy nesaf at y galon.

  'Arall fydd maes o law wrth dân ei chegin
  Yn dadluddedu'n felys yn ei swyn.
  Hithau â'i dwylo tyner ar y fegin,
60 Ac yn nyfnderau'r tân ei thremiad mwyn.
  Arall yn gwrando ar ei chân a'i chŵyn.
  A wêl hi weithiau, pan gochruddo'r coed,
  Adlun o wynfyd coll anghyflawnedig oed?

  'Buom yn agos. Daeth cyfanfyd rhyngom.
65 Buom yn un, a bellach unig wyf.
  Eiliad y tery ffawd pan ymollyngom,
  Mae chwerwder y blynyddoedd yn ei chlwyf.
  Hebddi ni ddychwel haul ar fryn tra bwyf.
  Er uno ym miri'r barics gyda'r dyrfa
70 Unig yw f'ymdaith mwy nes cyrraedd pen yr yrfa.

  'Pe cawn hi yma ni ddymunwn ragor
  Na rhyddid yr arloeswr gyda hi;
  Gwaeddwn wrth gael y *veld* o'n blaen yn agor
  A'i Ganna Hoek yn eithin mân i mi,
75 A'r bompren fach yn ymyl Kloof Lele.
  Yno, dan Groes y Dehau … breuddwyd ffôl.
  Mae Croes y Dehau'n troi, ac ni ddaw doe yn ôl.

'O! na chawn guddio f'wyneb yn ei chofl
Heb edrych yn fy ôl nac yn fy mlaen.
80   Fe droes fy ngwenith gwyn yn wellt a sofl,
Syrthiodd fy rhosyn coch oddi ar y draen.
Lle bu cyfannedd nid oes faen ar faen.
Dring, fwsogl, dring, fwsogl, yn araf –
Fy hiraeth ydwyt ti, yn glynu wrth a garaf.

85   'Dring, fwsogl, yr unig rin a erys.
Ofer i mi fai chwennych amgen gras.
Ofer fai dychwel mwy ar ôl blinderus
Flynyddoedd penyd mewn anialdir cras.
Odid na thry gorthrymder imi'n was,
90   Na leddfa, Amser, hiraeth dwfn fy mron
Dan sêr y dehau fyd wrth unigeddau'r don.

'O! fôr, O! fyd, O! sêr aneiri'r nos
Sy'n troi yn nhragwyddoldeb eu gwagleoedd!
Ai'r fraich a'm taflodd o'm cynefin ros
95   A'u ceidw hwythau'n union yn eu lleoedd?
Tynged … hen luniwr ein hanorfod weoedd …
Ai hiraeth am a fu cyn codi o'r tir
A'th geidw i wthio, fôr, ar hyd ei lannau hir?

'Chwi'r sêr, ai hiraeth piau eich cyflymdra,
100   Ai adlais a'ch caethiwodd ar eich hynt
Pan ddaethoch yn eich amlder o'r diddymdra
A phan gydganodd sêr y bore gynt?
Ai ysbryd hiraeth ydwyt tithau, wynt,
Yn chwilio'r eangderau hyd ei blaned
105   Am rywbeth aeth ar goll am byth y dydd y'i ganed?

'Chwi fyddwch yn gymrodyr imi beunydd,
O! fôr, O! wynt, O! sêr y dehau fyd.
Fe luniwyd ein heneidiau o'r un deunydd
Cans anniddigrwydd hiraeth yw eich hud.

110   Meibion afradlon ŷm a gollwyd cyd.
Crwydro a wnawn nes dychwel gyda'n gilydd
I'r cartre' cynta' fu, heb ofn a heb gywilydd.'

92. Er ei Fwyn

Mwyach nid yw. Fe'i hawliodd y deheufyd,
A chwsg yr arddwr lle ni fentrodd swch;
Lleuad fawr felen y Karoo a gyfyd
I wylio'r unigeddau sydd â'i lwch,
5   A thrwy'r iselbrysg pigog drosto'n drwch.
Fe gân y gwynt afradlon ddydd a nos
Megis rhwng eithin mân ei enedigol ros.

Mwyach nid yw ond stori gyda'r hwyr
A chainc o fabinogi yr hen le.
10   Buan y derfydd ei goffâd yn llwyr;
Ennyd, ac ni bydd calon dan y ne'
O'r rhai fu'n chwyddo gan ei angerdd e,
Ond ambell lili bengam wrth y llwyn
Bob gwanwyn yn ei dro a gyfyd er ei fwyn.

15   Cenwch eich utgyrn euraid y pryd hynny,
Ar glybod Ebrill, cenwch heb yswai.
Cenwch esmwythdra wedi'r hir ddirdynnu.
Fe garai'n fawr, a'i fyd a'i rhoes dan fai.
Cenwch nes delo peroryddion Mai
20   I leisio cerdd o'u hiraeth yn gytûn –
Heddwch a rhyddid mwy, lle curai calon dyn.

93. Y Duw Unig

Unigrwydd anghyffwrdd yr oesau –
    Promethiws ar graig uwch y don,
Heb neb ond ei eryr, a'r gloesau
    Pan rwygo i ddyfnder ei fron;
5   A chwys ei oddefaint yn mygu
    Gan rydu'r hualau a'i clym –
Mae Promethiws yn gwrthod plygu
    I'r Treisiwr a'i rym.

Wele ni'n dyfod, Promethiws,
10   O ogledd, gorllewin a de,
Heb gennad gan neb, Promethiws,
    Heb ofyn i ddaear na ne';
Ond gwaedu a gweiddi a gwingo
    A brysio cyn darfod ein nerth,
15 Hyd odre dy glogwyn yn dringo
    Dros greigiau llym, serth.

Mae gwresoedd difancoll yr wybyr
    Yn cynnau fel fflam yn ein gwaed;
Mae'r sêr wrth arafu ar eu llwybyr
20   Yn cyflymu, cyflymu ein traed,
A gwaeddwn: Promethiws, Promethiws,
    Paid ildio i Dreisiwr y Rhod –
Caethiwed yn marw, Promethiws –
    Rhyddid yn dod,

25   Dros gyrff ymerodron ein tadau
       Gan lamu adfeilion eu trefn,
     Gan rwygo baneri'u croesgadau
       A'u taflu i'r gwynt dros ein cefn,
     Gan gwympo dros wisg eu systemau
30   Ag ystlys a morddwyd dan staen –
     Gan ddiosg y porffor a'r gemau,
       A cherdded ymlaen.

     Dan fellt a phelydrau poethion
       Dringwn am ocsoedd i'r lan;
35   Heb neb ond ein hunain noethion
       Cyrhaeddwn dy greigle ban.
     Safwn. Cyfodwn ein llefoedd,
       Bob calon yn curo'n dwym,
     A gwaeddwn un her hyd y nefoedd
40   Cyn torri dy rwym.

     Ffynhonnell ein holl anniddigrwydd
       Yw rhyfedd amynedd y fron
     A orwedd yn gaeth, yn unigrwydd
       Diderfyn yr wybren a'r don;
45   Ac yn yr unigrwydd dihenydd
       Fe ddyry i luoedd y byd
     Yr hen weledigaeth ysblennydd
       A'u tyn hwy ynghyd.

94. Y Ddau Ioan

Wele'r ddau Ioan, er rhwyg eu hoes,
Un ymhob carfan, yn cario'r groes.

Un, cyn ei losgi, yn codi ei lef
Am Lusern ei Arglwydd i'w werin Ef.

5   Un, er y crocbren, yn dyfod o'i rawd
I rannu Bara i gleifion tlawd.

Dau o'r un grefydd bur heb rwysg
Dan ddyrnod yr un sofraniaeth frwysg;

Dan olau'r un seren, uwch y rhith,
10   Sy'n arddel y Rhiwgoch a Chefn-brith.

Duw ni cheidw i blaid o'i blant
Y dwfn dosturi sy'n nerthu'r sant.

Pan ddysgo'r pen gan y galon a'i llên,
Rhyfedd mor rhyfedd 'newydd' a 'hen'.

95. Tri Phennill

Gwelais wedi cad, gad y geudod,
A gweld treiddio'r perygl trwy ddur parod,
A'r haul yn duo'n y rhod – a thaenu
Gwyll daeardy dan esgyll awdurdod.

5   Holais wedi cad, dan lasliw coedydd,
Pa wir gwiw a saif. O! pa argae sydd
Pan guro storm y stormydd – a phob dim
O weilgi'r Dim arcipelago'r Dydd.

A'r rhigol swrth yn ei threigl a syrthiodd,
10   Yr awyr drom amdanom lle'n denodd,
A'n tosturi ni chriodd – yn ein tai,
Ym medd ein clai, ein camweddau a'n clodd.

Cerddi *Y Ford Gron* a Rhai Cerddi Eraill
1930–1935

96. Yr Uch-Gymro

Mae e'n dechrau sôn am Ddiwylliant –
    Rhedwch ar ôl y dryll
Neu'r geiriau nesaf a ddaw o'i geg
    Fydd 'Y golled i Gymru os cyll …'
5   Mae popeth modern yn wrth-Gymreig,
      Mae popeth poblogaidd yn hyll,
Ond, hyd angau, Diwylliant, Diwylliant,
    Diwylliant … Diwylliant … Di-wyll …

97. Rhesymau Pam

A wyddost ti pam mae prydydd
    Yn cadw ei wallt yn hir?
– Na, nid i gael ei gribo
    Gan feirniad 'steddfod sir,
5   Ac nid er mwyn ei rwygo
    Pan syrthio cân yn fflat –
Ond er mwyn cael cyfrwng perffaith
    I siarad trwy ei hat.

A wyddost ti pam mae ciwrad
10   Yn gwisgo coler ci?
Na? Wir, 'rwy'n dechrau meddwl
    Dy fod mor dwp â mi.
I ddyn wrth wisgo stwden
    Fe ddaw temtasiwn ffôl –
15   Na rega, giwrad bychan;
    Rho Satan o'r tu ôl.

98. Mae Diacon Gerllaw Aber-arth

Mae diacon gerllaw Aber-arth
A'i syniadau sgrythurol yn warth.
   Mae e'n dweud nad yw Moses
   Ond enw ar broses …
5   [Sy'n dirwyn i ben yn Karl Barth.]

99. Diddordeb

Nid oes i mi ddiddordeb yn y *League*
   Fel yn y Senedd. Yn y Senedd chwaith
Fel yn y *parish council* ger fy nhrig,
   Cans ni ddarllenaf am eu moelni maith
5   Nad yw yn gilagored yn fy nghof
   Ddrws yr ysgoldy ar aeafnos gynt,
Pan hudwyd fi gan gysur lamp a stof
   I glywed glewion gwlad yn colli eu gwynt.
Warcheidwaid pwmp a phompren! Yn eu mysg
10   Ni cheir cymdogol hedd, nac arfer tact
Pan gyfyd greddf dehongli deddf â'u dysg,
   A'r pwyntiau manwl dan yr olaf Act.
O! am gyfleu i'r byd â'm pen neu 'mhensil
Fy hen ddiddordeb yn y *parish council*.

100. Cwyn Dafydd ap Gwilym yn y Nefoedd

(Ceisiodd Mr G. J. Williams, Coleg Caerdydd, brofi bod
Iolo Morganwg yn dwyllwr, ac mai gwaith Iolo ei hun
ydyw Gorsedd y Beirdd a nifer o gywyddau a briodolid i
Ddafydd ap Gwilym.)

'Does dim cysur yn y Gwynfyd,
 Fel oedd yma'r dyddiau gynt,
Er pan ddaeth 'rhen Iolo ynfyd
 Mewn, ar gwthwm mawr o wynt.
5 Ar y llawr sgrifennai *pseudos*
 O dan enwau beirdd di-ri;
Yma mae e'n mynd â'r *kudos*
 Am bob dim sgrifennais i!

Fe a wnaeth y gerdd i'r eira
10 Ac i Forfudd deg ei phryd –
'Down i ddim i'm cael, fe daera,
 A sgrifennais i ddim byd.
Aros dipyn bach, 'rhen Iolo,
 Nes daw Griffith John i'r lan –
15 Fe ddaw terfyn ar dy solo
 Yn ddisymwth yn y fan.

101. Hoelion

(Gyda phob dyledus barch i Mr R. Williams Parry a'i soned
'Hiraeth')

Mae hoelion hyd y tir a'r moroedd maith;
   Mae hoelion mewn parwydydd ac mewn pyst,
Rhwng dannedd gofaint dyfal wrth eu gwaith,
   Mewn bocsis sebon – ac ym mhopeth, jyst,
5   Ond tewaf mewn esgidiau gwaith fe'u rhoed,
   A thrista' 'rioed pan ddônt drwy'r lledr yn llu
Gan ddeffro artaith artaith yn y droed
   Ac yn y fynwes reg ddiatreg, ddu.
Fel pan ymdeimlo gŵr (a dweud yn goeth)
10   Â blaen rhyw dacsen letchwith yma a thraw
Yn deffro pigiad ar ôl pigiad poeth
   Dan wadn a sawdl, nes cyfyd maes o law
Yr ellyll olaf megis ewin cath
A gwaniad gwyllt i'r dyfnder yn ei brath.

102. Y Cloc

Dilyn ei gwrs o ric i ric
    Heb frys yw camp y cloc;
Fe ddaw â bywyd bob yn dic,
    Fe ddaw ag Angau toc.

5   Sbïwr yng ngwlad y Gelyn Mawr,
    Fe ddaw â gair o'r drin:
Pa sut yr â o awr i awr
    Ei ymgyrch ar y ffin.

Plisman yn llywio llif cin stryd
10   Yn y Dragwyddol Dre –
A bwch dihangol dyn o hyd
    Wrth ddod yn hwyr i'w le.

103. Ym Mhenfro

Os chwilier o ben yr hen Frenni
Draw i odreon Carn Lleiti,
Mae man anwylach i mi
Na Charmenin? 'Cheir moni.

104. Sequoya

(1760–1843)

Indiad o waed, yng ngodidowgrwydd pluf
    A nwyd rhyfelgar; oni chafodd glwy
A throi o'r hela a'r rhyfela hyf
    A methu rhwyfo a marchogaeth mwy.
5   'Darfu,' medd pobl ei lwyth, 'ei ddydd a'i waith.'
    Ond gwelodd ddalen fach o lwyth dyn gwyn
A synnodd at y wyrth – trosglwyddo iaith
    O enau byw i'r nodau bychain hyn.
Ymroddodd trwy'r blynyddoedd yn ddi-flin
10   A'i addysg ymhob methiant yn crynhoi.
Heb lusern ymbalfalodd am y rhin
    A chreodd A B C yr Iroquois –
A'r Aifft, a Babilon, a Groeg ynghyd,
Mewn hanner einioes gŵr, a roes i'w fyd.

105. Athro Ffasiynol

Cawn yma economydd – yn trafod
   Pob trefen diwinydd
  A'i gael, yn ddigywilydd,
  Ym 'mhlus fours' ym mhlas y ffydd.

106. Y Ddannodd

O! y ddannodd ddienaid – yn fy mhen
   Yn fy mhoeni'n ddibaid:
  Athrylith llu'r cythreuliaid,
  Archoll hen yr erchyll haid.

107. Dinistr yr Offerynnau

Awel 'Haf' yw Wil Ifan, – a'i fympwy
    Yw fampo yn fwynlan:
    Math o hirgeg, mowth-organ,
    A bachan, diawch, bochau'n dân.

5   I'r baswn ba swn y sydd? – Wylofain
      Wil Ifan a orfydd.
     Dyna'r obo dan rybudd;
     I'r trombôn trom bo'n y bydd.

    Rhoes drwmp ar ben y trwmpet, – a *challenge*
10   I'r *cello* a'r clarinet;
     Sangodd ar gorn y cornet,
     A'r hyn oll ar yr un het.

    E ddarfu'r holl gerddorfa; – aeth ergyd
      Mowth-organ i'w bola:
15   Mae y ffliwt am y fflata',
     Picolo heb bo na ba.

    I'r falen â'r fiola, – i'r angau'r
      Corn Ffrengig a sudda,
     A diflanned y flaena'
20   Fiolin dan fewial 'lah'.

    Bu enaid gan biano, – a'i arddel
      Mewn urddas drwy'r henfro;
     Daliai'n dynn y delyn, do –
     Hunant yn dawel heno.

108. [Dysgu Teipio]

Mi deipiaf yma dipyn,
A daw ei well wedi hyn.
Anhapus yw fy nheipo,
Araf fy nghlac, hir fy nghlo.
5   Mae'r abiec yn cecial
A throi'n swp llythrennau sâl;
A pha gur i'r ffigurau?
Hynod iawn yw 1 a 2.

Paham y gwneir cam â'r coma? – I'r diawl
10   Â'r *dash* y fan yna.
      Ys gwn, pa le disgynna?
    Un ai fan hyn – neu fan 'na …

Allaf, os posib, wella fy speso?
A thap, a thap, yna hirfaith hwpo
15   Y lefers [i]'w referso – nid heb au,
Na, cloc y beiau yw clac y boi-o.

109. ['Babi Sam yw'r BBC']

Paham mae Sam o'i siomi – yn dala
   I'm dilyn mor sili?
   Dyweder wrtho'n deidi:
   'Babi Sam yw'r BBC'.

110. [Garddio]

Heddiw yn gardno'r oeddwn,
Yn y gwres yn chwynnu grwn
Heb adael, er trafael trwch,
Yr un ôl ar anialwch.
5   Loi'r offeiriad mad a'i medd,
A phorfa hyd ei pherfedd.
Rhonc a braf ei dail tafol,
A'i letys a'i phys yn ffôl.
Mae'r dant y llew yn flewog
10   A ffy ei hadau fel ffog.
Main, och im, ym môn y chwyn
Ces riwbob fel coes robyn.

Yn Hermon ail Norman wyf,
Hwyl. Dodaf Waldo ydwyf.

111. Brenhines y Lamp

Rwy'n dipyn o sgwlyn cylchdeithiol,
Fan hyn a fan draw ar fy nhro,
Ond llwyddaf yn weddol effeithiol
I lynu ym mraster fy mro.
5   Eich bacwn a'ch wyau boreol
Yw'r gorau a ge's yn fy nhramp,
Ond deliwch yn dynn yn y rheol,
A gwn na chaf ddiffod y lamp.

Hoff gennyf yw llosgi tybaco,
10   Gwell gennyf yw chwarae â'm pib,
A'r tân yn ei llestr yn slaco,
A'm meddwl yn dal ar ei wib.
Hyfryted yw oriau segurdod
Ar hen dywydd diflas a damp,
15   Nes trowch at y cloc mewn awdurdod,
A gwn na chaf ddiffod y lamp.

I'r Efail mi af ambell adeg –
Cans hafal Cuchulain wyf i;
I'r gof sy mor goeth ei ramadeg
20   Rwy'n rhywbeth amgenach na chi;
Ac weithiau wrth ddychwel i'r gegin
Mwmialaf mewn tipyn o stamp:
Caf chwysu yn hir wrth y fegin
Ond gwn na chaf ddiffod y lamp.

25   Mae gennyf un cysur pwrpasol,
       Un cysur i'w gadw mewn co', –
       O bob rhyw weinidog urddasol
       Fu'n aros fan hyn ar eu tro
       Ni chafodd na Glasnant, ŵr heini,
30   Na Morgan Jones, Whitland, y clamp,
       Na Jiwbil nac un o'r cwmpeini –
       'Does un gafodd ddiffod y lamp.

       Cans dirgel yw'r seremonïau
       Pan elo'r Aladdin i'w le;
35   Ni ŵyr ond y person a'i piau
       Y modd yr ymachlud efe;
       Gyfrwysed y dwylo a'i diffydd
       Pan godont i anterth eu camp;
       Mae concwest yng ngwên Mrs Griffydd
40   Ar ôl iddi ddiffod y lamp.

       Frenhines, mae'r gwir yn safadwy,
       Mae'ch bacwn a'ch wyau tan gamp;
       Mae'ch gofal yn wir ganmoladwy,
       Ond O! na chawn ddiffod y lamp.

112. Twmi Bach Pen-dre

Rwy'n troi yn filwr weithiau,
    Mae gennyf gleddau pren;
Rwy'n erlid dros y bryniau ban
    Elynion Cymru Wen;
5   Ond pan fyddaf yn y frwydr
      Daw rhywun heibio i'r lle ...
    'Stoped e ... pwy yw e?
    Twmi bach Pen-dre.'

Rwyf weithiau yn bregethwr
10   Ar ben y garreg fawr;
Rwy'n swyno'r gynulleidfa fud
    A'i synnu lawer awr;
Ond pan fyddaf wrth y bregeth
    Daw rhywun heibio i'r lle ...
15 'Stoped e ... pwy yw e?
    Twmi bach Pen-dre.'

Rwyf weithiau'n mynd yn forwr
    Gan hwylio rownd y byd,
A Sioned – dyna enw'r llong –
20   Yw'r garreg yn y rhyd;
Ond pan fydd hi'n gwneud am Lunden
    Daw rhywun heibio i'r lle ...
    'Stoped e ... pwy yw e?
    Twmi bach Pen-dre.'

Awdl 'Tŷ Ddewi'
1935/1936

113. Tŷ Ddewi

Y Bore

Nos Duw am Ynys Dewi –
Daw hiraeth llesg i draeth lli
Llif ar ôl llif yn llefain
Ar hyd ewynnog y rhain.
5   Araith y cof yw hiraeth y cyfan,
Hiraeth am fro ar y gro a'r graean;
Lle rhedo sisial Alan – ynddi hi
Mae hiraeth am weilgi ym Mhorth Maelgan.

Ys gweddus a gosgeiddig –
10   Daw i'w draeth o dŷ ei drig.
Araf ei sang, i'w dangnef
O'i uchel waith dychwel ef.
Erddo chwaler yn dyner, O donnau,
Eich ewyn lledrith, a byddwch chwithau
15   Yn deilwng o'i sandalau – dywod mân
Ym mysg y graean a'ch cymysg grïau.

O'i ofal daw fel y daeth
I dywod ei feudwyaeth
Y gŵr tal a garai ton
20   A chlegyr uwchlaw eigion.
Fwyned y salm hyd ymyl ei balmant
A'i lleisiau, iseled lle sisialant
Dewi ydyw, dywedant, – yn dawel
Â min o gwrel am enw a garant.

25   Neu i'n gwron yn gawraidd
Dyred, wynt, a rhed â'i aidd
Uwchlaw'r gwanegau achlân
Gan chwythu gwŷn uwch weithian.
A chwithau'r un fel y tonnau melyn
30   Ymhyrddiwch a chorddwch dan lech Hwrddyn.
Na hulier dim, wele'r dyn – ŵyr afiaith
A rhyddid hirfaith moroedd ei derfyn.

Dewrder o dan dynerwch
Duw ni ludd i'r dynol lwch.
35   Mae eigion golygon glas
Ac o'u mewn y gymwynas.
Ddewi bendigaid ei enaid! Yno
Yn egr y mae dewraf grym i daro
Dros egwan ddyn yn huno. – Yn hedd rhwydd
40   Hafn distawrwydd y dwfn a dosturio ...

Nos Duw am Ynys Dewi
Yntau, llaes yng ngwynt y lli
Ei glog, a'r grog ar arw grys
Yn rhyw wegian o'i wregys.
45   Draw'r oedd Hwrddyn ag ewyn yn gawod.
Deffroai antur gân y gwylanod.
Âi Dewi hyd ei dywod – yn y sŵn
Hyn a fu fwrdwn ei hen fyfyrdod.

Gado cysur seguryd,
50   Torri balch wychterau byd
Am drech dawn yr ymdrech deg
Na chwennych ddawn ychwaneg,

Gado'r hen air a gado'r anwiredd,
Gyda'r hen fâr, gado'r hen oferedd.
55   Gado'r clod o godi'r cledd, – creulonaf
A thyngu i Naf waith a thangnefedd.

Arafodd, safodd yn syn
Lle safodd, oedodd wedyn.
Yno i'w drem ar fin ei draeth
60   Dygwyd y Weledigaeth.
Gwelodd ryw dir, a gwawl oedd ar dorri
Ag anadl cân hen genedl cyni
O'r Hwn ddeil gôr y weilgi – ymhob trai
Bu tra holai atebiad o'r heli.

65   'Daw o Dduw ei waed di-ddig
I wythiennau Brythonig
A'i ras anfeidrol a red
Yn rhydd ofer o Ddyfed.
Daw bore Iesu o'r oriau duon
70   A siantiau taer yr hen seintiau tirion.
Ymlid braw o deimlad bron – bydd ei rad,
Daw dyn i'w gariad o dan ei goron.

'Ei Gof o'r môr a gyfyd,
Golch ei fawl o gylch ei fyd,
75   Cyfle saint a braint ei bro.
Tân Melita'n aml eto.
Heriwn y ddrycin: dewrder nis blinir
Oni ddaw hinon, oni ddihunir
Alawon teg glannau tir – yn ddidrist
80   I gario eu Crist i gerrig y rhostir.

'I'r hen lwybr yn arian lin
Dygyfor môr am Erin
A braf dan yr heulwen yw brig
Y lli deau Llydewig.

85   Gorau a gelwyd ond gŵyr y galon
Mai yma y daw grym y meudwyon,
Yma daw cof am Samson – ein brodyr;
Yn hardd yr egyr hen ffyrdd yr eigion.

'Yma daw y meudwyon
90   Hardd eu dull ar ffyrdd y don.
Pysgotwyr ar antur ŷnt,
Eneidiau cadarn ydynt.
Dan y Golomen Wen, daw gewynnau –
Wele, a thrafel rheolaidd rhwyfau
95   Cipiant o fron y tonnau – rhag eu bâr
Hir wobrwy – daear yr Hebredeau.

'Rho harddwch yr Iwerddon
Ar goedd i diroedd, O don
Dan lom fron meudwyon da
100   Heb liw du ni blodeua
Traserch gŵr celf yn ei santaidd elfen
A chlog mynachlog am hoen ei wychlen.
Sagrafen llaw, sgrifen llên – Iesu mad
Can lliw a thoriad cain y llythyren.'

105   Darfuwyd y proffwydo
Gan hir grych yn rhygnu'r gro
Dewi a wêl trwy'r düwch
Ryw ŵr – pysgotwr o'i gwch

Tra bo cynnes ei gyfarch yn nesu
110   Esgud y wŷs i ddysgu Duw Iesu
Yn union y sôn y sy – yno 'nghyd,
Am un a'u gweryd ym mhoen ei garu.

Dywawd 'Nid af yn daeog
I ryw athrist Grist ar grog.
115   Ai rhan Duw yw coron dig
A gwaed y gorchfygedig?
Dyre yn ôl â Lleu liw goleulon
Dyre â golau i dir y galon
Heb un cur, heb boen coron – gwrthuni
120   O, dyro inni Adar Rhiannon.'

Eb Dewi 'Cân Rhiannon
Ni thau yn y grefydd hon.
Yn y newydd ffydd ni phaid
Hen degwch y Bendigaid.
125   Hwn a oedd gyfiawn yn ei ddigofaint
A rhoddes i'w dorf rad ei ragorfraint
Bu'n bont i'w dwyn â'i fwyn faint – bu'n heol
A dawn i ddwyfol, dwyn ei oddefaint.

'I osgo Duw, cysgod oedd
130   A chadarn a gwych ydoedd.
Er hyn oll pond marw a wnaeth
Ym min gelyn mewn galaeth?
Ni ddaeth ef adref er ei wrhydri
A'i hen gerdd arwest a gwŷr y ddyri;
135   Yn ei dranc bu fwyn dy Ri – o'i galon
Adar Rhiannon roes i drueni.

'Eithr fe gyfodes Iesu
O'r llwch a'i dywyllwch du.
Yno nid erys unawr ...
140   Engyl ei efengyl fawr
Yw'r seren fore sy â'i rhin firain
A'r haul a dyr o hualau dwyrain.
Gwyndduw dydd a rydd â'r rhain – wawl i'r byd,
Penlinia o'i blegid pan leinw blygain.

145   'Eiddo i Nêr byddwn ni
A glân fel y goleuni
O law Nêr, oleuni iach
Bore syml, ba ras amlach?
Mynnwn bob bore fendith y Crëwr
150   Eiliad o'r angerdd rhag golud yr ungwr!
Na bord wen a bara a dŵr – fo dy raid
Gwêl dy lygaid y golau di-lwgwr.'

Yna'n deg daeth blaen y dydd
I ymylon y moelydd.
155   Ond Dewi ni phenliniodd
Llyma'r waedd a'r llam a rodd.
'Hyfryd oleuni a'i afradlonedd
Llamaf ar oror fy ngwlad lle gorwedd –
Agored i'w drugaredd – a'r nos fawr
160   Chwâl ar un awr a chilia'r anwiredd.'

Canol Dydd

Dwfn yw tangnef Mehefin,
Ni syfl braidd, trwy'r hafaidd hin
Na deilios llwyn na brwyn bro …
Iesin nawn y sy'n huno.
165 Ac wele, diog yw haul y deau
Er rhoi ei danbeidrwydd rhwydd ar ruddiau
A chryndod mân gryndodau – ei des tawdd
Yn firagl hawdd ar fieri cloddiau.

Neb ond hon ni egnïa
170 Serch ei hoed ar droed yr â …
Mor faith y daith y daethost
Dyre, tynn o'r hen droed dost
Yr esgid garpiog a rho dy glogyn
Ar led odanat ryw eiliedyn;
175 Cei di hoe, ac wedi hyn – wel dyrcha.
Ei ar dy yrfa, yn ddewr i derfyn.

Dyre mor bell â Dowrog
Yno, clyw, cei daenu clog.
Mae rhos lle gwylia drosom
180 Hedd eglwys Dduw o'i glas ddôm.
Maith yw ei hallor a gwyrdd yw'r lloriau,
Ac yno deryn a gân dy oriau,
Yno 'sgwn cei ddi-lesgáu – deui'n gynt
Heb reidus hynt i baradwys seintiau.

185   Mae brawdiaith yn yr eithin,
Meddai Dafydd gywydd gwin.
Lleianod yw y llwyni
Er dy fwyn mi gredaf i.
Er mwyn Mair Madlen er pob trueni …
190   Aros ni allet … o'r gwres enilli
Dy 'ddwywaith i Dŷ Ddewi' – ddiargoedd
Cyn daw ingoedd ac yna dihengi.

Wele, yr awron olud
A gwychter a balchter byd.
195   Daw mil llewychiadau mân
Ar ei heol o'r huan.
Cans daw y Norman a'i lu i'w ganlyn
Clyw ei osgordd y tincial a esgyn
O balfais is harnais syn – yn wyneb
200   Awchus burdeb o fflach ei ysbardun.

Ond daw rhyw gwmni llawen
Â chainc o'r ifainc a'r hen.
Awen ffri gan rywun ffraeth
Ry delyn i'r frawdoliaeth.
205   A gŵr gwenieithus ger y genethod
Mor agos yr erlyn eu merlynnod
Yn eu clyw y cân eu clod – hwy'n eu tro
Yn para i wrando. Ie! pererindod!

Yn eofn rhwng colofnau
210   Gwych, mae ymsymud a gwau.
Â llawer llif lliw i'r lle
Dihafal. Ar wal, wele

Lu o nofisiaid dan law hen fasiwn
Yntau a ddywed: 'Mae'r ffydd a gredwn?
215   O mor hyll y miri hwn – rhwng creiriau
Ai mud o wefusau mwy, defosiwn?

'Mae ofer sang trwy dangnef
Iesu Grist a'i gysegr ef.
A lle mae yr hyll ymhel
220   Deuai'n Dewi yn dawel.
O, am enaid hen ysbaid annisbur
Y saint meudwyol a wybu ddolur!
Y rhain i'w coron o'u cur aeth heb au
A rhydd y lleisiau lle'r oedd eu llaswyr.

225   'Na wawdiwn gyffes Iesu
Ysol dân yw sêl ei dŷ
Yma mi hir ymrwymais
Â nwydau gwell wneud ei gais.
A muriau o hedd fydd am fy mreuddwyd
230   Yma dan ongl bwaog y gronglwyd
Hyd aml gôr y deml a gwyd – o'm deutu
I'm hannwyl Iesu – y maen a lyswyd.

'Sibrydai mad ysbryd mwyn
Ei air i Fair y Forwyn.
235   Yn ei wawl oni weli
Dlysineb ei hwyneb hi.
Erddi chwiliaf yr harddwch a welid
Ac uchel geinder fo'n gochel gwendid
Caf londer tra caf lendid – yn fy marn
240   Ar gerrig y darn, a'r gwir gadernid.

'Fy Mair gu, y fam wâr gynt,
Annwyl pob un ohonynt;
Ond y Gair fu yn dy gôl
A gerit yn rhagorol.

245   Un dymuniad a aned i minnau
I ddal yr aing oni ddêl yr angau
Fel y naddwyf flynyddau – fy mywyd
I deml yr ysbryd yn nhud fy nhadau.

'Mae Amser a'i bwerau

250   A'u bri byth ym mhob rhyw bau.
Dyfal ei droed, nid oeda;
Fel o'i reibio heibio â.
A heddiw hen wyf ac oeddwn ifanc
O boen ei ddiwedd nebun ni ddianc.

255   Tra bwy'n llwch try bun a llanc – i'm gwaith gwych
Â gwrid, i edrych ar gariad didranc.

'Eithr o ango huno hun
Credaf, cyfodaf wedyn.
Y mae tre a gwyd i'm trem

260   Acw ar seiliau Caersalem.
Awn seiri hoff, i'w hanian seraffaidd
E ddaw i'r golwg ein delw ddirgelaidd;
Amser a thrawster ni thraidd – i'n hymlid
O glas ieuenctid ei heglwys sanctaidd.

265   'Cans yno bydd celfyddyd
O bob oes a wybu byd.
Pob rhyw athrist Grist ar grog
Fo'n wychlan i fynachlog.

Urddas y gangell a'i harddwisg yngo
270 A'r dyfnder tawel i'r hwn a'i gwelo.
A thra cwyd breuddwyd bro ger bae San Ffraid
Gwn dario enaid ei geinder yno.

'Dan eu braint y saint y sy
O'r oesoedd gyda'r Iesu.
275 Yn ddidlawd eu molawdau
Yn wych eu hoen o'u hiacháu.
Mae yno heb liw hen friw Wenfrewi
A Thydfil loywlan a'r pur ferthyri.
A glanaf mwynaf i mi – o holl ryw
280 Deheulaw Oen Duw, wele ein Dewi.'

Hwyr

Lle cwyd pen llwyd Carn Llidi
Ar hyd un hwyr oedwn i;
Ac yn syn ar derfyn dydd
Gwelwn o ben bwy'i gilydd
285 Trwy eitha' Dyfed ei rhith dihafal –
Rhed ei thres swnd ail frodwaith ar sindal
Lle naid y lli anwadal – yn sydyn
I fwrw ei ewyn dros far a hual.

Gwe arian ar ei goror
290 Yw mân ynysoedd y môr.
Yno daw canu dyhir
A dawns ton ar ridens tir.

Mae'r henfro â maith ymylwaith melyn
Fe dry i'w glannau fodrwyog linyn.
295 Yno gwêl y tonnau gwyn – yn eu llwch
Daw eiry'n ei harddwch i Drwyn Hwrddyn.

Ar wych fraich y fro uchel
Heb gyfrif un ganrif gêl,
Clywaf gyfaredd heddiw
300 Ail oes well hen Wales wiw
O'm huchelgarn ar drum uwch y weilgi
Eilchwyl clywaf hen oesoedd yn golchi
Ym mysg suon llon y lli – o'r dirgel
Mae anwes dawel am Ynys Dewi.

305 Parabl yn nydd pêr blynyddoedd
O dan haul haf a gaf ar goedd.
A daw ataf o'm deutu
Iaith fwyn hen bethau a fu.
Aber afonig a bâr i finnau
310 Grwydro lle rhedo o rwyll y rhydiau
Hen ymson a thôn ni thau – yw ei naid
A Bae San Ffraid biau sŵn y ffrydiau.

Mesurau bach amser byd
A chwalaf a'u dymchwelyd.
315 Er ymlid, hen Garn Llidi,
O'r oesau têr drosot ti,
Anniflan heddiw yw'r hen flynyddoedd
Cans yma mae mynydd fy mynyddoedd
A'i hug o rug fel yr oedd – pan glybu'r
320 Canu ar antur y cynnar wyntoedd.

Daw gwanwyn hyd y gweunydd
Â thân rhwysg i'w heithin rhydd.
Oeda haf ac wedi hyn
Daw rhwd ar hyd y rhedyn.

325   Dychwel y gwanwyn, a mwyn yw d'amyncdd
Pan heuo'r hwsmon i'w afradlonedd,
Gwyliaist waith a gwelaist wedd – hen ddyddiau
A rhawd dy dadau ar hyd dy dudwedd.

Ar dy odre hir didranc
330   Tua swyn y toau sanct.
Rhodiasant ar hyd oesoedd –
Dy nawdd o hyd, newydd oedd.
Cilied y Crist fcl y Lleu liw goleulon
A siantiau taer yr hen scintiau tirion
335   Di geli yn dy galon – i'r Duw gwir
Enw nid adwaenir â nodau dynion.

A than gyfaredd heddiw
Heb boen bron na rhaib un briw
Edrydd fy mynydd i mi
340   Dy ddiwedd, hen Dŷ Ddewi.
Wele ŵr siriol o le'r oes euraid
A'i wyneb yn deg gan hoen bendigaid
Y mynydd am ei enaid – Myn y gŵr
Olau dilwgwr y wlad i'w lygaid.

345   Y mynydd a'i rym anwel
Wysiodd hwn o oes a ddêl
A than y swyn mwyn i mi
Yw hiraeth maith ei ddyri.

A rhodio a wnaeth drwy redyn weithion
350   O graig ei rostir i'r fangre gristion
A wybu nawdd mab i Non – yno trodd
 chŵyn dyfalodd uwch hen adfeilion[:]

'Mae trysor gwlad fy nhadau?
Bu arliw pur i berl pau
355   Mae gwrid mererid y môr
Fu'n gywrain ar fin goror?
Mae glain yr oesoedd i mi? Glyn Rhosyn
A ildiodd ramant dy ruddem dremyn
Ar glos hen gysegr y glyn – amser byd
360   A dery d'olud dan draed dy elyn.

'Cans daeth y cadarn arnad
Amser hen a'i lym sarhad.
Dy drysor di a dreisiwyd –
Ger eigion oes – cragen wyd.
365   Lle bu dihewyd diwair dy seiri,
Lle bu eu traserch dan wyll bwtresi
Neu wawl dy restr ffenestri – hir ymdrôdd
A'i raib a loriodd dy gry' bileri.

''Rôl clwm codwm y Cadarn
370   Dy hwyrddydd y sydd yn sarn.
Ond o drawster, tynerwch
Roed o'i law ar hyd dy lwch.
Yr heulwen fiwail yn ail â niwloedd
Oriog, yn nhrofa ei hir ganrifoedd
375   A rhag eu blin ddrycinoedd – defaid gwâr
 dyr am seintwar, o'r stormus wyntoedd.

'Er mor wag y bo'r gragen
Mae i'r clyw ei miragl hen.
Llanw a thrai lli'n ei throeon
380   A sisial dwys oesol don.
Fynyw, yn nistryw dy gain ffenestri,
Yn ddistaw er difwynaw dy feini
Dygyfor y môr i mi – suon hedd
A thonnau diddiwedd hen Dŷ Ddewi.

385   'Ar rith yr awyr weithion
Clywaf dincial dyfal don
O'r oesoedd cêl pan welwyd
Eiddgar amyneddgar nwyd
Yn mynnu ceinder o'r meini cyndyn
390   Hoffter hir faith hen grefftwr o'i erfyn
A gras gwiw yr Iesu gwyn. – Dan ei groes
Bwa glân a roes lle bu Glyn Rhosyn.

'A thrwy chwedl aml genhedlaeth
O ruddin gwŷr iddo'n gaeth
395   Yn nhreigl oes hir eglwysi
Dan eu dyfais tyfaist ti.
Oni ddaeth cyfnos ddofn hen golofnau
Dy goedwig Othig uwchlaw pregethau.
Bu siffrwd pêr paderau – trwot ti
400   Rhyw si yn nrysi Rhosyn yr Oesau.

'Clywaf foreol foliant
A mawr swyn tymhorau sant.
Mae gwlith hwyr yn arwyrain
Ar glos gwyrdd yr eglwys gain.

405   I'r Fam Wyryfol a'r Ave Maria
       I'r Duw eglured yw'r Deo Gloria.
       Hud y rhain ar led yr â – uwch ben byd
       Yn glog i'r Bywyd o Glegyr Boia.

       'Rhoet y miri tymhorol
410   A'i rin deg ar fryn a dôl.
       Daw llawenydd hen ddyddiau
       A'u chwerthin rhwng perthi'n pau,
       I ffeiriau'r henoes, a phererinion
       Yn eu pali ffri ar gefn palffreion.
415   Yn seinber ar lawer lôn – lle cwyd llwch
       Tyr tawelwch ag elwch y galon.

       'Addolwyn a mwyn i mi
       Dy ddaear, hen Dŷ Ddewi.
       Ym mhob nwyd nawdd Duw mab Non
420   A roist i'r oesau Cristion.
       Yma bu gardd eu sancteiddiol harddwch
       Yr hoen dialar a'r hen dawelwch.
       Heb bersawr o'i llawr a'i llwch – yw'r ardd hon
       Mae rhos fy nghalon? Awelon, wylwch.

425   'Hir islais yn y rhoslwyn
       A sibrydai ym Mai mwyn,
       A than awen heulwen haf
       Acw mae'r rhosyn tecaf.
       Syml a di-ail os aml yw y deilios
430   Ar ôl ymorol mewn hir ymaros
       Daeth brenin a gwerinos – trwy gyfrif
       Llawer i ganrif â lliw i'r gwynros.

'A doe blodeuai ond daeth
Chwalu yr oruwchwyliaeth
435   Eithr yng ngherddi gerddi gwâr
Caed ei rosgoed ar wasgar.
Diau rhosyn gwyn Dewi a roesant
A'r rhosyn coch yn berl yn y gerlant.
Tra daw gwlith i blith ei blant – i'w hen chwedl
440   Hardd y try cenedl y beirdd tra canant.

'Ofer codi meini mud
A chroesbren uwch yr ysbryd
Mor dawel yw mur Dewi
Alan hen, ni holwn ni
445   Ond boed dirgelwch y byd o'r golau,
Digona bywyd a'i gân heb weau
Rhyfeddod am grefyddau – na dyn byw
Yn hawlio creu Duw yn nelw credoau.

'Er diwedd y credoau
450   Ni dderfydd y mynydd mau
Eirio'n gudd i'r hwn a gâr
Hen dduwiau gwyn y ddaear.
Mae rhith yn chwythu ei bib yn ddiball
Tyner a thirion tannau rhith arall
455   A chlyw Duw uwchlaw deall – nos a dydd
Ganiadau newydd gan nwyd anniwall.

'O'r ehedydd ar aden
Neu sêr yn nos hir y nen,
Neu awel dawel y dydd
460   A'i thraserch ar faith rosydd.

Cans yma rhwng dail y dyrys ddrysi
Y diddig enaid doe a ddug inni
Burwyn flodeuyn Dewi, – a dilys
Ei rin a erys i'w ryw aneiri".

Cerddi'r Plant
1936

114. Y Morgrugyn

Ble'r wyt ti'n myned, forgrugyn,
　　Yn unig, yn unig dy fryd?
Gwelais dy ffrindiau wrth fwlch y waun
　　Yn gwau trwy'i gilydd i gyd,
5　　　　Cannoedd ohonyn nhw!
　　　　Miloedd ohonyn nhw!
　　Yn gwau trwy'i gilydd i gyd.

Wyt ti ar goll, forgrugyn,
　　Ymhell o dy gartref clyd?
10　Gaf fi fynd lawr â thi i fwlch y waun
　　I ganol dy ffrindiau i gyd?
　　　　Cannoedd ohonyn nhw!
　　　　Miloedd ohonyn nhw!
　　Yn gwau trwy'i gilydd i gyd.

115. Bore Nadolig

Beth sydd yng ngwaelod yr hosan?
   Beth sydd i lawr yn y droed?
Mae e'n galed, mae'n gorneli i gyd –
   Y peth rhyfeddaf erioed.

5   Dyma afal, a dyma orens,
   A dyma ddyrnaid o gnau; ·
A dyma bacyn o siocoled –
   Rwy'n eu tynnu i maes yn glau.

Dyma rywbeth – beth yw e? Mowth-organ!
10   A dyma whisl bren;
Wel, dyma gwpwl o farbls.
   Beth sy gennyt ti, Gwen?

Ond beth sydd yng ngwaelod yr hosan?
   Y peth rhyfeddaf erioed –
15   Dau ddyn bach bitw â llif draws
   Yn barod i lifio coed.

116. Chwarae

Pan fydd yr haul yn twynnu
    A'r gwynt heb chwythu'n gry',
Â Mair a fi a Deio bach
    I'r cae i chwarae tŷ.

5   Mae'r waliau'n rhes o gerrig,
    Mae'r llestri ar y seld;
Bydd Mair yn feistres trwy'r prynhawn,
    A ninnau'n dod i'w gweld.

Os daw ymlaen yn gawod,
10   A ninnau'n yfed te,
Rhaid rhedeg mewn i'r storws fach
    A chwarae mynd i'r dre.

Hen sach o flawd yw'r ceffyl,
    Fe fyddwn yno chwap.
15   Bydd Mair yn gofyn, 'Siawns am lifft?'
    Cyn dringo lan i'r trap.

117. Y Byd Mawr

Pan ddaw 'y Nwncwl Ifan am dro o'r pyllau glo,
Â geiriau od fel 'cwnni', a 'bachgan glên', a 'sbo',
Bydd e a Dadi'n siarad, a phobun yn dweud 'i siâr
Am Dreorcitonypandyaberdâr.

5   Rwy'n hoffi eiste'n dawel a gwrando ar ei sgwrs,
'Dwy' ddim yn deall popeth sy gydag e, wrth gwrs,
Ond af i'r gweithiau rywbryd er mwyn cael gweld ble ma'r
Hen Dreorcitonypandyaberdâr.

118. Gweithio

Rhaid imi gwpla chwarae
   Â Deio bach a Mair,
I arwain pen y ceffyl glas
   Pan ddaw'r cynhacaf gwair.

5   Mae hwnnw'n ddigon llonydd,
   Rwyf finnau bron yn saith;
O! fel rwy'n meddwl am yr haf
   I ddechrau ar fy ngwaith.

Bydd Twm a Dadi'n pitsio,
10   A Wil yn llwytho fry,
A finnau'n gweiddi, 'Wo, Hol' ffas','
   Nes clywo Mam o'r tŷ.

Daw Mam â'r stên a'r fasged,
   A'r lliain dros y lle;
15   'Arhoswch, Mair a Deio bach,
   I'r gweithwyr gael eu te.'

119. Y Llusern Hud

Gadewch inni chwarae 'Llusern Hud',
   Rho'r gannwyll i Deio i'w dala;
Pletha dy ddau fys bawd ynghyd,
   A dyna lun pili pala.

5   Dyma ben camel, a sut mae gwneud gŵydd?
   Rhywbeth fel hyn – ga' i dreio?
Rhywbeth fel hyn – 'ddaw hi ddim yn rhwydd,
   Paid symud y gannwyll, Deio.

O, mae'r ŵydd yn rhy galed i fi,
10   Ond dyma lun Preseli.
'Olréit,' meddai Mam, 'dyna ddigon o sbri,
   Sut mae llun y gwely?'

120. Dynion Sy'n Galw

Pan ddaw Wil Lacharn heibio – fe'i clywch yn dod o draw –
Mae Mam yn siŵr o redeg ma's â phadell yn ei llaw.
Mae mwffler am ei wddw, 'dyw e ddim yn gwisgo'n smart;
Mae e'n gweiddi 'Cocs a fale' wrth y cart.

5   Pan ddaw Elic heibio mae'n llusgo'i draed yn drwm
Wedi cerdded trwy y bore ar ôl cysgu yn y cwm.
Hen, hen got fawr amdano, 'dyw e ddim yn gwisgo'n swel;
Mae e'n gofyn, 'Alla i g'wiro wmbarél?'

Pan ddaw Gib y bwtshwr heibio yn ei drap o ben y dre,
10   Fe glywch drot-drot y poni bach yn glir o le i le.
Mae ganddo ffedog streipiog a chot hir ysgawn lân;
Mae e'n gofyn, 'Ie-fe tamed fel o'r bla'n?'

121. Y Gotiar

Mae Mam ar y clos â ffedogaid o ŷd.
    Dic-dic! dic-dic! dic-dic!
A'r ieir a'r ceiliogod yn tyrru ynghyd,
    Dic-dic! dic-dic! dic-dic!
5   Mae pob iâr a cheiliog
      Yn rhedeg yn hwyliog
      A'r pâr colomennod
      Ymhlith y cywennod;
      Daw'r ieir duon
10   O'r lle buon',
      A'r ieir brithion
      Am fendithion
      A'r ieir cochion
      Dan y trochion
15   A'r ieir gwynion
      A'r melynion;
Ac yna'n syber iawn fe ddaw
Y gotiar fach o'r llyn gerllaw.

Mae'r ieir a'r ceiliogod â'u pennau i lawr,
20   Pic-pic! pic-pic! pic-pic!
Yn pigo pob gronyn yn fân ac yn fawr,
    Pic-pic! pic-pic! pic-pic!
      Ie, pob iâr a cheiliog
      A redodd yn hwyliog
25   A'r pâr colomennod
      Ymhlith y cywennod;
      A'r ieir duon …

A'r cwt bach gwyn a weli draw
Yw'r gotiar fach o'r llyn gerllaw.

30   Er na chawn ganddi gân nac wy,
        Wic-wic! wic-wic! wic-wic!
    O! doed i lan heb ofni clwy,
        Wic-wic! wic-wic! wic-wic!
    Fel pob iâr a cheiliog
35   Sy'n rhedeg yn hwyliog
    A'r pâr colomennod
    Ymhlith y cywennod
    A'r ieir duon ...
    Yna dychwelyd maes o law
40   Yn syber iawn i'r llyn gerllaw.

122. Yr Eco

Pwy sy'n byw yng ngwal Tŷ'r Yw?
Dyna waeddwr yw e. Clyw!

A-ha … 'ha'. A-ha! … 'ha'.
On'd yw'n gallu gweiddi'n dda?

5   E-he! … 'he'. E-he! … 'he'.
Rhaid mai un fel fi yw e.

O-ho! … 'ho'. O-ho! … 'ho'.
Mae e'n barod iawn bob tro.

W-hw! … 'hw'. W-hw! … 'hw'.
10   Dim ond eco, medde' nhw.

Pwy sydd well o chwilio'i gell?
Nid yw'n ateb ond o bell.

123. Y Cymylau

A welsoch chwi'r cymylau
    Sy fry uwchben y rhos?
Rwy'n caru eu gweld trwy'r ffenest fach
    Cyn mynd i gysgu'r nos.

5   Mi welais un yn hwylio
    Fel llong ar wyneb lli.
Ac O! roedd llenni o bob lliw
    Yn hwyliau arni hi.

Mor dawel y mordwyai
10   I borth dan fynydd ban ...
Yn araf troes yn gastell gwych
    A safodd ar y lan.

Malurio'r oedd y castell
    Pan gododd niwl y nos ...
15 A welsoch chwi'r cymylau mawr
    Sy fry uwchben y rhos?

124. Y Garddwr

Mi gefais dâl gan Dadi am ei helpu ef mor dda,
   A gwneud y pamau'n llyfn â rhaca fach;
Mi gefais rwn o dato, a hanner rhes o ffa,
   A ffrwyth y pren afalau cochion bach.

5   Yr oedd hi'n anodd disgwyl, ond mae'r tato nawr â'u gwrysg
   Yn wyrddlas ac yn dew, a'u dail yn iach;
Mae'r ffa yn wyn gan flodau, a'r gwenyn yn eu mysg,
   Ac O, y pren afalau cochion bach.

Daw'r ffa yn barod, meddai Mam, i'w tynnu ar fy mlwydd;
10   Mi gadwaf rai o'r tato yn fy sach
Erbyn dydd Nadolig i'w bwyta gyda'r ŵydd,
   Ond 'chadwa'i mo'r afalau cochion bach.

125. Blodyn a Ffrwyth

Gwelais rosyn ar y drysi,
   Gwelais flodau gwyn y drain;
Gwelais flodau aur yn rhesi
   Dan ganghennau'r onnen Sbaen.
5   Blodau'r eithin mân, fe'u gwelais,
   Gwelais flodau prydferth lu;
Ond ni welais
   Ail i flodau'r pren afalau wrth y tŷ.

Profais eirin pêr ac orain,
10   Profais y syfien goch;
Profais rawnwin du o'r dwyrain,
   A'r geiriosen lân ei boch.
Mwyar duon, llus, fe'u profais,
   Profais ffrwythau melys lu;
15   Ond ni phrofais
   Ail i'r afal ar y pren ar bwys y tŷ.

126. Y Bws

Rwy'n hoffi teithio yn y bws,
Rwy'n hoffi'r paratoi a'r ffws,
A cherdded lan hyd siop y go'
A disgwyl iddo rowndo'r tro,
5   A dringo'r grisiau hanner llath
I ganol dynion o bob math.

Mae ambell un â'i wallt yn wyn,
Mae ambell wraig yn dal yn dynn
Wrth fasged, ac mae ambell un
10   Yn magu babi ar ei glin.
Mae'r plant sy'n dod o'r ysgol fawr
Yn gorfod eistedd ar y llawr.

Rwy'n hoffi gweld y caeau gwyrdd,
A'r tai a'r cloddiau hyd y ffyrdd,
15   A'r hewlwr yn y clais gerllaw
Yn pwyso dro ar ben ei raw.
Mae Mam yn achwyn ar y ffws,
Ond O, rwy'n hoffi byd y bws.

127. Pitran-patran

Rwy'n gorwedd yn y gwely,
   A chwsg ymhell ar ffo.
Rwy'n clywed y glaw yn pitran-patran
   Ar hyd y to.

5   Rwy'n caru meddwl heno
   Fod pobun hyd y fro
Yn clywed y glaw yn pitran-patran
   Ar hyd y to.

Mae'r brenin yn ei balas
10   Ac ym Mhen-llwyn mae Jo
Yn clywed y glaw yn pitran-patran
   Ar hyd y to.

Mae merched bach y sipswn
   Sy'n aros ar y tro
15   Yn clywed y glaw yn pitran-patran
   Ar hyd y to.

Mae Darbi yn y stabal
   A'r pedair buwch a'r llo
Yn clywed y glaw yn pitran-patran
20   Ar hyd y to.

Mae carlo yn ei genel
   A'r hwyaid bach dan glo
Yn clywed y glaw yn pitran-patran
   Ar hyd y to.

25   Mae'r llygod yn y llafur –
       Pob peth ble bynnag bo –
    Yn clywed y glaw yn pitran-patran
       Ar hyd y to.

    Clywed y glaw yn pitran-patran
30   Mae pobun trwy y fro;
    Pitran-patran, pitran-patran,
      Y glaw yn pitran-patran 'to.

128. Pyslo

Pyslo'r wyf wrth weld y bwa,
Ai'r un un a welodd Noa?
O ble daeth, yn hardd ei olwg?
Ble mae'n mynd wrth fynd o'r golwg?

5   Pyslo'r wyf wrth weld y llanw,
    A oes llawer o'r un enw?
    Pwy all ddweud heb fynd i chwilio
    Ble mae'n gorwedd ar ôl cilio?

    Pyslo'r wyf wrth weld y gofer
10   Yn mynd heibio yn ei gyfer –
    Dŵr yn newid bob munudyn,
    A'r un gofer yw ef wedyn.

129. Galw'r Gwartheg

Mae'n bryd mynd ar ôl y gwartheg,
  Dewch i lawr hyd iet y ddôl;
Dacw hwy yn araf bori,
  Does dim eisiau Bob i'w hôl.
5 Blodwen, Seren, Brithen, Cochen,
  Pol a Pat, ble bynnag boch;
Nansi, Pegi, dere Llwyden,
Dere Llwyden,
Rhosen a'r Bengwndwn goch.

10 Dyma ni ar hyd y feidir,
  Dyma ni o dan y llwyn;
Dyma ni wrth ddrws y glawty,
  Dewch i'ch corau, wartheg mwyn.
Blodwen, Seren, Brithen, Cochen,
15 Pol a Pat, ble bynnag boch;
Nansi, Pegi, dere Llwyden,
Dere Llwyden,
Rhosen a'r Bengwndwn goch.

130. Enwau

Pryd mae'r gwcw'n gwisgo'i sgidie-a-sane?
Pryd mae'r brain yn gwisgo'u bacse glas?
  A sut mae'r blodyn neidir
  Fyny fry ar glawdd y feidir
5 Yn perthyn i sut hen greadur cas?

Sut mae Mair â chymaint o friallu?
Ydi'r cŵn yn clatsho'u bysedd i wneud stŵr?
  Ydi'r moch yn bwyta'u crafol?
  A oes rhywun â'r dail tafol
10 Yn pwyso pethau weithiau i'r hen ŵr?

Dywedwch ydi'r nyddwr weithiau'n nyddu?
Ac wedi iddo nyddu, pwy sy'n gweu?
  Welais i mo deiliwr Llunden
  Yn gwneud siwt erioed i undyn,
15 Ond cofiwch, falle'i fod e ar y slei.

Pam na fentra'r gwyddau bach i'r afon?
Rhag ofn hen was y neidir, falle'n wir.
  Fe ddylai'r brenin brale
  Dalu milwyr am ei ddal e –
20 Mae digon o ddail ceiniog yn ei dir.

Pryd mae Jac y rhaca'n cael ei wair mewn?
'Thâl hi ddim i'w adael nes bo'n llwyd.
  Anodd lladd â'r ddalen gryman
  Ond bydd gwas y gwcw yma'n
25 Helpu cywain, a daw'r llyffant ma's â'r bwyd.

131. Clatsh y Cŵn

Mor falch y safai ar y clawdd,
    Hir brynhawn o haf,
Res o fysedd cochion
    Hyd y bonyn braf.
5   'A ga' i ddangos,' meddai Deio,
     'Fel maen nhw'n cadw sŵn?'
Clatsh, clatsh, clatsh, clatsh,
    Clatsh y cŵn.

'O, mae'n drueni,' meddai Mair,
10   'Noethi'r bonyn braf;
Gad i'r bysedd cochion
    Hongian trwy yr haf.'
Ond 'doedd Deio ddim yn gwrando,
    Dim yn gwrando ar un sŵn,
15 Ond clatsh, clatsh, clatsh,
    Clatsh y cŵn.

132. Y Siop

Dewch i'n siop ni i brynu te,
Dyma'r siop orau a gewch yn y lle;
Popeth a fynnwch o bob llun a lliw:
Oel a chanhwyllau a sebon a bliw,
5   Bisgis a bara a menyn a jam,
A thenciw mam.

Wel, rhowch imi siwgwr a hanner o gaws
(Dyma'r siop orau y des ar ei thraws) –
Dau bwys o falau – y gorau, bid siŵr;
10   Dwsin o wyau a thipyn o ham …
Thenciw mam.

Deio yw'r Siopwr â ffedog yn iawn,
Mair ydyw'r fenyw â'i basged yn llawn.
Cerrig yw'r wyau a'r siwgwr yn ddwst,
15   Mae'r oel … wel, welwch chi mono jwst,
A'r cwbwl a feddwn yw un geiniog gam,
Ond thenciw mam.

133. Y Gwynt

Clywais ei ru
    Yn y simne'n y nos;
Clywais ei su
    Yn y brwyn ar y rhos;
5 Clywais ei sgrech
    Yn yr eithin mân;
Ni chlywais ei drech
    Am chwibanu cân.

Beichio wna'r fuwch
10 A brefu wna'r llo,
A'r ceffyl, fe'i clywch
    Yn gweryru ar dro;
Mewial wna'r gath
    A chyfarth wna'r ci;
15 Mae i'r gwyntoedd bob math
    O leisiau di-ri.

Mae miloedd rwy'n siŵr
    Ohonynt i gyd,
A'u meistr a'u gyr
20 I bedwar ban byd.
Ânt wrth ei gais,
    Dônt yn ôl tua thre –
Mae pobun â'i lais
    Ac mae pobun â'i le.

134. Storïau 'Nhad-cu

Rwy'n caru'r storïau gan 'Nhad-cu
Am bethau 'slawer dydd.
Mae ynddynt rywbeth hanner llon
A rhywbeth hanner prudd:
5   Hen enwau'r da a'r dynion,
Enwau'r hen gŵn a'r meirch,
A mynd i'r môr mewn gambo
A mynd i'r fâl â'r ceirch,
A mynd ymhell i galcha
10   Cyn byddai'r wawr yn las,
A mynd â'r hen bregethwr cam
I gadw moddion gras.
Mynd i'r gymanfa gatics
I weud y pwnc a'r gân,
15   Bob un â dillad newydd sbon,
A'r rheiny i gyd â gra'n;
A mynd i'r ysgol ddyddiol
A phawb ar dop ei lais
Yn gweiddi P-R-A-C *prac*
20   A T-I-C-E *tice*;
Ac am yr holl chwaraeon
Oedd gyda nhw yn blant:
Y dandis a'r botymau bach
A'r bando yn y pant.
25   A mofyn dŵr o'r pistyll
A ffwrna yn y tŷ,
A gwneud yr hen ganhwyllau brwyn
A'r sime fawr a'i rhu,

A'r crochan mawr â'r dribedd
30   A'r tyweirch ar y tân,
A'r sgubell rug oedd gan ei fam
I gadw'r llawr yn lân,
A'r llysiau hyd y trawstiau
Oedd ganddi at bob rhaid,
35   Y gamil fwyn â'r llyged llon
Ffa'r gors a chribau Ffraid;
Ffiolau a'r carllwyau
A'r hen Siân segur pren,
Y gwely cwpwrdd bychan
40   Lle cysgai fe a Ben;
A'r teilwr main a'r taner,
A'r clocswr coch a'r crydd,
A meibion Felinruffydd
Yn gweu o flaen y gwŷdd;
45   Ac am yr hen fedelwyr llon
Yn codi 'mhell cyn dydd,
A'r rhester hir o wragedd
Yn y cynhaeaf gwair,
A Lefi'r crythor tywyll
50   Yn canu ar ben ffair;
A'r fyddin o bysgotwyr
Er gwaetha'r beili cas
Yn mynd â ffagl a drifer hir
I ddal yr eog glas;
55   Ac am y cotau cochion
A cherbyd mawr y plas,

Am lawer o greaduriaid gwyllt
Na welais i erioed,
Y 'sgwarnog ar y mwntan
60   A'r wiwer yn y coed,
Ac 88 a 96, ac am bob peth a fu …
Fe allwn wrando 'rhyd y nos ar storïau 'y Nhad-cu.

135. Cân y Fegin

Wff-wff-wff-
Wffu-wffu-wffu-
Hwthu-hwthu-hwthu-
Chwythu, chwythu, chwythu,
5   Chwythu heb ddiffygio
I'r papur print gael cydio,
I'r coed gael saethu gwreichion
A throi yn fflamau cochion,
A'r rheiny'n dawnsio'n wisgi
10   Nes byddo'r glo yn llosgi,
A'r talpau du yn cochi
Nes byddo'r dŵr yn brochi,
A'r tecil bach a'i dwrw
Yn dweud ei fod yn ferw
15   I lenwi'r tepot yn ei le
Er mwyn i'r te gael 'bwrw',
Tra byddo'r wyau'n ffreio
I frecwast Mair a Deio,
I Deio bach gael tyfu,
20   Rwy'n chwythu, chwythu, chwythu,
Chwythu-chwythu-chwythu-
Hwthu-hwthu-hwthu-
Wffu-wffu-wffu-
Wff-wff-wff.

136. Y Falwoden

Un ryfedd yw'r falwoden
Yn llusgo, llusgo, llusgo
  O ffos i ffos
  Yn reit jocôs
5 Heb wybod fel mae'n rusgo.

Mae'r ardd yn deyrnas iddi,
Mynyddau mawr yw'r cerrig.
  Mae'r daith o'r drws
  I gwrdd â'r bws
10 Mor belled â'r Amerig.

Ond pan ddaw'r hwyr mae'n dangos
Bod llygaid yn ei chyrn hi;
  Daw'n ôl i'w thŷ
  Gan ddweud: 'You see,
15 I never break my journey.'

Cerddi
heb fod mewn
Casgliadau
1936–1956

Cerddi Eisteddfod Bwlch-y-groes, ger Crymych, gogledd Sir Benfro, Chwefror 1939

Cystadleuaeth y Gadair

137. (1) Chwys

Rhocyn tair ar ddeg aeth ar y sgwner
Don Mendoza dan y 'mistir main'
O'dd yn trado rhwng porthladdoedd bychain
Solfach a Thyddewi a Phorth-gain.

5   Ni châi dwylo'r llong bryd hyn eu gwala,
Tenau oedd y menyn ar y dorth;
Aeth y rhocyn lawr i gist ei gapten
Pan oedd hwnnw'n rowndo tua'r north.

Dan ei gapan rhoes y talp o fenyn,
10   Croesodd eto'r dec yn eitha' iach,
Ond fe'i gwelodd 'yr hen foi' a'i amau;
Galwodd ef i mewn i'r cabin bach.

'Dere'n nes i'r tân, mae'n noswaith oerllyd,
Poera fe, fe gwyd y fflamau chwap;
15   O! mae gwynt yr îst yn wenwyn heno;
Dyna fe. Paid boddran tynnu'th gap.'

Toddai'r ysbail, treiglo dros ei dalcen,
Dros ei wegil cyn pen fawr o dro.
'Fachgen, beth yw'r chwysu mawr sy arnat,
20   Ge'st ti annwyd?' Meddai'r llanc, 'Wel, do.'

'Wel, dere'n nes i'r tân,' a soniai'r capten
Am y llanw perygl yn y swnt,
Ond ni soniodd air am beth agosach,
Am yr enllyn oedd yn mynd tu hwnt.

25   Soniodd am ei gargo, cwlwm Noltwn,
Soniodd am y lan a'r creigiau bas;
Ni bu sôn am fenyn *Don Mendoza*,
Mwy na sôn am ddefaid ar Sgar Las.

Erbyn hyn mae'r rhocyn yntau'n gapten;
30   Aeth y 'mistir main' i'w olaf gwŷs;
Cofia'r llall yn fynych gyda diolch
Am y wers a gafodd dan ei chwys.

138. (2) Dagrau

Bachgen tair ar ddeg rhyw fore o aeaf
Safai wrth ryw ddrws ym Mhentre'r Ddôl,
Ond, pan aeth i ffwrdd, er gwenu'n serchog,
Gadodd ddagrau lawer ar ei ôl.

5   Menyw dlawd ond onest drigai yno –
Canodd yn yr wythawd gafodd gam;
Llawer un a welodd ôl yr wylo –
Nid y canu oedd y rheswm pam.

Menyw dlawd a gaed un hwyr yn wylo –
10   Bachgen wrth y drws – hi gofiai'r cwbl.
Rhoes ei cheiniog brin i brynu wynwns,
Pilio'r rhain oedd achos yr holl drwbl.

139. (3) Gwaed

Canys fe orweddai gŵr hyd angau
Yn ei wely mewn ysbyty pell;
Cafodd beint o waed gan lanc o Gymro,
Pumpunt iddo roes 'rôl dod yn well.

5   Cyn pen blwyddyn fe orweddai eto;
Dwedwyd: 'Rhaid cael cwart i'w wella'n grwn.'
Meddai'r gŵr – 'Pa le mae'r llanc o Gymro?'
Dwy a chweugain gafodd y tro hwn.

Trydydd tro a fu, a llwyr wellhaodd.
10   Pump ar hugain oedd y tâl a wnaed.
Cafwyd yr esboniad gan feddygon –
Cardi oedd y llanc a roes y gwaed.

Tair Telyneg

140. (1) Chwys

Hyfryd iawn 'rôl blino'n tŷ
Yw mynd i'r ardd i chwysu,

Nes bo'r gwar yn cydio â'r crys
A hefyd dan y llewys.

5   Dod yn ôl a chymryd bath
A newid i grys arath.

141. (2) Dagrau

Arddwr, beth yw'r dagrau prudd
Yn dyfod hyd y ddeurudd?

H_2O, NaCl,
A dweud mewn termau dirgel.

5   Da cael basic ar y plot
Trwy'r heli tra yr wylot.

142. (3) Gwaed

Cefais gwt wrth drimo'r clawdd,
Yr oedd y gwaith yn anawdd.

Gwaed yn dyfod dros ei fin
A threiglo hyd yr ewin.

5   Rhedais 'nôl i'r tŷ yn slic
Am glwtyn a borasic.

143. Lladd Mochyn

Pedwar Pennill. Tôn: Hen Ffon fy Nain

Mi ganwn gân am gochi'r tir,
Am dorri'r cyntaf cefn,
A thorchi'r pridd â'r aden gast
Yn hirdon loyw, lefn,
5   Neu gel mewn cwys a chel ar gae
A'u troedio dyfal sobr –
Ond tra dilynwyf Job a Sal
Rwyf am y wal â'r wobr.

Cof am y mochyn bychan, tew
10   A alwem gynt yn Rop;
Pan glywai'r agolch yn y gwynt
Fe siglai'i gwt heb stop.
Hyd fôn ei gern mewn maidd a mâl,
Yn rhochial yn ei wrych,
15   Ni welai ef ar hyd ei oes
Y loes oedd yn ei wlych.

Direidus oedd pan gaffai'r drws,
Nid digon iddo'r sofl,
Ond cerddai weithiau hyd yr ardd
20   Dan ddweud – 'Och, och, cofl, cofl'.
Fe'i gwelaf nawr â llawer swil
Yn ffril o gylch ei ffroen,
Ond nesâ'r dydd y daw rhyw lu
I grafu ar ei groen.

25 Wel, taflwch gwpwl dros y trawst,
    A dewch i'r clos â'r fainc;
    Mae'r dŵr yn berwi, ewch o'r ffordd,
    I mi gael canu cainc.
    Wel, hawyr bach! Mae'r twlc yn wag,
30 Bu'r lladdwr yma ddoe.
    Er imi 'golli'r dydd' yn grwn
    Mae'r bacwn yn y noe.

144. Englynion y Daten

Mamre,
Sir Bemro,
Yr ail o Fis Bach.

Annwyl Mishtir Ifans,

Ma'r bechgyn yma, meibion Jacob, wedi bod wrthi y nosweithi diwetha 'ma, yn canu englyn am y gore i'r daten. A dyma fi hen ŵr cu tad-cu yn gorfod eu hala nhw, dros y lot, i steddfod Bwlchygrôs. Mab Sarah wdw i, os y'ch chi'n cofio.

Yr eiddoch yn barchus

Isaac Jones

Englyn Reuben:

Rho imi'r Aran Banner, – mae'n bwysig
    Mewn basin bob amser;
    Mwyn ei blas, O! mae'n bleser
    Cael ei swmp mewn cawl â sêr.

Englyn Aser:

Rhoddwn lond cors o'r porej – am ei blawd,
    Am ei blas rhwng cabej,
    Am ei swyn ynghlwm â swej,
    Neu'n fâl tra sisial sosej.

Englyn Naptali:

Hon a gludwyd yn glodwiw – o randir
    Yr Indiad, a heddiw
   Gwelir y daten wen, wiw
   Ymhob man, ymhob meniw.

Englyn Dan:

Yn ei thir myn ei thoreth, – ar y ford
    Dyry faeth yn ddifeth;
   Mewn *chipshop* uwchlaw popeth,
   Acha bag mae'n wych o beth.

Englyn Joseph:

(Gair i esgusodi'r Saesneg. Aeth y jipsis â Joseph i waelod y
sir pan oedd yn fachgen. Daeth ymlaen yn dda yno, nes dod
yn glarc ar y cownti cownsil. A byth er hynny mae rhyw hen
Saesneg gydag e o hyd.)

You're all right with Early Rose, – O, Kerr's Pink
    Are spuds fit for heroes.
   And Up-to-Date potatoes
   Are large with the Down Belows.

Englyn Judah:

Hen fwydlys a'n gwna'n fodlon – ar y byd,
    Hulia'r bwrdd yn gyson,
  Ac nid yw cig yn ddigon
  O ginio i neb heb hon.

Englyn Benjamin:

(Joseph sy wedi bod yn gweud wrtho am ryw 'ddelwau
cerfiedig' sy gyda nhw i brinto yn ysgolion y wlad bell)

Tor 'gwt' yn dwt ar daten – a'i gwasgu
    Ag osgo fo'n gymen;
  Wele, ar wyn y ddalen
  Hi edy brint fel print pren.

Englyn Isachar:

'Rôl cael caib a saib mewn sach – hi dreiglodd
    O drigle ei llinach,
  Ym min swej y bwrgej bach,
  A'u bobi oedd y bwbach.

Englyn Lefi (Offeiriad Teml y Tatws):

Lle'r ymgasgl am ei hasglod – y dyrfa
   Ar derfyn diwrnod,
    Ym merw ei chlwb, mawr ei chlod,
    Â o'r cwdyn i'r ceudod.

Englyn Simeon (Dylanwad Joseph eto):

Bwria rinwedd o'i berwi, – â yn siwps,
    'Dyw'r sipswn yn poeni.
    Mae llai o job i'w phobi
    Dan ei chot – a dyna i chi.

Englyn Gad:

Cefnodd y bod a'i dodwys; – â heibio
    I'r bwbach a'i carcwys;
    Daeth y frân o'i chân i'w chŵys,
    Y pagan! Hi a'i pigwys.

Englyn Zabulon:

Chips mawr 'da *chops* myharen, – tato stwmp,
    Tato stiff mewn poten,
    Ond mi redwn at daten
    Yn wlyb a rownd ar lwy bren.

Wel, dyna englynion y bechgyn yma. A gobeithio, Mishtir Ifans, y maddeuwch imi fod mor hyf â dweud un gair bach eto. Wel, ar ôl i'r bechgyn weud eu henglynion aeth Jacob eu tad ati i wneud un. A mawr oedd eu sbort nhw pan glywon nhw englyn yr hen foi. Wrth gwrs, chas e mo'r manteision a gas ei blant, a phan oedd e'n fachan ifanc roedd yn rhy wyllt i ymroi i'r cynganeddion – hyd nes y daeth tipyn o'r lusg ar ei draws. Wel, dyma ei englyn e:

> O'r America i Ewrob – daeth ei rhyw,
>> Ond o China daeth rhywbob.
>> A gwell na ffacbys Jacob
>> Yw'r daten os bydd yn bob.

Wel, os y'ch chi'n nabod y beirniad a fyddai gwahaniaeth gyda chi roi gair i mewn dros yr hen Jacob. Diolch yn fawr.

Yr eiddoch yn ddiffuant

Isaac Jones

O.N. O, mi anghofiais roi fy englyn fy hunan i mewn:

> Ymborth nobl i bobl y byd, – yn y gwraidd
>> Dan ei gwrysg mae'n golud;
>> Ffein y bo, ffon y bywyd,
>> Wele rodd sy'n ail i'r ŷd.

Isaac Jones

145. Rebeca (1839)

Ha wŷr, pan gwynai'n gwerin dlawd
A'i gweddi'n ddim ond cyff eu gwawd,
Hyd nad oedd ganddi ond braich o gnawd
 I'w codi rhag ei cham;
5 Pan gipiai'r swyddog yn y porth
Y dafell fawr o'i 'chydig dorth,
Enynnodd ein gwreichionen sorth –
 Rebeca oedd y fflam.

Pa awr oedd honno y daeth i'n plith
10 Trwy gyni y blynyddoedd chwith?
Dameg oedd hon dan uchel rith,
 Chwyrn oedd ei heglurhad.
Cydiodd ei betgwn am ei hais
A chwarddodd bro i wyneb trais,
15 Ond megis baner oedd y bais
 A'r anterliwt yn gad.

Ei hawr a fu yn ôl y gair
A redai'n gêl rhwng fferm a ffair;
Gadawodd gwaelod gwlad y gwair
20 A godre'r foel y cnu.
Pwy ydyw hon a rodia'n fras
Uwchlaw parodrwydd llawer gwas?
Rebeca'r cyntaf tro i'r ma's
 Yw cawr Mynachlog-ddu –

25   Y nerth a chwarddai uwch y ffust,
       Y fraich a wawdiai'r cerrig pyst,
       A'r dyner law a swynai'r clust
          Â chainc o'r delyn ledr;
       A'r llais a chwyddai'r golud braint
30   Ym moliant cynulleidfa'r saint –
       Cysgod o'i fawredd oedd ei faint
          Ac un â'i faint ei fedr.

       Carnabwth yr ucheldir llwm
       Lle cwyd y Foel yn serth o'r Cwm
35   A roes i'n bro wrhydri Twm
          Ryw ddydd o'r dyddiau tlawd.
       Ei fabinogi a fydd yn las
       Tra pery'r heniaith rhwng ei dras:
       Rebeca'r cyntaf tro i'r ma's
40   Â rhyddid yn ei rhawd.

       Rebeca a wadai dynion doeth,
       Rebeca a wawdiai dynion coeth,
       Rebeca'n hannibyniaeth noeth,
          Rebeca'n hangen bwyd.
45   Rebeca gadarn ar ei thraed,
       Rebeca heb warth, Rebeca heb waed,
       Rebeca'r miri mawr a wnaed
          O'r groesffordd hyd y glwyd.

       Ei chad ni safai hyd y nos,
50   Ond awr Mehefin hwyrol, dlos,

A'r heulwen eto ar y rhos
   A'r hedydd yn y nen.
Codwyd yr eirf wrth arch y cawr
A chododd gorohïan fawr
55   Pan gwympai'n deilchion hyd y llawr
   Ormes yr Efail-wen.

146. Cyfarch E. Llwyd Williams

Y bardd brwd wrth y bwrdd braf
Neu'r hen sgiw hwyrnos gaeaf,
Erni Llwyd, ym marn y lle
Ti yw'r gŵr, eto'r gore,
5   A mynnit ti ym min Taf
Y bryddest oedd bereiddiaf,
Un wych ei llun, och y lleill,
Ucha ar wŷr, och rai ereill.
Erni, cywilydd arnad,
10   Gorthrymder mân glêr min gwlad.
Holi am urdd Hywel Myrddin,
O fyd gwael yfed y gwin.
Cadair it, 'rôl cydio'r iaith,
Dy drafnid o'r dodrefnwaith.
15   Y chwech, y saith, chwith yw'r sôn,
A mawr adwyth, wyth weithion;
Naw a deg gwn y dygit,
O Dduw, a fydd diwedd it?
Da waith, frawd, o deui i'th fro,
20   Galw i'm gweld – i weld Waldo.

147. Cleddau

Clywais ganu gorfoledd Cleddau,
Ei chodi swyn ym mrwyn fy mryniau,
Ei rhedeg tua'i rhydiau trochionnog,
Mannau caregog ym min creigiau.

5   Canu ei dwfr, syfrdandod codwm
Cyn malu ei berl a'r canmil bwrlwm –
Gleiniau llathr rhwng glannau llwm hen Gleddau
Yn dresi golau mewn dyrys gwlwm.

Canu'r dwfr crych ar weundir uchel
10   A'r don a chwery dan y chwarel,
Ar wib o raib y rwbel, tua thre
Ar hynt i'r de, ar antur dawel.

Suo-ganu ar draws y gweunydd
A thrwy dawelwch dieithr dolydd;
15   Rhwd a lŷn wrth rod lonydd – atgof maith
Yw trwm olwynwaith tre melinydd.

Canu dan bontydd lle'r ymguddio,
Tewi weithian y man y mynno
A dal drych am hudol dro, yna o raid
20   O'i lun llathraid ymlaen y llithro.

Canu dan goed, a dolef hefyd
Lle troeo'n wyllt yr awen alltud,
A'r llais trwm yn y cwm cyd, lle clywom
Ryw isel siom trwy'r oesol symud.

25   Canu boddhad y wlad oludog,
       Am fôr fo'n bell myfyrio'n bwyllog,
       A daw y dyfrgi diog i'r geulan,
       Neu uwch ei racan chwery'r eog.

       Canu rhwng llawen afallennau,
30   Cwyno am ored – cain yw muriau
       Yr eglwys, a'r coryglau; – rhed y lli
       Hyd dir arglwyddi trwy weirgloddiau.

       Canu o'r aber o dan y deri
       Gan araf redeg neu hir oedi;
35   O, mor dawel daw'r heli i'w hen oed
       Dan y talgoed o hynt y weilgi.

       Canu'r tir isel, canu'r trysor,
       Y wobr a gâr ar lwybr y goror;
       Hiraeth mwy ar draeth y môr ŵyr ei bron,
40   A chŵyn yr eigion fo'i chân ragor.

148. Arfau

(Arferodd yr Iesu rym wrth lanhau'r Deml)

Felly, rhedeg a wnaethant rhag fflangell y mân reffynnau,
Nid am y gwelent y fflam dan ddwyael y Galilead
Ond am fod troedfedd o bleth blew geifr yn ei ddwrn ef.
Pan welent ei ddyfod trwy'r dorf, dyfod o dan y colofnau,
5   Dyfod rhwng bref yr ŵyn a lle'r c'lomennod cwynfannus,
Dyfod tua'r lle'r oeddynt, y bagad uwchben y bordydd,
Codi a wnaethant ar frys, crafangu am eu ceiniogau,
Tynnu eu dillad atynt, a mwmial llwon, ond myned,
Myned, cryn ddeuddeg ohonynt, rhag troedfedd o bleth
    blew geifr.
10   Chwi'r cyfnewidwyr arian, onid ydych yn wrol hefyd?

Am hynny, dywed eu had: 'Dug Iesu arf i'n herbyn.
Felly, hawl y sy gennym ar arfau tra pery'r ddaear.
Ati, weithwyr y byd! Gwnewch inni'r ymlusgiaid haearn,
Gwnewch inni'r ehediaid chwyrnfawr, a thuriwch
    rhagddynt hefyd.
15   Ni piau'r rhain; ni hefyd fydd berchen ar eu hysglyfaeth.
Bach gennym ni fydd y waedd, a bach gennym fydd yr
    wylo –
Cyn lleied â bref yr ŵyn, a chwyno, cwyno'r c'lomennod.
Pan dincial ar ein bordydd aur mâl dan arysgrif Cesar,
Da gennym ni yw dial,' medd y cyfnewidwyr arian.
20   Da yw dial, aiê? Pan afael yr angerdd ynom
Bydd fflangell o fân reffynnau eto'n ddigon i'ch gwasgar,
Ac i wneuthur eto'n deml a wnaethoch yn ogof lladron.

149. Ateb

Pe gwanai miliwn bidog ddur
Ni theimlai'r unben wae ei wŷr,
Ond â pob brath trwy'r rhyfel hon
I galon Crist fel gwaywffon.
5   Pwy ddwg y biliwn brath ynghyd
Yn rhyfel sant i achub byd?
Pwy gaiff dangnefedd wedi'r rhain?
Pwy gasgl y ffigys ar y drain?
'Ffordd newydd wnaed gan Iesu Grist
10   I basio heibio uffern drist,'
A chryfach eto yw ei ras
Na gormes Herod Antipas.

150. Gair i Werin Cred

Heddiw mae gwaed ar fonau rhaffau'r clych.
Tynnwch eich dwylo ymaith. Ffy drachefn
Obaith y byd, yn goflaid fach ar gefn
Yr asyn llwm a ddaeth hyd ddrws yr ych.
5   Na feied dynion gwael y dynion gwych,
Ynoch mae Herod a dialwr Crist
Yn rhoi heb do yr ach fu'n codi'r dist –
Gwae chwi, chwi'ch hunain, wŷr y fainc a'r rhych.
Gwerin beirianfryd ydych wedi drysu
10   Yn mathru cnawd eich cnawd dan gerbyd grym,
Meibion a mamau dan yr olwyn wrym
A chanu'r ych garolau Mair a'r Iesu.
Tewch. Nid oes ar y ddaear na thu hwnt
Un enw a all lanhau'r fath hurtrwydd brwnt.

151. Carol

Pan drethai Cesar yr holl fyd
Gan yrru pobl ei hawl ynghyd,
Pryd hynny ganed baban Mair
A'i roi i orwedd yn y gwair.

5   Ni wyddai'r ymerodraeth wych
Am eni'r Oen yng nghôr yr ych,
Ac am roi bron i faban gwan
I godi teulu dyn i'r lan.

Ond nid oes leng gan Gesar, mwy,
10   All chwalu eu cyfrinach hwy:
Cadarnach fydd na rhyfel certh
Cans caru gelyn yw ei nerth.

Deled y gân drwy'r dymestl wynt
O Fethlehem Effrata gynt;
15   Caned angylion yn gytûn
Nes geni ynom Fab y Dyn.

O! tyfed y Winwydden Wir
A changau tewfrig dros bob tir,
Onid arddelir ymhob bron
20   Frenhiniaeth nid o'r ddaear hon.

152. [Wrth Wrando ar y Newyddion ar y Radio Adeg y Rhyfel]

Befin a'i felin falu, – mae pob mab,
    Pob merch i'w wasnaethu –
    Rhengau dof yr angau du
    A'i epil yn chwil chwalu.

153. Englynion y Rhyfel

Y Radio

Cân propaganda'n gyndyn,
    Hysbys y dengys y dyn
    O ba badell bo'i bwdin.

Y Werin

Werin a fu, mae'r hen faeth?
5   'Byw dan gamp yw bod yn gaeth:
    Ni blygwn, yn boblogaeth.

    'O faeddu dyma fyddwn:
    Meistri caeth ym mws Tre-cŵn,
    Eiddo'r peiriant ddarparwn.'

Y Drefn

10   Drud bwyd a rhad bywydau;
    Cuddio'r gwir, cyhoeddi'r gau;
    Tolio'r blawd, talu â'r blodau.

Y Milwr

    Ei wobr yn fach: wybren faith,
    Gwely pell ar gil y paith;
15   A'i Gymru fyth dan gamraith.

154. [O'm Tyfle Hwy a'm Taflant]

A yw'th ddeall yn pallu?
Dim byth, sownd! Wel, dam, beth sy?
Dere'n awr, ar gadarn ŵr
Bai enbyd gwisgo bwmbwr.
5   Nid mewn pŵd, nid mewn padi
Di-foes ymadawaf i:
Mynd i'r north am ymborth wyf,
Rhodio am fara'r ydwyf,
Ac nid am fy 'erlid' i,
10   'Llabyddio' (yn lle boddi).
Mae dewis, a dim dwywaith,
Newid gwâl neu newid gwaith –
Fy hyrddio gan waharddiad,
Dyry sling ar draws y wlad.
15   O'm tyfle hwy a'm taflant –
Talu byr yw towlu bant.
Daw'r ban wedi'r tribiwnal;
Newid gwaith neu newid gwâl.
Twt, twt, rhaid dwedyd ta-ta
20   I'r Casmaelwyr cu, smala.
Ti gei air gwell ymhellach,
Wreiddyn mawr, yn awr yn iach!

155. Y Blacowt

Mwrdro golau â mawrdraul; – gwadu'r Nef;
    Gado'r nos i'r cythraul;
    Rhoi i'r nen her ar nawn araul,
    Rhoi llu'r drôm rhyngom a'r haul.

5   Haint digofaint a'i gefyn – a thywyll
        Gaethiwed ein dychryn;
        Arch golau rhag cyrch gelyn,
        Elfen daer mewn dalfa'n dynn.

156. Cân o Glod i J. Barrett, Ysw., gynt o Lynges ei Fawrhydi, Garddwr Ysgol Botwnnog yn awr

Paham na weithia Barrett un pwt?
Pam y saif fel colofn yno?
Am fod dau Eidalwr, bob un ar ei glwt,
Yn gweithio heno o dano.

5   Bu Barrett am oes ar y moroedd draw,
Bu'n dŵr rhag ystrywiau mileinig;
Bu'n cadw poblach didoreth, di-daw
Dan yr ymerodraeth Brydeinig.

Yn ofer yr âi'r gwylio dewr ar y don,
10   Yn ofer pob gwrol orchfygu,
Pe gwelid Barrett yn awr ger bron
Y ddau Eidalwr yn plygu.

'Does fawr rhwng y wops, a'r chincs, a'r blacs,
Mae eu crwyn yn eu tyngu i'w gilydd;
15   O! Barrett, rhag dyfod penrhyddid pob rhacs,
Ymgadw uwchlaw cywilydd.

Ymglyw â gorchymyn meistres y môr
Yn fwrlwm o'th fewn: NA PHECHA;
Na chyfod un daten, 'mwyn Singapôr,
20   Ond tawel ymrô i'r Gorucha'.

Da Barrett, ti sefaist yn llafn uwch y llawr
Nes dyfod y gwlith a'i lleithio.
Dy frwydr ffyrnicaf dros Brydain Fawr –
Gorchfygaist yr awydd i weithio.

157. [Cyngor Athro]

Os na thynni bob lein â riwl
Byddi cyn hir yn y niwl.
Mae'r llinellau sydd union a hir
Yn cadw'r gwaith hefyd yn glir.

158. Linda

Hi fu fy nyth, hi fy nef,
Fy nawdd yn fy nau addef:
Ei chysur, yn bur o'i bodd,
A'i rhyddid, hi a'u rhoddodd.
5   Hi wnaeth o'm hawen, ennyd,
Aderyn bach uwch drain byd.
Awel ei thro, haul ei threm,
Hapusrwydd rhwydd lle'r oeddem.
Fy nglangrych, fy nghalongref,
10   Tragyfyth fy nyth, fy nef.

159. Apologia (1946)

Mi ddwedaf wrth Bedr
Hyd eithaf fy medr,
Heb ildio ychwaith, fy chwedl:
'Yr wyf o Gymru lân
5   Ond ni yrrais un gân
I'r *Western Mail* yn fy hoedl.

'Ni thraethais un gec
Ar y BBC,
Ac ni thelais i'r Urdd Raddedigion.'
10   Bydd hyn, 'choelia' i lai,
Yn ddigon i'm rhoi
Ymhlith y gwynfydedigion.

160. Daear Cymru

('Some parts of Wales are not too comfortable' – Mr Atlee)

Nid mynyddoedd a chymoedd a dolydd:
   Y fraich a'u cododd i'r oesol fron
Trwy'r cenedlaethau, ac anwyr fyddem
   Pe pcidiem â charu hon.

5   Os cyfyd llethrau lle ni safai cysur
   Ond yng nghwlwm yr amaethdai mân,
Angel sy'n ymgodymu â'r gymdeithas
   I'w bendithio'n ddiwahân.

Os oes anghyfannedd, ymyl dalen Duw,
10   Gwcunydd lle gwyrai'r hen froch gawr
Gan ddweud: Rwy'n edrych dros y bryniau pcll
   Amdanat bob yr awr.

Dan haul a chwmwl ein profiad a'i prynodd;
   Rhed yr arial trwom ni
15   O'r fraich o danom, ac onid affwys
   Os peidiwn â'i hawlio hi.

161. [Taith Fws trwy Wahanol Rannau o Gymru, Awst 1947]

Dyddiau'r haul, anrhydedder hwy,
O'r wybren rhanna'r wobrwy.
Deuthum dros hen gymdeithas
Dros fur Ystrad-fflur a'i phlas.
5   Heddiw ar hynt – haeddu'r haul
A mwrdro lledr â mawrdraul.
Euthum i ben Pumlumon –
Wych le, gyda dwy ferch lon
Ddoe. Ac echdoe, ar fy oes,
10   Anadlwn yn Llanidloes.
Mewn afon bûm yn nofio,
A chael heb haint bob braint bro.
Rhy bell dychwelyd i'r bws
Heb ateb gwodd Dôl Betws.
15   A gawn-ni hyd ddydd Gwener
Oedi'n taith, boed faith, boed fer?
Diau, mewn tridiau daw'n tro
Cewch weld wynepcoch

               Waldo.

162. [Taith Hir ar Feic Afrwydd]

Ar y beic a chario'r bag, – y whil 'mlaen,
    Wel, ymhleth a llindag,
    Yn cloi, yn troi mewn triag,
    Y *cones* a'r *zones* yn *zigzag.*

163. Dwy Goeden

Mae'r sêr i gyd ar goeden
A Medi ydyw'r mis
Y plyg yr haul mawr aeddfed
Ei ystwyth gainc yn is.

5   Mae coeden hŷn: ni syfl hon.
Pery'r llonyddwch mawr
Nes syrth fel mesen i'r borfa
Ryw eiliad byw, o'r Awr.

164. Oes y Seintiau

Cân I

Nid o waith llaw yw'r tŷ a wnaethant,
   Bu pob mordaith iddo'n ddist;
Dygaist hwy, fôr, i ddwyn dy lannau
   A'th greigiau yn eiddo i Grist.

5   Bychain a llawer oedd eu llongau,
   Rhoddent eu nerth yn nerth eu Iôr;
Canent ei enw Ef a'i obaith
   Yn nherfysg maith y môr.

Gwelent ddyfod eu gwaed rhwygedig
10   At yr Iesu'n deulu crwn,
A chysurent ar y dyfroedd
   Hen genedl y tiroedd twn.

Yr un meistr oedd ar y gwyntoedd
   Ag ar anadl eu bron;
15   Wrth aberoedd cul gwlad Cernyw
   Rhodd Duw oedd ffyrdd y don.

Yng nghynteddau'r eigion chwilient
   Deyrnas eang Mab y Dyn;
Trwy'r diffeithfor aent yn ddifraw
20   I Lydaw fel i Lŷn.

Taflent rhwng ein gwlad ac Erin
   Raffau'r cydanturio taer
Nes cydorfoleddu cenedl
   A chenedl yn ddwy chwaer.

25   Ddyfed, o'th ddwy genedl rhoddaist
   Gewri i'w cymdeithas gref;
Nid o waith llaw yw'r tŷ a wnaethant:
   Aidd Sant a'i rhoddes ef.

165. Oes y Seintiau: Ymddiddan rhwng Dewi, Teilo a Cholman

Dewi: Rwyt yn sionc iawn dy gam o un a fu
Neithiwr yn cipio cwsg ar fwrdd y llong
Rhwng sgrympiau'r gwynt.

Teilo: Ni fedraf lai na bod,
5 Dewi, a Dyfed eto dan fy ngwadn.
'Run hugan arw o rug a rhedyn sydd
Dros Lydaw a Chernyw. Ond mi ddeuthum 'nôl,
Cymru sy dani'n awr.

Dewi: Teilo, mi wn –
10 Fe eilw'r hen gynefin dan ein bron
Er cymaint crwydriaid ŷm yn enw Crist.

Teilo: A'r hen gymdeithion hefyd. Mi ddeffrois
Neithiwr, a gweld yr hwylbren uwch fy mhen
Yn siglo rhwng y sêr – a chofiais Eilfyw,
15 Nid oem ymhell o'i gell ar ben y graig –
Y modd y dwedai'n fynych wrth y bobl:
'Rhyfeddwch Ef, a'u dododd yn yr wybr –
Pigion o lân oleuni Duw, yn dweud
Fod Crist yn eiriol drosom.' Pregeth fawr
20 Oedd honno ganddo.

Dewi: Eilfyw fy ffrind a'm tad.
A'r dewraf un oedd fe ohonom oll.
Chwenychai fynd â'r gair rhwng creigiau'r iâ

At wylliaid Thŵl. Y Gwyddel mawr ei fryd.
25   Eilfyw o Imlech – uwch y sêr y mae,
A than y sêr ple mae ei debyg mwy?

Teilo: Eto, â'n gwaith ymlaen o ddydd i ddydd.
Gwynfyd i mi yw'r cwlwm rhyngom oll,
Dewi, heb guddio'r galon, rwyf yn diolch
30   I Dduw am Samson ac amdanat ti.
A'r dydd o'r blaen, wrth ddod trwy Gernyw'n ôl
Gwelais y groes a dorrodd Samson ar
Y maen uwchlaw Tre-gaer, y dydd y daeth
Cannoedd at Grist yng ngŵyl y duwiau gau.

35 *Dewi*:   Cofiaf y tro – ac nid oedd hynny ond ern
O'i waith ar ôl cyrraedd Llydaw. Clod i'r Llais
A'i galwodd dros y môr, i dalu'r pwyth
I Lydaw am ddyfod Illtud atom ni.
Illtud a'i gwnaeth yn ysgolhaig, ac yn
40   Abaty Ynys Bŷr fe ddysgodd gamp
A'i gwnaeth yn fawr ymysg t'wysogion Ffrainc.

Teilo: Eto, nid af yn ôl
Ato i'r Ddôl, ond gwn y bydd awydd arnaf
Bob tro y daw'r wennol i gael croesi'r môr
45   A gweld y berllan fawr a blennais iddo
Yn torri'n fôr o flodau.

Pwy yw hwn?
A wyf yn dy adnabod?

Colman: Colman wyf.
50   Bûm ddisgybl i Ddewi. Cofi'n dda.

Teilo: A disgybl i Eilfyw ers llawer dydd.
Mi lawenheais yn Llydaw am dy waith
Wrth droed Preseli, ac am dy wobr, dy lan.
Do, ac am lannau Brynach yma a thraw,
55   Am ddyfod Tysilio yma, o Feifod bell
Yn alltud tangnef. Ac yn bennaf dim
Am dyfu o dŷ Ddewi yn goeden fawr
Sydd â'i changhennau yn bendithio'r wlad.
Ac yn ôl y deuthum i, ni allwn lai;
60   Yn ôl at y llannau a blennais innau gynt.

Colman: Ac y mae'n rhaid i minnau fynd am dro
I weld fy mhreiddiau hwnt i breiddiau'r môr
Yn Ynys Fôn a Llŷn. Ac ymhen tridiau
Rwy'n hwylio o'r Porth Mawr, os deil y gwynt
65   Y ffordd y mae.

Teilo: O, Ddewi, dyma gyfle
I mi, cyn dechrau eto 'ngwaith, ymweld
Ag Enlli, gysegredicach nag erioed
I'm bron. Yno mae bedd fy hen athro yn awr.
70   Awn ato yn Ynys Bŷr bob garawys gynt
O draeth Penalun, a dôi'r haf i'm bron
Yn ei gwmpeini. At fedd Dyfrig yr af.
Caf ei ysbrydiaeth eto ym mynwes môr.

Colman: Croeso it ddyfod, Deilo.

75   *Dewi*:   Ie, dos.
             Anadla awyr Enlli eto, a rho
             Dy droed ar draethell Llŷn a thyrd yn ôl
             At fôn fy nghoeden, fel y dwedaist gynnau.
             Clywaf ei sudd yn codi'n uwch, a'i dail
80   A'i ffrwyth yn gwrido yn yr oed a ddêl.

166. Oes y Seintiau

Cân II

Hyd y glannau, a thrwy'r goedwig
   Aent â'r addfwyn lais ar led;
Mabinogi'r Iesu a draethent,
   Lle crwydrent safodd Cred.

5   Goferydd Ei gariad oedd eu llwybrau.
   Cysegr iddo yw pob man
Y safodd sant gan ddwedyd: 'Wele,
   Yma mae lle i'm llan.'

Mawr y clirio, adeilio, cloddio
10   Ar ôl galw ei help ynghyd:
Rhoddes fel yng ngardd y mynaich
   Ddwy fraich i weddi ei fryd.

Gorffen cau, ymado'r cymorth;
   Trwy'r distawrwydd, dringo i'r Nef
15   Ddeugain nydd a nos awyddfryd
   Ei weddi a'i ympryd ef.

Yn ei gell fe gasglodd inni
   Drysor gwiw nas bwyty'r gwyf,
Ac o'i gae, trwy nerth annistryw,
20   Gwinwydden Duw a dyf.

167. [Pwy yw Hwn yn Penwynnu?]

Pwy yw hwn yn penwynnu, – a daw haul
    Dan do aeliau hirddu?
   Yng ngwawl cain rhyw angel cu
  Esgyrn wag sy'n sgyrnygu.

168. [Cyfeiriad D. J. Williams yn Abergwaun ar ffurf englyn ar flaen amlen, Rhagfyr 1953]

Abergwaun, beth sy blaenach, Stryd Uchel,
    Er ys tro dewch bellach,
   Saith seithwaith – O! syth sothach –
  Tŷ D.J. Hwrê, ŵr iach.

169. [Dewch o'ch Tai, a Dewch â'ch Tors]

Dewch o'ch tai, a dewch â'ch tors – er Rutzen,
    Beth yw'r ots, a'r Cawdors.
   Mae'r goetgul Bont Margetgors
  Yn rhy wingil i hil Hors.

170. [Ymweliad y Beilïaid]

Y man hyn y mae'n hynod;
Mae'n llwm, mae'r bwm wedi bod.
'Rôl llawer hoe doe y daeth
Gan hela ei gynhaliaeth.
5   Aeth ymherodr y dodrefn
Â'm byd i gyd ar ei gefn;
Oddi eithr, er budd athro,
Mae'r llyfrfa'n gyfan dan do;
Rhesymol aros yma
10   Mae'r llestri er y ffi-ffa,
A'r dillad wedi'u gadael
A'r plu a'r gwely ar gael.
Hyll fwlch dwy ystafell fad,
Gwael dwll, ond gwely a dillad,
15   A llun Gwynn, llun a ganai:
'Beili tew i bilio tai.'
Do, aeth i'r siop â phopeth
O le'r dreng i dalu'r dreth.
Nis gwn beth ddaw yn ei sgil –
20   Mi dagaf heb im degil!
Dyro *Thankyou*, Dreth Incwm,
Â'r iaith fain, gwrhâ i'th fwm.

171. [Ymddeol o Lywyddiaeth Cangen Abergwaun o Blaid Cymru am 1954]

Heddiw'n llai, y ddoe'n Llywydd;
Y ddoe'n rhwym a heddiw'n rhydd.

Y sgwâr-fanwl Sgrifennydd – a D.J.'n
    Gwneud y job 'da'i gilydd.
5   Dwedaf nawr – da, da fy nydd –
    Abergwaun bu ar gynnydd.

172. Weun Parc y Blawd a Parc y Blawd

Weun Parc y Blawd a Parc y Blawd,
Daw eto hirwawd haf:
Addo fy llaw i'r cleddyf llym
Ni wneuthum, ac ni wnaf.

Dail Pren
1956

173. Tŷ Ddewi

I

Nos Duw am Ynys Dewi.
Daw hiraeth llesg i dracth lli:
Llif ar ôl llif yn llefain
Ymysg cadernid y main.
5   Araith y cof yw hiraeth y cyfan,
Hiraeth am y fro ar y gro a'r graean.
Mae hun fawr ym Mhen y Fan, a thrwyddi
Mae hiraeth am weilgi ym Mhorth Maelgan.

Yn weddus a gosgeiddig
10   Daw i'w draeth o dŷ ei drig.
Araf ei sang, i'w dangnef
O'i uchel waith dychwel ef.
Erddo'ch dywenydd rhoddwch, O! donnau,
Yn gôr digyrrith a byddwch chwithau
15   Yn deilwng o'i sandalau, dywod mân,
Ymysg y graean cymysg o grïau.

O'i ofal daw fel y daeth
I dywod ei feudwyaeth,
Y gŵr tal a garai ton
20   A chlegyr uwchlaw eigion.
A'r tonnau taer, ar y tywyn torrant,
A'u lleisiau is, eilwaith, lle sisialant.
'Dewi ydyw' dywedant, a mwyned
Eu min agored am enw a garant.

25   Neu i'r gwron her gawraidd,
       Tyred, wynt, a rhed â'i aidd
       Uwchlaw'r gwanegau achlân
       Gan chwythu'r gwŷn uwch weithian.
       A chwithau'r un fel, y tonnau melyn,
30   Ymhyrddiwch a chorddwch dan lech Hwrddyn
       Y mawr dwrf rhag camre dyn o afiaith
       A rhyddid hirfaith moroedd y terfyn.

       Mae eigion golygon glas
       Ac o'u mewn y gymwynas.
35   Dewrder o dan dynerwch
       Duw ni ludd i'r dynol lwch.
       A glain y ddau oedd dy galon, Ddewi;
       Trwy storom enaid rhoist dy rym inni,
       A thrwy'r storom heb siomi yr hedd rhwydd,
40   Hafan distawrwydd y dwfn dosturi.

       Nos Duw am Ynys Dewi.
       Yntau, llaes yng ngwynt y lli
       Ei glog, a'r grog ar arw grys
       Yn rhyw ogian o'i wregys.
45   Draw'r oedd Hwrddyn ag ewyn yn gawod,
       I'w hochr y glynai, a chri gwylanod.
       Âi Dewi ar ei dywod. Yn y sŵn
       Hyn a fu fyrdwn ei hen fyfyrdod:

       'Gado cysur seguryd
50   A dôr balch gwychderau byd
       Am drech dawn yr ymdrech deg
       Na chwennych ddawn ychwaneg.

Gado'r hen air a gado'r anwiredd;
Gyda'r hen fâr, gado'r hen oferedd;
55   Gado'r clod o godi'r cledd mewn byd claf
A thyngu i Naf waith a thangnefedd.

'Gado, uwch mwynder ceraint,
Ryddid serch am freuddwyd saint,
Am ddawn offrymu i Dduw
60   Rym enaid ar dir Mynyw,
Am lwm gilfeydd ac am lem gelfyddyd
Er gwaith ei wylltir i'w gaeth a'i alltud
Rhwygo'r cryfder yn weryd, troi a hau
Braenar y bau i Brynwr y Bywyd.

65   'E dyr hwrdd yr aradr hon
Lawr brith y Gael a'r Brython.
Gras y Tywysog a red
Yn rhydd ofer o Ddyfed.
Daw bore Iesu o'i oriau duon
70   A siantiau taer y llu seintiau tirion;
Ymlid braw o deimlad bron fydd Ei rad.
Daw dyn i'w gariad o dan Ei goron.

'Ei gof o'r môr a gyfyd;
Golch Ei fawl o gylch Ei fyd.
75   Cyfle saint a braint eu bro –
Tân Melita'n aml eto.
Y meithder, gan y sêr a fesurir,
Y lle ni phwyntiodd na llyw na phentir
Gan feudwy a dramwyir yn ddidrist
80   A bydd crog Crist lle bydd cerrig rhostir.

'Iwerddon, parth â hwyrddydd,
A'r Iôr ar Ei fôr a fydd,
Glyned rhôm a'n glaniad draw.
Ymleda'r glas am Lydaw –
85   Tir y meudwyaid yw'r trumiau duon,
O'r conglau twn y daw'r cenglau tynion.
Yma bydd cof am Samson – ein brodyr,
A hardd yr egyr hen ffyrdd yr eigion.

'Hawddamor pan angoro
90   Mynaich, a thros fraich y fro
Pysgotwyr ar antur ŷnt,
Eneidiau cadarn ydynt.
Dan Glomen Wen, dan glymu'n ewynnau
Fawl a thrafael dyfalwaith y rhwyfau,
95   Cipiant o galon y tonnau byddar
Hir wobrwy daear yr Hebredeau.'

Terfynwyd y proffwydo
Gan hir grych yn rhygnu'r gro,
A Dewi'n gweld trwy'r düwch
100   Ryw ŵr, pysgotwr o'i gwch
Oedd â'i gyfarchiad cynnes wrth nesu
Yn esgud wŷs i ddysgu Duw Iesu:
Mae Dewi'n sôn am y dawn sy i'r byd,
Am Un a'i gweryd ym mhoen ei garu.

105   Ni fynnai'r llall mo'i allu:
Ai rhan Duw oedd y drain du?
Dywawd: 'Nid af yn daeog
I Grist yn hongian ar grog.

Dyro'n ôl haul yr henfyd goleulon,
110   Dyre â golau i dir y galon
Heb un cur o boen coron gwrthuni,
O, dyro inni Adar Rhiannon.'

Ebr Dewi: 'Cân y fanon
Fydd hoyw yn y grefydd hon;
115   Yn y newydd ffydd ni phaid
Hen degwch Brân Fendigaid.
Hwnnw oedd gyfiawn yn ei ddigofaint
A rhoddodd i'w dorf rad ei ragorfraint;
Bu'n bont ar lawr, ei fawr faint. Bu'n heol
120   A dawn i ddwyfol, dwyn ei oddefaint.

'A chadarn a gwych ydoedd;
I osgo Duw cysgod oedd.
Eilun hil yn ehelaeth
Rithio Nef, ond syrthio wnaeth.
125   Ni ddaeth cf adref yn ei wrhydri
Â'i hen gerdd arwest a gwŷr y ddyri.
Yn ei dranc bu fwyn dy ri. O'i galon
Adar Rhiannon roes i drueni.

'Eithr fe gyfodes Iesu
130   O'r llwch a'i dywyllwch du.
Yno nid erys unawr –
Engyl Ei efengyl fawr
Yw'r seren fore sy â'i rhin firain
A'r haul a dyr o hualau dwyrain:
135   Duw pob dydd a rydd trwy'r rhain Ei ienctid,
Penlinia o'i blegid pan leinw blygain.

'Eiddo i Nêr byddwn ni
A glân fel y goleuni
O law Nêr, goleuni iach
140   Bore syml, ba ras amlach?
Bob pen bore mae eilwyrth y Crëwr,
Eiliad o'i hangerdd rhag golud ungwr.
Na, bord wen a bara a dŵr fo dy raid,
A gwêl dy lygaid y gwawl dilwgwr.'

145   Yna'n deg daeth blaen y dydd
I ymylon y moelydd,
Ond Dewi ni phenliniodd.
Llyma'r wawd a'r llam a rodd:
'Hyfryd oleuni a'i afradlonedd,
150   Llamaf ar oror fy ngwlad lle gorwedd –
Agored i'w drugaredd, a'r nos fawr,
Chwâl ar un awr a chilia'r anwiredd.'

II

Dyma hafod Mehefin,
Lonydd haf trwy lonydd hin.
155   Ni ŵyr dail llwyn na brwyn bro
Hynt y nawn. Maent yn huno
Uwch erwau diog a chawr y deau
Yn rhoi ei danbeidrwydd rhwydd ar ruddiau,
A chryndod mân gryndodau ei nerth tawdd
160   Yn firagl hawdd ar fieri'i gloddiau.

Pwy yw hi? Ymegnïa.

Serch ei hoed ar droed yr â.

Ai maith y daith y daethost?

Dyre, tyn 'am y droed dost

165   Yr esgid garpiog a rho dy glogyn

Hyd yma ar led am ryw eiliedyn.

Cei di hoe, cei wedi hyn ysbryd da

I fynd â'th yrfa'n fwyn hyd ei therfyn.

Dyre mor bell â Dowrog;

170   Yno, clyw, cei daenu clog.

Mae rhos lle gwylia drosom

Y glas rhith sy'n eglwys rhôm.

A maith ei hallor a gwyrdd ei lloriau

Ac yno aderyn a gân dy oriau.

175   Yno os gwn cei ddilesgáu. Deui'n gynt,

Heb reidus hynt, i baradwys seintiau.

Yn y frodir mae'r frawdiaith

A'th dynn yn 'sgafnach na'th daith.

Er dy fwyn, fe gredaf i,

180   Daw'r lleianod o'r llwyni.

Er mwyn 'rhen Fadlen yn ei thrueni …

Aros ni allet. O'r gwres enilli

Dy ddwywaith i Dŷ Ddewi cyn y floedd

Ar dy ingoedd yr awr y dihengi.

185   Ond wele ar yr heol

Eirian daith dros fryn a dôl,

Feirch agwrdd y farchogaeth.

Gwaladr yw hyd Newgwl draeth.

Â gwayw ei henwlad a'i wŷr i'w ganlyn
190   I'w pader yn armaeth Pedr y Normyn
Er cyff Rhys, er coffa'r Rhosyn yno,
A Duw a'u dalio wrth wlad y delyn.

Ac yma daw torf lawen
Â chainc o'r ifainc a'r hen,
195   A phrins ymadroddi ffraeth
Yn neuadd i'r gwmnïaeth.
Ac yntau, ym mintai y palffreiod,
Y cawr gwenieithus, y câr genethod
Wrando ar ei bererindod ddiloes.
200   Roedd hynny'n foes yn eu henoes hynod.

Eofn rhwng y colofnau
Yw'r llu mawr a'r holl ymwáu
Diatal. Ar wal, wele,
Uwch llon ddigrifwch y lle,
205   Lu o nofisiaid dan law hen fasiwn.
Yntau a ddywed: 'Mae'r gred a gredwn?
O mor hyll y miri hwn rhwng pethau
A riniodd wefusau'r hen ddefosiwn.

'Mae ofer sang yn nhangnef
210   Iesu Grist a'i gysegr Ef,
A lle mae yr hyll ymhél
Dewi a rodiai'n dawel.
O, am enaid hen ysbaid annisbur
Y saint meudwyol a wybu ddolur.
215   Hwnt â'u cân yr aethant o'u cur; Dduw gwyn,
Y rhwydd ymofyn, lle'r oedd eu myfyr.

'Na wawdiwn gyffes Iesu,
Ysol dân yw sêl Ei dŷ.
Hir yma yr ymrwymais
220   Â nwyd gwell i wneud Ei gais.
A muriau heddwch fydd am fy mreuddwyd
Yn nirgel lan y llan a ragluniwyd.
Hyd aml gôr y deml a gwyd o'm deutu
I'm hannwyl Iesu, y maen a lyswyd.

225   'Sibrydai mad Ysbryd mwyn
Ei Air i Fair y Forwyn.
Yn Ei wawl oni weli
Dlysineb Ei hwyneb Hi?
Erddi chwiliaf yr harddwch a welid
230   Ac uchel geinder fo'n gochel gwendid;
Caf londer tra caf lendid yn fy marn
Ar gerrig y darn a'r gwir gadernid.

'Fy Mair gu, y fam wâr gynt,
Annwyl pob un ohonynt.
235   Ond y Gair fu yn Dy gôl
A gerit yn rhagorol.
Un dymuniad a aned i minnau,
I ddal yr aing oni ddêl yr angau,
A naddu rhes fy nyddiau yn fywyd
240   I deml yr Ysbryd yn nhud fy nhadau.

'Mae amser trwy'r amseroedd
A'i rin gêl yr un ag oedd.
Hen gydymaith pob teithiwr,
Rhydd ei nod ar wedd hen ŵr.

245   A heddiw hen wyf, ac oeddwn ifanc;
O boen ei ddiwedd nebun ni ddianc.
Tra bwy'n llwch try bun a llanc yn fynych
I fwynaidd edrych ar f'awen ddidranc.

'Eithr o ango huno hun
250   Credaf, cyfodaf wedyn.
Mae tref a gyfyd i'm trem
Acw, ar seiliau Caersalem.
Awn, seiri hoff, i'w hanian seraffaidd,
E ddaw i'r golwg ein delw ddirgelaidd;
255   Amser a thrawster ni thraidd i'n hymlid
O glas ieuenctid ei heglwys sanctaidd.

'Uchel fodd a chelfyddyd
Ddi-baid canrifoedd y byd
Islaw, sy'n y ddinas lân,
260   Crog y fynachlog wychlan,
Urddas y gangell a'i harddwisg yngo
A'r dyfnder tawel i'r sawl a'i gwelo;
Ac yma cyfyd bryd bro Bae San Ffraid
Ond ery enaid ei geinder yno,

265   'A daw'n llon eneidiau'n llu
O'r oesoedd gyda'r Iesu,
Yn ddidlawd eu molawdau
Yn uwch eu hoen o'u hiacháu.
Prydferth arial y parod ferthyri
270   Yno heb liw hen friw mae Gwenfrewi,
A glanaf, mwynaf i mi o holl ryw
Deheulaw Oen Duw, wele ein Dewi.'

III

Ar gadernid Carn Llidi
Ar hyd un hwyr oedwn i,
275 Ac yn syn ar derfyn dydd
Gwelwn o ben bwy gilydd
Drwy citha' Dyfed y rhith dihafal,
Ei thresi swnd yn eurwaith ar sindal
Lle naid y lli anwadal yn sydyn
280 I fwrw ei ewyn dros far a hual.

Gwe arian ar ei goror
Yw mân ynysoedd y môr:
Yno daw canu dyhir
A dawns ton ar ridens tir.
285 A thanaf y maith ymylwaith melyn,
Fe dry i'r glannau fodrwyog linyn:
Yno gwêl y tonnau gwyn – yn eu llwch –
Daw eira'n harddwch o dan Drwyn Hwrddyn.

A rhwysg y diweddar haf
290 Ar daen trwy'r fro o danaf
A llonyddwch lle naddwyd
Y goron lom, y garn lwyd,
A'm huchelgaer a'i threm uwch y weilgi
A'r gwenyg eilchwyl ar greigiau'n golchi
295 Rhyw hen dangnefedd fel gweddi ddirgel,
Mae anwes dawel am Ynys Dewi.

A daw ataf o'm deutu
Iaith fwyn hen bethau a fu

Fel caneuon afonydd
300   Llawer doe dan goed yn gudd.
Aberoedd mân a fu'r beirdd i minnau,
Canent lle rhedent o rwyll y rhydiau,
A thôn yn y pwll ni thau oedd eu naid
A Bae San Ffraid, ebe sŵn y ffrydiau.

305   Mi chwiliais a dymchwelyd
Mesurau bach amser byd.
Er ymlid, hen Garn Llidi,
O'r oesau taer drosot ti,
Anniflan heddiw yw'r hen flynyddoedd
310   Cans yma mae mynydd fy mynyddoedd
A'i hug o rug fel yr oedd pan glybu'r
Canu ar antur y cynnar wyntoedd.

A doe cynheuodd Dewi
Dan y maen ei dân i mi,
315   Nes o glos eglwys y glyn
Seiniau ysgafn sy'n esgyn.
Y Fam Wyryol, Ave Maria,
I'r Duw eglured y Deo Gloria,
A chlod a uchel leda uwch y byd
320   Yn glog ar fywyd o Glegyr Foia.

Egnïon a gynheuodd
Rhwng bwâu yn rhyngu bodd.
Ar rith yr awyr weithion
Clywaf dincial dyfal donc
325   A chrefftwyr taer uwch yr hoffter terwyn

Yn mynnu ceinder o'r meini cyndyn.

Harddu camp eu gordd a'u cŷn drwy eu hoes

I'r Awen a'u rhoes ar weun y Rhosyn.

Aeddfed fedr i'r Ddyfed fau!

330   Hirfaith oedd tinc eu harfau,

A chan afiaith cywaith cu

Di-dlawd eu hadeiladu.

Cadarn gynghanedd cydraen ganghennau,

Dwyres odl oesol hyd yr ystlysau,

335   Gwig, a siffrwd pêr paderau trwyddi –

Rhyw si yn nrysi Rhosyn yr Oesau.

Ond gwych a fu hendai gynt

A sarhad amser ydynt;

A'r mynydd a'i rym anwel

340   A wysiodd im oes a ddêl,

A distaw ddyfod y cadarn arni,

A saib y treisiwr is y bwtresi.

Chwap, yn y rhestr ffenestri edrychodd

A'r hwb a loriodd y dewr bileri.

345   Y llan a fu dan hen dŵr

Ydyw tud y datodwr.

Mae ei wyrdd yn y murddun.

Mae'r haul rhwng y muriau hyn

A'i leuer yn ail â'r glaw a'r niwloedd

350   Y rhawg yn nhrofa ei hir ganrifoedd

Pan fo blin y drycinoedd, defaid gwâr

A dyr am seintwar o'r stormus wyntoedd.

Ond ar hyn, myned y rhith.
Gwynnach oedd sofl y gwenith.
355   Gwelwn ar ôl ei gilio
Hael fron y barhaol fro.
Parabl y nawdd tra pery blynyddoedd
Yw llafur caeau a phreiddiau ffriddoedd.
Daw'r un haul wedi'r niwloedd, a buan
360   Y daw'r adar cân wedi'r drycinoedd.

A hin glaear cawn glywed
Rhyw loyw anturio ar led,
A'i wyrdd reng drwy bridd yr âr
Yw'r ceirch yn torri carchar.
365   A llawer heuwr hirgam fu'n amau
Mai mwy ei dynged na chwmwd angau,
A heuodd rhwng ei gloddiau dangnefedd
A rhodio'i dudwedd i'r oed â'i dadau.

Hŷn na'i dŷ awen Dewi
370   A hwy ei saernïaeth hi,
A darn trech na dyrnod drom
Yr angau, ei air rhyngom,
A rhuddin Crist trwy ganghennau Cristion
Er siantiau taer teulu'r seintiau tirion,
375   Gwylia o hyd yn y galon gywir
A byth adwaenir yn obaith dynion

Y ffordd, y bywyd ni phaid,
Y gwirionedd gâr enaid
A phren y rhagorol ffrwyth,
380   A'r Hwsmon â'r iau esmwyth;

Ac yn y galon mae Ei hwsmonaeth
Ac Yntau'n aros ar gant ein hiraeth:
Digon i gymydogaeth a digon
I ieuo'r hilion trwy'r ddaear helaeth.

385 Ac ar y llain ger y lli
Y rhoed iau ar war Dewi,
Rhychor y Duw Goruchel
A thir serth ni thyr ei sêl.
Y ddaear lawn hon sy'n ddarlun heno,
390 Twysennau grawn yn y teisi'n gryno,
Pob cynhaeaf mi gaf gofio Geilwad
Hen rym ei dyniad â'r iau amdano.

Nos da, gymwynas Dewi,
A'i dir nawdd. Dyro i ni,
395 Yr un wedd, yr hen addaw
A thŷ llwyth nid o waith llaw.
Trwy'r grug lliw gwin troi o'r graig lle gweinwyd
I mi'r heddwch a ddaliai fy mreuddwyd,
A rhiniol oes y garn lwyd oedd gennyf,
400 A'i gwên, a chennyf y gân ni chanwyd.

174. Geneth Ifanc

Geneth ifanc oedd yr ysgerbwd carreg;
Bob tro o'r newydd mae hi'n fy nal.
Ganrif am bob blwydd o'm hoedran
I'w chynefin af yn ôl.

5   Rhai'n trigo mewn heddwch oedd ei phobl,
Yn prynu cymorth daear â'u dawn;
Myfyrio dirgelwch geni a phriodi a marw,
Cadw rhwymau teulu dyn.

Rhoesant hi'n gynnar yn ei chwrcwd oesol.
10   Deuddeg tro yn y Croeso Mai,
Yna'r cydymaith tywyll a'i cafodd.
Ni bu ei llais yn y mynydd mwy.

Dyfnach yno oedd yr wybren eang,
Glasach ei glas oherwydd hon;
15   Cadarnach y tŷ anweledig a diamser
Erddi hi ar y copâu hyn.

175. Ar Weun Cas-mael

Mi rodiaf eto Weun Cas-mael,
A'i pherthi eithin, yn ddi-ffael,
Yn dweud bod gaeaf gwyw a gwael
    Ar golli'r dydd:
5   'Daw eto'n las ein hwybren hael,'
    Medd fflam eu ffydd.

A heddiw ar adegau clir
Uwchben yr oerllyd, dyfrllyd dir
Dyry'r ehedydd ganiad hir,
10   Gloywgathl heb glo:
Hyder a hoen yr awen wir
    A gobaith bro.

O! flodau ar yr arwaf perth,
O! gân ar yr esgynfa serth –
15   Yr un melystra, trwy'r un nerth,
    Yr afiaith drud
O'r erwau llwm a gêl eu gwerth
    Rhag trem y byd.

O! Gymru'r gweundir gwrm a'r garn,
20   Magwrfa annibyniaeth barn,
Saif dy gadernid uwch y sarn
    O oes i oes.
Dwg ninnau atat; gwna ni'n ddarn
    O'th fyw a'th foes.

25   Yn dy erwinder hardd dy hun
Deffroit gymwynas dyn â dyn,
Gwnait eu cymdeithas yn gytûn;
   Â'th nerth o'u cefn
Blodeuai, heb gaethiwed un,
30   Eu haraf drefn.

Dwg ni yn ôl. Daw'r isel gur
Dros Weun Cas-mael o'r gaethglud ddur.
Yng nghladd Tre-cŵn gwasnaetha gwŷr
   Y gallu gau.
35   Cod ni i fro'r awelon pur
   O'n hogofâu.

Fel i'r ehedydd yn y rhod
Dyro o'th lawr y nwyf a'r nod.
Dysg inni feithrin er dy glod
40   Bob dawn a dardd.
A thrwy dy nerth rho imi fod
   Erot yn fardd.

176. Mewn Dau Gae

O ba le'r ymroliai'r môr goleuni
Oedd â'i waelod ar Weun Parc y Blawd a Parc y Blawd?
Ar ôl imi holi'n hir yn y tir tywyll
O b'le deuai, yr un a fu erioed?
5   Neu pwy, pwy oedd y saethwr, yr eglurwr sydyn?
Bywiol heliwr y maes oedd rholiwr y môr.
Oddi fry uwch y chwibanwyr gloywbib, uwch callwib y
    cornicyllod,
Dygai i mi y llonyddwch mawr.

Rhoddai i mi'r cyffro lle nad oedd
10   Ond cyffro meddwl yr haul yn mydru'r tes,
Yr eithin aeddfed ar y cloddiau'n clecian,
Y brwyn lu yn breuddwydio'r wybren las.
Pwy sydd yn galw pan fo'r dychymyg yn dihuno?
Cyfod, cerdd, dawnsia, wele'r bydysawd.
15   Pwy sydd yn ymguddio ynghanol y geiriau?
Yr oedd hyn ar Weun Parc y Blawd a Parc y Blawd.

A phan fyddai'r cymylau mawr ffoadur a phererin
Yn goch gan heulwen hwyrol tymestl Tachwedd
Lawr yn yr ynn a'r masarn a rannai'r meysydd
20   Yr oedd cân y gwynt a dyfnder fel dyfnder distawrwydd.
Pwy sydd, ynghanol y rhwysg a'r rhemp?
Pwy sydd yn sefyll ac yn cynnwys?
Tyst pob tyst, cof pob cof, hoedl pob hoedl,
Tawel ostegwr helbul hunan.

25   Nes dyfod o'r hollfyd weithiau i'r tawelwch
      Ac ar y ddau barc fe gerddai ei bobl,
      A thrwyddynt, rhyngddynt, amdanynt ymdaenai
      Awen yn codi o'r cudd, yn cydio'r cwbl,
      Fel gyda ni'r ychydig pan fyddai'r cyrch picwerchi
30   Neu'r tynnu to deir draw ar y weun drom.
      Mor agos at ein gilydd y deuem –
      Yr oedd yr heliwr distaw yn bwrw ei rwyd amdanom.

      O, trwy oesoedd y gwaed ar y gwellt a thrwy'r goleuni y
        galar
      Pa chwiban nas clywai ond mynwes? O, pwy oedd?
35   Twyllwr pob traha, rhedwr pob trywydd,
      Hai! y dihangwr o'r byddinoedd
      Yn chwiban adnabod, adnabod nes bod adnabod.
      Mawr oedd cydnaid calonnau wedi eu rhew rhyn.
      Yr oedd rhyw ffynhonnau'n torri tua'r nefoedd
40   Ac yn syrthio'n ôl a'u dagrau fel dail pren.

      Am hyn y myfyria'r dydd dan yr haul a'r cwmwl
      A'r nos trwy'r celloedd i'w mawrfrig ymennydd.
      Mor llonydd ydynt a hithau â'i hanadl
      Dros Weun Parc y Blawd a Parc y Blawd heb ludd,
45   A'u gafael ar y gwrthrych, y perci llawn pobl.
      Diau y daw'r dirhau, a pha awr yw hi
      Y daw'r herwr, daw'r heliwr, daw'r hawliwr i'r bwlch,
      Daw'r Brenin Alltud a'r brwyn yn hollti.

177. Daw'r Wennol yn Ôl i'w Nyth

Daw'r wennol yn ôl i'w nyth,
O'i haelwyd â'r wehelyth.
Derfydd calendr yr hendref
A'r teulu a dry o dref;
5   Pobl yn gado bro eu bryd,
Tyf hi'n wyllt a hwy'n alltud.
Bydd truan hyd lan Lini
Ei hen odidowgrwydd hi.

Hwylia o'i nawn haul y nef,
10   Da godro nis dwg adref;
Gweddw buarth heb ei gwartheg,
Wylofain dôl a fu'n deg.
Ni ddaw gorymdaith dawel
Y buchod sobr a'u gwobr gêl;
15   Ni ddaw dafad i adwy
Ym Mhen-yr-hollt na mollt mwy.

Darfu hwyl rhyw dyrfa wen
O dorchiad y dywarchen,
Haid ewynlliw adeinllaes,
20   Gŵyr o'r môr gareio'r maes.
Mwy nid ardd neb o'r mebyd
Na rhannu grawn i'r hen grud.
I'w hathrofa daeth rhyfel
I rwygo maes Crug-y-mêl.

25 Mae parabl y stabl a'i stŵr,
   Tynnu'r gwair, gair y gyrrwr?
   Peidio'r pystylad cadarn,
   Peidio'r cur o'r pedwar carn;
   Tewi'r iaith ar y trothwy
30 A miri'r plant, marw yw'r plwy.
   Gaeaf ni bydd tragyfyth:
   Daw'r wennol yn ôl i'w nyth.

178. Preseli

Mur fy mebyd, Foel Drigarn, Carn Gyfrwy, Tal Mynydd,
Wrth fy nghefn ymhob annibyniaeth barn,
A'm llawr o'r Witwg i'r Wern ac i lawr i'r Efail
Lle tasgodd y gwreichion sydd yn hŷn na harn.

5   Ac ar glosydd, ar aelwydydd fy mhobl –
Hil y gwynt a'r glaw a'r niwl a'r gelaets a'r grug,
Yn ymgodymu â daear ac wybren ac yn cario
Ac yn estyn yr haul i'r plant, o'u plyg.

Cof ac arwydd, medel ar lethr eu cymydog;
10   Pedair gwanaf o'r ceirch yn cwympo i'w cais,
Ac un cwrs cyflym, ac wrth laesu eu cefnau
Chwarddiad cawraidd i'r cwmwl, un llef pedwar llais.

Fy Nghymru, a bro brawdoliaeth, fy nghri, fy nghrefydd,
Unig falm i fyd, ei chenhadaeth, ei her;
15   Perl yr anfeidrol awr yn wystl gan amser,
Gobaith yr yrfa faith ar y drofa fer.

Hon oedd fy ffenestr, y cynaeafu a'r cneifio:
Mi welais drefn yn fy mhalas draw.
Mae rhu, mae rhaib drwy'r fforest ddiffenestr.
20   Cadwn y mur rhag y bwystfil, cadwn y ffynnon rhag y baw.

179. Y Tŵr a'r Graig

I

Ôl hen ryfel a welais,
Y cysgod trwm lle cwsg trais:
Tua'r awyr tŵr eofn
Yn ddu rhag yr wybren ddofn.
5 Ban a llym uwchben y lli,
Talgerth yng ngwynt y weilgi:
Ar dalar y wâr werin
Balch ei droed – heb weilch y drin.
Er y chwyldro, ucheldrem
10 Yw'r syth ei lun. Mae'r saeth lem
O wythi yw byw bwâu?
Mae'r oerfain wayw? Mae'r arfau?
Mae hil orchfygol Gwilym?
Mae'r aerwyr llu? Mae'r iarll llym?

II

15 Moel gadarn draw, ac arni
Garreg hen. Y graig, hyhi
Ar welw fin yr wybrol fôr,
Maen garw er mwyn y goror,
A llun dan gymylau llwyd
20 Yn air praff a ŵyr proffwyd.
Câr y maen a'i hadwaeno;
Difalch a thlawd fel brawd bro

Uwch ei ofal, a chyfyd
Ein baich dros rimyn y byd;
25   A llefair y gair o'r garn
Erys hwy na'r oes haearn.

III

Gyr glaw ar y garreg lom.
Yn ei sgil, fel nas gwelom,
Daw'r trais a'i gwad i'w adeg
30   O'r tŵr tost ar y tir teg
Lle trig dychweledigion
Hil a thras i hawlio'i thrôn.
Cwyd o'r tŵr, tra cydir tid,
Arwyddair 'Hedd a Rhyddid'
35   Gan y gwŷr a'n dygai'n gaeth
Ym mrwydr eu hymerodraeth.
I'r hygred boed eu rhagrith;
Adwaen 'rhain o dan y rhith.
Rhaid mai yr unrhyw ydynt –
40   Tras y gwŷr a'n treisiai gynt.

IV

Gyr glaw ar y garreg lwyd;
Cyn bod ciwdod y'i codwyd.

Trosti'r gwynt i'w hynt a hed,
Y ddaear dani a ddywed:
45   'Yr un yw baich gwerin byd,
Un hawlfraint ac un delfryd.
Cânt o'r tir âr y bara,
Trônt gyfwerth fy nerth, fy na
Â'u trafael yn y trefi
50   A than hwyliau llongau lli.
Pob peth a roddo pob pau,
Pwy ond fy mhlant a'i piau,
Er gormes o'r tŵr gwrmwawr
A roddai gam i'r fam fawr?'

V

55   Yr un yw baich gwerin byd
A'i rhodfa i'r un rheidfyd.
Pwy a frud pa rai ydym?
Pwy a ry iaith, pa rai ŷm?
Ai brith bererinion bro
60   Am un cetyn yn cwato
Dan bebyll cant o ddulliau
Ar gytir y gwir a'r gau,
Yn ceisio gwlad eu pader
A'u hantur syn, hwnt i'r sêr?
65   Ai megis mwg oes i mi
Hafal i'n hoed yn oedi
Uwch y tân yn dyrch tenau
O'n pebyll i'r gwyll yn gwau?
Pŵl yw y mwg – pa le y mae?

70   Ond llais a glywais yn glir
      O hir wrando ar weundir,
      Eilwers â chân rhyw wersyll
      A gwawr eu tân yn y gwyll.
      Peidiai rhyfel a'i helynt,
75   Peidiai'r gwae o'r pedwar gwynt
      Pe rhannem hap yr unawr,
      Awyr las a daear lawr.
      Oer angen ni ddôi rhyngom
      Na rhwyg yr hen ragor rhôm
80   Pe baem yn deulu, pob un,
      Pawb yn ymgeledd pobun.
      Awen hen a ddeuai'n ôl,
      Hen deimladau ymledol
      O'r hoff foreau traphell
85   Ac aelwyd gynt. Golud gwell.

      VI

      Yr un yw baich gwerin byd,
      A'i thrafael aruthr hefyd
      Yw esgor ar y gorau,
      A'r hedd a fyddo'n parhau
90   Rhwng pob ciwdod, pan godan'
      'Run tŷ, 'run to, i'r un tân.
      Deir waith cymrodyr di-ri
      Yw ei lawr a'i bileri,
      Ac nis edwyn hil milwyr
95   Na'r darian dân na'r dwrn dur,

Na'r heidiau ar ehedeg,
A'u rhu ar yr awyr, a'u rheg.
Os tyr argae yr haearn
Gwêl y sêr un gwely sarn.
100 Onid hynt y gwynt a'i gwed?
Yn y glaw cawn ei glywed.
Gyr glaw ar y garreg lom,
Trewir yr oerias trwom.
Ai teg swcwr y twr tau?
105 Na rwyder dy ddelfrydau.
Rhyfel pob un rhyfelwr,
Pob gwaniad, taniad o'r twr
Yw eu hestron a'u distryw,
A'u hanrhaith ymhob iaith yw,
110 Yr un mor rhonc o goncwest
Eu milwyr, pob gwyr y gest,
A'u gwefl yn diferu gwin
A'r gair i iro gwerin.
Ein gras, hen werin y graith –
115 Nid eu gwin, nid eu gweniaith:
Pond mwy pêr y tyf erom
Y grug a'i liw dan graig lom?

VII

Y grug a'i liw dan graig lom
A rydd ei arwydd erom.
120 Y grug a lŷn wrth graig las,
Pa wyrth hen eu perthynas?

Y grug a dyf wrth graig dal,
Y mab triw ymhob treial.
Blodyn y llu cu, cywir
125 Hyfrydwch, tegwch y tir,
Anwyled y dywedi:
'Un dlawd yw fy nghenedl i',
Y llinach nobl, pobl eu pau,
Na rusir yn yr oesau
130 Dan wrysg pob canrif ddifarw,
Yn wraidd gwydn yn y pridd garw.
Hynafiaid! a'u rhaid a'u rhan,
Eu crefft wych, eu crofft fechan;
Eu gwaith hir, eu gwythi iach,
135 Cur rhent eu herwau crintach.
Bu dadwreiddio prysg llusgoed
A thynnu, gwn, eithin goed,
A bwrw o ael llethr y bryn
Rwydwaith y ceinciog redyn.
140 Tyaid yn pilio'r tyweirch
Ac yma mae y cae ceirch;
Ffin cerrig dan hen frigau,
A'r mawn a'r pridd i'w trymhau,
Neu'r hen glawdd dan ddrain gloywddu
145 Lle siffrwd y cnwd i'r cnu –
Anian o danom ennyd.
Yr un yw baich gwerin byd.

VIII

Un dlawd yw fy nghenedl i.
Rhoddwyd cyflawnder iddi.
150 Cyntaf traul haul o'i olud
A geidw ei maen; yn haen hud
Dan y pridd caed yn parhau
Wyrth ei wres, nerth yr oesau.
Troes yn nos na bu duach
155 Frwydr y byd i frodyr bach.
Deg a deuddeg oed oeddynt
Yn mynd ymaith i'r gwaith gynt.
Mynd ar eu mentr trwy'r pentref
O rug rhydd dan y graig gref.
160 Gado'r mawn gyda'r mynydd
Ac wedi'r daith gado'r dydd,
A hynt haul ni chaent weled
Ond dydd Crist y gwledydd Cred.
Diolch, Raib, am saib Saboth;
165 Daeth inni y gri o'r groth,
Yr hir lais, yr her ar led
O'r cwm cul a'r cam caled:
'Aeth y coch o foch fechan!
Mae'r gwych yn gorthrymu'r gwan.
170 Brad yw wynebu ar hedd,
Deled awr y dialedd.
Awn i ganol eu golud,
Rhown i'w barn fawrion y byd.'
O ddreng le fe ddring i lan
175 I'r awyr dan yr huan;

Â i'w belltaith, fab alltud.
Yr un yw baich gwerin byd.

IX

Un dlawd yw fy nghenedl i.
Rhoddwyd y gorau iddi.
180   Pa sawl gormes ar Iesu
Yma yng nghnawd ei dlawd lu?
E rodd i'w rai ei ryddid.
O! rug, boed balchach dy wrid.
Pan hyrddiodd tcyrn a theyrnas
185   Gwrs waedd grym i'w gorsedd gras,
Bu gwerin yn penlinio
Wrth ffwrm fraisg buarth fferm fro.
Rhwydd a hael y rhoddai hon
Ysgubor rhag esgobion.
190   Ni phlyg cadernid ei phlant
Nac i bôr nac i'w beiriant.
Dros ei haddef bu'n sefyll
Y garreg yn deg ei dull,
A'r grug hardd a'r garreg hon
195   Gydia'r dewr gyda'r dirion
A dal yn yr anwel did
Hen wedd yr hedd a rhyddid.
Hwy, yn araf drwy lafar,
Fu'n torri â gwŷdd ein tir gwâr
200   Er trais awr; tros eu herwau
Â'r gair hen a'r gwŷr i'w hau.

Heuwn, o'r gred a gredom,

A gwŷr a glyw dan graig lom

Y deffro trwy'r credoau

205   A'r rhin sy'n arddel yr hau

Hyd aelfro dawel delfryd.

Yr un yw baich gwerin byd.

X

Llid a ddygyfor pôr pau,

Daw o'r ogof y dreigiau;

210   Daw'r ymffrost o'r darostwng

O warth y tir, nerth y twng.

Wele ysbail ysbeiliad

Ar wythi glo, ar waith gwlad.

Cadw'n dlawd ein brawd un bru,

215   Taled yn awr y teulu.

O, aed gwaedd ar hyd y gwynt

A'r tŵr a lysai'r taerwynt,

Ond y graig a wrendy gri

A'i holrhain trwy'r cymhelri.

220   Gyr glaw ar y garreg lom.

Yn y dryswch saif drosom

Fam dirion i'n tirioni,

O, hael a hawddgar yw hi.

XI

Pwy blannai ddur traeturiaeth
225 Ym mron y fam a ran faeth,
Onid ychydig anwyr
Yn gwael hocedu ein gwŷr?
Ymhob gwlad mi a'u hadwaen;
Nid oes tir nad yw â'u staen.
230 Tagent, fel torri tegan,
Bob hen genedl chwedl a chân
Er codi tŵr eu ciwdod
Yn rhemp dan amynedd rhod
I'r her herodrol olaf
235 A brig eu gwareiddiad braf.
Dydd eu cad, dydd eu codwm,
Ple'r âi'r plant o'r pla a'r plwm?

XII

A leda'r hwyrnos drosom?
Gyr glaw ar y garreg lom,
240 Eithr erys byth ar ros bell.
Gostwng a fydd ar gastell,
A daw cwymp ciwdodau caeth
A hydref ymerodraeth.
O, mae gwanwyn amgenach
245 Ar hyd y byd i rai bach.
Deryn cerdd, dyro naw cân
I gadlas o hen goedlan.

Corsen frau'n crasu'n y fro
Yw y tŵr cyn y torro.
250   Echdoe ni bu ei uchder
Ac ni wiw heddiw ei her.
Mwy na'i lu yw maen y wlad,
Na haearn ei dyhead,
Ac awen y dragywydd
255   Wybren draw lle daw lliw dydd,
A gobaith uwchlaw gwybod.
Awyr, cân. O ddaear, cod
Y fyddin lân ddifaner
Is sicr wyliadwriaeth sêr,
260   Ymhell uwch rhyddid fy mhau
A lli'r haul a'r lloer olau.
Nerth bywyd pob tud, pob tâl,
Tawel foes yr oes risial.

180. Oherwydd ein Dyfod

Oherwydd ein dyfod i'r ystafell dawel,
Yn yr ogof ddiamser yr oedd,
A'n myned allan i fanfrig gwreiddiau
Ac i afalau perllannoedd;
5   A'n myned allan trwy'r wythïen dywyll
I oleuni yr aelwydydd
A mi'n dilyn y galon gynnes,
Seren fy nos a rhin fy nydd . . .

A chusan yn dychwel hyd bob seren
10   Eigion yr archipelago,
A dwyfron yn adnewyddu daear
A dwy fraich yn gysgod y fro;
Oherwydd ein dyfod i'r tŷ cadarn
A'i lonydd yn sail i lawenydd ein serch,
15   A dyfod y byd i'r dyfnder dedwydd
O amgylch sŵn troed fy eurferch.

181. Y Tangnefeddwyr

Uwch yr eira wybren ros,
 Lle mae Abertawe'n fflam.
Cerddaf adref yn y nos,
 Af dan gofio 'nhad a 'mam.
5   Gwyn eu byd tu hwnt i glyw,
Tangnefeddwyr, plant i Dduw.

Ni châi enllib, ni châi llaid
 Roddi troed o fewn i'w tre.
Chwiliai 'mam am air o blaid
10   Pechaduriaid mwya'r lle.
Gwyn eu byd tu hwnt i glyw,
Tangnefeddwyr, plant i Dduw.

Angel y cartrefi tlawd
 Roes i 'nhad y ddeuberl drud:
15   Cennad dyn yw bod yn frawd,
 Golud Duw yw'r anwel fyd.
Gwyn eu byd tu hwnt i glyw,
Tangnefeddwyr, plant i Dduw.

Cenedl dda a chenedl ddrwg,
20   Dysgent hwy mai rhith yw hyn,
Ond goleuni Crist a ddwg
 Ryddid i bob dyn a'i myn.
Gwyn eu byd, daw dydd a'u clyw,
Dangnefeddwyr, plant i Dduw.

25   Pa beth heno eu hystad,
        Heno pan fo'r byd yn fflam?
     Mae Gwirionedd gyda 'nhad,
        Mae Maddeuant gyda 'mam.
     Gwyn ei byd yr oes a'u clyw,
     Dangnefeddwyr, plant i Dduw.

182. Angharad

Dros lawer y pryderai
Liw nos, a chydlawenhâi;
Synhwyro'r loes, uno â'r wledd,
Yn eigion calon coledd.
5   I'w phyrth deuai'r trafferthus
A gwyddai'r llesg ddôr ei llys.
Gŵn sgarlad Angharad oedd
Hyd ei thraed o weithredoedd.

Dwyn helbulon y fron frau,
10   Trwy'i chyfnerth trechu ofnau.
Ar ei glin y bore glas
Rhôi ei diwrnod i'r Deyrnas,
A rhoi symledd ei heddiw
Yn win i'r Brenin a'r briw.
15   Ymorol am Ei olud,
Ail-greu â'i fawl ddi-lwgr fyd.
Chwaer haul a chwaer awelon,
Chwaer i'r dydd lle chwery'r don,
A chwaer i'r sêr pryderus
20   Gan arial gofal eu gwŷs.

Torri dig a chenfigen,
Iacháu â ffrwythau ei phren,
Lledu'n rhad y llydan rodd.
Hen ing a'i llawn ehangodd,
25   Hiraeth yn tystiolaethu
O'i wraidd dwfn yn y pridd du.

Rhoddai i Dduw o'r ddwy wedd,
Ing a hoen yn gynghanedd;
Rhôi i ni yn awyr Nêr
30 Offeiriadaeth ei phryder.

183. Gyfaill, Mi'th Gofiaf

Gyfaill, mi'th gofiaf,
Dy ben heulwen haf
A glyn y gaeaf, galon gywir.
Ymhob dyn, mab dau,
5   Gwelit y golau
Ac yng nghraidd y gau angerdd y gwir.

Llawr hud lle rhodiem
A gwawr fel gwawr gem,
Am a ddadleuem, oedd dy lewych.
10   Anian eneiniog
Isel dywysog
Yn ein Tir na n-Óg. Yno tau'r nych.

Dy chwerthin, gwin gwydr
Palas y pelydr
15   Pan lenwit ti fydr. Pan lunnit fyd,
Hyder mawr dramâu,
Gweld byw, gweld beiau;
Diogel faddau, dy gelfyddyd.

Rhin bardd trwy straen byd,
20   Treiddfa tua'r rhwyddfyd.
Ei dŵr a gyfyd wedi'r gofal,
Arffed i orffwys,
A chân a'i chynnwys:
Hoen y Baradwys, hen wybr Idwal.

184. Yr Hen Allt

Wele, mae'r hen allt yn tyfu eto,
　A'i bywyd yn gorlifo ar bob tu
Serch ei thorri i lawr i borthi uffern
　Yn ffosydd Ffrainc trwy'r pedair blynedd ddu.

5　Pedair blynedd hyll mewn gwaed a llaca,
　　Pedair blynedd erch 'mysg dur a phlwm –
　Hen flynyddoedd torri calon Marged,
　　A blynyddoedd crino enaid Twm.

Ond wele, mae'r hen allt yn tyfu eto
10　A'i chraith yn codi'n lân oddi ar ei chlwy
　A llywodraethwyr dynion a'u dyfeiswyr
　　Yn llunio arfau damnedigaeth fwy.

O,'r hen allt fwyn, fe allwn wylo dagrau,
　Mor hyfryd-ffôl dy ffydd yn nynol-ryw,
15　A'th holl awyddfryd, er pob gwae, yn disgwyl,
　　Yn disgwyl awr datguddiad Meibion Duw.

185. Tri Bardd o Sais a Lloegr

I

Pen pencerdd serch trwy'r rhwyg sy'n rhoi
Calon a chalon am y glyn,
A'i Dduw'n gysgadur diddeffroi,
Yn dduw na wêl na'i ddu na'i wyn.

5   Haf ar y rhos wrth gefn ei dŷ
A dim ni syfl yr hir brynhawn.
A disgwyl beth, O, lonydd lu,
Banadl a bedw a chyrs a chawn?

A dyr y Tosturiaethau, yn un
10   Â chôr yr Oesoedd, ar Ei glyw
A throi'n orfoledd? ... Beth yw dyn?
A ddeffry ef ym meddwl Duw?

II

Medi ar feysydd hen Caer-wynt
A'r hwyr yn gwynnu sofl yr haidd.
15   O, Loegr, pan êl dy her i'w hynt,
Hyn wyt i'th Greawdr yn dy graidd.

Yma un Medi daeth dy gawr
Pum troedfedd, sicr ynghanol sen;
A gwanwyn oedd y dyddiau mawr
20   A bery byth yn nail ei bren.

Dyheai'r haul cyn mynd i'r cudd
A hidlai'r hwyr yr adliw rhos;
A dôl i harddwch oedd y dydd,
A glyn gwneud enaid oedd y Nos.

III

25   Ynghwsg y mae'r gweirgloddiau mawr
Lle llusg hen afon Ouse trwy'r llaid,
Ac felly'r oeddynt yn yr awr
Y ciliodd ef fel hydd o'r haid.

Ond yn ei encil clywodd lef
30   Ei frodyr dan yr isel frad –
Y caethwas du ymhell o'i dref
A'r caethwas gwyn ym mryntni'r gad.

Ac o'r tawelwch, wrtho ei hun,
Heriodd â'i gerdd anwaraidd gôr,
35   A'i freuder dros frawdoliaeth dyn
Trwy ddirgel ffyrdd yr Arglwydd Iôr.

IV

Nid am dy fawrion, Loegr, ychwaith;
Rhoddaf fy niolch iti'n awr
Am iti dorri'r hyfryd iaith
40   Â mi, yn fy mlynyddoedd mawr,

A'th adar cerdd a dail y coed
Yn canu o gylch fy Linda lon,
Cydganu â mi amdani hi
Yn dwyn y fraint o dan y fron.

45   Megis pan gyfyd haul ar fryn
Ac estyn obry rodd ei wres
A rhoi ei baladr gloyw trwy'r glyn
A phuro'r tarth a pheri'r tes.

186. Cwmwl Haf

'Durham', 'Devonia', 'Allendale' – dyna'u tai,
A'r un enw yw pob enw,
Enw'r hen le a tharddle araf amser
Yn yr ogof sy'n oleuach na'r awyr
5   Ac yn y tŷ sydd allan ymhob tywydd.

Bwrw llond dwrn o hedyddion yma a thraw
I alw cymdeithion y dydd:
Yn eu plith yr oedd anrhydedd llawer llinach –
Henffych i'r march mawr teithiol dan ei fwa rhawn,
10   A'i gerddediad hardd yn gywydd balchder bonedd,
Ninnau'n meddwl mai dangos ei bedolau yr oedd.

Ac wele i fyny o'r afon
Urddas wâr, urddas flith, fel y nos,
Yn plygu'r brwyn â'i chadair
15   Ac yn cario'r awyr ar ei chyrn.
Ac yn ein plith ni, arglwyddi geiriau, yr oedd rhai mwy
Na brenhinoedd hanes a breninesau.
Ymhob tywydd diogelwch oedd y tywydd;
Caredigrwydd oedd y tŷ.

20   Unwaith daeth ysbryd cawr mawr i lawr
Trwy'r haul haf, yn yr awr ni thybioch,
Gan daro'r criw dringwyr o'u rhaffau cerdd;
Nid niwl yn chwarae, na nos yn chwarae,
Distawrwydd llaith a llwyd,
25   Yr un sy'n disgwyl amdanom,

Wele, fe ddaeth, heb ddod.
Caeodd y mynyddoedd o boptu'r bwlch,
Ac yn ôl, yn ôl
Fel blynyddoedd pellhaodd y mynyddoedd
30   Mewn byd oedd ry fud i fyw.
Tyfodd y brwyn yn goed a darfod amdanynt
Mewn byd sy'n rhy fawr i fod.
Nid oes acw. Dim ond fi yw yma.
Fi
35   Heb dad na mam na chwiorydd na brawd,
A'r dechrau a'r diwedd yn cau amdanaf.

Pwy wyf i? Pwy wyf i?
Estyn fy mreichiau ac yno, rhwng eu dau fôn,
Arswydo meddwl amdanaf fy hun,
40   A gofyn gwaelod pob gofyn:
Pwy yw hwn?
Sŵn y dŵr. Bracsaf iddo am ateb.
Dim ond y rhediad oer.

Trwy'r clais adref, os oes adref.
45   Swmpo'r post iet, er amau,
Ac O, cyn cyrraedd drws y cefn,
Sŵn adeiladu daear newydd a nefoedd newydd
Ar lawr y gegin oedd clocs mam i mi.

187. Dau Gymydog

I

Pa ddyn mwy diddan dan ei do
Yn llunio cafn y llwy?
Pe peidiai twca John Pen-sarn
Nid ofnai masarn mwy.

5   Ond mwy na'i lwy yw mêl ei gell,
A phell tu hwnt i fferm;
Ef piau'r meillion gwyn a'r grug
A'i dug yn ôl ei derm.

Ond mwy na'r mêl o dan ei drem
10   Yw'r anthem yn y Rhyd;
O, llawer, llawer mwy na'r mêl,
Er hyn nid mêl i gyd.

II

Gŵr cynffon y cynhaeaf gwair,
A gair trwy'r cwm i gyd
15   Am golli cyfle'r tywydd braf,
A'r olaf gyda'r ŷd.

Ond daeth i'w deyrnas heddiw'r dydd;
Pa ledrith sydd lle syrth
Cwmwl a chwmwl, cnaif a chnaif
20   O dan y gwellaif gwyrth?

Gwell torri'r cnu na'r cnydau, medd,
A sylwedd mwy na sofl
Yw teimlo, teimlo dan law clod
A gwybod yn y gofl.

188. Daffodil

Y cledd gwych ar y clawdd gwâr,
Llyfnwyrdd yw, llafn o'r ddaear;
Arf bro i herio oerwynt
Er lliw a chân gwân y gwynt.
5   Mae gwedd rhwng llawer cledd clau,
Antur llu, cynta'r lliwiau
Trwy fwnwgl main o'r wain wyw
Tua'r chwedail, torch ydyw;
Prydferthwch bro, deffroad
10   Melyn gorn ym mlaen y gad.

Twm Dili, bachgen pennoeth,
Yn lle cap myn y lliw coeth.
Wedi'r dasg, wedi'r disgwyl,
Mawrth a'i rhydd ym mhorth yr hwyl.
15   Hir erys yn yr oerwynt,
Chwery'r gêm â chewri'r gwynt.
Chwardd y gwydn serch hwrdd i'w gorff,
Bid lawen, fachgen wychgorff.
Mynnai capten mewn cyptae
20   Ddeng ŵr fel campwr y cae.

Ledia i maes, Ladi Mawrth,
Ymannerch, eurferch oerfawrth;
Ni faidd ond lili wen fach
O'th flaen, ni thyfai lanach.
25   Atolwg, dwg ar dy ôl
Do mawr yr ardd dymhorol,

Hyd Ŵyl 'Hangel dawelaf
A'i pherl hwyr a'i Ffarwel Haf,
A gwig adfail, gwag ydfaes.
30   Ladi Mawrth, ledia i maes.

189. Eirlysiau

Gwyn, gwyn
Yw'r gynnar dorf ar lawr y glyn.
O'r ddaear ddu y nef a'u myn,
Golau a'u pryn o'u gwely pridd,
5   A rhed y gwanwyn yn ddi-glwy
O'u cyffro hwy uwch cae a ffridd.

Pur, pur,
Wynebau perl y cyntaf fflur.
Er eu gwyleidd-dra fel y dur
10   I odde' cur ar ruddiau cain,
I arwain cyn y tywydd braf
Ymdrech yr haf. Mae dewrach 'rhain?

Glân, glân,
Y gwynder cyntaf yw eu cân.
15   Pan elo'r rhannau ar wahân
Ail llawer tân fydd lliwiau'r tud,
Ond glendid, glendid yma dardd
O enau'r Bardd sy'n llunio'r byd.

190. Mowth-organ

Rho donc ar yr hen fowth-organ –
   'Bugeilio'r Gwenith Gwyn',
'Harlech' neu 'Gapten Morgan'
   Neu'r 'Bwthyn ar y Bryn'.

5   'Dwy' i ddim yn gerddor o gwbwl,
   Ond carwn dy weld yn awr –
Dy ddwylo yn cwato'r rhes ddwbwl
   A'th sawdl yn curo'r llawr.

A'r nodau'n distewi yn araf,
10   Neu'n dilyn ei gilydd yn sionc –
Rhyw hen dôn syml a garaf;
   Mae'r nos yn dawel. Rho donc.

191. Yn y Tŷ

(i D.M.J.)

Yn y tŷ mae calon cwm;
Yn y tŷ diffeithia'r ffenestr.
Cerddodd Elw oddi yma'n drwm,
Dug ei lwyth a gado'i lanastr;
5   Gwasgu ei well ag offer llwgr,
Myned tua llawntiau Lloegr.

Yn y tŷ bu cuddio'r cam.
Palmwydd rhag yr anial hwnt
Oedd y gegin, y gofal am
10   Lawer ffril y parlwr ffrynt.
Unig ydyw drych y dref
Ers blynyddoedd, neb ond ef.

Rhued storom, ni rwyddheir
Yn y tŷ mo'r awyr fwll.
15   Rhoddodd Elw ar gaethwas deir
Gaethach hual, haint y pwll;
Yn y tŷ mae lladron nerth,
Ar y llawr mae rhiwiau serth.

Yn y tŷ mae perl nas câi
20   Elw pe chwiliai'r llawr a'r llofft.
Ef a'i piau, nis marchnatâi:
Awydd creu, amynedd crefft:
Yn y tŷ mae gwedd a gwib
Y mesurau a'r *vers libre*.

25   Yn y tŷ mae Gwlad. Daw gwlith
       O'i harhosol wybr i lawr;
       Mynych ddyfod siriol rith
       Yma, o'r blynyddoedd mawr
       Yn y tŷ, lle clymir clod
30   Bardd a beirdd oedd cyn ein bod.

192. Menywod

Pe meddwn fedr arlunydd byw
    Fel hen Eidalwyr 'slawer dydd
Fu'n taenu gogoniannau Duw
    Ar furiau coeth eglwysi'r Ffydd,
5   Mi baentiwn ddarlun Phebi'r Ddôl
Yn magu Sioni bach mewn siôl.

Pe medrwn gerfio maen â dawn
    Gymesur â'r hen Roegiaid gwych
A roddai osgedd bywyd llawn
10   I garreg oer, ddideimlad, sych,
Mi gerfiwn wyneb Bet Glan-rhyd
Yn gryf, yn hagr, yn fyw i gyd.

Pe meddwn grefft dramodydd mawr
    I dorri cymeriadau byw,
15   A rhoi i'r byd ar lwyfan awr
    Ymdrech ddihenydd dynol-ryw,
'Sgrifennwn ddrama Sali'r Crydd
Yn lladd ellyllon ffawd â'i ffydd.

Fe lonnai Phebi'n wên i gyd
20   Pan rown y darlun pert o'i blaen,
Ac ymfalchïai Bet Glan-rhyd
    Wrth weld ei hen, hen ben yn faen,
A dwedai Sali'n siriol: 'Twt!
Pa ddwli'n awr sydd ar y crwt?'

193. Eu Cyfrinach

Cyfrinach y teulu oedd yn eu caban,
Ac yn eu cyfrinach cyfrinach Duw.
Arweinydd ni welent ond gwrid eu baban
A dweud yn unol: 'Caiff ef fyw'.
5   Ac ofer oedd hyrddio yn erbyn eu drws
Rybudd Pharao. Yr oedd y rhieni'n
Gweled ei fod yn fachgen tlws
Ac nid ofnasant orchymyn y brenin.

Ef ni wyddai, er cymaint ei hyder,
10   Un ffordd i gwato perl eu serch.
Hithau, dri mis wedi'r esgor ar bryder,
A luniodd ymwared trwy ddyfais merch.
Ac ofer, Pharao, yw grym fel y gwres
A gair a all gynnull lluoedd fel tonnau.
15   Gorchfygwyd yn awr dy gerbydau pres
Gan ddyhead breichiau a bronnau.

O! Gymry, fy mhobl, gwybyddwch ein rheibio'n
Oesol wrth air Pharao brwnt.
Eto'n dalgryf y casgl ef eich meibion
20   I'w taflu i hap ei folrythi hwnt.
Tywalltodd ein cyfoeth i lestri ei wledd,
A'n hoedl, pa hyd? i'w lwth gwerylon.
Ond cipiwyd cenedl rhag ei bedd
Gan ddau a safodd yn bur i'r galon.

194. Bardd

Mae gennym fardd i ganu rhyddid Cymru;
A luniodd ef nid oes un teyrn a'i tyr.
Pan dderfydd am y bodlon haearn bwrw
Pery ei gyhyrog haearn gyr

5   Oherwydd crefft, a chrefft oherwydd angerdd:
Angerdd oedd y tân i'w gell ddi-gist
Y nosau a'r dyddiau dwfn y dug ei enaid
Anrhydedd craith carcharor Crist.

Pan dry ei fyw di-lamp yn fôr goleuni
10   A'i hen unigrwydd yn gymundeb maith,
Bryd hyn na alw'n dywyll, lygad diog,
Ddisgleirdeb gweddnewidiad iaith.

195. I'r Hafod

(Trwy 'Bant Corlan yr Ŵyn')

Ar fore Clamai pêr yw cân
Y fronfraith fry a'r adar mân
Ond er mor lwys yw'r hendre lân
Mwy diddan fydd yr hafod.
5   I fyny'r awn o gysgod gwŷdd
Yn gwmni brwd heb neb yn brudd
I'r uchel ros a'r awel rydd,
I'r gornant fach ar decach dydd,
I'r mynydd mawr is nen lle cudd
10   Yr hedydd yn ei gafod.

Gorffennwyd gwaith y tymor hau
A dacw las yr egin clau,
Pob un fel brath trwy'r priddyn brau,
Ein heisiau nid oes yma.
15   Mae'r da i'r buarth wedi eu hel
A'r lloi bach du a'r ŵyn bach del;
A gŵyr pob ci a gŵyr pob cel
Pa hwyl sy'n llonni Nain a Nel.
Bydd clep y chwip yn dweud Ffarwél
20   Nes dychwel cyn Clangaea.

196. Soned i Bedlar

Fe'i collais ef o'r ffordd, a chlywais wedyn
    Fod Ifan wedi cyrraedd pen y daith
Fel arfer, heb ddim ffwdan anghyffredin,
    'Rôl brwydro storom fawr â'i grys yn llaith.
5   Ydy' e'n hwtran perlau ar angylion
    Ac yn eistedd yn y dafarn yn ddi-glwy
Wedi galw chwart o gwrw'r anfarwolion
    Cyn troi i mewn i'r 'ysguboriau mwy'?

Wel, 'wn i ddim. Nid oedd yn neb yn Seion;
10   Ymddiried ffôl oedd ynddo'n fwy na'r Ffydd;
A chlywyd ef yn gweud yn y Red Leion,
    ''Run lliw â'r lleill yw gwawr y Seithfed Dydd',
A hefyd, 'doedd dim dal ar ei gareion
    Ac roedd ei stwds yn siŵr o ddod yn rhydd.

197. Elw ac Awen

I

Elw yn wallgof a'n tynnodd tua'r dibyn;
    Tynnodd y maes oddi tanom. Â'i hyll hwrdd
Tarawyd casgl y canrifoedd yn un stribyn.
    Cath wyllt y coed, mi gripiodd liain y bwrdd.
5   O! cwympodd ar y cerrig y llestri'n llanastr:
    Cartref cynefin – cawgiau bywyd a barn,
Eglwys a doc, pob dysgl, ac yn y dinistr
    Bara brawdoliaeth a gwin tosturi'n sarn.
Ac Elw a chwardd yn orffwyll: 'Ysgafnheais
10   Fy maich, fy mwrdd. Ei wacter fydd ei werth
I genedl fy mympwy yn dal lle y dileais.
    Myfi yw Natur a'i chyntefig nerth!'
Na, awen y Crochenydd yw'r wreiddiol rin.
Caiff Awen rannu'r bara a gweini'r gwin.

II

15 Nid Elw piau'r hen ddaear ond mewn rhith.
    Dianc o'i grebach grap yr hylithr hael.
Rhedegog wythi'r gwynt a rhifedi'r gwlith
    Yw awen dyn, ac Elw a'u cyll o'u cael.
Pa fodd y lluniai'r llestr? O! nid adnebydd
20   Mo'r gwlybwr gloywber: nis profodd ar ei fin.
Eistedd yn dwp a dal ei afael gybydd
    Nes dryllio'r gostrel gan athrylith y gwin.

Caiff Awen rannu awen. Tomen yn y cefn
    Fydd holl gyrbibion Elw, twmpath i'r plant,
25 Pan roir ein hystafelloedd traphlith mewn trefn
    A cherdded rhwng ei phebyll y Feistres Sant.
Hon piau'r ddaear i gyd, a'r gwaith a'r gêr,
A'i gobaith piau'r difancoll rhwng y sêr.

198. Adnabod

Rhag y rhemp sydd i law'r dadelfennwr
A gyll rhwng ei fysedd fyd,
Tyrd yn ôl, hen gyfannwr,
Ac ymestyn i'n hachub ynghyd.
5   Cyfyd pen sarffaidd, sinistr
O ganol torchau gwybod.
Rhag bradwriaeth, rhag dinistr,
Dy gymorth, O! awen Adnabod.

Y mae rhin cydeneidiau'n ymagor
10   O'u dyfnder lle delych yn hael.
Mae ein rhyddid rhagor
Yn nhir dy ddirgelwch i'w gael.
Ti yw'r wyrth. Ti yw'r waddol
A geidw bob cymdeithas yn werdd.
15   Ti yw'r un gell dragwyddol
Yn ymguddio yng nghnewyllyn pob cerdd.

Dy dystion yw'r sêr, i'w hamseriad
Yn treiglo eu cylchoedd trwy'r cant –
Rhai clir fel cof cariad
20   A sicr fel dychymyg y sant.
Ti fo'n harf. Ti fo'n hynni.
Ti sy'n dangos y ffordd ddiffuant.
Tosturi rho inni
A'th nerth ar esgynfa maddeuant.

25   Ti yw'n hanadl. Ti yw ehedeg
       Ein hiraeth i'r wybren ddofn.
       Ti yw'r dwfr sy'n rhedeg
       Rhag diffeithwch pryder ac ofn.
       Ti yw'r halen i'n puro.
30   Ti yw'r deifwynt i'r rhwysg amdanom.
       Ti yw'r teithiwr sy'n curo.
       Ti yw'r tywysog sy'n aros ynom.

       Er gwaethaf bwytawr y blynyddoedd
       Ti yw'r gronyn ni red i'w grap,
35   Er dyrnu'r mynyddoedd,
       Er drysu'n helynt a'n hap.
       Ti yw'r eiliad o olau
       Sydd â'i naws yn cofleidio'r yrfa.
       Tyr yr Haul trwy'r cymylau –
40   Ti yw Ei baladr ar y borfa.

199. Di-deitl

Nid oes yng ngwreiddyn Bod un wywedigaeth,
Yno mae'n rhuddin yn parhau.
Yno mae'r dewrder sy'n dynerwch –
Bywyd pob bywyd brau.

5   Yno wedi'r ystorm y cilia'r galon.
Mae'r byd yn chwâl,
Ond yn yr isel gaer mae gwiwer gwynfyd
Heno yn gwneud ei gwâl.

200. Diwedd Bro

Rhoed un dan lanw'r môr
    A saith a wnaed yn weddw
Heb derfysg wrth eu dôr
    Na malltod gwyliwr meddw.

5   Daeth cawod niwl fel rhwyd
    A deflir funud awr,
A'r lleidr ysgafnllaw llwyd
    O'r Foel i'r Frenni Fawr.

Taflwyd ei milmil magl
10   A chwim fu'r miragl maith.
Ildiodd saith gantref hud
    Eu hysbryd gyda'u hiaith.

Heb derfysg wrth eu dôr
    Rheibiwyd cartrefi gwŷr.
15   Hyd hyfryd lannau'r môr
    Mae llongau meibion Llŷr?

Pan ddaeth y golau claer
    Nid oedd na chaer na chell.
Cyn dristed oedd y saith
20   Â'r paith anhysbys pell

Na chlybu acen bêr,
    Nas gwelodd neb ar hynt
Ond haul a lloer a sêr
    A'r digreedig wynt.

25   A'r ddau amddifad bro
        Dan dristyd hwnt i'r deigr,
     Ebr ef: 'Awn ymaith dro',
        Ac aethant parth â Lloegr.

201. Die Bibelforscher

Pwy fedr ddarllen y ddaear? Ond cawsom neges
Gan Frenin i'w dwyn mewn dirfawr chwys,
Ni waeth ai ymhell ai'n agos
Y seinio'r utgorn rhag Ei lys.
5   Trwy falais a chlais a chlwy
Gwrit y Brenin a ddygasant hwy.

Er na chwblhaer y ddaear ail i ddameg
A fflach dehongliad yn ei hwyr
Trwmlwythog, na dirhau'r dychymyg
10   Gwydr a thân is y ceyrydd cwyr,
Pur trwy ffieidd-dra'r ffald
Oedd eu tystiolaeth hwy yn Buchenwald.

Heb hidio am y drws a agorid
Os rhoent eu llaw i'r geiriau llwfr,
15   Sefyll rhwng cieidd-dra a'r pared,
Marw lle rhedai eu budreddi i'w dwfr,
Cyrraedd porth y Nef
A'u dyrnau'n gaeedig am Ei ysgrif Ef.

Pwy fedr ddarllen y ddaear? Hyn a wyddom,
20   Tarth yw'r llu lle geilw'r llais.
Mae wybren lle'r â'n ddiddim
Rym yr ymhonwyr, trwst eu trais,
Lle cyfyd cân yr Oen
A gogoniant yr apocalyps o'r poen.

202. Pa Beth Yw Dyn?

Beth yw byw? Cael neuadd fawr
Rhwng cyfyng furiau.
Beth yw adnabod? Cael un gwraidd
Dan y canghennau.

5   Beth yw credu? Gwarchod tref
Nes dyfod derbyn.
Beth yw maddau? Cael ffordd trwy'r drain
At ochr hen elyn.

Beth yw canu? Cael o'r creu
10   Ei hen athrylith.
Beth yw gweithio ond gwneud cân
O'r coed a'r gwenith?

Beth yw trefnu teyrnas? Crefft
Sydd eto'n cropian.
15   A'i harfogi? Rhoi'r cyllyll
Yn llaw'r baban.

Beth yw bod yn genedl? Dawn
Yn nwfn y galon.
Beth yw gwladgarwch? Cadw tŷ
20   Mewn cwmwl tystion.

Beth yw'r byd i'r nerthol mawr?
Cylch yn treiglo.
Beth yw'r byd i blant y llawr?
Crud yn siglo.

203. Plentyn y Ddaear

Meddiannant derfyngylch y ddaear,
Treisiant ymylon y nef,
A dygent y gaethglud rithiedig
I'w huffern â baner a llef.
5   Cadwent yn rhwym wrth yr haearn
Hen arial y gïau a'r gwaed.
Doethineb y ddaear nis arddel
A gwyw fydd y gwellt dan eu traed.

Saif yntau, y bychan aneirif,
10   Am ennyd yn oesoedd ei ach
Heb weled deneued y nerthoedd,
Pes gwypai, ar bwys yr un bach.
Er drysu aml dro yn eu dryswch
Nid ildiodd ei galon erioed;
15   Adnebydd y ddaear ei phlentyn,
Blodeua lle dyry ei droed.

Daw dydd y bydd mawr y rhai bychain,
Daw dydd ni bydd mwy y rhai mawr,
Daw'r bore ni wêl ond brawdoliaeth
20   Yn casglu teuluoedd y llawr.
O ogofâu'r nos y cerddasom
I'r gwynt am a gerddai ein gwaed;
Tosturi, O! sêr, uwch ein pennau,
Amynedd, O! bridd, dan ein traed.

204. Dan y Dyfroedd Claear

Dan y dyfroedd claear
Huna'r gwaed fu'n dwym.
Wele, fawrion daear,
Rai a aeth o'ch rhwym.
5   Wrth eich gwŷs a'ch gorfod
Dygwyd hwy o'u bro.
Rhyddid mawr diddarfod
Gawsant ar y gro.

Gwyn a du a melyn
10   Dan y môr ynghyd.
Ni bydd neb yn elyn
Yn eu dirgel fyd.
Dan y dyfroedd claear
Cawsant eang ddôr.
15   Wele, fawrion daear,
Gariad fel y môr.

205. Cyrraedd yn Ôl

Safed ym mwlch y berth
  Filwr Mihangel.
Eirias uwch dwrn ei nerth
  Cleddyf yr angel.
5   Da oedd y gynnar lef:
  'Ymaith yr ei di.
Lle gwnelych mwy dy dref
  Trwy chwys bwytei di.'

Daeth i'n hymwybod wawl
10   Rheswm deallus.
Cododd cydwybod hawl
  Uwch yr ewyllys.
Gweled ein gwir a'n gwael,
  Cychwyn y brwydro,
15 Myned o'n Heden hael,
  Chwysu a chrwydro.

Ymhob rhyw ardd a wnawn
  Mae cwymp yn cysgu:
Dyfod rhagorach dawn,
20   Methu â'n dysgu.
Cryfach ein gwir a'n gwael,
  A'r cwymp yn hyllach.
Diwedd pob Eden hael
  Crwydro ymhellach.

25   Frodyr yn arddu'r tir,
        Pa werth a wariom
    Lle trecho'r gwael y gwir
        Cyd y llafuriom?
    Gwag ein gwareiddiad gwych,
30   Sofl ei sustemau.
    Wele, pan ddêl y nych
        Lludw yw gemau.

    Diau un Eden sydd –
        Heibio i'r angel.
35   Gobaith i'n mentr a rydd
        Cleddyf Mihangel.
    Er pleth ein gwir a'n gwael
        Hwn a'u gwahano!
    Braf wedi cyrraedd cael
40   Gwell Eden yno.

206. Cyfeillach

Ni thycia eu deddfau a'u dur
I rannu'r hen deulu am byth,
Cans saetha'r goleuni pur
O lygad i lygad yn syth.
5 Mae'r ysbryd yn gwau yn ddi-stŵr,
A'r nerthoedd, er cryfed eu hach,
Yn crynu pan welont ŵr
Yn rhoi rhuban i eneth fach
I gofio'r bugeiliaid llwyd
10 A'u cred yn yr angel gwyn.
Ni'th drechir, anfarwol nwyd!
Bydd cyfeillach ar ôl hyn.

Gall crafangwyr am haearn ac oel
Lyfu'r dinasoedd â thân
15 Ond ofer eu celwydd a'u coel
I'n cadw ni'n hir ar wahân.
Ni saif eu canolfur pwdr
I rannu'r hen ddaear yn ddwy,
Ac ni phery bratiau budr
20 Eu holl gyfiawnderau hwy.
O! ni phery eu bratiau budr
Rhag y gwynt sy'n chwythu lle myn.
Mae Gair, a phob calon a'i medr.
Bydd cyfeillach ar ôl hyn.

25   Pwy sydd ar du'r angel yn awr,
       A'r tywyllwch yn bwys uwchben?
       Pererinion llesg ar y llawr,
       Saint siriol tu hwnt i'r llen,
       A miloedd o'n blodau, er eu bod

30   Yn y dryswch, heb chwennych chwaith,
       Rhai yn marw dan grio eu bod
       Yn y dryswch heb chwennych chwaith.
       Cod ni, Waredwr y byd,
       O nos y cleddyfau a'r ffyn.

35   O! Faddeuant, dwg ni yn ôl,
       O! Dosturi, casgla ni ynghyd,
       A bydd cyfeillach ar ôl hyn.

207. Y Geni

Mor ddieithr, coeliaf i, fuasai i Fair
    A Joseff ein hanesion disglair ni
Am gôr angylion ac am seren, am dair
    Anrheg y doethion dan ei phelydr hi.
5   Ni bu ond geni dyn bach, a breintio'r byd
    I sefyll dan ei draed, a geni'r gwynt
Drachefn yn anadl iddo, a'r nos yn grud,
    A dydd yn gae i'w gampau a heol i'w hynt.
Dim mwy na phopeth deuddyn – onid oes
10   I bryder sanctaidd ryw ymglywed siŵr,
A hwythau, heb ddyfalu am ffordd y groes,
    Yn rhagamgyffred tosturiaethau'r Gŵr,
A'u cipio ysbaid i'r llawenydd glân
Tu hwnt i ardderchowgrwydd chwedl a chân.

208. Almaenes

O'i boncyff tŷ, tros asglod tref,
Yn drigain oed, trwy'r gwyll i'w gwaith,
Bob dydd yn mentro'r daith
Fel pe dihangasai'n galon gref
5   O'r ogof hunllef faith.

Dau fab yn farw ac un ar goll.
A ddychwel ef o lu ei wlad?
Ni chaiff na'i chwaer na'i dad.
'Rwyf yma'n disgwyl drosom oll.'
10   Teulu uwch cyfrgoll cad.

Pydew trwy'r graig i darddiant hedd.
Trwy'r niwl, y ddilys gloch ar glyw,
Ei rhan ym mwriad Duw.
Cymhwysach hi yn ôl ei gwedd
15   I fynd i'r bedd na byw.

Ond hi yw'r galon, mam pob gwerth,
A chraig merthyri, seren saint.
Ni thraetha'r môr ei maint.
Ateb, O! fawredd. Gwisg dy nerth
20   Yn brydferth yn ei braint.

209. Yr Eiliad

Nid oes sôn am yr Eiliad
Yn llyfr un ysgolhaig.
Peidia'r afon â rhedeg
A gwaedda'r graig
5   Ei bod hi'n dyst
I bethau ni welodd llygad
Ac ni chlywodd clust.

Awel rhwng yr awelon,
Haul o'r tu hwnt i'r haul,
10   Rhyfeddod y gwir gynefin,
Heb dro, heb draul,
Yn cipio'r llawr –
Gwyddom gan ddyfod yr Eiliad
Ein geni i'r Awr.

210. Cwm Berllan

'Cwm Berllan, un filltir' yw geiriau testun
    Yr hen gennad fudan ar fin y ffordd fawr;
Ac yno mae'r feidir fach gul yn ymestyn
    Rhwng cloddiau mieri i lawr ac i lawr.
5   A allwn i fentro ei dilyn mewn Austin?
    Mor droellog, mor arw, mor serth ydyw hi;
'Cwm Berllan, un filltir' sy lan ar y postyn –
    A beth sydd i lawr yng Nghwm Berllan, 'wn i?

Mae yno afalau na wybu'r un seidir
10   Yn llys Cantre'r Gwaelod felysed eu sudd,
A phan ddelo'r adar yn ôl o'u deheudir
    Mae lliwiau Paradwys ar gangau y gwŷdd.
Mae'r mwyeilch yn canu. Ac yno fel neidir
    Mae'r afon yn llithro yn fas ac yn ddofn,
15   Mae pob rhyw hyfrydwch i lawr yng Nghwm Berllan,
Mae hendre fy nghalon ar waelod y feidir –
    Na, gwell imi beidio mynd yno, rhag ofn.

211. Cofio

Un funud fach cyn elo'r haul o'r wybren,
    Un funud fwyn cyn delo'r hwyr i'w hynt,
I gofio am y pethau anghofiedig
    Ar goll yn awr yn llwch yr amser gynt.

5   Fel ewyn ton a dyr ar draethell unig,
    Fel cân y gwynt lle nid oes glust a glyw,
Mi wn eu bod yn galw'n ofer arnom –
    Hen bethau anghofiedig dynol-ryw.

Camp a chelfyddyd y cenhedloedd cynnar,
10   Anheddau bychain a neuaddau mawr,
Y chwedlau cain a chwalwyd ers canrifoedd,
    Y duwiau na ŵyr neb amdanynt 'nawr.

A geiriau bach hen ieithoedd diflanedig,
    Hoyw yng ngenau dynion oeddynt hwy,
15   A thlws i'r glust ym mharabl plant bychain,
    Ond tafod neb ni eilw arnynt mwy.

O, genedlaethau dirifedi daear,
    A'u breuddwyd dwyfol a'u dwyfoldeb brau,
A erys ond tawelwch i'r calonnau
20   Fu gynt yn llawenychu a thristáu?

Mynych ym mrig yr hwyr, a mi yn unig,
    Daw hiraeth am eich 'nabod chwi bob un;
A oes a'ch deil o hyd mewn Cof a Chalon,
    Hen bethau anghofiedig teulu dyn?

212. Brawdoliaeth

Mae rhwydwaith dirgel Duw
Yn cydio pob dyn byw;
Cymod a chyflawn we
Myfi, Tydi, Efe.
5   Mae'n gwerthoedd ynddo'n gudd,
Ei dyndra ydyw'n ffydd;
Mae'r hwn fo'n gaeth yn rhydd.

Mae'r hen frawdgarwch syml
Tu hwnt i ffurfiau'r Deml.
10   Â'r Lefiad heibio i'r fan,
Plyg y Samaritan.
Myfi, Tydi, ynghyd
Er holl raniadau'r byd –
Efe'n cyfannu'i fyd.

15   Mae Cariad yn dref-tad
Tu hwnt i Ryddid Gwlad.
Cymerth yr Iesu ran
Yng ngwledd y Publican.
Mae concwest wych nas gwêl
20   Y Phariseaidd sêl.
Henffych y dydd y dêl.

Mae Teyrnas gref, a'i rhaith
Yw cydymdeimlad maith.
Cymod a chyflawn we
25   Myfi, Tydi, Efe,

A'n cyfyd uwch y cnawd.
Pa werth na thry yn wawd
Pan laddo dyn ei frawd?

213. Yn Nyddiau'r Cesar

Yn nyddiau'r Cesar a dwthwn cyfrif y deiliaid
   Canwyd awdl oedd yn dywyll i'w nerth naïf.
Ym Methlehem Effrata darganfu twr bugeiliaid
   Y gerddoriaeth fawr sy tu hwnt i'w reswm a'i rif.
5   Y rhai a adawai'r namyn un pum ugain
   Er mwyn y gyfrgoll ddiollwng – clir ar eu clyw
Daeth cynghanedd y dydd cyn dyfod y plygain
   Am eni bugail dynion, am eni Oen Duw.
Rai bychain, a'm cenedl fechan, oni ddyfalwch
10   Y rhin o'ch mewn nas dwg un Cesar i'w drefn?
Ac oni ddaw'r Cyrchwr atom ni i'r anialwch,
   Oni ddaw'r Casglwr sydd yn ein geni ni drachefn,
A'n huno o'n mewn yn gân uwchlaw Bethlehem dref?
Ein chwilio ni'n eiriau i'w awdl mae Pencerdd Nef.

214. Y Plant Marw

Dyma gyrff plant. Buont farw yn nechrau'r nos.
Cawsant gerrig yn lle bara, yn syth o'r ffyn tafl.
Ni chawsant gysgod gwal nes gorwedd yn gyrff.
Methodd yr haul o'r wybr â rhoddi iddynt ei wres.
5   Methodd hithau, eu pennaf haul, â'i chusan a'i chofl
Oherwydd cerrig y byd, oherwydd ei sarff.

Gwelwch fel y mae pob ystlys yn llawer rhwgn.
Gwelwch feined eu cluniau a'u penliniau mor fawr.
Dyryswch i'w deall oedd methu eu 'Brechdan, mam'.
10   Aeth pylni eu trem yn fin i'r fron rocsai'i sugn.
Ond yn ofer y canai iddynt yn hir ac yn hwyr
Rhag brath anweledig y sarff. Buont farw mewn siom.

Dyma gyrff y plant. Gwyn a du a melyn. Mae myrdd.
Llithra'r cawr gorffwyll yn sarffaidd heb si i bob gwlad.
15   Lle tery ei oerdorch ef rhed rhyndod trwy'r awyr.
O, gan bwy cafodd hwn hawl ar y ddaear werdd?
Gan seren pob gwallgof, lloer y lloerig: 'Rhaid! Rhaid!'
Gwae bawb sydd yn ffaglu'r seren sy'n damnio'r ddaear.

215. Odidoced Brig y Cread

Odidoced brig y cread
Wrth ei lawr a'n cleiog lwybr
Lle mae gwreiddiau chwerw'r dyhead
Sy'n blodeuo yn yr wybr.
5   Cynneddf daear ei gerwinder,
Mamaeth greulon, mamaeth gref.
Bwriwn ar ei nerth ein blinder;
Tosturiaethau, deulu'r nef.
Na! Yr un gorchymyn ydoedd
10   Cychwyn sant y gwaeth a'r gwell;
Rhoed treftadaeth i'n hysbrydoedd
Yma'n agos fel ymhell.

Fry o'm blaen yn sydyn neidiodd
Seren gynta'r nos i'r nen,
15   A'i phelydriad pur ni pheidiodd
Rhwyll i'm llygaid yn y llen.
O! ddisgleirdeb, fel eiriolaeth,
Dros y pererinion blin
Ac anwyliaid eu mabolaeth
20   Yn ymrithio yn ei rin.
Ie, yr un gorchymyn ydoedd
Cychwyn sant y gwaeth a'r gwell;
Rhoed treftadaeth i'n hysbrydoedd
Yma'n agos fel ymhell.

25 Wele'r gloywder pell yn effro
    I'w warchodaeth ar y byd,
    Dawel wefr tu hwnt i gyffro,
    Disgyn mwy i'm bron a'm bryd.
    Cilia, ddydd, o'r glesni glanaf,
30 Dychwel, eglurha, O, hwyr!
    Awyr denau, tyrd amdanaf,
    Rho i'r nos ei sicrwydd llwyr,
    Cans yr un gorchymyn ydoedd
    Cychwyn sant y gwaeth a'r gwell;
35 Rhoed treftadaeth i'n hysbrydoedd
    Yma'n agos fel ymhell.

216. O Bridd

Hir iawn, O! Bridd, buost drech
Na'm llygaid; daeth diwedd hir iawn.
Mae dy flodau coch yn frech,
Mae dy flodau melyn yn grawn.
5   Ni cherddaf. Nid oes tu hwnt.
Cerddodd dy dwymyn i'm gwaed.
Mi welais y genau brwnt
Yn agor a dweud, Ho, Frawd,
Fy mrawd yn y pydew gwaed
10   Yn sugno'r wich trwy'r war,
Fy mrawd uwch heglau di-draed,
Bol gwenwyn rhwyd y cor.
A phwy yw hon sy'n lladd
Eu hadar yn nwfn y gwrych,
15   Yn taflu i'r baw'r pluf blwydd
I'w gwatwar ag amdo gwych?
Ein mam sy'n ein gwthio'n ein cefn,
Yn mingamu arnom trwy'r ffenestr,
Yn gweiddi, Ho, dras, i'r drefn,
20   A chrechwenu uwchben y dinistr.

O! bridd, tua phegwn y de
Y mae ynys lle nid wyt ti,
Un llawr o iâ glas yw'r lle,
A throed ni chyrhaedda, na chri
25   I'w pherffaith ddiffeithwch oer,
Ond suo'r dymestl gref,
A'r un aderyn ni ŵyr

Dramwyo diffeithwch ei nef,
Lle mae'r nos yn goleuo'r niwl
30   A'r niwl yn tywyllu'r nos.
Harddach nag ydoedd fy haul
Mabol ar ryddid fy rhos
Er chwipio'r gwyntoedd anghenedl
Ar wyneb di-ïau yr iâ
35   A churo'r cesair dianadl
Heb wneuthur na drwg na da.
Tu hwnt i Kerguelen mae'r ynys
Lle ni safodd creadur byw,
Lle heb enw na hanes,
40   Ac yno yn disgwyl mae Duw.

217. Cân Bom

Chwalwr i'r Chwalwr wyf.
Mae'r Codwm yn fy nghodwm.
Ofod, pa le mae Pwrpas
A'i annedd, Patrwm?

5   Cynllunia fi, ymennydd noeth.
Gwnewch fi, dim-ond dwylo,
Dim-ond ystwythder ifanc,
Caria fi yno.

Distaw y mae fy meistr
10   Yn datod cwlwm calon.
Aruthr y deuaf i,
Yr olaf o'i weision.

Ef yw'r pryf yn y pren,
Gwahanglwyf y canghennau;
15   Mi a'u hysgubaf i dân
Ecstasi angau.

218. Bydd Ateb

Hen ŵr Pencader, ple mae'n pryderon?
Y cri eofn tost, croywaf ein tystion,
Goleui'n ffenestr a gloywi'n ffynnon
A bywhei ein tân yn bentewynion.
5   Gair hyf yn y fangre hon – oedd dy waith.
Fe bery iaith a chartref y Brython.

Taer y du affwys, chwerw y tir diffaith,
Heuwn ein hŷd ym mraenar dy araith,
A dygwn aberth yn frwd gan obaith.
10   Bu cynnau a diffodd llawer goddaith.
Pau amod na chwymp ymaith, – bydd Cristion
Ei dawn – 'y gongl hon' – dan gengl ei heniaith.

Cans bydd cyffroi'r cof, ogof a egyr,
Bydd cynnal nerth a bydd canlyn Arthur;
15   Bydd hawlio'r tŷ, bydd ailalw'r towyr,
Bydd arddel treftad yr adeiladwyr.
Â'n henfoes yn wahanfur – lle bu rhwyll
Bydd cynnull ein pwyll, bydd cynllunio pur.

Gwlad inni roed. Bydd gweled anrhydedd,
20   Bydd ateb dros bob bro, a'n glo gloywedd,
A'n plwm a'n hwraniwm er mwyn rhinwedd
Rhag a wnaeth ryfel yn llawr i'w mawredd.
Lloegr yw hi, ni all greu hedd. – Atebwn
Dros y tir hwn, a than drawstiau'r annedd.

25   Hen ŵr Pencader, a'th grap yn cydio
      Hen a newydd, bydd awen i'n hieuo,
      Anadl i ateb, yn genedl eto.
      Gwelaist er camrwysg las dir y Cymro
      I haul Duw yn blodeuo. – Hyn fo'n gwawd
30   Hyd yn nydd brawd, hyd yn niwedd brudio.

219. 'Anatiomaros'

Dywedai, 'Gwelais dud trwy glais y don'.
    Dirhâi'r dychymyg Celtaidd trwy bob cur
Nes dyfod storm a'i chwalu; ac yn hon
    Ni adwyd iddo ond ei chwerwder pur.
5   Cerdded y godir garw, geol y byw
      Mewn môr diddiben. Ond mae craig lle tardd
Tosturi o'r wythïen nid â'n wyw.
    Yn ymyl hon cyflawnwyd baich y bardd.
Anatiomaros! Aeth o'n gwlad trwy'r glais.
10   Yn y gerdd arwest, ar ei ysgwydd ef,
Uwchben y weilgi bûm; a sŵn ei lais
    I ni oedd dychwel i'r ddiadfail dref
Lle mae pob doe yn heddiw heb wahân
A churo gwaed yfory yn y gân.

220. Eneidfawr

Eneidfawr, nid cawr ond cyfaill, a'i nerth yn ei wên yn
    dygyfor
O'r gwaelod lle nid oes gelyn, yn tynnu trwy ruddin ei
    wraidd.
Siriol wrth weision gorthrymder fel un a'u rhyddhâi o'u
    hualau,
A throednoeth trwy'u cyfraith y cerddodd i ymofyn
    halen o'r môr.
5 Nid digon oedd teml ei dadau i atal ei rawd â'i pharwydydd,
I ganol y carthwyr ysgymun â'i ysgubell a'i raw yr aeth
Gan gredu os un yw Duw, un ydyw dynion hefyd,
Gan droedio hen dir adnabod lle chwyth awelon y nef,
Gan wenu ar geidwad y carchar ac arwain ei genedl allan;
10 Fi dosturi ef a'i casglodd a'i ddewrder ydoedd y ddôr,
Gan ymbil eto â'r rhwygwyr, hyd fawrdro y cyfarch a'r
    cofio,
Cododd ei law ar ei lofrudd a myned trwy'r olaf mur.

221. Wedi'r Canrifoedd Mudan

Wedi'r canrifoedd mudan clymaf eu clod.
Un yw craidd cred a gwych adnabod
Eneidiau yn un â'r rhuddin yng ngwreiddyn Bod.

Maent yn un â'r goleuni. Maent uwch fy mhen
5   Lle'r ymgasgl, trwy'r ehangder, hedd. Pan noso'r wybren
Mae pob un yn rhwyll i'm llygad yn y llen.

John Roberts, Trawsfynydd. Offeiriad oedd ef i'r tlawd,
Yn y pla trwm yn rhannu bara'r unrhawd
Gan wybod dyfod gallu'r gwyll i ddryllio'i gnawd.

10   John Owen y Saer a guddiodd lawer gwas,
Diflin ei law dros yr hen gymdeithas
Rhag datod y pleth, rhag tynnu distiau'r plas.

Rhisiart Gwyn. Gwenodd am y peth yn eu hwyneb hwy:
'Mae gennyf chwe cheiniog tuag at eich dirwy';
15   Yn achos ei Feistr ni phrisiodd ef ei hoedl yn fwy.

Y rhedegwyr ysgafn na allwn eu cyfrif oll
Yn ymgasglu'n fintai uwchlaw difancoll;
Diau nad oes a chwâl y rhai a dalodd yr un doll.

Y talu tawel, terfynol. Rhoi byd am fyd,
20   Rhoi'r artaith eithaf am arweiniad yr Ysbryd,
Rhoi blodeuyn am wreiddyn a rhoi gronyn i'w grud.

Y diberfeddu wedi'r glwyd artaith, a chyn
Yr ochenaid lle rhodded ysgol i'w henaid esgyn
I helaeth drannoeth Golgotha eu Harglwydd gwyn.

25 Mawr ac ardderchog fyddai y rhain yn eich chwedl,
Gymry, pe baech chwi'n genedl.

222. Gŵyl Ddewi

Ar raff dros war a than geseiliau'r sant
   Tynnai'r aradr bren, a rhwygai'r tir.
Troednoeth y cerddai'r clapiau wedyn, a chant
   Y gŵys o dan ei wadn yn wynfyd hir.
5   Ych hywaith Duw, ei nerth; a'i santaidd nwyd –
   Hwsmon tymhorau cenedl ar ei lain.
Llafuriai garegog âr dan y graig lwyd,
   Diwylliai'r llethrau a diwreiddio'r drain.
Heuodd yr had a ddaeth ar ôl ei farw
10   Yn fara'r Crist i filoedd bordydd braint.
Addurn ysgrythur Crist oedd ei dalar arw
   Ac afrwydd sicrwydd cychwyniadau'r saint.
Na heuem heddiw, ar ôl ein herydr rhugl,
   Rawn ei ddeheulaw ef a'i huawdl sigl!

15   Rhannodd y dymp a'r drôm bentir y sant
   Ac uffern fodlon fry yn canu ei chrwth,
A'i dawnswyr dof odani yn wado bant
   Wrth resi dannedd dur y dinistr glwth.
Tragwyddol bebyll Mamon – yma y maent
20   Yn derbyn fy mhobl o'u penbleth i mewn i'w plan,
A'u drysu fel llysywod y plethwaith paent
   Â rhwydd orffwylltra llawer yn yr un man.
Nerth Dewi, pe deuai yn dymestl dros y grug,
   Ni safai pebyll Mamon ar y maes;
25   Chwyrlïai eu holl ragluniaeth ffun a ffug,
   A chyfiawnderau'r gwaed yn rhubanau llaes,
A hir ddigywilydd-dra a bryntni'r bunt
   Yn dawnsio dawns dail crin ar yr uchel wynt.

223. Cymru'n Un

Ynof mae Cymru'n un. Y modd nis gwn.
   Chwiliais drwy gyntedd maith fy mod, a chael
Deunydd cymdogaeth – o'r Hiraethog hwn
   A'i lengar liw; a thrwy'r un modd, heb ffael,
5   Coleddodd fi ryw hen fugeiliaid gynt
   Cyn mynd yn dwr dros war y Mynydd Du,
A thrinwyr daear Dyfed. Uwch fy hynt
   Deffrowr pob cyfran fy Mhrescli cu.
A gall mai dyna pam yr wyf am fod
10   Ymhlith y rhai sydd am wneud Cymru'n bur
I'r enw nad oes mo'i rannu; am ddryllio'r rhod
   Anghenedl sydd yn gwatwar dawn eu gwŷr;
Am roi i'r ysig rwydd-deb trefn eu tras.
Gobaith fo'n meistr; rhoed Amser inni'n was

224. Caniad Ehedydd

Ymrôf i'r wybren
Yn gennad angen
Fel Drudwy Branwen
   Yn nydd cyfyngder.
5   Codaf o'r cyni
A'm cân yn egni
Herodr goleuni
   Yn yr uchelder.

Disgyn y gloywglwm
10   Hyd lawer dyfngwm
Lle rhoddodd gorthrwm
   Gleisiau ar geinder.
Gwiwfoes yr oesoedd,
Hardd yr ynysoedd,
15   Branwen cenhedloedd,
   Codaf i'w hadfer.

Bydd mwyn gymdeithas,
Bydd eang urddas,
Bydd mur i'r ddinas,
20   Bydd terfyn traha.
Eu Nêr a folant,
Eu hiaith a gadwant,
Eu tir a gollant
   Ond gwyllt Walia.

225. Yr Heniaith

Disglair yw eu coronau yn llewych llysoedd
A thanynt hwythau. Ond nid harddach na hon
Sydd yn crwydro gan ymwrando â lleisiau
Ar ddisberod o'i gwrogaeth hen;
5   Ac sydd yn holi pa yfory a fydd,
Holi yng nghyrn y gorllewinwynt heno –
Udo gyddfau'r tyllau a'r ogofâu
Dros y rhai sy'n annheilwng o hon.

Ni sylwem arni. Hi oedd y goleuni, heb liw.
10   Ni sylwem arni, yr awyr a ddaliai'r arogl
I'n ffroenau. Dwfr ein genau, goleuni blas.
Ni chlywem ei breichiau am ei bro ddiberygl;
Ond mae tir ni ddring ehedydd yn ôl i'w nen,
Rhyw ddoe dihiraeth a'u gwahanodd.
15   Hyn yw gaeaf cenedl, y galon oer
Heb wybod colli ei phum llawenydd.

Na! dychwel gwanwyn i un a noddai
Ddeffrowyr cenhedloedd cyn eu haf.
Hael y tywalltai ei gwin iddynt.
20   Codent o'i byrddau dros bob hardd yn hyf.
Nyni, a wêl ei hurddas trwy niwl ei hadfyd,
Codwn yma yr hen feini annistryw.
Pwy yw'r rhain trwy'r cwmwl a'r haul yn hedfan,
Yn dyfod fel colomennod i'w ffenestri?

226. Yr Hwrdd

Yn sydyn i'w ymennydd neidiodd fflam
   Yn llosgi llydnod â llidiowgrwydd gwyllt
Pan welodd y mamogiaid mwyn a'r myllt
   Yn dod trwy'r bwlch agored, gam a cham
5   O'r rhos gyferbyn. Yna, heb wybod pam,
   Wrth weled wyneb eu harweiniol hwrdd
Llosgodd yn boethach byth – ac aeth i'w gwrdd;
   Rhy hyf yn nerth ei ben i ofni nam.
Safant. Ânt ar eu cil, fel bydd eu ffordd,
10   Â'u pennau i lawr, ar ruthr y daw ynghyd
Eu bas benglogau, fel ag ergyd gordd –
   A gorwedd hwn â'i lygaid gwag yn fud.
Arweinydd defaid dwl, pe baet yn ddyn
Ni byddai raid it fynd i'r frwydr – dy hun.

227. Gwanwyn

Allan o risgl rhygnog yr elmen hyd ei ysgafnder gwyrdd,
Allan o'r ddaear rwygedig wasgedig, haen ei hegin hardd.
Na'ch twyller â'ch medr ymadrodd na'r hir amynedd;
Allan o'ch gwydnwch at gyd-gnawd, llyngyr i'r mêr ac i'r
ymennydd.

5   Trwy'r gaeaf helsoch yn gryf, helfa'n hela helfa'n hurt.
Baich tawelwch y gwanwyn, udo blaidd cul ymhob cwrt.
Poethi bleiddieist blwng yn nhywyll-leoedd y galon
Yn y wig lle cyrcher rhag carchar braw, tir gafael y gelyn.

Lloriasoch ganrifoedd dinasoedd i sadio soeg-sigl y gors,
10   Mamau, plant, babanod, myrdd i'r sarn i'r gwir gael ei gwrs;
Gwanwyn i'r un-un swga, tewach tarth uwch llwybrau y
llanciau.
'Ymrestrwch i gerdded.' Mae'r gors yn llochian o draw i'w
llyncu.

Wele, i mewn trwy lygaid y wennol chwim, chwim y dylifa'r
daith.
Yng ngwaelod llygaid lloi bach ac ŵyn gorwedd, pranciau
meysydd maith.
15   Chwychwi sydd â'r llygaid dwfn, â'u gwib trwy'r golau i rin
eich gilydd,
Duw dilygad a'ch chwipia'n un gyr trwy anialwch eich
hygoeledd.

228. Rhodia, Wynt

Sisial y gwynt rhwng yr haidd,
Sychir y colion di-daw;
Tery bob paladr i'w wraidd,
Gwynt yn yr haidd wedi'r glaw.
5   Gwynt yn yr haidd wedi'r glaw.
Ar eu hôl hwythau yr haul,
Golud o'r ddaear a ddaw.
Erys y drindod heb draul.
Rhodia, rhodia, O, wynt!
10   Rhodia drwy'r ddaear faith,
Rho inni dy help ar dy hynt,
A chyfyd ein gwobrwy o'n gwaith.

Ysbryd o'r anwel a gân,
Moldiwr yr wybren i'w fryd;
15   Artist a drig ar wahân,
Cynnar bererin y byd.
Cynnar bererin y byd,
Gwadwr pob terfyn a wnaed,
Rhodiwr, a'r môr megis rhyd,
20   Cennad a gyrraedd bob gwaed.
Rhodia, rhodia, O, wynt!
Rhodia drwy'r ddaear faith;
Rho inni dy hwyl ar dy hynt,
A chyfyd ein gwobrwy o'n gwaith!

25   Rhued y trymwynt trwy'r fro,
       Llofft ac ysgubor a grŷn,
       Fflangell y glaw ar y to,
       Y cawr yn yr hwyr ar ddi-hun.
       Y cawr yn yr hwyr ar ddi-hun,
30   Profwr adeilwyr crioed,
       Praffach na'r praw fyddo'r dyn,
       Sicrach y cerrig a'r coed.
       Rhodia, rhodia, O, wynt!
       Rhodia drwy'r ddaear faith;
35   Rho inni dy her ar dy hynt,
       A chyfyd ein gwobrwy o'n gwaith.

229. Cymru a Chymraeg

Dyma'r mynyddoedd. Ni fedr ond un iaith eu codi
A'u rhoi yn eu rhyddid yn erbyn wybren cân.
Ni threiddiodd ond un i oludoedd eu tlodi
Trwy freuddwyd oesoedd, gweledigaethau munudau mân.
5   Pan ysgythro haul y creigiau drwy'r awyr denau,
Y rhai cryf uwch codwm, y rhai saff ar chwaraele siawns,
Ni wn i sut y safant onid terfynau
Amser a'u daliodd yn nhro tragwyddoldeb dawns.
Tŷ teilwng i'w dehonglreg! Ni waeth a hapio,
10   Mae'n rhaid inni hawlio'r preswyl heb holi'r pris.
Merch perygl yw hithau. Ei llwybr y mae'r gwynt yn chwipio,
Ei throed lle diffygiai, lle syrthiai, y rhai o'r awyr is.
Hyd yma hi welodd ei ffordd yn gliriach na phroffwydi.
Bydd hi mor ieuanc ag erioed, mor llawn direidi.

230. Y Ci Coch

A glywsoch
Y stori am y ci coch,
Hwnnw a'i drwyn main a'i gain gwt
A'i ergyd tua'r ieirgwt?
5   'Fy haeddiant,' eb ef, 'heddiw
Yw un hwyaden wen wiw
Cyn y daw Owen heno
I roi'r drws dan ei glws glo.'
Gyda'r hwyr o'i goed yr aeth
10   I ymyl caeau amaeth.
A daeth dan ddistaw duthian
Â herc glir i barc y lan.
Yr oedd y fad hwyaden
Yn tolcio pridd ger twlc pren.
15   Heb Nos Da, heb un ystŵr
Daeth y ffals, daeth y ffowlswr.
Cododd Gwen ei phen heb ffws
A fflip a fflap, hi fflopws
I'r twlc trwy'r siwter talcen
20   A chau'r drws bach. Chwerw dros ben!
A ba! dyna ei dinas.
Mae'n popo mewn, pipo ma's
A dweud 'Cwac' a 'Dic dac do,
'Dwy' i ddim yn ffit it eto!'

231. Byd yr Aderyn Bach

Pa eisiau dim hapusach
Na byd yr aderyn bach?
Byd o hedfan a chanu
A hwylio toc i gael tŷ.
5   Gosod y tŷ ar gesail
Heb do ond wyneb y dail.
Wyau'n dlws yn y mwswm,
Wyau dryw, yn llond y rhwm.
Torri'r plisg, daw twrw'r plant,
10   'Does obaith y daw seibiant.
Cegau'n rhwth, a'r cig yn rhad,
'Oes mwydon?' yw llais mudiad.
'Sdim cyw cu ar du daear
Tra bo saig un tro heb siâr.
15   Pawb wrth eu bodd mewn pabell
Is y gwŷdd, oes eisiau gwell?
A hefyd, wedi tyfu,
Hwyl y plant o gael eu plu.

Codi, yntê, y bore bach
20   Am y cyntaf, dim cintach.
Golchi bryst, 'does dim clustiau,
Côt heb fotymau i'w cau
Na dwy esgid i wasgu.
Ysgol? Oes, a dysg i lu.
25   Dasg hudfawr, dysgu hedfan
A mab a merch ymhob man.

Dysgu cân, nid piano,
Dim iws dweud do mi so do.
I'r gwely wedi'r golau
30 Gwasgu'n glòs i gysgu'n glau.
Pa eisiau dim hapusach
Na byd yr aderyn bach?

232. Beth i'w Wneud â Nhw

Cart fflat i Bwyllgor Amaeth y Sir;
Y merlod er teithiau Swyddogion y Tir;
I'r Urdd Graddedigion, cytuned pob Cymro,
Yr Asyn – pa waeth os cynhyrfir ei dymer o –
5   A gofyn iddynt hefyd, fel ffafr,
Drefnu ynghylch yr Ieir a'r Afr.
I'r Llys a'r Cyngor â'r Bwch tywysogol
Yn gychwyn i'r Adran Filfeddygol,
A'r milgi hefyd i'r un cyfiawnhad –
10   Bu'n ormod o faich ar gwningod y wlad.
Caiff Aneurin Befan dynnu plan
I wneud dau Villa o un Carafán,
Rhoi'r Arholiad i'r Sipsiwn, pawb dan yr un to,
Y rhai na all dorri eu henwau i dorri glo,
15   Ac o'r lleill (os na buont o flaen yr ynadon),
Rhoi'r cyfrwysaf a'r taeraf yn Llysgenhadon.
Gwneud hyn, ac os na bydd hi'n ormod o drwbl,
Peg Pren i San Ffagan er cof am y cwbl.
Gallwn rannu Un Peg rhwng y baich cyffredinol
20   A'i roi yng ngofal y gŵr gwerinol.
Fel hyn anghwanega'r wlad ei modd.
Y Tragwyddol Bebyll fydd wrth eu bodd.
Daw hwb i galon holl wledydd y Bunt
Pan glywant fod agorwyr y bylchau gynt
25   Wedi cau'r bwlch rhwng y Bunt a'r Ddoler,
Fel y medrwn egluro, pe bawn i'n sgoler.

233. Fel Hyn y Bu

Prynhawn Sul diwethaf mi euthum am dro
I weled y gwanwyn yn dod dros y fro.
Gwrandawn ar yr adar a gwyliwn yr ŵyn,
Ac weithiau mi safwn gan edrych i'r llwyn.
5   Ychydig feddyliwn fel hyn lle'r ymdrown
Y gwelai rhai pobl mai ysbïo yr own,
Ac am nad oedd yno yr un o'r Home Guard
Ni chafodd neb weld fy Identity Card.

Wrth basio rhyw ffermwr yn ymyl ei glos
10   Mi holais am enw ei dŷ yn jocôs,
A'r ateb a roddodd, fel ergyd o'r ordd,
Oedd gwaedd ar ei frawd: 'Mae dyn od ar y ffordd!'
Gan hynny ni welai'r dyn od ar ei daith
Fod rhaid iddo yntau roi enw ychwaith,
15   Ac am nad oedd yno yr un o'r Home Guard
Ni chafodd neb weled ei Identity Card.

'Rôl imi ymadael â'm teimlad dan glwyf
Y ffermwr a aeth at offeiriad y plwyf;
Ymwylltu wnaeth yntau pan glywodd y sôn
20   A bu raid iddo alw'r polîs ar y ffôn.
Disgrifiwyd y gwrthrych: ei ddannedd yn brin
A'i dafod – iaith Dyfed ac acen Berlin,
Ei gerdded yn garcus rhag ofn yr Home Guard
A'i osgo fel dyn heb Identity Card.

25 Bu cwnstabl Maenclochog yn gweithio fel cawr
  A rhingyll Treletert yn effro bob awr;
  A minnau heb wybod, am dridiau bu'r ddau
  Â'u gafael o'm deutu fel pinsiwr yn cau.
  Eu gofal oedd fanwl, eu llafur yn faith,
30 Fe'm daliwyd ddydd Mercher wrth fynd at fy ngwaith.
  Yng ngolwg tŷ'r ysgol, yn ymyl yr iard,
  Bu raid im roi gweld fy Identity Card.

  Chwi wŷr Castell Henri, diolchwch fel praidd
  Am fugail yn cadw ei blwyf rhag y blaidd,
35 Ac am Bant y Cabal a safodd ei dir
  Gan weled trwy'r rhagrith i galon y gwir.
  O! rhodder i Gymru o Fynwy i Fôn
  Wlatgarwyr fo'n barod i fynd ar y ffôn,
  A gwaedded y werin, yn gefn i'r Home Guard:
40 'Why don't you take out your Identity Card?'

234. Yr Hen Fardd Gwlad

Wrth gortynnau'r babell eang
Twmpath gwyrddlas gwyd i'r lan
Fel i dderbyn er pob damsang
Unrhyw fawl a ddaw i'w ran.
5   Pasia llawer yn ddifeddwl
Ar eu taith tua Dewi Dad
Gan ddirmygu'r saith wyth dwbl –
Dyna fedd yr hen fardd gwlad.

Antholegwyr ac athrawon
10   A'i hebryngodd ef i'r fan
Dan saernïo telynegion
I'r briallu, tua'r llan.
'Rôl hir ganu am gymdeithas
Ni roed iddo ond sarhad;
15   Wedi'r angladd ddiberthynas
Dyma fedd yr hen fardd gwlad.

Mae casgliad Lefi, a'r fân lythyren
Rwymodd rhyw anghelfydd law
Cyn bod Dewi ei hun yn fachgen
20   Wedi hollti'n wyth neu naw.
Daw nos Sadwrn y papurau –
Nid oes neb o'r babell fad
Yn rhoi parch a thywallt dagrau
Ar lwm fedd yr hen fardd gwlad.

25 Ond er hyn galara'r Awen
   Ewropeaidd uwch ei lwch.
   Hidla Eliot yn ei niwlen
   Oleuedig eiriau trwch.
   Ar ei gof rhoir bendith Garmon
30 Am na chodai'n uwch na'i stad.
   Noddfa dawel rhag cyfeillion
   Ydyw bedd yr hen fardd gwlad.

235. Y Sant

Mae ambell athro yng Nghymru, mi wn, yn hoffi ychydig
    gwrw,
Ond nid arno ef y bydd y bai os bydd y dafarn yn dew gan
    dwrw.
Dim ond peint neu ddau wedi wythnos o waith i'w godi o
    fyd gofalon,
Yn null y Cymry mwynion gynt a ganai am hwb i'r galon.
5   Ond 'thâl mo hyn i athro mwy, y mae'r oes mor
    wareiddiedig.
A'r gân o Groesoswallt a aeth ar led o'r genau etholedig:
    Gwyn fyd y plant dan ofal sant
    Sy'n llwyr ymwrthodwr, cant y cant.

Mae ambell athro, rhaid dweud y gwir, nid da ganddo
    wrando pregethau,
10   Ond treulia'r Dydd Cyntaf, fel Martha gynt, ynghylch ei
    lawer o bethau;
Mae cadw i fyny â'r dydd o'r mis yn dipyn o gamp i athro,
A da cael sgrifennu at hwn a'r llall yn yr hamdden wedi'r
    rhuthro.
Ond bydd rhaid i'n hathrawon newydd sbon roi'r gorau i
    hyn pan listian,
Cans holodd Treffynnon uwchben y bwrdd, 'Are you a
    practising Christian?'
15   Gwyn fyd y plant dan ofal sant
    Sy'n mynychu'r achos, cant y cant.

A gwyn fyd y plant dan ofal sant sydd ymhell uwchlaw
    direidi,
Yn codi am saith, ymolchi ac eillio a gwisgo'i goler yn deidi,
A bwyta'i frecwast ac allan i'w waith yn batrwm rhag
    esgeulustra,
20   A'i fron ar dân dros y pethau mân sy'n gwneud i fyny
    weddustra,
Ac sydd felly â'i fuchedd fel pictiwr pert a'r Pwyllgor wedi
    ei fframio,
Y dyn na bydd byth yn damio neb, y dyn na bydd neb yn ei
    ddamio.
    Pa le mae'r plant dan ofal sant
    Sy'n ateb eu gofyn, cant y cant?

236. Ymadawiad Cwrcath

Yna cydiodd y Coch yn y cwdyn
A'i gario'n garcus rhag yr hen gwrcyn.
Rhodio o'r Teiliwr wedyn – i'r lan draw.
(I'w hir orffwysaw yr eir â Phwsyn.)

5   'Diawl,' ebr y Coch, 'o'm hanfodd y'i boddaf;
Am oes yr euthum â 'Mhws i'r eithaf.
Lladrata'r cig llo drutaf – wnaeth o'm gwledd;
Canaf ei ddiwedd ac ni faddeuaf.'

Safodd. Daeth llais o'r gwagle'n ddisyfyd;
10   Ennyd y chwalodd, yna dychwelyd –
'Cwrcath yw. Carcith o hyd – fod o bau
Anghyffwrdd angau ffordd i ddihengyd.'

Y Boddwr trist a distaw
Yna a drodd. Atebodd: 'Taw.'

15   Ebr y cwrc yn swrth wrtho:
'Na bydd ry sicir,' eb o,
'Heddiw i fedd, O! Foddwr,
Af weithian o dan y dŵr.
Aeth o gof fy ngwaith i gyd,
20   Fy nwyd anghofiwyd hefyd.

Dal llygod mewn dull agwrdd
A byw dan lefel y bwrdd.
Minnau, er dan glwyfau'n glaf,
Diawch! eilwaith y dychwelaf

25   O nos y bedd hyd nes bod
        Miwsig coeth ymysg cathod.

        Dof yn ôl i dŷ fy nyn
        A gwaeddaf am gig gwyddyn.
        Cân fy nghrwth, ac yn fy nghroch
30   Ar rawn-gist Teiliwr Hengoch
        Yr afu têr a fwytâf
        Ac eto mi lygotaf.

        Am y llaith anfadwaith fu
        Y Coch Deiliwr, cewch dalu!
35   Rhiciaf bob stitsh o'ch britshys,
        O flaen fy mhawen fel us.
        Hed pob botwm. Cotwm cain
        A dyr pan ddof o'm dwyrain.

        Rhynnai dwylaw'r hen Deiliwr
40   Funud awr ar fin y dŵr,
        Ond ar unnaid er hynny
        Codi wnaeth y cwd yn hy.

        Ar hynny trows ryw naw tro
        Oni bu'n whiban heibio
45   Seithdro, wythdro o hed,
        A thri thrithro – uthr weithred –
        A sŵn gwynt a'i iasau'n gwau
        Trwy gymloedd ingoedd angau.
        Wyau, modrwyau a drodd,
50   Wele'r Teiliwr a'i tawlodd

Onid oedd mal comed wybr
Yn woblan yn ei wiblwybr.
Ymwanai'n bendramwnwg
A'i ôl maith mal cwmwl mwg.

55   Ond, a'r cwrc ar fynd i'r cawl,
Daeth da odiaeth sŵn didawl.

Ag ef fel mwg i olwg ei elyn,
Ysgrech a godes goruwch ei gwdyn;
Corco a wnaeth y cwrcyn – fel wrth raid
60   A bwrw naid gyda phob rhyw nodyn.

Llyma'r miawl ryfeddawl fodd
(O leiaf, dyma glywodd):

'Dan y don mae tre dirion nad ery
Cŵn yn y lle, ac yno yn llyfu
65   Llaeth heb ei fath mae pawb o'r hen gathlu
Heb un llygoden ar wib yn llygadu.
Ysgyfen neis ac afu – i bob rhai;
Dinas Efallai a'i dawn sy felly.

'Yn yr hen dre mae nefle anniflan,
70   Yn ei basgedi mae gwlyb ysgadan;
Weithiau ceir pump hen sosej mewn ffrumpan,
Heb feth mae blasusbeth ymhob sosban.
Yn ei thre ni ddaw i'th ran – roddi bloedd
A gadaw sychleoedd dan gwd sachlian.

75 'Yno mae crap pob cathol ysgrapio
Fu dan y sêr hyd holl uchder llechdo,
Cig oer a chawl pob ceg ar a chwilio,
Pwys o gaws i bob pwsi a geisio.
Naw chwyth fyn cwrc er cyn co, – yn ddi-ddadl
80 Ei ddegfed anadl a ddugwyd yno.'

Âi'r sgrech hir yn gân firain
Grwndi mwyth. Er gwrandaw main,
Darfu'r llais. Ar drofâu'r lli
O'i waith a'i basiwn aeth Pwsi
85 I'r daith oer, fawr. Daeth awr fwyn,
Gafaelodd brig o fywlwyn,
Yn yr incil. Ar encyd.
Torrodd a rhyddhaodd hyd,
A gwingodd rhag ei angau
90 O enau'r cwd hanner cau.

Yna rhows un llam ffamws.
Eto, dro, aeth at y drws.

237. Medi

Uchel yw pren y bydoedd
A Medi ydyw'r mis
Y plyg yr haul mawr aeddfed
Ei ystwyth gainc yn is.

5   A than ei thrymlwyth hithau
Mae cainc o'r pren sy'n hŷn
Yn gwyro trwy'r llonyddwch
I lawr at galon dyn.

A rhwng tymhorau daear
10   Ymrithia amgen wedd.
Ynghanol oesol ryfel
Mihangel y mae hedd.

238. Molawd Penfro

I'w herb - yn hi mae'r môr yn
O ben y Foel i'r pur a -

gwthio _____ Mae'r gwynt yn rhed-eg dros - ti'n rhydd, _____ Mae'r
beroedd _____ Dy - hea 'nghal - on yn y drych _____ Trwy

Mae'r haul yn
Trwy rwyd y

haul yn oed - i i'w ben - dith - io   Bro   eur - aid ol - af ter - fyn
rwyd y perc - i a'r fei - dir - oedd   Taenwyd ei chyfanedd-dra'n

oed - i
per - ci

dydd. _____   Ynddi y cronnodd rin pob
wych. _____   Dolau a gelltydd, gweunydd

gof - al   Er pan gyd-gan-odd sêr y saint _____
glan - nau   Yn un gyng-han-edd fawr ddi-feth _____

Cerddi a Luniwyd neu a Gyhoeddwyd ar ôl *Dail Pren*

1957–1970

239. Y Daith

(Ar y beic i An Spidéal, Mehefin 1955)

Iau diwethaf y deuthum,
Ac ar y beic gyrru y bûm
O'r môr draw islaw Roslêr,
A synnwn cyn nos Wener
5   Hen dref ar orllewin draeth –
Galway – â'm 'Buddugoliaeth'.
Fehefin, ni fihafiaist,
Mae'n deg im gwyno, myn diaist.
Cawswn – a phwy nas ceisia? –
10   Rwydd daith ar y priffyrdd da
Pe baet heb law ond cawod,
Yn fis fel y dylet fod.
Iau diwethaf y deuthum,
Ac ar y beic gyrru y bûm:
15   Nofio ymlaen yn fy mhlet
Â'm teirgier tua'm target
Dan law mân, mân nas mynnwy',
Dan lam o wynt, dan law mwy,
A ffoi rhag cysgod ffawydd –
20   Dwy gawod dan gysgod gwŷdd.

Roedd dail yn rhoddi dwylaw
I osglau glân gasglu glaw,
Diau, er mwyn ei dywallt
Hyd y cêp a'r 'chydig gwallt.
25   Mynd oedd fy holl gymhendod
O'r sgarmes yn nes i'r nod.

Byr fy mraint yn bwrw fy mrys
Hyd freiniol dwf yr ynys,
Y rhwysg yng ngwyn yr ysgaw
30   A'r rhos yn loyw loyw gan law,
A chedyrn y cegyrn cau
Celwyddog ar y cloddiau.
Gwynt mawr am ddwy awr a hed
I'm herbyn. 'Does a'm harbed.
35   Trwy'r genedl mae'n rhaid pedlo
Y 'Palm Draeth' – ai plwm ei dro?
Ond trwy fy ngrym mewn pumawr
Yr euthum i i'r Porth Mawr,
Ac yno, hoe rhag annwyd,
40   Mewn encil bûm yn cael bwyd.
Ailgychwyn, a hi'n fwynach,
Heb wynt 'mhen ychydig bach.
Yn awr, am dair awr, yr oedd
Yn brynhawn i'r brenhinoedd.

45   Esmwyth, er fy llwyth, a llon,
A'r daith yn euraid weithion,
A difriw er y rhiwiau –
Naws maith hedd yn esmwytháu
Y ffyrdd drwy wyrdd Iwerddon,
50   A rhin Mehefin am hon.
Afon Suir a fu'n siarad,
Sisial hedd oesoesol wlad,
Ac yn un â'r pridd diddan
Arogl gwair fel dirgel gân.

55   Rhy dda – ni pharhaodd hyn;

Ffodd, cymylodd y melyn.

Dychwel gwynt, uchel gantawr,

A'i rym a fu'n storom fawr.

Ni raid heddiw yn ddiwyd

60   Droi'r pedl trwy'r genedl i gyd.

Tro dwl fai mentro dilyw

Ac wele chwech o'r gloch yw!

A gwnaethost, gwn yn eitha',

Wyth deg, a dyna waith da.

65   Cefais yn Clonmel wely

Ac nid cam â'r ham a'r wy!

Ac ni bu loetran trannoeth –

A ddaw cant i'm Buddug goeth?

Tros fryn i Lyn Aherlo,

70   Anodd iawn oddi yno:

Bro dawel, a phan welych

Mae'r cloddiau megis gwau gwych,

Gyda'r holl gaeau di-ri

Yn gwilt dan fynydd Galti.

75   Yna ymlaen yn fy mhlet

Â'm teirgier tua'm target.

Trwy loywder Tipperary,

Dref dda a'm dyryfeddodd i,

Ond gwae! Ailgyfyd y gwynt –

80   Er yr haul – ar yr helynt,

Mal haid yn mael ehedeg,

Yn dod yn f'erbyn yn deg.

A â yn foed fy nhroedio,

Yn drwm, yn glwm, ac yn glo?

85   Yn awr mae pob lawr fel lan,

Rhith yw clawr daear weithian.

Aros draw i giniawa,

Ceir rhyw fwyd ond ni'm cryfha;

Mynd yn flin dros bont Llinon,

90   Wel, mae'r cwrs trwy'r Limerick hon;

Cyrraedd Ennis yn isel

A'm cur yn ddycnach na'm cèl.

Ond ces hoe oriau'r troeon,

Os bu da, hoe dda oedd hon;

95   Tirion ffawd oedd tro'n y ffordd,

Henffych, dro yn yr unffordd!

A'm hwyneb-wynt mwy ni bu,

Ond o'r chwith deuai'r chwythu:

Awel braf yn chwilio brig

100   Y corwair rhwng y cerrig,

A chaeau bach, ac uwchben

Yr ehedydd ar aden

Uwch y bau: clywch y buan –

Am Gaeltacht Connacht y cân,

105   Yn rhoddi gras trwy'r asur

Ar noeth bau yr heniaith bur,

Ac am awyr bur y bau,

Min Iwerydd, man orau.

Aros ar ôl swpera,

110   A hi gerllaw naw? O na!

Ond 'co sein y beics meinion –

Y C.T.C. – taw â sôn.

Am wely mi a holais

A'm cart y tu ôl i'm cais,

115   A rhyw wyth o'r fangre hon,
      Tre Galway, a'r trigolion
      Yno drannoeth yn goethach.
      Ple mae beic fel y Palm bach?

240. March Amheirchion

I

March yng Nghastellmarch ystalm
Drigai gyda'i oreugwyr
A'i forynion llon, yn frenin Llŷn.

Ond yr oedd iddo flin gyfrinach –
5   Dyn â'i loes dan ei laeswallt:
Clustiau March gadd March Amheirchion.

O'r gwae i'r torwyr gwallt
Waradwydd ei Fawrhydi!
Wedi gweled ei gywilydd
10   Rhaid oedd i Farch eu lladd a'u claddu
Ger ei dŷ ar gwr dôl –
Yn nistawrwydd nos torri
Oer fedd yn y ddaear fud.
Yno'n egino'n geinwedd
15   O feddau cudd y tyfodd cyrs,
'A daw o'r hesg gyda'r hwyr
Hanes tu hwnt i synnwyr'.

Un hwyr heibio i'r pabwyr daeth pibydd
Ar wŷs i'r llys yn ŵr llon.
20   Tario'n ei gwrs, torri un gorsen,
A thrin ei bôn a'i throi'n bib.

Yn y wledd a'r gyfeddach
Daeth tro pawb, daeth tro'r pibydd
I eilio cân i lyw cu
25 Â'i fysedd a'i wefusau.

A'r geiriau arswyd a ddaeth o'r gorsen:
'Clustiau march gadd March Amheirchion!'

'Wedi elwch tawelwch fu'.

Ei wyneb yn wrid gan boen ei waradwydd;
30 Y brenin yn ewybr yno,
Taniodd ei lid, tynnodd ei lafn.

Gwyliodd pawb, gwelwodd y pibydd.
Meddai: 'O, March, maddau i mi!
Yn y brwyn y mae'r brad.
35 Cân dy hun aceniad ohoni.'

A'r geiriau arswyd a ddaeth o'r gorsen:
'Clustiau march gadd March Amheirchion!'

Ni bu dra gwrol na bai drugarog:
Wedi'r cuddio, dewr y cyhoeddi,
40 A mawr ei barch March Amheirchion.

241. March Amheirchion

II

Ym mhen draw Llŷn y dyddiau gynt
   Roedd brenin mawr ei barch,
Ond, O, ni wyddai neb o'i lys
   Fod ganddo glustiau march.

5   Roedd ganddo dir a chyfoeth mawr
   A thelynorion cain;
Y clustiau hir o dan ei wallt,
   Ni wyddent am y rhain.

Yr unig dorrwr gwallt ar ôl,
10   Rhoes March ef ar ei lw
Y cadwai y gyfrinach hon
   Heb ddweud na be na bw.

Âi Ifan hyd y traethau hir
   Heb glywed sŵn y don,
15   Ond clywed y gyfrinach fawr
   Fel plwm o dan ei fron.

'O, ddaear fud, fe gedwi di
   Holl gyfrinachau'r llawr.
O, ddaear fud, mae clustiau march
20   Gan Farch Amheirchion mawr.

Ond tyfodd llafrwyn yn y lle
   Cyn dyfod golau gwawr,
A sibrwd wnaent: 'Mae clustiau march
   Gan Farch Amheirchion mawr.'

25   Er hyn ni wyddai un dyn byw
       Pa beth a ddywedai'r gân,
    Nes torrodd pibydd un o'r brwyn
       I wneuthur pibell lân.

    Fe'u claddai oll mewn cwr o'i dir,
30   Gerllaw ei gastell mawr:
    'O, ddaear fud, fe gedwi di
       Holl gyfrinachau'r llawr.'

    Ond ar y fangre tyfodd cyrs
       Yn bibau hirion, main,
35   A siglent yn yr awel fwyn
       Yn hyfryd iawn eu sain.

    Un hwyr daeth pibydd gorau'r wlad
       Heibio i'r llecyn glas,
    A thorrodd un o'r pibau hyn
40   A'i chanu yn y plas.

    I ganol miri mawr y wlad
       Cerddodd y pibydd llon,
    A phawb yn disgwyl am ei gân
       A chyffro ymhob bron.

45   Â'i fysedd medrus ar y bib
       Chwery ei gainc yn awr,
    Ond clywch ei gân: 'Mae clustiau march
       Gan Farch Amheirchion mawr.'

[Dychryn arswyd braw]
50   Tarawyd pawb yn fud;
    Cododd March gan dynnu'i gledd,
      Â dicter lond ei fryd.

    'O, bibydd ffals, di, fradwr gwael,'
      […] y pibydd syn:
55   'Nid fi ond pib o gyrs y llwyn
      Ganodd y geiriau hyn.

    'Mae ynddi hi ryw ystyr hud,
      O, Frenin, cân hi'n awr';
    A chanai'i bib: 'Mae clust[iau march
60   Gan Farch Amheirchion mawr.']

    Y brenin droes gan drugarhau,
      Ni chollodd ddim o'i barch,
    Er taenu'r sôn drwy holl wlad Llŷn
      Fod ganddo glustiau march.

242. [Ar Achlysur Anrhydeddu D. J. Williams â Gradd Doethur mewn Llenyddiaeth, 1957]

D. J. Wiliam, hawddamor! – Wedi hir,
   Wedi hwyr yn flaenor,
   Mewn steil, gyda mwy mewn stôr,
   Di aethost ar enw Doethor.

5   Un hual ni thâl i'th ddeor – yn dy rwysg
   Ar dy rawd i'th fangor:
   Ni ddaeth hafal o siâl Siôr,
   Cain gyrch hir cyn-garcharor.

    Yma'r wyf. Ple mae'r Ifor – a'r Bili
10   A'r Bola anhepgor,
   A pha rai o'r hen ffiwrôr
   Sy'n rhwygo'u sanau rhagor?

    Gadael ysgol yn 'sgolor – ym misoedd
   Y meysydd a'r 'sgubor;
15   Mynd i'r mwll bwll dan bwyllo'r
   Antur maith tu hwnt i'r môr!

    Eithr, a thydi yn athro'r – ysgodan,
   Ysgydwad dieisor:
   Ardal yn rhoddi ordor
20   A dawn yn canfod ei dôr.

Ac o'r llwyn, gair y llenor; – hafal fu'r
   Efail fach yn cogor;
   Rhydcymere yn deor
   Adar cerdd yn nwyd i'r côr.

25   Beth geffi byth i'th goffor – mwy iesin
   Am oesoedd yn ddoethor!
   Tŷ ffarm yn ateb 'What for?'
   Hoen dy gof yn dygyfor.

243. Cyfarch Cassie Davies

Y cyfaill cu, diffuant,
A phen euraid plaid y plant,
Ym mhyrth oes â'th gymorth hael –
A godaist dŷ i'n gadael?
5   Pa briodoldeb hebot?
A gwyn fyd y byd y bôt.

Haul ein Cymdeithas, Casi,
Gwres y tân i'th gwrs wyt ti;
Syn li drwy noson lawen
10   Dy ddyfais, dy lais, dy lên.
Cadw ddedwyddyd Cae Tudur
A dyro o'th bau d'araith bur.

Cynnes Gymräes reiol,
Cymry cryf a dyf yn d'ôl,
15   Cennin Pedr dy fedr di-fost;
Deuwell bywyd lle buost
O lendid a ffyddlondeb
Merch ei gwlad yn anad neb.

244. Cyfarch T. Llew Jones

(Ar ennill Cadair Eisteddfod Genedlaethol Caernarfon, 1959)

Di gydiaist mewn dwy gadair,
Och, dydi, ni chei di dair.
Digon a fydd. Da gan feirdd
Yw'r rheol a'th lwyr waheirdd.

5   Disgyblaeth y dasg ablaf
A hyder bron a medr braf,
Cyfeirio, ieuo awen,
Dyna'i bodd, a dwyn i ben:
Hyn a fedri, iawn fydrwr,
10   A thorri'r dydd a throi'r dŵr
I ben y rhod heb un rhus,
Dwyn dy oll dan d'ewyllys –
Clasurol firacl y seiri
A wnaeth ein llenyddiaeth ni.

15   Brwd erioed, brudiwr ydwyt,
Mewn tair awdl llais menter wyt;
Heuwr â'i fraich yn huawdl
Ym mhen tair oes mewn tair awdl.

O gwymp Ystrad-fflur dan gur y goron
20   Ac o'r fro aethus a'r gwae ar Frython
Dygaist yr her – di gest hi yr awron
Ar y llecyn garw lle cynnau gwron

Y nwyd a dania eneidiau dynion.
Cenaist mewn geiriau ceinion – fflam ein llwch:
25   Nid diogelwch yw braint y galon.

Drwy dy hoedl dyro d'awdlau,
Groyw fardd yn ymddigrifhau:
Llew o'i fawrfodd yn rhoddi
Awdlau a nerth i'n cenedl ni.

245. Cywydd Cyfarch W. R. Evans

(Ar ei ymadawiad o Fwlch-y-groes)

Wyt gyfan wythran athro,
Wyt frawd ieuenctid dy fro,
Wyt olau tua'u haelwyd,
Wyt hael lord eu bord a'u bwyd.
5   Hybi eu hwyl a'u bywhau
I ddedwydd gelfyddydau.
Wyt bleth trwy enaid dy blant,
Wyt gyfaill eto a gofiant;
Wyt ddarn o bregeth Bethel,
10   Wyt ddawn y fintai a ddêl;
Wyt ŵr caeth yn torri cwys,
Twr mebyd, wyt o'r mabwys;
Wyt was ac wyt dywysog
Yn tynnu gwlad tan ei glog;
15   Wyt isel, aruchel rin,
Wyt fawr er twf y werin.

Wyt fad i lu tafodiaith,
Gwaed y dorf, wyt geidwad iaith;
Wyt lawen i'r teuluoedd,
20   Wyt ti'r gŵr rheita' ar goedd:
Dwyn pob gradd i'w neuaddau
Ac arian fôr i gronfâu.
Maen a'u tyn, mi wn, wyt ti,
Sofraniaeth Bois y Frenni,
25   Hir dynfa ar y donfedd,
Lluniwr gwaith y llonwyr gwedd,

Y naws na friwodd naws neb,
Dawn Gordon a'i gywirdeb.
Cerddinen werdd o gerddor,
30   Tyfaist o'r cudd. Wyt feistr côr,
Pennill a thonc o'r boncyff,
Cerddinen cerdd yn un cyff.

Rhwydd wisgaist gerddi ysgafn,
Wyt o'r gwraidd luniaidd o lafn;
35   Wyt â'r criafol olaf
Gyda'r haul i gadw yr haf.
Wyt ran o hynt yr heniaith,
Wyt ehedydd mynydd maith;
Wyt o'i weundir, wyt undarn,
40   Wyt hen gerdd oddi tan Garn;
Wyt awel o Breseli,
Wyt fwyn tuag ataf i;
Wyt ar siartr fy hen gartref,
Wyt gyfaill im, teg fy llef.
45   Tan y drefn oet un o dri
Ewybr ddyn yn barddoni,
Beirdd ystwyth hen bryddestau
A chanu'r gloch yn rhy glau.

A ni a Llwyd yn y llên
50   Diddiwedd ydoedd awen;
Eiddo'i gilydd y golud,
Rhannem a chyfannem fyd

Pair Ceridwen dadeni,
Boddhad wrth ei thrybedd hi.
55   Oedd hael yn ei gŵydd o hyd
Frawddeg dy gyfarwyddyd.
Dy sôn byth am d'yswain, Ben,
Ebychgar ddawn y bachgen,
Dychanwr da a chynnil
60   A'i lem sgwrs yn dâl am sgil.
Oet ddigri hyd at ddagrau
Yn ystyr hud hen storiáu,
A'th dafod yn dod yn dynn
Rhwng dannedd dwyreng donwyn,
65   Chwarddet yr 'eth' na fethodd.
Parhaed y rhawg. Pur dy rodd.
Darlledwr â lliw Idwal,
Dyro i'm hoes dy aur mâl.
Wyt reidiol i'r Tŷ Radio.
70   Dan dy rym y deuthum, do,
Lawer tro i le'r treial
Yn teimlo'n dwp, yn swp sâl:
Ymrysonem ras anardd,
Âi'n garchar i bedwar bardd.
75   Eithr pan ddoet fe'n cloet i'n clwm,
Cartref a ddôi i'r *courtroom*.

Oet wrandawr mawr am eiriau,
Oet bur i dafod dy bau;
Cyrraedd o'r cae ei haeron
80   A'i pherl hi yn y ffair lon.
Geirwedd bro o'i gwraidd i'w brig
A dyfodd i'w phendefig.

Oet heinyf a ni'n ifainc
Ag organ geg a'r gain gainc,
85   Dagrau ar dannau ar d'ôl
A phrennau offerynnol.
Ym Molestn oet. Malaist naw
Â'th delor o nyth dwylaw.
Ochain rhwth a chŵyn i'r wasg,
90   Egrfryd crythorion deigrfrasg.
Yna taflwyd trwy'r clwydi
Offeryn dawn fy ffrind i.

Oet yn artist y Nortwn.
Cyn fy hoe canaf i hwn:
95   Dy dda waith ar dy ddwy whîl
Oedd mawrferw mynydd Morfil.
Hyrddiai'n wyllt i ffordd hen wth,
Uwch cryn wib, ach Carnabwth.
Ymlaen! Glynseithmaen nesâ;
100   Motor-beic mêt Rebeca.
Ynom si'r hen amserau
Fel eigion a'i thon ni thau.
Blynyddoedd abl iawn oeddynt,
Canu rhydd ein cynnar hynt.
105   Gyda Myfanwy mwyach
Awdl bêr dy deulu bach.
Dymunol gydymmannerch,
Ac ar dy fydr, Gwawr dy ferch.

Wyt y galon hon heno,
110   Nid yn brudd ei di o'n bro.

Wyt Ddyfed eto, addefi,
A'i llawr teg y lle'r wyt ti.
Wyt afon Wern, wyt fwyn ŵr,
Wyt y Foel, wyt afaelwr.
115   Dwg i Forgannwg y gerdd
Liw dengar uwchlaw d'angerdd.
Cod do yn y fro freuoes
Balch o'i graig fel Bwlch-y-groes.
Cwyd aerion y cydarial
120   Â braich iaith yn ei bro chwâl.
Agor yr henddor ynddynt
Er teg wib llawer to gynt.
Rho fraint a ddyry fawrhad
A charennydd uwch rhaniad.
125   Dos yn llawen dy enaid,
Wyt lyw'r plant, wyt lwyr o'u plaid,
Wyt â'u halaw, wyt eilwad
O drofâu tir i dref-tad.

O'r porfeydd o'r puraf fu
130   Wyt fugail eto i fagu
Mawr ddawn y Gymru a ddêl,
Wyt ŵr iach y tir uchel;
Wyt rym hen y tir mynydd,
Wyt hoen o ieuenctid dydd,
135   Wyt ehedydd o'i guddiad,
Hëwr gloyw i awyr gwlad;
Wyt ddôr hafoty a ddwg
Dir y gwaelod i'r golwg.

Wyt ehelaeth draeth ei droed,
140   Wyt long teulu ieuangoed;
Wyt olud gŵr, wyt wlad gêl,
Wyt fyth y crwt o Fethel;
Wyt haul mabolaeth, wyt haf;
Wil wyt ti. Wele, tawaf.

246. Llwyd

Mae'r holl iaith os marw yw Llwyd?
Nid yw brawddeg ond breuddwyd,
A'r niwl oer ar y waun lom
Os trengodd ystyr rhyngom.
5   Duw glân, Tad y goleuni,
Dyro'n ôl Dy wawr i ni.
Dy galon yw D'ogoniant,
E dardd serch yn Dy wraidd sant.
Uwch ein clai Dy serch a'n clwm,
10   Iach y cydi uwch codwm.
Trig ynom trwy'r gwahanu
A thro ein taith i'r un Tŷ.

Oedd im frawd heb ddim o frith,
Addfwynder oedd ei fendith.
15   Llwyd, nos da! Lledneisied oedd,
Goludog a gŵyl ydoedd.
Ynddo nodd y winwydden
Yn ddilys ewyllys wen;
Eang a mwyn rhyngom oll
20   Dygai'r cynhaeaf digoll.

Hir dymor yn Rhydaman,
Bugail oedd â'i wyneb glân.
Gwas da am geisio deall,
Arwain llu i rin y llall,
25   I'r cyflawnder ni dderyw,
Hwsmonaeth cymdogaeth Duw.

Fy hiraethlef ar frithlawr,
Llwyd, cêl fardd Allt Cile Fawr.
Golau a draidd i'w gwlad rith,
30   Aeth o'r haul ei hathrylith,
Ac oddi cartref hefyd
Aeth cu fab Wythcae o Fyd.
Rhoes heibio droedio ei drum
Er dwylath yn Rhydwilym.

35   Och, mae creu dychymyg rhydd?
Mawr wân yw marw awenydd.
Cod ein tras, cadw ein trysor,
Cwn dy lwyth i'n cenedl, Iôr;
A'r tarth a roet wrth y rhyd
40   Tro'n haul i'r tair anwylyd.

Mad enaid, gad im d'annerch;
Daw'r golau'n hardd drwy'r glyn erch.
Caf dy falm mewn cof di-feth,
Cyfyd brig haf dy bregeth
45   I ganu byth 'Gwyn eu byd
Y rhai addfwyn.' Ireiddfyd
Pregeth loyw, pur gathl eos.
Llawn o Nef yw llwyn y nos:
Ynddi mae d'awen heno.
50   Tywynna'r fraint, taena'r fro.

247. Swyn y Fro

Pen-caer cerrig llwydion, ardal lonydd
A'r drum oesol uwch erydr y meysydd,
Y Morfa a'r Ynys a'u mawr fronnydd
A'r caeau llafur yn marco'u llefydd
5   Mewn aur ym min Iwerydd. – Tri hyfryd
Ag arlliw golud gerllaw ei gilydd.

Gwaun a Nanhyfer a gân yn nefoedd
Eu caeau a phrennau eu dyffrynnoedd,
Ac esgud lifo drwy gysgodleoedd
10   Pan blyg y llwyn rhag cwyn y drycinoedd,
A difriw yw eu dyfroedd – heb drais gwŷr,
A'u rhedfa'n bur ger eu dwfn aberoedd.

O Wdig i Drefdraeth, goror y morwyr
A heriai wyntoedd ar lwybr eu hantur.
15   Trechu ar ewyn yn trochi'r awyr
– O Abergwaun erioed ni bu'r gwanwyr! –
Cofio'r mastys yng nghysur – hen ddyddiau
A herio llongau yr holl ieuangwyr.

Cyfathrach Brynach y bore awenus
20   A hen gymdogaeth y mawl hiraethus,
Er deugain to a'r Duw gwyn i'w tywys
Drwy'r weddi gudd neu drwy'r waedd gyhoeddus,
A thrwy ddewrder pryderus – llawer llef
Ag anadl y Nef ar genedl nwyfus.

25   O fwyn gymdogaeth i'w gwasanaethu
       Galon wrth galon, a'i diogelu,
       A chadw ei hen hoedl a chydanadlu
       A'i henwau cynnar trwy hoen y canu.
       Codi'n gad er cadw'n gu – rhag pob haint
30   A rhyn ac amraint ein rhan o Gymru.

248. Cywydd Diolch am Fotffon

(A gafwyd yn rhodd o law Isfoel)

Asb ddudwf Ysbaddaden
A dwy fforch yn dod o'i phen;
Hollsyth yw, llaesu o'i thorch
Wedi hoffedd ei dwyfforch,
5   Ond bondorch ei dibendod
Haeernin amdani'n dod,
A dant syfrdan odani –
Obry aeth her ei brath hi.
Ti, Isfoel, wnaeth hoel noeth hon,
10   Of diangof dy eingion.
Mae daear mwy a'm dyhoel
Â'r fforch hardd a'r fferach hoel?

Ffon fawd, diffynnaf â hi
O daw rhaid, rhag direidi.
15   Dyma'r paladr i ladron,
Rhy wisgi fydd ei fraisg fôn.
Balch wyf mai fi a'i piau,
A cherdd dant yw'r wych rodd dau.
Ysbaddaden awenydd,
20   Rhinion gwaith ar anian gwŷdd,
A'r clymau fel clymau clod,
Cawraidd dyfiant cerdd dafod,
Uchel gerdd o'i chael o'i gwig,
Cwbwlhad caboledig,
26   Camp awenydd, cwmpeini,
Pennaf hwyl pan af â hi.

Dyn wyf i a dan ei fawd
Awen i'w gamre'n gymrawd,
A rhodd hon fo rhwyddineb
30   Isfoel fad yn anad neb.
Eiddigedd cynganeddwr,
Arab deyrn pob trwbadŵr,
Athro dawn, ewythr y De,
Lonnwr calon o'r Cilie.
35   Gyfaill mawr, dwg fy llaw mwy
Dy fwyn rym hyd fy nhramwy:
Af â hi gennyf hayach
Gamre f'oes drwy Gymru fach.
Ni cheir nant na charn na hollt
40   Heb drawiad y bedryollt.
Lle'r af i, holl lawr y foel,
Hyd arhosfa daw'r Isfoel.

249. Priodas Aur

(Cyfarchion i Mr a Mrs T. James, Ysgeifiog, Solfa,
ar ddathlu ohonynt eu priodas aur)

Hoffwn fawl, a phwy na fyn
Glywed heddiw glod deuddyn?
Harddu'r bau, hyrwyddo'r byd
Y bu awen eu bywyd.
5   Erys honno mor swynol
Ag oedd flynyddoedd yn ôl.
Anni a Tomi ŷnt hwy,
Dau a fedr hud y fodrwy.
Rhoes gyfoeth ar Ysgeifiog,
10   Llunio'r gerdd mor llon â'r gog,
Llenwi'r tŷ, llawenhau'r tad
A'i deulu'n dod i'w alwad.
Hwythau'r plant â thŵr o'u plaid,
Cartre swyn, caer tros enaid,
15   Caer awen y rhieni
A'r Gymraeg yw ei mur hi;
Cyrch heulwen, caer uchelwr,
A chrefydd bob dydd yn dŵr.
Gŵr a wnaeth – pwy geir yn well? –
20   Gryf orchwyl i Gaerfarchell.

Craff driniwr, crefftwr henoes
Yw hwn, y ffasiwn a ffoes.
'Gaf i 'nawr, heb gau fy nhôn,
Sisial er mwyn y Saeson?

25   Fifty years' love above the bog, – they made
       The most of Pebidiog;
         How did they thrive in 'Sgeifiog?
         'Mid the clay he made the clog.
       Lluniwr gwadnau o ddau ddarn,
30   Saer a fesur ei fasarn
       Drwy'r wythfed ar ei weithfainc;
       Mae gan eu merch amgen mainc.

       Ddeuddyn rhydd dan ddiddan rwym,
       Hanner canrif yw'r ceinrwym.
35   Cofio oedran cu fodrwy
       Heddiw sydd. Fe fydd yn fwy.
       Hanner cant yw'r hen aur coeth
       Ar Ysgeifiog roes gyfoeth.
       Golau tawel gwlad Dewi
40   Fyddo'n gylch o'ch amgylch chwi,
       A dywenydd Duw ynoch,
       Diau y bydd. Da y boch.

250. Emyn

(Cyfansoddwyd ar achlysur canmlwyddiant dinistrio
Eglwys Sant Brynach, Cwm-yr-eglwys, mewn storm)

Arglwydd, bugail oesoedd daear,
    Llwyd ddeffrowr boreau'n gwlad,
Disglair yw dy saint yn sefyll
    Oddi amgylch ein tref-tad.
5   Rhoist i ni ar weundir amser
    Lewych yr anfeidrol awr;
Ailgyneuaist yn ein hysbryd
    Hen gyfathrach nef a llawr.

Arglwydd, pura eto'r galon,
10   Nertha'r breichiau aeth yn llwfr;
Trwy wythiennau cudd dy ddaear
    Dyro hynt i'r bywiol ddwfr.
Wele saint ffynhonnau Cymru
    Drosom fel yn nyddiau'r cnawd;
15   Wele y gŵr wrth ffynnon Jacob
    Ydyw'r Brenin ar ei rawd.

Rhoddaist Frynach inni'n fabsant,
    Cododd groes uwchben y don;
Storm o gariad ar Golgotha
    Roes dangnefedd dan ei fron.
20   Frynach Wyddel, edrych arnom,
    Llifed ein gweddïau ynghyd,
Fel y codo'r muriau cadarn
    Uwch tymhestloedd moroedd byd.

251. [Wrth Ladd Corryn ar fy Mhared]

Cyfieithiad o waith Goethe

Wrth ladd corryn ar fy mhared
Meddwl wnes ai iawn y weithred:
Hwyrach fod yr Arglwydd eisiau
Rhannu heddiw gydag yntau.

252. Ei Lwyth yn AI ar Lloyd

Celanedd cynganeddu – yw ei gledd
    Ar fôr glas prydyddu:
    Yng ngalanas englynu
    Mae pert ddawn mab Barti Ddu.

5   Fflag y fflid a newidia, – a gorthrwm
        Y gwrthrych a laesa:
    William, na ro i Walia
    Ragor o hyn. Trugarha.

253. Cân Imi, Wynt

Cân imi, wynt, o'r dyfnder ac o'r dechrau.
Cân imi, y dychymyg mwyaf maes.
Harddach na golau haul dy gerddi tywyll,
Y bardd tu hwnt i'n gafael ymhob oes.

5   Fe genit imi'n grwt yn Ysgol Arberth
A llamu'n uwch na'm llofft o Ros y Dref;
Fy nghuddio â'th gyfrinach heb ei rhoddi,
A minnau ynddi ac amdani'n glaf.

Mi lanwaf y dirgelwch â'm blynyddoedd,
10   Cans dan y bargod canu'r oet, mi wn,
Am bethau oedd i fod nes myned ymaith
Ac aros hefyd yn y galon hon.

Cân imi, wynt: nid wyf yn deall eto
Y modd y rhoi i'n tristwch esmwythâd;
15   Cân inni, enau'r harddwch anorchfygol.
Ti wyddost am y pethau sydd i fod.

254. Cywydd Mawl i D. J. Williams

Pwy yw'r gŵr pur ei gariad,
Mawr ei loes am Gymru'i wlad?
Y gŵr tanbaid eneidfawr
O hil faith Llywele Fawr.
5   Mae â'i galon yn cronni
Wrth weld ymyrraeth â hi.
'Mae iddi'i hoedl,' meddai hwn,
'Fwyth genedl, fe'th gyhwynnwn
A chael gennyt ei choledd,
10   Y ddiog daeog dy wedd.'

Mawr ŵr blaen ym more'r Blaid
A mawrion ei gymheiriaid,
Plaid fechan y Dadannudd,
Hawlwyr oent i'r genedl rydd.
15   Galwad hon fu'n gloywi'u taith
A'u hwynebai yn obaith.
Trwy ffydd Dafydd yn dyfod,
Rhoddi'i faich lle'r oedd i fod
Dan dŷ a hen adawyd,
20   Rhôi â'i brydferth nerth a'i nwyd;
Trechu'r anialwch trwchus,
Deifio'r llawr er adfer llys;
Rhoi ei aradr i'r erwau,
Llywio'n hyf a llawenhau.
25   Y gŵr hawddgar a gruddgoch,
Ti yw'r cawr ar y tir coch,
Gŵr a'i iawngred yn gryngroyw
Yn bwrw uwch âr â braich hoyw.

Rhed o'th law ar y daith lon
30   Dy hael hobed o hilion.
Rhodio'n calonnau'r ydwyt,
Ymbil ar yr hil yr wyt.
Rhwygo'n pridd rhag y diddym,
Gyrru llwfr ag irai llym,
35   Tynhau y wedd at y nod,
Dwrdio gydag awdurdod,
Canu dy gynnar garol,
Cwndid ffydd rhag gwendid ffôl,
Llorio siom â'r lleuer siŵr
40   Yng nghalon efengylwr,
Y mab â maes ymhob man,
Hau'r aur a chrynhoi'r arian.

Gynt yn ardal ei galon
Ganed hwyl y gennad hon,
45   A'i angerdd yw'r gerdd a gwyd
O lân olau hen aelwyd
Ac o nwyf ei gynefin
A thirif iaith ar ei fin:
Iaith y tri llwyth a hwythau
50   Yn glwm yn ei hanian glau.
Naws y rhain i'w oes y'i rhodd,
Daear lawn fe'i darluniodd.
Hen chwedl y genedl gynnes,
Rwydd ei grym lle treiddio'i gwres,
55   Rhiniwr yr hen garennydd,
Hebddo'n rhwym ni byddwn rydd.

Bu rownd ar bererindod
Er mwyn hyn i'r mannau od;
I'r gell, i'r llinell a'r llestr,
60   Fe fu yno yn fenestr.
Mewn amarch am y nawmis
Teulu'r praw fu'n talu'r pris:
Tri enaid o'u rhaid a'u rhodd
Am loywem a oleuodd
65   Benyberth, y berth lle bu
Disgleirwaith England's Glory.
Trywas gynt i herio'i sgorn
Yn wyrf wlatgar fel utgorn
Yn dweud 'Deffro' trwy'r broydd,
70   Galwad wen fel golau dydd.

Trwy ffydd Dafydd yn dyfod,
Rhoddi'i faich lle'r oedd i fod:
Dwyn ei bryder hyderus,
Agor llwybr trwy gaeau'r llys;
75   Honni hawl hen wehelyth
Rhag darfod o'i bod am byth.
Daw o'th rawd a'th weithredu
Gadw'r tân, ailgodi'r tŷ.
Daw dy obaith toreithiog
80   I'r llwybrau hir lle bu'r og.
O'r camre dewr Cymru dyf,
O dywysog, yn deisyf.

255. Arwisgiadau

Arwisgaf fy aur wasgod – gyfoethog
   O fyth y dïwrnod.
   Pos un dorf fydd 'Pwy sy'n dod?
   Pwy yw'r dandi Prydeindod?'

5   Arwisgaf gap ar osgo – i ddangos
     Yn ddengar i'r Croeso,
    Heb glywed a ddywedo;
    Mae'n wlad rydd, myn lai o dro.

    Arwisgaf frat i ateb – anghenion
10   Fy nghanoloesoleb;
    Caeredin, mewn doethineb,
    A fan hyn yn fwy na heb.

    Arwisgaf wedi'r ysgol – y dillad
     Diollwng, pwrpasol
15   I'r sied lo, a'r cwrs di-lol
    I'r mannau annymunol.

256. Gwenallt

Crych fu ei ganu; yn y gwaelod, crwn;
   Bethesda a gynhyrfid i'n hiacháu.
Ym mhoethni'r brwydro dros ein tegwch twn,
   Amynedd y gelfyddyd sy'n boddhau.
5   Harddwch arswydus 'purwr iaith ei lwyth',
   Rhoes angerdd dan ei bron a nerth i'w braich
A gosod dirfod yn y meddwl mwyth.
   Gwrolodd y Gymraeg i godi ei baich.
Nid rhyfedd hyn. Cafodd yr ennyd awr
10   Nad oes mo'i dirnad, a'r dychymyg drud
A wêl yn hen wrthebau plant y llawr
   Y Brcichiau praff yn crynu o dan y byd
Gan bryder santaidd; a'i ddyheu a roes
I Frenin Nef yn marw ar y Groes.

257. Y Dderwen Gam

(Pan fwriedid cau ar ran uchaf Aberdaugleddau)

Rhedodd y môr i fyny'r afon,
    Y cyrliog serchog, pur ei drem
Unwaith, a myrdd o weithiau wedyn
    Cyn imi gael y dderwen gam.

5   Cyn imi ddod yr hydref hwnnw
    A sefyll dan y gainc a'u gweld,
Hithau a'i mynwes yn ymchwyddo'n
    Ardderchog rhwng ei gwyrdd a'i gold.

Yma bydd llyn, yma bydd llonydd,
10   Oddi yma draw bydd wyneb drych;
Derfydd ymryson eu direidi,
    Tau eu tafodau dan y cwch.

Derfydd y llaid, cynefin chwibanwyr
    Yn taro'r gerdd pan anturio'r gwawl,
15   A'u galw gloywlyfn a'u horohïan,
    A'u llanw yn codi bad yr haul.

Yn codi'r haul ac yn tynnu'r eigion
    Trwy'r calonnau gwyrdd dros y ddwylan lom;
Yma bydd llyn, yma bydd llonydd
20   A'r gwynt ym mrig y dderwen gam.

258. Dan y Dderwen Gam

Rwy'n dod o hyd ac o hyd cyn y bo'n rhy hwyr, i weld
Y môr yn rhedeg i fyny'r afon. Yn grych ei wallt
Mae e'n dod bob nos a dydd, a hi yn ei gwyrdd, neu'r gold
Ond bydd cau'r drws yn ei wyneb a bydd taro'r tair bollt
5   A diwedd ar eu chwarae: cellwair y cuddio a'r cael,
Gwthio'n eu hôl rhwng y deri ei fflydoedd bach copor,
Plethu'r gwymon trwy'r egroes, ei hongian o hoel i hoel,
Pa sgafalwch bynnag i'r serch sy yng nghalon y môr.
Cyn y tawo dan y cwch eu tafodau sionc a'u sigl
10   Cerddaf eto'r milltiroedd, liw nos, hyd y dderwen gam
I glywed dros draeth y wawr lawer gloywlais a chwibanogl.
O! mwy hylif na heli'n dod i'r oed yw llanw y gerdd.
Mae e'n codi bad yr haul. Mae e'n cuddio ein llaid llwm.
Daw serch yr eigion i chwarae trwy ein calonnau gwyrdd.

259. Llandysilio-yn-Nyfed

Mynych rwy'n syn. Pa olau o'r tu hwnt
   Eglurodd Grist i'w etholedig rai
Pan oedd ein byw yn farus ac yn frwnt
   Heb fawr o'i fryd na'i ddelfryd ar ein clai?
5   Rwy'n cofio fel yr aem i ddrws y tŷ
   Pan ganai cloch y llan am flwyddyn well;
Roedd mwynder Maldwyn eto ar Ddyfed gu
   Pan âi'r dychymyg ar ei deithiau pell
Yn nhrymder nos. Gwelem y fintai fach
10   Heb ddinas camp yn ieuo'r byd yn un,
Ac yn eu plith gwelem yn glaerwyn iach,
   Yn wenfflam gan orfoledd Mab y Dyn,
Dysilio alltud na chwenychai'i sedd
Ym Meifod gynt rhag gorfod tynnu cledd.

260. Colli'r Trên

Mi gysgais neithiwr o flaen y tŷ.
'Mod i'n gorfod cysgu yn y fath le
Am golli'r trên a dod 'nôl yn hwyr –
Rhy ddrwg oedd hyn, ontê?

5   Ond mi gysgais yn braf a deffro am saith,
Ac mi welwn geffyl a phedair buwch,
Hwythau'n cysgu yn ymyl y tŷ
Ar le 'chydig bach yn uwch.

A cheiliog yn sefyll ar ganol y cae.
10   Os canodd hwn ar doriad y wawr
Ni chefais fy neffro ganddo ychwaith –
Yr ocdd hyn yn ddirgelwch mawr!

A'r ochr draw i'r lle'r oeddwn i
Dau blentyn braf yn cysgu mewn pram.
15   Os eu hanes hwythau oedd colli'r trên
Yr oedd gofid mawr ar eu mam.

Ond cysgu'n braf a wnaethom i gyd,
Dyna'r gwir iti, Enid, heb air o lol,
'Waeth mi gysgais yn dy ystafell chware,
20   Mi gysgais o flaen y tŷ dol.

261. Llanfair-ym-Muallt

Gwlad wen yn erbyn wybren oer
Oedd olaf argraff llygaid llyw.
Ni chofir dan yr haul na'r lloer
Ei ddyfod beiddgar gan y byw.

5   Eiddynt yw'r ymerodraeth well,
Ac fel eu tadau gynt bob gŵr,
Eu gobaith ddaw o'r palas pell
A'r pen yn pydru ar y twr.

Gofyn i'r teyrn am ganiatâd
10   I dorri'r tafod, mae'n ddi-lai,
A'i rannu rhwng bwrdeiswyr brad
A'i hoelio uwchben drysau'r tai.

262. Parodi

ar 'Anfon y Nico i Lan Dŵr', Cynan

Deio annwyl, ei di drosta'i
    Ar neges fach sydd hawdd ei chael;
Ei di o'r technegol goleg
    Lawr at Millets – siopwr hael.
5   Syll i blith y trugareddau,
    Syll dy orau, uwch neu is:
Yma gweli diced cochbrint –
    Un ar ddeg a chwech yw'r pris.

Ydyn', wir, mae'r Cem. a'r Ffiseg
10   Yn ddiddorol drwyddynt draw,
Ond anghofia am y cwbwl
    Nes iti gael fy nhrowsus glaw.
Ar ôl cael y trowsus hwnnw
    Hal e yma, maes o law.
15   Pwy gaiff fod yn uwch na Deio
    Ar ôl cael fy nhrowsus glaw?

263. [Y Fro a Garaf]

Mae'r fro a garaf
Uwch broydd daear,
Trwy'r heulwen addfwyn
A'r awel glaear;
5   O ben Preseli
Hyd i lannau'r heli,
Mae Dyfed lân trwy 'nghalon i.

Hyd greigiau uchel
Uwch pyllau dyfnion,
10   A hyd dywod euraid
Ei thraethau llyfnion,
Rhed llinyn arian
Ei môr a'i marian,
Ac mae hon yn dal fy nghalon i.

15   Pan fwyf yn crwydro
Ei mân feidiroedd,
Lle na ddaw'r cyffro
O'r swnllyd siroedd,
Neu fin afonydd
20   Rhwng cynnes fronnydd,
Fe sieryd hon â'm calon i.

Ac yma erys
Ein huchel freintiau
O'r pryd y cerddodd
25   Y cynnar seintiau;

Lle syrthiodd cestyll
Mae môr heb ddistyll
Yn dyfod â'r rhain i'm calon i.

Mae'r hen gymdeithas
30   Yn aros yno,
A'r drws agored
I'r sawl a'i mynno.
Mae bywyd hawddgar
Fy mro groesawgar
35   Yn galw yn ôl fy nghalon i.

264. Y Ffordd Trwy'r Coed

Caewyd y ffordd trwy'r coed
Ers trigain mlynedd neu fwy,
A'i datod o'i min gan y glaw a'r hin
Fel byth na ddywedech mwy
5   Y bu unwaith ffordd trwy'r coed
Cyn plannu'r bedw a'r ynn.
Mae hi yno dan wrysg y grug a'r prysg
A'r tyner anemone gwyn.
Ni wêl ond y cipar hyn,
10   A lle treigla'r broch fel y myn,
Y bu unwaith ffordd trwy'r coed.

Ond ped aech i mewn i'r coed
Hwyr o haf gydag awel y dydd,
Pan fodrwyo'r pwll wedi'r oriau mwll,
15   Pan chwibano'r dyfrgi'n rhydd
Ar ei gymar – heb ofn – yn y coed,
Gan mor brin y daw dyn i'w plith,
Clywech drwst yr harn dan bedwar carn
A godre'n ysgubo'r gwlith;
20   Trwy niwlog unigedd y ffrith
Brochgáu fel pes gwnaent erioed,
Fel pe gwyddent eu ffordd yn ddi-lyth,
Yr hen ffordd goll trwy'r coed ...
Ond 'does dim un ffordd trwy'r coed.

265. Y Gwrandawyr

'Pobl mewn?' meddai'r teithiwr gan guro,
 A'r lloergan ar y drws a'r dellt;
A hirgnoai ei geffyl trwy'r distawrwydd
 Ar redynog lawr yr allt;
5 A chododd deryn ar ei aden
  O'r tŵr uwch y teithiwr fry,
A churodd wrth y drws eto yr ail waith
 Ac eilwaith: 'Pobl yn tŷ?'
Ond ni ddaeth neb i lawr at y teithiwr;
10 Ni ogwyddodd pen dros rwyd
Y dail iorwg hyd garreg y ffenest lofft
 Ar benblcth ei lygaid llwyd.
Dim ond lledrith dorf o wrandawyr
 A drigai yn yr hen le o hyd
15 Oedd yn gwrando yn nhawelwch golau'r lleuad
  Ar y llais o'r meidrol fyd;
Oedd yn dwr trwy'r lloergan pŵl ar y staer ddu
 Sy'n mynd lawr i'r neuadd wag,
Yn gwrando drwy'r awyr grynedig
20 Gan y gri oedd arni'n grog.
Clustfeinient lle bai llais y teithiwr unig,
 A'i gryndod hir yn gryg,
A gwybu dan ei fron eu dieithrwch,
 A'u gosteg i'w alwad yn ail,
25 Tra dôi sŵn carn, sŵn cropian ar y lawnt gwrm
  Dan gronglwyd sêr a dail;
Waeth yn sydyn iawn fe drawodd eto'n drymach,
 Dyrchafodd ei wyneb a'i lef:

'Dwedwch wrthynt y des ond ni ches ateb,
30   Y cedwais fy ngair,' eb ef.
Ond un dim ni syflai'r clustfeinwyr
    Wrth ei eiriau cyd baent hwy
Â'u heco yn nhywyll-leoedd y tŷ cwsg
    Rhag yr un dyn effro mwy.
35   Do, clywsant ei wadn ar y gwarthol,
    A thincial carreg dan harn,
Ac araf ymchwydd y tawelwch eilwaith
    'Rôl cilio cynnwrf carn.

Englynion Achlysurol

266. Eilliwr Trydan Bobi Jones

Mae'n arf i un fu'n farfog – ar ben-blwydd
    Yn erbyn blew'n finiog;
   Eillia hwn ei wep heb hog
   Gan ei wraig yn anrhegog.

267. Adolygiad Bobi Jones ar *Ugain o Gerddi*, T. H. Parry-Williams

Hwn a ddug inni ugain – o gerddi
    Yn eu gwyrddwisg firain,
   A bu Bobi â'i wbain·
   Tan eu rhwym tenau yw'r rhain.

268. T. H. Parry-Williams

(Ar achlysur ei ddyrchafu'n farchog)

Gŵr rhyddiaith y gair addas – a'r rhigwm
    Sy'n rhagor i'n barddas:
   Hir y caffom, Syr Thomas,
   Dy oslef i'n tref a'n tras.

269. *I'r Arch*, **Bobi Jones**

Er Iwl a hir reoli – cwrt Rhufain
   Cartrefol yw'n teithi.
  Medrai'r Brython farddoni
  Raddau'n uwch na'i beirddion hi.

270. **Bobi Jones yn Astudio Seico-mecaneg Iaith**

Weithian *psychomechanics* – gorflaengar
   Of lingual didactics:
  Ewch â'r criw mor iach â'r crics
  O gam i gam â gimics.

271. **Beirniadaeth**

Paragraffwaith poer Gruffydd – sy'n weddus
   I weinyddiaeth danwydd:
  Llawer gwell ganddo fo fydd
  Y Bwrdd Nwy na'r beirdd newydd.

272. Kate Lucas

(Myfyrwraig boblogaidd yn Aberystwyth)

Kate Lucas is quite lucky. – The fellows,
    They follow her daily;
  Enormous, as an army,
  Like as a flood did Lucas flee.

273. Englynion Saesneg

Yes, Idwal, it is oddish; – it is strange;
    It is true outlandish,
  Not a fowl nor yet a fish:
  An englyn writ in English.

274. Elias

In his lodgings Elijah – had the best,
    Paid the bill with hoodah,
  Always kept in Sarepta
  Oil and meal for El and Ma.

275. Cyfieithiad o 'Blodau'r Grug', Eifion Wyn

Jewels, sun and winds joying, – honey bowls,
    Tiny bells clustering;
  The rocky lofts where they cling
  But silent beauty swelling.

276. Cyfrinach y Gadair a'r Goron, 1958

Ebbw Vale, the hub village – well done you.
    Who'll deny one adage? –
  Unlucky Lion leakage;
  Two have come out of a cage.

277. Bwthyn Waldo ger Pont Fadlen

On my own, Oh! I manage. – I prepare
    A repast with courage.
  I live, active for my age,
  In a cute little cottage.

278. Tywysog Cymru
(Adeg ei gyhoeddi, 1958)

Siarl ein prins o dŷ Winsor, – D'wysog da,
    Dysg di iaith y brodor:
  Rhan Duw, pan egyr ein dôr,
  Dy ganfod gyda Gwynfor.

279. I Dîm Penfro
(Ar ôl iddynt gael eu cyhuddo o ddefnyddio hen linellau)

Brodyr yn labro ydynt – a'u padell
    Uwch y pydew ganddynt
  Yn pwmpo er mwyn pumpunt
  O'r dyfnder a'r gwychder gynt.

280. 'Hy' nid 'Hyf'
(Cywiriad Meuryn)

O agendor y Gwyndyd, – 'hy' yw'r gair,
    'He' yw'r gŵr hefyd.
  Da y gwn drwy'r de i gyd
  Dwedwn 'hyf' yn hyf hefyd.

281. Y Red Cow

(Lle yr oedodd Waldo ar ei daith)

I'r Red Cow ni roed caeau – i'w pori,
    Ond parod ei pheintiau:
    Un yw hon sy'n ufuddhau
    A theithwyr wrth ei thethau.

282. Etholiad 1959

(Glyn James – arbenigwr ar gorn siarad)

Crynhoi i'r sir â'r Corn Siarad – a fynnaf
    I ennill fy mwriad –
    Offer Glyn yn deffro gwlad
    A pharhau ei deffroad.

283. Yr Eog

Gwibiad gemog byd gwymon, – arian byw'r
    Hen aberoedd mawrion.
    Druan llesg, o'i droeon llon
    Ar dryfer daw o'r afon.

284. Mewn Carchar yn Rutland, 1961

(I ymadael ar *Lady-day*)

Siŵr le yn y sir leiaf – heb un cwrt
    Hyd ben cwarter gaeaf.
   Yma â'm pâl mi dalaf:
   Ŵyl Fair Mawrth o'm plwyf rhwym af.

285. Ymdrochi ym Mhwllheli

(Nofio yn noeth ben bore, a daeth teulu o Swydd Gaerhirfryn
i'r traeth tra oedd yn y dŵr)

Dihangaf rhag y dynged, – a heb ddrôrs
    Y bydd raid im fyned:
   Rhedaf tua'r ymwared
   Yn borc noeth trwy Birkenhead.

286. Pererindod Ariannol

(Adeg protest y dreth)

Hen gronfeydd, porfeydd heb fwyd, – mae adlais
    Y Midland fel breuddwyd:
   Gan Barcle fe'm dilewyd,
   Wy'n bwnc llosg yn y banc Llwyd.

287. Pan Benodwyd XXX yn Brifathro

Dysgwch beswch yn bwysig – ag osgo
   Esgob Academig,
  Oni ddaw, yn ddeheuig,
  Blwmsen uwch eich pen i'ch pig.

288. Buwch

O'i phwrs, 'run lliw â Phersil, – rhydd i ddyn
   Y rhodd oedd i'w hepil;
  Yno saif â'i phen sifil;
  Ni chwennych well na chnoi'i chil.

289. Ar ôl Telediad Sentimental am Gymru

Cawn angladd braf dihafarch – a'n heuro
   Gan hiraeth a mawrbarch;
  Dwyn tyaid dan y tywarch,
  Cledwyn Hughes yn cludo'n harch.

290. Llywelyn ein Llyw Olaf

Dy gwymp a'n gwnaeth yn gaethion, – dy ryddid
    A roddaist i'n calon;
   O'r graith fawr daw'r gwŷr o'th fôn,
   O Dywysog, dy weision.

291. Cwsg

O! baradwys ddibryder; – golud maith
    Gwaelod môr diamser;
   Anallu nos yn llaw Nêr,
   A'i hen oedfa i'n hadfer.

292. Testunau Plwyfol

Maes dadl ydyw cystadlu – ar destun
    Diystyr i Gymru;
   I ryw gob o Gaergybi
   Mae'n sens, ond nonsens i ni.

293. Cynulleidfa Denau Plaid Genedlaethol Cymru

I mewn, heb sôn am enaid, – i glywed
    Y glewion wroniaid;
    O Dduw, Tydi a ddywaid:
    Ai hyn ydi y blydi Blaid?'

294. Iorwerth C. Peate

Diarbed ydyw'r dewrBeate – ymhob stŵr,
    Ymhob storm cadarnBeate,
    Cignoeth, chwilboeth uchelBeate;
    'Fy safbwynt' ydyw pwynt Peate.

295. Cwrw Joyce

O! am gwart o'r Syr Martin, – cais D.J.
    Facsad Joyce ers meityn;
    Hen weithiwr sad, saethwr sydyn,
    Cawr praff uwchlaw'r cwrw prin.

296. Y Gweriniaethwyr

Pan gyfyd Trefor fory – ac Ithel
    I'w gwaith o derfysgu,
  I Lundain 'r â'r rhain â'u rhu,
  Siôr Chwech sy'n siŵr o'i chachu.

297. D. J. Williams

A'i gopa, fel y gwypoch, – a'i ddadlau
    Yn ddidlawd lle mynnoch,
  Y gŵr hawddgar a gruddgoch
  Eto yw'r cawr ar y tir coch.

298. D. J. Williams

Haul gwirionedd a'i heddyf, – heuwr mawr,
    Giau'r maes digleddyf:
  O'r camre dewr Cymru dyf,
  O! dywysog, yn deisyf.

299. At J. Gwyn Griffiths ynghylch Cyhoeddi *Dail Pren*

Y siriol impresario, – Aberdâr,
  Dibryderon fyddo;
 Â Nadolig uwch brig bro
 Cawn ni weld canu Waldo.

300. Pa Bryd?

Ymddiried, cydweithredu, – a maddau
  A meddwl fel teulu;
 Hyd wledydd adeiladu,
 A'n Tad yn arddel ein tŷ.

301. Llongyfarch T. Llew Jones

(Ar ennill Cadair Eisteddfod Genedlaethol Glynebwy, 1958)

Yr hen dwyll i brynu dyn – yw hawddfyd
  A golud y gelyn;
 Fardd Tre-groes, dy oes dy hun
 Yw dydd hirloes dy ddarlun.

302. Cleddau

(A'r llanw yn dyfod i fyny rhwng Coed Pictwn a Martletwy)

Hallt yw'r cŷn sy'n hollti'r coed – a'r aing ddwfr
　　Sy rhwng y ddau dewgoed;
　　Hynt y weilgi rhwng talgoed,
　　Trawsli cawr rhwng treslau coed.

303. Pen-caer

(Ac arddwr yn aredig uwch y môr)

Ton hir y tir yn torri – ac yno
　　Yn ceisio mewn cwysi
　　Urdd ddu ddisglain brain heb ri
　　A gwylanod goleuni.

304. Ynys Bŷr

Llais hiraeth lle a sieryd, – a'i gwaneg
　　A'i gwenith o'r henfyd:
　　Ewyn hallt a gân 'Illtud';
　　'Samson' yw'r ymson o'r ŷd.

305. Englynion y Crics

Yn y pentan pa antics? – Alawon
    Teuluol y mangrics.
  'O! mae'n braf yma'n y brics,
  Rŷm eto heb riwmatics!'

5   Cadw o'n cwat y riwmatics – a'th ormes
      A'th *thermo-dynamics*,
    A'th atal ar esthetics
    Eon ein troeon a'n trics.

Cawn yma economics – a ddysgwn
10   Ar ddesgiau'r athrogrics.
    Testun ein holl statistics
    Drwy haf brwd yw rhifo brics.

Pele 'to yw'n politics; – os ceir gwres
      Ceir grym i'r hil Felix;
15   Nid crasu yw crasu crics,
      Nid tato dietetics!

Yn y fflam y cawn y fflics, – egwyl fer
      Yn nirgel fyd optics;
    Nid tindroi, ymroi ym mrics
20   Y fan eithaf yw'n hethics.

'Safwn yn un mewn "sifics"; – ein pentan
      Yw'n pwynt,' meddai'r mawrgrics;
    'Ni cheir heno mewn bro brics
    Un cystal mewn acwstics.'

25   Seiniwn goruwch y *cynics*; – awn ragom
         Gan regi'r hen gritics:
      Mwngrels yw'r rhain. Mae iawngrics
      Yn un clwm heb wenwyn clics!

      Pa atal i'w poetics? – Ânt ymlaen
30   Mewn twym le â'u metrics;
      Fe ddywed eu cred y crics
      A'u natur a'u genetics.

306. Y Dynwaredwr

Dynwaredwr didwı w – a gefais,
      Mi gofiaf am hwnnw;
   I mi hawdd nawr, medden nhw,
   Siarad o Eglwyswrw.

307. 1001 Carpet Cleaner

Mil ac un, mawl a ganaf. – I'm corpws
      Mae carped o'r ceinaf.
   Wrth ei lanhau mi ddeuaf
   Lot yn well, dal ati wnaf.

308. Bwthyn Bwlch-y-ddwysir

(Ger Ffarm y Cross, Clunderwen, cartref gwraig dduwiol
o'r enw Fanny neu Frances Morgan)

Eiddot, bridd rhonc, yw'r goncwest – ar y clom,
    Hen furiau clyd, gonest;
   Amau cof mai yma cest
   Dŷ Ffani a'i dwy ffenest.

309. Rasel Drydan J. Eirian Davies

Chwyrnu dros ên a chernau – a'i hymgais
    O amgylch y gweflau;
   Eirian sy' ar ei orau
   A'i wefl ef yn datflewhau.

310. Ymweliad â Phont Hafren

Peint hyfryd ger Pont Hafren – ni chawsom,
    Ni cheisiem y fargen;
   Nyni'n y car gyda Ken
   Yn llywio a bod yn llawen.

311. Y Stôl Odro

A trunk out and truncated – through two flats,
    Three tough legs inserted.
  How cushy in a cowshed
  For boys, if we are abed.

312. Y Bompren

O, footbridge, do be rigid; – yes, leash your
    Oscillations horrid;
  I'd venture a better bid
  On rope o'er any rapid.

313. Y Gorwel

O'er ways within no horizon – men speed,
    We shall man space – calon.
  Yet we love what we live on,
  Cherishing the ring thereon.

314. Y Ci Defaid

On the hill, in the hollow, – he gathers
    Together each fellow
In the flock, and on they flow,
Turning, curling for Carlo.

315. The Englyn

This is the Welshman's stanza; – well-woven,
    Reliving its thema;
A complete, neat vignetta:
Thirty ticks, we're through. Ta-ta.

316. Heather

O, minute and vast beauty, – honey bowls,
    Tiny bells and belfry,
And immense silence holy –
To their mood they tether me.

317. [I Longyfarch Gareth Francis
ar ei Lwyddiant â'i Arholiadau Lefel 'O']

Edrych i'r awyr uchod – am adar,
    Am haid rwy'n adnabod,
   A dyma, dyma nhw'n dod
   Yn glwm iawn o glomennod.

Cerddi Saesneg

318. The Wild Rose

Of all the flowers that June brings forth
In happy fields and lanes,
Surely in every humble heart
It is the rose that reigns.

5   How carefully the foxglove's built
Along its steady spire –
The rose, you'd say, was taken and tossed
Upon the ragged brier.

And there its sweet simplicity
10   Gladdens the summer day,
But the sun that swells and bursts the bud
Withers the rose away.

And soon we know not, soon we care not
Where those petals lie.
15   Beauty, wandering through Time,
Has touched us and gone by.

319. [Gay is the Maypole]

Gay is the Maypole – with sprigs we have wound it,
Bound it with balsam and witch hazel spray.
When it is ready we carry it steady,
And all dance around it on the merry May Day.
5   Up with the basket, give when we ask it;
Luck for the harvest is yours if you pay.
Dance 'til sunset, dance, 'tis your duty,
'Til the Maypole loses its beauty;
Dance 'til the bonfires yonder are glowing,
10   Then to the feasting away and away.

320. Brambles

Where bracken glows in autumn
And thistledown falls like a dew,
Lies a glade in a Pembrokeshire woodland
And a red lane threading through.

5   The wild lane runs where it listeth,
It knows no hedgerow guide;
And straggling brambles strive to reach across it
From side to ragged side.

Oh you brambles: never, never
10   (Although your will be strong)
While Lily and Lady and Dobbin go by
And our cartloads lumber along.

But here, in the mellowing evenings,
My thoughts come stealing home,
15   And they ask me: when you are lost again
In the night and the light and the loam

Will the thrush in that thicket still quiver with youth
Or dream of the sweet days dead,
When the tangling brambles gather
20   Where the lane was once red?

321. Llawhaden

Coming by Llawhaden
When the thrushes sang of May,
We saw the cottage apple-trees
White as the white sea spray;
5   We saw the castle on the rock,
A shadow dim and gray.

Coming by Llawhaden
We heard the river say:
The glory of the mighty,
10   It fadeth in a day,
But O! the beauty of Democracy,
It passeth not away.

322. Gandhi

Clown in the Empire Circus Troupe, by God!
    A laughing stock for pale-faced Christian kin.
Regiments grew ribald at his gunless squad
    And his ramshackle old wheel made Mammon grin.
5   In John Bull's 'Crown Hotel' this fakir's known,
    Weaving his folk's bright future – yard by yard!
Above the pools of death where many are thrown,
    His little health-giving nanny goat stands guard.
He has shaken an empire with a feeble fast
10   And cracked it with his silence and his smile.
The breath of his great soul will sweep at last
    Beyond the bourn, the wreckage of the pile.
The Troupe moves off at dawn, their tents they'll pack –
The rubbish left around and the dung on the track.

323. Beauty's Slaves

What the spirit of man has made, that I hold light,
But greatly I prize the making, the heart's warmth, the will,
The long downbending ascending, the sudden height,
Beauty's world out of nothingness breaking, her storm
    through the still.
5   One hour of the maker's hot mood is more to the world
Than centuries of it after, caught and stone cold.
Therefore it grieves me not if frescoes are hurled
Into time's yawn and the grand architecture of old.
But this, O! blindfold world, is your high crime, bringing
10   The numbing punishment that you seek not pardon:
Alun and our own Geraint are dead ... But they went singing
Up to the jagged gate and into the garden.
What then? Here, by the gulls' wings white against the blue
Beauty's not dead, I deem. Shall not her slaves be deathless
    too?

324. Preseli

Wall of my boyhood, Moel Drigarn, Carn Gyfrwy, Tal
    Mynydd,
In my mind's independence ever at my back;
And my floor, from Witwg to Wern and to the smithy
Where, from an essence older than iron, the sparks were
    struck.

5   And on the farmyards, on the hearths of my people,
Wedded to wind and rain and mist and heathery livrocky
    land,
They wrestle with the earth and the sky, and they beat
    them,
And they toss the sun to their children as still they bend.

For me a memory and a symbol – that slope with reaping
    party
10   With their neighbours' oats falling four-swathed to
    their blades.
The last they took for fun at a run, and straightening their
    backs,
Flung one four-voiced giant laugh to the clouds.

So my Wales shall be brotherhood's womb, her destiny,
    she will dare it.
The sick world's balm shall be brotherhood alone.
15   It is the pearl pledged to time by eternity
To be the pilgrim's hope in this little crooked lane.

And this was my window – those harvestings and sheep
   shearings.
I glimpsed the order of a kingly court.
Hark! A roar and ravage through the windowless forest.
20   To the wall! We must keep our well clear of this beast's dirt.

325. [The Cherhill White Horse]

High above the Great West Road,
Where the larks in summer time
Sing, and past the last abode
Holiday-making parties climb.
5   There the Cherhill White Horse stands
Art of ancient heads and hands.

There the newer monument
Pierces summer's azure sky.
Wind and rain do not relent,
10   But when the tower's stones shall lie
O'er the sword on either hand
Still that ancient Horse shall stand.

326. [The Autograph]

Gareth Francis likes to laugh.
Once he had an autograph;
Autograph was too much bother
So he gave it to his father.

5   Autograph was too much labour
So he gave it to Davies Tabor.
Davies Tabor found a text,
J. P. Howell got it next.
J. P. Howell was too busy,

10   So he sent it to Aunty Lizzie.
Aunty Lizzie said, 'Too much fuss.'
Sent the album back by bus.
Busman said, 'Don't know exactly;
Send it down to R. M. Lockley.'

15   R. M. Lockley said, 'Not me;
Send it up to old D.T.'
D. T. Lewis got a carriage;
Took it down to Joe the Garage.
Joe the Garage said, 'I'll fetch

20   Könekamp to do the sketch.'
Könekamp went in a rage
Because it was so small a page,
So he gave it back to Joe,
And he said, 'Mae 'da fi 'to!

25   Who was it who gave it me?'
So he gave it to D.T.
D. T. Lewis said, 'Once more!'
Took it up to Lockley's door.

Lockley said, 'It makes me dizzy,
30   Send it back to Aunty Lizzie.'
Aunty Lizzie just said, 'Now I'll
Send it back to J. P. Howell.'
J.P. said, 'I'm not the person,'
So he took it down to Gerson.
35   Gerson said, 'It's not the Manse's;
Take it up to T. J. Francis.'
Gareth took it at the door,
Said, 'I've seen the book before!'

Awduriaeth Bosibl

327. Night-talk

'Think not upon the empty tale you told,'
    Said Moss to Stone; and Yew tree said, 'Forget.'
The yellow moon was round, the mist was cold,
    'Think not,' said Moss, 'upon the tale you told,
5   For pale, pale Ghost, who walks upon the wold
Heeds not the long lost dream a mortal met.
Think not upon the empty tale you told,'
    Said Moss to Stone, 'Forget.'

328. Hughbells

There was a young man with a bike,
Of women he well knew the psych.
    He took all his true belles
    A gathering bluebells –
5   The last line may be what you like.

329. The Clissold Club

Vi, Watson, May, Jolliffe and Nancy
To Wells they all took a great fancy;
    They chipped and they rissoled
    And read William Clissold,
5   Though why they should do so we *can't* see.

330. That Picture

There was a young lady called Gough
Who furnished her room like a toff.
    Many songs have been sung
    To the picture she hung,
5   Like its garments, we call them all off.

331. The Freshers' Guide

We pity the lack of knowledge
Among freshers, on matters pertaining to college.
Isn't it a blessing they've got Pelham
To tell 'em?

332. Advice

In writing to Mr Brinley Thomas,
Please use plenty of commas.
Don't forget the punctuation
In 'President of the British Universities League of
    Nations Federation'.

333. L(ord) C(hief) J(ustice)

A fellow once said 'Mr Jane,
I am going to be perfectly plain,'
And thereupon he delivered what was afterwards
    considered to be an awful
Jawful.

334. N.U.S. Notes

What a pity we are not able
To enjoy the use of two chairs, a sofa and a table
At Three Endsleigh's.
Why not put them in Professor Bensley's?

335. Drastic Action

A warning:
Trainers cutting more than three lectures a morning
Will be flayed immediately and their skins sent
To Pinsent.

336. If

Wouldn't it be sublime
If, just for the sake of rime,
Professor Roberts lent Dr Parry-Williams
Two Sealyhams?

337. Tastes Differ

Bagnall often drew the cork
While sojourning in New York;
On the other hand, it appears that Sydney Herbert
Drank sherbert.

338. Dreams

At night Teddie goes bedwards
To see visions of Principal Edwards;
But wouldn't it cheer Bryner up
To see him runner up.

339. Ffieiddgerdd

Cyflwynedig i'm *landlady*
(Gydag atgof am 'Rieingerdd' Syr John Morris-Jones)

Dau lygad tanbaid, croesion, cas
   Sydd i'm lletywraig i,
Ond na bu llygad gwraig erioed
   Mor groes â'i llygaid hi.

5   Am wawr ei gwddf dywedyd wnawn
   Mai'r parddu duaf yw,
Ond bod rhyw lewych gwaeth na du,
   Atgasach yn ei liw.

Mae holl ffieiddiaf liwiau'r byd
10   Yn glwstwr ar ei grudd;
Mae'i gwefus fel pe'n chwyddo'n fawr
   Wrth glebran nos a dydd.

Ac atgas gryglais ar ei min
   A glywir, dyn a'i gŵyr,
15   Yn rhygnu'n ddibaid ddydd a nos
   Nes bron â'm drysu'n llwyr.

A main y seinia'r Saesneg sur
   Yn nhôn ei chryglais hi:
Mae iaith atgasa'r ddaear hon
20   Gan fy lletywraig i.

A synio'r wyf mai sŵn yr iaith
   Wrth lithro dros ei min
A roes y fath afluniaidd dro
   I'w llygaid croesion, blin.

340. O Glust i Glust

('Prif Gythraul y cyhoedd yng Nghymru' – yr Athro W. J.
Gruffydd *amdano'i hun* yn *Y Llenor*, Gwanwyn 1931)

Pwy a feiddiai godi carreg,
    Dybliw Jê,
Ac anelu saeth gwatwareg
    Tua thre'.
5   Oni welsom y Sheceina
Pan oedd niwloedd nos dros Gymru
Yn llewyrchu o Riwbeina
Lle mae'r Sais yn bwyta llymru?
Onid i bangfeydd tragywydd,
10   Dybliw Jê,
Yr aeth pawb fu ar eich trywydd –
    Onid e?

Daeth gormesdeyrn archesgobol,
    Dybliw Jê,
15   'Fynnai Seisnigeiddio pobol
    Daear a ne'.
Rhoesoch chwithau bin ar ddalen
(Un o ddail melyna'r *Llenor*),
Ac fel un â'i friw mewn halen
20   Troes Ei ras o fas i denor;
Ninnau'r cyhoedd sy'n edmygu
    Dybliw Jê,
A phob sant a diawl yn plygu
    Iddo Fe.

25 Ai Gŵyl Ddewi ai Gŵyl Dewi,
  Dybliw jê,
 Sydd yn peri i'r cennin ddrewi
  Ymhob lle?
 Ynteu clywed dynion prysur
30 Anffaeledig y colegau
 Yn defnyddio yr achlysur
 I roi bythol daw ar gegau
 Pawb o Fethel i Dregaron,
  North a De,
35 Er mwyn gwrando Rhosyn Saron –
  Dybliw Jê?

 Plaid, ac Achos Mawr, a Chyngor,
  Dybliw Jê,
 Byddent oll heb lyw nac angor
40 *Right away*
 Oni bai fod rhuo cyson
 Sergeant-Major y cythreuliaid
 Fyth ar flaen pob gwyllt ymryson
 Yn 'sbardynu pawb o'i ddeiliaid.
45 Beth a wnelai Cymru hebot,
  Dybliw Jê?
 Pwy a godai'r stormydd tebot,
  Dŵr a the?

341. Cerdd Ymson

(*Sef Myfyriwr o Goleg Aberystwyth yn ymliwiaw ag ef ei hun, ddarfod iddo ofer ymroi i bynciau sychion, yn lle ei fwynhau ei hun: yw chanu ar Bow Strít, ne Ddifyrrwch Gŵr yr Hafan.*)

Dwed i mi, paham y talist
Gymaint arian i sbesiálist
Am dy lenwi â seicológi?
Nid yw hwn, er maint yr hogi,
5   Wedi llwyddo i ddysgu iti
Beth yw natur Realíti.
Milwaith gwell, uwchben y coffi,
Ddifyr sgwrs na ffilosóffi;
Gwell – a siarad mewn parádocs –
10   Fai ymroi i fwyta hadocs,
Gwell ymuno yn y *chorus*
Gyda'r llanciau iach hiwmórus,
Difyr lunio cerdd gomígal –
Rhyw epígram, neu dopígal—
15   Felly ti gei wir ecstási
Byddi ddedwydd – er na 'phasi'.
(*Cetera desunt aut inde sunt.*)

342. Y Trethi

Tacs, tacs,
    Sy'n peri im wisgo dim ond racs;
    Yn lle y glo rwy'n llosgi slacs
      Sy'n ddu fel blacs, yn oeri'r tŷ.
5   Mae f'einioes yma'n dymor blin,
      Rwy'n diodde'r hin, gan fwrw 'mhlu.

Pres, pres,
    Sy'n cadw f'enaid i mewn tres,
    Er bod ychydig yn gwneud lles,
10   Ond cyn bo'u gwres yn c'nesu 'mron,
    Daw creulon dreth mewn hanner crac
      I chwilio 'mhac, a dwyn fy ffon.

Syms, syms,
    Yn bygwth f'anfon i i'r slyms,
15   Neu wneud fy nyth yn fangre'r Byms,
      Mae amal Hyms y trethwr cas
    Yn gwneud i'm hwyneb droi yn hir,
      Rwy'n gweld yn glir bydd eisiau gras.

Gwell, gwell
20   I mi a fydd cael hyd i gell
    Mewn ardal braf heb fod ymhell,
      Lle na ddaw'r ellyll hwn byth mwy.
    Caf gyfri 'mysedd fore a nawn,
      A chysgu'n iawn heb ofni'r plwy.

343. Parodi

(Dywedodd Wil Ifan mewn cylchgrawn Saesneg fod
barddoniaeth Mr R. Williams Parry yn hawdd iawn ei
[h]efelychu. Ond beth am Wil Ifan ei hun?)

Os methi heb wall, bachan,
    Brydyddu'n lleddf neu lon,
Cais fod yn gall, bachan,
A gwatwar y llall, bachan,
5   Y prydydd a all, bachan.
Gw-gw-gw-w! (*Wg-w-w-w!*)
    Ydyw, mae'n gystal â'r gwreiddiol bron.

Wyt ti'n dipyn o Sais, dywed?
    Yna cyfieitha, Dai;
10   A lwyddi heb drais, dywed?
    Rwyt yn gogydd eitha', Dai.
Gad yr uwd i'r gweis, Dai,
A gwna bethau neis, Dai.
    W-w! W-w!
15   Petha' fel mins peis, Dai.

344. Maddau, O! Dad, ein Claerineb Cyhyd

(Cyfieithiad o 'Father Forgive …')

Maddau, O! Dad, ein claerineb cyhyd,
   Yn ddistaw ymgrymwn i lawr;
Peidied ein llwfrdra a'n hofnau i gyd:
   Cynnau ni, cynnau ni'n awr.

5   Arglwydd dymunwn d'addoli Di'n lân,
   D'addoli er lleied ŷm ni;
Gariad tragwyddol, bydd ynom yn dân
   Nes llosgwn i'r pen erot ti.

Rho inni draserch am enaid pob un,
10   Tosturi o hyd yn dyheu;
O, am y cariad hyd angau a lŷn,
   Angerdd nad oes ei ddileu.

O, am y weddi'n ymdywallt yn bur
   Dros deulu adfydus y llawr:
15   Gweddi yn enw Concwerwr pob cur –
   Arglwydd y Pentecost mawr.

Cytgan:
   O, tania ni'n awr,
   Tania ni'n awr;
   I adfer y byd,
20   O, tania ni'n awr.

Nodiadau

1. Horeb, Mynydd Duw

Enillodd Waldo Williams ar 'Horeb, Mynydd Duw' yn Eisteddfod Horeb, Maenclochog, Llungwyn 1922. Cyhoeddwyd y gerdd yn *Seren Cymru*, 14 Gorffennaf 1922, t. 1. Roedd yn 17 oed ar y pryd. 'Horeb, Mynydd Duw' oedd y gerdd gyntaf o'i waith i ymddangos mewn print.

Nodiadau

Gelwir Horeb yn 'fynydd Duw' yn Exodus 3:1. Yno y gwelodd Moses y berth dân yn llosgi ond heb ei difa, ac o ganol y berth y llefarodd Duw wrtho. Ar fynydd Horeb hefyd yr ymddangosodd Duw gerbron y proffwyd Elias: 'Ac efe a gyfododd, ac a fwytaodd ac a yfodd; a thrwy rym y bwyd hwnnw y cerddodd efe ddeugain niwrnod a deugain nos, hyd Horeb mynydd Duw' (I Brenhinoedd 19:8).

12 **Lleisiau nefol, distaw, main** cf. 'Ac ar ôl y ddaeargryn, tân; ond nid oedd yr Arglwydd yn y tân: ac ar ôl y tân, llef ddistaw fain' (I Brenhinoedd 19:12).

18 **Sanctaidd Dir** cf. 'Ac efe a ddywedodd, Na nesâ yma; diosg dy esgidiau oddi am dy draed; oherwydd y lle yr wyt ti yn sefyll arno sydd ddaear sanctaidd' (Exodus 3:5).

21 **Rhwyga furiau cul dy gell** cf. 'Dere ma's o'th gragen fach gul, o ddyn', llinell o gerdd gan cwythr y bardd, Gwilamus Williams. Cyhoeddwyd y gerdd, 'Mêl Gwyllt', yn *Meillion a Mêl Gwyllt o Faes Gwilamus gyda Threm Arno Yntau*, D. Owen Griffiths, diddyddiad (1923?). Gw. yn ogystal, *Chwilio am Nodau'r Gân*, t. 62.

2. Limrigau

Papurau D. J. Williams yn y Llyfrgell Genedlaethol, P2/35/16, llythyr oddi wrth Waldo Williams at D.J. a Siân Williams, 30 Tachwedd 1928.

Nodiadau

Dywedodd Waldo Williams iddo anfon 'ryw ddeg o limericks at Idwal yn ddiweddar ac am y credaf y bydd rhai ohonynt wrth fodd calon D.J. yr wyf yn cymeryd yr hyfdra o'u gwthio arnoch'. Yn y llythyr, dyfynnodd limrig o waith ei gyfaill Idwal Jones, y digrifwr a'r dramodydd, 'a'm gogleisiodd i i wneyd y lleill'.

Meddai Gwenallt yn *Cofiant Idwal Jones*:

Yng Ngholeg Aberystwyth yn y cyfnod hwn bu Idwal Jones yn llunio limrigau mewn lletty, fel y dywedodd wrth gyflwyno ei lyfr, *Cerddi Digri a Rhai Pethau Eraill*, 'I WALDO GORONWY WILLIAMS, am fy nghadw ar ddi-hun y nos yn cyfansoddi limrigau, lawer tro, pan ddylaswn fod yn cysgu ...'; ac yn y ffreutur uwchben coffi, a dilynodd eraill ei esiampl ef; ac erbyn hyn anodd yw gwybod pwy yw awdur rhai ohonynt na pha bryd y lluniwyd eraill: lluniwyd rhai ar y cyd, un yn llunio'r llinell gyntaf neu'r olaf, un arall yn ychwanegu llinell ac eraill yn ei orffen.

Ar ôl dyfynnu dau limrig y tybiai Gwenallt mai Idwal Jones a'u lluniodd, y mae'n dyfynnu swp o limrigau eraill, gan nodi na wyddys 'yn sicr pwy yw awduron y limrigau hyn', ac yn eu plith ceir fersiynau gwahanol o ddau o'r limrigau a anfonodd Waldo at D. J. Williams a'i briod:

> Hen fachan yn byw yn Llangeler
> Aeth lawr un noson i'r seler;
>   'R ôl chwilio a thwrw
>   Cas gasgen o gwrw,
> Dwedodd: 'Dy ewyllys a wneler.'

> Hen fachgen o ardal Cwm-frych,
> Fel athronydd yn wir nid oedd wych,
>   Ac eto fe glywyd
>   Athroniaeth ei fywyd:
> 'Mae'n oer, ond mae'n dda 'chal hi'n sych.'

D. Gwenallt Jones, *Cofiant Idwal Jones*, 1958, tt. 104-5.

3. [Cyflwyniad i Gasgliad o'i Gerddi]

Ceir y cyflwyniad hwn y tu mewn i glawr Llawysgrif LlGC 20867B; ChANG, t. 160.

Mae'r cerddi sy'n perthyn i'r adran hon wedi'u cynnwys yn Llawysgrif LlGC 20867B, sef casgliad o gerddi o waith Waldo Williams yn ei lawysgrifen ef ei hun. Fe'u ceir i gyd mewn un llyfr nodiadau. Ar y dudalen gyntaf rhoddir enw i'r casgliad, 'Odlau Idwaldo/sef Ambell Donc gan Waldo Williams ac Ambell Dinc gan Idwal Jones', gyda'r geiriau hyn o gyflwyniad: 'Nid i'r doeth a'r deallus y cyflwynir y Llyfr Hwn', ond dilewyd '… ac Ambell Dinc gan Idwal Jones' yn ogystal â'r cyflwyniad, gan awgrymu mai cerddi Waldo Williams ei hun yn unig a gynhwyswyd yn y llyfr. Dilewyd un gerdd â marciau pensil yn gyfan gwbl yn y llyfr, sef 'Gadael Col.', gan awgrymu, efallai, mai Idwal Jones oedd ei hawdur, neu, o bosibl, oherwydd mai cywaith rhwng y ddau gyfaill oedd y gerdd.

Cynhwyswyd holl gerddi'r llawysgrif hon yn yr 'Atodiad' a geir yn *Chwilio am Nodau'r Gân: Astudiaeth o Yrfa Lenyddol Waldo Williams hyd at 1939* a gyhoeddwyd gan Wasg Gomer (Llandysul), 1992. Cyhoeddwyd rhai o'r cerddi hyn hefyd mewn gwahanol bapurau a chylchgronau. Nodir rhif tudalen y cerddi hyn yn y llawysgrif i ddechrau, ac wedyn yn *Chwilio am Nodau'r Gân (ChANG)*. Nodir hefyd ymhle y cyhoeddwyd yr ychydig gerddi hynny a ymddangosodd mewn print.

Mae rhai o'r cerddi yn perthyn i gyfnod Waldo Williams yng Ngholeg Prifysgol Cymru, Aberystwyth, sef 1923–7. Roedd Waldo yn barddoni yn y coleg – penillion ffwlbri a phenillion ysgafn gan mwyaf, cerddi digon tebyg i'r cerddi a geir yn Llawysgrif LlGC 20867B. Ceir yn y llawysgrif enghraifft o ganu cynganeddol Waldo, ei ymdrech gyntaf oll i lunio englyn, efallai, sef yr englyn di-deitl sy'n diweddu fel hyn:

> Swmansir am samonsa –
> Nid yw'n deg na digon da …

a'r englyn 'Cwyn Cyfaill', y ceir iddo'r diweddglo hwn:

> Swmansir am samonsa –
> Diaw, ydi e digon da?

Anghywir hollol yw'r llinell glo yn yr enghraifft gyntaf, a chynghanedd braidd-gyffwrdd, neu draws fantach wan, a geir yn llinell olaf yr ail englyn. Ar ben hynny, y mae'n fyr o sillaf a cheir y bai proest i'r odl ynddi. Cafodd Waldo drafferth i lunio llinell glo i'r englyn, oherwydd y mae wedi rhestru'r cytseiniaid o dan y llinell olaf (n d n d g n d g n d) yn yr enghraifft gyntaf, i archwilio'i chywirdeb. Sylweddolodd nad oedd yn gywir a rhoddodd 'X' gyferbyn â hi. Y llinell glo wreiddiol yn yr ail enghraifft uchod oedd 'Ydi e digon da?', llinell fwy gwallus na 'Diaw, ydi e digon da?' hyd yn oed.

Roedd Waldo wedi bwriadu cystadlu am y Goron yn Eisteddfod Genedlaethol Lerpwl ym 1929 ar y testun 'Y Gân ni Chanwyd', ond ni lwyddodd i ddod i ben â'r gwaith. 'Y mae'r "G[â]n Ni Chanwyd" yn dal i fyw i fyny [â]'i henw a chredaf wedi'r cwbl mai ei thynged hi fydd syrthio ar ei phen i'r un categori [â] ch[â]n Abt Vogler, slawer dydd!' meddai wrth D.J. a Siân Williams yn y llythyr a anfonodd atynt ar 23 Tachwedd 1928 (Papurau D. J. Williams yn y Llyfrgell Genedlaethol, P2/35/16). Hefyd ceir englyn yn dwyn y teitl 'Bardd-rin' yn y llawysgrif. Ym 1929 y cyhoeddodd Timothy Lewis – 'Timothëus-Ap-Lewys-Ap-Lol' yn yr englyn – ei lyfr *Beirdd a Bardd-rin Cymru Fu*. Darlithydd yn yr Adran Gymraeg yn Aberystwyth oedd Timothy Lewis, ond ysgolhaig diofal a chyfeiliornus ydoedd. Anghytunai â Syr John Morris-Jones ynghylch ei ddadansoddiad o gyfundrefn farddol y Cymry, yn enwedig ei ddamcaniaethau ynghylch tarddiad mesurau cerdd dafod. Ym 1929 hefyd y cyhoeddwyd *Ceiriog* gan Saunders Lewis, cyfrol y cyfeirir ati yn y gerdd ddychanol fechan, 'Adduned'. Felly, y mae'r llawysgrif yn cyrraedd y flwyddyn 1929 o leiaf.

Ym 1930 y cyhoeddwyd 'Ymadawiad Cwrcath', sef parodi Waldo ar 'Ymadawiad Arthur', awdl T. Gwynn Jones. Cyhoeddwyd 'Ymadawiad Cwrcath' yn rhifyn Tymor Gŵyl Fihangel o *The Dragon*, cylchgrawn myfyrwyr Coleg Aberystwyth. Ym 1930 y sefydlwyd y cylchgrawn poblogaidd *Y Ford Gron*, a dechreuodd Waldo gyfrannu iddo ar unwaith. Ymddangosodd nifer o gerddi Llawysgrif LlGC 20867B yn *Y Ford Gron*: 'Mowth-Organ' ('Rondo' yn LlGC 20867B), 'Y Cantwr Coch', 'Yr Uch-Gymro', 'Wrth Helpu i Gario Piano' a 'Rhesymau Pam' ym 1930 yn unig. Nid yw hyn yn golygu mai ym 1930 y lluniwyd y cerddi hyn, ond rhaid ystyried y posibilrwydd ei fod wedi llunio un neu ddwy o'r cerddi yn ystod y flwyddyn honno. Cyhoeddwyd 'Yr Hen Allt' a 'Cofio' yn *Y Ford Gron* ym 1931, ac ni chynhwysir y naill na'r llall yn llawysgrif LlGC 20867B. Felly, gwaith a luniwyd hyd at y flwyddyn 1929, yn sicr, neu 1930, o bosibl, a geir yn Llawysgrif LlGC 20867B, a gellir ei ddyddio, felly, ond braidd yn betrusgar, fel dogfen sy'n cynnwys cerddi a luniwyd gan Waldo Williams rhwng 1923 a 1930. Yn sicr, nid yw'n ddiweddarach na 1930.

Os bwriadai Waldo gyhoeddi 'Odlau Idwaldo' fel casgliad o'i waith ef a gwaith Idwal Jones ar ddechrau Llawysgrif LlGC 20867B, erbyn iddo gyrraedd diwedd y llyfr yr oedd wedi newid ei feddwl. Ar dudalen olaf ond un y llawysgrif, sef tudalen 132, ceir teitl newydd i'r casgliad, 'Canu trwy'r Cwlwm gan Waldo Williams', casgliad ac iddo chwe adran: 1) Y Pum Bys ar y

Delyn; 2) Y Gân ni Chanwyd; 3) Cerddi Gwrthryfel; 4) Sir Benfro a'i Phobl a'i Phethau; 5) Ffurfiau Llenyddol; 6) Caneuon Diwinyddol ac Athronyddol.

Bu'r llawysgrif ar goll am flynyddoedd lawer. Ar ddiwedd y 1940au, gwelodd yr addysgwraig a'r genedlaetholwraig Cassie Davies (1898–1988) y llawysgrif wreiddiol yn yr Hoplas, Rhoscrowther, Sir Benfro, sef cartref William James Jenkins (Willie Jenkins), un o gyfeillion pennaf Waldo, a gwnaeth gopi cyflawn ohoni. Yn ôl Cassie Davies:

> Mi fyddwn i'n galw'n fynych ar fy nheithiau o gwmpas gwaelod Sir Benfro yn y gwesty hyglod "Great Wedlock" a gedwid gan chwaer i Dr. William Thomas, ein Prif-Arolygydd ni. Mewn ffermdy yn y fro, un a gedwid gan berthynas iddynt, y bu Waldo yn aros pan nad oedd ei iechyd yn dda yn y tri-degau, ac yno y cefais i afael ar drysor – copi-bwc o ddarnau a gyfansoddodd Waldo yn ystod ei gyfnod ar y fferm, yn ei lawysgrif ef ei hun. Trwy ddirgel ffyrdd, fe gefais i fenthyg y trysor hwn a'i gop[i]o bob gair.
>
> 'Ambell Atgof am Waldo', Cassie Davies, *CDWW*, t. 35.
> Gw. yn ogystal hunangofiant Cassie Davies, *Hwb i'r Galon*, 1973, t. 118.

Fodd bynnag, nid 'yn y tri-degau' y casglodd Waldo ei gerddi ynghyd. Yn anffodus, roedd adysgrifiadau Cassie Davies o'r cerddi yn wallus iawn mewn mannau, yn enwedig lle roedd ysgrifen Waldo ar ei gwaethaf. Gelwid y copi hwn yn Llawysgrif Hoplas, a hwn a astudid gan ysgolheigion a beirniaid, hyd nes i Mrs Bella Jenkins, Dinbych-y-pysgod, gyflwyno'r llawysgrif wreiddiol i'r Llyfrgell Genedlaethol.

Amrywiadau

Dilewyd y pennill canlynol yn y llawysgrif:

> Wyf weithiau yn wyllt ac yn wallus,
> Wyf weithiau yn ffwl, mi wn.
> Nid i'r doeth a'r deallus
> Y cyflwynir y llyfr hwn.

Nodiadau

Y mae'r pennill yn cyfeirio at ddatganiad enwog Daniel Owen yn ei ragymadrodd i *Hunangofiant Rhys Lewis, Gweinidog Bethel* (1885): 'Nid i'r doeth a'r deallus yr ysgrifennais, ond i'r dyn cyffredin'.

455

4. Dangos y Siprys

Llawysgrif LlGC 20867B, t. 1; *ChANG*, t. 161.

Nodiadau

1 **tima** dyma.

1 **clip** golwg, cip, cipolwg.

1 **ca'** cae.

1 **shipris** shiprys, siprys, cymysgedd o geirch a haidd; hefyd, chwarae ar yr ymadrodd 'siarad siprys', sef siarad *gibberish*. Yn llyfr Idwal Jones, *Cerddi Digri Newydd a Phethau o'r Fath* (1937), ceir adran fechan yn dwyn y teitl 'Dyrnaid o Siprys'.

2 **c'irch** ceirch.

2 **barlish** barlys.

3 **hatrish** hatris, Cymreigiad o'r gair *headridge* yn nhafodiaith Saesneg Sir Benfro, sef *charlock*, mwstard gwyllt neu gadafarth.

4 **tish** wfft, twt, cf. tish-baw (twt-twt).

5. Rhydybedne

Llawysgrif LlGC 20867B, t. 2; *ChANG*, t. 161.

Nodiadau

Rhydybedne afon ar y ffin rhwng Sir Benfro a Sir Gaerfyrddin yng nghymdogaeth Llandysilio-yn-Nyfed (Rhydybennau ar fap OS SN02/12).

6. Chware Plant

Llawysgrif LlGC 20867B, tt. 3-4; *ChANG*, tt. 161-2.

Teitl y gerdd yn wreiddiol oedd 'Cerdd yr Hen Sgwlyn'.

Nodiadau

3 **crwts** bechgyn.

3 **rhocesi** merched.

4 **campo** neidio a chwarae, prancio.

5 **ffwtid** cf. 'Ni wn i a fyddai'n chwarae ffwtit dros gerrig bach y fynwent cyn yr ysgol Sul – hoffter crwts Rhydwilym' ('Y Parchedig E. Llwyd Williams, Rhydaman', *WWRh*, t. 245). At chwaraeon plant y cyfeirir yn y pennill hwn.

13 **wên swci** oen swci, oen llywaeth (llawfaeth).

14 **s'da** cywasgiad o sydd/sy gyda, sydd gan.

20 **Nes cario'r naill blaid ar y llall** nes bod y naill blaid yn trechu'r blaid arall.

7. [Do, Do, Buom Ninnau yn Tynnu]

Llawysgrif LlGC 20867B, tt. 4–5; *ChANG*, tt. 162–3.

Nodiadau

Dilewyd y gerdd hon yn gyfan gwbl gan Waldo.

9-10 **Mae'r niwl yn crynhoi ac rwy'n methu/Â gweld yr hen lwybyr yn glir** cf. 'Cwmwl Haf' [rhif 186].

15-16 **cyn torri y llinyn … cyn torri y cawg** cf. 'Cyn torri y llinyn arian, a chyn torri y cawg aur' (Pregethwr 12:6).

8. Myfyriwr yn Cael Gras, a Gwirionedd

Llawysgrif LlGC 20867B, tt. 6–7; *ChANG*, t. 163.

Nodiadau

Gellid cymharu'r gerdd hon â 'The Tables Turned' gan William Wordsworth:

Books! 'tis a dull and endless strife:
Come, hear the woodland linnet,
How sweet his music! on my life,
There's more of wisdom in it.

And hark! how blithe the throstle sings!
He, too, is no mean preacher:
Come forth into the light of things,
Let Nature be your teacher …

One impulse from a vernal wood
May teach you more of man,
Of moral evil or of good,
Than all the sages can.

Sweet is the lore which Nature brings;
Our meddling intellect
Mis-shapes the beauteous forms of things:
We murder to dissect.

Enough of Science and of Art;
Close up those barren leaves;
Come forth, and bring with you a heart
That watches and receives.

9. Adduned

Llawysgrif LlGC 20867B, t. 7; ChANG, t. 164.

Nodiadau

Cyfeiriad sydd yma at lyfr Saunders Lewis, *Ceiriog* (1929), y gyfrol gyntaf mewn cyfres yn dwyn y teitl 'Yr Artist yn Philistia'. Ymddangosodd yr ail gyfrol yn y gyfres, *Daniel Owen*, gan yr un awdur, ym 1936. Ym 1931 hefyd cyhoeddodd Saunders Lewis lyfr arall a oedd yn cychwyn cyfres, sef *Detholion o Waith Ieuan Glan Geirionydd*, y gyfrol gyntaf mewn cyfres yn dwyn y teitl 'Cyfres y Clasuron'. Gwneud hwyl ysgafn am ben yr arferiad o droi pob llyfr yn rhan o gyfres a wneir yma. Yn wreiddiol, 'Cyflwynedig i awdur *Bardd-rin*, ac i awdur *Ceiriog*' a geid uwchben y gerdd, ond dilewyd 'i awdur *Bardd-rin*'. Felly, ym 1929 y lluniwyd y gerdd.

10. Yr Iaith a Garaf

Llawysgrif LlGC 20867B, tt. 8–9; ChANG, tt. 164–5. Cyhoeddwyd y gerdd yn wreiddiol yn *The Dragon*, cyf. L, rhif 1, Tymor Gŵyl Fihangel, 1927, t. 32.

Nodiadau

Dechreuodd Waldo ddysgu'r Gymraeg ym 1911, sef pan oedd yn saith oed, ar ôl i'r teulu symud i Fynachlog-ddu o Hwlffordd ar achlysur penodiad y tad, J. Edwal Williams, yn brifathro Ysgol Gynradd Mynachlog-ddu. Yn ôl Dilys Williams, chwaer ieuengaf Waldo:

'Rwy'n meddwl mai ym mis Awst, 1911, y symudasom i fyw i Fynachlog-ddu. Mae'n debyg y byddai wedi clywed ychydig o Gymraeg cyn i ni symud, gan fy nhad a'm hewythr, Wncwl William, a Gwladys, fy nghyfnither, ac efallai gan weinidog y teulu, y Parch. John Jenkins o Hill Park (capel y Bedyddwyr, Hwlffordd), tad W. J. Jenkins – Hoplas, wedi hynny, – yr heddychwr mawr a'r ymgeisydd Llafur cyntaf dros Sir Benfro. Ond Saesneg oedd iaith yr aelwyd.

Cymraeg oedd iaith gyntaf fy nhad a'i rieni – a hwythau'n frodorion o'r ardaloedd 'rhwng Taf a Chleddau'. Ond ganed fy mam yn Lloegr … Un o Langernyw oedd ei thad, a merch o Rydaman oedd ei mam, ac er i 'Nain' a 'Taid' ddechrau siarad Cymraeg â'r plant, ar anogaeth brawd i Nhaid fe droeson i siarad Saesneg – 'er mwyn i'r plant beidio â bod yn hurt', yn 'dwp' yw'r gair 'rwy i'n ei gofio – wedi mynd i'r ysgol. Fe ddaeth y teulu nôl i Fangor i fyw, ac fe allai 'mam ddeall a siarad Cymraeg, ond mai Saesneg oedd ei hiaith gyntaf.

Pan ddaethon ni i fyw fel teulu i Fynachlog-ddu, mae'n debyg i 'mam benderfynu y siaradai hi Gymraeg â'r cymdogion, ond am fod un ohonyn nhw wedi tynnu ei choes, a dweud y byddai'n well ganddo siarad Saesneg â hi na gwrando ar y lobsgows o Gymraeg oedd ganddi, rhoes y gorau iddi. Felly y tu allan gan fechgyn Mynachlog-ddu (ac nid ar yr aelwyd nac yn yr ysgol) y dysgodd Waldo siarad Cymraeg.

Dilys Williams, 'Waldo Williams: Ychydig Ffeithiau',
Y Traethodydd, cyf. CXXVI, rhif 540, Hydref 1971, t. 205.

11. Cysegrleoedd

Llawysgrif LlGC 20867B, tt. 10–11; Ch*ANG*, t. 165.

Amrywiadau

(Dilewyd yn Llawysgrif LlGC 20867B)

11 Llygaid duon duon Morvydd
13 Mae nhw'n clirio
14 Mae fy nghalon
17 Mae nhw'n clirio

Nodiadau

1 **Carn Gowrw** Carn Gyfrwy, un o fryniau'r Preseli, yn ôl yr ynganiad lleol.

11 **Morvydd** Morvydd Moneg, chwaer hynaf Waldo, a fu farw o'r dwymyn teiffws a hithau ar fin cyrraedd ei phen-blwydd yn 13 oed ar 15 Mawrth 1915. Roedd Waldo yn agos iawn ati, ac arferai'r ddau farddoni gyda'i gilydd. Gw. 'Sgwrs â T. Llew Jones', *WWRh*, t. 98, sef sgwrs radio a ddarlledwyd ym 1965. Fe'i cyhoeddwyd yn *Bro*, Ionawr 1978, ac yna yn *CMWW*.

13/17 **Parc yr Eithin** cae neu barc yn ffinio â Parc y Blawd a Weun Parc y Blawd ar dir fferm y Cross, Clunderwen.

23 **Gwilamus** William 'Gwilamus' Williams (1867-1920), ewythr Waldo, brawd i'w dad. Ef oedd golygydd *Y Piwritan Newydd*, papur Bedyddwyr Sir Benfro a gorllewin Sir Gaerfyrddin, am gyfnod. Yn ôl Waldo, ei ewythr oedd y cyntaf i lunio cerddi *vers libre* yn y Gymraeg.

12. Am Ennyd

Llawysgrif LlGC 20867B, tt. 12-3; *ChANG*, t. 166.

Amrywiadau

(Dilewyd yn Llawysgrif LlGC 20867B)

3 Ma'r ffrydiau lawr y glowty

Nodiadau

3 **glowty** beudy.

4 **pennu** dibennu, gorffen, terfynu, cwblhau.

7 **'biti** obeitu, oddeutu, o amgylch, tua, o gwmpas.

12 **cannau** cannau llaeth, caniau llaeth.

13 **ar y drothe** ar y trothwy, ar riniog y drws.

13. Dychweliad Arthur

Llawysgrif LlGC 20867B, t. 13; *ChANG*, t. 166.

Nodiadau

Arthur arweinydd y Brythoniaid rhwng diwedd y bumed ganrif a dechrau'r chweched ganrif, o bosibl; cymeriad y cyfeirir ato yn aml ym marddoniaeth a chwedloniaeth Cymru yn y cyfnod cynnar. Yn ôl rhai chwedlau gwerin, mae Arthur a'i farchogion yn cysgu mewn ogof yn y ddaear, ac fe atgyfodant i achub Cymru rywbryd ar awr argyfyngus yn ei hanes. Mae'r enw yn elfen mewn enwau lleoedd yn ardal y Preseli; ceir 'Bedd Arthur', ' Carn Arthur' ac 'Eisteddfa Arthur'.

14. Dau Gryfion Gwlad

Llawysgrif LlGC 20867B, t. 14; *ChANG*, tt. 166–7.

Nodiadau

Mae'r teitl yn adleisio teitl un o anterliwtiau Twm o'r Nant (Thomas Edwards; 1739–1810), *Tri Chryfion Byd*.

1 **Parritch** ffurf lafar Albanaidd ar *porridge*, uwd; cf. 'The healsome parritch, chief o' Scotia's food', 'The Cotter's Saturday Night', Robert Burns, cerdd yr oedd Waldo yn gyfarwydd â hi.

1 **Carritch** ffurf dafodieithol Albanaidd ar y gair *Catechism*.

3 **Pawl** yr Epistol Paul.

4 **ar – lle mae** hynny yw, ffordd o osgoi gwir ddiweddglo'r pennill, 'ar ei thin', sy'n odli'n dafodieithol â 'cytûn'.

15. [Beth Sy'n Bod ar Jac Caslewis?]

Llawysgrif LlGC 20867B, ll. 14, 16; *ChANG*, t. 167.

Amrywiadau

(Dilewyd yn Llawysgrif LlGC 20867B)

6 Wedith e fowr iawn o'i ben

Nodiadau

Ceir y ddau bennill cyntaf ar waelod tudalen 14, a'r trydydd pennill wedi'i gywasgu i waelod tudalen 16, o ddiffyg gofod.

16. Llofft y Capel

Llawysgrif LlGC 20867B, tt. 15–16; *ChANG*, tt. 167–8.

Nodiadau

2 **Armin** Jacobus Arminius (1560–1609), y diwinydd o'r Iseldiroedd.

2 **Calfin** John Calvin (Jean Calvin; 1509–64), y diwinydd o Ffrainc.

3 **Cyfiawnhad trwy ffydd neu weithred** cyfeiriad at yr athrawiaeth *Sola Fide* (trwy ffydd yn unig), sef yr athrawiaeth mai trwy ffydd yn unig, neu ar sail ffydd yn unig, nid ar sail gweithredoedd, y bydd Duw yn rhoi maddeuant i'r pechadur. Credai Calvin fod yr athrawiaeth o gyfiawnhad trwy ffydd yn greiddiol ac yn ganolog i'r ffydd Gristnogol.

6 **'slawer dy'** ers llawer dydd.

16 **Angelo** Michelangelo (1475-1564), arlunydd, cerflunydd, pensaer a bardd o'r Eidal; un o'i weithiau enwocaf yw'r golygfeydd a'r delweddau o lyfr Genesis a baentiodd ar nenfwd Capel y Sistine yn Rhufain.

17. Benywod

Llawysgrif LlGC 20867B, tt. 17–18; *ChANG*, t. 168 (amrywiadau yn unig). Cyhoeddwyd y gerdd yn *Y Ford Gron*, cyf. 1, rhif 3, Ionawr 1931, t. 6, dan y teil 'Menywod'. Cynhwyswyd y gerdd yn *DP*, t. 56, eto dan y teitl 'Menywod' [rhif 192]. Mae fersiwn *Y Ford Gron* yn cyfateb yn grwn i fersiwn *DP*.

Amrywiadau

(*Y Ford Gron* a *DP*)

1   Pe meddwn fedr
4   Ar furiau coeth
5   Mi baentiwn ddarlun
7   Pe medrwn gerfio ('Pe gallwn gerfio' wedi ei ddileu yn Llawysgrif LlGC 20867B)
10 I garreg oer, ddideimlad, sych
11 Mi gerfiwn
17 Sali'r Crydd
20 y darlun pert
22 Wrth weld ei hen, hen ben yn faen
23–4 A dwedai Sali'n siriol: 'Twt!/Pa ddwli'n awr sydd ar y crwt?'

18. Y Nefoedd

Llawysgrif LlGC 20867B, tt. 19–20; *ChANG*, t. 168–9. Cyhoeddwyd 'Y Nefoedd' ('gan Waldo Goronwy Williams Coleg y Brifysgol Aberystwyth') yn wreiddiol yn *Y Faner*, 4 Chwefror 1926, t. 5.

Amrywiadau

(*Y Faner*)

4   'Rôl bod yn crwydro'r anial mawr
6   Lle nad oes dim ond haf o hyd
7   Lle nad oes oerfel noeth y gaea'
15 Neu godi golwg ar y lloer
23 Ar Delyn aur. Rwy'n siwr o hyn
24 Se'n well gen i gal whisl dinn

Nodiadau

Ysgogodd y gerdd hon gryn dipyn o ymateb wedi iddi ymddangos yn *Y Faner*.
Yn rhifyn 4 Mawrth 1926 o'r *Faner* cyhoeddwyd llythyr gan 'T.O.' ar ei ran ef
ei hun a '[g]werinwr deallus, ond heb gael addysg Prifysgol fel a geir heddyw'
a oedd mewn penbleth oherwydd 'methu gwybod amcan y rhai sy'n canu ac
yn ysgrifennu yn y dull hwn, os oes amcan ganddynt'. Ni allai ddeall pam
yr oedd Waldo 'yn edrych yn ysgafn a dibwys' ar ymdrech y werin i 'weled y
goleu'. Ar gais y 'gwerinwr mwyn' nad oedd yn fodlon bwrw anfri ar nefoedd
ei hynafiaid, yr oedd T.O. wedi llunio gwrthateb mydryddol i gerdd Waldo:

> Peth rhyfedd ydi'r nefoedd
> Yn syniad y canrifoedd,–
> A buchedd y Cristnogion
> Yn syniad Prifysgolion …
> Tu ol i'r niwl a'r cymyl
> Mae'r glesni'n gartref engyl,
> Yn briod ac yn sengyl –
> Yn gryfion ac yn wechyl.
> Bum yn y nefoedd droion
> Pan yn chware a'm cyfoedion,
> Ac wrth groesi'r traeth a'r gwymon
> Hefo Morfydd a Rhiannon.
> Ac rwyf am fyned yno eto
> Wedi i[']m corpws gael ei briddo.
> Os bydd telynau yno'n brin
> Dof i Aberystwyth i nol whisl din
> Ac os na chaf ragorach gwobor
> Na rhyw rigwm fel John Gogor
> Wedi'r addysc,– 'Wel diaw mae'n sobor.'

Yng ngholofn 'Led-led Cymru' yn *Y Faner* y cyhoeddwyd llythyr a cherdd
T.O., a chafwyd ymateb Waldo i T.O. yn yr un golofn ar 18 Mawrth 1926, t. 5
(gw. *WWRh*, t. 77):

> Teimlaf fod ymddiheuriad yn ddyledus arnaf i T.O. a'i gyfaill y
> 'gwerinwr deallus ond heb gael addysg Prifysgol fel a geir heddyw'.
> Fel y dywedodd ef, nid ysgrifennais fy nghân i'r Nefoedd er mwyn

'cynorthwyo y werin i weld y goleu'. Cyfaddefaf nad oedd gennyf amcan o gwbl, ac ymddiheuraf am ganu o'r frest a heb wybod paham y canwn – arferiad yn ffynnu ymhlith eosau ac adar iselwael eraill.

Yr unig beth a fynnwn i oedd mynegi tipyn o ddiflastod wrth feddwl am wynebu tragwyddoldeb o ganu'r delyn aur; a datgan fy hoffter o offeryn bychan arall, mwy syml a gwerinaidd, nas cenir o gwbl gan gerddorion y Brifysgol sydd yn pwyso mor drwm ar fynwes dyner y 'gwerinwr deallus (ond heb etc)'.

Gydag ymddiheuriad dwys i T.O. (ai 'Twp Ofnadw'?).

Yr eiddoch yn gywir,

Waldo Williams

Dan y pennawd 'Mr Idwal Jones yn Traethu Ymhellach', cyhoeddwyd llythyr gan Idwal Jones, o dan lythyr Waldo, yn yr un golofn ac yn yr un rhifyn o'r *Faner*. Esboniodd mai ef a anfonodd 'Y Nefoedd' i'r *Faner*:

A mi yn gyfrifol am anfon 'Y Nefoedd' i'r Faner (peth mor ddifrifol, mi welaf, ag anfon y Faner i'r Nefoedd), tybiaf bod gair yn ddyledus oddi wrthyf innau. Hoffwn o leiaf awgrymu bod yna wedd mwy sobr i awen fy nghyfaill Waldo Williams. Fel praw o hynny wele farwnad i hen wraig barchus a chymeradwy yn ei hardal, ac yr wyf yn sicr y cytuna T.O. a'i gyfaill y G.D. [Gwerinwr Deallus] etc, bod hon, beth bynnag, wedi ei hysgrifennu yn y dull traddodiadol ac mewn modd digon prudd i'w hongian ar y mur mewn ffrâm drwsiadus.

Teitl y farwnad oedd 'Deigryn yr Awen', ond y pennill cyntaf yn unig, o dri, oedd yn eiddo i Waldo, sef y pennill a geir yn LlGC 20867B, t. 64, dan y teitl 'Pantcilwrnen' [rhif 50]. 'Idwaldo' a geir wrth gwt y gerdd yn *Y Faner*.

Hefyd cyhoeddwyd parodi ar 'Nefoedd Waldo' gan William Francis Hughes, Bontuchel, Rhuthun, yn *Y Faner*, 15 Ebrill 1926, t. 5. Dyma ddau bennill yn unig:

> Syniad rhyfedd yw y nefoedd
> 'Nol dychymyg doniol dyn;
> Lluniai Nefoedd trwy'r canrifoedd
> At ei ffansi ef ei hun …

Gwlad heb sports na phapur newydd;
Gwlad heb gardiau na phel droed;
Gwlad heb altrans yn y tywydd.
Gwlad a phawb yn unemploed! ...

19. Dyhead

Llawysgrif LlGC 20867B, t. 21; *ChANG*, t. 169. Cyhoeddwyd y gerdd yn wreiddiol yn *The Dragon*, cyf. XLIX, rhif 3, Tymor yr Haf, 1927, t. 22, dan y teitl 'Y Môr'. Cynhwyswyd y soned gan J. E. Caerwyn Williams yn *Cerddi Waldo Williams*, Gwasg Gregynog (1992), dan y teitl 'Y Dyhead', ond 'Dyhead' yw'r teitl yn Llawysgrif LlGC 20867B.

Amrywiadau

(*The Dragon*)

  2 Pan glywyf derfysg drycin
  6 Fu'n cloddio erof gell
10 Ysgubaf eto frig

Nodiadau

12 **caniad sêr y wawr** cf. 'Pan gydganodd sêr y bore, ac y gorfoleddodd holl feibion Duw' (Job 38:7).

20. Yn Gymaint ...

Llawysgrif LlGC 20867B, t. 22; *ChANG*, t. 170. Cyhoeddwyd yn wreiddiol yn *The Dragon,* cyf. XLIX, rhif 1, Tymor Gŵyl Fihangel, 1926, t. 24, dan y teitl 'Y Saboth yng Nghymru'.

Amrywiadau

(*The Dragon*)

  2 Am awyr las
  5 Plant bach yn dihuno ben bore
  7 A sythu hyd y strydoedd cul
10 am gyfaill plant

Nodiadau

Teitl: **Yn gymaint ...** cf. 'Yn wir meddaf i chwi, Yn gymaint ag nas gwnaethoch i'r un o'r rhai lleiaf hyn, nis gwnaethoch i minnau' (Mathew 25:45).

21. Gwrando'r Bregeth

Llawysgrif LlGC 20867B, t. 23; ChANG, t. 170.

Nodiadau

6 **Dan gangau'r onnen Sbaen** y gadwyn aur, tresi aur, banhadlen; cf. 'Dan ganghennau'r onnen Sbaen' yn 'Blodyn a Ffrwyth' [rhif 125].

22. Englyn yn Ateb Englyn

Llawysgrif LlGC 20867B, t. 23; ChANG, t. 170.

Nodiadau

'Englyn yn Ateb Englyn Arall' oedd y teitl yn wreiddiol.

1 **Gwawdiwch Blaid y pleidiau** mae'r llinell gyntaf yn anghyffredin oherwydd bod y gynghanedd gyntaf yn chwesill a hanner cyntaf yr ail gynghanedd yn bedair sillaf. Y rhaniad mwyaf cyffredin yw 7/3, yna 8/2, ac weithiau – ond yn bur anaml – 9/1.

23. Ynys Ffri

Llawysgrif LlGC 20867B, t. 24; ChANG, t. 171. Cyhoeddwyd yn wreiddiol yn *The Dragon*, cyf. XLIX, rhif 1, Tymor Gŵyl Fihangel, 1926, t. 31.

Amrywiadau

2 O glom a gwiail yno gwnaf gaban bach o dy (dilewyd yn Llawysgrif LlGC 20867B)

3 Naw rhych o ffa blodeuog a chwch i'm gwenyn gaf (*The Dragon*)

4 A byw mewn llannerch (*The Dragon*)

5 defnynna'n araf iawn (*The Dragon*)

6 Defnynna o lenni'r boreu (*The Dragon*)

7 Llwyd wawl yw'r ddofn-nos yno, a phorffor ydyw'r nawn (dilewyd yn Llawysgrif LlGC 20867B); Glas eiliw yw ei dofnnos a phorffor yw ei nawn (*The Dragon*)

9–12 Mae'r pennill olaf yn *The Dragon* yn bur wahanol i'r hyn a geir yn Llawysgrif LlGC 20867B:

> Mi a godaf ac a af yn awr. Fe gl[yw]af nos a dydd
> Y llyn yn llyfu'i lannau yn dawel iawn ei donn;
> Pan safaf ar yr heol neu'r balmant lwyd yn brudd
> Fe'i clywaf byth yn nwfn y fron.

Nodiadau

Cyfieithiad yw 'Ynys Ffri' o 'The Lake Isle of Innisfree', un o gerddi cynharaf W. B. Yeats. Fe'i lluniwyd ym 1888, a'i chyhoeddi yn *The Countess Kathleen and Various Legends and Lyrics* (1892). Daeth yn un o gerddi mwyaf poblogaidd y bardd.

  8 **llawn edyn** llawn adenydd.

24. Cwm Berllan

Llawysgrif LlGC 20867B, t. 25; *ChANG*, t. 171 (amrywiadau yn unig). Cyhoeddwyd yn *Y Ford Gron*, cyf. 1, rhif 12, Hydref 1931, t. 17, ac yn *DP*, t. 77.

Amrywiadau

(*Y Ford Gron* a *DP*)

   2 Yr hen gennad fudan
   5 A allwn i fentro ei dilyn mewn Austin?
   6 Mor droellog, mor arw, mor serth ydyw hi
  10 felysed eu sudd

Nodiadau

Arwyddbost pentref bychan y Rhos, rhyw bedair milltir a hanner o Hwlffordd, a ysgogodd y gerdd hon.

3/6/16 **feidir** beidr, lôn fechan, lôn gul.
   5 **Ostyn** Cymreigiad o'r Saesneg Austin, math poblogaidd o fodur.
  10 **Cantre'r Gwaelod** gw. y nodyn ar 'Diwedd Bro' [rhif 200].

25. Dychweledigion

Llawysgrif LlGC 20867B, tt. 26–8; *ChANG*, tt. 171–2.

Nodiadau

Cerdd sy'n canu clodydd Sir Benfro yn ei chyfanrwydd yw hon, y Sir Benfro Gymraeg yn ogystal â'r Sir Benfro Saesneg. Disgynnydd i'r Brythoniaid yw Twm yn y gerdd, a Chymro Cymraeg naturiol; ond y mae pobl Sir Benfro, yn enwedig trigolion y rhan ddeheuol o'r sir, y 'Little England Beyond Wales', yn gymysgfa o wahanol drasau. Yn y bedwaredd ganrif OC, mudodd llwyth

Gwyddelig, y Déisi, o Iwerddon i Sir Benfro ac ymsefydlu yn ne-orllewin y sir. Ymsefydlodd llawer o fynachod Gwyddelig yn y sir hefyd. O ganol y nawfed ganrif ymlaen, glaniai'r Llychlynwyr yn aml ar arfordir y sir, gan ysbeilio a dwyn anrhaith i'w canlyn. Cipiodd y Normaniaid lawer o dir yn Sir Benfro, o ddiwedd yr unfed ganrif ar ddeg ymlaen, codasant lawer o gestyll yno, a bu eu gafael ar y sir yn ddiollwng. Sefydlwyd trefedigaeth o Fflemingiaid ar lannau aber afon Cleddau gan Harri I o Loegr oddeutu 1108 ('Our luck was in when you set sail/From old-world Flanders, Mrs Kail'). Y digwyddiadau a'r amgylchiadau hanesyddol hyn a greodd y 'Little England Beyond Wales', ond caru ac arddel y sir yn ei chrynswth ac yn ei holl amrywiaeth a wnâi Waldo. Fel y dywedodd ef ei hun ('Braslun', *D. J. Williams Abergwaun: Cyfrol Deyrnged*, Golygydd: J. Gwyn Griffiths, 1965, t. 13):

> Cefais i ddwy ardal, nid un, yn fy mhlentyndod a'r ysgytiad o fynd o ardal hollol ddi-Gymraeg i un hollol ddi-Saesneg, ond yn yr ysgol ac yn ein tŷ ni ni allwn lai na theimlo fod y ddwy iaith, ac felly y ddwy genedl, yn gydradd, ac ymhen blwyddyn neu ddwy yr oeddwn i'n holi paham nad oedd Cymru yn ceisio cael ei llywodraeth ei hun eto.

4 **pisyn tair** darn tair ceiniog.

5–6 **'A gwn yn gywir ar ei ach/Genhedliad yr Iberiad bach'** dyfynnir yma – ond nid yn hollol gywir – gwpled o eiddo R. Williams Parry, sef 'A gwn yn gymwys ar fy ach/Genhedliad yr Iberiad bach', a dyna pam y rhoddodd Waldo ddyfynodau o gylch y ddwy linell. Ymddangosodd y gerdd sy'n cynnwys y cwpled, 'Yr Iberiad', yn *The Welsh Outlook*, cyf. 1, rhif 11, Tachwedd 1914, t. 476, ond ni chynhwyswyd y pennill sy'n cynnwys y cwpled yng nghyfrol gyntaf R. Williams Parry, *Yr Haf a Cherddi Eraill* (1924). Yn *The Welsh Outlook* y gwelodd Waldo 'Yr Iberiad' yn sicr. Awgrymir mai disgynnydd i'r Iberiaid, sef y bobl bryd tywyll a byr o gorffolaeth a drigai ym Mhrydain cyn dyfodiad y Celtiaid i'r ynysoedd hyn, yw Jac Sali, Parc-y-bryst, ac fel yr Iberiaid, yr oedd yn un â natur ac yn un â'r cread, yn gyfrin-ysbrydol ei olwg ar fywyd, ac nid yn faterol. Pobl gyntefig a oedd yn byw yn ne-ddwyrain Sbaen, ar Benrhyn Iberia, oedd yr Iberiaid yn wreiddiol, a thrigent mewn cymunedau hunan-gynhaliol, cydweithredol, nodwedd a fyddai'n sicr wedi apelio at Waldo. O'r drydedd ganrif cyn Crist ymlaen, meddiennid rhannau o Benrhyn Iberia gan Gelt-Iberiaid, cymysgedd o Geltiaid ac Iberiaid.

8 **carcus** gofalus.

10 **cleber** siarad gwag.

15 **Angl** Angle (enw Llychlynnaidd), pentref pysgota wedi ei leoli ar benrhyn cul yn ne-orllewin Sir Benfro.

18 **Viking** y Llychlynwyr.

22 **Llangwm** pentref a saif i'r de-ddwyrain o Hwlffordd ar lan orllewinol afon Cleddau.

33–4 **Yn Asia gyfrin – 'nôl i grud/Y ddynol-ryw** Iaith Indo-Ewropeaidd yw'r Gymraeg, ac yn Asia y ceid tarddle'r teulu eang hwn o ieithoedd.

36 **yr hen Fam** Asia.

26. Wil Canaan

Llawysgrif LlGC 20867B, t. 29; *ChANG*, t. 173.

Nodiadau

Crydd o Gwm Rhydwilym oedd Wil Canaan, sef William Evans. Ceir portread ohono gan E. Llwyd Williams yn ei lyfr *Hen Ddwylo*:

> Clocsiwr y fro oedd Wil Canän. Taerai'r hen frodorion fod ei wadnau gwern yn ddiguro, a bod pob clocsen mor esmwyth [â] maneg. Eithr erbyn heddiw, ei brofiadau rhyfedd ac nid ei glocs yw testun siarad y bobl. Chwedleuwr athrylithgar oedd Wil, a phriodolir ambell stori o'i eiddo i arall mewn llawer ardal. Nid gŵr yn anwybyddu ffeithiau mohono, canys medrai lunio clocsen a thorri bedd, eithr ei ddawn fawr oedd codi ffaith allan o'i gysylltiadau rhyddieithol a'i gosod yn ffrâm breuddwyd a dychymyg.

Adroddir stori'r fellten gan E. Llwyd Williams yn ogystal:

> Nid oedd y fellten yn ymddwyn yn felltigedig ar aelwyd Wil. Rhwygodd y dderwen braffaf yng ngallt Cwmceiliog, holltodd glocsen Deina Plasybedw a lladdodd [d]dau ebol ym Maesydderwen, ond rhyw gellwair a wnaeth ar aelwyd Canän. Dyma ddisgrifiad Wil ohoni ... "Bu lle rhyfedd yn y tŷ 'co neithiwr. Daeth y fellten i lawr drwy'r simne a chwarae'n rhubannau i gyd o gylch y tân. Bu rhaid imi godi ac agor y drws iddi fynd allan, rhag ofn iddi wneud difrod."

> E. Llwyd Williams, 'Wil Canän', *Hen Ddwylo*, 1941, tt. 16–17.

Wrth adolygu *Hen Ddwylo* yn y *Western Telegraph and Cymric Times*, 5 Mawrth 1942, dywedodd Waldo y byddai wedi hoffi cael rhagor o hanesion am Wil Canaan: 'Ychydig iawn o storïau Wil sydd ar gof a chadw erbyn hyn. Ond y maent mor dda nes ein harwain i gredu fod llawer o rai tebyg wedi eu hanghofio, a'r rhain fel y mannau uchaf heb suddo o dan y môr' ('Adolygiad ar E. Llwyd Williams, *Hen Ddwylo*', *WWRh*, t. 139).

3 **c'lo** coelio, mae'n debyg.

4 **'co** acw.

11 **gwaddnau llwyf** gwadnau pren.

11 **gwaldiau lledr** rhimynnau cul o ledr a ddefnyddir i asio rhan uchaf (uchafed) esgid neu glocsen wrth y wadn trwy fwrw hoelion bychain i mewn i'r lledr o amgylch yr esgid neu'r glocsen, gwaltasau, gwaltesi, *welts*.

12 **Ei Fabinogi a fydd yn wyrddlas Gainc** cyfeiriad at Bedair Cainc y Mabinogi, pedair chwedl unigol, ond â chysylltiad â'i gilydd, mewn Cymraeg Canol; y mae chwedlau bytholwyrdd Wil Canaan yn ffurfio rhyw fath o bumed cainc neu gangen o'r Mabinogi.

27. Y Bardd yn Annerch Taten Gyntaf y Tymor

Llawysgrif LlGC 20867B, tt. 30–3; *ChANG*, tt. 173–5. Cyhoeddwyd y gerdd yn wreiddiol yn *Y Faner*, 12 Mehefin 1928, t. 6.

Amrywiadau

(*Y Faner*)

6 Grychlyd ei gwedd

7 Breuddwydiais

9 Er nad oes lawer yn fy sach

17 Yn para'r un rwyt ti o hyd

19 Mae'th gnawd yn faeth

20 A'th groen yn well

24 O'r rhai na'th welsant di o gwbwl

25 Methuselah ym more'r byd

26 A Thubal patriarchaidd, penwyn (Llawysgrif LlGC 20867B)

29 Yn Eden nid oedd gennyt rych

35–6 Na welodd chwaith, tra ar y llawr,/Na Thi-Di-W, na phib na thebot

37 Bu Dewi fyw yn hen, ond A!

40 'Does dim yn erbyn dwgi tato

43 O bendith arnat

44 Fe ddaethost atom

50 Bod rhaid i bobl y byd fusnesa

53–4 Mi wn mai taten bur wyt ti;/Am hynny, felly rwy'n rhesymu

57 O! dynged dost

60 A dyna ddiolch

Pennill 7 yn *Y Faner* yw pennill 8 yn Llawysgrif LlGC 20867B, a phennill 8 yn *Y Faner* yw pennill 7 yn Llawysgrif LlGC 20867B.

Ar ôl y pennill am Ddewi Sant a Hywel Dda yn *Y Faner*, ceir pennill nas cynhwyswyd yn Llawysgrif LlGC 20867B:

> Ni'th geid yng ngwleddoedd Ifor Hael,
>> Na Gwilym Gam, yr hen wr crwca;
> A chanodd Dafydd heb dy gael
>> Hyd nes dechreuodd Iolo gwca.

Nodiadau

25 **Methusela** mab Enoch a thad-cu Noa, y gŵr hynaf yn y Beibl: 'A holl ddyddiau Methusela oedd naw mlynedd a thrigain a naw can mlynedd' (Genesis 5:27).

26 **Tubal** mab Lamech a Sila, ac un o ddisgynyddion Cain yn Genesis.

30 **'Swper' Plato** *Symposium* neu 'Swper' Plato, sef sgwrs athronyddol ynghylch cariad rhwng nifer o westeion mewn gwledd neu swper a ddarparwyd gan Agathon, gyda Socrates a Plato ymhlith y rhai a wahoddwyd i'r wledd ac a gyfrannodd i'r ddadl.

33 **Alecsander** Alecsander Fawr (356–323 CC), brenin Macedon yng Ngwlad Groeg a choncwerwr yr Ymerodraeth Bersaidd.

37 **Dewi** Dewi Sant, nawddsant y Cymry, yr honnir iddo fyw nes cyrraedd ei gant oed.

39 **Hywel Dda** Hywel ap Cadell, y brenin yr oedd y rhan fwyaf o Gymru o dan ei awdurdod erbyn 942, hyd at ei farwolaeth yn 949 neu 950. Yn ôl y traddodiad yn ystod teyrnasiad Hywel Dda, a than ei awdurdod, y rhoddwyd trefn ar gyfreithiau'r Cymry, Cyfraith Hywel Dda.

48 **y daten ddodi** y daten eginog a blennir yn y ddaear neu mewn sach yn llawn o bridd i dyfu rhagor o datws.

49 **y Pechod Gwreiddiol** Cwymp dyn yng Ngardd Eden.

28. Cywydd i Galon 'Gynnes'

Llawysgrif LlGC 20867B, t. 34; *ChANG*, t. 175.

Nodiadau

i Galon 'Gynnes' chwarae ar y gair 'Guinness'.

'Two saw the mud, the other the stars' y dyfyniad cywir yw 'Two men look out through the same bars:/One sees the mud, and one the stars', *A Cluster of Quiet Thoughts* (1896), Frederick Langbridge (1849–1923).

3 **[G]wlad y Stowt** Iwerddon, sef gwlad Guinness.

3 **owtyn** *outing*, gwibdaith.

4 Ni cheir cynghanedd o gwbl yn y llinell hon, a hynny'n awgrymu mai cywydd cynnar iawn ydyw.

10 **shandi-gaff** *shandygaff*, cymysgedd o gwrw a diod analcoholaidd. Gan na all *ll* ateb *s*, y mae'r llinell hon hefyd yn anghywir.

29. Englyn Di-Deitl

Llawysgrif LlGC 20867B, t. 34; *ChANG*, t. 176.

Nodiadau

1 **halfawr** haelfawr.

2 **ffrit** diwerth, pitw.

2 **ffereta** hela cwningod trwy ollwng ffured neu ffuredau i mewn i'r tyllau.

3 **swmansir** gwysir, o'r Saesneg *summance*.

3 **samonsa** samwnsa, potsio eogiaid.

4 Mae'r llinell olaf yn wallus, ac felly'n awgrymu mai un o englynion cynharaf Waldo yw'r englyn hwn. Gwyddai'r bardd ei hun fod y llinell yn anghywir, a nododd hynny â chroes gyferbyn â hi. Hefyd, rhestrodd yr holl gytseiniaid o dan y llinell, un ai i geisio'u hateb i gyd yn ôl y drefn gywir, neu i geisio penderfynu a oedd yn gywir ai peidio.

30. Galw'r Iet

Llawysgrif LlGC 20867B, tt. 35–7; *ChANG*, tt. 176–7. Cyhoeddwyd y gerdd yn wreiddiol yn *Y Faner*, 13 Medi 1927, t. 5. Er bod fersiwn *Y Faner* a fersiwn Llawysgrif LlGC 20867B yn bur debyg i'w gilydd, ceir rhai mân wahaniaethau rhwng y ddau. Seiliwyd y fersiwn a geir yma ar y ddau fersiwn hyn. Yn *Y Faner* yn unig y ceir 'Ar ffordd fowr yn Shir Bemro'. Fe'i trafodir yn *ChANG*, tt. 54–6.

Amrywiadau

(*Y Faner*)

1 Rhoir prif lythyren i 'drafeilwr' yn *Y Faner*

2 Sugned i wala fan hyn

3 Ma'r weninen yn crwydro fel ysbeilwr; 'Ma'r wenyn' a geir yn Llawysgrif LlGC 20867B.

4 cannmil gwyn; 'gamil gwyn' yn Llawysgrif LlGC 20867B

6 Driched trw'r bwlch

7 os na welith e'r Nefoedd

10 Ddar buodd ddyn [d]ierth co

13 Ma'r percy yn drichyd mor ifanc

15 Serch bod mwy

18 ar y cloddie yn llon

25 Ma'r Fwel yn codi yn y pellter

26 Yn gwilied dros y wlad yn i grym (Llawysgrif LlGC 20867B)

27 Arhosed, Drafeilwr. Trafeilwr! Shwrne to – Hei, Trafeilwr!

29 Mae'r Trafeilwr

30 Ffortiwn; moethe mowr; plesere pell

32 A gwelith e ddim byth

33 Ond yn hongian ma'r hen iet joglyd

35 A'r pyst yn mynd bob dy yn fwy mwsoglyd

Nodiadau

4 **camil** gamil, camri'r ŷd, *camomile*.

5 **cered** cerdded.

5 **pentigili** bob cam, yr holl ffordd.

6 **claw'** clawdd.

9 **amser jogel** cryn dipyn o amser.

10 **'ddar** oddi ar, ers.

11/16 **Heni ... Hoffi** yn *Y Faner,* 'heni' heb brif lythyren a geir, a gallai hynny fod yn gam-brint. Yn Llawysgrif LlGC 20867B ''heni'' a geir, sef sillgoll o flaen 'h' fechan. Nid ffurf dafodieithol ar 'hynny' yw 'heni' yn sicr, oherwydd fe geir y ffurf honno yn llinell 11, 'o achos hinny'. Dau hen gymeriad, a dau grefftwr, yr oedd Waldo yn eu hadnabod yn ei blentyndod oedd y rhain. Cf. E. Llwyd Williams, *Crwydro Sir Benfro* 1, 1958, t. 83: 'Pan oeddwn i'n blentyn yn y pentref [Llandysilio] y prif atyniadau oedd gweithdy'r saer, efail y gof, siop Heni'r cobler a siop Annie John. Cawsem sbarion coed i'w naddu gan Hoffi'r Saer, Ned y Gof a asiai ein cylchau, Heni a ofalai fod gennym glocs esmwyth.'

Ceir cyfeiriad at Hoffi yn *Meillion a Mêl Gwyllt o Faes Gwilamus,* t. 12, lle dyfynnir dwy linell 'a geir mewn can i Nani Harri, hen wraig hynod, uchel ei chloch, a gwarchodyddes deddf a threfn yn Eglwys Blaenconin', sef 'O 'roedd ofn llygaid Nani/Arnom blant yng Nghapel Hoffi'. Mewn gwirionedd, Gwilamus oedd awdur y pennill, ac fe'i ceir mewn cerdd ganddo ('G.' – 'Clynderwen') yn *Papur Pawb,* 1 Gorffennaf, 1899, t. 1. Enwir Hoffi a Chapel Hoffi fwy nag unwaith yn y gerdd 'Nani', dan y pennawd 'Canu Glan Conin', er enghraifft:

> Baptis' selog iawn oedd Nani,
> Selog iawn dros Gapel Hoffi
> Ac yr oedd yn mawr edmygu
> Y gweinidog Mr Riffi.
>
> Yr oedd pawb yn edrych fyny
> Ar weinidog Capel Hoffi,
> Yr oedd ganddo wyneb beauty,
> A chymeriad fel goleuni.

12 **greso** croeso.

13 **perci** caeau, meysydd.

14 **we nhw** oedden nhw.

15 **sach** serch, er.

15 **ragwts** llysiau'r gingroen, *ragwort.*

15 **tiddi** tyfu.

17 **isgall** ysgall.

21 **cwêd** coed.

23 **treial** trio, ceisio.

24 **pŵer** llawer, 'sdim llawer o syniad 'dag e.

25 **Fwêl** y foel, sef Moel Cwm Cerwyn.

27 **siwrne 'to** unwaith eto, unwaith yn rhagor.

28 **so** nid yw, 'dyw.

31/33 **iet** gât, giât.

31. *Bardd-rin*

Llawysgrif LlGC 20867B, t. 37; *ChANG*, t. 173.

Nodiadau

'Fel y Tlodion' oedd teitl gwreiddiol yr englyn yn Llawysgrif LlGC 20867B. Ym 1929 cyhoeddwyd *Beirdd a Bardd-rin Cymru Fu* gan Timothy Lewis, llyfr cyfeiliornus o ran ei ysgolheictod ar gyfundrefn cerdd dafod. Ganed Timothy Lewis (1877-1958) ym mhentref Efail-wen, Cilymaenllwyd, Sir Gaerfyrddin. Roedd yn ddarlithydd yn yr Adran Gymraeg yng Ngholeg Prifysgol Cymru, Aberystwyth, pan oedd Waldo yn fyfyriwr yno. Nid oedd yn boblogaidd gyda'r myfyrwyr, ac yn ôl un o'r myfyrwyr hynny, Iorwerth C. Peate: 'Treuliai'r rhan fwyaf o'n hamser prin yn dilorni John Morris-Jones ac Ifor Williams yn arbennig' ('Teyrnged i Athro', *Y Genhinen*, cyf. 24, rhif 2, Gwanwyn 1972, t. 63).

32. Y Gwynt

Llawysgrif LlGC 20867B, t. 38; *ChANG*, t. 177.

Nodiadau

'Y Gwynt' yw'r englyn cyntaf o blith deuddeg, dan y pennawd 'Dwsin o Englynion'. Nid yw 'Bardd-rin' yn un o'r deuddeg. Dilewyd un o'r englynion, 'Cwmni Doniol'.

33. Sŵn

Llawysgrif LlGC 20867B, t. 38; *ChANG*, t. 177.

34. Cwyn Cyfaill

Llawysgrif LlGC 20867B, t. 38; ChANG, t. 178.

Nodiadau

Fersiwn arall o'r 'Englyn Di-deitl' yw hwn, ac fel gyda'r englyn hwnnw, y mae'r llinell olaf yn wallus.

35. Ag Arian yn Brin

Llawysgrif LlGC 20867B, t. 39; ChANG, t. 178.

Nodiadau

1. **Oes swllt sy fel glaswelltyn** cf. 'Dyddiau dyn sydd fel glaswelltyn' (Salm 103:15).

36. O Ddifrif yn Cyfrif Cant

Llawysgrif LlGC 20867B, t. 39; ChANG, t. 178.

Amrywiadau

4 Rhoir dewis o ddwy linell glo i'r englyn. Y gyntaf o'r ddwy a ddewiswyd yn y testun. Y llinell arall yw 'Tynn un – dyna 99', sef 'Tynn un – dyna *ninety nine*', i gael y gynghanedd a'r odl yn gywir.

37. Y Faner Goch

Llawysgrif LlGC 20867B, t. 39; ChANG, t. 178.

Nodiadau

Baner y Blaid Gomiwnyddol yw'r Faner Goch.

4 **laissez-faire** weithiau, *laisser-faire*, polisi'r Llywodraeth o beidio ag ymyrryd mewn materion economaidd a thrafodion busnes rhwng unigolion neu gwmnïau.

38. P'un?

Llawysgrif LlGC 20867B, t. 40; ChANG, t. 179.

Nodiadau

3 Cynghanedd bendrom.

39. Sebon 'Materol'

Llawysgrif LlGC 20867B, t. 40; *ChANG*, t. 179.

Nodiadau

4 *Wabl i bawb o bobl y byd* y mae'r llinell hon yn adleisio llinell olaf adnabyddus englyn Robert Williams, 'Y Beibl':

> Llyfr doeth – yn gyfoeth i gyd, – wych lwyddiant –
> A chleddyf yr Ysbryd,
> A gair Duw nef yw hefyd:
> Beibl i bawb o bobl y byd!

40. Sebon 'Ysbrydol'

Llawysgrif LlGC 20867B, t. 40; *ChANG*, t. 179.

Nodiadau

2 Rhy fyr o sillaf.
3 Rhy hir o sillaf.

41. Wedi Methu Dysgu Dawns

Llawysgrif LlGC 20867B, t. 41; *ChANG*, t. 179.

42. Cwmni Da

Llawysgrif LlGC 20867B, t. 41; *ChANG*, t. 180.

Amrywiadau

Ceir fersiwn arall o'r englyn hwn ar yr un dudalen, dan y teitl 'Cwmni Doniol', wedi'i ddileu. Dyma'r englyn:

> Ned a Marged a Morgan – a Seimon
> A Sam yr hen garan
> Leisa (y neisa) a Nan,
> A Dic hefyd ac Ifan.

Wedi'i ddileu hefyd y mae fersiwn arall o'r cyrch a'r ail linell, 'a Tomos/A Tim yr hen garan'.

43. Cywydd y Motor-beic

Llawysgrif LlGC 20867B, tt. 42–8; *ChANG*, tt. 180–3.

Amrywiadau

(Dilewyd yn Llawysgrif LlGC 20867B)

49–50 Y mae dwy linell wedi eu dileu yma, sef 'I'w hysbryd ac fel asbrin – mewn munud' a hefyd 'Yn codi ei hysbryd fel pe llwncid asbrin'.

Nodiadau

Ceir y cyflwyniad canlynol i'r gerdd:

> *Enfield* ydoedd, ond galwai Idwal ef yn *Hup-mobile*, gyda phwyslais neilltuol ar yr Hwp. Fy enw innau arno oedd y *Trudge-multi*. O'r cychwyn methai a'n cario ni'n dau i fyny rhiw, a cherddwn i tra ai Idwal yn ol i'r gwaelod am 'hyrfa.' Ond wrth ddisgyn anghofiwn drosglwyddo iddo'r pac oedd ar fy nghefn – yn cynnwys cig yr wythnos, raser, brws a sebon shafo, cylchgronau diri, a llyfr o'r enw The Mediaeval Stage. O'r diwedd methodd y beic yn deg, a wele ninnau yn y mediaeval stage. Curwyd wrth ddrws tafarn, ond yr oedd y dafarnwraig, debygwn, yn fwy cyfarwydd â 'Phryddest y Drws Caëedig' nag ag Awdl Dewi Wyn o Eifion i Elusengarwch.

Sylwer nad yw'r holl gerdd ar fesur cywydd.

5 **Enffild** un o feiciau modur yr Enfield Manufacturing Company Limited, a sefydlwyd ym 1893. Newidiwyd enw'r cwmni yn Royal Enfield yn ddiweddarach.

7 Mae'r llinell hon yn rhy hir o sillaf.

16 Roedd y llinell hon yn rhy fyr o sillaf cyn iddi gael ei chywiro wrth olygu'r testun.

19 Llinell arall sy'n rhy hir o sillaf.

21–2 Mae'r ddwy linell hyn yn rhy hir o sillaf.

24 Llinell anghywir: dylid ateb y cyfuniad *d+h* ('oni*d h*astio') â *t*, ond atebir y cyfuniad â *d* ('ni*d*').

28 Llinell anghywir arall, am yr un rheswm â'r uchod ('*D*au ddygn, on*d d*au ddiegni').

33–4 Mae'r llinellau hyn eto yn rhy hir o sillaf.

39 Llinell arall sy'n rhy hir o sillaf.

43 **Mynach** Pontarfynach; bu Idwal Jones yn ysgolfeistr yno rhwng 1923 a 1928.

45 **Olwen** chwaer Idwal Jones.

45-7 Y mae pob un o'r llinellau hyn yn rhy hir o sillaf.

53-4 **Idwal yn drist a distaw/Lywia ei draed i'r stôl draw** cf. cwpled clo 'Ymadawiad Arthur', T. Gwynn Jones: 'Bedwyr, yn drist a distaw,/At y drin aeth eto draw'.

55 **Ar hyd ei fwng rhed ei fawd** cf. 'Rhed ei fawd ar hyd ei fin', 'Heddwch', Gwilym Hiraethog (William Rees).

64 Anwybyddwyd y calediad yn 'On*d hyf*/gyfyd' eto.

75 Y mae'r llinell hon yn rhy hir o sillaf, ond byddai Waldo yn amddiffyn y modd y mae'n odli 'y eglur' ('byw*y*d') ag 'y dywyll' ('*y*dyw') yma, gan mai'r un ynganiad a rôi ef i'r ddwy *y*.

77 Ceir y bai Lleddf a Thalgron yn y llinell hon.

85 Nid yw'r gyfatebiaeth a geir rhwng *p* ('*p*edwar') a *b* ('*b*u') yn foddhaol.

86 Rhy hir o sillaf eto.

87 Eto'n rhy hir o sillaf.

89 Llinell wythsill arall.

97 8 Cwpled wythsill arall.

44. Pe Gallwn

Llawysgrif LlGC 20867B, tt. 49–51; *ChANG*, tt. 209–10.

Nodiadau

Bwriedid i 'Pe Gallwn' fod yn rhan o'r bryddest anorffenedig 'Y Gân ni Chanwyd', ond nid yn adran 'Y Gân ni Chanwyd' y dodwyd y gerdd yn Llawysgrif LlGC 20867B. Ar dudalen 79, sef yr adran sy'n cynnwys rhannau o 'Y Gân ni Chanwyd', ceir y nodyn: 'Cerdd Gyntaf Arthur: *Pe gallwn*. Gweler Tud: [49–51] Cerdd Arthur ar ben pwll glo yn Sir Benfro wrth gyhoeddi'r Gwrthryfel Byd-eang'. Fe'i trafodir yn *ChANG*, tt. 88–95.

37 **Gwerinwr addfwyn Galilea gynt** yn Nasareth yn nhalaith Galilea y treuliodd Iesu Grist flynyddoedd ei blentyndod.

38 **Tynnai bob dyn yn agos at ei gilydd** cf. 'Mor agos at ein gilydd y deuem' yn 'Mewn Dau Gae' [rhif 176].

45. Meri Jên

Llawysgrif LlGC 20867B, tt. 54–5; *ChANG*, tt. 183–4.

Amrywiadau

(Dilewyd yn Llawysgrif LlGC 20867B)

12 Mawr o job oedd Meri Jên
16 Y mae'r jawl

Ceir fersiwn anghyfan o'r gân ar dudalen 53 yn Llawysgrif LlGC 20867B, a'r fersiwn hwnnw wedi'i ddileu. Dyma'r cytgan gwreiddiol:

> O f'anwylyd O f'anwylyd
> O f'anwylyd Meri Jên
> Anodd canu 'rol gwahanu
> Môr o jam oedd Meri Jên.

Ceir hefyd y pennill hwn:

> Ac oddeutu'r byrddau ffreutur
> (Wfft i waith, mor hoff dy wên)
> 'Roem yn hoffi yfed coffi –
> Mawr o job oedd Meri Jên.

Nodiadau

4 **'Môr o jam oedd Meri Jên'** dyfyniad a geir yma. David Ellis (1893–1918), y bardd ifanc a ddiflannodd yn Salonica yng Ngwlad Groeg adeg y Rhyfel Byd Cyntaf, a luniodd y llinell hon yn wreiddiol, ac fe'i ceir yn ei awdl ysgafn, 'Paradise Lost':

> Fy nhlysaf fwynaf feinwen, – difai
> Dy wefus flas hufen.
> Mwyn a melys min Malen,
> Môr o jam yw Mary Jane.

> Oes un o'i hail is y nen – yn unlle
> Dan wenlloer ffurfafen,
> Na'i gwell yng ngardd Llangollen?
> Môr o jam yw Mary Jane.

Gw. *Y Bardd a Gollwyd: Cofiant David Ellis*, Alan Llwyd ac Elwyn Edwards, 1992, t. 34.

46. Gweddi Cymro

Llawysgrif LlGC 20867B, tt. 56-9; *ChANG*, tt. 184-6. Cyhoeddwyd y gerdd yn wreiddiol yn *Y Ddraig Goch*, cyf. I, rhif 6, Tachwedd 1926, t. 6, gyda 'Coleg Prifysgol Cymru, Aberystwyth' ar ôl enw Waldo.

Amrywiadau

(*Y Ddraig Goch*)

    12 i'w iaith na'i wlad
    14 Hyd heddiw
    18 y pechaduriaid hyn
    20 'mhlith dy saint
    21 Ni welir fi (Llawysgrif LlGC 20867B)
    22 Yn nwylo cyflawn dy Bolîs
  23-4 ni chynhwyswyd y cwpled hwn yn *Y Ddraig Goch*
    25 'Rwy'n selio'm ffydd
    26 Ac O! 'rwy'n laru plesio'r Sasnach
    31 Y mae'th gyfiawnder
    34 Saethaist Con[n]olly
    36 Wrthodo blygu it, a'i serch
  37-8 Ar freuddwyd cudd yn nwfn ei galon/O cynnal ni trwy'n holl dreialon
 39-40 Diolchaf it am garchar handi/At hen gyfrinydd ffol fel Gandhi
    43 A diolch it am fod yn darian
    46 Yn chwysu deuddeng awr y dydd
    47 nes torro'r wawr
    49 O Famon
    50 Am dy Drugaredd ar dy blant (Llawysgrif LlGC 20867B)
 51/56 ceir pennill clo wyth llinell yn *Y Ddraig Goch*, gyda'r pedair llinell ganlynol yn rhagflaenu llinellau 53/56:

> Rho di dy fendith ar fy masnach
> Gwna fi yn debig iawn i'r Sasnach.
> Anghofia di fy anwar dras
> A derbyn fi yn ufudd was.

Nodiadau

1–2 **O, Ysbryd Mawr y Dwthwn Hwn,/Reolwr bywyd cread crwn** cf. 'Great Spirit, deepest love/Which rulest and dost move/All things which live and are …', Percy Bysshe Shelley, 'Ode to Naples', ond cywair dychanol sydd i'r llinellau hyn yn 'Gweddi Cymro'.

23 **Mamon** duw cyfoeth ac elw yn y Testament Newydd.

26 **Sasnach** Sais, *Sasunnach* (Gaeleg yr Alban), *Sasanach* (Gwyddeleg), o'r Lladin *Saxones*, Sacsoniaid; defnyddir y gair mewn modd diraddiol yn bennaf.

33 **Ballyshanty** camgymeriad am Ballyseedy, *Baile Uí Shíoda* yn yr Wyddeleg, tref fechan yn ne-orllewin Iwerddon, rhyw ddwy filltir o bellter o Tralee, yw 'Ballyshanty'. Digwyddodd anfadwaith yno ym mis Mawrth 1923, adeg Rhyfel Cartref Iwerddon, dair blynedd cyn i'r gerdd ymddangos yn *Y Ddraig Goch*. Lladdwyd pump o filwyr y Wladwriaeth Rydd gan fom a osodwyd gan aelodau o Fyddin Weriniaethol Iwerddon mewn cuddle yn Knocknagoshel (*Cnoc na gCaiseal*), swydd Kerry (Contae Chiarraí), ar 6 Mawrth 1923. Y noson honno cymerwyd naw aelod o'r Fyddin Weriniaethol a oedd yn garcharorion yn Tralee at groesffordd Ballyseedy. Fe'u clymwyd wrth ffrwydron tir, a'u tanio. Lladdwyd rhai gan y ffrwydradau, a saethwyd y rhai y methwyd eu lladd â'r ffrwydron. Hyrddiwyd un o'r naw gan rym y ffrwydrad i ddiogelwch, dihangodd a chafodd loches mewn tŷ cyfagos. Roedd y Gwladwriaethwyr wedi paratoi naw arch ar eu cyfer, ond wyth yn unig a ddefnyddiwyd.

33 **Tralee** *Trá Lí* yn yr Wyddeleg, tref yn ne-orllewin Iwerddon. Cyflawnwyd anfadweithiau yn Tralee hefyd yn ystod Rhyfel Cartref Iwerddon. Ym mis Tachwedd 1920, bu'r dref dan warchae am wythnos gan y 'Black and Tans', y gwirfoddolwyr Prydeinig a weithiai ynghyd â heddlu Iwerddon yn erbyn y Gweriniaethwyr. Caewyd busnesau a llosgwyd tai gan y 'Black and Tans', a lladdwyd tri o drigolion y dref. Condemniwyd yr anfadwaith ar raddfa ryngwladol. Ym mis Awst 1922 bu'r Gwladwriaethwyr a'r Gweriniaethwyr yn ymladd yn y dref. Lladdwyd naw Gwladwriaethwr a thri Gweriniaethwr yn yr ymrafael.

34 **Connolly** James Connolly (1868–1916), cenedlaetholwr Gwyddelig, gweriniaethwr a sosialydd a ddienyddiwyd gan y Prydeinwyr am y rhan flaenllaw a gymerodd yng Ngwrthryfel y Pasg, 1916. Edmygai Waldo wroldeb y gwrthryfelwyr Gwyddelig, er ei fod yn heddychwr cadarn:

'Ro'n i wedi cael fy nhanio gan y Gwrthryfel yn Iwerddon a dyna'r gân gyntaf Gymraeg a sgrifennais i – i Iwerddon, "Pasg 1916" (gw. *WWRh*, t. 98).

40 **Gandhi** Mahatma ('Eneidfawr') Gandhi, sef Mohandas Karamchand Gandhi (1869–1948), arweinydd gwleidyddol mawr o'r India. Wedi iddo astudio'r Gyfraith yn Llundain, aeth i Dde Affrica, lle treuliodd ugain mlynedd. Dychwelodd i'r India ym 1914, a dechreuodd gefnogi'r mudiad o blaid annibyniaeth i'r India o afael yr Ymerodraeth Brydeinig. Datblygodd Gandhi ddull di-drais o wrthwynebu gorthrwm gwladwriaethol ac anghyfiawnderau llywodraethau ac ymerodraethau. Gelwid y dull hwn o brotestio di-drais yn *satyagraha*. Rhoddodd Gandhi yr egwyddor hon ar waith yn y mudiad o blaid annibyniaeth yr India ac yn yr ymgyrch o blaid Indiaid De Affrica yn erbyn gormes trefedigaethwyr Prydeinig. Credai Gandhi y gellid dymchwel llywodraethau, a hyd yn oed ymerodraethau, trwy weithredu anufudd-dod sifil ar raddfa eang; credai mewn gweithredu, ar yr amod fod y gweithredu hwnnw yn gwbl ddi-drais. Daeth yn arweinydd ar Blaid Genedlaethol y Cynulliad wedi iddo ddychwelyd i'r India o Dde Affrica, a darbwyllodd genedlaetholwyr i fabwysiadu polisi o anghydweithrediad ac anufudd-dod sifil di-drais yn y frwydr i sicrhau rhyddid ac annibyniaeth i'r India. Carcharwyd Gandhi droeon gan lywodraeth Prydain Fawr am ei ran mewn ymgyrchoedd di-drais yn erbyn cyfreithiau a pholisïau'r Ymerodraeth Brydeinig. Enillodd yr India ei hannibyniaeth ym 1947, ac yr oedd polisi Gandhi o weithredu anufudd-dod sifil ac o ymgyrchu torcyfreithiol di-drais yn allweddol yn y fuddugoliaeth.

Un o arwyr mawr Waldo oedd Mahatma Gandhi. 'Yr oeddwn yn teimlo nerth beirniadaeth Gandhi ar Rabindranath Tagore: "Yr wyt yn rhoi inni eiriau yn lle gweithredoedd",' meddai Waldo ym 1958 ('Casglu *Dail Pren* Ynghyd', *WWRh*, t. 90). Golygai *satyagraha* undod rhwng meddwl, geiriau a gweithred, yr egwyddor y dylai gair a gweithred adlewyrchu ei gilydd. Gwrthododd Waldo gasglu ei waith ynghyd nes y byddai gair a gweithred yn un yn ei fywyd. Gw. 'Eneidfawr', cerdd Waldo i Gandhi [rhif 220], yn ogystal â'i gyfeithiad o soned Gwenallt [rhif 322].

47. Cân i Ddyfed

Llawysgrif LlGC 20867B, tt. 59–60; ChANG, t. 186. Fe'i trafodir yn ChANG, tt. 50–2.

Amrywiadau

(Dilewyd yn Llawysgrif LlGC 20867B)

5 Fe'i clywaf hi yn galw'n fwyn
11 A dwylo ffri y daw a ffrwyth
13 Ac yno can y deryn du/Diferion dawn ei deryn du
14 Afradlon, gu hyfrydlais
19 Pan elo swyn y byd yn sych

Nodiadau

15 **A chanu'r hedydd yn yr ha'** datblygodd yr ehedydd i fod yn symbol canolog yng ngwaith y bardd; cf. 'Môr o Gân', 'Ar Weun Cas-mael', 'Caniad Ehedydd', 'Yr Heniaith'.

20 **'Teg edrych tuag adref'** ail linell y cwpled enwog, ''Nôl blino'n treiglo pob tref/Teg edrych tuag adref', o waith Llawdden neu Ieuan Llawdden, bardd o'r bymthegfed ganrif.

48. Môr o Gân

Llawysgrif LlGC 20867B, tt. 61–3; ChANG, tt. 210–11. Cyhoeddwyd y gerdd yn wreiddiol yn Y Faner, 22 Tachwedd 1927, t. 5. Yr oedd Waldo wedi bwriadu cynnwys y gerdd yn ei bryddest anorffenedig, 'Y Gân ni Chanwyd', ar un adeg. Rhwng y nodyn 'Cerdd Gyntaf Arthur: Pe gallwn. Gweler Tud: [49–51] Cerdd Arthur ar ben pwll glo yn Sir Benfro wrth gyhoeddi'r Gwrthryfel Byd-eang' ar dudalen 79, a nodyn arall, 'Cerdd Olaf Arthur ag ef yn alltud yn Awstralia' (sef y gerdd â'r llinell agoriadol 'Plentyn bychan ydwyf heno'), ceir 'Mor o Gan. Gweler Tud: [61–3]'. Fe'i trafodir yn ChANG, tt. 95–8.

Amrywiadau

(Y Faner)

11 Cludodd i minnau y gerdd na chlybuwyd
22 A chwmwl anobaith yn hulio eu nen
23 ar hyd eu hystrydoedd

49. Peiriant Newydd

Llawysgrif LlGC 20867B, t. 63; *ChANG*, t. 187.

Nodiadau

1 **Mae Peiriant Cynganeddu** ceir sôn am beiriant bwrw cynghanedd yn un o ohebiaethau Syr Meurig Grynswth, gwaith dychanol gan John Ceiriog Hughes (1832–1887) a ymddangosodd gyntaf ym 1856–8.

50. Pantcilwrnen

Llawysgrif LlGC 20867B, t. 64; *ChANG*, t. 187. Dyfynnwyd y pennill fel y cyntaf o dri yn y llythyr o eiddo Idwal Jones a gyhoeddwyd yn *Y Faner*, 18 Mawrth 1926, t. 5, 'Mr Idwal Jones yn Traethu Ymhellach', adeg y ddadl ynghylch 'Y Nefoedd' Waldo yn y papur.

Amrywiadau

(*Y Faner*)

7 Ow! drueni iddi sangu

51. Rondo

Llawysgrif LlGC 20867B, t. 65; *ChANG*, t. 187 (amrywiadau yn unig). Cynhwyswyd y gerdd yn *DP* dan y teitl 'Mowth-organ', t. 53 [rhif 190]. 'Tonc' oedd teitl y gerdd yn wreiddiol yn Llawysgrif LlGC 20867B. Cyhoeddwyd yn wreiddiol yn *Y Ford Gron*, cyf. 1, rhif 1, Tachwedd 1930, t. 11. Mae fersiwn *Y Ford Gron* yn cyfateb i fersiwn *DP*.

Amrywiadau

3 neu'r 'Nefol Gor-gan' (dilewyd yn Llawysgrif LlGC 20867B)
6 Ond carwn dy weld (*DP*); 'Ond carwn weld yn awr' oedd y llinell wreiddiol yn Llawysgrif LlGC 20867B
7 Dy ddwylo yn cwato'r rhes ddwbwl (*DP*)
8 A'th sawdl (*DP*)

Nodiadau

Yr un a gyferchir yn y gerdd hon yw W. R. Evans, cyfaill mawr Waldo, a oedd yn gryn feistr ar ganu'r organ-geg. Gw. ymhellach 'Dinistr yr Offerynnau'. [rhif 107]

52. Trioledau: Te, Darllen, yn yr Ysgol Sul

Llawysgrif LlGC 20867B, tt. 66–7; *ChANG*, t. 188. Ymddangosodd 'Te' yn *Y Ford Gron*, cyf. 1, rhif 2, Rhagfyr 1930, t. 17.

Amrywiadau

'Te'

(*Y Ford Gron*)

1 Trwy'r drws
2 Nos Fercher – nos Fercher – beth sy'n mynd 'mla'n
3 trwy un o'r ffenestri
4 Trwy'r drws
5 O'r annwyl! Mae'r Gild yn cael tê yn y Festri
6 A phwy sy fan acw yn ymyl y tân
7 Trwy'r drws daw chwerthin
8 O Dai, dere i mewn

Nodiadau

5 **Gild** O'r Saesneg *Guild*, yr enw ymhlith enwad y Bedyddwyr ar gyfarfod eglwysig a gynhelid yn ystod yr wythnos. Pan oedd yn ifanc arferai Waldo gymryd rhan yn y cyfarfodydd hyn.

53. Soned i Bedler

Llawysgrif LlGC 20867B, t. 68; *ChANG*, t. 189 (amrywiadau yn unig). Cyhoeddwyd y soned yn wreiddiol yn *Y Ford Gron*, cyf. 1, rhif 5, Mawrth 1931, t. 8. Cynhwyswyd y soned yn *DP*, dan y teitl 'Soned i Bedlar', t. 60, ac mae fersiwn *Y Ford Gron* a fersiwn *DP* yn cyfateb i'w gilydd yn llwyr, ond bod yr ymadrodd 'ysguboriau mwy' heb ddyfynodau o gwbl yn *DP*.

Amrywiadau

(*DP*)

1 Fe'i collais
3 ffwdan anghyffredin
4 'Rôl brwydro storom fawr
5 Ydy' e'n

7 chwart

9 Nid oedd yn neb yn Seion

11 yn gweud

14 Ac 'roedd ei stwds

Nodiadau

8 **'ysguboriau mwy'** cf. 'Mi a dynnaf i lawr fy ysguboriau, ac a adeiladaf rai mwy' (Luc 12:18).

54. Awdl i Ddynion Mynachlog-Ddu

Llawysgrif LlGC 20867B, tt. 69–70; *ChANG*, tt. 189–90.

Amrywiadau

(Dilewyd yn Llawysgrif LlGC 20867B)

8 i gyd yn mogi

22 I lawr yn Slebech

51 Byddai'r byd yn seigen

Dilewyd dau gwpled yn Llawysgrif LlGC 20867B, sef: 'Ac felly mlân/Hyd ddiwedd y gan' ac 'A bois 'Nachlogddu/Yn ffaelu deall beth sy!'

Nodiadau

Lleoedd yn Sir Benfro a enwir yn y gerdd. Mae'n debyg mai 'The Old Vicarage, Grantchester', Rupert Brooke, a ysbrydolodd y 'rhigwm' hwn, fel y'i galwyd gan Waldo ar ddechrau'r gerdd, cyn dileu'r gair.

21 **stegetsh** gwlybaniaeth, mwd, llaid, llaca, baw

39 **peilo** pentyrru

41 **cwlffo** cylffo, torri cylffau neu ddarnau mawrion, darnio'n drwsgl

51 **seigen** baw gwartheg, cacen dom, gleuhaden, *cow pat*

55. Prolog Gan Gerddor y Bod (Y Gân ni Chanwyd)

Llawysgrif LlGC 20867B, tt. 71/75; *ChANG*, tt. 207–8.

Nodiadau

Y mae cerddi a darnau o 'Y Gân ni Chanwyd' wedi eu gwasgar drwy'r llawysgrif. Ar dudalen 71 y ceir tri phennill cyntaf 'Prolôg gan Gerddor y Bod' (y teitl yn wreiddiol oedd 'Preliwd gan y Dihennydd Gerddor Tragwyddol'), ac eithrio llinell olaf y trydydd pennill. Ceir gweddill y gerdd wedyn ar dudalen 75.

10 **I'r awel fo'n dyner, i'r wybren fo'n glir** adleisir yma emyn adnabyddus Islwyn (William Thomas; 1832–78), 'Gwêl uwchlaw cymylau amser':

> Gwêl uwchlaw cymylau amser,
> O fy enaid, gwêl y tir
> Lle mae'r awel fyth yn dyner,
> Lle mae'r wybren fyth yn glir.

56. [Pan Sgrifennoch Lyfr ar Geiriog]

Llawysgrif LlGC 20867B, t. 72; *ChANG*, tt. 190–1.

Nodiadau

Cyfeirir yma eto at lyfr Saunders Lewis, *Yr Artist yn Philistia – I, Ceiriog* (1929), y gyfrol gyntaf mewn cyfres yn dwyn y teitl 'Yr Artist yn Philistia', ac yn enwedig at y Rhagair yn y llyfr hwnnw:

> Fy mwriad cyntaf oedd cyhoeddi cyfrol dan y teitl: *Yr Artist yn Philistia, efrydiau ym mywyd a gwaith Ceiriog, Daniel Owen, Glasynys*. Pan welodd y cyhoeddwr faint y rhan gyntaf, awgrymodd imi gyhoeddi pob rhan ar wahân, gan y gwerthid tri llyfryn bychan yn gynt nag un gyfrol drom.
>
> *Yr Artist yn Philistia – I, Ceiriog*, t. [9].

Ni chyhoeddwyd y gyfrol ar Lasynys (Owen Wynne Jones; 1828–70), sef *Straeon Glasynys*, gyda rhagymadrodd gan Saunders Lewis, tan 1943. Llenor a storïwr o Rostryfan yn ardal y chwareli yn Arfon oedd Glasynys. Cyhoeddwyd *Yr Artist yn Philistia – II, Daniel Owen* ym 1936.

7 **ist** ust (ynganiad llafar), cf. 'hisht' yn nhafodiaith Sir Benfro, i gael odl ddwbwl, 'bart, ist/Artist'. Cymharer â'r llinell 'Cenwch hen obaith trwy'r anialwch. Ust' yn 'Yr Hen Le' [rhif 89].

57. [Dywed, Gymru, a Darewi]

Llawysgrif LlGC 20867B, t. 73; *ChANG*, t. 191.

Amrywiadau

(Dilewyd yn Llawysgrif LlGC 20867B)

1 Dithau, Gymru

Nodiadau

Ceir y geiriau 'Ag Ef yn plygu' uwchben y pennill. Ymddengys mai rhan o'r bryddest 'Y Gân ni Chanwyd' yw'r pennill hwn.

58. Cymru'n Codi ac yn Ateb

Llawysgrif LlGC 20867B, t. 73; *ChANG*, t. 192.

Amrywiadau

(Dilewyd yn Llawysgrif LlGC 20867B)

3 [Bydd] canu

Nodiadau

Rhan arall o 'Y Gân ni Chanwyd' yw'r ddau bennill hyn, a fersiwn arall o 'Dychweliad Arthur' [rhif 13], er nad oes llawer o wahaniaeth rhwng y ddau fersiwn.

59. [Beth sy'n Brydferth?]

Llawysgrif LlGC 20867B, t. 74; *ChANG*, t. 192.

Amrywiadau

(Llawysgrif LlGC 20867B)

Ceir fersiwn arall o'r pennill hwn ar dudalen 72, a hwnnw'n annarllenadwy mewn mannau oherwydd bod llawer iawn o linellau wedi eu dileu a'u hailwampio, blith draphlith ar draws ei gilydd. Ymhlith y llinellau a ddilewyd y mae 'Dyn dychmygol o Gwmbwrla/A'i wraig yn ei baco fe mewn bag'; 'Dau bysgodyn yn ffereta'; 'Coes brwsh caled yn dysgu syntax'; 'Rhaw fawr yn dysgu syntax'; 'Megin gof yn mynd heb fwyd' a 'Bwthyn bach to gwellt yn rhegu'.

6 Pricau [priciau] toi yn dysgu syntax

Nodiadau

Pennill ffwlbri yw hwn, fel llawer o gerddi Llawysgrif LlGC 20867B, a ffrwyth y cyfeillgarwch rhwng Waldo ac Idwal Jones yw cerddi o'r fath. Cerdd ffwlbri sydd yn yr un cywair yn union â'r pennill hwn yw 'Cân Seithenyn', Waldo, a 'Beth Sy'n Hyll?', Idwal Jones. Parodïau ar gân Ieuan o Lŷn, 'Beth Sy'n Hardd?', yw'r cerddi hyn.

   2 **sgwaru** chwalu, gwasgaru.

   5 **shi-binc** ji-binc, *chaffinch*.

   5 **mwsherwmsa** hel madarch.

   6 **shilgots** sili-dons, crethyll y dom, pilcod, sildynnod, silod, *minnows*.

   7 **ffwlbert** ffwlbart, *polecat*.

60. Cymru

Llawysgrif LlGC 20867B, tt. 75/77; *ChANG*, tt. 208–9.

Amrywiadau

(Dilewyd yn Llawysgrif LlGC 20867B)

  10 Ar fore eu hoed

11–20 Dilewyd y fersiwn hwn o'r ail bennill yn Llawysgrif LlGC 20867B:

> Ond hon yw y gân ni chanwyd,
>> A glywir cyn glasiad y wawr –
>
> Digofaint pob mellt a daranwyd
>> Gan wybren orlwythog i lawr,
>
> A rhuthr y rhyferthwy a'i giwed,
>> A fflangell ddidostur y glaw,
>
> Pan burir y ddaear o'i niwed
>> Nes gwingo'r fforestydd â braw
>
> Ha! fe ddryllir hualau caethiwed
>> Ar fore a ddaw.

  21 Yr wyt ti'r Weledigaeth Ddihenydd

  29 Can fy Nghaniadau

  30 O binacl y byd

Nodiadau

Cerdd arall sy'n rhan o'r bryddest 'Y Gân ni Chanwyd'.

61. Mab Tredafydd

Llawysgrif LlGC 20867B, t. 76; *ChANG*, t. 199.

Amrywiadau

(Dilewyd yn Llawysgrif LlGC 20867B)

 6 gyfyd chwante
 7 Aros draw yn rhywle arall
 8 Ymhell oddi wrtho fe ac Ant
 9 Plantach mân fy Anti Marged
11 O'r naill stôl i'r sofa'n neidio
14 Oddicartref yn gwneyd/cael spel
16 Efo – nage – heb yr – wel

Nodiadau

Parodi ar 'Nant y Mynydd', un o delynegion mwyaf poblogaidd Ceiriog, yw 'Mab Tredafydd'. Mae 'Mab Tredafydd' yn adleisio'r ymadrodd 'Mab y mynydd' yn nhelyneg Ceiriog.

11 **hopo** neidio.

62. Y Ddau Bregethwr

Llawysgrif LlGC 20867B, t. 78; *ChANG*, t. 191.

Nodiadau

 1 **Michael** y Parchedig D. J. Michael, gweinidog Capel y Bedyddwyr, Blaenconin, Llandysilio, o 1909 hyd at 1962. Roedd teulu Waldo yn aelodau yn y capel. D. J. Michael a fedyddiodd Waldo ym mis Ebrill 1921, a chanddo ef hefyd y priodwyd Waldo a Linda Llewellyn, ar 14 Ebrill 1941, yng Nghapel Blaenconin. Pan ymddeolodd D. J. Michael o'r weinidogaeth ym 1962, gwahoddwyd Waldo i'w gyfarch ar ran cyn-aelodau'r capel.

5/15 **James Llansilio/Joseph** y Parchedig Joseph James (1878–1963), o Ddowlais yn wreiddiol, ond treuliodd y rhan fwyaf helaeth o'i fywyd yn Sir Benfro. Fe'i sefydlwyd yn weinidog Pisgah, Llandysilio, a Bethesda, Llawhaden, ym 1908. Bu'n gweinidogaethu ar y ddau gapel hyn am 54 o flynyddoedd, hyd nes iddo ymddeol ym 1962. Roedd yn flaenllaw yn yr ymgyrch i atal y Swyddfa Ryfel rhag meddiannu 16,000 o erwau o fynyddoedd y Preseli a broydd cyfagos, oddeutu 58,800 o erwau o dir amaethyddol i gyd, ar gyfer hyfforddiant milwrol.

Cf. E. Llwyd Williams, *Crwydro Sir Benfro* 1, tt. 83–4:

Pisga yw capel y pentref, ac y mae'r Parchedig Joseph James, un o bregethwyr mwyaf poblogaidd yr Annibynwyr, wedi bod yn gweinidogaethu yma am yn agos i hanner canrif. Un o'r doniau disglair a daniwyd ydyw ef, ac y mae ganddo ddawn siarad mewn angladd, anhepgor gweinidog llwyddiannus yn Sir Benfro. Cysylltir ei enw ef yn y fro ag enw'r Parchedig D. J. Michael, gweinidog Blaenconyn, y capel sydd hanner y ffordd rhwng Llandysilio a Chlunderwen, ac y mae yntau hefyd wedi bod yn yr un maes am yn agos i hanner canrif. Gŵr coeth ei bregeth, diwastraff ei eiriau a chywir ei rodiad yw gweinidog Blaenconyn, ac y mae yntau a'i gymydog wedi cael profiad o weinidogaeth hir yn yr un maes. Cynyddu a wnaeth serch yr ardal tuag atynt gyda'r blynyddoedd, a dywedodd un gŵr wrthyf, 'bydd ar ben arno ni ar ôl claddu James a Michael.'

63. [Nid Tinc Telynau Palas Pell]
Llawysgrif LlGC 20867B, t. 79; *ChANG*, t. 209.

Amrywiadau

(Dilewyd yn Llawysgrif LlGC 20867B)

2 tros y byd achlân
4 a'th Anfeidrol Gân

Nodiadau

Mae'n amlwg mai i'r bryddest 'Y Gân ni Chanwyd' y perthyn y pennill hwn.

64. Cerdd Olaf Arthur ac Ef yn Alltud yn Awstralia
Llawysgrif LlGC 20867B, tt. 79/81/83; *ChANG*, t. 209. Ceir fersiwn o'r gerdd yn llaw Waldo Williams ei hun yng Nghasgliad David Williams, gyda theitl gwahanol, 'Cân Olaf Arthur', a rhwng cromfachau: 'Yn y gell y noswaith cyn ei ddienyddio. Gwely[,] lleuad trwy'r ffenest'.

Amrywiadau

5 Dygwn gariad (dilewyd yn Llawysgrif LlGC 20867B)

11 'Slawer dydd wrth grwydro, grwydro (Llawysgrif LlGC 20867B)

24 Danant [*sic*] leuad, felen, lawn (Casgliad David Williams)

Nodiadau

Un arall o gerddi 'Y Gân ni Chanwyd'.

65. Mewn Sied Sinc

Llawysgrif LlGC 20867B, t. 80; *ChANG*, t. 193.

Amrywiadau

(Dilewyd yn Llawysgrif LlGC 20867B)

2 ar do zinc

12 ar do zinc

66. [Swyn y Bachau]

Llawysgrif LlGC 20867B, tt. 80/82; *ChANG*, t. 192.

Y teitl a roddwyd yn wreiddiol i'r gerdd oedd 'Byd Mawr Plentyn Bach'. Mae naw bachyn mewn tair rhes yn creu sgwâr. Ceir wyth rhes o dri yn y sgwâr hwn o drioedd: tair rhes o dri ar draws, tair rhes arall o dri i lawr, un rhes o'r gornel dde uchaf i'r gornel chwith isaf, ac un rhes o'r gornel chwith uchaf i'r gornel dde isaf, wyth i gyd. O dynnu un bachyn allan o'r canol, ceid sgwâr perffaith. Chwarae â'r syniadau hyn a wneir yn y gerdd, a gweld sawl ffurf bosibl yn y sgwâr hwn o drioedd, gan gynnwys trionglau. Dilewyd trydydd pennill gwreiddiol y gerdd, pennill y ceir dau fersiwn ohono o leiaf, a'r ddau wedi eu hysgrifennu ar draws ei gilydd. Rhai llinellau a geiriau yn unig sy'n ddarllenadwy, ond dyma un pennill posibl:

> A sawl sgwar bach oedd yno'n gudd?
> Sawl triongl a ganfyddwn
> Pe[d] aech a'r bachyn canol bant?
> A dyna'r fan lle byddwn ...

A'r trydydd pennill hwn yn arwain at y pedwerydd pennill, 'Bob amser cinio wrth y ford', ac yn y blaen. Ceir hefyd yn y trydydd pennill a ddilewyd y llinell gyntaf hon, 'Fe welwn wedyn fod sawl sgwar', a thrydedd linell arall, 'A heb y bachyn canol 'co'.

Yn y gornel dde ar frig tudalen 82 ceir y pennill cyflawn hwn, heb unrhyw awgrym o'i le yn y gerdd:

> Ped aech a'r pedwar bachyn 'co
>> O gonglau'r sgwar i bant
> Fe gawsech sgwar sy llai ei faint
>> Yn sefyll ar ei gant.

Gan fod yr ail bennill yn arwain yn naturiol ac yn ddiatalnod at y trydydd pennill yn y fersiwn gorffenedig, ni ellid cynnwys y pennill hwn fel trydydd pennill.

Dilewyd y pennill olaf gwreiddiol hwn:

> Mi gymrais wedyn Higher Maths
>> Trwy'r ysgol i'r pen draw,
> Ond ble mae swyn y bachau mwyn
>> Ac O, ble mae y naw?

Dilewyd hefyd linell gyntaf arall, 'Mi gymrais Mathemateg, do'. Gan nad oedd lle i'r pennill olaf diwygiedig ar dudalen 82 yn y llawysgrif, ysgrifennwyd ef ar frig tudalen 80.

Ar dudalen 83, ceir y llinellau anghyflawn hyn:

> Fe awn ar groes
> Cewcwn ar dro, o gongl i gongl.
> Drychwn ar slant a gwelwn hwy
> Gwelwn eu rhif yn esgyn
> [yn disodli 'Yn rhifoedd oedd yn esgyn']
> Yn un, dau, tri; ac yna'n ol
> I ddau ac un yn disgyn

67. Hi
Llawysgrif LlGC 20867B, t. 84; *ChANG*, tt. 193–4.

Amrywiadau

(Dilewyd yn Llawysgrif LlGC 20867B)

16 Cwmni Drama Glan-y-Nant

Nodiadau

Cerdd i'r wisgeren, sef y farf neu'r locsyn ffug a wisgid i greu cymeriad neu i heneiddio neu weddnewid cymeriad mewn dramâu.

68. Y Gwrandawr

Llawysgrif LlGC 20867B, tt. 84/85; *ChANG*, t. 194.

Amrywiadau

(Dilewyd yn Llawysgrif LlGC 20867B)

Teitl: dilewyd 'Stori Wir' o dan y teitl

3 creu'r olygfa
9 Yn gwrando ar [?]
10 A gwyr y mynych rêg
11 A'r diaconiaid duwiol
17 Fel pe deuai'r Bod
19 Heb ddeall, neu'n ofni torri/Ac yn ofni dweud/gweud dim i dorri. Dilewyd y ddwy linell yn Llawysgrif LlGC 20867B, ond ni luniwyd llinell yn eu lle, felly, wrth olygu, dewiswyd yr ail o'r ddwy, gan ei bod yn llifo'n esmwythach na'r llall, a dewiswyd 'dweud' yn lle 'gweud', gan nad oes blas tafodiaith i'r gerdd.

69. Cân wrth Wisgo Coler

Llawysgrif LlGC 20867B, t. 86; *ChANG*, t. 195.

'Dyhead wrth Wisgo Coler' oedd y teitl gwreiddiol.

Amrywiadau

(Dilewyd yn Llawysgrif LlGC 20867B)

14 Cân utgyrn
16 diawl twll

Nodiadau

2 **O, Iff** ... O, Uff[ern].

70. Cân wrth Fyned i'r Gwely

Llawysgrif LlGC 20867B, tt. 87–9; *ChANG*, tt. 195–6.

Amrywiadau

(Dilewyd yn Llawysgrif LlGC 20867B)

16 Cyn gallai gysgu'n sownd

23 Ond os na bydd dim un ynddo; dilewyd 'nad neb' yn yr un llinell

17–30 Dilewyd un pennill yn gyfan gwbl yn Llawysgrif LlGC 20867B:

> Ond, doethineb bendigedig,
>> Fel [*sic*] wnaeth y gwely'n – wel
> Fe wyddoch sut *mae* gwely –
>> Fe ddalith ddau yn ddel.
> A weithiau dalith ragor
>> Fe ddalodd pwy Nos Sul
> Bebb, Peate, D.J. a Saunders –
>> Ond mae nhw'n genedlaetholwyr cul.

27 Mae ei fynwes e mor eang

35–6 Yn damshel traed ei gilydd/A phawb yn hwpo ei shar

35 yn dal ei channwyll

36 Pob un yn hwpo ei shar

Nodiadau

1 **Adda** y dyn cyntaf yn ôl Llyfr Genesis yn yr Hen Destament.

2 **Jacob** mab Isaac a Rebeca, ŵyr Abraham a brawd-efaill Esau yn Llyfr Genesis.

12 **a'r** aer, awyr.

26 **Philip Jones** y Parchedig William Philip Jones (1878–1955), brodor o Dre-fin, Sir Benfro. Sefydlodd eglwys i'r Methodistiaid Calfinaidd yng Nghlunderwen, ac fe'i penodwyd ym 1926 yn Brifathro Coleg Trefeca.

29 **Bebb** W. Ambrose Bebb (1894–1955), hanesydd, llenor a chenedlaetholwr.

29 **Peate** Iorwerth Cyfeiliog Peate (1901–82), ysgolhaig, bardd a Churadur yr Amgueddfa Werin, Sain Ffagan, 1948–71. Gw. yr englyn 'Iorwerth C. Peate' [rhif 294].

29 **Saunders** John Saunders Lewis (1893–1985), bardd, beirniad llenyddol, dramodydd, gwleidydd a chenedlaetholwr eang ei ddylanwad.

31 **D. J. Williams** gw. 'Cywydd Mawl i D.J.' [rhif 254].

71. Rondo

Llawysgrif LlGC 20867B, t. 90; *ChANG*, t. 196.

Amrywiadau

(Dilewyd yn Llawysgrif LlGC 20867B)

5 Ac wrth y fainc bydd gweithwyr pob rhyw nasiwn

Nodiadau

Cerdd ddychan yw hon i Frederick Edwin Smith (1872–1930), Arglwydd Birkenhead, gwleidydd a bargyfreithiwr ('Ac wrth y fainc …'). Ceidwadwr oedd Frederick Smith a oedd yn daer yn erbyn iawnderau'r gweithiwr. Ceisiodd atal Streic Cyffredinol 1926 a bu'n flaenllaw yn yr ymgyrch i ddiddymu hawliau'r undebau llafur.

72. Soned (Wrth edrych ar lun Thomas Hardy)

Llawysgrif LlGC 20867B, t. 91; *ChANG*, t. 197.

Nodiadau

Soned i'r bardd a'r nofelydd Thomas Hardy (1840–1928), un o arwyr llenyddol Waldo. Cyhuddwyd Thomas Hardy yn ei ddydd gan feirniaid a darllenwyr o edrych ar yr ochr dduaf a thywyllaf i fywyd. Hardy ei hun a ddywedodd, yn ei nofel *The Mayor of Casterbridge* (1886): 'happiness was but an occasional episode in a general drama of pain'. Un o gymeriadau mwyaf cofiadwy a mwyaf trasig Thomas Hardy yw Tess yn *Tess of the d'Urbervilles* (1891), y forwyn ifanc 'bur' sy'n cael ei llorio a'i llygru gan rymusterau na all hi eu hatal na'u trechu, hyd nes iddi gael ei chrogi am lofruddiaeth ar ddiwedd y nofel. Y 'Grym' yr oedd yn rhaid i Tess ei herio oedd y Grym neu'r Ewyllys ddall sy'n rheoli'r bydysawd, y Grym sy'n rhagbennu pob ffawd neu dynged, yn y fath fodd fel na all neb ddad-wneud y dynged a bennir ar ei gyfer. Yn ei ddrama-gerdd *The Dynasts* (1904, 1906, 1908) y rhoddodd Hardy y mynegiant llwyraf a llawnaf i'r athroniaeth hon. Yn ôl *The Dynasts*, y mae Hardy yn synio am Dduw fel yr ewyllys anymwybodol, hollbresennol yn y bydysawd sy'n gyrru hanes a gweithredoedd dynion ymlaen yn ddiarwybod iddi hi ei hun. Dyma'r 'Imminent Will' yn athroniaeth ac ym marddoniaeth Hardy, sef yr 'It' sy'n cysgu, ond sydd ar yr un pryd yn rym gweithredol, anymwybodol yn y bydysawd. Mae'r hil ddynol yn ysglyfaeth i'r Grym hwn, a dynion yn bwpedau yng ngafael yr ewyllys. Y Grym hwn yw 'the All-mover', yr un sy'n gyrru popeth, yn symud popeth ymlaen – 'the All-prover/Ever urges on and measures out the chordless chime of Things', y 'dreaming, dark dumb Thing/That turns the handle of this idle show' chwedl y 'Spirit Ironic' yn y ddrama. Y mae Tess yn yr un modd yn brae i dduwiau maleisus, creulon, ac un o frawddegau enwocaf *Tess of the d'Urbervilles* – a safbwynt a greodd gryn dipyn o gynnwrf pan gyhoeddwyd y nofel – yw'r frawddeg sy'n cyfeirio at ddienyddiad Tess ar ddiwedd y nofel: '"Justice" was done, and the President of the Immortals (in Æschylean phrase) had ended his sport with Tess'. Gw. hefyd 'Tri Bardd o Sais a Lloegr' [rhif 185].

73. Y Darten Fale

Llawysgrif LlGC 20867B, tt. 92–3; *ChANG*, tt. 197–8.

Amrywiadau

(Dilewyd yn Llawysgrif LlGC 20867B)

13 Os sonir am Ail enedigaeth
27 I ganu a chanu a chanu
28 Heb feddw[l am baratoi ffid]

Nodiadau

1 **[yr] hen Fenyw** Efa.
2 **[yr] hen Foi** Adda.
4 **hoi** hoe, egwyl.
5 **Trwy chwys y bwytâf fy mara** cf. 'Trwy chwys dy wyneb y bwytei fara, hyd pan ddychwelech i'r ddaear' (Genesis 3:19).
8 **Cw'mp** Cwymp dyn yng Ngardd Eden.
21 **[y]r hen Arddwr** Cain.

74. Y Methiant (O 'Y Gân Ni Chanwyd')

Llawysgrif LlGC 20867B, tt. 94–118; *ChANG*, tt. 212–21.

Amrywiadau

(Dilewyd yn Llawysgrif LlGC 20867B)

  1 Ceir 'Moes imi' uwch y llinell gyntaf

  2 Mae'r dyrfa yn dygyfor

 10 Ceir 'Minnau' uwch llinell 10

 24 Nid yw ei ddelfryd

 25 Yn berwi'n ei waed

 33 Ond yn y cwlwm

 34 rhy gynhyrfus iawn

 39 Syrth eich bywyd un cyfandir mawr; dilewyd 'Rhai o'r Dorf' uwchben y llinell

 40 Fe syrth eich Cysgdai

 44 Y dylech fyw

 50 Credwch chi

 51 Ond yn y ccnedlaethau

 62 eich Gorllewin mawr/eich Gorllewin chi; ceir 'Ym ni yn llonydd' uwch llinell 62

 63 Ar lawer tro adfydus

65/67 Ond gwelwn ni y Gelyn oddimewn (dilewyd ddwyaith yn Llawysgrif LlGC 20867B, y naill yn gyfan gwbl, ond gan addasu'r llall – 'Ond gwelwn ni y Rhwystrwr oddi mewn')

 66 A thrwy pob

 68 Yn rhwystro enaid ar ei fythol daith

 69 A rhyngddo ef a'i hun

 72 Tybiwch chi fod amgylchiadau'n rhoddi

 73 Doethni i weithred ffals. Dywedaf i

 81 eich cysgdai chwi

 84 Dan enw Shiva. Ceir peth dryswch yn y rhan hon o'r gerdd. Ar waelod y dudalen (t. 98), ceir y geiriau (gramadegol anghywir) 'Ac yn brynt[n] i ffrwd', a saeth yn arwain oddi wrth y geiriau hyn at linell 84, gan leoli'r geiriau ar ôl 'Dan enw Rhyddid'. Uwchben yr un llinell dilewyd 'Nid fel Arthur', a cheir hefyd y geiriau 'Dihalog Arthur' eto ar waelod tudalen 98, heb unrhyw gyfarwyddyd ynghylch eu lleoliad yn y gerdd.

Penderfynwyd peidio â chynnwys 'Ac yn bryntni ffrwd' yn y testun, gan nad yw'n amlwg o gwbl beth a olygai Waldo yma.

88 A dau hen geffyl

92 Syrth ei gyfundrefn yn bydredd maes o law

93 a merched hoff

98 O Arthur annwyl, ffo

100 Unlliw a lliw'r Kawskïaid

101 Dos at Garela

103 Dy wefrhyd newydd

105 Ni ddaeth fy awr i eto. A ddaw byth

109 Dywedodd Einstein dros gan mlynedd nol/Dwedodd yr hen wyddonydd garw gynt; 'Iuddew' yw'r ffurf sydd gan Waldo yma, ac yn llinell 116.

110 Fod munud

111 Yn agor allan/'N agor allan/Ymwasgaru trwy ysydd yn gôn

112 Megis y goleu

114 A thros y mor ar hyd

115 Ceir 'Y Corn Tywydd' wedi'i danlinellu uwch y llinell hon

120 os safaf yma'n awr

125 Mae'r testun yn ymylu ar fod yn annealladwy yn y llinellau hyn, gan fod llawer o ddileu yn digwydd yma. Mae'r gair 'tarddle' a'r ymadrodd 'yn gôn ymchwyddol' yn amlwg hollol yma, ond ni ellir eu cydio wrth ddim yn ei ymyl i greu llinell gyflawn.

128 Nes cynnwys mynwes

131 Ceir llawer o ddileadau yma, ac amhosibl darllen rhai o'r geiriau a ddilewyd. Mae 'Trwy dwllwch … amser sydd' ac 'Wrth wasgar … amser sydd' yn weddol amlwg.

135 Wrth wasgar cwanta'i egni tros y byd

137 Yn eiraidd [sic] donc

139 Mae'r hen Ddwyreinwyr doeth

140 Yr enaid/cudd/c[ê]l yn cyrraedd at yr un

141 A'n doeth-wyddonwyr ni

144–5 rhwng 144 a 145, ceir y darnau canlynol, oll wedi eu dileu:

> [Shang:
> Gelwais y streic i ffwrdd. Ni fynnwn i
> Dynnu'r ddynoliaeth wrth ei gwallt i'r tân.
> Ond, Arthur, hoff, amdanaf fi fy hun

Hyd at yr Angau safaf gyda thi.

Rhed byd mater lawr,
A chyfyd ysbryd ar/dan yr egni coll,
Hafal i seingorn anferth twr y Tywydd
Yn Hwlffordd ... sydd yn gweiddi Glaw
Hyd at gyffiniau eitha'r bennaf sir
Yn rhybudd ... i'r gweithwyr ar y maes;
Cyn elo'r – i greu'r cymylau du.
                    Na ddigalonna
Daw'r weithred fawr i'w nod/Cyrhaedda'r weithred fawr ei nod yr
un mor sicr
Pa un a'i [*sic*] llwyddiant neu ai methiant trist
Ni waeth ai'n mynd ai dod ar hyd y [aneglur]
'Run yw cyflymder goleu trwy yr ether
Ni waeth ai seren yn nesu neu'n pellhau
[ar ôl dileu 'Ni waeth ai "mynd" ai "dod" a fydd ei tharddle']
Ei tharddle, ie, tarddle fy Awr a fu
[ar ôl dileu 'Ei tharddle, ie, ei tharddle fawr a fu']
                    Byd mater red i lawr
Arafa ser y nefoedd ar eu taith
[ar ôl dileu 'Fe syrth y ser i lawr fel ffigys ir']
Ond ... o'r amboena'n [*sic*] ddyn
Ond cyfyd ysbryd ar yr egni coll
A deffry bywyd o'r amoeba'n ... beth?]

Ceir hefyd y llinellau canlynol ar eu pennau eu hunain ar dudalen 117:

            Ni ddigaloner di
Daw'r weithred fawr i'w/yn nod yr un mor sicr
Pa un ai llwyddiant yw ai methiant trist
Ni waeth ai nesu ai pellhau a wna'r seren
'Run yw cyflymder pelydr trwy yr ether

145 a chymrodyr mad
147–8 Tybiais y gallwn osod seiliau'r Ddaear/Newydd trwy ganu cân i enaid
       dyn/i enaid dynion

149 mewn i'r fynwes gêl

153 Yn Gorff aruthrol/Fel Corff anfeidrol yn y gwagle mawr

167 Onid rhyw bêl

168 mewn Tragwyddol gêm

170 Ar y sêr

171 Fod gennyf hawl ar f'enaid bach fy hun

172 Y bu rhes o dreiswyr trwy oes oesau a fu

173 Yn ceisio cipio'r hawl/Ymgeisio cipio'r hawl

180 Yn haerllug hawlio un cufyddyn bach

181 Un wên o fore llawen plentyn bychan

182 ferw eang

184 tuag ei goedydd gwylltion

185 A thros ei Alp. Cyd ag y gofyn hyn

189 Un stori a adroddir

190 Un gan ddi dranc sy'n gwefru

191–2 Rhwng y ddwy linell hyn dilewyd 'Un em a dorrir/naddir gan bob
     cleddyf llym/miniog'

197 Ond os peidia enaid dyn

200 Ei droed i lawr

201 Fe syrth yn henwr llegach, crwm, eiddil a dall; er nad yw'r ansoddair
     'eiddil' wedi ei ddileu yn y llawysgrif, y mae'r llinell yn fydryddol afrwydd
     o'i gynnwys; dilewyd 'digalon' hefyd yn y llinell.

203 O'i ddychwel

205 na'u cyfoedion mwyn

208 Ymchwydda'r cylch yn fwy, yn fwy o hyd; ceir dau ddilead annarllenadwy
     arall ar draws ei gilydd ar ddiwedd y llinell, er bod 'cylch' ac 'a ddaw' yn
     weddol glir yma.

209 Yn y teulu

213 A'r cae yn rhan o'r fro

214 Yn un a'r wybr, ac fe a gwr/a g[ŵ]yr y

215 O dan y borf[a]

215 a thu draw i'r ser

218 Y gwifrau'n gwefru yn y

223 ac yn anad un ei liw

224 Ac fel coryn

229 Dynion yn iach i glywed

230 A'r lleisiau hudol o Afallon bell

238 Ceir dau fersiwn o leiaf o'r llinell hon: 'Beth wnaf a'r Arthur hwn, yr holwch chi, gofyn di/Yr Arthur hwn, beth wnaf ag ef yr holwch'. Dilewyd popeth ond 'Beth wnaf a'r Arthur hwn', ac i gwblhau'r llinell yn y testun rhoddwyd '[beth wnaf ag ef]' i'w ddilyn.

239 Gan iddo fethu yn ei gynllun brad. Katherine

243 Yn swyn yr hinon

245 Fe ga gymdeithas dynion a chyfathrach

246 Ac ymgyfrathrach [*sic*]

248 Holwch chi beth yw'i

250 Mae'n deyrnged i goncwerwr/i'm trech. Holaf i/Holi

250–1 A beth a wna/Yr Arthur hwn â mi

254 i deulu'r [Ddaear]

257 er rhoddi hedd

258 Mi wyddwn

259 A ddeuai yn nydd

260 Fel ym mhob trawstro a fu pan â i'w dranc

262 A dynion yn galaru

265 cyfwng mawr

268 mocthusi wydd mawr

269 y cyfwng mawr

272 Can nafad [dafad] namyn un mewn corlan glyd/dawel

275 Nid Helen, Deirdre, Branwen, a Gudrûn

276 A'u harddwch ysol

278 I'r harddwch noeth

281–3 A weli di y gwir/Yn ymgiweiriaw. Ac a weli di/Dyrrau Awdurdod

Nodiadau

Dilewyd yr is-deitl 'Cusan Suddas'.

1 **fy nheliveizor** dyfais debyg i deledu i gadw golwg ar sefyllfaoedd.

11 **Afallon** yn ôl *Historia Regum Britanniae* Sieffre o Fynwy, i Ynys Afallon y cludwyd Arthur i wella ar ôl iddo gael ei glwyfo ym mrwydr Camlan.

18 **Esperanto** iaith wneud a grewyd gan L. L. Zamenhof tuag at ddiwedd y bedwaredd ganrif ar bymtheg. Y bwriad oedd creu iaith na fyddai'n perthyn i'r un wladwriaeth benodol ac a fyddai'n gyfrwng i hybu heddwch a chydweithio rhwng cenhedloedd.

42 **Ei 'Frân Fendigaid' a'i 'fo ben bid bont'** Bendigeidfran y cawr, brawd Branwen yn chwedl Branwen ferch Llŷr ym Mhedair Cainc y Mabinogi. Yn y chwedl, y mae Brân yn cyrchu Iwerddon gyda'i wŷr i ddial y cam a'r sarhad yr oedd Branwen yn gorfod ei oddef dan law Matholwch, ei gŵr a brenin Iwerddon. Ar ôl cyrraedd afon Llinon yn Iwerddon y mae Brân yn gorwedd ar draws yr afon i alluogi ei wŷr i'w chroesi, gan lefaru'r geiriau, 'A fo ben bid bont'.

54 **briwt** *brute.*

57 **Nirfana** paradwys, tawelwch meddwl perffaith, tangnefedd mewnol.

77 **Brahma neu Shiva** Brahma yw Duw'r creu yn ôl Hindŵaeth, a'r aelod cyntaf o'r Driwriaeth; yr ail aelod yw Vishnu, sy'n cynnal ac yn cadw'r greadigaeth, a'r trydydd aelod yw Shiva, sy'n distrywio'r greadigaeth er mwyn ei hail-greu.

109–11 **gŵr o Iddew** y ffisegydd Albert Einstein (1879–1955); cyfeirir yma at ei ddamcaniaeth ynghylch Gofod-amser, *Spacetime,* damcaniaeth a ffurfiwyd ganddo gyda chymorth y mathemategydd Hermann Minkowski. Yn ôl y ddamcaniaeth honno, y mae amser yn y gofod yn ymledu ar ffurf côn wrth ymestyn tuag at y dyfodol.

116 **Iddew arall** Sigmund Freud (1856–1939), y niwrolegydd a'r seicdreiddydd; cyfeirir yma at ei ddamcaniaethau ynghylch yr isymwybod ('ogof dwfn fy enaid i'), lle mae holl nwydau a dyheadau greddfol dyn yn llechu, gan gofio hefyd fod i 'ogof' gynodiannau rhywiol yng ngwaith Freud.

133 **Â radiwm heibio i radd a gradd yn blwm** wrth i wraniwm ddirywio, y mae'n troi'n radiwm, wedyn yn radon ac yna'n boloniwm, ac, yn y pen draw, yn blwm.

135 **cwanta** *quanta,* lluosog *quantum,* term mewn ffiseg, y theori mai fesul ychydig yn hytrach nag yn barhaol y gollyngir egni electronau mewn pelydredd; cyfystyr â maint, nifer, cyfran, dogn, yn enwedig maint penodol neu faint a ganiateir.

147 **Coeliwn y medrwn godi'r Ddaear Newydd** cf. 'Ac mi a welais nef newydd, a daear newydd' (Datguddiad 21:1); cf. yn ogystal 'Sŵn adeiladu daear newydd a nefoedd newydd' yn 'Cwmwl Haf' [rhif 186].

169–170 **'Nid oes gennym hawl/I'r sêr nac ar y lleuad chwaith'** lledddyfyniad o gerdd Hedd Wyn, 'Y Blotyn Du': 'Nid oes gennym hawl ar y sêr/Na'r lleuad hiraethus chwaith'.

175 **'Y degau Babau Bach'** cyfeiriad at gwpled T. Gwynn Jones, 'Onid gwell un Pab bellach/Na degau o babau bach', o'r gyfres o gwpledi epigramatig 'Bywyd' yn *Caniadau* (1934).

202–5 **Megis y cwympodd Osian … Na Finn nac Osgar** bardd ac arwr y cylch Osianaidd o chwedlau Gwyddelig, mab Fionn mac Cumhaill (Ffin) a thad Oscar, oedd Osian (Oisín). Yn ôl un chwedl, cwympodd mewn cariad â Niamh Chinn Óir (Nia Ben Aur), merch Brenin Tir na n-Óg. Y mae'n ei dilyn i'w theyrnas ac yn aros yno am dri chan mlynedd. Daw arno hiraeth am ddychwelyd i Erin (Iwerddon), i weld ei hen gyteillion a'i gyfoedion. Y mae Nia yn ei rybuddio i beidio â chyffwrdd â daear Erin â'i draed, oherwydd os gwna hynny, bydd yn heneiddio yn y fan a'r lle. Wedi iddo ddychwelyd i Erin ar gefn Embarr, ceffyl gwyn Nia, â i chwilio am ei hen gartref, cartref ei dad Fionn, ond mae hwnnw bellach wedi troi'n adfail. Wrth iddo grwydro yn Erin, daw Osian ar draws nifer o seiri maen a gweithwyr sydd wrthi'n adeiladu ffordd, ac wrth geisio eu helpu i godi maen oddi ar y ddaear a'i roi mewn fen, y mae cengl ei gyfrwy yn torri ac y mae'n cwympo oddi ar ei geffyl. Wrth gyffwrdd â'r llawr, y mae'n heneiddio ar unwaith.

270 **Promethiws** mewn chwedloniaeth Roegaidd, twyllodd Promethiws y duwiau i roi tân i'r ddynoliaeth, a thrwy hynny hybu gwareiddiad. Fe'i cosbwyd gan y duwiau trwy ei glymu wrth graig a gadael i eryr fwyta'i iau yn dragywydd.

275 **Helen** Helen o Gaerdroea, y ferch harddaf yn y byd, a achosodd ryfel rhwng Gwlad Groeg a Chaerdroea, wedi iddi ddianc gyda Paris, mab Priam, brenin Caerdroea, a gadael ei gŵr, Menelaus, brenin Sparta.

275 **Branwen** yn chwedl Branwen ferch Llŷr ym Mhedair Cainc y Mabinogi, y mae Branwen yn priodi Matholwch, brenin Iwerddon, ond oherwydd i Efnisien, ei hanner brawd, sarhau Matholwch yng Nghymru, y mae Matholwch yn ei sarhau hithau yn feunyddiol wedi iddo ddychwelyd i Iwerddon, trwy ei gyrru i bobi yng nghegin y llys a pheri i'r cigydd daro bonclust arni bob dydd. Y mae Branwen yn dofi aderyn drudwen yn ei chaethiwed, ac yn anfon llythyr wrth fôn un o'i adenydd at ei brawd Bendigeidfran i'w hysbysu ynghylch ei chyflwr truenus. Mae Bendigeidfran a'i wŷr yn cyrchu Iwerddon i achub Branwen a dod â hi yn ôl i Gymru. Y mae Branwen felly, oherwydd sarhad Efnisien

ar y Gwyddyl, wedi achosi rhyfel rhwng dwy wlad ('Da a dwy ynys a diffeithwyt o'm achaws i').

275 **Deirdre** chwedl sy'n perthyn i Gylch Wlster o chwedlau Gwyddelig yw chwedl Deirdre. Hi oedd y ferch harddaf yn Iwerddon yn ôl y chwedl, ond proffwydwyd y byddai'n achosi dioddefaint a marwolaeth, a rhyfeloedd rhwng brenhinoedd, ac i osgoi tynged o'r fath, y mae Conchobar, brenin Wlster, yn penderfynu ei phriodi unwaith y mae hi'n cyrraedd yr oedran priodol. Ond wedi iddi dyfu'n ferch ifanc hardd, y mae hi'n syrthio mewn cariad ag ymladdwr ifanc, Naoise, ac i osgoi llid a dialedd Conchobar, mae Deirdre, Naoise a dau o'i frodyr, yn dianc i'r Alban. Mae Conchobar yn eu twyllo i ddychwelyd i Iwerddon, ac yn anfon Fergus a'i fab Fiachu i'w cyrchu oddi yno. Ar ôl iddynt gyrraedd Iwerddon, mae Conchobar yn gwahodd Fergus i wledd, fel y gall ei wahanu oddi wrth y lleill, ac yna y mae'n trefnu bod Naoise a'i frodyr, yn ogystal â Fiachu, yn cael eu lladd. Mae Conchobar wedyn yn priodi Deirdre, ond ar ôl blwyddyn o briodas, mae'n ei lladd ei hun. Mae Fergus yn codi mewn rhyfel yn erbyn Conchobar ac yn lladd Morwynion Wlster mewn gweithred ddialgar.

275 **Gudrûn** Gudrun, arwres nifer o chwedlau Sgandinafaidd, merch Gunnar a gwraig Sigurd. Ar ôl marwolaeth Sigurd, mae hi'n priodi Atli, ond gwraig, chwaer a mam ddioddefus yw Gudrun.

281–2 **Kawski, Kawski, a weli di y môr/Yn merwinaw'r tir? Clyw'r gwir yn ymgweiriaw** cyfeiriad at 'Poni welwch-chwi'r môr yn merwinaw – 'r tir?/Poni welwch-chwi'r gwir yn ymgweiriaw?', 'Marwnad Llywelyn ap Gruffudd', Gruffudd ab yr Ynad Coch.

283 Llinell a ddilewyd yw hon, ond rhaid cael rhywbeth yma i arwain at linell 284.

286 **y Bardd** William Shakespeare.

287–8 **'And, like the baseless fabric of this vision,/Leave not a rack behind'** daw'r dyfyniad hwn o ddrama Shakespeare, *The Tempest*, Act 4: Golygfa 1. Prospero sy'n llefaru'r geiriau hyn yn y ddrama:

> Our revels are now ended. These our actors,
> As I foretold you, were all spirits and
> Are melted into air, into thin air:
> And, like the baseless fabric of this vision,

The cloud-capp'd towers, the gorgeous palaces,
The solemn temples, the great globe itself,
Ye all which it inherit, shall dissolve
And, like this insubstantial pageant faded,
Leave not a rack behind.

75. Epilog
Llawysgrif LlGC 20867B, t. 111; *ChANG*, t. 221.

Amrywiadau
Ceir fersiwn wedi'i ddileu o'r pennill cyntaf ar dudalen 83 yn Llawysgrif LlGC 20867B:

Gwenwyn Socrates, hoelion Crist
A chalon ysig Arthur glan.
I blant y byd, dair stori drist,
I Mi, dri nodyn yn y Gan.

Dilewyd yn ogystal y pennill hwn, ar dudalen 111:

Gymru, fy mwyn delynferch dlos
Fe genaist un ddihafal gerdd.
Darfu dy ddydd a daeth dy nos
Fel ag i Brydydd Erin Werdd.

'Fel ag i Fardd Erin Werdd' oedd y llinell olaf uchod yn wreiddiol.

6 A genaist im
7 Can alarch ydoedd. Mwy nid yw

Rhwng y pennill a ddilewyd ar dudalen 111 ('Gymru, fy mwyn delynferch dlos') a phennill cyntaf yr 'Epilog' ('Ing Promethëus, hoelion Crist'), ceir y nodiadau hyn: 'Syrth hi yn farw/Edrych yn drist arni am foment/Yna dywed'.
     Ar ôl yr 'Epilog', ceir y nodiadau canlynol, ar dudalennau 112–13:

Y Tri Chryfion:
Kawski: Dictâtor Ewrob-Amerig. Dywedai nawdeg-naw o bob cant ei fod yn ddictator benefolent. Y mae 'safon byw' y Dictator yn uchel a'i

system addysg yn helaeth ac yn fanwl. ['Y mae ei drefydd yn wych' wedi'i ddileu] Heblaw eu priodieithoedd gorfodir Esperanto ar bob gwlad trwy'r Ddictâtoriaeth. Y mae'r Ddictatoriaeth hon megis elips a'r ddau graidd yw Nijui, lle trig y trefnwyr, a New York, canolfan y gwneuth[ur]wyr. Byth ni welir yr un deg [sic] milltir o awyr rhwng y ddau le hyn heb fod plên ynddo – ar yr haen uchaf yn teithio tua'r gorllewin ac ar yr haen isaf tua'r dwyrain.

Shang: Prif Weinidog y Weriniaeth Ddwyreiniol, yr unig ran o'r byd tu allan i'r Ddictatoriaeth. Er ei fod yn Chinëad o gnawd ac o galon, y mae wedi ei lwyr drochi yn y don feddyliol a lifodd allan o India wedi ei rhyddhad.

Arthur: Rebel o dde-orllewin Cymru. Glöwr o ran ei alwedigaeth; wedi derbyn hyn o addysg a gafodd yn ysgolion elfennol y ddictatoriaeth, ac ar yr aelwyd gartref. Ac ef yn löwr cymrodd fantais o'r un flwyddyn o wyl mewn saith a roddir iddo trwy'r gyfraith i drafaelu'r byd, a chyfeillachodd a rhai o gyfrinwyr y dwyrain yn ogystal ag ambell i wyddonydd o gylch i Nijui.

Ceir yn ogystal y ddau nodyn hyn ar dudalen 113: 'A'r ar-ol-rwydd yma yw'r feri elfen sy'n ei gwneyd yn amhos. i Kawski eu concro' a 'Negro-Nord cymysgwaed yw'r gwyddonydd a sieryd ag Arthur yn yr act olaf'.

Eto ar ôl yr 'Epilog', ceir y llinellau hyn, ar dudalen 114:

> Byd Grym ['mater' wedi ei ddileu] a red i lawr
> Fe laesir tyndra'r cwlwm [llinell wedi ei dileu]
> Llaesir ei gwlwm tynn arafa'r ser
> Ond cyfyd delfryd ['ysbryd' wedi ei ddileu] ar yr egni coll
> Ac esgyn Bywyd ['enaid' wedi ei ddileu] o'r amoeba … yn beth?
> Yn iach, gyfeillion. Dithau Shang, O Shang
> Mae'r hen Ddwyreinwyr syml o chwilio [llinell wedi ei dileu]
> Y mae dy hen Ddwyreinwyr syml yn nyfnder
> Y fynwes yn cyrhaeddyd/ymestyn at yr un
> A'n doeth wyddonwyr ni. Ai dyna'r enfys
> A bontia['r] wybr ddynol maes o law
> Pan ddawnsia plant y byd yn llon mewn lliw.

76. [Mae Holl Lythrennau'r Wyddor ...]

Llawysgrif LlGC 20867B, t. 114; *ChANG*, t. 193.

Amrywiadau

Ceir fersiwn gwahanol o'r pennill hwn ar dudalen 67:

> Mae holl lythrennau'r wyddor
> Mewn cyfuniadau lu
> Ac wrth gwrs y mae'r egwyddor
> Yn syml – dyma hi –
> Uwchben pob gair mae bawdfan
> Lle gwesgir y troadur
> A'i ddodi'n ei gydfodfan
> A Bodvan y geiriadur.

'I ddal bawd fel gwniadur' oedd llinell 6 yn wreiddiol ar dudalen 67, a llinell 7 oedd 'Wel, trowch e i'w gydfodfan'.

Nodiadau

8 **Bodfan y geiriadur** J. Bodvan Anwyl (1875–1949), geiriadurwr ('geiriadur Bodfan') a gweinidog. Ym 1914, ar y cyd â'i frawd, Syr Edward Anwyl, diwygiodd *Spurrell's Welsh–English Dictionary*, a gyhoeddwyd ym 1848 yn wreiddiol. Chwarae ar y gair 'bodfan' (bawd + man) a Bodvan a wneir yma.

77. Y Cantwr Coch o Rywle

Llawysgrif LlGC 20867B, t. 115; *ChANG*, tt. 199–200. Cyhoeddwyd yn *Y Ford Gron*, cyf. 1, rhif 1, Tachwedd 1930, t. 17. Fersiwn *Y Ford Gron* a gynhwysir yma, gan mai dyna'r fersiwn mwyaf diweddar o'r gerdd.

Amrywiadau

(Llawysgrif LlGC 20867B)

1–2 Mae ambell un yn meddwl/Ei fod yn gantwr gwych (llinellau a ddilewyd)
   3 Ond bod
   4 Yn ddieneiniad (darn a ddilewyd)
   5 Mi glywais un
   7 'Doedd Natur ddim wedi ei dorri e mâs

8 wedi ei dorri e miwn

9 Yr oedd

12 A dôi

14 Cl[y]wa[is] e'n dweyd i wr[th] Dan (dilewyd 'A dwedai' ar ddechrau'r llinell)

15 yn torri lawr

16 yn torri lan

78. Piclo Gweledigaeth

Llawysgrif LlGC 20867B, tt. 116–17; ChANG, tt. 198–9.

'Gweledigaeth Paul' oedd teitl y gerdd yn wreiddiol.

Amrywiadau

(Dilewyd yn Llawysgrif LlGC 20867B)

1 Mae ambell i ddigwyddiad

2 Fel pe'n ticlo ac yn ticlo

4 Nes bod dyn yn

8 i lawr

11 dros yr wyth

Nodiadau

7–8 **Dyna Paul a'r weledigaeth/Wrth fynd lawr i Ddamascus** ar y ffordd i Ddamascus y cafodd Paul weledigaeth a esgorodd ar ei dröedigaeth i'r ffydd Gristnogol: 'Ac fel yr oedd efe yn ymdaith, bu iddo ddyfod yn agos i Ddamascus: ac yn ddisymwth llewyrchodd o'i amgylch oleuni o'r nef' (Actau 9:3). Wedi i'r goleuni o'r nef ddisgleirio o'i amgylch, y mae Iesu yn llefaru wrtho ef a'i gymdeithion. Gw. Actau 9:1–19, Actau 22:6–21 ac Actau 26:12–18.

16 **cwpsa** cwpse, ystumiau, cuchiau.

16 **drôl** o'r Saesneg, *drawl.*

20 **sticil** camfa.

22 **fficil** o'r Saesneg, *fickle.*

23 **swllt-a-grôt** swllt (deuddeg ceiniog) a phedair ceiniog yn yr hen arian.

79. Cân y Cwt

Llawysgrif LlGC 20867B, tt. 118–24, 127; *ChANG*, tt. 200–3.

'Y Golled Erchyll' oedd teitl y gerdd yn wreiddiol.

Amrywiadau

(Dilewyd yn Llawysgrif LlGC 20867B)

    5 y gair aruthrol
  10 Mor gall, di wall
  35 yn yr amser hynny
  43 Rhaid inni ddod
45–6 Gwelwn/Gwelir yng ngwir oleuni/Ein ymresymiaeth gref
  49 Mi welai'r mwnci cyntaf/olaf
  55 Neu treio
  57 cymal a ddilewyd yw 'i gario fy mharseli', ond mae'r hyn sydd i fod yn ei le yn gwbl annarllenadwy
  59 o Woolworth
61–2 Fe allwn smoco sigaret /Trwy ddala'r f[f]ag yn dwt
  67 Os bydd crafu
  74 Wrth eistedd lawr ar stol
  76 Heb dwll dan fy mhen ol
  77 Ac wrth i deilwriaid ddarnio
  80 Byddai'n cwmpo/hongian mewn i'r blawd
83–4 Wrth gwrs ni ddaeth y geiriau hyn/Yn gywir … o'i geg
  89 Wrth gwrs yr oedd y golled
  90 Fe ddwedai rhai
 109 Bolshevic waeddent arno fe
 113 Sut awd
 114 Na, na dim tynnu na dim cnoi
 115 Ond eistedd lawr bob dydd [annarllenadwy]
 119 Ac wedi codi un prynhawn

Nodiadau

  12 **âb** epa.
  19 **Bach** Johann Sebastian Bach (1685–1750), y cerddor a'r cyfansoddwr o'r Almaen.

29 **y golled erchyll** cf. y llinell 'Dengys hwn y golled erchyll' yn yr emyn un pennill 'Dyma Feibil annwyl Iesu'.

37 **Ffordyn** un o geir y Ford Motor Company (Ford Motor Company Limited ar ôl 1928), a sefydlwyd yn Llundain ym 1909. Agorwyd y ffatri Ford gyntaf ym Manceinion ym 1911, y ffatri gyntaf y tu allan i America i gynhyrchu ceir o wneuthuriad Henry Ford.

67 **bita** cosi, *itch*.

70 **rhwt** rhwbia, o 'rhwto', *to rub*.

78 **swmbwl yn y cnawd** ymadrodd Beiblaidd; gw. 2 Corinthiaid 12:7.

79 **paste** pastai.

80. Cân y Bachan Twp

Llawysgrif LlGC 20867B, tt. 125–7; *ChANG*, tt. 203–4.

Teitl y gerdd yn wreiddiol oedd 'Y Rheswm Pam'.

Amrywiadau

(Dilewyd yn Llawysgrif LlGC 20867B)

14 Yn y wlad i gyd yn frêc

19 Na wyddost hynny hefyd

20 Wel, dyna dwp wyt ti

21 I bawb daw

28 i'w dal i fyny

30 A'r anghymarol iorcs

31 Wel, bachan diain

32 Fe fydden berffaith borcs

81. Cân Seithenyn

Llawysgrif LlGC 20867B, t. 128; *ChANG*, tt. 204–5. Gw. hefyd 'Rhesymau Pam' [rhif 97].

Amrywiadau

(Dilewyd yn Llawysgrif LlGC 20867B)

3 yn gwisgo'i drouser/spectol

9 pownd o fenyn

10 Tin o dafod

Nodiadau

6 **Shoni Winwns** gwerthwr winwns/nionod o Lydaw.

7 **Edgar Wallace** (1875–1932), awdur nofelau ditectif poblogaidd.

8 **carlibwns** llanastr.

9 **berem** burum.

13 **sisial ganu** cf. y llinell 'Rhwng y brwyn yn sisial ganu' yn nhelyneg Ceiriog, 'Nant y Mynydd'.

82. Y Ceiliog Gwynt

Llawysgrif LlGC 20867B, tt. 129–30; *ChANG*, t. 206.

Amrywiadau

(Dilewyd yn Llawysgrif LlGC 20867B)

1 gyda Betsi

7 Rhoith ei ben

Nodiadau

14 **y 'Groes' a'r 'Esgynedig'** cynghanedd groes yw un o'r pedwar math o gynghanedd; math o acennu yw 'esgynedig', a elwir hefyd yn 'ddyrchafedig'.

16 **'Rhy Debyg'** un o feiau cerdd dafod.

83. Nodyn wrth Helpu i Gario Piano

Llawysgrif LlGC 20867B, t. 130; *ChANG*, t. 205. Cyhoeddwyd yn *Y Ford Gron*, cyf. 1, rhif 1, Tachwedd 1930, t. 18, dan y teitl 'Wrth Helpu i Gario Piano'.

Amrywiadau

(Dilewyd yn Llawysgrif LlGC 20867B)

2 Gwn mai offeryn cerdd wyt ti

4 Pe bait yn

84. [Motor-Beic William]

Llawysgrif LlGC 20867B, t. 131; *ChANG*, t. 205.

Amrywiadau

(Llawysgrif LlGC 20867B)

   3 a'i ffolineb
   4 yn ei lawr

Nodiadau

   2 **Triumph** enw ar fath o feiciau modur y dechreuwyd eu cynhyrchu ym 1902.

85. [Rhoi Cainc ar y Piano]

Llawysgrif LlGC 20867B, t. 131; *ChANG*, t. 205.

Nodiadau

   7 **Fe allwn 'olchi crys fy nhad'** cyfeiriad at ddarn piano poblogaidd i blant, 'Can you wash your father's shirt?'.

86. [Y Peiriant Cynganeddu]

Llawysgrif LlGC 20867B, t. 132.

Amrywiadau

   7 A throwch y scriw – fe synnech

Nodiadau

Fersiwn arall o 'Peiriant Newydd' [rhif 49] yw'r gerdd hon. Gweler y nodyn ar y gerdd honno.

87. Holwyddoreg Gogyfer â Heddiw

Llawysgrif LlGC 20867B, t. 133; *ChANG*, t. 207.

Amrywiadau

(Dilewyd yn Llawysgrif LlGC 20867B)

3–4 Ond mae ffusto hoelen heddiw/Hebddo fe yn lot o drwbwl
   6 Yn treulio peth ar y bwyd a roer

7 Am fod neb a stumog heddiw/Ynddo fe does neb a stumog

15 Cymdeithasau Hwn ac Arall

Nodiadau

8 **ro** o'r Saesneg, *raw*.

88. Hiraeth

Ceir y sonedau hyn mewn llyfr ymarferion a gadwyd gan Dilys Williams, chwaer Waldo. Daeth y llyfr yn eiddo wedyn i David Williams. Ar gefn y llyfr roedd Dilys Williams wedi ysgrifennu 'Canu Cynnar Waldo'. Mae'r cerddi a geir yn y llyfr hwn i gyd yn llawysgrifen Waldo.

89. Yr Hen Le

'Canu Cynnar Waldo'.

Amrywiadau

(Dilewyd yn y llyfr nodiadau)

48 trwy'r faluriedig fur

49 Daw inni gan rhy …

Nodiadau

Ymddengys mai'r caniad cyntaf o bedwar mewn cerdd gymharol hir yw 'Yr Hen Le'. Ni roddwyd teitl cyffredinol i'r gerdd. Y mae'r tri chaniad arall yn dilyn: 'Efe', 'Ei Hiraeth Ef' ac 'Er ei Fwyn'.

8 **'y galon waedlyd'** planhigyn, y galon glwyfus, *cyclamen*, *sowbread*.

22 **chwibanwyr** cf. 'Mewn Dau Gae '[rhif 176], 'Y Dderwen Gam' [rhif 257] a 'Dan y Dderwen Gam' [rhif 258].

90. Efe

'Canu Cynnar Waldo'.

Amrywiadau

(Dilewyd yn y llyfr nodiadau)

1 Ac yma gynt yn swn y ddau

23 Ni lwyddodd honno 'rioed

Nodiadau

18 **Am 'bererinion yn yr anial dir'** cyfeiriad at un o emynau William Williams, Pantycelyn, 'Pererin wyf mewn anial dir/Yn crwydro yma a thraw'.

91. Ei Hiraeth Ef
'Canu Cynnar Waldo'.

Amrywiadau

(Dilewyd yn y llyfr nodiadau)

100 Ai adlais a'ch caethiwodd ynddo g[ynt]

Nodiadau

1 **Glasach yw'r môr na glas** cf. 'Glasach ei glas oherwydd hon', 'Geneth Ifanc' [rhif 174].

20 **Dail i iacháu cenhedloedd dynol-ryw!** cf. 'A dail y pren oedd i iacháu y cenhedloedd' (Datguddiad 22:2). Gw. hefyd y nodiadau ar 'Mewn Dau Gae' [rhif 176].

73 *veld* tir gweiriog, agored, paith, yn Ne Affrica.

74 **Ganna Hoek** math o blanhigyn sy'n tyfu'n wyllt yn y *veld*. Mae 'Ganna Hoek' yn enw gweddol gyffredin ar ffermydd yn Ne Affrica.

75 **Kloof Lele ...** ymddengys mai enw lle yw Kloof Lele. Ystyr *kloof* yw hollt neu agendor ddofn, neu dramwyfa rhwng mynyddoedd.

102 **A phan gydganodd sêr y bore gynt** gw. y nodyn ar linell 12, 'Dyhead' [rhif 19].

92. Er ei Fwyn
'Canu Cynnar Waldo'.

Nodiadau

1–7 Mae dylanwad 'Drummer Hodge', Thomas Hardy, yn amlwg ar y pennill hwn:

> Young Hodge the drummer never knew –
> Fresh from his Wessex home –
> The meaning of the broad Karoo,

The Bush, the dusty loam,
And why uprose to nightly view
Strange stars amid the gloam.

3 **Karoo** tir eang, lled-anial yn Ne Affrica.

93. Y Duw Unig

'Canu Cynnar Waldo'. Ymddengys fod 'Y Duw Unig' yn rhan o bryddest neu gerdd hir o'i enw 'Unigrwydd'.

Amrywiadau

(Dilewyd yn y llyfr nodiadau)

17 Mae nerthoedd difancoll

Nodiadau

Promethiws gw. y nodyn ar linell 270, 'Y Methiant' [rhif 74].

94. Y Ddau Ioan

Ceir y gerdd hon yn llaw Waldo mewn llyfr nodiadau sy'n llawn o sylwadau a nodiadau am lenyddiaeth, cyfriniaeth a hanes. Ceir nodiadau yn y llyfr am weithiau Morgan Llwyd, am y Piwritaniaid yn gyffredinol, am lên y Diwygiad, ac yn y blaen, gan ganolbwyntio ar yr ail ganrif ar bymtheg yn bennaf. Y frawddeg gyntaf a geir yn y llyfr yw 'Bu farw y Pabydd John Roberts ar y grocbren yn 1610'.

Amrywiadau

(yn yr un llyfr nodiadau)

1 yn nhwrf eu hoes

Nodiadau

Cwyd y gerdd hon o'r un maes myfyrdod â rhif 221, 'Wedi'r Canrifoedd Mudan'. Cerdd yw hon i ddau ferthyr: John Roberts, mab fferm y Rhiw-goch ('Rhiwgoch' yn y gerdd), Trawsfynydd, a John Penry, Cefn-brith, ym mhlwyf Llangamarch, Sir Frycheiniog, y merthyr Protestannaidd a ddienyddiwyd ar 29 Mai 1593. Am John Roberts, gw. 'Wedi'r Canrifoedd Mudan'.

14 **Rhyfedd mor rhyfedd 'newydd' a 'hen'** cf. 'Na sonia am lawer o grefyddau. Hen a newydd, a phob un yn barnu ei gilydd. Nid oes un grefydd a dâl ddim, ond y creadur newydd. Ac nid oes ond un drws i mewn yno, a hwnnw yw'r ail-enedigaeth yn Enw Crist', Morgan Llwyd, *Llyfr y Tri Aderyn*, Golygydd: M. Wynn Thomas, 1988, t. 97. Cyhoeddwyd *Llyfr y Tri Aderyn* yn wreiddiol ym 1653.

95. Tri Phennill

Ceir y penillion hyn ar ddalen rydd yng Nghasgliad David Williams, eto yn llaw Waldo ei hun.

Amrywiadau

7 Pan ruthro storm y stormydd – ar bob dim (dilewyd)
8 Cipio o weilgi'r Dim arcipelago'r Dydd (dilewyd 'Cipio'). Defnyddir y gair 'archipelago' yn y gerdd aeddfed 'Oherwydd ein Dyfod' [rhif 180].

Nodiadau

Gwawdodyn byr decsillafog yw'r mesur, neu hir-a-thoddaid heb y ddwy linell gyntaf. Roedd Waldo wedi bwriadu cystadlu am y Gadair yn Eisteddfod Genedlaethol Ystradgynlais ym 1954, ac efallai mai rhan o'r awdl honno, ar y testun 'Yr Argae', yw'r penillion hyn.
5 Nid atebir y gytsain *l* yn 'lasliw'.

96. Yr Uch-Gymro

Cyhoeddwyd yn *Y Ford Gron*, cyf. 1, rhif 1, Tachwedd 1930, t. 17.

Nodiadau

1–2 Adlais chwareus o ddywediad sy'n seiliedig ar eiriau'r dramodydd Almaenig Hanns Johst, geiriau a gambriodolwyd i fwy nag un arweinydd Natsïaidd.

97. Rhesymau Pam

Cyhoeddwyd yn *Y Ford Gron*, cyf. 1, rhif 2, Rhagfyr 1930, t. 9. Amrywiadau ar y ddau bennill hyn yw penillion 1 a 3 yn 'Y Bachgen Twp', Llawysgrif LlGC 20867B.

98. Mae Diacon Gerllaw Aberarth

Yn ôl *Y Ford Gron*, cyf. 1, rhif 5, Mawrth 1931, t. 14, dan y pennawd 'Cystadleuaeth Llinell Goll./Gorffen Limrig': 'Fe gafodd Y FORD GRON lythyr oddi wrth Mr. Waldo Williams yn cynnwys limrig heb ei gorffen'. Dyfynnwyd pedair llinell gyntaf y limrig, a gwahoddwyd darllenwyr y cylchgrawn i lunio'r llinell olaf. Yn y rhifyn dilynol o'r cylchgrawn cyhoeddwyd bod oddeutu 80 o ddarllenwyr *Y Ford Gron* wedi ceisio llunio llinell olaf i'r limrig, ac mai'r enillydd oedd Einion Davies, Llanfyllin, Sir Drefaldwyn, â'r llinell 'Sy'n dirwyn i ben yn Karl Barth'.

99. Diddordeb

Cyhoeddwyd yn *Y Ford Gron*, cyf. 1, rhif 7, Mai 1931, t. 10.

Nodiadau

Cyhoeddwyd y gerdd-barodi hon yn *Y Ford Gron* dan y ffugenw 'R. Williams-Parodi'. Parodi ar soned R. Williams Parry, 'Diddanwch', a gyhoeddwyd yn *Yr Haf a Cherddi Eraill*, yw hon. Ceir copi o 'Diddordeb' ymhlith papurau Idwal Jones yn y Llyfrgell Genedlaethol, dan enw Waldo. Cyhoeddwyd 'Hoelion' [rhif 101], parodi Waldo ar soned R. Williams Parry, 'Mae Hiraeth yn y Môr', dan ei enw ei hun yn *Y Ford Gron*.

1   y *League* Cynghrair y Cenhedloedd, a sefydlwyd adeg cynnal y Gynhadledd Heddwch yn Versailles yn ymyl Paris ym mis Ionawr 1919, wedi i'r Rhyfel Mawr ddod i ben.

100. Cwyn Dafydd ap Gwilym yn y Nefoedd

Cyhoeddwyd yn *Y Ford Gron*, cyf. 1, rhif 8, Mehefin 1931, t. 6.

Nodiadau

Cyhoeddwyd ysgrif yn dwyn y teitl 'Cywyddau'r Ychwanegiad at Waith Dafydd ap Gwilym' yn rhifyn Mehefin 1919 o'r cylchgrawn ysgolheigaidd *Y Beirniad*, gan ysgolhaig ifanc o'r enw Griffith John Williams (1892–1963). Pwnc yr ysgrif oedd 'Cywyddau'r Ychwanegiad', sef yr un cywydd ar bymtheg a gynhwyswyd yn yr Ychwanegiad at argraffiad Owain Myfyr a William Owen [-Pughe] o gywyddau Dafydd ap Gwilym ym 1789, ynghyd â dau arall yng nghorff y gwaith. Dywedodd y golygyddion mai gan Iolo Morganwg y cawsant y cywyddau. Profodd G. J. Williams mai Iolo oedd awdur pedwar ar ddeg o'r cywyddau hyn, a gwnaeth hynny ar sail arddull, geirfa, tystiolaeth lawysgrifol a'r ffaith fod rhai pethau yng Nghywyddau'r Ychwanegiad yn cyfateb yn weddol agos i linellau, darnau ac ymadroddion yng nghywyddau Iolo ei hun. Bu Griffith John Williams yn ymchwilio ar Iolo Morganwg oddi ar 1917, ac enillodd ar y traethawd 'Iolo Morganwg a Chywyddau'r Ychwanegiad' yn Eisteddfod Genedlaethol Caernarfon ym 1921. Ym 1926 cyhoeddwyd fersiwn diwygiedig o'r traethawd hwnnw yn llyfr, sef *Iolo Morganwg a Chywyddau'r Ychwanegiad*.

10 **Morfudd** un o gariadon Dafydd ap Gwilym.

101. Hoelion

Cyhoeddwyd yn *Y Ford Gron*, cyf. 1, rhif 9, Gorffennaf 1931, t. 17.

Nodiadau

Parodi ar soned R. Williams Parry, 'Mae Hiraeth yn y Môr', a gyhoeddwyd yn *Yr Haf a Cherddi Eraill*, yw hon.

10 **tacsen** tacen, hoelen esgid.

102. Y Cloc

Cyhoeddwyd yn *Y Ford Gron*, cyf. 3, rhif 6, Ebrill 1933, t. 126.

103. Ym Mhenfro

Cyhoeddwyd yn *Y Ford Gron*, cyf. 4, rhif 6, Ebrill 1934, t. 122.

Nodiadau

1 **yr hen Frenni** y Frenni Fawr, un o drumau mynyddoedd y Preseli, a saif i'r gogledd-ddwyrain o Grymych; ceir hefyd y Frenni Fach yn ei hymyl.
2 **Carn Lleiti** Carn Llidi, mynydd bychan ar Benmaen Dewi, a saif uwchben Porth Mawr.
4 **Carmenin** Carn Menyn, un arall o drumau'r Preseli, a saif i'r gogledd o Fynachlog-ddu.

104. Sequoya (1760–1843)

Cyhoeddwyd yn *Y Ford Gron*, cyf. 4, rhif 8, Mehefin 1934, t. 186.

Nodiadau

Er bod Waldo yn nodi mai ym 1760 y ganed Sequoya, tybir mai tua 1770 y'i ganed mewn gwirionedd, 1776 yn ôl eraill. Roedd yn gloff oddi ar ddyddiau ei ieuenctid, a thybir mai anaf a gafodd wrth hela neu ryfela a oedd yn gyfrifol am ei gloffni. Dyfeisiodd wyddor ar gyfer seiniau ei bobl, a throi iaith a oedd yn hanfodol lafar yn iaith y gellid ei darllen a'i hysgrifennu. Enw Sequoya yn Saesneg oedd George Guess neu Gist. Iaith llwyth y Cherokee oedd yr Iroquois.

105. Athro Ffasiynol

Cyhoeddwyd yn *Y Ford Gron*, cyf. 4, rhif 11, Medi 1934, t. 260.

Nodiadau

Un o gyfeillion pennaf Waldo yn y coleg yn Aberystwyth, ac wedi hynny, oedd Brinley Thomas (1906–94). Enillodd radd Dosbarth Cyntaf mewn Economeg ym 1926. Bu'n Athro mewn Economeg yng Ngholeg y Brifysgol, Caerdydd, o 1946 hyd 1973. Brinley Thomas yw'r economydd yn yr englyn hwn. Anfonodd Brinley Thomas lythyr ynghylch yr englyn i'r *Gadwyn*, cylchgrawn Eglwys y Crwys, Caerdydd, o Berkeley, Califfornia, ym mis Chwefror 1989. Ailargraffwyd y dyfyniad canlynol o'r llythyr yn *Bro a Bywyd: Waldo Williams*, t. 24:

> Difyr ydyw sylwi mor anffurfiol a naturiol yw'r Americanwyr ieuanc yn y capel, yn enwedig yn eu gwisg. Nid oes y fath beth â siwt dydd Sul na siwt bob dydd o ran hynny. Deuant i'r cwrdd yn eu crysau T gorliwgar, eu *jeans* a'u sandalau neu *sneakers*. Gwrandawant yn astud ar y bregeth. Cofiaf i mi un adeg fod yn y capel mewn dillad braidd yn amhriodol. Pan oeddwn yn fyfyriwr yn Aberystwyth 'roedd yn arfer gennyf dreulio rhan o'r gwyliau gyda fy nghyfaill Waldo Williams yn ei gartref yn Llandissilio, Sir Benfro. Un dydd Sul roeddwn yn digwydd bod mewn 'plus fours' ac yn peidio â mynd i'r Ysgol Sul yng nghapel y Bedyddwyr, Blaenconin. 'Alla' i ddim mynd i'r capel yn edrych fel hyn,' dywedais. 'Nonsens,' meddai Waldo, ''rydym ni'r Bedyddwyr yn llawer mwy rhesymol na chi'r Methodistiaid Calfinaidd.' O'r diwedd cytunais i fynd gyda Waldo i'w ddosbarth Ysgol Sul. Rhai munudau ar ôl eistedd i lawr dyma Waldo yn gosod darn o bapur yn fy llaw. 'Roedd wedi cyfansoddi'r englyn hwn ...

106. Y Ddannodd

Cyhoeddwyd yn *Y Ford Gron*, cyf. 4, rhif 11, Medi 1934, t. 260.

107. Dinistr yr Offerynnau

Bu'r englynion hyn ar goll am flynyddoedd lawer. Daethpwyd o hyd iddynt ymhlith papurau W. R. Evans, pan ofynnodd Mrs Gwawr Davies, merch W. R. Evans, i Mr Eurig Davies, Pontardawe, roi trefn ar bapurau ei thad. Dymunwn ddiolch i'r ddau am ganiatáu inni gael golwg ar bapurau W. R. Evans.

Nodiadau

Y mae'r copi o'r englynion hyn a geir ymhlith papurau W. R. Evans yn llawysgrifen Waldo ei hun, gyda'r cyflwyniad canlynol: 'I Mr William Evans, Ysgolfeistr Bwlch y Groes Penfro, arweinydd y Cwmni enwog "Bois y Frenni["], am enill, a'i "fouthorgan", unawd ar unrhyw offeryn "orcestraol" beth amser yn ol'. Ysgrifennwyd 'Pwy?' wrth gwt yr englynion.

Un o'r rhai a fu'n chwilio am yr englynion hyn oedd B. G. Owens, pan oedd yn paratoi'r llyfryddiaeth o waith Waldo ar gyfer rhifyn coffa Waldo o'r *Traethodydd* ym 1971. Eglurwyd y cefndir ganddo:

> Soniodd W. R. Evans mewn rhaglen goffa i W.W. ar y radio nos Sul, 18 Gorff., 1971, ac ailadroddir yr hanes ganddo yn y rhifyn hwn [o'r *Traethodydd*], am ei fuddugoliaeth ar ganu mowth-organ yn eisteddfod Molleston, a'r ffug-ddadlau a fu wedyn yn y papurau lleol rhyngddo ef a'i ffrindiau ar y pwnc, 'Is the Mouth-Organ an Orchestral Instrument?' Ar 6 Ebrill, 1934, y bu'r eisteddfod, a bu llythyru yn y *Western Telegraph* o 19 Ebrill hyd 24 Mai rhwng 'Hen Eisteddfodwr', W.R.E. (wrth ei enw ei hun), 'Fairplay', a 'Philocerdd' ('Newport, Pem.'), ond er chwilio ymlaen rai misoedd ni welwyd mo'r gyfres englynion o waith W.W. yn wfftío pob offeryn cerdd ond y mowth-organ. Tybed a fu gohebu yn y *Narberth, Whitland & Clynderwen Weekly News*, papur na allwyd gweld rhifynnau ohono o'r cyfnod?
>
> 'Gweithiau Waldo Williams', Y Traethodydd, cyf. CXXVI,
rhif 540, Hydref 1971, t. 234.

Cyfeiriodd W. R. Evans at yr englynion a'r achlysur fwy nag unwaith, er enghraifft, yn ei ysgrif 'Atgofion' yn *CMWW*, tt. 40–1:

Am ryw reswm neu'i gilydd mae fy atgofion am Waldo yn y tridegau yn fyw iawn, o gymharu â rhai cyfnodau eraill. Bryd hynny yr oeddem yn llawn asbri a diawlineb diniwed. Cofio am eisteddfod yng nghapel Saesneg Molleston, ychydig i'r De o Arberth. Roedd un eitem ar y rhaglen yn darllen fel hyn, 'Solo on any orchestral instrument'. Rown i yn y dyddiau hynny yn cystadlu ar ganu'r mowth-organ, yr organ geg, o gwmpas y wlad. Mi es i'r Eisteddfod, ond roedd y geiriau 'orchestral instrument' wedi fy nychryn rhag cystadlu, nes imi weld rhyw foi yn mynd i'r llwyfan gan gario mowth-organ yn ei law. Er bod yna nifer o ffidils a thrwmpedi, etc., yn cymryd rhan, dyma fynd at y boi a gofyn am fenthyg ei fowth-organ, a mentro arni. Trwy ryw ryfedd wyrth enillais y wobr, a dyma ddechrau helynt anghyffredin yn y papurau lleol.

Yn yr ohebiaeth ffyrnig honno y cwestiwn mawr oedd 'IS THE MOUTH ORGAN AN ORCHESTRAL INSTRUMENT?' Bu tri ohonom yn ateb y llythyron, yn llawn direidi, yn y gwahanol bapurau, a phrofodd un o'm ffrindiau fod yna fowth-organ yng ngherddorfa-ddawns Henry Hall. (Goruchafiaeth fawr oedd y ffaith honno!) Aeth y peth ymlaen yn ffyrnig am chwe wythnos, nes cyrraedd y geiriau tyngedfennol … 'This correspondence is now closed'. Yn gopsi ar y cwbwl, ac i wneud pethau yn waeth byth, dyma Waldo yn danfon cyfres hir o englynion i'r papur lleol, yn condemnio pob offeryn yn y gerddorfa *ond* y mowth-organ, ac aeth yn ei flaen i wneud hwnnw yn offeryn y nefoedd! Mi rown rywbeth am gael gafael yn yr englynion hynny …

Ymddengys bod yr englynion hyn ym meddiant W. R. Evans drwy'r amser.

Gw. yn ogystal y nodyn ar y llinell 'Ym Molestn oet. Malaist naw' yn 'Cywydd Cyfarch W. R. Evans' [rhif 245], a'r cerddi 'Rondo' [rhif 71] a 'Mowth-organ' [rhif 190].

1 **Wil Ifan** W. R. Evans.

2 **fampo** cyfeilio, o'r Saesneg, *to vamp.*

10 **cello** ni ellir rhoi'r ffurf Gymraeg 'sielo' i *cello* (soddgrwth), gan y byddai hynny yn lladd y gynghanedd.

10 **clarinet** ni ellir rhoi'r acen briodol ar *e* (clarinét) gan y byddai hynny yn troi'r gair yn air acennog, yn hytrach na diacen fel y dylai fod, ac yn ychwanegu sillaf arall at linell a ddylai fod yn chwesill, nid seithsill.

17 **falen** y felan, *melancholy.*

108. [Dysgu Teipio]

Papurau D. J. Williams yn y Llyfrgell Genedlaethol, P2/35/46, llythyr oddi wrth Waldo Williams at D. J. Williams, 1 Mehefin 1935.

109. ['Babi Sam Yw'r BBC']

Papurau D. J. Williams yn y Llyfrgell Genedlaethol, P2/35/46, llythyr oddi wrth Waldo Williams at D. J. Williams, 1 Mehefin 1935.

Nodiadau

4 **Sam** Sam Jones (1898–1974), brodor o Gwm Tawe ac arloeswr rhaglenni Cymraeg ar y radio. Dechreuodd ddarlledu rhaglenni Cymraeg o stiwdio'r BBC ym Mangor ym 1936, ac ef oedd yn gyfrifol am raglenni radio llwyddiannus fel *Noson Lawen* ac *Ymryson y Beirdd*.

110. [Garddio]

Papurau D. J. Williams yn y Llyfrgell Genedlaethol, P2/35/46, llythyr oddi wrth Waldo Williams at D. J. Williams, 1 Mehefin 1935.

111. Brenhines y Lamp

Cyhoeddwyd 'Brenhines y Lamp' yn *Barddas*, rhif 245, Mawrth/Ebrill 1998, tt. 2–3, mewn ysgrif yn dwyn y teitl 'Brenhines y Lamp/Cerdd Anghyhoeddedig o Waith Waldo', gan B. G. Owens. Derbyniodd B. G. Owens y gerdd yn rhodd i Lyfrgell Genedlaethol Cymru ymhlith deunydd lleol o gasgliad E. T. Lewis, a fu'n brifathro Ysgol Gynradd Mynachlog-ddu. Yn ôl B. G. Owens: 'Deunydd gan mwyaf o eiddo William Griffith ar hanes yr eglwys ym Methel yw cynnwys papurau E. T. Lewis, ac y mae'r gân hon felly wedi ei gwahanu ar silffoedd y Llyfrgell Genedlaethol wrth y rhif Llawysgrif LlGC 21102 D.' E. T. Lewis, gyda dau farc cwestiwn, a roddodd i'r gerdd ei theitl 'Brenhines y Lamp'.

Nodiadau

Nodir cefndir y gerdd gan B. G. Owens:

> Rhaid cychwyn gydag enw William Griffith, Blaencleddau, ym mhen uchaf y plwyf, proffwyd a anrhydeddwyd yn ei wlad ei hun, wedi bugeilio'r eglwys Fedyddiedig leol ym Methel o flwyddyn ei ordeinio

ym 1867 hyd ei farw ym 1906. Bu ef a'i briod Jane Griffith, merch fferm Capel Cawy gerllaw, yn byw o 1895 ymlaen mewn tŷ newydd o'i waith ei hun o'r enw Bryncleddau, ac yno y treuliodd hithau ei gweddwdod maith hyd 1939, yng nghwmni ei nith Margaret Ann (Peg Pen-rhiw i'w chyfoedion cynnar), athrawes yn yr ysgol leol a ddaeth yn y man yn wraig i'w Phrifathro E. T. Lewis, brodor o Logyn yn Nyffryn Taf, ac awdur toreithiog yn ei ddyddiau ymddeol ar hanes darn eang o wlad yn ymestyn o Eglwyswrw hyd at Hendy-gwyn. Ac ym Mryncleddau yr oedd y tri yn ymgartrefu ym 1936 pan ddigwyddodd damwain i'r Prifathro, drwy drafod llechi trymion o chwarel Tyrch y plwyf a methu achub un ohonynt rhag syrthio ar ei draws a thorri ei goes. Collodd dri mis o'i waith, a'r sawl a ddewiswyd i sefyll yn y bwlch, a chyda hynny aros ym Mryncleddau, oedd Waldo, hynny'n sicr yn dwyn ar gof iddo ei blentyndod cynnar yn yr ysgol, yn ddisgybl i'w dad o 1911 hyd 1915.

Diau y gwyddai Waldo yn dda ymlaen llaw am groeso diarhebol ei lety newydd – wedi'r cwbl, Jane Griffiths oedd y wraig fwyaf llednais a welsai E. T. Lewis erioed, a chyda hi y safai pob ymwelydd a ddeuai i'r fro ar neges boed am dro byr neu hir. Serch hynny, mae'n sicr mai wedi cyrraedd y dechreuodd y Prifathro newydd sylweddoli fod yno un ddyletswydd hwyrol nad oedd wiw iddo estyn help llaw i'w chyflawni. Yn fyr, gwraig y tŷ, a neb arall, oedd â'r hawl i ddiffodd y lamp cyn noswylio. A dyna gyrraedd ergyd cân gyfarch y lletywr.

8/16/24/32/40/44 **diffod** ffurf dafodieithol ar 'diffodd'.

17 **I'r Efail mi af ambell adeg** Yn ôl B. G. Owens:

Saif yr efail, wrth yr enw Pen'r-allt, lai na chanllath i ffwrdd o Fryncleddau, ac iddi hi (ac nid fel y tybiodd rhywun, at yr Efail-wen lle y malwyd clwyd gyntaf y Beca ym 1839) y mae'r bardd yn talu teyrnged yn ei soned [*sic*] 'Preseli' (*Dail Pren*, 30) ('down to the smithy' yw ei drosiad Saesneg yn ei law ei hun yng Nghasgliad D. J. Williams yn y Llyfrgell Genedlaethol). Yr oedd Waldo, fel llawer ohonom ni lanciau yn ein dydd, yn dotio ar gwmni ac ymddiddanion y gof Morris Davies, a'r gŵr hwn, y mwyaf gwâr o ddynion, oedd y cyntaf i ateb gwaedd am gymorth ddiwrnod y ddamwain, hynny er sicrwydd am fy mod fy hunan yn digwydd bod yn y fan a'r lle ar y pryd.

18 **Cuchulain** Cú Chulainn, arwr yng Nghylch Wlster o chwedlau cynnar Iwerddon, un o brif gymeriadau'r epig *Táin Bó Cúailnge*.

29–31 **Glasnant … Morgan Jones, Whitland … Jiwbil** yn ôl B. G. Owens eto:

Olynydd William Griffith ym mhulpud Bethel oedd Lewis Glasnant Young, o 1909 hyd 1923, ac ar aelwyd Bryncleddau y safai yntau cyn codi'r tŷ-gweinidog presennol ym 1911 iddo ef a'i briod. Byrfodd anwes oedd yr enw Jiwbil ar frawd iddo, sef y pregethwr tanbaid Jubilee Young, a gysylltir yn ei anterth â'i faes yn Seion Llanelli. A bachgen ifanc a gydfagwyd gan y teulu Young yn Aberafan oedd Morgan Jones, cawr o gorff, a ddaeth i fri ar gyfrif ei weinidogaeth yn Nasareth, Hendy-Gwyn.

34 **Aladdin** math masnachol o lamp olew.

112. Twmi Bach Pen-dre

Cyhoeddwyd 'Twmi Bach Pen-dre' yn *Seren yr Ysgol Sul*, cyf. 45, rhif 6, Mehefin 1937, t. 144. E. Llwyd Williams, cyfaill mawr Waldo Williams, oedd golygydd y cylchgrawn ar y pryd. Gw. ymhellach, 'Wyn Owens yn darganfod … Dwy Gerdd gan Waldo Williams', *Barddas*, rhif 281, Chwefror/Mawrth 2005, tt. 18–19.

113. Tŷ Ddewi

'Tyddewi' neu 'Tŷ Ddewi' oedd testun cystadleuaeth y Gadair yn Eisteddfod Genedlaethol Abergwaun ym 1936. Fel yr eglurodd D. J. Williams:

Cyfansoddodd Waldo yr awdl gyfan mewn dau ben-wythnos yn gynnar ym mis Mai, 1935, sef blwyddyn gyfan cyn yr amser gofynnol i'w hanfon i'r gystadleuaeth. Yn y cyfamser fe'i cymerwyd yn sâl, a disgynnodd y cyfrifoldeb o anfon tri chopi teip ohoni i'r ysgrifennydd arnaf i. Y teipydd ydoedd Mr. W. Evans y lletywn i unwaith yn ei dŷ cyn priodi, clerc Mr. Walter Vaughan a Mr. Vincent Johns y cyfreithwyr.

Papurau D. J. Williams yn y Llyfrgell Genedlaethol, P/71.

Y ddau fardd a oedd ar frig y gystadleuaeth oedd Waldo Williams a Simon B. Jones, a Simon B. Jones a'i henillodd. Cydnabu'r tri beirniad mai Waldo oedd y bardd pwysicaf o blith yr ymgeiswyr. Roedd J. Lloyd Jones yn llwyr argyhoeddedig mai 'Clegyr Boia' – ffugenw Waldo yn y gystadleuaeth – oedd 'bardd mwyaf y gystadleuaeth'. Defnyddiwyd yr un geiriau yn union gan Griffith John Williams i'w ddisgrifio. 'Heblaw beiddgarwch a gwroldeb y weledigaeth a gafodd, a bod yn ei gân fwy o swyn lledrithiol y fangre, y mae rhannau ohoni'n well na dim sydd yn y lleill oll, ac yn gynnyrch athrylith wir, dychymyg treiddgar a ffansi fyw,' meddai J. Lloyd Jones. 'Ffurfiodd gynllun a brawf fod ganddo ddychymyg creadigol na welir mo'i debyg yng ngwaith un o'r ymgeiswyr eraill,' meddai Griffith John Williams yntau, ond, er mai Waldo 'a ddyry inni fwyaf o'r cyffro hwnnw a ddisgwyliwn wrth ddarllen barddoniaeth', roedd ei waith yn anwastad, a disgynnai yn lled isel weithiau. Roedd cryn dipyn o ôl brys ar yr awdl, ym marn unfryd y beirniaid, a'r brys hwnnw wedi peri bod ynddi nifer o gynganeddion gwallus, blerwch ac anghywirdeb iaith, ymadroddion diystyr, mynegiant anghryno, hen drawiadau a rhan ganol weddol wan ac annelwig. 'Y mae ganddo ddychymyg, ond nid oes ganddo ddisgyblaeth; y mae ganddo ddawn, ond nid oes ganddo ddyfalbarhad,' meddai Gwenallt, y trydydd beirniad, gan ei geryddu am ei esgeulustod a'i frys. Allan o Gystadleuaeth y Gadair: beirniadaethau J. Lloyd Jones, Griffith John Williams a D. Gwenallt Jones: *Yr Unfed Adroddiad ar Bymtheg a Deugain ynghyd a Rhestr o Swyddogion, Beirniaid, y Cystadleuaethau [sic] a'r Buddugwyr yn Eisteddfod Genedlaethol Abergwaun 1936 a'r Beirniadaethau Cyflawn ar y Prif Destunau yn Abergwaun 1936 a Machynlleth 1937*, Golygydd: D. R. Hughes, tt. 67, 81, 83, 91–2.

Mesur Llundain yw'r unig fesur a ddefnyddir yn yr awdl, sef cyfuniad o fesur y cywydd a gwawdodyn byr degsillafog. Fe'i gelwir yn Fesur Llundain gan mai T. Gwynn Jones oedd y cyntaf i'w ddefnyddio ar raddfa weddol eang yn ei awdl 'Gwlad y Bryniau', a enillodd iddo Gadair Eisteddfod Genedlaethol Llundain ym 1909. Cydnabyddir yn gyffredinol mai T. Gwynn Jones a ddyfeisiodd y mesur, ond nid yw hynny yn berffaith gywir. Ceir enghraifft o'r mesur yn awdl J. J. Williams, 'Y Lloer', awdl fuddugol Eisteddfod Genedlaethol Caernarfon, 1906. Ceir yr un mesur a'r unig fesur yn awdl 'Yr Haf', R. Williams Parry, awdl fuddugol Eisteddfod Genedlaethol Bae Colwyn, 1910.

Ymddengys mai copi anorffenedig a ddaeth i ddwylo D. J. Williams. Ceir cywiriadau mewn pensil dros inc yn llaw Waldo ei hun yn y copi hwnnw, ac mae'n gopi blêr iawn mewn mannau. Mae copi arall ar gael, copi a ddarganfuwyd yng Nghasgliad David Williams, ac mae hwnnw'n gopi glân, cyflawn yn llaw Waldo ei hun. Hwnnw a ddefnyddir yma, yn union fel ag y mae gan Waldo, gan nodi'r amrywiadau a geir yng nghopi D. J. Williams, sef P/71. (Cyhoeddwyd y fersiwn a geir ym Mhapurau D. J. Williams yn *ChANG*, tt. 225–39.)

Amrywiadau
P/71

5 Araith y Cof

11 Araf ei gam (ysgrifennwyd 'sang' uwch 'gam')

21 Mwyned y salm

26 Tyred, wynt

32 O feiddio dy' [dydd] hirfaith dorf ddi derfyn (llinell a ddilewyd)

38 Yn egr y mae dewder [dewrder]; grym i daro, gyda 'dewder' wedi'i ddileu, a 'dewraf' wedi'i roi yn ei le. Ceir 'Dewder' yn lle dewrder yn llinell gyntaf y pennill, llinell 33, yn ogystal, ac yn llinell 77 yn wreiddiol.

44 Yn rhyw ogian

48 a fu fyrdwn

58 A rhythodd, oedodd wedyn (llinell a ddilewyd)

62 hen genedl y cyni

71 Heb glwy o Fynwy i Fôn – hyd ein gwlad (llinell a ddilewyd)

72 o'i gariad (newidiwyd 'o'i' yn 'i'w')

73 Ei gof

75 braint eu bro

85 Gore a gelwyd (newidiwyd 'Gore' yn 'Gorau')

109 o'i nesu (newidiwyd yn 'yn nesu')

122 'Fydd hoew' wedi'i ysgrifennu uwch 'Ni thau'

144 Penlinia o'i blegyd (newidiwyd 'o'i blegyd' yn 'o'i blegid')

144 pan lleinw blygain

156 Llyma'r wawd

162–4 Dilewyd y llinellau hyn yn fersiwn P/71, ac ysgrifennwyd y llinellau canlynol drostynt:

> Lonydd haf trwy lonydd hin.
> Ni ŵyr dail llwyn na brwyn bro –
> Hynt y nawn. Maent yn huno.

165 A gwele

165 Uwch erwau diog a chawr y deau (ailwampio; defnyddiwyd y llinell yn fersiwn 1956 o'r awdl)

168 Yn firacl hawdd

169–72 Newidiwyd tair o'r pedair llinell hyn:

> Pwy yw hi? ymegnïa
> Serch ei hoed ar droed yr â ...
> Dithau mor bell y daethost!
> Dyre, tynn 'am y droed dost

175 'cei wedi hyn' uwch 'ac wedi hyn'

175 'wel, dyrcha' uwch 'wel, coda'

176 I fynd â'th yrfa'n fwyn hyd ei therfyn (llinell a ddilewyd)

180 Eglwys i Dduw o'i glas ddôm (ailwampio)

187 Daw'r lleianod o'r llwyni (ailwampio)

188 fe gredaf i (ailwampio)

189 Er mwyn Mair Madlen, er pob trueni; mae'n ymddangos bod Waldo yn ystyried posibiliad arall yma. Ceir llinell mewn pensil drwy 'mwyn' a cheir 'yr' uwchben 'mwyn', gan led-awgrymu mai rhywbeth fel 'Er y Fair Fadlen yn ei thrueni' y bwriadai ei roi yma.

191 'cyn daw'r floedd' uwch ''n ddiarg'oedd' [sef 'yn ddiargyhoedd']

192 Ceir 'ar dy' dan 'Cyn daw' yma, a cheir 'yr awr y' uwchben 'ac yna', gan roi 'Ar dy ingoedd yr awr y dihengi', sef yr union linell a geir yn fersiwn 1956

199 O balfais yr harnais hyn (llinell a ddilewyd)

200/201 Yn dilyn y pumed pennill yn yr ail ganiad ac o flaen y chweched caniad, ceir y pennill canlynol yn y fersiwn o'r awdl a geir yn y llyfr nodiadau:

> Fe ddaw o wae ei daeog
> Mewn grym i gymun y grog.
> Mae enaid rhwysg yn mynd, dro,
> I agwedd gŵr a blygo.
> Dirmyg ei lygad a ddwed ei ormes
> Dur yw ei ynni, od aur ei anwes
> Hynod yw defod Difes – ond Dewi
> Ni wêl wrhydri yn ôl ei rodres.

Dilewyd y pennill yn gyfan gwbl gan y bardd yn P/71, ar ôl iddo geisio llunio sawl fersiwn o'r drydedd linell, yn garbwl ar draws ei gilydd:

> Fe ddaw o wae ei daeog
> Mewn grym i gymun y grog.
> Yn ei rwysg fe â ar dro/
> Nod ei rwysg yw myned, dro/
> Mae ennyd rhwysg yn mynd, dro/
> I agwedd gŵr a blygo.
> Dirmyg ei lygad a ddwed ei ormes
> Dur yw ei ynni [uwch 'enaid'], od aur ei anwes
> Hynod yw defod Difes – ond Dewi
> Ni wêl wrhydri yn ôl ei rodres.

206 Yn eu pali ffri ar eu palffreiod (ailwampio)

207-8 Ymddengys na lwyddodd Waldo i gwblhau'r pennill hwn yn foddhaol. Dilewyd pob ymdrech i lunio llinell glo ganddo, sef (a) 'Yn para i wrando. Ie, pererindod', sef y llinell glo wreiddiol; (2) 'Dyma'r foes/I ffeiriau'r hoenoes a'i phererindod', gyda'r llinell olaf yn gwbl ddigynghanedd, ond yn gywir yn nhrydedd ran yr awdl, 'I ffeiriau'r hoenoes a'i phererinion'; (3) 'I hir wiriondeb eu pererindod'.

215 'rhwng pethau' uwch 'rhwng creiriau'

216 A riniodd wefusau'r hen ddefosiwn? (ailwampio)

219 eu hyll ymhel (newidiwyd 'yr' yn 'eu')

220 Dewi a rodiai'n dawel (ailwampio)

223 I hynt eu cais yr aethant o'u cur; Hwnt i'w cell yr aethant o'u cur (dau newidiad, ond heb ddewis y naill na'r llall yn derfynol)

228 A nwyd gwell i wneyd ei gais (ailwampio)

247 A naddu rhes fy nyddiau – yn fywyd (ailwampio)

249-52 Dilewyd y llinellau hyn yn fersiwn P/71, ac ysgrifennwyd y llinellau canlynol drostynt:

> Mae amser trwy'r amseroedd
> A'i rin gêl yr un ag oedd.
> Hen gydymaith pob teithiwr
> Rhydd ei nod ar wedd hen ŵr.

Yn llinell 3, 'ni oeda' a geir yn P/71.

255 yn fynych (ailwampio)
256 I fwynaidd edrych ar f'awen ddidranc (ailwampio)
259 Mae tref a gyfyd i'm trem (ailwampio)
265–8 Ailwampiwyd y llinellau hyn yn P/71:

> I bob oes a wybu byd
> Uchel fodd ei chelfyddyd
> Islaw sy'n y ddinas lân
> Crog y fynachlog wychlan.

271 Ac yma cyfyd bryd bro – bae San Ffraid (ailwampio)
272 Ond ery enaid ei geinder yno (ailwampio)
273 A daw'n llon eneidiau'n llu (ailwampio)
277–80 Ailwampiwyd y llinellau hyn yn P/71:

> Yno heb liw hen friw mae Gwenfrewi
> Prydferth arial y parod ferthyri
> Tydfil gaf a mwynaf i mi – o ryw
> Deheulaw Oen Duw, wele ein Dewi.

286 yn frodwaith ar sindal (newidiwyd 'yn' yn 'ail')
297–8 Parabl hun per blynyddoedd/Dan haul haf a gaf ar goedd (dilewyd y cwpled)
305–6 Parabl hun per blynyddoedd (newidiwyd 'hun' yn 'yn nydd')
316 O'r oesau taer
328 A rhawd ei dadau
360 A drawa d'olud
361 y Cadarn
367 'edrychodd' uwch 'hir ymdrôdd'
368 A'r hwb a loriodd dy gry/hwyr bileri
369 codwm y cadarn
371–2 Rhoes ei wyrdd trwy dy furddun/Mae'r haul rhwng y muriau hyn (ailwampio)
373 Daw'r heulwen fiwail ('Daw'r' yn disodli 'Yr')
374 Yrhawg, yn nhrofa ('Yrhawg' yn disodli 'Oriog')
375 Daw'r cynnull mewn drycinoedd (ailwampio)
378 ei miracl hen

Nodiadau

1 **Ynys Dewi** Ramsey Island, ynys gyferbyn â Phenmaen Dewi, ychydig dros hanner milltir o gyrraedd yr arfordir.

7 **Alan** afon Alun, afon fechan yng ngogledd-orllewin Sir Benfro sy'n llifo tua'r de-orllewin heibio i Dyddewi cyn llifo i mewn i Fae San Ffraid ym Mhorth Clais.

8 **Porth Maelgan** Porth Moelgan, Porth Melgan, traeth yn ymyl Penmaen Dewi.

28 **gwŷn** angerdd, nwyd, llid.

30 **dan lech Hwrddyn** Trwyn Hwrddyn, Porth Mawr.

50 Ceir *t* yn ateb *d* yma, *Torri/gwychd*erau, ac nid yw'r ffaith mai 'gwychterau' a geir yn y gwreiddiol yn achub y llinell. Cywirwyd y llinell yn fersiwn 1956 o'r awdl: 'A dôr balch gwychderau byd'.

64 Ceir *t* ('tra') yn ateb *d* yma eto ('atebia*d*'), ac, o'r herwydd, nid yw'r llinell yn berffaith gywir.

65 Dylid ateb y ddwy *d* yn 'wae*d di*-ddig' â *t*, ond ni wneir hynny yma.

76 **Tân Melita'n aml eto** gw. hanes y llong a gludai Paul a charcharorion eraill i Rufain yn cael ei dryllio mewn storm, a'r milwyr a'r carcharorion yn nofio nes cyrraedd diogelwch ynys Melita (Malta heddiw): 'Ac wedi iddynt ddianc, yna y gwybuant mai Melita y gelwid yr ynys. A'r barbariaid a ddangosasant i ni fwyneidd-dra nid bychan: oblegid hwy a gyneuasant

dân, ac a'n derbyniasant ni oll oherwydd y gawod gynrhychiol, ac oherwydd yr oerfel' (Actau 28:1–2). Cyflawnwyd gweithred ddyngarol gan y barbariaid (neu frodorion), sef yr union frawdgarwch a dyngarwch a goleddid gan Waldo.

80 Atebir *c* ('Crist') ag *g* yma ('gerrig'). Cywirwyd y llinell yn fersiwn 1956 o'r awdl: 'A bydd crog Crist lle bydd cerrig rhostir'.

83 Y mae'r llinell hon yn rhy hir o sillaf, ond gellid ei chywiro yn rhwydd: 'A braf dan heulwen yw brig'.

87 **Samson** abad ac esgob yn yr Eglwys Geltaidd oedd Samson (*c.*485–*c.*565); fe'i haddysgwyd gan Illtud yn Llanilltud. Olynodd Bŷr fel abad Mynachlog Pŷr ar Ynys Bŷr, ac yna treuliodd gyfnod yn cenhadu yn Iwerddon, lle ceir eglwysi yn dwyn ei enw, yn Ballygriffin, gerllaw Dulyn, ac yn Bally Samson, Swydd Wexford. Wedi iddo ddychwelyd o Iwerddon, aeth i fyw fel meudwy mewn ogof gerllaw Stackpole Elidyr yn Nyfed. Bu fyw wedyn yng Nghernyw am rai blynyddoedd, yna yn Ynysoedd Sili a Guernsey. Sefydlodd gymunedau Cristnogol yn y mannau hyn. Diweddodd ei oes yn Llydaw, wedi iddo ymsefydlu yn Dol. Croniclwyd ei fywyd yn *Vita Sancti Samsonis,* a ysgrifennwyd rhwng 610 a 820. Gw. yn ogystal y nodiadau ar yr englyn 'Ynys Bŷr' [rhif 304].

94 **Welc, a thrafel rheolaidd rhwyfau** Tybiai Waldo fod *dd* yn caledu'n *th* yn union o flaen *rh* (a *thrafel … rheolaidd rhwyfau*), ond tybiai'n anghywir. Cywirwyd y llinell yn fersiwn 1956 o'r awdl: 'Fawl a thrafael dyfalwaith y rhwyfau'.

96 **Hebredeau** clwstwr o ynysoedd gyferbyn ag arfordir gorllewinol yr Alban.

113 **Dywawd** dywed mewn Cymraeg Canol.

117 **Lleu** Lleu Llawgyffes, cymeriad ym Mhedwaredd Gainc Pedair Cainc y Mabinogi, mab Arianrhod a nai Gwydion, a'r un y mae ei wraig anffyddlon, Blodeuwedd, y wraig a luniwyd o flodau gan Wydion a Math fab Mathonwy, yn cynllwynio i'w ladd.

120 **Adar Rhiannon** tri aderyn chwedlonol a fu'n canu i'r seithwyr, wedi iddynt ddianc o Iwerddon, yn ystod y wledd yn Harlech, yn ôl Ail Gainc y Mabinogi, chwedl Branwen ferch Llŷr. Yn ôl y chwedl Culhwch ac Olwen, cân adar Rhiannon 'a ddihun y marw ac a huna y byw'.

122 **Ni thau yn y grefydd hon** dyna ffurf y llinell hon yn wreiddiol. Tybiai Waldo fod *dd* yn union o flaen *h* yn troi'n *th*, ond camdybio a wnâi. 'Fydd hoyw yn y grefydd hon' a geir yn fersiwn 1956 o'r awdl yn ogystal.

124 **y Bendigaid** Brân Fendigaid neu Fendigeidfran, brawd Branwen yn Ail Gainc y Mabinogi, gŵr cawraidd o ran maint a orweddodd yn bont ar draws afon Llinon yn Iwerddon, wedi i'r Gwyddyl ei dinistrio mewn rhyfel â'r Cymry.

126 **rhoddes** y terfyniad *-es* a geir mewn rhai berfau mewn Cymraeg Canol, yn cyfateb i *-odd* heddiw. Trydydd unigol, gorffennol y ferf 'rhoddi', yn y modd mynegol. Cf. ' fe gyfodes', llinell 137.

131 **pond** onid.

135 **Rhi** arglwydd.

150 Y mae'r llinell hon yn rhy hir o sillaf, ac nid yw'r *ng* yn 'a*ng*erdd' a'r *n–g* yn 'u*ng*wr' yn ffurfio cyfatebiaeth gywir. Llinell seithsill a geir yn fersiwn 1956 o'r awdl: 'Eiliad o'i hangerdd rhag golud ungwr'.

156 **Llyma'r wawd** a geir yn P/71, sef 'dyma'r mawl'.

177 **Dowrog** gelwid Dowrog, nid nepell o Dyddewi, yn Dir y Pererinion ar un adeg, gan mai yma y gorffwysai'r pererinion ar eu ffordd i'r gadeirlan yn y Canoloesoedd.

186 **Dafydd** Dafydd ap Gwilym (*fl.* 1315/20–1350/70), bardd mwyaf y Canoloesoedd ac un o feirdd mwyaf Cymru ymhob oes.

186 **gywydd gwin** cyfeiriad at englyn Hopkin ap Thomas ab Einion i Ddafydd ap Gwilym:

> Am Ddafydd gelfydd, goelfin, – praff awdur,
> > Proffwydodd Taliesin
> > Y genid ym Mro Gynin
> > Brydydd a'i gywydd fel gwin.

189 **Mair Madlen** Mair Fadlen, Mair Fagdalen, un o ddilynwyr Iesu Grist. Yr oedd yn dyst i groeshoeliad ac i atgyfodiad Iesu.

191 **'Dy ddwywaith i Dŷ Ddewi'** deddfodd y Pab Calixtus II fod dau bererindod i Dyddewi yn gyfwerth ag un pererindod i Rufain.

192 Dylid ateb y gytsain *c* yn 'a*c*' â'r gytsain *g*, ac nid â'r gytsain *c*, fel y gwneir yma ('Cyn').

196 **huan** haul.

226 **Ysol dân yw sêl ei dŷ** cf. 'Oblegid yr Arglwydd dy Dduw sydd dân ysol' (Deuteronomium 4:24; cf. Hebreaid 12:29); 'Canys sêl dy dŷ a'm hysodd' (Salm 69:9).

232 **y maen a lyswyd** cf. 'Hwn yw y maen a lyswyd [a wrthodwyd] gennych

chwi yr adeiladwyr, yr hwn a wnaed yn ben i'r gongl' (Actau 4:11, ond gan gyfeirio at Salm 118:22). Iesu Grist yw'r maen a lyswyd.

269 **yngo** yno, yn ymyl.

277 **Gwenfrewi** Gwenffrewi, santes o'r seithfed ganrif y mae llawer o chwedlau wedi tyfu o'i hamgylch. Ceir cysegrleoedd iddi yn Nhreffynnon, Gwytherin ac Amwythig. Yn ôl un chwedl, torrwyd ei phen ymaith gan ei chariad, Caradog, treiglodd y pen i lawr gallt, a tharddodd ffynnon iachaol o'r union le y safodd. Asiwyd y pen a'r corff ynghyd gan Sant Beuno, a daeth Gwenfrewi yn ôl yn fyw.

278 **A Thydfil loywlan a'r pur ferthyrl** llinell amheus ci chynghanedd a ddisodlwyd gan 'Prydferth arial y parod ferthyri' yn P/71. Y mae'n debyg mai amcanu at lunio cynghanedd lusg yr oedd Waldo yma, gan ddibynnu ar ynganiad tafodieithol i roi iddi arlliw o gywirdeb: 'pur ferthyri']. Merthyrwyd Tydfil, merch y Brenin Brychan, *c.*480 OC. Rhoddodd ei henw i Ferthyr Tudful.

281 **Carn Llidi** cafodd Waldo brofiad cyfriniol ar Garn Llidi unwaith:

> Ro'n i wedi cael profiad go ryfedd allan ar Garn Llidi rhyw brynhawn o haf; fi'n cofio'n iawn, rhyw fis Medi o'dd hi. Ambell waith chi'n teimlo'ch hunan yn un â'r wlad o'ch cwmpas, ma' rhyw gymundeb rhyfedd yn dod rhyntoch – a hwnna, ydwy'n meddwl, o'dd un o'm cymhellion i sgrifennu 'Tŷ Ddewi' – ro'dd e'n bersonol bron.

'Sgwrs â T. Llew Jones', *WWRh*, t. 99.

285 'Drwy eitha' Dyfed' a geir yn fersiwn 1956 o'r awdl, er mwyn sicrhau cyfatebiaeth gywir. Yma ceir *t* ('*T*rwy') yn ateb *d* ('*D*yfe*d*').

286 **sindal** sidan ysgafn, tenau.

292 **ridens** rhidens, ymylon, ffriliau, llenni.

300 **hen Wales wiw** Yn Ail Gainc y Mabinogi, chwedl Branwen ferch Llŷr, treuliodd y seithwyr a ddychwelodd o Iwerddon bedwar ugain mlynedd yng Ngwales (Grassholm), sef ynys tuag wyth milltir oddi ar arfordir gorllewinol Sir Benfro, ar ôl treulio saith mlynedd yn Harlech. Ar ynys Gwales roedd pen Bendigeidfran yn gwmni iddynt, a buont hwythau fyw'n ddedwydd yno, heb heneiddio a heb gof am eu gofidiau, hyd nes yr agorwyd y drws a wynebai ar Aber Henfelen a Chernyw.

305–6 Y mae'r llinellau hyn yn rhy hir o sillaf.

338 Dylid bod wedi ateb y ddwy *b* yn 'He*b b*oen' â *p*, ac nid â *b*, fel y gwneir yma ('rhai*b*').

351 **Non** mam Dewi Sant.

357 **Glyn Rhosyn** yng Nglyn Rhosyn y sefydlodd Dewi Sant ei abaty a'i eglwys.

360 Dylid bod wedi ateb y ddwy *d* yn 'drae*d d*y elyn' â *t*, ond ni wneir hynny yma ('*d*'olud').

364 Ceir cyfatebiaeth anghywir yma, sef *g* yn ateb *c* ('Ger … *c*ragen').

372 Dylid bod wedi ateb y ddwy *d* yn 'ar hy*d d*y' â *t*, ond ni wneir hynny yma ('Roe*d*').

378 **Mae i'r clyw ei miragl hen** yn ôl rheolau cerdd dafod, gall y cyfuniad *cl* ateb y cyfuniad *gl+h*, gan fod *h* yn caledu'r *g* yn y cyswllt hwn, cf. 'Mwnwgl hir fel maen claerwyn' (Dafydd ab Edmwnd); 'Urddas clun yw'r ddesgl honno' (Guto'r Glyn). Mae cyfuniadau fel *bl+h*, *dl+h*, *br+h*, *dr+h*, *gr+h* yn dilyn yr un egwyddor.

381 **Mynyw** enw gwreiddiol Tyddewi oedd Mynyw, *Menevia* yn Lladin.

405 **Ave Maria** Henffych Fair, gweddi draddodiadol yn yr Eglwys Gatholig.

406 **Deo Gloria** i Dduw y bo'r Gogoniant; *Soli Deo Gloria*, yr athrawiaeth mai i Dduw yn unig y bo'r Gogoniant.

408 **Clegyr Boia** neu Clegyr Fwya, enw ar graig a saif brin filltir i'r de-orllewin o Dyddewi. Pennaeth a derwydd oedd Boia, neu Baia yn ôl un ffynhonnell, tywysog o blith y Ffichtiaid (Pictiaid) yn ôl *Buchedd Teilo*. Yn ôl *Buchedd Dewi*, 'tywyssawc a elwit Boia (ac Yscot oedd)'. Ar ddechrau *Buchedd Dewi*, 'eistedd a oruc y mywn creic uchel o'r bore hyt bryt gosper, heb vwyt, heb diawt', sef, o bosibl, Clegyr (craig) Boia. Y mae Boia yn gwrthwynebu bwriad Dewi i godi clas yng Nglyn Rhosyn, a chyda'i wraig gynllwyngar yn ei hybu ymlaen, y mae'n ystyried lladd Dewi a'i ddisgyblion, ond mae Dewi yn peri iddo ef a'i wŷr golli eu nerth. Gw. *Buched Dewi: o Lawysgrif Llanstephan 27*, Golygydd: D. Simon Evans, 1959.

414 **pali** sidan addurnedig drudfawr.

414 **palffreion** lluosog 'palffrai', *palfrey*, march ysgafn.

433 Dylid bod wedi ateb y ddwy *d* yn 'on*d d*aeth' â *t*, ond ni wneir hynny yma ('*d*oe').

445 Dylid bod wedi ateb y ddwy *d* yn 'boe*d d*irgelwch' â *t*, ond ni wneir hynny yma ('by*d*'); nid yw'r *d* yn 'Ond' yn cael ei hateb o gwbl.

114. Y Morgrugyn

CP, t. 8.

Cyhoeddwyd *Cerddi'r Plant* (*CP*) sef casgliad o gerddi gwreiddiol ar gyfer plant gan E. Llwyd Williams a Waldo Williams, gan Wasg Aberystwyth ym 1936.

115. Bore Nadolig

CP, t. 10.

116. Chwarae

CP, t. 12.

117. Y Byd Mawr

CP, t. 13.

Nodiadau

2 **cwnni** codi, cychwyn.

2 **sbo** mae'n debyg, am wn i, o'r Saesneg, *I suppose*.

118. Gweithio

CP, t. 14.

119. Y Llusern Hud

CP, t. 16.

120. Dynion Sy'n Galw

CP, t. 18.

Nodiadau

5–8 **Pan ddaw Elic heibio … 'Alla i g'wiro wmbarél?'** cf. T. Llew Jones, 'Waldo – Bardd y Plant', *CDWW*, t. 29:

> Roedd y 'dynion' a enwir yn y gerdd 'Dynion sy'n Galw' yn bobl real yn sicr. Yr oeddwn i fy hun yn nabod Elic, gan y byddai'n dod o gwmpas y tai yn ein hardal ni hefyd, i 'g'wiro ymbarels'. Rhaid bod cylchdaith

y tramp rhyfedd hwn felly yn un bur eang. Yn sicr byddai'n crwydro trwy dair sir Dyfed yn rheolaidd. Cofiaf yn iawn amdano. Dyn tywyll ei groen a'i wallt yn ddu fel y frân, a hwnnw'n hongian yn gudynnau dros ei wyneb. Hen got fawr ddu amdano wedyn, ac fe edrychai'n debycach i fwgan brain nag i ddyn. Hen greadur milain oedd e, a golwg fygythiol, gas arno bob amser. Cariai ddarn byr o bren yn ei law, gan ei ddal – nid fel y bydd dyn yn dal ffon – ond fel y bydd dyn y dal erfyn – yn barod i daro. Byddai ei weld yn dod o draw yn codi arswyd arnaf fi. Serch hynny, ni chofiaf imi glywed iddo daro neb erioed ac roedd iddo eitha [c]roeso ym mhob man. Mae'n amlwg nad oedd wedi codi ofn ar Waldo.

121. Y Gotiar
CP, tt. 21–2.

Nodiadau
Teitl: Y Gotiar Yr iâr ddŵr (nodyn gwreiddiol yn *CP*).

122. Yr Eco
CP, t. 23.

123. Y Cymylau
CP, t. 25.

124. Y Garddwr
CP, t. 27.

125. Blodyn a Ffrwyth
CP, t. 29.

Nodiadau
4 **onnen Sbaen** y gadwyn aur (nodyn gwreiddiol yn *CP*).
10 **syfïen goch** mefus y cloddiau (nodyn gwreiddiol yn *CP*).

126. Y Bws
CP, t. 31.

127. Pitran-Patran

CP, tt. 32–3.

Nodiadau

25 **llafur** ŷd (nodyn gwreiddiol yn *CP*).

128. Pyslo

CP, t. 36.

Nodiadau

1–2 **Pyslo'r wyf wrth weld y bwa,/Ai'r un un a welodd Noa?** cf. 'Fy mwa a roddais yn y cwmwl, ac efe a fydd yn arwydd cyfamod rhyngof fi a'r ddaear' (Genesis 9:13); 'A Duw a ddywedodd wrth Noa, Dyma arwydd y cyfamod, yr hwn a gadarnheais rhyngof fi a phob cnawd a'r y sydd ar y ddaear' (Genesis 9:17).

129. Galw'r Gwartheg

CP, t. 38.

Nodiadau

Galw'r Gwartheg efelychiad o fyrdwn adnabyddus Jean Inglelow [*sic*] (nodyn gwreiddiol yn *CP*).

Yn 'The High Tide on the Coast of Lincolnshire' y ceir y byrdwn y mae Waldo yn cyfeirio ato, sef y llinellau canlynol:

> 'Cusha! Cusha! Cusha!' calling,
> 'For the dews will soone be falling;
> Leave your meadow grasses mellow,
>   Mellow, mellow;
> Quit your cowslips, cowslips yellow;
> Come uppe Whitefoot, come uppe Lightfoot,
> Quit the stalks of parsley hollow,
>   Hollow, hollow;
> Come uppe Jetty, rise and follow,
> From the clovers lift your head;

> Come uppe Whitefoot, come uppe Lightfoot,
> Come uppe Jetty, rise and follow,
> Jetty, to the milking shed.'

Bardd a nofelwraig o Boston, Swydd Lincoln, oedd Jean Ingelow (1820–97).

12 **glawty** amrywiad ar glowty, beudy.

130. Enwau

CP, t. 40.

Nodiadau

1 **sgidie a sane'r gwcw** fioled fach y cloddiau (nodyn gwreiddiol yn *CP*); fioled y cŵn, dail pen neidr, esgid y gog, fioled y gwrych, fiolydd y cŵn, fiolydd y neidr, pen y neidr, sanau'r gwcw, *heath dog-violet*.

2 **bacse'r brain** traed y brain, clychau glas (nodyn gwreiddiol yn *CP*); clychau'r gog, bacsau brain, bacsau'r gog, blodau'r brain, bwtsias y gog, *bluebells*.

3 **blodyn neidir** tybir mewn llawer ardal fod neidr yn y clawdd lle tyf y campion coch (nodyn gwreiddiol yn *CP*).

7 **clatsh y cŵn** *foxglove* (nodyn gwreiddiol yn *CP*).

8 **crafol** criafol; ffrwyth y ddraenen wen (nodyn gwreiddiol yn *CP*).

9 **dail tafol** y dail mawr a ddefnyddir i atal llosg danadl (nodyn gwreiddiol yn *CP*).

10 **hen ŵr** shilicabŵd, medd rhai. Llysieuyn blewog yr olwg (nodyn gwreiddiol yn *CP*).

11 **nyddwr** aderyn a glywir ar y rhosydd gyda'r nos (nodyn gwreiddiol yn *CP*); troellwr, *nightjar*.

13 **teiliwr Llunden** y prydferthaf o deulu'r pincod (nodyn gwreiddiol yn *CP*); nico, jac nico, peneuryn, eurbinc, ysnoden felen, asgell aur, *goldfinch*.

16 **gwyddau bach** blodau'r helygen (nodyn gwreiddiol yn *CP*).

17 **gwas y neidir** ehediad du a melyn yn debyg i eroplen (nodyn gwreiddiol yn *CP*).

18 **brenin brale** blodyn â phetalau carpiog yn tyfu mewn lle llaith (nodyn gwreiddiol yn *CP*).

20 **dail ceiniog** dail trwchus suddog ar lun ceiniog (nodyn gwreiddiol yn *CP*).

21 **Jac y rhaca** aderyn yn byw mewn caeau gwair ac yn gwneuthur sŵn yn debyg i'w enw llaith (nodyn gwreiddiol yn *CP*).

23 **dalen gryman** deilen ar lun cryman ac iddi wythienni amlwg (nodyn gwreiddiol yn *CP*); llyriad yr ais, llwynhidydd, astyllenes, astyllenlys, ceiliog a'r iâr, dail ceiliog, dail llwyn y neidr, estyllenlys, llwyn hidl, *ribwort plantain*.

24 **gwas y gwcw** gwelir dau o'r adar yma yn dilyn y gog weithiau (nodyn gwreiddiol yn *CP*).

25 **bwyd y llyffant** tyfiant ar lun ambrelo (nodyn gwreiddiol yn *CP*).

131. Clatsh y Cŵn
CP, t. 42.

132. Y Siop
CP, t. 43.

133. Y Gwynt
CP, t. 46.

134–6. Storïau 'Nhad-Cu/Cân y Fegin/Y Falwoden
Ceir y tair cerdd 'Storïau 'Nhad-cu', 'Cân y Fegin' ac 'Y Falwoden' yn Llawysgrif LlGC 20882C, sef Casgliad E. Llwyd Williams. Y mae'n amlwg mai ar gyfer *Cerddi'r Plant* y lluniwyd y cerddi hyn ond iddynt gael eu gwrthod, un ai gan E. Llwyd Williams neu gan Waldo ei hun.

134. Storïau 'Nhad-cu

Nodiadau

35 **Y gamil fwyn â'r llyged llon** gw. y nodyn ar 'camil' yn 'Galw'r Iet' [rhif 30].

36 **ffa'r gors** ffa'r corsydd, ffa'r gors teirdalen, maill y gors, meillion y gors, *bogbean*.

36 **cribau Ffraid** cribau San Ffraid, cribau Shôn Ffred, danhogen, danogen y coed, dwyfog, llys dwyfog, meddyges lwyd, *betony*.

49 **Lefi'r crythor tywyll** Levi Gibbon neu Lefi Gibbwn (*c.*1807–70), crythor, cyfansoddwr a chanwr baledi a aned yn Llanboidy, Sir Gaerfyrddin. Yn ôl un o'i faledi, collodd ei olwg pan oedd yn 25 oed. Arferai ganu ei faledi yn ffeiriau de a chanolbarth Cymru, gyda dwy o'i ferched yn ei ddilyn i bob ffair.

53 **drifer** tryfer.

136. Y Falwoden

Nodiadau

4 **jocôs** hapus, dedwydd, diddig.

137–42. Cerddi Eisteddfod Bwlch-y-groes, ger Crymych, gogledd Sir Benfro, Chwefror 1939

Ym mis Chwefror 1939 cynhaliwyd Eisteddfod Gadeiriol Bwlch-y-groes, ger Crymych, Sir Benfro. Ysgrifennydd yr Eisteddfod oedd W. R. Evans a beirniad y farddoniaeth oedd E. Llwyd Williams. Felly, yr oedd dau o gyfeillion pennaf Waldo yn gysylltiedig â'r eisteddfod, a phenderfynodd gystadlu ar rai testunau o ran hwyl. Gofynnwyd am 'ganiadau' ar y testunau 'Chwys', 'Dagrau' a 'Gwaed' ar gyfer cystadleuaeth y gadair, ac anfonodd Waldo ddau gynnig at yr ysgrifennydd, y naill dan y ffugenw 'Y Felinheli' a'r llall dan y ffugenw 'Ar Drem'. Lluniodd hefyd ar gyfer yr eisteddfod bedwar pennill ar y testun 'Lladd Mochyn' ac ar y dôn 'Hen Ffon fy Nain', dan y ffugenw 'Twrchfab yr Ail', ac anfonodd yn ogystal bedwar cynnig i gystadleuaeth y llinell goll.

Testun yr englyn yn Eisteddfod Bwlch-y-groes oedd 'Taten' ac anfonodd Waldo ddeuddeg o englynion i'r gystadleuaeth, sef 'Englynion Meibion Jacob i'r Daten', ynghyd â llythyr at yr ysgrifennydd, 'Mishtir Ifans' (W. R. Evans) wrth yr enw 'Isaac Jones, Mamre, Sir Bemro'. Cyhoeddwyd yr englynion yn *Cardigan & Tivyside Advertiser*, 30 Mehefin 1961, t. 2, ond nid yn hollol gywir. Trafodwyd yr englynion gan W. R. Evans yn ei ysgrif deyrnged i'w gyfaill, 'Waldo: Digrifwr neu Ddifrifwr?', *Y Genhinen*, cyf. 21, rhif 3, Haf 1971, t. 106, ac yn ei deyrnged iddo yn y rhifyn coffa o'r *Traethodydd*, Hydref 1971, a atgynhyrchwyd yn *CMWW*, t. 39. Englyn Isaac Jones ei hun a enillodd y gystadleuaeth.

Cadwyd yr holl gynhyrchion hyn gan E. Llwyd Williams, y beirniad, a chyflwynwyd y cyfan i'r Llyfrgell Genedlaethol gan Mrs Eiluned Llwyd

Williams, gweddw E. Llwyd Williams, ym mis Awst 1971. Fe'u ceir bellach yn Llawysgrif LlGC 20882C.

Gw. yn ogystal B. G. Owens, 'Tato Sir Benfro a'r Bardd', *Barddas*, rhif 252, Mai/Mehefin 1999, a B. G. Owens, 'Waldo Williams: yr "Ambell Donc" Olaf', *Barddas*, rhif 255, Tachwedd/Rhagfyr 1999/Ionawr 2000.

137. Chwys

Amrywiadau

Ceir fersiwn arall o'r pennill olaf yn Llawysgrif LlGC 20882C, gyda llinell gyntaf wahanol, 'Erbyn hyn mae'r rhocyn yntau'n fistir', a thrydedd linell, 'Mynych fe'i [b]endithir gan ei ddisgybl'.

Nodiadau

25 **Noltwn** Nolton, pentref a phlwyf ar arfordir Bae San Ffraid, oddeutu naw milltir o gyrraedd Hwlffordd. Cynhyrchid glo carreg yno ar un cyfnod.

138. Dagrau

Nodiadau

Parodi ar gerdd W. J. Gruffydd, 'Cerdd yr Hen Chwarelwr', yw 'Dagrau'.

141. Dagrau

Nodiadau

3 **H_2O, NaCl** y fformiwlâu am ddŵr a sodiwm clorid.

143. Lladd Mochyn

Amrywiadau

Dilewyd y pedair llinell hyn ar ddiwedd y trydydd pennill:

> Ac megis cynt, ar lawer dro,
> Rhaid imi geisio'i ddal.
> Rhaid canu ei dranc mewn geiriau plaen,
> Rhaid dwyn y maen i'r wal.

23 Cyn nesu o'r dydd y daeth rhyw lu

Nodiadau

5 **Neu gel mewn cwys** ceffyl yw 'cel'.
11 **agolch** bwyd moch, *swill*.

145. Rebeca (1839)

Cyhoeddwyd yn y *Western Telegraph*, 9 Mawrth 1939, t. 6.

Nodiadau

Pe bai Waldo wedi cynnwys 'Rebeca' yn *DP* (ac fe ddylasai fod wedi gwneud hynny), mae'n debyg y byddai wedi cydnabod mai ar un o fesurau Thomas Hardy, sef mesur 'The Rash Bride', a gyhoeddwyd yn *Time's Laughingstocks and Other Verses* (1909), y seiliwyd y gerdd o ran mydryddiaeth. Yng ngherdd Waldo, fodd bynnag, y mae llinell 7 yn odli â llinellau 5 a 6, yn wahanol i 'The Rash Bride', ac nid yw'r drydedd linell yn odli â llinellau 1 a 2 bob tro yng ngherdd Hardy. Dyma un pennill:

> We searched till dawn about the house;
> Within the house, without the house,
> We searched among the laurel boughs
>> That grew beneath the wall,
> And then among the crocks and things,
> And stores for winter junketings,
> In linhay, loft, and dairy; but
>> We found her not at all.

Mudiad a ffurfiwyd i brotestio yn erbyn y tollbyrth niferus a godwyd gan wahanol ymddiriedolaethau ffyrdd yn siroedd de-orllewinol Cymru yn hanner cyntaf y bedwaredd ganrif ar bymtheg oedd Merched Beca. Roedd costau'r tollbyrth hyn yn rhyfeddol o uchel, yn enwedig i'r ffermwyr a'u defnyddiai yn gyson. Dynion wedi eu gwisgo fel merched oedd Merched Beca, a dechreuasant ymosod ar dollbyrth ar 13 Mai 1839, yn yr Efail-wen, ger y ffin rhwng Sir Benfro a Sir Gaerfyrddin. Un o arweinwyr Merched Beca oedd Twm Carnabwth (Thomas Rees; 1806? –1876). Cerdd a luniwyd i nodi dathlu canmlwyddiant cychwyn y symudiad yw hon.

34 **y Foel** Moel Cwm Cerwyn.

146. Cyfarch E. Llwyd Williams

Llawysgrif LlGC 20882C, Casgliad E. Llwyd Williams yn y Llyfrgell Genedlaethol.

Amrywiadau

(Dilewyd yn LlGC 20882C)

18 A fydd, Dduw, un diwedd it?

Nodiadau

Enillodd E. Llwyd Williams ei wythfed cadair eisteddfodol mewn eisteddfod a gynhaliwyd yn nhŷ cwrdd Calfaria'r Bedyddwyr yn Login ym mis Ebrill, 1939. Er nad oedd Waldo yn bresennol yn yr eisteddfod, lluniodd y cywydd hwn i'w gyfaill. Gw. 'B. G. Owens yn dilyn hanes Cywydd Waldo i Llwyd', *Barddas*, rhif 257, Ebrill/Mai 2000, tt. 22–3.

11 **Hywel Myrddin** y gŵr hwn a oedd yn gyfrifol am ddefod y cadeirio yn yr eisteddfod. Yn ôl B. G. Owens ('B. G. Owens yn dilyn hanes Cywydd Waldo i Llwyd', t. 23):

> Ac yntau'n enillydd ar lefaru yn yr Eisteddfod Genedlaethol, yr oedd Hywel Myrddin (Howell Griffiths) gyda'r mwyaf cyfarwydd ar lwyfannau De-Orllewin Cymru yn ystod fy nyddiau cynnar i, ac nid heb achos yr adroddodd 'Papur Arberth' ym 1938 mai 'yn ôl yr arfer' ('as usual') y gwahoddwyd ef yn feirniad ac arweinydd eto yn Logyn y flwyddyn honno. Bwriodd ef 33 o'i flynyddoedd ar staff Cwmni Yswiriant Pearl, a bu'n weithgar mewn llawer o gylchoedd gwirfoddol yn y dre, megis y Cymmrodorion, yr Urdd, a'r Rotari, hyn heblaw ei godi yn ddiacon yn eglwys Annibynwyr Heol Awst. Ac yn ei farwgoffa, ac o bosibl yn oleuni ar gwpled Waldo, fe ddywedir (yn astrus a dyna'r rheswm dros gadw at y Saesneg) ei fod yn 'Past Dictator of the Loyal Order of Moose', sef corff elusennol a sefydlwyd gyntaf yn Cincinnati ym 1880. Bu farw ar 3 Mai 1944 yn 61 mlwydd oed.

15 Llinell wallus o gynghanedd. Nid atebir y gytsain *th* yn 'chwi*th*' na'r gytsain *r* yn 'yw'*r*'.

147. Cleddau

Cyhoeddwyd yn y *Western Telegraph*, 8 Mehefin 1939, t. 6.

Nodiadau

Ar ochr ddwyreiniol y Preseli, islaw Foel Drigarn, y mae tarddiad afon Cleddau Ddu, neu'r Gleddau Ddwyreiniol ('Ei chodi swyn ym mrwyn fy mryniau'), ac y mae'n llifo tua'r de-ddwyrain heibio i Lanhuadain ar ei chwrs i gyfeiriad Aberdaugleddau. Mae hi'n llifo drwy dref Hwlffordd ar ei ffordd i'r môr.

Gwawdodyn byr yw'r mesur.

148. Arfau

Cyhoeddwyd yn *Y Faner*, 28 Mehefin 1939, t. 8, fel cyflwyniad i gyfres o ysgrifau gan y Parchedig E. K. Jones, Wrecsam, ar 'Y Rhai a Safodd/Hanes Gwrthwynebwyr Cydwybodol 1916–1918'. Ceir holograff o'r gerdd ymhlith papurau D. J. Williams yn y Llyfrgell Genedlaethol, P2/33, sef casgliad o lythyrau oddi wrth J. E. Caerwyn Williams at D. J. Williams. Nid oes dyddiad ar y gerdd. Y mae cryn dipyn o wahaniaeth rhwng y ddau fersiwn. Fersiwn *Y Faner* a ddilynir yma.

Amrywiadau

(P2/33)

1 rhusio a wnaethant
2 Nid y fflam a welent dan ddwyael y Galilead; y mae'r llinell hon yn disodli llinell a ddilewyd, sef 'Nid y fflam o dan ddwyael y gwr bach o Alilea'
3 Eithr rhyw droedfedd o bleth blew geifr a oedd yn ei ddwrn ef
4 dyfod dan y colofnau
5 Heibio i fref yr wyn a grwnan y colomennod; 'Heibio' wedi disodli 'Dyfod'
6 ryw ddwsin uwch ben eu bordydd
11 dywed ei had
12 Felly, hawl y sydd gennym
14 a thwriwch rhagddynt hefyd
15 fydd berchen eu holl ysglyfaeth
17 a chwyno'r colomennod
18 Gan gymaint tincial aur ar ein bordydd, tincial delw Cesar
19 medd cyfnewidwyr yr arian; 'yw dial' wedi disodli 'fydd dial'
20 Pan ennyn yr angerdd ynom

21 Bydd troedfedd o fan reffynnau, 'troedfedd' wedi'i ddileu, a 'fflangell' wedi'i roi yn ei le

Nodiadau

Cefndir y gerdd yw hanes Iesu Grist yn chwipio'r marsiandïwyr a'r cyfnewidwyr arian allan o'r deml yn Jerwsalem adeg y Pasg: 'Ac a gafodd yn y deml rai yn gwerthu ychen, a defaid, a cholomennod, a'r newidwyr arian yn eistedd. Ac wedi gwneuthur fflangell o fân reffynnau, efe a'u gyrrodd hwynt oll allan o'r deml, y defaid hefyd a'r ychain; ac a dywalltodd allan arian y newidwyr, ac a ddymchwelodd y byrddau: Ac a ddywedodd wrth y rhai oedd yn gwerthu colomennod, Dygwch y rhai hyn oddi yma; na wnewch dŷ fy Nhad i yn dŷ marchnad' (Ioan 2:14–16).

149. Ateb

Cyhoeddwyd yn *Y Faner*, 18 Hydref 1939, t. 6.

Nodiadau

8 **Pwy gasgl y ffigys ar y drain?** cf. 'canys nid oddi ar ddrain y casglant ffigys' (Luc 6:44).

9–10 **'Ffordd newydd wnaed gan Iesu Grist/I basio heibio uffern drist'** dyfynnir yma llinellau agoriadol un o emynau William Williams, Pantycelyn (1717–91).

12 **Herod Antipas** Herod Antipater (20 CC–OC 39), mab Herod Fawr neu Herod Frenin, rheolwr Galilea a Perea.

150. Gair i Werin Cred

Cyhoeddwyd yn *Y Faner*, 3 Ionawr 1940, t. 6.

151. Carol

Cyhoeddwyd yn *Y Faner*, 8 Ionawr 1941, t. 6.

Nodiadau

1 **Pan drethai Cesar yr holl fyd** cf. 'Bu hefyd yn y dyddiau hynny, fyned gorchymyn allan oddi wrth Augustus Cesar, i drethu'r holl fyd' (Luc 2:1).

14 **O Fethlehem Effrata gynt** ceir proffwydoliaeth ynghylch geni Iesu Grist yn Llyfr Micha: 'A thithau, Bethlehem Effrata, er dy fod yn fechan

ymhlith miloedd Jwda, eto ohonot ti y daw allan i mi un i fod yn llywydd Israel; yr hwn yr oedd ei fynediad allan o'r dechreuad, er dyddiau tragwyddoldeb' (Micha 5:2).

17 **y Winwydden Wir** 'Myfi yw'r wir winwydden' (Ioan 15:1).

152. [Wrth Wrando ar y Newyddion ar y Radio Adeg y Rhyfel]
Papurau D. J. Williams yn y Llyfrgell Genedlaethol, P2/35/47, llythyr oddi wrth Waldo Williams at D.J. a Siân Williams, 17 Mawrth 1941.

Nodiadau
Ernest Bevin (1881–1951) oedd y Gweinidog Llafur a Gwasanaethau Cenedlaethol o 1940 hyd at 1945, a'r gŵr a oedd yn gyfrifol am reoli a dosbarthu gweithlu Prydain yn ystod yr Ail Ryfel Byd. Bu'n gyfrifol am yrru miloedd o fechgyn ifainc o'r Lluoedd Arfog i weithio mewn pyllau glo (y 'Bevin Boys'), gan fod cynhyrchu tanwydd yn elfen hanfodol yn yr ymdrech i ennill y rhyfel. Er y gellid dadlau bod Bevin wedi achub miloedd o fywydau yn ystod y rhyfel, un o weision y drefn ydoedd er hynny, a'i waith oedd cynnal a phorthi'r rhyfel yn y pen draw. Roedd Bevin, fel un o weision y Llywodraeth, yn gweithredu polisi'r Wladwriaeth trwy orfodi pob un o'i deiliaid i blygu i'w hewyllys. Ef a benderfynai pwy a gâi ymladd a phwy a gâi weithio yn y pyllau glo.

153. Englynion y Rhyfel
Cyhoeddwyd yn *Y Faner*, 19 Mawrth 1941, t. 4.

Nodiadau
Englynion milwr yw'r rhain.

2–3 **Hysbys y dengys y dyn/O ba badell bo'i bwdin** parodi ar gwpled enwog Tudur Aled (*c.*1465–*c.*1525): 'Hysbys y dengys y dyn/O ba radd y bo'i wreiddyn', o'i gywydd i Reinallt Conwy, o'r Bryn Euraid. Ceir y cwpled hefyd mewn englyn o waith Tudur Aled, 'Y Gwreiddyn'.

8 **Tre-cŵn** pentref yn Sir Benfro lle ceir ffatri a storfa arfau, gyda rhwydwaith o dwneli tanddaearol yno. Gw. yn ogystal 'Ar Weun Casmael' [rhif 175].

154. [O'm Tyfle Hwy a'm Taflant]

Papurau D. J. Williams yn y Llyfrgell Genedlaethol, P2/35/47, llythyr oddi wrth Waldo Williams at D.J. a Siân Williams, diddyddiad. 'Rhybudd heddiw am fy nhribiwnlys dydd Iau yng Nghaerfyrddin' meddai Waldo yn y llythyr. Anfonwyd y llythyr ar 'Ddydd Gwener', ac y mae 'dydd Iau' yn awgrymu'n gryf mai'r dydd Iau dilynol a olygai. Ar ddydd Iau, 12 Chwefror, 1942, yr ymddangosodd Waldo o flaen y tribiwnlys, ac felly, ar ddydd Gwener, 6 Chwefror, yr ysgrifennwyd y llythyr.

Amrywiadau

13 Gwn hyrddio (dilewyd yn P2/35/47)

Nodiadau

Ar ddechrau 1940 roedd Waldo wedi derbyn swydd dros dro fel prifathro ysgol gynradd fechan Cas-mael, tua deuddeng milltir o bellter o Hwlffordd. Rhyw ddwy flynedd yn ddiweddarach, penderfynodd y byddai'n ei gofrestru ei hun yn wrthwynebydd cydwybodol, ac ymddangosodd gerbron tribiwnlys yng Nghaerfyrddin ar 12 Chwefror 1942. Cododd camddealltwriaeth rhyngddo a Chyfarwyddwr Addysg Sir Benfro, D. T. Jones, yn sgil hynny, a thybiai Waldo y byddai'n colli ei swydd fel prifathro Ysgol Cas-mael. Cyn i D. T. Jones gael cyfle i'w ddiswyddo – os hynny'n wir oedd ei fwriad – yr oedd Waldo wedi sicrhau swydd iddo'i hun yn Ysgol Botwnnog yn Llŷn. Cychwynnodd ar y swydd honno, yn swyddogol, ar 1 Mawrth 1942. Ceir nodyn gan D. J. Williams uwchben y cywydd: 'Waldo mewn ateb i lythyr yn gofyn iddo a oedd e'n gwneud cyfiawnder â'r Hen Sir drwy dorri ei wreiddiau a mynd i Fotwnnog yn Lleyn, "A bu tân gerllaw Botwnnog" medd ef.'

4 **bwmbwr** bwmbwrth, mwgwd anifail.

5 **nid mewn padi** nid mewn tymer ddrwg; o'r Saesneg, *in a paddy*, mewn tymer ddrwg, yn ddig.

10 Ceir y bai proest i'r odl (llafarog) yn y llinell hon.

17 Nid yw'r llinell hon yn gwbl foddhaol gan fod *d* ('Daw') yn ateb *t* ('tribiwnal') ynddi, er y gellid dadlau bod *t* yn 'bant' yn y llinell flaenorol yn caledu'r *d* yn 'Daw'.

155. Y Blacowt

Papurau E. Llwyd Williams yn y Llyfrgell Genedlaethol, Llawysgrif LlGC 20882C, llythyr oddi wrth Waldo Williams at E. Llwyd Williams, 24 Mai 1942.

156. Cân o Glod i J. Barrett. Ysw., Gynt o Lynges ei Fawrhydi, Garddwr Ysgol Botwnnog yn Awr

Papurau D. J. Williams yn y Llyfrgell Genedlaethol, P2/33.

Nodiadau

Bu Waldo yn athro yn Ysgol Botwnnog, Llŷn, rhwng mis Mawrth 1942 a haf 1944. Rywbryd yn ystod 1943 lluniodd 'Gân o Glod i J. Barrett, Ysw., gynt o Lynges ei Fawrhydi, garddwr Ysgol Botwnnog yn awr'. John Barrett oedd garddwr-athro Ysgol Botwnnog pan oedd Waldo yn dysgu yno. Yr oedd yn ymerodrwr i'r carn, a'i ddychanu yn ddidrugaredd a wneir yn y gân hon o ffug glod iddo, a chollfarnu'r Ymerodraeth Brydeinig ar yr un pryd. Gyrrwyd dau Eidalwr o wersyll carcharorion Sarn Mellteyrn i weithio yng ngardd Ysgol Botwnnog, dan oruchwyliaeth John Barrett. Gwrthododd ef ei hun wneud yr un swydd o waith yn yr ardd yng ngŵydd y ddau garcharor, gan nad oedd hynny yn gweddu i orchfygwr. Safai'n awdurdodol wrth wylio'r ddau garcharor rhyfel yn gweithio yn yr ardd, a hynny a gynddeiriogodd Waldo a'i ysgogi i lunio'r gân.

13 **y wops, a'r chincs, a'r blacs** sef termau diraddiol, hiliol, am Eidalwyr, Tsieineaid a phobl dduon.

157. [Cyngor Athro]

Cyhoeddwyd yn *Barddas*, rhif 251, Mawrth/Ebrill 1999, t. 12.

Nodiadau

Yn ôl y nodyn a geir yn *Barddas*:

> Un o ddisgyblion Waldo Williams yn Ysgol Botwnnog gynt oedd Robin Griffith, Creigiau, Caerdydd, erbyn hyn, a chawsom bennill bach difyr o waith Waldo ganddo. Roedd yn rhaid i'r disgyblion yn Ysgol Botwnnog dynnu llinellau syth â phensil ar bapur plaen cyn sgwennu ar y llinellau, ond ni ddefnyddiodd Robin bren mesur i dynnu llinellau unionsyth. Cerydd ar ffurf pennill a gafodd gan ei athro.
>
> 'Waldo fel Athro, a'r "Lein"!', *Barddas*, rhif 251, Mawrth/Ebrill 1999, t. 12.

158. Linda

Argraffwyd y cywydd hwn ar gerdyn bychan, Mehefin 1943.

Nodiadau

Athrawes ifanc o'r Maerdy, yn y Rhondda, oedd Linda Llewellyn. Merch i beiriannydd yn un o byllau glo'r Maerdy, William Morris Llewellyn, a'i briod, Mary Elizabeth, oedd Linda. Ganed Linda ar 6 Ebrill 1912, ac felly roedd bron i wyth mlynedd yn iau na Waldo. Priodwyd Waldo a Linda ar 14 Ebrill 1941, yng Nghapel y Bedyddwyr, Blaenconin, Llandysilio. Bu farw Linda yn Ysbyty Dewi Sant ym Mangor ar 1 Mehefin 1943, a'i chladdu ym mynwent Capel y Bedyddwyr, Blaenconin, Llandysilio, ar 4 Mehefin. Roedd y ddau yn byw ym Mhen Llŷn ar y pryd. Argraffwyd y cywydd ar gerdyn bychan, ac anfonodd Waldo y cardiau hyn at gyfeillion a pherthnasau. Ailargraffwyd y cywydd yn *Y Genhinen*, cyf. 21, rhif 3, Haf 1971, t. 107. Yn ôl J. Gwyn Griffiths roedd cysodiad cyntaf *Dail Pren* yn cynnwys y gerdd. (*CMWW*, t. 191)

159. Apologia (1946)

Cyhoeddwyd yn *Y Faner*, 5 Mehefin 1946, t. 4.

160. Daear Cymru

Cyhoeddwyd yn *Y Ddraig Goch*, cyf. XXI, rhif 5, Mai 1947, t. 1.

Nodiadau

Atlee Clement Attlee (1883–1967), Prif Weinidog Prydain, 1945–51.

> 1 **Nid mynyddoedd a chymoedd a dolydd** cf. 'Creigiau, corsydd, coedydd, mynyddoedd yn crychu wyneb ein gwlad gynt a'i dorri i fyny yn fân. Dyna'n daearyddiaeth – llyffant yn cadw perl i ni yn ei enau. Ond nid dyna'n hunig lyffant, na'n hunig berl.'
>
> 'Gyda Ni y Mae'r Drydedd Ffordd', *WWRh*, t. 299.
> Cyhoeddwyd yn wreiddiol yn *Y Ddraig Goch*, cyf. XXIV, rhif 6, Mehefin 1952, t. 1.

> 7–8 **Angel sy'n ymgodymu â'r gymdeithas/I'w bendithio'n ddiwahân** cf. 'Adolygiad ar D. J. Williams, *Storïau'r Tir Coch*', *WWRh*, t. 140 (adolygiad a gyhoeddwyd yn wreiddiol yn y *Western Telegraph and Cymric Times*, 12 Mawrth 1942): 'ni raid dweud wrth y neb a ddarllenodd *Hen Wynebau* a

Storïau'r Tir Glas pa beth yw ei weledigaeth: cymdeithas wâr, werinaidd, lle mae pob dyn yn ei ffordd ei hun yn frenin; lle mae'r ymdrech â natur am gynhaliaeth, er caledi mynych, yn ymdrech greadigol megis yr eiddo Jacob â'r angel pan waeddodd: "Ni'th ollyngaf oni'm bendithi".' Cf. yn ogystal: 'Yn ymgodymu â daear ac wybren' yn 'Preseli' [rhif 188]. Ceir hanes Jacob yn ymgodymu â'r angel yn Genesis 32, ac adnod 26 a ddyfynnir yma: 'A'r angel a ddywedodd, Gollwng fi ymaith; oblegid y wawr a gyfododd. Yntau a atebodd, Ni'th ollyngaf, oni'm bendithi'.

11–12 **Rwy'n edrych dros y bryniau pell/Amdanat bob yr awr** llinellau agoriadol un o emynau mwyaf adnabyddus William Williams, Pantycelyn.

13 **ein profiad a'i prynodd** cf. 'Yn prynu cymorth daear â'u dawn', 'Geneth Ifanc' [rhif 174].

161. [Taith Fws trwy Wahanol Rannau o Gymru, Awst 1947]

Papurau D. J. Williams yn y Llyfrgell Genedlaethol, P2/35/39, Awst 25/26, 1947.

Nodiadau

Ym mis Awst 1947, anfonodd Waldo lythyr ar ffurf cywydd at D. J. Williams gyda nod post Ystradmeurig, 25 neu 26 Awst, arno. Roedd y cywydd yn cofnodi taith fws trwy wahanol rannau o Gymru y bu arni yn ystod gwyliau'r haf hwnnw.

4 **Dros fur Ystrad-fflur a'i phlas** cf. cwpled agoriadol cywydd Gruffudd Gryg, 'Yr Ywen Uwchben Bedd Dafydd': 'Yr ywen i oreuwas/Ger mur Ystrad Fflur a'i phlas'.

12 Nid yw'r llinell hon yn gwbl foddhaol. Ceir dwy *b* yn ymyl ei gilydd yma yn ateb un *b*: 'bo*b* *b*raint'/'*b*ro'.

162. [Taith Hir ar Feic Afrwydd]

Papurau D. J. Williams yn y Llyfrgell Genedlaethol, P2/35/29, llythyr oddi wrth Waldo Williams at D.J. a Siân Williams, 3 Hydref 1948.

Nodiadau

Yn y llythyr hwn at D.J. a Siân Williams, dywedodd Waldo iddo fynd yr holl ffordd o Lyneham i ymweld â'i fodryb Mwynlan, chwaer ei fam, yng

Nghrughywel. Teithiodd, ar gefn ei feic, 'i fyny dyffryn eang Gwy a drosodd i Wysg yn y Fenni', ond nid oedd y beic 'yn gweithio yn rhy rwydd ar y diwrnod hwnnw'. Bu hefyd, meddai, yn Llundain ar yr un beic, ac ar y ffordd yn ôl gorfu iddo ddal y trên yn Reading, gan fod ei feic yn ddiffygiol a'r tywydd yn ddrwg.

163. Dwy Goeden

Papurau D. J. Williams yn y Llyfrgell Genedlaethol, P2/35/29, llythyr oddi wrth Waldo Williams at D.J. a Siân Williams, 3 Hydref 1948.

Nodiadau

Lluniodd gân ar y ffordd i fyny i Lundain, meddai yn yr un llythyr â'r uchod, a'i chondemnio ar y ffordd yn ôl, ond cynhwysodd y 'gweddill' yn y llythyr, sef dau bennill dan y teitl 'Dwy Goeden'. Dyma gynsail y gerdd ddiweddarach, 'Medi' [rhif 237], hedyn y gerdd 'Yr Eiliad' [rhif 209], a byddai'r ymadrodd 'llonyddwch mawr' hefyd yn ymddangos yn un o'i gerddi pwysicaf, 'Mewn Dau Gae' [rhif 176], yn y dyfodol. Ond ar y pryd, cerdd amrwd, anorffenedig oedd 'Dwy Goeden', ac fe wyddai Waldo hynny. 'Nid yw'r mesur iawn gennyf at y syniad dyna'r bai,' meddai ar ddiwedd ei lythyr.

164. Oes y Seintiau: Cân I

Casgliad David Williams. Cyhoeddwyd 'Oes y Seintiau: Cân I' ac 'Oes y Seintiau: Cân II' yn *Y Llien Gwyn* (papur bro Abergwaun a'r cylch), Mawrth 1982, yn ogystal ag 'Ymddiddan rhwng Dewi, Teilo a Cholman'. Ailargraffwyd 'Cân I' yn *Y Faner*, 19 Mawrth 1982, t. 9, wedi i'r *Faner* ei chodi o'r *Llien Gwyn*. Ceir y cyflwyniad canlynol i'r gerdd yn *Y Llien Gwyn*: 'Braint i'r *LLIEN GWYN* yw cael cyhoeddi cerdd gan Waldo Williams nad ymddangosodd yn ei unig gyfrol *DAIL PREN*. Cyflwynwyd y gerdd i ni gan ei chwaer, Dilys'. Nodir mai ar gyfer y pasiant 'Molawd Penfro', sef 'pasiant Adrannau ac Aelwydydd yr Urdd Sir Benfro' y lluniwyd y ddwy gerdd. Perfformiwyd y pasiant ar 16 Mai 1951, yn Eisteddfod Genedlaethol Urdd Gobaith Cymru, Abergwaun (16–19 Mai 1951). Ceir copi o'r rhaglen gyfan yn *Y Llien Gwyn*, a'r eitem olaf ar y rhaglen oedd 'Cloi trwy gyd-ganu "Molawd Penfro".' Cyhoeddwyd 'Molawd Penfro' yn *Dail Pren*, ynghyd â'r gerddoriaeth o waith Gerallt Evans. Ceir copi o'r gerdd ynghyd â'r gerddoriaeth ar ei chyfer yng Nghasgliad David Williams. Yn y copi hwnnw, 'A chronni ynom rin pob gofal' a geir, nid 'Ynddi y cronnodd rin pob gofal', a 'Daliodd y cenedlaethau dyfal/Y pwys a brynodd inni'n braint', nid 'A dug y cenedlaethau dyfal/Y nerth a brynodd inni'n braint'.

Nodiadau

Cân I

1 **Nid o waith llaw yw'r tŷ a wnaethant** cf. 'A thŷ llwyth nid o waith llaw' yn 'Tŷ Ddewi' [rhif 173]. Gw. y nodyn ar y llinell.

165. Ymddiddan Rhwng Dewi, Teilo a Cholman

Casgliad David Williams; *Y Llien Gwyn*, Mawrth 1982.

Nodiadau

Teilo sant Cymreig o'r chweched ganrif, sylfaenydd mynachlog Llandeilo Fawr, Sir Gaerfyrddin. Yn ôl traddodiad, ganed Teilo ym Mhenalun, yn ne Sir Benfro.

Colman Sant Gwyddelig o'r chweched ganrif a roddodd ei enw i Langolman, pentref a phlwyf ar lethrau deheuol y Preseli.

14 **Eilfyw** Sant Ailbhe, sant Gwyddelig o'r chweched ganrif. Sylfaenodd fynachlog yn Imlech (Emly yn Saesneg) yn Swydd Tipperary. Ceir traddodiad mai Eilfyw a fedyddiodd Ddewi Sant. Ceir Eglwys Llaneilfyw yn ymyl Solfach, Sir Benfro.

24 **Thŵl** credir mai hen enw ar Norwy yw Thŵl.

30 **Samson** gw. y nodyn ar linell 87, 'Tŷ Ddewi' [rhif 113].

32–4 **Gwelais y groes … y duwiau gau** pan oedd yn cenhadu yng Nghernyw, daeth Samson ar draws nifer o eilunaddolwyr a oedd yn cynnal defod baganaidd o flaen carreg yn ardal Trigg neu Tricorium (Tregear, sef 'Tre-gaer', erbyn heddiw). Torrodd Samson lun croes ar y garreg, a llwyddodd i droi'r addolwyr delwau yn Gristnogion.

39 **Illtud** gw. y nodyn ar yr englyn 'Ynys Bŷr' [rhif 304], yn ogystal â'r nodyn ar Samson yn 'Tŷ Ddewi'.

43 **i'r Ddôl** Ymwelodd Teilo Sant â'r lle hwn yng ngogledd Llydaw; yr enw Ffrangeg arno heddiw yw Dol de Bretagne.

54 **Brynach** Sant Brynach neu Fyrnach, mynach o ddiwedd y bumed ganrif a dechrau'r chweched ganrif a elwir hefyd yn Frynach Wyddel, gan ddilyn y cyfeiriad at 'Brennach Wyddel o'r Gogledd' yn *Trioedd Ynys Prydein*, er nad oes sicrwydd mai at Sant Brynach y cyfeirir yma.

Fe'i gelwir yn 'Frynach Wyddel' gan Waldo yn 'Emyn' [rhif 250]. Yn ôl *Buchedd Brynach* (*Vita Sancti Bernachii*), a luniwyd yn y ddeuddegfed ganrif, yr oedd yn frodor o Gemaes yng ngogledd Sir Benfro. Aeth ar bererindod i Rufain, a bu'n byw yn Llydaw am rai blynyddoedd cyn iddo ddychwelyd i Gymru ac ymsefydlu yn Nanhyfer. Enwyd Llanfyrnach yn Sir Benfro ar ei ôl. Sefydlodd fynachlog yn Nanhyfer.

55 **Tysilio** gw. y nodyn ar 'Llandysilio-yn-Nyfed' [rhif 259].

64 **Porth Mawr** Whitesands Bay ar Benrhyn Tyddewi, rhyw ddwy filltir i'r gorllewin o ddinas Tyddewi ei hun.

72 **Dyfrig** un o'r seintiau Cymreig cynharaf, y dywedir iddo fod yn athro ar Deilo. Enciliodd i Ynys Enlli yn ei henaint, a bu fyw fel meudwy yno, ac yn naear Enlli y claddwyd ef. Yr oedd ganddo hefyd gysylltiad ag Ynys Bŷr, oddi ar yr arfordir gyferbyn â Dinbych-y-pysgod. Dyfrig, ar gais Illtud, a ordeiniodd Samson yn ddiacon ac yn offeiriad.

166. Oes y Seintiau: Cân II

15-16 **Ddeugain nydd a nos awyddfryd/Ei weddi a'i ympryd ef** cf. 'Yna yr Iesu a arweiniwyd i fyny i'r anialwch gan yr Ysbryd, i'w demtio gan ddiafol. Ac wedi iddo ymprydio ddeugain niwrnod a deugain nos, ar ôl hynny efe a newynodd' (Mathew 4:1–2).

18 **Drysor gwiw nas bwyty'r gwyf** cf. 'Na thrysorwch i chwi drysorau ar y ddaear, lle y mae gwyfyn a rhwd yn llygru, a lle y mae lladron yn cloddio trwodd ac yn lladrata: Eithr trysorwch i chwi drysorau yn y nef, lle nid oes na gwyfyn na rhwd yn llygru, a lle nis cloddia lladron trwodd ac nis lladratânt' (Mathew 6:19–20).

167. [Pwy yw Hwn yn Penwynnu?]

Papurau D. J. Williams yn y Llyfrgell Genedlaethol, P2/35/31, llythyr oddi wrth Waldo Williams at D.J. a Siân Williams, 28 Tachwedd 1951.

Nodiadau

Cynhwyswyd yr englyn hwn mewn llythyr at D.J. a Siân Williams, o 6 Tower Hill, Hwlffordd, ar 28 Tachwedd 1951, gyda'r sylw iddo'i lunio 'ar fy ffordd yn ôl i Dyddewi'.

1 Y mae'r llinell hon yn wallus.

168. [Cyfeiriad D. J. Williams yn Abergwaun ar ffurf englyn ar flaen amlen, Rhagfyr 1953]

Papurau D. J. Williams yn y Llyfrgell Genedlaethol, P2/35/56, ar amlen oddi wrth Waldo Williams at D.J. a Siân Williams, diddyddiad [Rhagfyr 1953].

Nodiadau

Trigai D. J. Williams a'i briod Siân yn rhif 49 ('Saith seithwaith'), High Street, Abergwaun.

169. [Dewch o'ch Tai a Dewch â'ch Tors]

Papurau D. J. Williams, P2/35/49, englyn arall ar amlen at D. J. Williams, 8 Rhagfyr 1953.

Nodiadau

1 **Rutzen** de Rutzen, teulu aristocrataidd o Slebech, Sir Benfro, disgynyddion y Barwn Charles Frederick de Rutzen (1795–1874) o'r Almaen a briododd Mary Dorothea Phillips, merch ac aeres Nathaniel Phillips, perchennog Ystad Slebech, ym 1821.

2 **Cawdors** teulu aristocrataidd o Gastellmartin, Sir Benfro, digynyddion John Frederick Campbell (1790–1860), ail Farwn Cawdor ac Iarll cyntaf Cawdor.

3 **Mae'r goetgul Bont Margetgors** ceir y nodyn hwn hefyd ar yr amlen: 'Pont Marged Gors, uwch Llyn Diferynion – lle da am yr eos'. Pompren uwch afon Cleddau Ddu yw Pont Marged Gors, rhyw ddau ganllath o bellter o Gapel y Bedyddwyr yn Rhydwilym. Llyn cyfagos, rhyw ganllath o bellter o'r bont, yw Llyn Diferynion, neu Lyn Diferion. Cyfeirir at 'Bwll Diferynion' ym mhortread Waldo, 'Y Parchedig E. Llwyd Williams, Rhydaman', a gyhoeddwyd yn *Seren Cymru* (gw. y nodyn ar y llinell 'Llwyd, cêl fardd Allt Cile Fawr' yn 'Llwyd' [rhif 246]).

4 **wingil** whingil, ansad, sigledig, ansicr ar draed, *wobbly, unstable*.

4 **Hors** Hors, brawd Hengist, dau frawd Almaenig a fu'n arwain ymgyrch yr Eingl a'r Sacsoniaid i feddiannu tiriogaeth ym Mhrydain yn y bumed ganrif, yn ôl traddodiad. Y Saeson yw 'hil Hors'.

170. [Ymweliad y Beilïaid]

Papurau D. J. Williams yn y Llyfrgell Genedlaethol, P2/35/14, llythyr oddi
wrth Waldo Williams at D.J. a Siân Williams, 5 Tachwedd 1954.

Amrywiadau

(Adroddiad yn *Y Cymro*, 23 Chwefror 1956)

1 Heno mae yma'n hynod

Nodiadau

O 1950 ymlaen, ac yntau'n gweithio fel darlithydd mewn dosbarthiadau nos
dan nawdd Adran Efrydiau Allanol Coleg Prifysgol Cymru, Aberystwyth,
gwrthododd Waldo dalu ceiniog o'i gyflog i'r Dreth Incwm mewn protest
yn erbyn gorfodaeth filwrol adeg Rhyfel Corea. Roedd yn byw ar y pryd
gyda chyfeillion iddo, James a Winnie Kilroy, Crynwyr fel yntau, yn Great
Harmeston, Johnston, Sir Benfro. Rhentu rhan o'r ffermdy yr oedd Waldo,
a hwn oedd ei gartref trwy gydol y 1950au i bob pwrpas. Ar ôl bron i bedair
blynedd o fethu torri ystyfnigrwydd Waldo, penderfynodd yr awdurdodau
fod yr amser i weithredu wedi dod. Daeth y beilïaid i'r tŷ a chipio llawer o'i
eiddo oddi arno, gwerth £41.16 swllt, ar 4 Tachwedd 1954. Roedd colli ei eiddo
yn ergyd drom iddo. Aeth yn isel ei ysbryd. Mater o anghenraid, mater o
egwyddor, oedd y brotest hon o'i eiddo, ond profiad annifyr a thorcalonnus
iddo oedd gorfod gwylio dieithriaid yn hawlio ei eiddo. Anfonodd y cywydd
at D. J. Williams a'i briod, Siân, y diwrnod ar ôl i'r beilïaid ysbeilio'i ddwy
ystafell yn Great Harmeston.

Disgrifiwyd yr achlysur hwnnw gan Waldo ei hun, mewn adroddiad a
ymddangosodd yn *Y Cymro*, ar 23 Chwefror 1956:

> Disgrifiodd y bardd i mi ymweliad y bwmbeiliod a'i gartref. Cymerwyd
> ei ddodrefn i gyd, ac eithrio gwely a bwrdd a chadair. Cymerwyd y
> linolewm oddi ar y llawr a'r glo o'r cwtsh glo; a hyd yn oed y glo o'r bocs
> ger y tan.
>
> "Uchaf[b]wynt y driniaeth hon," meddai Mr. Williams wrthyf yn ei
> ddull hanner-direidus, "oedd cais y prif feili ar ôl iddo rolio'r linolewm
> yn daclus; gofynnodd imi am ddarn o gordyn i glymu'r rhol!" Dywedodd
> iddo golli ei feic hefyd – offeryn pwysig yn ei olwg, oblegid ar hwn yr ai
> i'w ddosbarthiadau. Mae un o'r rhain ym Mynachlog Ddu, sef taith o
> bum milltir ar hugain.

15 **llun Gwynn** print mewn ffrâm o bortread Evan Walters o T. Gwynn Jones, un o hoff feirdd Waldo.

171. [Ymddeol o Lywyddiaeth Cangen Abergwaun o Blaid Cymru am 1954]

Cyhoeddwyd yn *Y Ddraig Goch*, cyf. XXVII, rhif 1, Ionawr 1955, t. 3.

Nodiadau

3 **Sgrifennydd** Teifryn Michael, yn ôl *Y Ddraig Goch*, Ionawr 1955.

3 **D.J.** D. J. Williams.

172. Weun Parc y Blawd a Parc y Blawd

Cyhoeddwyd yn 'Ledled Cymru' yn *Y Faner*, 13 Chwefror 1958. t. 5.

Nodiadau

Pennill olaf cerdd nad yw wedi goroesi yw hwn. 'Cenais gân arall i Wcun Parc y Blawd a Parc y Blawd ar achlysur neilltuol,' meddai Waldo Williams wrth gynnig eglurhad ar 'Mewn Dau Gae' mewn llythyr 'anarferol o gynhwysfawr' a ddyfynnir gan Mignedd yn 'Ledled Cymru' yn *Y Faner*, 13 Chwefror 1958. Dyfynnir y pennill hwn yn y llythyr. Gw. 'Eglurhad ar "Mewn Dau Gae",' *WWRh*, tt. 87–9.

173. Tŷ Ddewi

DP, tt. 9–22.

Nodiadau

Nodyn gwreiddiol yn *DP*: '1956, ar sail 1935'.

7 **Pen y Fan** y pwynt uchaf ar benrhyn Ynys Dinas yn ne-orllewin Sir Benfro.

63 **Rhwygo'r cryfder yn weryd, troi a hau** 'Rhwygo'r cryfder yn weryd – a throi a hau' a geir yn *Dail Pren*. Gan fod y llinell yn rhy hir o sillaf, fe'i diwygiwyd gan J. E. Caerwyn Williams yn argraffiad Gwasg Gregynog o waith y bardd, *Cerddi Waldo Williams*, 1992, t. 11. Dilynwyd diwygiad J. E. Caerwyn Williams yma.

188 **Newgwl draeth** traeth Newgale, rhyw dair milltir o hyd, a rhyw saith milltir o gyrraedd Tyddewi.

190-1 **Pedr y Normyn/Er cyff Rhys** 'Yr Arglwydd Rhys; Peter de Leia, adeiladydd yr Eglwys Gadeiriol. Cydoeswyr' (nodyn gwreiddiol yn *DP*); Peter de Leia neu Peter o Lee (m. 1198), esgob Tyddewi, a ddechreuodd adeiladu'r Eglwys Gadeiriol ym 1181-2.

215 **Hynt eu cân yr aethant, o'u cur** a geir yn *DP* a chyhoeddiadau eraill. Cafodd Waldo drafferth gyda'r llinell hon pan oedd yn llunio'r fersiwn gwreiddiol o'r awdl, sef llinell 223 yn fersiwn 1935 uchod [rhif 113]. Roedd ganddo ddau welliant i'r llinell wreiddiol (a oedd yn llinell anghywir), sef 'I hynt eu cais yr aethant o'u cur' a 'Hwnt i'w cell yr aethant o'u cur'. Mae'n ymddangos fod y llinell led ddisynnwyr 'Hynt eu cân yr aethant, o'u cur', yn gymysgfa o'r ddwy linell 'I hynt eu cais yr aethant o'u cur' a 'Hwnt i'w cell yr aethant o'u cur', ac mai'r hyn a ddylai fod yma, o safbwynt ystyr a chystrawen, yw 'Hwnt â'u cân yr aethant o'u cur'.

265 Gw. yr amrywiad ar linell 273 yn fersiwn 1935 o'r awdl.

380 **â'r iau esmwyth** cf. 'Canys fy iau sydd esmwyth, a'm baich sydd ysgafn' (Mathew 11:30).

396 **A thŷ llwyth nid o waith llaw** cf. 'Canys ni a wyddom, os ein daearol dŷ o'r babell hon a ddatodir, fod i ni adeilad gan Dduw, sef tŷ nid o waith llaw, tragwyddol yn y nefoedd' (2 Corinthiaid 5.1), 'Ond nid yw'r Goruchaf yn trigo mewn temlau o waith dwylaw' (Actau 7:48); 'Y Duw a wnaeth y byd, a phob peth sydd ynddo, gan ei fod yn Arglwydd nef a daear, nid yw yn trigo mewn temlau o waith dwylo'. Cf. yn ogystal 'Nid o waith llaw yw'r tŷ a wnaethant' yn 'Oes y Seintiau' [rhif 174].

174. Geneth Ifanc

DP, t. 23.

Nodiadau

Nodyn gwreiddiol yn *DP*: 'Yn Amgueddfa Avebury, o hen bentref cynnar ar Windmill Hill gerllaw. Tua 2500 C.C.'

Ddechrau mis Tachwedd 1946 symudodd Waldo i ddysgu yn Ysgol Gynradd Lyneham, ger Chippenham, Wiltshire. Rhyw ddeng milltir o bellter o Lyneham y mae pentref Avebury gyda'i gylch cerrig Neolithig, un o'r henebion cynhanesyddol pwysicaf a mwyaf trawiadol ym Mhrydain. Yn ymyl Avebury ceir safle Neolithig pwysig arall, ar Windmill Hill. Yn y safle hwn ar Windmill Hill ym 1929 y datgloddiodd yr archaeolegwr Alexander Keiller (1889–1955) ysgerbwd plentyn, y tybid ar y pryd ei fod yn dyddio yn ôl i '[t]ua 2500 C.C.' fel y nodir gan Waldo. Pan ddarganfuwyd yr ysgerbwd, credid mai ysgerbwd bachgen tua thair oed ydoedd. Rhoddwyd iddo'r enw 'Charlie', ac fel 'Charlie' y cyfeirir ato o hyd. Agorodd Alexander Keiller amgueddfa yn Avebury ym 1938 i arddangos ei ddarganfyddiadau archaeolegol, ac yno y cedwir yr ysgerbwd carreg hyd y dydd hwn. Dywedwyd wrth Waldo, ar un o'i ymweliadau â'r amgueddfa, mai ysgerbwd merch ddeuddeg oed ydoedd, ond ni ellir bod yn sicr bellach ai merch neu fachgen yw'r ysgerbwd. Tybir erbyn hyn hefyd mai rhyw bedair neu bum mlwydd oed oedd oedran y plentyn pan fu farw. Ysbrydolwyd Waldo i lunio'r gerdd 'Geneth Ifanc' ar ôl gweld yr ysgerbwd carreg yn Amgueddfa Avebury.

Bu Waldo yn gweithio ar rai o gerddi *Dail Pren* yng nghartref J. Gwyn Griffiths a'i briod, Käte Bosse-Griffiths, yn eu cartref yn Abertawe, gan ysgrifennu'r cyfan o'i gof, a newid yma ac acw. Yn ôl J. Gwyn Griffiths, gan drafod llinell gyntaf 'Geneth Ifanc', roedd Waldo

> wedi sgrifennu, ar ddiwedd y llinell, y gair 'caled'; yna wedi ei groesi allan a sgrifennu 'carreg'. Y bwriad a'r meddwl gwreiddiol, felly, oedd sôn am 'ysgerbwd caled'; ac mae hynny'n rhagori'n fawr ar yr ail syniad … Yn Windmill Hill y cafodd yr ysgerbwd ei gloddio. Cododd y cloddwyr rai o'r cerrig a oedd o'i gwmpas, a'u cadw felly yn yr amgueddfa yn Avebury, lle y gwelodd Waldo hwy. Ond 'ysgerbwd carreg'. Na, nid yw'n wir; ac ni ddylai bardd ddweud celwydd. Yn y dechrau, sylwer, roedd Waldo yn awyddus i nodi'r ffaith yn hytrach na ffansi ffôl. Dylid adfer felly 'ysgerbwd caled'.
>
> J. Gwyn Griffiths, 'Dail Pren: y Cysodiad Cyntaf',
Taliesin, cyf. 103, Gaeaf 1998, tt. 52–3.

Trafodwyd y gerdd gan R. Geraint Gruffydd, '"Geneth Ifanc": Rhai Sylwadau', *CAA*, tt. 136–42; gweler hefyd Robert Rhys, '"Cadarnach y Tŷ": Waldo Williams 1904–1971', *Taliesin*, cyf. 123, Gaeaf 2004, tt. 36–42.

14 **Glasach ei glas oherwydd hon** cf. 'He is a portion of the loveliness/Which once he made more lovely', *Adonais*, Shelley.

175. Ar Weun Cas-mael

DP, tt. 24–5. Cyhoeddwyd yn wreiddiol yn *Y Faner*, 22 Ebrill 1942, t. 4.

Amrywiadau

(*Y Faner*)

26 Deffroet

27 Gwnaet

Nodiadau

Trafodir y gerdd yn Robert Rhys, 'Barddoniaeth Waldo Williams, 1940–2', *CAA*, tt. 31–46.

Nodyn gwreiddiol yn *DP*: 'Mesur i feirdd yr Alban, Burns yn enwedig.' Meddai Waldo mewn llythyr at Anna Wyn Jones, 25 Ionawr 1948 (Llawysgrif LlGC 23896D, 3): 'Wrth roi'r dyddiad i lawr, cofio mai dyma ddydd geni un o'm hoff feirdd – Burns'.

Gw. y nodyn ar '[O'm Tyfle Hwy a'm Taflant'] [rhif 154] am gefndir y gerdd.

Y mesur a efelychwyd yw mesur 'To a Mouse, on Turning Her Up in Her Nest with the Plough', Robert Burns, er enghraifft. Dyma un pennill:

> Thou saw the fields laid bare an' waste,
> An' weary winter comin' fast,
> An' cozie here, beneath the blast,
>   Thou thought to dwell,
> Till crash! the cruel coulter past
>   Out thro' thy cell.

Ceir cryn nifer o gerddi gan Robert Burns ar y mesur hwn.

33 **Yng nghladd Tre-cŵn** gw. y nodyn ar 'Y Werin' ('Englynion y Rhyfel' [rhif 153]).

176. Mewn Dau Gae

DP, tt. 26–7. Cyhoeddwyd yn wreiddiol yn *Y Faner*, 13 Mehefin 1956, t. 7. Ceir copi o'r gerdd yn llaw Waldo yng Nghasgliad David Williams. Cyhoeddwyd eglurhad ar y gerdd gan y bardd ei hun yng ngholofn 'Ledled Cymru' yn *Y Faner*, 13 Chwefror 1958, t. 5, wedi i rai darllenwyr gael anhawster i'w deall.

Amrywiadau

40 **Ac yn syrthio'n ôl a'u dagrau fel dail pren** fel yr esboniodd Waldo yn ei eglurhad ar y gerdd yn *Y Faner*: 'Pan ddaeth y gân allan yn *Y Faner* yr oedd "dafnau" wedi mynd yn "dagrau". Credais fod hyn yn cyfoethogi'r gân ac y gwelai'r darllenydd mai dagrau o ryddhad teimlad oeddynt. Gadewais y gair i fod.'

Nodiadau

Nodyn gwreiddiol yn *DP*: 'Yr un Un sydd drwy'r gân. Ni threiglir *p* ar ôl *a* lle'r arferir y gair "parc". Diwedd pennill 5: Datguddiad 22:2. "A dail y pren oedd i iacháu'r cenhedloedd".'

Nodwyd union leoliad ac union amgylchiad y profiad a esgorodd ar y gerdd gan y bardd yn yr eglurhad a ymddangosodd yn *Y Faner*:

> Dau gae ar dir cyfaill a hen gymydog i mi, John Beynon, Y Cross, Clunderwen, yw Weun Parc y Blawd a Parc y Blawd. Yn y bwlch rhwng y ddau gae tua deugain mlynedd yn ôl sylweddolais yn sydyn, ac yn fyw iawn, mewn amgylchiad personol tra phendant, fod dynion, yn gyntaf dim, yn frodyr i'w gilydd.

Eglurodd arwyddocâd yr Ysbrydolwr a'r 'môr goleuni' yn ogystal:

> Mae'r syniadau uchaf am ein cenhadaeth yn y byd yn amharchus gan y nerthoedd a'i piau, ond nid yw'r Ysbrydolwr yn gadael llonydd i ddynion. Mae Ef yn ein hela, nid i farwolaeth ond i fywyd. Fel y dywedais yn gynharach yn y gân, pan fo un o syniadau Hwn yn dod inni am y tro cyntaf mae e'n dod mor sydyn â phetai wedi ei saethu i mewn i'r meddwl. Heblaw ein saethu fel hyn, meddwn, y mae Ef yn taflu Ei rwyd, nid i'n dal a'n difetha ond i'n tynnu'n nes at ein gilydd. Ar y cyntaf nid ydym yn ei adnabod, efallai. Cymerwn air ein meistri nad oes gan Hwn hawl ar ein tir: potsier, herwr, yw ef. Pan â'n ddycnach ei ymwneud â ni, anghofiwn amdano ond fel heliwr, nes dechreuwn rywbryd amau Ei berwyl ar y tir: wedi dod yn ôl i ymofyn Ei Deyrnas y mae, Ef yw'r Brenin Alltud. Wele Ef yn cerdded atom trwy'r bwlch, fel y gwna ryw dro, medd y dydd a'r nos wrth fyfyrio: cerdd trwy ryw argyfwng mewn hanes a'r pryd hynny bydd y nerthoedd oedd piau'r byd bryd hynny yn hollti fel brwyn yn ffordd Ei draed …

Y peth sydd gennyf yn llinellau cyntaf y gân yw hyn: teimlad o orfoledd a gwerthfawredd bywyd yw'r môr goleuni. Yr ydych yn gweld yr awyr yn fôr goleuni ar adegau felly. Ond gellwch gael y teimlad hwn heb fod un syniad pendant ynglŷn ag ef. Syniad pendant, deall egwyddor, yw rhodd 'y saethwr, yr eglurwr sydyn'. Yr un un yw hwn â'r Un sy'n rholio'r môr atom.

Ac meddai wrth gloi:

I mi, prif neges y gân hon, 'Mewn Dau Gae', yn nhermau'r funud hon, yw bod y Welch Regiment yng Nghyprus o hyd, a chyhyd ag y goddefwn orfodaeth filwrol, ein caethion ni ydynt. Pa beth a wnawn? Dyna paham yr oeddwn am egluro'r gân.

Gw. 'Eglurhad ar "Mewn Dau Gae"', *WWRh*, tt. 87–9. Bu cryn drafod a dehongli ar y gerdd hon; gweler, er enghraifft, Bedwyr Lewis Jones, 'Mewn Dau Gae', *CMWW*, tt. 149–59; Dafydd Elis Thomas, 'Mewn Dau Gae', *CMWW*, tt. 160–7; Gwyn Thomas, 'Mewn Dau Gae' yn *Dadansoddi 14*, tt. 54–63; Ned Thomas, 'Waldo Williams: In Two Fields' yn Hans-Werner Ludwig a Lothar Fietz, gol., *Poetry in the British Isles* (Caerdydd, 1994) tt. 253–66; Damian Walford Davies, 'Mapping Partition: Waldo Williams "In Two Fields" and the 38th Parallel' yn *Cartographies of Culture* (Caerdydd, 2012), tt. 172–202.

31 **Mor agos at ein gilydd y deuem** bu llawer o ddadlau ynghylch y llinell hon. Pan gyhoeddwyd *DP*, fel hyn yr ymddangosodd y llinell yn y gyfrol: 'Mor agos at *ei* gilydd y deuem'. Ond 'ein gilydd' a geir yn y fersiwn o'r gerdd a gyhoeddwyd yn *Y Faner*, a bu llawer o ddadlau oddi ar hynny ai 'ei gilydd' neu 'ein gilydd' a ddylai fod yma. Un o'r rhai a fu'n dadlau o blaid adfer 'ein gilydd' yw Alan Llwyd, er enghraifft, yn ei sylwadau golygyddol yn *Barddas*, rhif 290, Tachwedd/Rhagfyr 2006/Ionawr 2007, t. 4. Nododd dri rheswm o blaid adfer 'ein gilydd':

1) 'Mor agos at ein gilydd y deuem' oedd y ffurf ar y llinell pan gyhoeddwyd hi am y tro cyntaf erioed yn *Y Faner*, Mehefin 13, 1956. Mae'n bur sicr mai methu canfod y cam-brint wrth ddarllen proflenni *Dail Pren* a wnaed. Ni olygwyd *Dail Pren* gystal ag y dylid. Mae'r atalnodi yn wael ac yn ddiffygiol yn fynych ...

2) Mae'r llinell yn wallus yn ramadegol. Un ai 'Mor agos at ein gilydd y deuem' neu 'Mor agos at ei gilydd y deuent'. Ni ellir ei chael hi y ddwy ffordd.

3) Mae 'at ei gilydd' yn idiom Gymraeg. Yn ogystal â golygu 'ynghyd' – 'tynnu ynghyd/tynnu at ei gilydd', ac yn y blaen – 'at ei gilydd' yw'r idiom Gymraeg sy'n gyfystyr ag 'on the whole' yn Saesneg. Cyfieithiad slafaidd o'r Saesneg yw 'ar y cyfan'.

Anfonodd y Prifardd John Gwilym Jones lythyr i'r cylchgrawn yn anghytuno â sylwadau'r golygydd:

> Byddaf yn rhyfeddu o hyd at afael Waldo ar dafodiaith ei fro, ac mae'r llinell hon yn enghraifft fendigedig. Yn nhafodiaith Dyfed y mae'r ffurf unigol wedi parhau yn fyw gyda'r *cyntaf* lluosog yn ogystal â'r trydydd lluosog. Am ryw reswm nid yw hynny'n wir am yr ail berson lluosog. 'At ych gilydd' a glywir. Ond am y cyntaf lluosog, ymadroddion megis 'fe awn ni lawr gyda'i gilydd' sy'n naturiol. Cofiaf hen ewyrth yn gweiddi am gydymdrech, pan oedd yntau a chwmni o gymdogion yn codi car o'r ffos, 'Gyda'i gily' nawr 'te, bois'.
>
> O barch at feinder clust Waldo, ac er mwyn cadw naturioldeb braf y llinell yna yn y gerdd, buaswn yn apelio, i'r gwrthwyneb i'ch apêl chi ... am i olygyddion dderbyn y darlleniad fel y mae yn *Dail Pren*. Buasai'n haws gen i gredu, yn yr achos hwn, mai *Y Faner* a gamolygodd y geiriau!
>
> Ni allaf weld fod bodolaeth yr ymadrodd arall, 'at ei gilydd' (= *on the whole*), yn ddadl dros orfodi Waldo i ymwrthod â'r ffurf dafodieithol hollol ddilys a chywir y byddai yntau yn gartrefol ynddi.
>
> John Gwilym Jones, 'Llythyr: "Ei Gilydd" neu "Ein Gilydd",' *Barddas*, rhif 291, Chwefror/Mawrth 2007, t. 35.

Ond nid *Y Faner* a gamolygodd y geiriau.

Ceir y troednodyn canlynol gan Jason Walford Davies yn ei ysgrif '"Pa Wyrth Hen eu Perthynas": Waldo Williams a "Chymdeithasiad Geiriau",' *CAA*, t. 194:

> '[E]*in* y dylid ei ddarllen nid *ei*', medd Dafydd Elis Thomas yng nghyswllt yr ail linell a ddyfynnir yma; ' "Mewn Dau Gae" ', *CMWW*, 164. Y mae'r darlleniad yn *Baner ac Amserau Cymru*, 13 Mehefin 1956, 7 (y man cyhoeddi gwreiddiol) o blaid hyn: 'Mor agos at ein gilydd y deuem'. Ond

ni ddylid ychwaith golli golwg ar y ffaith fod y tro cam gramadegol (nid wyf am ddweud 'camgymeriad') yn y llinell fel y'i ceir yn *Dail Pren* ar lawer ystyr yn cyd-daro'n berffaith â'r cysyniad o gyfannu – o ddwyn y 'ni' ('deuem') a'r 'nhw' ('ei gilydd') ynghyd – yn y rhan hon o 'Mewn Dau Gae'. (Diogelwyd yr 'ei' yng ngolygiad J. E. Caerwyn Williams; *Cerddi Waldo Williams*, 67.)

Ceir copi o'r gerdd yn llaw Waldo ei hun yng Nghasgliad David Williams, ac 'ein gilydd' a geir yn y copi hwnnw. Rhaid arddel 'ein gilydd' o hyn ymlaen, yn hytrach na gwneud cam â'r gerdd. Cf. yn ogystal 'i'n tynnu'n nes at ein gilydd', t. 562.

Cymharer y llinell hefyd â'r llinell 'Tynnai bob dyn yn agos at ei gilydd', 'Pe gallwn' [rhif 44].

33 **O, trwy ocsoedd y gwaed ar y gwellt** cyfeirir at linell yn 'Y Dref Wen' yng Nghanu Heledd:

> Y dref wen ym mron y coed,
> Ysef ei hefras erioed,
> Ar wyncb ei gwellt y gwaed.

42 **A'r nos trwy'r celloedd i'w mawrfrig ymennydd** esboniwyd y llinell hon gan y bardd ei hun mewn llythyr a anfonodd at Bedwyr Lewis Jones:

Mae Wordsworth yn dwcud yn ei ragymadrodd i'r *Excursion*:

> Descend, prophetic spirit, that inspir'st
> The human Soul of universal earth
> Dreaming on things to come.

Rhyw syniad fel'na oedd gennyf i. Ac edrych ar y sêr, wedyn, fel celloedd yr ymennydd. Rwy'n cofio imi oedi tipyn cyn caniatáu 'mawrfrig'. Chwilio am air mwy cyson â siâp yr ymennydd. Ond y syniad oedd y sêr yn myfyrio ac yn meddwl; rwy'n credu imi gael y syniad o rywle fod y trydan yn rhedeg trwy'r celloedd a'u 'goleuo' pan fo dyn yn meddwl, a gwelais grynu'r sêr yn debyg i hynny, ond llonyddwch y myfyrdod uwchlaw hyn.

Mae Swinburne, yn un o'i *Songs Before Sunrise*, yn tebygu'r sêr i feddwl neu ymennydd y byd ... yr oedd y ddelwedd yna wedi fy swyno i ac rown i'n ei chofio wrth wneud y gân hon.

Ceir y llinell 'Dreaming on things to come' yn Soned CVII William Shakespeare yn ogystal: 'Not mine own fears, nor the prophetic soul/Of the wide world, dreaming on things to come'. Nid Swinburne ond George Meredith yw awdur y 'syniad' y cyfeiria Waldo ato, sef 'He reached a middle height, and at the stars,/Which are the brain of heaven, he looked, and sank', o'i soned 'Lucifer in Starlight'.

Cyhoeddwyd esboniad Waldo ar y llinell mewn troednodyn yn ysgrif Bedwyr Lewis Jones ar 'Mewn Dau Gae' yn *Llên Doe a Heddiw*, Golygydd J. E. Caerwyn Williams, 1964. Ailargraffwyd yr ysgrif yn *CMWW*, tt. 149– 59.

Y mae Thomas Hardy yn *The Dynasts* hefyd yn synio am y bydysawd fel ymennydd Duw, 'Whose Brain perchance is Space':

> These are the Prime Volitions, – fibrils, veins.
> Will-tissues, nerves, and pulses of the Cause,
> That heave throughout the Earth's compositure.
> Their sum is like the lobule of a Brain
> Evolving always that it wots not of;
> A Brain whose whole connotes the Everywhere,
> And whose procedure may but be discerned
> By phantom eyes like ours …

Roedd Waldo wedi darllen *The Dynasts*. Gw. y nodiadau ar 'Tri Bardd o Sais a Lloegr' [rhif 185].

48 **Daw'r Brenin Alltud a'r brwyn yn hollti** cyfeiriad at bennill o waith A.E., sef George William Russell (1867–1935), y bardd a'r cyfrinydd Gwyddelig. Daw'r pennill o'i gerdd 'Outcast' (*Voices of the Stones*, 1925):

> Sometimes when alone
> At the dark close of day,
> Men meet an outlawed majesty
> And hasten away.

Dyfynnir y pennill gan Waldo yn 'Pam y Gwrthodais Dalu Treth yr Incwm', a gyhoeddwyd yn wreiddiol yn *Y Faner*, 20 Mehefin 1956, t. 8. Ailargraffwyd yn *WWRh*, tt. 311–19. 'Ond nid oes dim ond yr unigrwydd hwn a'n dwg ni, trwy'r Brenin Alltud, i'r berthynas iawn â'n gilydd,' meddai Waldo wrth drafod y pennill.

177. Daw'r Wennol yn Ôl i'w Nyth

DP, tt. 28–9. Cyhoeddwyd yn wreiddiol yn *Y Faner*, 29 Mawrth 1939, t. 8, ac yn
y *Western Telegraph and Cymric Times*, 30 Mawrth 1939, t. 6.

Amrywiadau

7–8 cwpled annibynnol, yn dilyn y chwe llinell gyntaf, a geir yn *Y Faner* ac
yn y *Western Telegraph*

11 'Gweddw buarth heb ei wartheg' a geir yn *Y Faner* ac yn y *Western
Telegraph*

15–16 cwpled annibynnol eto

23–4 cwpled annibynnol eto

25–32 Ceir cryn dipyn o wahaniaeth rhwng fersiwn *Y Faner* a fersiwn y
Western Telegraph o'r pedwerydd pennill ymlaen. Tra bo fersiwn *Y
Faner* yn dilyn fersiwn *DP*, ond gyda'r cwpled clo yn gwpled ar wahân i
weddill pob pennill, ceir y ddau bennill clo hyn yn y *Western Telegraph*:

> Ar ddydd gwlyb yr ysgubor
> Ni rydd waith o mewn i'r ddôr.
> Mae parabl y stabl a'i stŵr,
> Tynnu'r gwair, gair y gyrrwr?
> Peidio'r pystylad cadarn,
> Peidio'r cur o'r pedwar carn.
>
> Eu gyrru hwnt i'w goror,
> Castell Martin min y môr.
>
> Ysbeilio eiddo heddwch,
> Sarhau'r sofl, sorri o'r swch.
> Hyn a fynaig draig y drin:
> Llawr gwag fydd yn lle'r gegin.
> Tewi'r iaith ar y trothwy
> A miri'r plant. Marw yw'r plwy.
>
> Gaeaf ni bydd tragyfyth,
> Daw'r wennol yn ôl i'w nyth.

Nodiadau

Nodyn gwreiddiol yn *DP*: 'Aeth y Weinyddiaeth Ryfel â'r ardal hon yn 1939.
Ond y mae rhai o ddefaid Preseli yn gaeafu yno.'

Ar ddechrau 1939, dechreuodd y Weinyddiaeth Ryfel chwilio am le addas yn Sir Benfro ar gyfer ymarfer tanciau, a dewiswyd tir amaethyddol Castellmartin, sef tiroedd pori amaethwyr y Preseli yn ystod cyfnod y gaeaf, i'r perwyl. 'Siom am blannu ysgol danciau gan lywodraeth estron ar bentir Lini, ym mro Dyfed, un o'r rhanbarthau prydferthaf a brasaf yng Nghymru,' meddai 'Be Jay', colofnydd barddol y *Western Telegraph and Cymric Times,* wrth iddo gyflwyno'r cywydd i sylw darllenwyr Cymraeg y papur. Yn ôl E. Llwyd Williams:

A dyma ni yng nghantref CASTELL MARTIN. Clywsom lawer o bryd i'w gilydd am yr 'hud ar Ddyfed', ond y mae melltith yma hefyd. Yn ôl ffigurau'r Cyngor Sir, y mae chwe mil o erwau brasaf Dyfed o dan olwynion cerbydau'r fall yn y fro hon. Lle y bu gwenith y mae llaib gynnau. Efallai y cewch chi drafferth i dramwy'n rhydd mewn mannau ar chwaraefa'r tanciau yn y cantref hwn. 'I ddiawl â'r ymwelwyr,' yw arwyddair y Swyddfa Ryfel.

Crwydro Sir Benfro 1, 1958, t. 112.

Traethodd Waldo Williams ei hun gryn dipyn am gefndir y cywydd wrth anfon ail fersiwn ohono at E. Prosser Rhys, golygydd *Y Faner.* 'Cefais ddau fersiwn o'r cywydd oddi wrth Waldo, ac wrth yrru'r ail fersiwn, y fersiwn a gyhoeddir, cefais lythyr gan Waldo yn esbonio tipyn ar gefndir y cywydd' meddai E. Prosser Rhys. Meddai Waldo:

Bûm yn adrodd wrth rai neithiwr y gân a yrrais atoch, a chredent nad oeddwn wedi gosod allan yn ddigon clir am ba beth y canwn – y ffermydd rhwng Cors Castell Martin a'r môr, lle bydd y 'Tank Range' cyn hir. Felly, mi ail-luniais y gân, gan roi pennill dwy linell ar ôl pob pennill chwe llinell i ddwyn i mewn rhai o'r enwau. Linney (o darddiad Nors, tebygaf) yw'r Lini sydd gennyf – pa beth arall a wnawn ag ef? Pennyholt yw Pen-yr-hollt erbyn hyn, a Crickmail yw Crug-y-mêl yn nhafodiaith yr ardal – a little English beyond Welsh. Efallai nad cywir meddwl am Pen-yr-hollt wrth ddarllen am aelwyd y wehelyth, oblegid nid oes mwy na phymtheng mlynedd er pan symudodd y bobl yno o'r dref.

Hefyd gobeithir achub rhan o Crickmail eto, ond fel darlun cyfansawdd safed yr enwau, onide? Perchenogir Linney, Pennyholt,

Bulliber (Pwll Berw?), Brownslade, Chapel, Mount Sion, Pricaston, Flimston a hanner Longstone. Cedwir yn ôl rannau o Ferion, Loveston, Heyston, Trenorgan, Crickmail.

> 'Esboniad ar gefndir "Daw'r Wennol yn ôl i'w Nyth"', *WWRh*, tt. 82–3.

1/32 Ceir y llinell 'Daw'r wennol yn ôl i'w nyth' mewn cwpled tebyg iawn i gwpled clo cywydd Waldo gan Ab Hefin (Henry Lloyd; 1870–1946), yn ei gywydd 'Er Cof am ei Briod, Nos Nadolig, 1919', sef:

> Daw'r wennol yn ôl i'w nyth
> A gofia yn dragyfyth.
>> Gw. D. Jacob Davies, *Cyfoeth Cwm* (1965) t. 92.

20 **Gŵyr o'r môr gareio'r maes** cyfeiriad at linell o waith Iolo Goch, yn ei gywydd 'Y Llafurwr': 'Cryw mwyn a ŵyr c'reiaw maes'. Ceir yr ymadrodd 'gareio'r maes' rhwng dyfynodau sengl yn *Y Faner*.

21 **Mwy nid ardd neb o'r mebyd** cyfeiriad at gwpled o waith Iolo Goch, eto yn 'Y Llafurwr':

> Gwyn ei fyd, trwy febyd draw,
> A ddeily aradr â'i ddwylaw.

178. Preseli

DP, t. 30. Cyhoeddwyd yn wreiddiol yn *Y Faner*, 20 Tachwedd 1946, t. 1, dan y teitl 'Preselau'.

Amrywiadau

(*Y Faner*)

1 Moel Drigarn
3 ac i'r Efail
7 ac yn curo

Ceir fersiwn arall o'r ail bennill mewn llythyr oddi wrth Waldo Williams at D.J. a Siân Williams, 13 Mehefin 1946, o Sunnyside, West Perry, Swydd Huntingdon (Papurau D. J. Williams yn y Llyfrgell Genedlaethol, P2/35/28):

> Dyma fwrw fy mara ar wyneb y dyfroedd. Y fath ddyfroedd hefyd. Wythnos segur i mi am fod y caeau cleiog yn rhy wlyb i fyned iddynt.

Peth anghyffredin yn yr amser hwn o'r flwyddyn hefyd. Cawn dipyn o hwyl yr wythnos o'r blaen yn gweld fy nghydweithwyr yn mynd i gwato, a minnau

Yn mynd ymlaen, ac ymlaen yn null fy mhobl
Hen hil y niwl a'r glaw mân a'r brwyn a'r ffetanau sach
Ymgodymwyr a daear ac wybren, curwyr y cwbl
Fel y gwelais hwy gynt ar y llethrau yn y caeau bach.

Nodiadau

Nodyn gwreiddiol yn *DP*: '1946, pan oedd y Weinyddiaeth Ryfel yn bygwth mynd â'r ardal.'

Yr oedd Waldo o'r farn mai 'Preseli' oedd un o'i gerddi gorau. Trafododd ryw ychydig ar gefndir a chynnwys y gerdd mewn sgwrs â T. Llew Jones:

rwyf i wedi darlunio nawr y man lle'r oedd y frawdoliaeth 'ma yn bod. Hanfod y peth hwn oedd y teimlad brawdol 'ma trwy'r gymdeithas i gyd – y peth sy'n tystio bod gynnom ni rywbeth sydd o'r tu hwnt i'r ddaear yma. 'Perl yr anfeidrol awr yn wystl gan amser' – fod hwnna rywffordd neu'i gilydd wedi cael ei blannu ynom ni yn y dechre, a dyna pam rŷn ni'n bod, allwn i feddwl, a'n hamcan ni; trwy y gymdeithas hon, trwy'r pethe gore yn ein bywyd ni, yr oeddwn i'n gweld posibilrwydd nefoedd. 'Mi welais drefn yn fy mhalas draw.' Wedyn y 'fforest ddiffenestr' yw pethe sydd yn ein cau rhag gweld y byd ysbrydol, yr elyniaeth yma, trais, gormes – hwnna oedd y 'baw'.

'Sgwrs â T. Llew Jones', *WWRh*, tt. 99–100.

1 **Mur fy mebyd, Foel Drigarn, Carn Gyfrwy, Tal Mynydd** rhai o drumau mynyddoedd y Preseli a enwir yn y llinell hon: Moel neu Foel Drigarn (neu Drygarn), copa i'r gorllewin o Grymych, Garn Gyfrwy (gw. y nodyn ar 'Cysegrleoedd' [rhif 11]) a Tal Mynydd, un arall o gopaon y Preseli.

3 **Witwg** Whitehook, ardal fechan yn ymyl Trefelen (Bletherston) ynghanol Sir Benfro, nid nepell o Landysilio.

3 **i'r Wern ac i lawr i'r Efail** cf. B. G. Owens, 'Casglu Gweithiau Waldo Williams', *Y Traethodydd*, cyf. CXXVIII, Hydref 1973, t. 250: 'Gwir hyn amdanaf innau fel am y bardd a ganodd y gerdd, ac y mae'n weddus felly godi'r trywydd yn y cynefin cynnar ym Mynachlog-ddu, sy'n nythu'n

gysurus-Gymraeg yng nghysgod y Preseli a'r Witwg (Whitehook ar bapur) a'r Wern a'r Efail rhyngddynt yn cwmpasu eithafion ei ffiniau. Yn wir, o fewn ergyd carreg i'r Efail y'm ganed i'. Gw. hefyd y nodyn ar y llinell 'I'r Efail mi af ambell adeg' yn 'Brenhines y Lamp' [rhif 111].

4 **Lle tasgodd y gwreichion sydd yn hŷn na harn** cf. *Adonais*, Shelley:

> And many more [o feirdd], whose names on Earth are dark,
> But whose transmitted effluence cannot die
> So long as fire outlives the parent spark,
> Rose, robed in dazzling immortality.

6 **gelaets** geletsh, gellhesg, gellesgen felen, *yellow flag*.

20 **Cadwn y mur rhag y bwystfil** cf. 'Chwi sy'n coelio mai cul oedd bywyd Cymru ac mai bas oedd celfyddyd Cymru yn eu hadeg hwy, coeliwch hefyd fod golud gwell a roddir i'r tlodion yn yr ysbryd ym mhob oes ac ym mhob gwlad. Ac os nad oedd eu gorwel yn llydan, nid estynnai'r bwystfil ei bawen o'r tu ôl iddo i'w hysbeilio o'u gwerthfawrocaf peth.'

> 'Y Darlun', *WWRh*, t. 71. Cyhoeddwyd yn wreiddiol yn *Heddiw*,
> cyf. 5, rhif 3, Gorffennaf 1939.

179. Y Tŵr a'r Graig

DP, tt. 31–9. Cyhoeddwyd yn wreiddiol yn *Heddiw*, cyf. 4, rhif 3, Tachwedd 1938, tt. 69–76. Ceir copi o'r cywydd hefyd yn llawysgrifen Waldo ei hun yng Nghasgliad David Williams, a hwnnw'n cyfateb, gyda rhai gwahaniaethau, i'r fersiwn a gyhoeddwyd yn *Heddiw*. Teitl gwreiddiol y cywydd oedd 'Rhwng y Ddwy Garn'. Nodir isod yr amrywiadau ychwanegol a geir yn 'Rhwng y Ddwy Garn' yn unig. Mae'n amlwg fod 'Rhwng y Ddwy Garn' yn fersiwn cynharach na fersiwn *Heddiw*.

Amrywiadau

(*Heddiw*, oni nodir mai 'Rhwng y Ddwy Garn' yw'r ffynhonnell)

3–4 Ar y garn un haearn hwyr–/Tŵr eofn tua'r awyr; Ar y garn ryw haearn hwyr ('Rhwng y Ddwy Garn')

11 O ïau yw byw bŵau?

15 Draw yr oedd carn ac arni

18–19 ceir cwpled ychwanegol rhwng y llinellau hyn yn 'Rhwng y Ddwy Garn': Arwydd a naddwyd erom,/Y garreg las o'r graig lom

19 A'i llun ('Rhwng y Ddwy Garn')

23 Dyrchaf bader a chyfyd

35 a'n drygai'n gaeth

37 I'r hygred aent â'u rhagrith; I'r hygred aed eu rhagrith ('Rhwng y Ddwy Garn')

39 Rhaid mai yw unrhyw ydynt

45–6 Gynhaeaf, gwanwyn hefyd – 'Yr un yw baich gwerin byd …' ('Rhwng y Ddwy Garn')

47 Cael o'r tir âr ('Rhwng y Ddwy Garn')

48 Troi'n gyfwerth ('Rhwng y Ddwy Garn')

52 Pwy ond fy mhobl a'i piau (ar ôl dileu 'Onid') ('Rhwng y Ddwy Garn')

54 A wnelai gam a'r fam fawr ('Rhwng y Ddwy Garn')

Hwn oedd y pumed caniad gwreiddiol – cyn ei ddileu – yn 'Rhwng y Ddwy Garn', sef rhan o ganiad X yn *DP*:

> Gyrr y glaw ar y graig lom.
> Yn y dryswch saif drosom.
> I lach gwynt y cyflychwr
> Byddar yw bost tost y twr,
> Ond y graig a wrendy gri
> A'i holrhain trwy'r cymhelri …
> O'r ogof lle trig dreigiau
> Llid a ddygyfor pôr pau.
> Hen ddraig a gynddeiriogwyd,
> Y teigr yn null gwlatgar nwyd,
> Daw'r ymffrost o'r darostwng
> O warth ei dud, nerth ei dwng.
> Anadl poeth ar genedl pôr,
> A, bu trwm ein rhaib tramor.
> Ysbeilo glo, sbwylo gwlad –
> Os gwerin, pa ysgariad?
> Cadw'n dlawd ein brawd un bru.
> Taled yn awr y teulu.

Ceir hefyd fersiwn diwygiedig o'r caniad uchod, ac at hwnnw y cyfeirir isod.

56 Diau 'run dynged hefyd

67 yn dorch denau

78 Heb farn un prinder arnom ('Rhwng y Ddwy Garn')

80 Be baem yn deulu bob un ('Rhwng y Ddwy Garn')

109 Ie, iaith eu hanrhaith yw ('Rhwng y Ddwy Garn')

110 Pwy a ddaw'n rhonc o'r goncwest/Ac wele'n rhonc o'r goncwest/A bydd rhonc os cawn goncwest ('Rhwng y Ddwy Garn')

111 Ond ysbeilwyr, gwyr y gest/Yr ysbeilwyr – gwyr y gest ('Rhwng y Ddwy Garn')

112 A'r mel yn diferu o'u min ('Rhwng y Ddwy Garn')

128 pobl y pau

135 eu horiau crintach

138 Bwrw o ael y llethr bryn

155 Frwydr byd i frodyr bach.

187 Wrth ffwrm braisg buarth fferm bro

190–91 y mae'r llinellau hyn mewn trefn wahanol yn *Heddiw*: 'Nac i bôr nac i'w beiriant/Ni phlyg cadernid ei phlant'

204 Y deffro di gredoau

209 O'r ogof lle bo'r dreigiau ('Rhwng y Ddwy Garn')

211 O warth ei dir, nerth ei dwng ('Rhwng y Ddwy Garn')

216 O daw gwaedd

222 i'w tirioni; 222–3 Erys wrth bawb yn dirion/A hael a hawddgar yw hon ('Rhwng y Ddwy Garn')

236 Yn eu cad, cyn y codwm – dilewyd yn 'Rhwng y Ddwy Garn'

256–7 At bob nerth a aberthwyd./Awyr, cân. O ddaear cwyd

260–1 A lli'r haul a'r lloer olau/Ymhell ar orwel fy mhau ('Rhwng y Ddwy Garn')

Nodiadau

Nodyn gwreiddiol yn *DP*: 'Castell y Garn yw'r twr, ac ar Fynydd Tre-Wman neu "Brwmston", neu "Plumstone" y mae'r graig. O'm hen gartref, saif y rhain ar y gorwel, ar draws y sir, yn eglur yn erbyn wybr yr hwyr. Cymerais hwy'n sumbolau. Tachwedd 1938 a'r Arglwyddi'n cynnig Gorfodaeth Filwrol.' Nodir hefyd mai 'Brodyr fy nhad-cu' yw'r '[b]rodyr bach' y cyfeirir atynt yn rhan VIII o'r cywydd.

Ceir y cyflwyniad canlynol i'r cywydd yn *Heddiw*: 'CONSCRIPTION URGED. Lord Strabolgi is to move in the House of Lords on November 16: "That, in the light of recent events, this House is of the opinion that it would be in the best interests of this country if some measures of compulsory national service to include compulsory service in the Forces of the Crown were to be adopted." '

Esboniodd Waldo ei hun gefndir a neges y gerdd, mewn llythyr at D. J. Williams ddiwedd mis Tachwedd 1938:

> O ie, yr oeddech yn gofyn am dipyn o oleuni ar y cywydd yna. Wel, mi fûm yn darllen tipyn ar Gyfres y Fil yn ystod yr Haf yma, ac yn teimlo nad oedd bois y ganrif ddiwethaf ddim mor ffôl wedi'r cyfan ag y mae beirniadaeth lem yr 'adfywiad' yn eu dodi. A phan ddodid testunau cymdeithasol megis Elusengarwch, neu Heddwch, neu'r Genhadaeth Dramor iddynt ganu arnynt, yr oedd hynny mewn ffordd yn eithaf unol â thraddodiad y mesurau caeth, oblegid canu cymdeithasol, yntê, oedd yr eiddo'r cywyddwyr. Wel, teimlo'r own, heb godi i'r un uchder barddonol ag y gellir mewn canu 'rhamantus' ac 'unigol' y gellid gwneyd y cywydd yn gyfrwng eithaf defnyddiol at iws gwlad i drafod materion mawr y dydd mewn ffordd fwy gafaelgar, efallai, nac mewn rhyddiaith. Tipyn yn rhy hir yw'r cywydd hwn, rwy'n deall, o'i weld mewn prŵff, ond nid oedd yn edrych mor hir i mi pan ddanfonais ef atoch, oblegid yr oeddwn wedi ei dorri i lawr yn helaeth o'r hyn sgrifenaswn gyntaf.
>
> Wel, wn i ddim, rwy'n meddwl eich bod yn chwilio am ryw haenau o ystyr ddofn yn y rhannau cyntaf na sydd i'w cael ym meddwl yr awdur. Ond dyma genesis y ffigyr sydd gennyf.
>
> Wrth edrych i'r gorllewin o ffenestr llofft Elm Cottage, gwelir dau bigyn yn ymyl ei gilydd ar y gorwel. Castell y Garn yw un, a'r Plumstone (Plwyf Camrose) yw y llall. Cymerais y Tŵr ar Gastell Roch yn arwydd am ormes – cymdeithasol a militaraidd – peth sy'n estron i ddyn yng ngwaelod ei gyfansoddiad, fel y mae'n rhaid inni goelio os coeliwn y daw dydd pryd y bydd yn estron i'w hanes, oblegid gwaelod y cyfansoddiad sy'n penderfynu diwedd yr hanes. Rhywbeth felly yw'r gormes yma a osodir arnom, fel Castell y Garn ar y garn, gan nerthoedd estronol. Ond am y Plumstone – fel gwedodd un o drigolion

Camrose wrthyf – 'She's a big lump o[f] a' awld rock, and she've a bin there no dewt since the feundation' … Felly cymerwn Roach i sefyll dros yr arglwyddiaeth lem, a'r Plumstone dros y werin arw – honno'n codi o natur ei hun fel y maen o wythi'r graig, nid rhywbeth gwneud fel castell.

Papurau D. J. Williams yn y Llyfrgell Genedlaethol, P2/35/18,
llythyr oddi wrth Waldo Williams at D. J. Williams, 21 Tachwedd 1938.
Argraffwyd yn *WWRh*, 'Llythyr at D. J. Williams ynghylch "Y Tŵr a'r Graig"
(1938)', tt. 81–2. Trafodir y gerdd yn *ChANG*, tt. 130–46.

13 **Gwilym** Gwilym Goncwerwr, brenin Normanaidd cyntaf Lloegr. Teyrnasai o 1066 hyd at 1087, pryd y bu farw. Hefyd, marchog Normanaidd o'r enw Adam de Rupe a adeiladodd Gastell Roch.

23 **Uwch ei ofal, a chyfyd** bu'n rhaid i Waldo gywiro'r llinell wreiddiol, 'Dyrchaf bader a chyfyd', oherwydd y camacennu a geid ynddi. Byddai 'Dyrchafaf bader a chyfyd' yn berffaith gywir o safbwynt acennu, ond byddai'r llinell wedyn yn rhy hir o sillaf.

35 **Gan y gwŷr a'n dygai'n gaeth** mae'n debyg mai cam-brint a gafwyd yn fersiwn *Heddiw* o'r cywydd ('a'n drygai'n gaeth').

39 **Rhaid mai yr unrhyw ydynt** mae'n sicr mai cam-brint a gafwyd yn fersiwn *Heddiw* o'r cywydd ('Rhaid mai yw unrhyw ydynt'). 'Rhaid mai yn unrhyw ydynt' a geir yn *DP*, ond yn 'Rhwng y Ddwy Garn', 'Rhaid mai yr unrhyw ydynt' a geir, a hynny yn llaw Waldo ei hun. Mae'n amlwg mai cam-brint arall a gafwyd yn *DP*. O safbwynt ystyr a chystrawen, 'Rhaid mai yr unrhyw ydynt' yw'r dewis gorau.

56 **A'i rhodfa i'r un rheidfyd** yr oedd hon hefyd yn llinell anghywir yn y cywydd gwreiddiol ('Diau 'run dynged hefyd').

66 **Hafal i'n hoed yn oedi** cynghanedd lusg yw'r llinell hon, ac nid yw rheolau cerdd dafod yn caniatáu i gynghanedd lusg fod yn ail linell mewn cwpled.

67 **Uwch y tân yn dyrch tenau** roedd yn rhaid i Waldo'r droi'r 'dorch' unigol yn *Heddiw* yn 'dyrch' yn *DP* gan fod *t* ('tân') yn ateb *d* ('denau') yn y llinell wreiddiol.

69 **Pŵl yw y mwg – pa le y mae?** llinell unigol nad yw'n rhan o gwpled yw'r llinell hon.

94–5 **dwrn dur** cyfeiriad at englyn Hedd Wyn, 'Nid Â'n Ango':

> Ei aberth nid â heibio, – ei wyneb
> Annwyl nid â'n ango,
> Er i'r Almaen ystaenio
> Ei dwrn dur yn ei waed o.

97 Y mae'r llinell hon yn rhy hir o sillaf.

100 **Onid hynt y gwynt a'i gwed?/Yn y glaw cawn ei glywed** cf. 'Poni welwch-chwi hynt y gwynt a'r glaw?', 'Marwnad Llywelyn ap Gruffudd', Gruffudd ab yr Ynad Coch.

119 **A rydd ei arwydd erom** cynghanedd bendrom.

163 **Ond dydd Crist y gwledydd Cred** ceir yma enghraifft arall o anwybyddu calediad. Dylid ateb y ddwy *d* yn 'On*d d*ydd' â *t*, ond un *d* yn unig a geir yn 'gwle*d*ydd'.

198 **Hwy, yn araf drwy lafar** prin fod cynghanedd o gwbl yn y llinell wreiddiol, 'Hwy, ar ein breibiau llafar', a rhaid oedd cael llinell arall yn ei lle. Trwy gyfrif y gytsain *f* yn 'llafar' yn *f* lafarog yn unig y gellid cael rhyw fath o gynghanedd lafarog yn y llinell wreiddiol.

205 **A'r rhin sydd yn arddel yr hau** dyma'r llinell a geir mewn sawl argraffiad o *DP*, ond mae'n rhy hir o sillaf, felly, fe gywirwyd yma, yn union fel y bu'n rhaid cywiro llinellau eraill a oedd yn rhy fyr o sillaf, er enghraifft, newid 'Rhown i'w barn fawrion byd' yn 'Rhown i'w barn fawrion *y* byd' a 'Ban a llym uwch ben lli' yn 'Ban a llym uwchben *y* lli', neu'n rhy hir o sillaf. 'Yn rhemp dan amynedd y rhod', er enghraifft.

249 **Yw y tŵr, cyn y torro** meddai Waldo mewn llythyr at W. Rhys Nicholas ar 29 Mai 1961: 'Rwy'n cofio imi fod yn anfodlon [â]'r llinell "Yn [*sic*] y tŵr cyn y torro", yr ail *y* yn ddieithr i Ddyfed – a hi [â]'r Gymraeg orau wrth gwrs!' (Papurau'r Parch. W. Rhys Nicholas, 1/49)

180. Oherwydd ein Dyfod

DP, t. 40.

Gw. R. Geraint Gruffydd, 'Oherwydd ein Dyfod: Cais ar Ddehongliad' yn *CMWW*, tt. 133–6; Alan Llwyd, '"Oherwydd ein Dyfod": "Undod y Byd" a Chariad Cyfanfydol yng Ngwaith Waldo Williams' yn *CAA*, tt. 108–35; Jason Walford Davies, '"Myned Allan i Fanfrig Gwreiddiau": Waldo Williams a *The Penguin New Writing, Trafodion Anrhydeddus Gymdeithas y Cymmrodorion*, Cyfres Newydd, Cyfrol 19, 2013, tt. 148–67. Awgrymir yn yr erthygl olaf hon gyfatebiaeth rhwng y gerdd a cherddi o waith A. S. J. Tessimond ac eraill a gyhoeddwyd yn *The Penguin New Writing*, 21 (1944).

181. Y Tangnefeddwyr

DP, t. 41. Cyhoeddwyd yn wreiddiol yn *Y Faner*, 5 Mawrth 1941, t. 4.

Nodiadau

Cefndir y gerdd yw'r bomio mawr a fu ar dref a phorthladd Abertawe, 19–21 Chwefror 1941, gan awyrennau'r Almaenwyr. Yn y gerdd y mae Waldo yn galw i gof werthoedd ei rieni: ei fam, Angharad (1876–1932), a'i dad, J. Edwal (1863– 1934). Am y teitl a diweddglo pob pennill cf. 'Gwyn eu byd y tangnefeddwyr: canys hwy a elwir yn blant i Dduw (Mathew 5:9). Ceir trafodaeth gan Robert Rhys yn 'Barddoniaeth Waldo Williams, 1940–2', yn *CAA*, tt. 31–46 (33–8).

182. Angharad

DP, t. 43.

Nodiadau

Nodyn gwreiddiol yn *DP*: 'Angharad, gwraig Ieuan Llwyd o Lyn Aeron, oedd â'r gŵn ysgarlad, yn y farwnad a ganodd Dafydd ap Gwilym iddi. Fy mam yw'r Angharad hon.'

7–8 Fel y noda Waldo, cyfeirir yma at farwnad Dafydd ap Gwilym i Angharad, gwraig Ieuan Llwyd, sef y pennill canlynol:

> Gwenwyn ym ei chŵyn, ni chad – i'm ystlys,
> Gwanas gywirlys, gŵn ysgarlad.
> Gwaith drwg i'r olwg hir wylad – yng nghaeth,
> Gwaeth, cyfyng hiraeth, cof Angharad.

183. Gyfaill, Mi'th Gofiaf

DP, t. 44.

Nodiadau

Nodyn gwreiddiol yn *DP*: 'Diwedd y pennill cyntaf, Malachi Jones. Nodweddiadol o Idwal.'

Cymeriad yn nrama Idwal Jones, *Pobl yr Ymylon* (1927), yw'r Parchedig Malachi Jones. Roedd Waldo wedi bwriadu llunio awdl er cof am Idwal Jones ar gyfer cystadleuaeth y Gadair yn Eisteddfod Genedlaethol Ystradgynlais, 1954, ond ni lwyddodd i'w chwblhau. Cyhydedd hir yw'r mesur.

6/18 **Ac yng nghraidd y gau angerdd y gwir … Diogel faddau, dy gelfyddyd**
cymharer â'r hyn a ddywedodd Waldo am Idwal:

> Myfyrdod mawr Idwal y tu ôl i *Pobl yr Ymylon* oedd perthynas celfyddyd a chrefydd. Yr oedd am ddangos y berthynas hon ynghanol pechod, a rhoi iddi ei chyfle yno. Yng nghalon y twyllwr yr oedd gonestrwydd ynglŷn ag un peth – celfyddyd – y gelfyddyd o bregethu. Yr oedd y diffuantrwydd hwn yng ngenau un a awyddai am barchusrwydd. Credai Idwal fod ysbryd celfyddyd yn arwain at gydymdeimlad â dynion …

> 'Adolygiad ar Gwenallt, *Cofiant Idwal Jones*', *WWRh*, t. 173.
> Cyhoeddwyd yn wreiddiol yn *Y Ddraig Goch*, cyf. XXXI, rhif 6, Mehefin 1959.

184. Yr Hen Allt
DP, t. 45. Cyhoeddwyd yn wreiddiol yn *Y Ford Gron*, cyf. 1, rhif 9, Gorffennaf 1931, t. 12.

Nodiadau
Awgrymodd E. Llwyd Williams mai'r allt y tu ôl i gapel y Gelli, rhwng Clunderwen a Llanhuadain, oedd yr hen allt y canodd Waldo Williams iddi: 'Cofiaf am garcharorion rhyfel o'r Almaen mewn gwersyll yn ymyl yr allt sy tu cefn i'r capel tua 1916, a thybiaf mai'r allt yma a dorrwyd i lawr ganddynt hwy yw honno a welwn "yn tyfu eto" yn nhelyneg feddylgar Waldo' (*Crwydro Sir Benfro* 2, 1960, t. 52). Fodd bynnag, ar sail adroddiadau a ymddangosodd yn *The Narberth, Whitland and Clynderwen Weekly News* ym 1918, awgrymodd Robert Rhys mai yn y flwyddyn honno y torrwyd coed yr hen allt. Gw. *ChANG*, tt. 26, 74.

185. Tri Bardd o Sais a Lloegr
DP, tt. 46–7.

Nodiadau
Nodyn gwreiddiol yn *DP*: 'I. Thomas Hardy. Gweler dechrau a diwedd *The Dynasts*. II. John Keats. Caer Wynt oedd canolfan aradr y Belgae cyn dyfod y

Rhufeiniaid. Yr oedd arhosiad y bardd yma ym Medi, 1819 yn gynhyrchiol i'w farddoniaeth, dail ei bren, chwedl yntau; "This world is a vale of soul making" mewn llythyr. III. William Cowper. "I was a stricken deer and left the herd." A phan oedd ei genedl yn gorfoleddu ym muddugoliaethau'r Rhyfel Saith Mlynedd, "O for a lodge in some vast wilderness".'

I. Ynglŷn â Thomas Hardy, gw. y nodyn ar 'Soned (Wrth edrych ar lun Thomas Hardy)' [rhif 72].

1 **Pen pencerdd serch** y mae Thomas Hardy yn enwog am ei gerddi serch.

3 **A'i Dduw'n gysgadur diddeffroi** yr 'It' sy'n cysgu, y cysgadur o Dduw sy'n rym dall yn y bydysawd, yn ôl *The Dynasts.*

5 **Haf ar y rhos wrth gefn ei dŷ** y rhos wrth gefn y tŷ lle ganed Thomas Hardy yn Higher Bockhampton, Dorset, yw Egdon Heath enwog y cerddi a'r nofelau.

9 **y Tosturiaethau** Corawd y Tosturiaethau yn *The Dynasts.* Ceir yn *The Dynasts* rithiau goruwchnaturiol neu ysbrydion sy'n trigo yn yr Uwchfyd ('Overworld'); 'Supernatural spectators of the terrestrial action, certain impersonated abstractions, or Intelligences, called Spirits' yw'r rhain yn ôl rhagair Thomas Hardy i *The Dynasts.* Ac meddai ymhellach: 'These phantasmal Intelligences are divided into groups, of which one only, that of the Pities, approximates to "the Universal Sympathy of human nature – the spectator idealized" of the Greek Chorus'.

10 **Côr yr Oesoedd** 'Semichorus 1/2 of the Years' yn *The Dynasts.*

II Am John Keats (1795–1821), y bardd rhamantaidd mawr, y sonnir yn ail ran y gerdd.

13/17 **Medi ar feysydd hen Caer-wynt … Yma un Medi daeth dy gawr** dychwelodd John Keats i Gaer-wynt (Winchester) ar 15 Medi 1819, ar ôl ymweliad byr â Llundain. Wedi iddo ddychwelyd o Lundain, profodd gyffro creadigol mawr yng Nghaer-wynt.

14 **A'r hwyr yn gwynnu sofl yr haidd** meddai Keats mewn llythyr at J. H. Reynolds, 21 Medi 1819:

How beautiful the season is now – How fine the air. A temperate sharpness about it … I never lik'd stubble fields so much as now – Aye better than the chilly green of spring. Somehow a stubble plain looks warm – in the same way that some pictures look warm – this struck me so much in my Sunday's walk that I composed upon it.

The Letters of John Keats 1814–1821, cyf. II, 1819–1821, Golygydd: Hyder Edward Rollins, 1958, t. 167.

18 **sicr ynghanol sen** cyfeiriad at ymosodiadau llym beirniaid ac adolygwyr ar waith John Keats. Mewn llythyr a anfonodd at ei frawd a'i chwaer-yng-nghyfraith, George a Georgiana Keats, ar 27 Medi 1819, soniodd Keats am 'the mire of a bad reputation which is continually rising against me', ond roedd yn llawn gobeithion y gallai greu barddoniaeth wych: 'I really have hopes of success' (*The Letters of John Keats 1814–1821*, cyf. II, 1819–1821, tt. 186, 185).

20 **yn nail ei bren** cyfeiriad at ddatganiad enwog John Keats: 'if Poetry comes not as naturally as the Leaves to a tree it had better not come at all' (*The Letters of John Keats 1814–1821*, cyf. I, 1814–1818, t. 238). Y geiriau hyn, yn rhannol, a roddodd i *Dail Pren* ei deitl.

22 **A hidlai'r hwyr yr adliw rhos** y gerdd a ysbrydolwyd gan y meysydd sofl yng Nghaer-wynt ym mis Medi 1819 oedd 'To Autumn'. Y mae'r llinell hon gan Waldo yn cyfeirio at y pennill hwn yng ngherdd Keats:

Where are the songs of Spring? Ay, where are they?
Think not of them, thou hast thy music too –
While barred clouds bloom the soft-dying day,
And touch the stubble-plains with rosy hue.

24 **A glyn gwneud enaid oedd y Nos** cyfeirir yma at yr hyn a ddywedodd Keats mewn llythyr at George a Georgiana Keats, ar 21 Ebrill 1819:

Call the world if you Please "The vale of Soul-making". Then you will find out the use of the world (I am speaking now in the highest terms for human nature admitting it to be immortal which I will here take for granted for the purpose of showing a thought which has struck me concerning it) I say '*Soul Making*' as distinguished from an Intelligence – There may be Intelligences or sparks of the divinity in millions – but they are not Souls till they acquire identities, till each one is personally itself, I[n]telligences are atoms of perception – they know and they see and they are pure, in short they are God – how then are Souls to be made? … How, but by the medium of a world like this?

The Letters of John Keats 1814–1821, cyf. II, t. 102.

III Bardd, emynydd, Cristion a heddychwr oedd William Cowper (1731–1800), gwrthrych y drydedd ran.

25–6 **Ynghwsg y mae'r gweirgloddiau mawr/Lle llusg hen afon Ouse trwy'r llaid** gadawodd William Cowper Lundain ym 1763, ac ym mis Mehefin 1765 roedd wedi ymgartrefu yn Huntingdon, Swydd Gaergrawnt. Ar ôl byw ar ei ben ei hun am rai misoedd, aeth i fyw gyda theulu'r Parchedig Morley Unwin, ysgolfeistr a oedd wedi ymddeol. Bu'r berthynas rhwng Cowper a phriod Morley Unwin, Mary, yn agos o'r dechrau. Arferai'r ddau fyfyrio a gweddïo gyda'i gilydd, ac astudio diwinyddiaeth. Wedi i Morley Unwin farw ym 1767, symudodd William Cowper a Mary Unwin i Olney yn Swydd Buckingham. Trigai'r ddau mewn tŷ o'r enw Orchard Side, a wynebai sgwâr y farchnad yn nhref Olney, ar afon Ouse. Yma y lluniodd Cowper ei gerdd hir, *The Task*, gwaith a ddechreuwyd ganddo ym 1783. Yn y ddwy linell agoriadol hyn, cyfeirir at y llinellau canlynol, yn *The Task*, Llyfr 1: *The Soffa*:

Here Ouse, slow winding through a level plain
Of spacious meads with cattle sprinkled o'er.

Mae 'gweirgloddiau mawr' yn gyfeiriad uniongyrchol at 'spacious meads'.

28 **Y ciliodd ef fel hydd o'r haid** ymneilltuodd Cowper o olwg y byd, a cheisiodd fyw bywyd tawel ar wahân i'r haid, gan chwilio am iachâd yng nghorff drylliedig Crist ar yr un pryd. Cyfeirir yn y llinell hon at Lyfr 3 yn *The Task*, sef *The Garden*:

I was a stricken deer that left the herd
Long since; with many an arrow deep infixt
My panting side was charged when I withdrew
To seek a tranquil death in distant shades.
There was I found by one who had himself
Been hurt by th'archers. In his side he bore
And in his hands and feet the cruel scars.

Yr hyn a oedd yn bryder i Cowper yn ystod y cyfnod hwn yn ei fywyd oedd y rhyfel o blaid annibyniaeth America, nid y Rhyfel Saith Mlynedd, fel y dywedodd Waldo yn ei nodyn ar y gerdd yn *DP*. Roedd y Rhyfel Saith Mlynedd (1756–63) yn gysylltiedig ag America gan mai un agwedd ar y rhyfel oedd yr ymgiprys trefedigaethol rhwng Ffrainc a Phrydain (a Sbaen yn ochri â Ffrainc o 1762 ymlaen) am diriogaethau yng Ngogledd America, Canada ac India. At ryfel saith mlynedd arall y cyfeiriai Cowper yn *The Task*, sef Rhyfel Annibyniaeth America (1775/6–83). Dechreuodd weithio ar *The Task* ym 1783, y flwyddyn y daeth y rhyfel i ben. Un o'r pethau a oedd yn boendod mawr i Cowper ynglŷn â'r rhyfel oedd y ffaith mai rhyfel rhwng aelodau o'r un wlad ydoedd yn y bôn, rhwng Saeson Lloegr a'r trefedigaethwyr Americanaidd, yr oedd eu cyndadau'n hanu o Loegr. Dyna pam y clywodd Cowper 'lef/Ei frodyr dan yr isel frad' yn ei encil. Yr oedd Cowper yn dyheu am gael dianc rhag y sôn a'r siarad di-baid am y rhyfel am annibyniaeth America, a daw'r ail linell a ddyfynnir gan Waldo yn ei nodyn ar y gerdd o Lyfr II yn *The Task*, sef *The Timepiece*:

> Oh for a lodge in some vast wilderness,
> Some boundless contiguity of shade,
> Where rumour of oppression and deceit,
> Of unsuccessful or successful war
> Might never reach me more.

31 **caethwas du ymhell o'i dref** un o gyfeillion pennaf William Cowper oedd John Newton (1725–1807), yr efengylydd a'r emynydd, ac awdur yr emyn enwog 'Amazing Grace'. Bu John Newton yn feistr llongau a gludai gaethweision i'r trefedigaethau Americanaidd hyd at 1754. Cefnodd ar y fasnach gaethweision am byth wedi hynny. Traethodd am ei brofiadau yn y fasnach gaethweision yn ei hunangofiant, *An Authentic Narrative* (1764), a dinoethodd greulondeb a diawledigrwydd yr holl gyfundrefn ynddo. Cafodd John Newton dröedigaeth, ac aeth i'r weinidogaeth. Cyhoeddodd Newton a Cowper gasgliad enwog o emynau ar y cyd, *Olney Hymns* (1779). John Newton a gymhellodd William Cowper i lunio'r corff helaeth hwnnw o emynau, 'Emynau Olney'.

36 **Trwy ddirgel ffyrdd yr Arglwydd Iôr** cyfeiriad at un o emynau enwocaf William Cowper, 'God moves in a mysterious way/His wonders to perform', o *Olney Hymns*. Cyfeirir yn benodol at linell gyntaf cyfieithiad Lewis Edwards o'r emyn i'r Gymraeg.

186. Cwmwl Haf

DP, tt. 48–9. Anfonodd Waldo ddau gopi o'r gerdd at D. J. Williams, a cheir y nodyn 'Mis Gorff. 1947 mewn llythyr o Lyneham' uwchben un o'r copïau hyn yn llawysgrifen D. J. Williams (Papurau D. J. Williams, P2/33). Anfonodd gopi o'r gerdd hefyd mewn llythyr at Anna Wyn Jones, 25 Ionawr 1948 (Llawysgrif LlGC 23896D, 6–7). Mae'r ddau fersiwn a gadwyd gan D. J. Williams yn cyfateb yn llwyr i fersiwn *DP*, ond ceir rhai amrywiadau yn y fersiwn a anfonwyd at Anna Wyn Jones. 'Gorffennais yr uchod am 12.30 a mynd i Barrow End i ginio,' meddai Waldo wrth anfon y gerdd at Anna Wyn Jones ar 25 Ionawr 1948, ac y mae hyn yn ddirgelwch braidd. Nododd D. J. Williams mai ym mis Gorffennaf 1947 y derbyniodd y gerdd gan Waldo. Ai Gorffennaf 1948 a olygai, gan fod y ddau fersiwn a anfonwyd ato ef yn fwy gorffenedig na'r fersiwn a anfonodd at Anna Wyn Williams ym mis Ionawr 1948?

Amrywiadau

(Llawysgrif LlGC 23896D)

22 Gan daro'r criw dringwyr oddi ar eu rhaffau cerdd

24 Ond distawrwydd llaith, llwyd

32 Mewn byd oedd rhy fawr i fod

33 Nid oes 'acw'. Dim ond fi yw 'yma'

Nodiadau

Bu cryn drafod ar y gerdd. Gweler, er enghraifft, ysgrif Hugh Bevan yn *CMWW* ac ysgrif mewn dwy ran gan Alan Llwyd, 'Trafod y Meistri: Alan Llwyd yn ystyried "Cwmwl Haf" o safbwynt barddoniaeth a beirniadaeth fodern', *Barddas*, rhif 57, Tachwedd 1981, tt. 6–8 a rhif 58, Rhagfyr 1981, tt. 5–8.

1 **'Durham', 'Devonia', 'Allendale' – dyna'u tai** mae'n debyg mai enwau ar dai yn Lyneham, lle'r oedd Waldo yn byw ar y pryd, a geir yma. Nododd Hugh Bevan fod 'Devonia' yn enw a welwyd ar dŷ wrth ddringo'r rhiw o Wdig i Lanwnda yn Sir Benfro.

9 **Henffych i'r march mawr teithiol dan ei fwa rhawn** wrth fyfyrio ar ei genedl ei hun ac ystyried pwysigrwydd gwreiddiau, y mae Waldo yn meddwl am ddau draddodiad llenyddol ei wlad, sef y traddodiad barddol a'r traddodiad rhyddiaith. Defnyddia'r ddelwedd o farch i gynrychioli'r

traddodiad barddol, gan gyfeirio'n benodol at y Cywyddau Gofyn March o fewn y traddodiad hwnnw, ac at yr arfer o olrhain achau pendefigion ('anrhydedd llawer llinach', 'balchder bonedd').

11 **Ninnau'n meddwl mai dangos ei bedolau yr oedd** priod-ddull sy'n golygu ymffrostio, dangos ei orchest. Defnyddiwyd yr idiom gan Waldo wrth adolygu *Ail Gyfrol Isfoel*: 'Dwy ffordd sydd ganddo o ddangos ei bedolau, yn ôl natur y tir y mae e arno' ('Bardd Gwlad', *WWRh*, t. 207; cyhoeddwyd yn wreiddiol yn *Y Genhinen*, cyf. 15, rhif 4, Hydref 1965). Nid dangos eu pedolau yr oedd y Cywyddwyr gynt wrth ddyfalu, sef disgrifio gwahanol wrthrychau mewn dull trosiadol, lliwgar, ffansïol a llawn dychymyg, a hynny trwy gyfrwng cynganeddion cywrain a gorchestol, yn eu cywyddau gofyn. Yr oedd i'w cywyddau ddyfnach arwyddocâd nag arddangos campau yn unig. Y mae march yn dangos ei bedolau wrth godi ei goesau'n uchel a phrancio'n osgeiddig.

12 **Ac wele i fyny o'r afon** cf. 'Ac wele, yn esgyn o'r afon, saith o wartheg teg yr olwg, a thewion o gig; ac mewn gweirglodd-dir y porent' (Genesis 41:2). Gellid awgrymu mai'r traddodiad rhyddiaith, rhyddiaith feiblaidd yn enwedig, a gynrychiolir gan y gwartheg hyn.

21 **yn yr awr ni thybioch** cf. 'Yn yr awr ni thybioch y daw Mab y Dyn' (Mathew 24:44).

42 **Bracsaf** bracso, cerdded trwy ddŵr, *to wade*. Yn ôl W. Meredith Morris, *A Glossary of the Demetian Dialect of North Pembrokeshire* (1910), 'To walk through a river without boots and stockings, and with the trousers turned up'.

45 **Swmpo** teimlo â'r bysedd; yn ôl Waldo ei hun, mewn glos ar y gair wrth anfon y gerdd at Anna Wyn Jones, 'Teimlo, fel dyn dall'.

47 **Sŵn adeiladu daear newydd a nefoedd newydd** cf. 'Canys wele fi yn creu nefoedd newydd, a daear newydd' (Eseia 65:17).

48 **Ar lawr y gegin oedd clocs mam i mi** cf. 'Ac yn awr, ar y llofft, teimlai'n ddigon anghysurus. Eto, rywle yn eigion ei galon, gwyddai ei fod wedi gwneud y peth iawn â'r darlun. Ac yn rhyfedd iawn, peidiasai'r braw mawr yna, y Jehofah Jire yna, o'r foment neithiwr pan glybu sŵn traed ei dad a'i fam y tu allan i'r tŷ, ac ni ddaethai'n ôl.'

'Y Darlun', *WWRh*, t. 70.

187. Dau Gymydog

DP, t. 50. Ceir copi o'r gerdd gyntaf o'r ddwy yn Llawysgrif LlGC 20882C, sef Casgliad E. Llwyd Williams. Anfonodd Waldo gopi at E. Llwyd Williams ar 5 Mehefin 1939, gyda'r sylw canlynol: 'Clywaf fod John Pen Sarn wedi ei fawr foddhau a'r gosodiad ei fod yn ganu o'i saw[d]l i'w gorun'. Dywedodd hefyd fod ganddo gerdd ar y gweill i 'Dai'r Weun'.

Amrywiadau
(Llawysgrif LlGC 20882C)

1 Pa wr
3 Pe peidiai cyllell
5 Ond mwy na'r llwy yw mêl y gell
7 Ef biau

Nodiadau
Nodyn gwreiddiol yn *DP*: 'I. Y diweddar Mr John Morris, Pen-sarn, Rhydwilym, y codwr canu yno, ewythr yr arlunydd, Mr Dafydd Edwards y Weun.'

Yng nghyffiniau Rhydwilym yr oedd Pen-sarn. Dywedodd E. Llwyd Williams ei fod yn 'un o'r bythynnod pertaf' a welodd yn Sir Benfro, ac meddai ymhellach:

> Tŷ clom ydoedd – y waliau o bridd a gwellt a'r to'n wenith, ac yr oedd yno ardd ddihafal. Pen-sarn oedd ei enw, ac nid yw'n syn i Waldo Williams ganu i'w drigiannydd. Saith mlynedd yn ôl yr oedd yn ddarn o baradwys, ond heddiw nid oes yno ond drain a mieri ac ambell lwyn bocs atgofus.
>
> *Crwydro Sir Benfro* 2, 1960, t. 50.

Mae Waldo yn cyfeirio at John Pen-sarn yn ei ysgrif 'Y Parchedig E. Llwyd Williams, Rhydaman', wrth sôn am yr adeg pan oedd Llwyd yn ddisgybl yn Ysgol Arberth: 'Credaf mai trafod dirgelion afon Cleddau a wnâi ef a'i gydletywr, Twm Marle, oblegid clywem amdano wedyn yn tynnu ambell eog annhymor a nosig allan ohoni gyda John Pensarn ac eraill' (*WWRh*, t. 246). Arferai John Pen-sarn gadw siop losin yn Nant-y-cwm, ryw filltir a hanner o Langolman, gyda'i chwaer. Roedd John Pen-sarn yn arddwr penigamp ac yn faswr ardderchog. Bu chwaer Waldo, Mary, a'i gŵr, John (Jac) Francis, yn byw yn Nhŷ'r Ysgol, Nant-y-cwm, yn y cyfnod pan oedd John Francis yn brifathro'r ysgol.

10 anthem yn y Rhyd Capel y Bedyddwyr, Rhydwilym.

188. Daffodil

DP, t. 51. Cyhoeddwyd yn wreiddiol yn *Y Faner*, 19 Ebrill 1939, t. 8.

Amrywiadau

(*Y Faner*)

20 mal campwr y cae

189. Eirlysiau

DP, t. 52. Ceir fersiwn cynharach o'r gerdd yn llaw Waldo ei hun ar ddalen rydd yng Nghasgliad David Williams. 'Mawl i'r Eirlysiau' oedd teitl y gerdd yn wreiddiol, a cheir rhai amrywiadau ynddi.

Amrywiadau

4 Y gwawl a'u pryn
5 A rhed y bywyd
10 I oddef cur
11 A dechreu, cyn y tywydd braf
15 Pan elo'i rhannau
18 a lunia'r byd

Nodiadau

Mesur emynyddol sydd i'r gerdd hon. Ceir y mesur, er enghraifft, yn y pennill enwog canlynol o waith John Roberts (1731–1806):

> Braint, braint
> Yw cael cymdeithas gyda'r saint,
> Na welodd neb erioed ei maint;
> Ni ddaw un haint byth iddynt hwy;
> Y mae'r gymdeithas yma'n gref,
> Ond yn y nef hi fydd yn fwy.

Dyfynnwyd y pennill canlynol o eiddo Dafydd Jones gan Waldo yn ei sgwrs radio, 'Tri Emynydd', a ddarlledwyd ym 1963 yn un o gyfres o sgyrsiau hanner awr ar lenyddiaeth y ddeunawfed ganrif:

> Poeth, poeth
> Fydd uffern i eneidiau noeth.
> O eisiau gwisgo'n dduwiol ddoeth
> Gyfiawnder coeth o eiddo'r Oen,
> Ni dderfydd byth o'u dirfawr boen.

Cyhoeddwyd 'Tri Emynydd' yn *Gwŷr Llên y Ddeunawfed Ganrif*, Golygydd: Dyfnallt Morgan, 1966, tt. 110–20; ailargraffwyd yn *WWRh*, tt. 213–24. Gw. hefyd y nodyn ar 'Y Trethi' [rhif 341].

17 Ond glendid, glendid Ni cheir coma yn *Dail Pren*. Yn ôl Dr Cynfael Lake arferai Hugh Bevan, darlithydd yn Adran y Gymraeg, Coleg y Brifysgol Abertawe, dderbyn nad gwall oedd hyn, a dehongli'r ymadrodd fel un genidol a bwysleisiai ddyfnder ansawdd y glendid. Mae hwn yn ddarlleniad posibl ac mae'n enghraifft o'r modd y mae atalnodi amwys neu gamgysodi yn gallu arwain at ddarlleniadau amrywiol. Cf. y sylwadau ar yr ymadroddion 'mor agos at ein gilydd y deuem' ac 'a'u dagrau fel dail pren' yn y nodiadau ar 'Mewn Dau Gae' [rhif 176].

190. Mowth-Organ

DP, t. 53. Cyhoeddwyd yn wreiddiol yn *Y Ford Gron*, cyf. 1, rhif 1, Tachwedd 1930, t. 11. Fe'i ceir hefyd yn Llawysgrif LlGC 20867B, t. 65, dan y teitl 'Rondo' [rhif 51]. Gweler y nodiadau ar y gerdd honno.

Amrywiadau
(Llawysgrif LlGC 20867B)

6 dy glywed yn awr
7–8 Dy wefusau ar hyd y rhes ddwbwl/A dy sawdwl yn curo'r llawr

191. Yn y Tŷ

DP, tt. 54–5. Cyhoeddwyd yn wreiddiol yn *Y Faner*, 4 Medi 1946, t. 1.

Amrywiadau

(*Y Faner*)

29 Yn y tŷ, lle clymir Clod

Nodiadau

Nodyn gwreiddiol yn *DP*: 'Ar ôl ymweld â Mr Mardy Jones, Seven Sisters.'

Ym mis Ebrill 1945 aeth D. J. Williams i Gwm Dulais i gefnogi ymgyrch Wynne Samuel i ennill sedd etholaeth Nedd yn enw Plaid Genedlaethol Cymru (Plaid Cymru wedyn). Roedd Waldo yn dysgu yn Ysgol Kimbolton yn Swydd Huntingdon ar y pryd, ac aeth yntau hefyd i Gwm Dulais i ganfasio ar ran Wynne Samuel, ymgeisydd cyntaf y Blaid Genedlaethol yn un o etholaethau'r de. 'Roedd hi'n dywydd godidog. a daeth Waldo Williams ataf ymhen rhyw ddeuddydd neu dri a'i gwpledau a'i sylwadau Waldoaidd ef yn gwneud yr awyr las yn lasach a'r haul ei hun yn fwy heulog,' meddai D. J. Williams yn ail ran ei hunangofiant, *Yn Chwech ar Hugain Oed* (1959, t. 188). Un o'r cwpledi hynny, a ddyfynnir gan D. J. Williams, oedd: 'Here's the shop for pop and pie/Gorau diawl Segradelli', wedi i'r ddau gael hoe a lluniaeth mewn caffe Eidalaidd yn y cwm. Esgorodd y dyddiau hyn o ymgyrchu ar ran y Blaid Genedlaethol yng nghymoedd Nedd a Dulais ar ddwy gerdd, 'Caniad Ehedydd' [rhif 224] (gw. y nodyn ar 'Die Bibelforscher' [rhif 201]) ac 'Yn y Tŷ'.

Yn ôl nodyn Waldo ar 'Yn y Tŷ', fe'i lluniwyd ar ôl ymweliad â Mr Mardy Jones ym Mlaendulais (Seven Sisters). Ganed David Mardy Jones ym 1895, a bu'n byw 'yn y tŷ', 6, Bryn Bedd, Blaendulais, am y rhan fwyaf o'i oes. Glöwr ym mhwll y Seven oedd D. Mardy Jones, ac erbyn 1945 roedd yn dioddef o'r gwynegon a chlefyd llwch y glo ('Rhoddodd Elw ar gaethwas deir/Gaethach hual, haint y pwll'). Roedd D. Mardy Jones yn fardd medrus ac yn enghraifft berffaith o löwr diwylliedig.

Am ragor o fanylion gw. Robert Rhys, 'Calon Cwm Dulais: D. Mardy Jones a Waldo Williams', *Cyfres y Cymoedd: Nedd a Dulais*, Golygydd: Hywel Teifi Edwards, 1994, tt. 239–54.

192. Menywod

DP, t. 56. Ceir copi cynharach yn Llawysgrif LlGC 20867B, tt. 17–18. Cyhoeddwyd yn wreiddiol yn *Y Ford Gron*, cyf. 1, rhif 3, Ionawr 1931, t. 6, dan y teitl 'Menywod'. Mae fersiwn *Y Ford Gron* a fersiwn *DP* yn cyfateb i'w gilydd.

Amrywiadau

(Llawysgrif LlGC 20867B)

  1 Pe meddwn ddawn
  4 Dros furiau coeth
  5 Fe baentiwn bictwr
  7 Pe gallwn naddu ('Pe gallwn gerfio' wedi ei ddileu)
10 I garreg oer, i garreg sych
11 Fe gerfiwn
17 Martha'r Crydd
20 y pictwr pert
22 Wrth weld ei phen ei hun yn faen
23/24 A dwedai Martha, 'Ach-a-fi,/Beth yw rhyw gawl fel hyn s'da ti?'

193. Eu Cyfrinach

DP, t. 57. Cyhoeddwyd yn wreiddiol yn *Y Faner*, 12 Mehefin 1946, t. 1.

Nodiadau

Yn gefndir i'r gerdd hon y mae hanes achub Moses rhag gorchymyn Pharao, brenin yr Aifft, fod pob baban gwryw Hebreig i'w ladd, rhag ofn i arweinydd godi o blith plant Israel i herio'i awdurdod yn y dyfodol: 'A Pharo a orchmynnodd i'w holl bobl, gan ddywedyd, Pob mab a'r a enir, bwriwch ef i'r afon' (Exodus 1:22). Gw. ymhellach Robert Rhys, '"Ni Thraetha'r Môr ei Maint": Cerddi "Almaenig" Waldo Williams yn 1946', *Llên Cymru*, Cyfrol 34, 2011, tt. 226–36

6–7/11 **Yr oedd y rhieni'n/Gweled ei fod yn fachgen tlws ... dri mis wedi'r esgor ar bryder** 'A'r wraig a feichiogodd, ac a esgorodd ar fab: a phan welodd hi mai tlws ydoedd efe, hi a'i cuddiodd ef dri mis' (Exodus 2:2).

12 **trwy ddyfais merch** 'A phan na allai hi ei guddio ef yn hwy, hi a gymerodd gawell iddo ef o lafrwyn, ac a ddwbiodd hwnnw â chlai ac â phyg; ac a osododd y bachgen ynddo, ac a'i rhoddodd ymysg yr hesg ar fin yr afon' (Exodus 2:3).

194. Bardd
DP, t. 58.

Nodiadau

Nodyn gwreiddiol yn *DP*: 'Cenais y gân hon i Gwenallt ar ôl darllen ysgrif yn ei alw'n fardd tywyll.' Roedd Waldo yn edmygydd mawr o farddoniaeth Gwenallt (David James Jones; 1899–1968), un o feirdd pwysicaf yr ugeinfed ganrif. Gw. yn ogystal y soned, 'Gwenallt' [rhif 256], a luniwyd ar ôl ei farwolaeth.

1 **Mae gennym fardd i ganu rhyddid Cymru** lluniodd Gwenallt lawer o gerddi am Gymru, yn aml yn ei chystwyo am ei thaeogrwydd, er enghraifft, ei ddwy soned enwog 'Cymru'.

8 **carcharor Crist** gwrthododd Gwenallt gael ei orfodi i ymuno â'r fyddin adeg y Rhyfel Byd Cyntaf, a rhwng Mai 1917 a Mai 1919 treuliodd gyfnodau yng ngharcharau Wormwood Scrubs a Dartmoor. Byddai Waldo yn ei edmygu am wrthwynebu'r Ddeddf Gwasanaeth Milwrol fel y gwnaeth. Er i Gwenallt ddod yn un o feirdd Cristnogol pwysicaf yr ugeinfed ganrif yn y Gymraeg, ar dir politicaidd, nid ar sail crefydd, y safodd fel gwrthwynebydd cydwybodol adeg y Rhyfel Mawr.

9 **yn fôr goleuni** cf. llinell gyntaf 'Mewn Dau Gae' [rhif 176].

195. I'r Hafod
DP, t. 59.

196. Soned i Bedlar
DP, t. 60. Ceir y gerdd hon yn ogystal yn Llawysgrif LlGC 20867B, t. 68.

Amrywiadau
(Llawysgrif LlGC 20867B)

1 Mi gollais
3 dwli anghyffredin
4 'Rôl brwydro'r
5 Ydi e'n
7 cwart

9 'Doedd fawr o neb yn Seion

11 yn dweud

14 Yr oedd ei stwd

Nodiadau

5 **hwtran** pwyso ar rywun i brynu neu i gymryd rhywbeth.

197. Elw Ac Awen

DP, t. 61. Cyhoeddwyd yn wreiddiol yn *Y Faner*, 8 Tachwedd 1944, t. 4. Gw. trafodaeth John Rowlands yn *Cnoi Cil ar Lenyddiaeth*, 1989, tt. 52–61.

Nodiadau

13 **y Crochenydd** gw. Jeremeia 18:6.

198. Adnabod

DP, t. 62. Cyhoeddwyd yn wreiddiol yn *Y Faner*, 29 Mai 1946, t. 4. Ceir holograff o'r gerdd mewn llythyr oddi wrth Waldo at D. J. Williams a'i briod Siân, 16 Ebrill 1946 (Papurau D. J. Williams yn y Llyfrgell Genedlaethol, P2/35/27).

Amrywiadau

(P2/35/27)

5 Cwyd pen

8 Dy gymorth, awen Adnabod

9 Mae rhin

10 O'i dyfnder

14 A gadwodd gymdeithas

17 Ail i'r sêr yn eu heang ysgariad

19 Yr wyt ti'n glir, fel cof cariad

23 Ti gryfder rho inni

24 Ar gerrig esgynfa maddeuant

29 Adnabod, ti a'n puri

30 Ac ni fynni un rhwysg amdanom

31 Ti yw Tosturi

32 Pan ddelych i'th deyrnas ynom.

Nodiadau

Fe'i cyhoeddwyd yn *Y Faner* gyda'r dyfyniad canlynol o eiddo Nikolai Berdyaev rhwng cromfachau dan y teitl: 'Cyfoeth y berthynas rhwng dynion a'i gilydd yw Teyrnas Dduw'. Cynhwyswyd y dyfyniad gyda'r gerdd yn y llythyr a anfonwyd at D.J. a Siân Williams yn ogystal.

199. Di-Deitl

DP, t. 64. Papurau D. J. Williams yn y Llyfrgell Genedlaethol, P2/33 (dau gopi).

Nodiadau

Nodyn gwreiddiol yn *DP*: 'Cafwyd mewn llythyr at fy nghyfeillion D.J. a Siân, Abergwaun.' Y mae'r atalnodi a geir yn y ddau gopi a gadwyd gan D. J. Williams yn fwy addas na'r hyn a geir yn *DP*.

Yn ôl adroddiad gan D. Jacob Davies ar 'Seiat i'r Beirdd yng ng[ŵ]yl Coleg y Drindod' a gyhoeddwyd yn *Y Cymro*, 8 Ebrill 1965, t. 20, eglurodd Waldo mai coeden onnen oedd bodolaeth yn chwedloniaeth Sgandinafia a bod y wiwer yn dringo i fyny iddi yn yr haf ac yn dod i lawr yn y gaeaf. Cyfeirio yr oedd Waldo at y wiwer Ratatoskr ym mytholeg Hen Norwyeg. Mae'r wiwer hon yn rhedeg i fyny ac i lawr y goeden onnen Yggdrasil, sy'n sefyll ynghanol y byd, gyda'i brig yn ymestyn tua'r nefoedd a'i gwreiddiau yn cyrraedd yr isfyd. Y goeden onnen hon yw pren y bywyd ym mytholeg Hen Norwyeg. Mae Ratatoskr yn cludo negeseuon rhwng yr eryr dienw sy'n clwydo ar frig yr onnen a'r ddraig neu'r neidr sy'n byw yn y ddaear dan wreiddiau'r goeden, gan gnoi ar y gwreiddiau hynny, ond heb eu difa. 'Daeth y pren hwn,' meddai Waldo yn ôl adroddiad D. Jacob Davies, 'yn rhan o batrwm fy ysgrifennu'.

Mae'n bosibl mai yn llyfr Thomas Carlyle, *On Heroes, Hero-Worship, and the Heroic in History* (1841), y daeth Waldo ar draws y chwedl am y tro cyntaf. Roedd gan J. Edwal Williams o leiaf ddau lyfr o waith Carlyle: *On Heroes, Hero-Worship, and the Heroic in History* – a fu'n eiddo i'w frawd Lewis ar un adeg – a *Past and Present* (1843). Daeth y llyfrau hyn yn eiddo i Waldo ar ôl marwolaeth J. Edwal Williams. Cyfeirir at Onnen Bodolaeth chwedloniaeth Hen Norwyeg yn *On Heroes, Hero-Worship, and the Heroic in History*:

> I like, too, that representation they have of the Tree Igdrasil. All Life is figured by them as a Tree. Igdrasil, the Ash-tree of Existence, has its

roots deep down in the kingdoms of Hela or Death; its trunk reaches up heaven-high, spreads its boughs over the whole Universe: it is the Tree of Existence. At the foot of it, in the Death-kingdom, sit Three *Nornas*, Fates, – the Past, Present, Future; watering its roots from the Sacred Well. Its 'boughs,' with their buddings and disleafings, – events, things suffered, things done, catastrophes, – stretch through all lands and times. Is not every leaf of it a biography, every fibre there an act or word? Its boughs are Histories of Nations. The rustle of it is the noise of Human Existence, onwards from of old. It grows there, the breath of Human Passion rustling through it; – or stormtost, the stormwind howling through it like the voice of all the gods. It is Igdrasil, the Tree of Existence. It is the past, the present, and the future; what was done, what is doing, what will be done; 'the infinite conjugation of the verb – *To do.*'

Thomas Carlyle, *On Heroes, Hero-Worship, and the Heroic in History*, 1841, tt. 32–3.

Cyfeirir at Yggdrasil yn *Past and Present* yn ogystal: 'For the Present holds it in both the whole Past and the whole Future; – as the LIFE-TREE IGDRASIL, wide-waving, many-toned, has its roots down deep in the Death-kingdoms, among the oldest dead dust of men, and with its boughs reaches always beyond the stars; and in all times and places is one and the same Life-tree!'

Thomas Carlyle, *Past and Present*, 1843, t. 47.

Y mae yr un mor bosibl mai ffynhonnell arall a gyflwynodd y chwedl i Waldo – neu efallai mai trwy gyfuniad o ffynonellau y daeth i wybod am Bren Bodolaeth yn chwedloniaeth Hen Norwyeg. Arferai Angharad, mam Waldo, gadw llyfrau lloffion, a cheir llawer o gerddi ymhlith y toriadau o bapurau a chylchgronau a gedwid ganddi. Mae un o'r cerddi a gadwodd yn mydryddu'r chwedl Sgandinafaidd hon, 'The A B C of Magic: Y is for Yggdrasil', gan fardd a oedd yn arddel y ffugenw 'Tomfool'. Cadwodd Angharad nifer o'i gerddi. Dyma 'The A B C of Magic: Y is for Yggdrasil':

> Have you seen Yggdrasil, the Sacred Tree?
> Its leaves are in the sky – its roots are three –
> It binds with roots and trunk and branches green
> Heaven and Hades and the World Between.

Under its root a Serpent coils and clings,
High in its crest an Eagle spreads his wings,
'Twixt root and crest, among the branches green
A little running Squirrel may be seen.

Below the ground a wondrous fountain shoots,
Feeding with magic water the three roots
Of Yggdrasil – and from its branches green
Honeydew drops upon the world between.

Have you seen Yggdrasil, the Sacred Tree?
The eye of man the whole can never see,
By One Eye only Yggdrasil is seen,
With its three roots, high crest, and branches green,
Heaven and Hades and the World Between.

3 **Yno mae'r dewrder sy'n dynerwch** 'Pwysleisiodd "dewrder sy'n dynerwch" o'i gyferbynnu [â] dewrder "ymosodol" sy'n dibynnu am ei nerth ar ofn yn aml iawn' ('Seiat i'r Beirdd yng ng[ŵ]yl Coleg y Drindod'). Cf. 'Dewrder o dan dynerwch/Duw ni ludd i'r dynol lwch', 'Tŷ Ddewi' [rhifau 113 a 173].

200. Diwedd Bro

DP, t. 65. Cyhoeddwyd yn wreiddiol yn *Heddiw*, cyf. 5, rhif 2, Mehefin 1939, t. 49.

Nodiadau

Yn gefndir i'r gerdd hon y mae Trydedd Gainc y Mabinogi, sef chwedl Manawydan fab Llŷr. Aeth Manawydan i Iwerddon gyda'i frawd Bendigeidfran ('meibion Llŷr') i achub cam Branwen, eu chwaer, yn Ail Gainc y Mabinogi. Mae Manawydan yn un o'r saith a ddychwelodd i Gymru o Iwerddon. Â Manawydan gyda Phryderi, mab Pwyll a Rhiannon, ac un arall o'r saith a lwyddodd i ddianc o Iwerddon, i Ddyfed, ac yno y mae Pryderi yn rhoi ei fam, Rhiannon, yn wraig iddo, yn ogystal ag awdurdod dros saith cantref Dyfed. Oherwydd i Bwyll gam-drin Gwawl fab Clud yn y Gainc Gyntaf, y mae cyfaill Gwawl, y dewin Llwyd fab Cil Coed, yn penderfynu dial y cam a gafodd Gwawl trwy fwrw hud ar Ddyfed a chuddio pobman â chawod o niwl. Wedi i'r niwl godi, y mae popeth wedi diflannu: 'ni welynt neb rhyw ddim, na thŷ, nac anifail, na mwg, na thân, na dyn, na chyfannedd, eithr tai y llys yn wag, diffaith ac anghyfannedd, heb ddyn, heb fil [anifail] ynddunt'. Yr unig rai sydd ar ôl, wedi i'r niwl gilio, yw Manawydan a Rhiannon, Pryderi a'i wraig, Cigfa. Â'r pedwar i Loegr i chwilio am waith. Yno, mewn gwahanol leoedd, mae Manawydan a Phryderi, y 'ddau amddifad bro', yn ymarfer crefft y cyfrwywr, y tarianwr a'r crydd i'w cynnal eu hunain. Ceir hefyd yn y pennill cyntaf gyfeiriad at chwedl boddi Cantre'r Gwaelod oherwydd esgeulustod y gwyliwr meddw, Seithenyn. Yn ôl Robert Rhys, 'Defnyddir yr hanes am y niwl yn disgyn ar Ddyfed fel delwedd o'r hyn a wna'r wladwriaeth i'w deiliaid, eu hudo a'u drysu' (*ChANG*, t. 155).

28 **parth â** tuag at, i gyfeiriad, ymadrodd a geir yn aml ym Mhedair Cainc y Mabinogi.

201. Die Bibelforscher

DP, t. 66.

Nodiadau

Nodyn gwreiddiol yn *DP*: 'Cawsant gynnig mynd yn rhydd ond iddynt gydnabod awdurdod Hitler yn ffurfiol'

Anfonodd Waldo dair cerdd at D.J. a Siân Williams o Sunnyside, West Perry, Huntingdonshire, ar 13 Mehefin 1946 (Papurau D. J. Williams yn y Llyfrgell Genedlaethol, P2/35/28). 'Die Bibelforscher' oedd un o'r tair – 'Amgaeaf gân ar safiad Tystion Iehofa yn yr Almaen'. Y ddwy arall oedd 'Caniad Ehedydd' ('cân a wneuthum llynedd ar ôl ein hymgyrch yn Nedd – clywed yr ehedydd un bore ar fy ffordd i'r ysgol') a 'Beth i'w Wneud â Nhw' ('i Siân achos bod hi'n sâl'). Felly, ym 1946 y lluniwyd 'Die Bibelforscher' a 'Beth i'w Wneud â Nhw', a 'Caniad Ehedydd' ym 1945. 'Ydych chi'n gweld y War Resister?' gofynnodd i'r ddau yn yr un llythyr. Roedd y cyfeiriad at *The War Resister* yn arwyddocaol. Cylchgrawn swyddogol y mudiad War Resisters' International (WRI), mudiad a sefydlwyd yn Bilthoven, yr Iseldiroedd, ym 1921 oedd y cylchgrawn hwn. Erbyn yr Ail Ryfel Byd, roedd gan y mudiad ganghennau mewn 30 a rhagor o wahanol wledydd. Gwnaed datganiad swyddogol pan ffurfiwyd y mudiad, a daeth y datganiad yn rhyw fath o arwyddair iddo: 'War is a crime against humanity: I am therefore determined not to support any kind of war and to strive for the removal of all causes of war'. Yn y llythyr at D.J. a Siân, cyfeirio at rifyn Haf 1946, rhif 51, o *The War Resister* yr oedd Waldo, gan mai yn y rhifyn hwnnw y cafodd hanes 'Die Bibelforscher'.

Erlidiwyd Tystion Iehofa yn yr Almaen o 1933 ymlaen, hyd at ddiwedd yr Ail Ryfel Byd ym 1945. Defnyddiai'r Natsïaid y term 'Ernste Bibelforscher' (Efrydwyr neu astudwyr difrifddwys neu daer y Beibl) i'w gwawdio. Gan nad oedd aelodau'r sect yn cydnabod unrhyw awdurdod daearol, gwrthodent dalu gwrogaeth i Hitler na derbyn ei dra-arglwyddiaeth ar yr Almaen. Oherwydd bod Iesu Grist wedi datgan nad oedd ei deyrnas yn rhan o'r byd hwn ac na fynnai dderbyn coron ddaearol, credai'r Tystion y dylent hwythau hefyd eu cadw eu hunain ar wahân i weddill y byd, ac ymatal rhag ymwneud ag unrhyw fath o wleidyddiaeth. Deiliaid Teyrnas Dduw, neu Iehofa, oeddent. Gwrthodent ddefnyddio'r cyfarchiad 'Heil, Hitler' a gwrthodent ymuno â'r fyddin. Caent eu herlid o'u swyddi, câi rhai eu harteithio, dienyddiwyd eraill. Cymerid plant oddi ar eu rhieni a'u hanfon at deuluoedd eraill i gael eu magu a'u haddysgu, a'u troi'n Natsïaid bach, neu i gartrefi ar gyfer plant amddifad ac i ysgolion arbennig.

Carcharwyd tua 12,000 o'r Tystion gan y Natsïaid rhwng 1933 a 1945, a bu farw o leiaf 2,000 ohonynt yn y gwersyll-garcharau. Yn y gwersylloedd hyn, bu'n rhaid i holl aelodau'r sect wisgo darn o frethyn porffor ar eu crysau. Bob bore cynigid eu rhyddid yn ôl iddynt ar yr amod eu bod yn ymwadu â'u ffydd ac yn derbyn awdurdod Hitler, ond gwrthod a wnaent yn ddieithriad.

Dyma'r adroddiad yn rhifyn Haf 1946 o *The War Resister* a ysgogodd y gerdd:

GERMAN C.O.s IN BUCHENWALD AND OTHER CAMPS

"German Conscientious Objectors in Buchenwald were distinguished from the other internees by a violet triangle which they wore on the left side. They were called 'Bibleforschers' [*sic*] – Bible students.

"As they refused to make V-weapons they were given other work and became tailors, cooks and bakers.

"In spite of several years of detention they managed to maintain the serenity and goodness which characterised them.

"As we were forced to work 12 hours each day it was difficult to contact them. The language barrier was another difficulty, but I knew two in my barracks. One, called Schmidt, a baker in civilian life, who was imprisoned since 1934. The other, also imprisoned since 1934, was a prepossessing, stalwart fellow, but blind ...

PAUL BRUNEL

A DECLARATION THEY REFUSED TO SIGN

"There were a very large number of War Resisters among the German members of the Jehova Witnesses, International Bible students. Many died in prison, most remained steadfast during years in concentration camps.

"All could have bought their life and their freedom by signing the following declaration, but they refused.

DECLARATION

"I recognise that the International Society of Bible Scholars (Jehova's Witnesses) propagated a false doctrine and under cover of religious activity pursues only treasonable ends.

"I have therefore turned away completely from this organisation and also freed myself inwardly from the teaching of this sect.

"I hereby give assurance that I will never again work for the Society of Jehovah's Witnesses. Persons who approach me soliciting or who in any other way show their alignment with the Jehova's Witnesses, I will report without delay. Should Jehova's Witnesses publications be sent to me, I will give them up to the nearest police station by return.

"I will in future obey the laws of the State and fit myself completely into the community of the nation. Furthermore, I have been notified that I have to reckon with being immediately taken into protective custody again, if I act against my declaration given to-day.

"Concentration Camp Buchenwald.

"Weimer-Buchenwald, the ......

"............ Signature."

'German C.O.s in Buchenwald and Other Camps',
The War Resister, rhif 51, Haf 1946, tt. 23–4.

Gw. ymhellach Robert Rhys, '"Ni Thraetha'r Môr ei Maint": Cerddi "Almaenig" Waldo Williams yn 1946', *Llên Cymru*, cyf. 34, 2011, tt. 226–36

1–2 **cawsom neges/Gan Frenin i'w dwyn mewn dirfawr chwys** cf. 'Trwy chwys dy wyneb y bwytei fara, hyd pan ddychwelech i'r ddaear' (Genesis 3:19).

12 **Buchenwald** pentref i'r gogledd-ddwyrain o'r Weimar, Dwyrain yr Almaen, lle bu un o wersyll-garcharau'r Natsïaid.

23 **Lle cyfyd cân yr Oen** cf. 'A chanu y maent gân Moses gwasanaethwr Duw, a chân yr Oen; gan ddywedyd, Mawr a rhyfedd yw dy weithredoedd, O Arglwydd Dduw Hollalluog' (Datguddiad 15:3).

202. Pa Beth yw Dyn?

DP, t. 67. Cyhoeddwyd yn wreiddiol yn *Y Ddraig Goch*, cyf. XXIV, rhif 8, Awst 1952, t. 1.

Nodiadau

'Pa Beth yw Dyn' – Mae'r teitl yn dyfynnu ymadrodd o Salm 8:4.

1–2 **neuadd fawr/Rhwng cyfyng furiau** yn ôl Waldo ei hun, wrth iddo deithio ar ei feic ar ddiwrnod rhyfeddol o boeth un tro, daeth ar draws capel bychan, yr un lleiaf iddo'i weld erioed. Roedd dyn wrthi'n torri gwair y tu allan i'r capel ar y pryd, a dywedodd Waldo wrtho: 'Capel bach 'sta chi'. 'Capel B-A-CH, wedoch chi? Capel B-A-CH? Dewch miwn i weld 'i du-fiwn e. Mae e'n fowr tu-fiwn ... odi, mowr iawn hefyd,' meddai'r torrwr gwair yn wyllt, a gwahoddodd Waldo i'w ddilyn i mewn i'r capel. Synnodd Waldo pan welodd pa mor fawr oedd y capel yn fewnol, a hynny a roddodd iddo'r syniad a geir yn nwy linell agoriadol 'Pa Beth Yw Dyn?'.

Gw. Norah Isaac, 'Neuadd Fawr rhwng Cyfyng Furiau', *CMWW*, tt. 76–7; cyhoeddwyd yn wreiddiol yn *Barn*, Gorffennaf/Awst 1979.

20 **cwmwl tystion** cf. 'Oblegid hynny ninnau hefyd, gan fod cymaint cwmwl o dystion wedi ei osod o'n hamgylch, gan roi heibio bob pwys, a'r pechod sydd barod i'n hamgylchu, trwy amynedd rhedwn yr yrfa a osodwyd o'n blaen ni' (Hebreaid 12:1).

203. Plentyn y Ddaear

DP, t. 68. Cyhoeddwyd yn wreiddiol yn *Y Faner*, 17 Mai 1939, t. 8. Teitl y gerdd yn *Y Faner* oedd 'Plentyn y Ddaear (neu Polisi'r Rhyfelwyr: "Scorched Earth")'. Ceir copi o'r gerdd hefyd yng Nghasgliad David Williams.

Amrywiadau

2 y Nef (*Y Faner* a Chasgliad David Williams)

3 Dygant y gaethglud rithiedig (*Y Faner*); Dygant ryw gaethglud rithiedig (Casgliad David Williams)

4 Er cynghrair ag Uffern, i'w tref (Casgliad David Williams)

7 y Ddaear (*Y Faner*)

11 teneued y nerthoedd (Casgliad David Williams)

14 Nid ildiodd ei galon ('Ni ildiodd' a geid yn wreiddiol yn *DP*) (*Y Faner*); Ni chollodd ei galon (Casgliad David Williams)

19 Daw'r bore na wêl (Casgliad David Williams)

21 O ogofâu nos (Casgliad David Williams)

22 am a gerddai trwy'r gwaed (Casgliad David Williams)

Nodiadau

6 **Hen arial y gïau a'r gwaed** hynny yw, natur ryfelgar dyn, neu'r modd y mae'n rhaid i ddyn ymgaledu ac ymlidio, yn gwbl groes i'w natur, ym marn y bardd, wrth ei baratoi ei hun ar gyfer rhyfel. Ceir cyfeiriad yma at linellau agoriadol golygfa gyntaf y drydedd act yn nrama Shakespeare, *History of Henry V*:

> Once more unto the breach, dear friends, once more;
> Or close the wall up with our English dead.
> In peace there's nothing so becomes a man
> As modest stillness and humility:
> But when the blast of war blows in our ears,
> Then imitate the action of the tiger;
> Stiffen the sinews, summon up the blood,
> Disguise fair nature with hard favour'd rage;
> Then lend the eye a terrible aspect.

9 **Saif yntau, y bychan aneirif** cf. 'Y bychan a fydd yn fil, a'r gwael yn genedl gref' (Eseia 60:22).

19–20 **Daw'r bore ni wêl ond brawdoliaeth/Yn casglu teuluoedd y llawr** cf. 'Wedi hyn mi a edrychais; ac wele dyrfa fawr, yr hon ni allai neb ei rhifo, o bob cenedl, a llwythau, a phobloedd, ac ieithoedd, yn sefyll ger bron yr orseddfainc, a cher bron yr Oen, wedi eu gwisgo mewn gynau gwynion, a phalmwydd yn eu dwylaw' (Datguddiad 7:9).

204. Dan y Dyfroedd Claear

DP, t. 69.

Nodiadau

Nodyn gwreiddiol yn *DP*: 'Ar ôl un o frwydrau mawr y Pasiffig.' Mae'r mesur yn awgrymu adlais o emynau, e.e. 'Yn y dwys distawrwydd ...'

16 **Gariad fel y môr** cf. emyn Gwilym Hiraethog (William Rees; 1802–83), 'Dyma gariad fel y moroedd,/Tosturiaethau fel y lli'.

205. Cyrraedd yn Ôl

DP, t. 70. Cyhoeddwyd yn wreiddiol yn *Y Faner*, 16 Ebrill 1941, t. 4.

Nodiadau

2 **Filwr Mihangel** un o filwyr Mihangel, amddiffynnydd ac angel gwarcheidiol Israel yn ôl Llyfr Daniel yn yr Hen Destament, a'r un a fu'n rhyfela, gyda'i angylion, yn erbyn y Ddraig yn ôl Llyfr y Datguddiad.

4 **Cleddyf yr angel** cf. 'Felly Efe a yrrodd allan y dyn, ac a osododd, o'r tu dwyrain i ardd Eden, y cerubiaid, a chleddyf tanllyd ysgwydedig, i gadw ffordd pren y bywyd' (Genesis 3:24).

8 Gw. y nodyn ar linellau 1–2 'Die Bibelforscher' [rhif 201]. Gw. hefyd Robert Rhys, *CAA*, tt. 39–40

206. Cyfeillach

DP, tt. 72–3. Cyhoeddwyd yn wreiddiol yn *Y Faner*, 10 Ionawr 1945, t. 4, gyda'r nodyn canlynol: 'Nid oes dim cyfeillachu i fod rhwng milwyr y Cynghreiriaid a phobl yr Almaen. – Dywedodd swyddog y dirwyid i un-bunt-ar-bymtheg filwr a ddymunai Nadolig Llawen i Almaenwr.'

Nodiadau

Nodyn gwreiddiol yn *DP*: 'Cenais y gân hon ddydd Nadolig 1945. Yr oedd dirwy o un bunt ar bymtheg ar ein milwyr yn yr Almaen am ddymuno Nadolig Llawen i Almaenwr, meddai un o'r papurau.' Nadolig 1944 a olygai Waldo, nid Nadolig 1945.

5–10 **Mae'r ysbryd yn gwau yn ddi-stŵr ... A'u cred yn yr angel gwyn** cf. 'Auguries of Innocence', William Blake:

A dove-house filled with doves and pigeons
Shudders Hell through all its regions ...
He who respects the infant's faith
Triumphs over hell and death.

19/21 **bratiau budr** cf. 'Eithr yr ydym ni oll megis peth aflan, ac megis bratiau budron yw ein holl gyfiawnderau' (Eseia 64:6).

22 **Rhag y gwynt sy'n chwythu lle myn** cf. 'Y mae y gwynt yn chwythu lle y mynno: a thi a glywi ei sŵn ef, ond ni wyddost o ba le y mae yn dyfod, nac i ba le y mae yn myned: felly mae pob un a'r a aned o'r Ysbryd' (Ioan 3:8).

34 **O nos y cleddyfau a'r ffyn** cf. 'Ac efe eto yn lletaru, wele, Judas, un o'i deuddeg, a ddaeth, a chydag ef dyrfa fawr â chleddyfau a ffyn, oddi wrth yr arch-offeiriaid a henuriaid y bobl' (Mathew 26:47); 'A'r Iesu a atebodd ac a ddywedodd wrthynt, Ai megis at leidr y daethoch allan, â chleddyfau ac â ffyn, i'm dala i?' (Marc 14:48); 'A'r Iesu a ddywedodd wrth yr arch-offeiriaid, a blaenoriaid y deml, a'r henuriaid, y rhai a ddaethent ato, Ai fel at leidr y daethoch chi allan, â chleddyfau ac â ffyn?' (Luc 22:52).

207. Y Geni

DP, t. 74. Cyhoeddwyd yn wreiddiol yn *Y Faner*, 22 Rhagfyr 1948, t. 1.

Nodiadau

Nodyn gwreiddiol yn *DP*: 'Canu carolau yn yr ysgol a'm cymhellodd i ganu hon.'

208. Almaenes

DP, t. 75. Cyhoeddwyd yn *Y Faner*, 24 Ebrill 1946, t. 1.

Amrywiadau

(*Y Faner*)

6 "ar goll"

Nodiadau

Nodyn gwreiddiol yn *DP*: 'Mesur gan Thomas Hardy, gyda datblygiad.' Mae'n debyg mai at fesur y gerdd 'Doom and She', a gyhoeddwyd yn *Poems of the Past and the Present* (1901), y cyfeirir. Dyma'r pennill cyntaf:

> There dwells a mighty pair –
> Slow, statuesque, intense –
> Amid the vague Immense:
> None can their chronicle declare,
> Nor why they be, nor whence.

Os dyma'r mesur, yn y ddwy linell gyntaf y ceir y datblygiad. Llinellau chwesill yw dwy linell gyntaf y pennill gan Hardy, a llinellau wythsill a geir gan Waldo. Mesur tebyg o ran ei batrwm odlau yw mesur 'His Country' gan Hardy, a gyhoeddwyd yn *Moments of Vision and Miscellaneous Verses* (1917):

> I journeyed from my native spot
>   Across the south sea shine,
> And found that people in hall and cot
> Laboured and suffered each his lot
>   Even as I did mine.

18 **Ni thraetha'r môr ei maint** cf. emyn Robert ap Gwilym Ddu: 'Ni thraethir maint anfeidrol werth/Ei aberth yn dragywydd'.

19-20 **Gwisg dy nerth/Yn brydferth yn ei braint** cf. 'Deffro, deffro, gwisg nerth, O fraich yr Arglwydd' (Eseia 51:9) a 'Gwisg dy nerth, Seion' (Eseia 52:1), yn ogystal ag emyn John Hughes, Pontrobert, 'O deffro, deffro, gwisg dy nerth, O brydferth fraich yr Arglwydd'. Gw. ymhellach Robert Rhys, '"Ni Thraetha'r Môr ei Maint": Cerddi "Almaenig" Waldo Williams yn 1946', *Llên Cymru*, cyf. 34, 2011, tt. 226–36.

209. Yr Eiliad

DP, t. 76.

Nodiadau

Nodyn gwreiddiol yn *DP*: 'At fy nghyfaill E. Llwyd Williams.'

4 **A gwaedda'r graig** yn ôl adroddiad gan D. Jacob Davies ar 'Seiat i'r Beirdd yng ng[ŵ]yl Coleg y Drindod' yn *Y Cymro*, dywedodd Waldo 'fod y "graig" wedi bod yn symbol pwysig iddo erioed a'i fod wedi clywed y creigydd yn siarad ag ef lawer gwaith'. Dywedodd ei fod wedi bod yn byw yn ymyl mynydd creigiog, a'i fod ef a'i chwiorydd 'yn cymryd taith wythnosol yn eu hieuenctid i ben un ohonynt'. 'Yn fuan

iawn wedi claddu eu henwau'n ddefodol yn un o'r creigydd, bu farw un o'r chwiorydd a byth er hynny bu'r graig yn siarad ag ef,' meddai'r adroddiad yn *Y Cymro*.

210. Cwm Berllan

DP, t. 77. Cyhoeddwyd yn wreiddiol yn *Y Ford Gron*, cyf. 1, rhif 12, Hydref 1931, t. 17.

Amrywiadau

(Llawysgrif LlGC 20867B)

 2 Yr hen gennad mudan
 5 A allwn i fentro mynd yno mewn Ostyn
 6 Hen feidr mor droellog, mor arw yw hi
10 ei sudd
16 y feidr

211. Cofio

DP, t. 78. Cyhoeddwyd yn wreiddiol yn *Y Ford Gron*, cyf. 1, rhif 11, Medi 1931, t. 6.

Amrywiadau

(*Y Ford Gron*)

 1 Un funud fwyn
 2 Un funud fach
12 amdanyn nawr
14 oeddyn hwy
16 arnyn mwy
22 nabod chi bob un

Nodiadau

Soniodd Waldo ei hun am amgylchiadau llunio'r gerdd yn y sgwrs rhyngddo a T. Llew Jones ym 1965 (gw. *WWRh*, t. 101):

> 'A fo ben bid bont' oedd y testun am y gader yn Eisteddfod Clunderwen un flwyddyn. Ac mi holodd Wil – W.R., Wil Glynsaithmaen, neu Llwyd, 'wy ddim yn cofio p'un o nhw nawr – ofynnon nhw i fi gystadlu oblegid hwy ill dau oedd yr unig rai oedd wedi cyrraedd yr ysgrifennydd. Beth

bynnag, ychydig o ddiwrnodau oedd gyda fi cyn amser cau. Fues ar 'y ngore yn sgrifennu, a beth 'nes i oedd rhoi stori Branwen ar y mesur tri-thrawiad, ond erbyn gorffen, down i ddim yn teimlo 'mod i wedi dweud popeth ro'n i am 'i ddweud. Roedd y felin yn mynd 'mlân i falu beth bynnag, a dim byd 'da fi i roi mewn. Ac mi ddaeth y gân hon yn sydyn iawn. Ro'n i i lawr ar ffarm fy nghyfaill Wili Jenkins, Hoplas, ac roedd yr haul yn mynd i lawr yn y gorllewin, neu yn agos i fynd i lawr; cofio mai torri erfin ro'n i – fan 'ny ddechreues i. 'Wnes i'r pennill cynta a mynd i swper, ac mi ddâth y gweddill yn gyflym iawn.

Cyhoeddwyd ysgrif gan Waldo ac iddi'r teitl 'Geiriau' yn *Y Ford Gron*, cyf. 2, rhif 9, Gorffennaf 1932, t. 205, ac y mae rhan olaf yr ysgrif yn crynhoi ac yn cofnodi mewn rhyddiaith yr hyn a ddywedir yn y gerdd:

Daw pang o hiraeth dros ddyn weithiau wrth gofio llu mawr geiriau anghofiedig y byd – geiriau coll yr ieithoedd byw, a holl eiriau'r hen ieithoedd diflanedig. Buont yn eu dydd yn hoyw yng ngenau dynion, a da oedd gan hen wragedd crychlyd glywed plant bach yn eu parablu. Ond erbyn hyn, ni eilw tafod arnynt ac ni ŵyr Cof amdanynt, cans geiriau newydd a aeth i mewn i'w hystyron hwy.

Dychmygaf am lawer ohonynt, hen eiriau prydferth fel 'clŷn' a 'chelli' a 'chlegyr', yn ein plith ni heddiw, wedi eu hymlid o gyd-ymddiddan dynion, yn llochesu dros dro mewn enwau ffermdai a phentrefi hyd nes darfod amdanynt yn deg, ie, hyd nes darfod yn grwn o'r diwedd am yr iaith y perthynent iddi.

Dychmygaf weld dynion mwyn, meddylgar a theimladwy yn ymladd yn gyndyn i'w cadw rhag eu tranc anorfod. Ond yn ofer. Pa beth, wedi'r cyfan, yw hyn? Beth a dâl cynildeb dyn yn erbyn afradlonedd Natur pryd y bo'n well ganddi godi'r newydd na chadw'r hen?

Ailargraffwyd yn *WWRh*, t, 50.

212. Brawdoliaeth

DP, t. 79. Cyhoeddwyd yn wreiddiol yn *Y Faner*, 29 Mai 1940, t. 4.

10–11 **Â'r Lefiad heibio i'r fan,/Plyg y Samaritan** cyfeirir yma at Ddameg y Samariad Trugarog yn ymgeleddu'r dyn a syrthiodd ymysg lladron, ac a adawyd ganddynt wedi'i archolli ac yn hanner marw. Y mae'r offeiriad yn mynd heibio iddo, a'r un modd y Lefiad, 'A'r un ffunud, Lefiad hefyd, wedi dyfod i'r fan, a'i weled ef, a aeth o'r tu arall heibio', ond mae'r Samariad yn dod heibio iddo ac yn estyn cymorth iddo (Luc 10:30–7).

17–20 **Cymerth yr Iesu ran … Y Phariseaidd sêl** cyfeirir yma at Iesu Grist yn bwyta yn nhŷ Lefi, y casglwr trethi: 'A bu, a'r Iesu yn eistedd i fwyta yn ei dŷ cf, i lawer hefyd o bublicanod a phechaduriaid eistedd gyda'r Iesu a'i ddisgyblion; canys llawer oeddynt, a hwy a'i canlynasent ef. A phan welodd yr ysgrifenyddion a'r Phariseaid ef yn bwyta gyda'r publicanod a'r pechaduriaid, hwy a ddywedasant wrth ei ddisgyblion ef, Paham y mae efe yn bwyta ac yn yfed gyda'r publicanod a'r pechaduriaid? A'r Iesu, pan glybu, a ddywedodd wrthynt, Y rhai sydd iach nid rhaid iddynt wrth y meddyg, ond y rhai cleifion: ni ddeuthum i alw y rhai cyfiawn, ond pechaduriaid, i edifeirwch (Marc 2:15–17).

213. Yn Nyddiau'r Cesar

DP, t. 80. Cyhoeddwyd yn wreiddiol yn *Y Faner*, 22 Rhagfyr 1954, t. 1, dan y teitl 'Nadolig'.

Amrywiadau

(*Y Faner*)

8 Bugail dynion
13 uwchben Bethlehcm dref

Nodiadau

1 **Yn nyddiau'r Cesar a dwthwn cyfrif y deiliaid** 'Bu hefyd yn y dyddiau hynny, fyned gorchymyn allan oddi wrth Augustus Cesar, i drethu yr holl fyd.' (Luc 2:1).

5 **Y rhai a adawai'r namyn un pum ugain** 'Yr wyf yn dywedyd i chwi, mai felly y bydd llawenydd yn y nef am un pechadur a edifarhao, mwy nag am onid un pump ugain o rai cyfiawn, y rhai nid rhaid iddynt wrth edifeirwch.' Dameg y Ddafad Golledig (Luc 15:7).

214. Y Plant Marw

DP, t. 81. Cyhoeddwyd yn wreiddiol yn *Y Faner*, 23 Chwefror 1944, t. 4.

Nodiadau

Pryder Waldo am blant yn newynu i farwolaeth oherwydd y rhyfel sydd y tu ôl i'r gerdd hon, sef yr union bryder ag a fynegwyd ganddo yn rhifyn Ionawr 11 1940, o'r *Western Telegraph* (*WWRh*, tt. 282, 293): 'Yet is not the Navy today mainly concerned with starving to death such children as these in the villages of Bavaria, Saxony, Prussia?' meddai; a dywedodd yr un peth, i bob pwrpas, yn ei ddatganiad gerbron Tribiwnlys Caerfyrddin ym mis Chwefror 1942: 'modern warfare, and blockade in particular, I consider detestable, for it takes the bread out of the mouths of children, and starves to death the innocence of the world'.

  2 **Cawsant gerrig yn lle bara** cf. 'Neu a oes un dyn ohonoch, yr hwn os gofyn ei fab iddo fara, a rydd iddo garreg? Ac os gofyn efe bysgodyn, a ddyry efe sarff iddo?' (Mathew 7:9–10).

13 **Gwyn a du a melyn** cf. 'Gwyn a du a melyn' yn 'Dan y Dyfroedd Claear' [rhif 204].

215. Odidoced Brig y Cread

DP, tt. 82–3.

Nodiadau

16 **Rhwyll i'm llygaid yn y llen** cf. 'Mae pob un yn rhwyll i'm llygad yn y llen' yn 'Wedi'r Canrifoedd Mudan' [rhif 221].

216. O Bridd

DP, tt. 84–5.

Nodiadau

Nodyn gwreiddiol yn *DP*: 'Gweler cân Henry Clarence Kendall, y bardd Awstralaidd "Beyond Kerguelen".'

Pan dorrodd yr Ail Ryfel Byd ym mis Medi 1939, ysigwyd Waldo i'r byw. Tua dechrau'r rhyfel, teimlai, meddai yn y sgwrs rhyngddo a T. Llew Jones ym 1965, 'ein bod ni 'run fath â byd natur i gyd, 'run fath ag anifeiliaid a phob ffurf, yn byw trwy ladd a thraflyncu rhyw hiliogaeth arall,' ond gyda'r gwahaniaeth 'ein bod ni yn erbyn ein hiliogaeth ein hunain – wedi ymrannu fel 'na – fod y peth wedi'i blannu ynom ni – ac roedd e'n deimlad llethol iawn' (*WWRh*, t. 100). Yn ogystal â theimlo fod dyn yn lladd ei hiliogaeth ei hun, daeth i deimlo fod pridd y ddaear wedi'i wenwyno i gyd. Meddai, mewn llythyr a anfonodd at Anna Wyn Jones, ar 5 Mehefin 1966, chwarter canrif a rhagor ar ôl y rhyfel: 'Y peth pwysig yw mai fel yna rown i'n teimlo. Nid dewis y pridd fel symbol a wneuthum. Fel yna rown i'n teimlo ynglŷn â'r pridd ei hun am bum mis, neu chwech, ar ôl i'r rhyfel dorri allan.' (Llawysgrif LlGC 23896D, 13; *WWRh*, t. 102).

Daeth yr ymdeimlad hwn iddo felly yn ystod misoedd olaf 1939 a misoedd cychwynnol 1940. Yng ngwanwyn 1940, rywbryd yn ystod misoedd Mawrth ac Ebrill y flwyddyn honno, y lluniodd 'O Bridd'. Yr hyn a iachaodd Waldo o'r ymdeimlad hunllefus hwn fod y ddaear o'i amgylch wedi ei gwenwyno a'i melltithio oedd ymweliad â Gwlad yr Haf, yn gynnar yng ngwanwyn 1940. Aeth Waldo a Linda am wyliau i'r ardal yng Ngwlad yr Haf lle bu Samuel Taylor Coleridge a William Wordsworth yn byw ar un adeg. Symudodd Coleridge a'i deulu i bentref bychan Nether Stowey, ger Bridgewater, ym mis Rhagfyr 1796. Ym mis Mawrth y flwyddyn ganlynol, ymwelodd William Wordsworth â Coleridge yn Nether Stowey, ac erbyn mis Gorffennaf 1797 roedd Wordsworth a'i chwaer Dorothy wedi symud i Alfoxden House, tua phedair milltir o bellter o Nether Stowey. Yn ystod y cyfnod hwn, ac yn enwedig yn ystod gwanwyn a haf 1798, y bu'r ddau yn cydweithio ar eu *Lyrical Ballads*, a gyhoeddwyd ym mis Medi 1798. Ceir enwau Waldo a Linda yn llyfr ymwelwyr Bwthyn Coleridge yn Nether Stowey gogyfer â 2 Mawrth 1940. Ymhen blynyddoedd cofiai Waldo am y gwanwyn adferol, iachaol hwnnw:

Dyna'r pryd y newidiais nôl, lawr yn Alfoxden a Nether Stowey. Aeth Linda a minnau yno yn y gwanwyn, y mannau lle sgrifennodd Wordsworth a Coleridge y *Lyrical Ballads*. Ond cyn hyn, sef cyn fy nghymodi â'r pridd, roeddwn i'n gwrthod anobeithio am ddyn ychwaith. (Ac wrth gwrs nid barnu dynion yr oeddwn i – os yn y pridd y mae'r gwenwyn) … Roedd map o'r byd ar y wal yn ysgol Cas-mael, a Kerguelen ar lefel fy llygaid. Arhoswn weithiau am ddeng munud ar ôl i bawb fynd adref yn edrych ar Kerguelen mewn rhyw fath o orfoledd am nad oedd dim pridd yno. Sgrifennu ei hunan yn sydyn wnaeth y gân yn y diwedd, a hynny wedi imi ddod nôl o Nether Stowey; atgof mewn gwirionedd ydyw.

Llawysgrif LlGC 23896D, 13–14; *WWRh*, t. 102)

Gw. ymhellach '"Cymodi â'r Pridd": Wordsworth, Coleridge, a Phasg Gwaredol Waldo Williams', Damian Walford Davies, *CAA*, tt. 83–107.

7–8 **Mi welais y genau brwnt/Yn agor a dweud, Ho, Frawd** genau'r fam-ddaear yw'r 'genau brwnt', cf. 'safn y ddaear' yn Genesis. Cain oedd y brawd a lafuriai'r ddaear, tra oedd Abel yn bugeilio defaid. Mae Cain yn melltithio'r ddaear o'r dechreuad drwy ei llychwino â gwaed Abel. Mae gwaed Abel yn llefain ar Dduw o'r ddaear: 'llef gwaed dy frawd sydd yn gweiddi arnaf fi o'r ddaear' (Genesis 4:10). Ac fel y mae Cain wedi melltithio'r ddaear, mae'r ddaear hithau wedi melltithio Cain: 'Ac yr awr hon melltigedig wyt ti o'r ddaear, yr hon a agorodd ei safn i dderbyn gwaed dy frawd o'th law di' (4:11). Mae'r 'genau brwnt', neu 'safn y ddaear', yn gwawdio'r hyn y mae Waldo yn credu ynddo, sef y syniad o frawdgarwch rhwng dynion, drwy ei atgoffa am y modd y llychwinwyd y ddaear o'r dechrau gan y weithred giaidd o ladd brawd gan frawd.

9 **Fy mrawd yn y pydew gwaed** cyfeiriad at y cynllwyn i ladd Joseff gan ei frodyr trwy ei daflu i bydew yn Genesis. Unwaith yr oedd y weithred ysgeler wedi cael ei chyflawni, twyllwyd y tad i gredu mai 'bwystfil drwg a'i bwytaodd ef' (Genesis 37:33), ar ôl i'r brodyr drochi'r siaced fraith yng ngwaed y myn gafr a laddwyd ganddynt hwy.

37 **Tu hwnt i Kerguelen mae'r ynys** darganfuwyd Ynysoedd Kerguelen gan y Llydawr Yves-Joseph de Kerguelen-Trémarec ym 1772, ac fe'u henwyd ar ei ôl. Clwstwr o fân ynysoedd ydynt. Y brif ynys yw La Grand Terre, a cheir oddeutu tri chant o fân ynysoedd dienw eraill o'i chwmpas. Mae ail ran 'O Bridd' yn adleisio rhannau o gerdd y bardd o Awstralia Henry Clarence Kendall, 'Beyond Kerguelen', ac yn adleisio'r pennill cyntaf yn enwedig:

> Down in the South, by the waste without sail on it,
>> Far from the zone of the blossom and tree,
> Lieth, with winter and whirlwind and wail on it,
>> Ghost of a land by the ghost of a sea.

Weird is the mist from the summit to base of it;
    Sun of its heaven is wizened and grey;
Phantom of life is the light on the face of it –
    Never is night on it, never is day!
Here is the shore without flower or bird on it;
    Here is no litany sweet of the springs –
Only the haughty, harsh thunder is heard on it,
    Only the storm, with the roar in its wings!

217. Cân Bom

DP, t. 86. Cyhoeddwyd yn wreiddiol yn *Y Faner*, 3 Ebrill 1946, t. 1.

Amrywiadau

  13 Ef yw'r 'pryf yn y pren'

Nodiadau

Mae'r gerdd wedi ei hatalnodi yn llawer gwell yn *Y Faner* nag yn *DP*.

Daeth yr Ail Ryfel Byd i ben yn Ewrop a mannau eraill ar 8 Mai 1945, ond gwrthodai Siapan ildio o hyd. I roi terfyn sydyn ar y rhyfel gollyngodd America fom atomig ar dref Hiroshima ar 6 Awst 1945, ac ar ddinas Nagazaki ar 9 Awst, gan greu dinistr ar raddfa anhygoel, a lladd rhwng 150,000 a 250,000 o sifiliaid. Y ddau ddigwyddiad hyn a ysgogodd y gerdd.

3–4 **Ofod, pa le mae Pwrpas/A'i annedd, Patrwm?** cf. 'Brenhiniaeth a Brawdoliaeth', *WWRh*, t. 309: 'Y mae gan hanes ateb syml iawn i'r cwestiwn paham y mae'r gwladwriaethau yn rhyfela. Dywed mai dyna yw eu diben, dyna paham y daethant i fod. Dyna eu siâp o hyd. Y mae'r pwrpas yn creu'r patrwm a byth wedyn yn llechu ynddo.'

13 Rhoddwyd 'pryf yn y pren' rhwng dyfynodau yn y fersiwn a ymddangosodd yn *Y Faner* gan mai benthyg yr ymadrodd gan R. Williams Parry yn y llinell 'A ddengys y pryf yn y pren, y crac yn y cread', yn ei soned 'Propaganda'r Prydydd', a wnaeth Waldo.

218. Bydd Ateb

DP, t. 87. Cyhoeddwyd yn wreiddiol yn *Camre Cymru, Cerddi'r Rali*, Golygydd: Bobi Jones, 1952, t. 15.

Nodiadau

Nodyn gwreiddiol yn *DP*: 'Dywedodd hwn wrth Harri'r Ail fel hyn, medd Gerallt Gymro: "... Ac nid unrhyw genedl arall, fel y barnaf i, amgen na hon o'r Cymry nac unrhyw iaith arall ar Ddydd y Farn dostlem gerbron y Barnwr Goruchaf ... a fydd yn ateb dros y cornelyn hwn o'r ddaear ..." *Disgrifiad o Gymru*, Cyf. Thomas Jones.'

Wrth anfon y gerdd at Bobi Jones, nododd Waldo, mewn llythyr diddyddiad, mai 'Gwaith neithiwr a'r bore yma ydynt ar wahan i bedair neu bum llinell ac felly ni chefais gyfle i'w hadolygu yn oer'. Penderfynodd anfon y gân at Bobi Jones 'heb ragor o amau a ddylid rhoi dwy gynghanedd lusg yn yr un pennill a phethau ofer o'r fath'. Anfonodd lythyr arall at Bobi Jones y diwrnod canlynol. Dymunai newid llinell olaf y pedwerydd hir-a-thoddaid:

> 'rwy'n siwr y caniatei imi un gwelliant, diwedd y pedwerydd pennill, dod e fel hyn:

> > Lloegr yw hi. Ni all greu hedd – Atebwn
> > Dros y tir hwn, a than drawstiau'r annedd.

Dros y tir hwn – da'r orest a'r annedd oedd gennyf, ond os atebir un *r* â dwy, rhaid i'r sill sy rhwng y ddwy hynny fod yn ddiacen. Heblaw hyn, credaf fod y gwelliant yn wir welliant o ran synnwyr yn ogystal â swn.

Roedd llinell arall hefyd yn ei boeni, am yr un rheswm â'r llinell 'Dros y tir hwn – da'r orest a'r annedd':

> Y mae'r un anhawster yn codi mewn man arall.

> Bydd hawlio'r ty. Bydd ail-alw'r towyr

> Mae'r sill rhwng y ddwy *l* yn acennog. Atolwg, pa beth a wnaf? Bydd hala'r towyr? Rhy Ddyfedaidd ymarferol. Bydd whilio'r towyr? Bydd rhaid eu whilio rwy[']n siwr. A'u hwylio, a'u holi a'u hoelio am wn i. Bydd addoli'r towyr. Na. Safed ail-alw. A gaf i dreio eto, y mae'n rhaid bod rhyw ffordd maes.

> Bydd hawlio'r ty.

Bydd hewl i'r towyr. Bydd hilio'r towyr. Hela'r towyr. Hwyl i'r towyr. Dyna bobl barticiler yw'r towyr yma. Dim ond un peth sy'n gwneud y tro iddynt a hwnnw ddim i gael ... Wedi hyn oll, safed ail alw ... Y towyr yna sydd ar fy meddwl o hyd ... Bydd eilio o'r towyr? Na. Wedi'r cyfan nid eilio y mae'r towyr yn ei wneud, ond toi. Rhaid ei gadael hi fanna yn awr. Rwy[']n mynd ati i liwio'r gegin yma y prynhawn. Bydd lliwio'r rwm cyn bydd llywio i'r hamoc.

219. 'Anatiomaros'

DP, t. 88. Cyhoeddwyd yn wreiddiol yn *Y Llenor* (Rhifyn Coffa T. Gwynn Jones), cyf. XXVIII, rhif 2, Haf 1949, t. 64.

Nodiadau

Nodyn gwreiddiol yn *DP*: 'Gweler "Anatiomaros" Thomas Gwynn Jones.'

Soned i goffáu T. Gwynn Jones (1871–1949), un o feirdd pwysicaf yr ugeinfed ganrif, yw hon. Lluniodd T. Gwynn Jones nifer o gerddi hir a oedd yn seiliedig ar chwedloniaeth y Celtiaid, 'Anatiomaros' yn eu plith. Ceir y cyflwyniad canlynol i 'Anatiomaros' gan y bardd ei hun yn ei gyfrol *Caniadau*, 1934, t. 79: 'Seilir y caniad hwn ar bethau oedd yn ddefod ymhlith yr hen Geltiaid ar y Cyfandir. Enw Brythonig yw Anatiomaros. Ni ddaeth i'r Gymraeg fel enw priod, ond daeth ei elfennau. Ei ystyr yw Eneidfawr.'

Yng ngherdd T. Gwynn Jones disgrifir y modd y gollyngai'r Celtiaid eu meirwon i'r môr mewn cwch neu fad tanllyd, a gadael i'r môr eu cludo i Wlad yr Anfarwolion:

> Y mawr ei enaid, y mwya'i rinwedd,
> Draw y nofiai o dir ei hynafiaid,
> A thân yn ei gylch a thonnau'n golchi,
> I wynfa'r haul at yr anfarwolion.

Dethlir anfarwoldeb T. Gwynn Jones fel bardd yn y soned.

1 **Dywedai, 'Gwelais dud trwy glais y don'** llinell a geir yn un o gerddi llai adnabyddus T. Gwynn Jones a ddyfynnir yma. Fe'i ceir ar ddechrau'r ail englyn yn y gerdd fechan 'Yno' (*Caniadau*, t. 203):

> Gwelais dud drwy glais y don
> A'r heulwen ar ei haeliau'n dirion;
> Awn yno, finnau'n union –
> A oes a ŵyr hanes hon?

220. Eneidfawr

DP, t. 89.

Nodiadau

Nodyn gwreiddiol yn *DP*: 'Canwyd y gân hon ar y ffordd adref i Lyneham ar ôl bod gydag Indiaid Llundain yng nghwrdd coffa Gandhi.' Am Gandhi, gw. y nodiadau ar 'Gweddi Cymro' [rhif 46].

221. Wedi'r Canrifoedd Mudan

DP, tt. 90–1. Cyhoeddwyd yn wreiddiol yn *Y Wawr* (Cylchgrawn Cangen Prifysgol Cymru, Aberystwyth, o Blaid Cymru), cyf. III, rhif 4, 1948, t. 75. Ceir copi o ddrafft cynharach o'r gerdd yng Nghasgliad David Williams.

Amrywiadau

(Drafft aneglur cynharach yng Nghasgliad David Williams)

> Wedi'r canrifoedd mudan clymaf ['canaf' wedi'i ddileu] eu clod.
> Un yw craidd ein cred a gwych adnabod
> Eneidiau yn un a'r rhuddin yng ngwreiddyn Bod.
>
> Y maent yn un â'r goleuni, y maent uwch fy mhen
> Lle'r ymgasgl, trwy'r ehangder, hedd. Pan noso'r wybren,
> Y mae pob un yn rhwyll i'm llygaid yn y llen.
>
> John Roberts Trawsfynydd offeiriad oedd ef i'r tlawd
> Yn y pla trwm rhannu'r Bara yn yr unrhawd,
> Gwybod ddyfod gallu'r gwyll i ddryllio ei gnawd.
>
> [Rhisiart] Gwyn, y ffraethaf ohonynt hwy.
> Chwarddodd "Mae gennyf chwe cheiniog tuag at y ddirwy."
> Ym marchnad ei Feistr ['Crist' wedi'i ddileu] ni phrisiodd ei hoedl yn
>   fwy.
>
> … isel weithwyr ym M[h]las Crist.
> Hyd angau yn erbyn [?] hurt [?] athrist,
> Yn chwalu'r gymdogaeth dda a dinoethi'r dist.
>
> … na allwn eu henwi oll,
> [?] cymundeb uwchlaw'r difancoll
> Diau nid oes a chwâl y rhai a dalodd yr un doll.

Y talu tawel, terfynol, heb lef na bloedd
I ysgwyd neu i oglais y tyrfaoedd.
Traddodi eu cyrff yn ebyrth, eu gair ar goedd.

Y diberfeddu wedi['r] glwyd artaith a chyn
Yr ochenaid lle rhoddodd ysgol i'w henaid esgyn
I helaeth drannoeth Golgotha eu Harglwydd gwyn.

Dwfn fyddai'ch balchder ac ardderchog y rhain yn y chwedl,
Gymry, pe baech yn genedl.

Ceir hefyd nifer o linellau a hanner llinellau ar waelod y dudalen, o dan y gerdd, ond nid yw'n hawdd deall pob gair. Ceir y llinell 'tri gwas isel ym Mhlas Crist' yn eu plith.

Nodiadau

Nodyn gwreiddiol yn *DP*: 'Gweler llyfr T. P. Ellis, *The Welsh Catholic Martyrs*.'
    Ceir llun o'r gerdd yn llawysgrifen Waldo ei hun yn *Bro a Bywyd: Waldo Williams*, Golygydd: James Nicholas, 1996, t. 54. Gofynnodd J. Eirian Davies, golygydd *Y Wawr*, i Waldo am gerdd i'w chyhoeddi yn y cylchgrawn, ac anfonodd 'Wedi'r Canrifoedd Mudan' ato. Postiwyd y gerdd o Chippenham, 28 Mehefin 1948. Yn ei ysgrif 'Gair Eto am "y Gerdd Fach Seml"' (*Y Golofn Wadd*, *Barddas*, rhifau 147–8, Gorffennaf/Awst 1989, tt. 1–2), tynnodd J. Eirian Davies sylw at rai gwahaniaethau a geid yn y fersiwn a anfonodd Waldo ato yn ei lawysgrifen ei hun a'r fersiwn a gyhoeddwyd yn *DP*. 'Maint yn un â'r goleuni. Maent uwch fy mhen' oedd llinell gyntaf yr ail bennill yn wreiddiol. Dadleuodd J. Eirian Davies fod 'maint' yn well na 'maent': 'Gwyddwn nad oedd llacrwydd yn y byd yng nghanu Waldo fel rheol. Beth a ddaeth drosto i ailadrodd y gair 'Maent' fel hyn? ... Pwy a wad nad yw ffurf wreiddiol y llinell yn llawer gwell na'r darlleniad sy mor gyfarwydd i bawb bellach?' Nododd yn ogystal mai 'i'm llygaid' a geid yn llinell olaf y pennill cyntaf, ac mai ffurf wreiddiol llinell gyntaf y chweched pennill oedd 'Y rhedegwyr ysgafn. Na allwn eu cyfrif oll!' 'Tybed a oes rhywun a all ein goleuo ar y modd y newidiwyd rhai pethau yn y gerdd rywdro, a hynny er gwaeth?' gofynnodd J. Eirian Davies ar ddiwedd ei ysgrif. Prin, fodd bynnag, fod yr hyn a oedd gan Waldo yn wreiddiol yn rhagori ar yr hyn a geir yn *DP*. Camgymeriad amlwg yw 'maint' am 'maent'.

Fe'i trafodir gan Gruffydd Aled Williams, '"Cerdd Fach Seml" Waldo Williams', *Ysgrifau Beirniadol* VII (1972), tt. 235–48. Gw. hefyd 'Y Ddau Ioan' [rhif 94].

4 **Maent yn un â'r goleuni** cf. 'They are all gone into the world of light', teitl a llinell agoriadol cerdd gan Henry Vaughan.

7 **John Roberts, Trawsfynydd** John Roberts (1577–1610), y merthyr Catholig. Bu'n gweinidogaethu i rai a oedd yn dioddef o'r pla yn Llundain rhwng 1603 a 1610. Fe'i cafwyd yn euog o deyrnfradwriaeth, a dienyddiwyd ef yn Tyburn, 10 Rhagfyr 1610. Ym 1970 gwynfydedigwyd ef gan y Pab Pawl VI yn un o Ddeugain Merthyr Lloegr a Chymru.

10 **John Owen y Saer** John Owen neu Nicholas Owen, merthyr Catholig arall, arbenigwr ar lunio cuddfannau i'r Catholigion ym mhlastai ei noddwyr. Yr oedd yn frawd lleyg yng Nghymdeithas yr Iesu ('yr hen gymdeithas'). Fe'i merthyrwyd yn y Tŵr yn Llundain ar 2 Mawrth 1606.

13 **Rhisiart Gwyn** neu Richard Gwyn neu Richard White (*c*.1537–84), y merthyr Catholig cyntaf yng Nghymru. Gwrthododd gydnabod Elisabeth yn ben ar Eglwys Loegr, ac fe'i carcharwyd o'r herwydd am bedair blynedd, a'i orfodi i ddioddef arteithiau. Dienyddiwyd Rhisiart Gwyn ar 15 Hydref 1584. Gwynfydedigwyd Rhisiart Gwyn yntau yn un o Ddeugain Merthyr Lloegr a Chymru.

222. Gŵyl Ddewi

DP, t. 92. Cyhoeddwyd yn wreiddiol yn *Y Faner*, 17 Mawrth 1943, t. 4.

Amrywiadau

(*Y Faner*)

25 ffein a ffug

Nodiadau

Meddiannwyd dau ddarn o dir ar benrhyn Tyddewi gan y Swyddfa Ryfel, y naill rhwng Fachelich, Tre-groes a Chaerfarchell a'r llall ym Mreudeth, a chrewyd dau faes awyr yno. Y cyntaf oedd maes awyr Tyddewi, a agorwyd ym mis Medi 1943, a'r ail oedd maes awyr Breudeth, a agorwyd ym mis Chwefror 1944. Lluniwyd y ddwy soned hyn pan oedd y gwaith o greu'r ddau faes awyr ar y gweill. Gw. trafodaeth John Rowlands, 'Trafod Sonedau Gŵyl Ddewi', *CAA*, tt. 47–58.

15 **y dymp a'r drôm** yr ystorfa arfau a'r maes awyr (*aerodrome*).

17 **wado bant** i fwrw ymlaen â rhywbeth, gweithio'n galed.

19 **Tragwyddol bebyll Mamon** cf. 'Gwnewch i chwi gyfeillion o'r mamon anghyfiawn: fel, pan fo eisiau arnoch, y'ch derbyniont i'r tragwyddol bebyll' (Luc 16:9).

223. Cymru'n Un

DP, t. 93. Cyhoeddwyd yn wreiddiol yn *Y Faner*, 13 Awst 1947, t. 8.

Amrywiadau

(*Y Faner*)

8 fy Mhreselau cu

Nodiadau

Roedd Waldo yn ymwybodol trwy'i fywyd fod gwahanol rannau o Gymru yn undod ynddo oherwydd y cysylltiadau teuluol rhyngddo a'r lleoedd hyn, a bod tri lle a gysylltir â mynyddoedd yn cynrychioli'r gwahanol rannau hynny – Llangernyw yn ymyl Mynydd Hiraethog, Brynaman wrth odre'r Mynydd Du, a'r Preseli. Yn Llangernyw y ganed John Jones, tad-cu Waldo, tad Angharad, ei fam. Merch o Frynaman, Margaret Price, oedd priod John Jones, a hi felly oedd mam Angharad a mam-gu Waldo. O'r tri mynydd hyn, y Preseli'n unig a ddeffroai bob cyfran ohono. Y Preseli'n unig a'i cyfannai trwy ddwyn pob cyfran arall ynghyd, a'u hasio'n un.

224. Caniad Ehedydd

DP, t. 94. Cyhoeddwyd yn wreiddiol yn *Y Llinyn Arian*, 1947, t. 20. Ceir copi o'r gerdd mewn llythyr oddi wrth Waldo at D.J. a Siân Williams, 13 Mehefin 1946 (Papurau D. J. Williams yn y Llyfrgell Genedlaethol, P2/35/28, ond cyfeirnod y gerdd yw P2/35/11).

Amrywiadau

(P2/35/11)

5 Canaf o'r cyni

6 A'm hanadl yn egni

13 Wiwfoes yr oesoedd

15 Franwen cenhedloedd

16 Deuant i'w adfer

Nodiadau

Nodyn gwreiddiol yn *DP*: 'I'r *Llinyn Arian* i gyfarch Urdd Gobaith Cymru.' Gw. y nodyn ar 'Die Bibelforscher' [rhif 201] ynghylch dyddio'r gerdd. Hon yw'r gerdd a anfonodd Waldo at D.J. a Siân Williams ar 13 Mehefin 1946, ynghyd â 'Die Bibelforscher' a 'Beth i'w Wneud â Nhw', sef y '[g]ân a wneuthum llynedd ar ôl ein hymgyrch yn Nedd – clywed yr ehedydd un bore ar fy ffordd i'r ysgol'.

    3 **Drudwy Branwen** gw. y nodyn ar Franwen yn 'Y Methiant' [rhif 74].

10–12 **Hyd lawer dyfngwm ... Gleisiau ar geinder** gw. awgrym Robert Rhys fod hanner cyntaf yr ail bennill, o bosibl, 'yn ganlyniad myfyrio'n benodol ar yr hyn a welsai yng Nghwm Dulais' ('Calon Cwm Dulais: D. Mardy Jones a Waldo Williams', t. 239). Hefyd, yng ngeiriau Robert Rhys: 'Mae'n gân afieithus, broffwydol, fuddugoliaethus; mae'n rhoi mynegiant i fyfyrdod personol a hefyd i asbri cenhedlaeth o genedlaetholwyr a galonogwyd gan ganlyniadau is-etholiadau ac etholiadau seneddol 1945 ac a deimlai fod gwawr wen, olau ar dorri yn hanes eu plaid dan arweinyddiaeth y llywydd ifanc newydd, Gwynfor Evans.'

21–4 **Eu Nêr a folant ... Ond gwyllt Walia** hen bennill a briodolwyd ar gam i Daliesin yw pedair llinell olaf 'Caniad Ehedydd'. Gw. 'Llyma Hen Odl o Waith Taliesin ...', *Gwyneddon 3*, Golygydd: Ifor Williams, 1931.

225. Yr Heniaith

DP, t. 95. Cyhoeddwyd yn wreiddiol yn *Y Faner*, 20 Hydref 1948, t. 8. Ceir copi o'r gerdd ymhlith Papurau D. J. Williams yn y Llyfrgell Genedlaethol, P2/35/63.

Amrywiadau

(P2/35/63 a'r *Faner*)

    1 yn llewych y llysoedd

Nodiadau

Eglurodd Waldo ei hun ystyr y gerdd hon, ar gais ei ffrind, Anna Wyn Jones, mewn llythyr dyddiedig 16 Mawrth 1967. Dyma'i sylwadau ar y pennill cyntaf:

Cymharu'r iaith Gymraeg rwyf â'r ieithoedd cydnabyddedig, y rhai sy'n gyfryngau i wladwriaethau'r byd. Yr urddas hynny ydyw pwynt y llinell gyntaf a'r ail linell: mae'r ieithoedd hyn yn ddisglair ynddynt eu hunain. Ond nid ydynt yn harddach na'r iaith Gymraeg er bod honno bellach heb balas na thŷ o fath ond yn crwydro'r wlad yn dlawd, ond nid heb glywed lleisiau o'r amser a fu – rhai heddiw hefyd yn para'n ffyddlon iddi. Mae'r iaith Gymraeg fel rhai o'r arwyr dienw y sonnir amdanynt yn Hebreaid 11, y rhai nid oedd y byd yn deilwng ohonynt, yn crwydro mewn anialwch a mynyddoedd a thyllau ac ogofeydd y ddaear; ac wrth grwydro mae hi'n clywed y gorllewinwynt (hwnnw sy'n sgubo Cymru fwyaf) yn y tyllau a'r ogofeydd – a'r rheini fel cyrn iddo. Ac mae'r udo hwn yn ei gwawdio hi, ac yn mynegi teimlad dynion ati – y dynion sy'n annheilwng ohoni, fel roedd y byd yn annheilwng o'r arwyr uchod. Mae hi'n holi a all hi fyw.

Cyfeirio y mae Waldo yn y gerdd at y ddwy adnod hyn yn y llythyr at yr Hebreaid yn y Testament Newydd: 'Hwynt-hwy a labyddiwyd, a dorrwyd â llif, a demtiwyd, a laddwyd yn feirw â'r cleddyf; a grwydrasant mewn crwyn defaid, a chrwyn geifr; yn ddiddim, yn gystuddiol, yn ddrwg eu cyflwr; (Y rhai nid oedd y byd yn deilwng ohonynt) yn crwydro mewn anialwch, a mynyddoedd, a thyllau ac ogofeydd y ddaear' (11:37–8).

Â Waldo ymlaen:

Cyfrwng yw iaith. Dweud am bethau. Mae ein sylw ar y pethau, cyn inni sylwi ar y dweud. Cyfrwng i weld yw goleuni. Nid ydym yn gweld y goleuni, ond heb oleuni ni welem liw. Felly'r iaith ar y dechrau. Cyfrwng yw'r awyr i ddod â'r arogl inni. Mae'r awyr ei hun yn ddiarogl. Nid ydym yn sylwi arni. Felly'r iaith ar y dechrau. Blas hefyd. Heb ddwfr ein genau, ni byddai'r tafod a thaflod y genau'n cael blas ar ddim. Felly dwfr ein genau yw goleuni blas – trwyddo ef rym ni'n clywed blas, er nad oes blas ar y dwfr ei hun.

Roedd yr iaith yn gweithio'n rhy isymwybodol i gael ei gwerthfawrogi hyd nes y daethom i weld y perygl y mae hi ynddo. Y wedd waethaf ar y sefyllfa yw bod cymaint o'n gwlad bellach 'dyw hi ddim yn sylweddoli beth y mae'r iaith Gymraeg yn olygu – mae hi wedi colli'r hiraeth amdani hefyd. Mae'r cantorion, y beirdd, yr areithwyr, y siaradwyr Cymraeg, wedi peidio yn y mannau hynny – sut y gallan nhw ailddechrau, mwy nag y gall ehedydd ddringo eto ar ôl dod i lawr os oes rhyw haen o awyr uwchben na all e ddim mynd trwyddo ('Rhyw ddoe dihiraeth a'u gwahanodd')? Dyw'r Gymru ddi-Gymraeg ddim yn gwybod ei cholled. Mae pump o synhwyrau, a chyfrwng arbennig i bob un. (Buom ar ôl tri: gweld, clywed arogl, clywed blas.) Cyfrwng i'r cyfan oedd yr iaith gynt, yn cyflwyno'r cyfan inni mor berffaith, fel nad oeddem yn sylwi arni ei hun – heb feddwl yr ail waith. Felly mae'r pum synnwyr gyda'i gilydd yn cyflwyno inni'r byd yn wrthrychol. Dyna fy ystyr i i'r 'pum llawenydd'.

Ac mae'n cloi ei sylwadau gyda dadansoddiad o'r trydydd pennill:

Na, meddwn i yn y trydydd pennill, does dim rhaid bod heb obaith. Fe fu'r iaith Gymraeg, trwy ei chwedlau a'i rhamantau, yn foddion i ddeffro cenhedloedd Ewrob a'u meithrin ymhell cyn iddynt gyrraedd eu hanterth (ffaith). Oes posib na all hi ddim ei hadfer ei hun, felly? Dweud yr wyf yn llinell 4 mai i'r Celtiaid mae'r gwledydd yn ddyledus am ddyfod sifalri. A'r teimlad hwn sy'n codi ynom ni at ein hiaith yn y niwl. Mae'r llys yn furddun, ond mae'r meini'n annistryw. Codwn y llys. Rhown wladwriaeth i Gymru, wedyn bydd urddas ar yr iaith, a bydd adferiad ar y wlad ymhob cylch. Jeremeia, rwy'n meddwl, sy'n proffwydo am yr amser da i'r genedl yn y termau hynny – y colomennod yn hedfan i'w ffenestri.

Llythyrau Waldo Williams at Anna Wyn Jones,
yn Llyfrgell Genedlaethol Cymru, Llawysgrif LlGC 23896D, 20/23.

Cyfeirio a wna'r ddwy linell olaf mewn gwirionedd at Eseia 60:8, 'Pwy yw y rhai hyn a ehedant fel cwmwl, ac fel colomennod i'w ffenestri?' – nid at Jeremeia. Cynhwyswyd y sylwadau uchod hefyd yn 'Waldo' gan Anna Wyn Jones a gyhoeddwyd yn *CDWW* ac wedyn yn *WWRh*. Dyfynnu o'r llythyr gwreiddiol a wnaed uchod, gan fod rhai pethau wedi eu colli yn y fersiynau cyhoeddedig.

Bu Waldo wrthi yn astudio dwy o ieithoedd mawr y byd, sef yr 'ieithoedd cynabyddedig', o 1946 ymlaen. Dywedodd wrth D. J. Williams ei fod 'wrthi'n o ddyfal yn adnewyddu fy Ffrangeg a'm Halmaeneg' mewn llythyr ato ef a Siân, 13 Mehefin 1946 (Papurau D. J. Williams yn y Llyfrgell Genedlaethol, P2/35/28). Ac meddai, mewn llythyr at Anna Wyn Jones, 25 Ionawr 1948 (Llawysgrif LlGC 23896D, 3):

Y mae'ch cais am lythyr Cymraeg yn cordio â rhai pethau o'm hochr i –
(a) dim llawer o amser i feddwl yn Ffrangeg heddiw, (b) rwy[']n gwneud
mwy o Almaeneg nag o Ffrangeg y dyddiau hyn (c) er gwaethaf eich
geiriau caredig cywilydd sydd arnaf am y nifer o'm gwallau … Ond
llythyr Cymraeg heddiw, ac atodiad Ffrangeg un o'r diwrnodau nesaf.

6–7 **Holi yng nghyrn y gorllewinwynt heno –/Udo gyddfau'r tyllau a'r
ogofâu** cf. 'One hears the wind moaning through the ruins of a noble
habitation when one hears a Welsh place-name on the tongues of people
to whom it means nothing' ('Anglo-Welsh and Welsh', *WWRh*, t. 157,
ysgrif a gyhoeddwyd yn wreiddiol yn *Dock Leaves*, cyf. IV, rhif 12, Gaeaf
1953).

226. Yr Hwrdd

DP, t. 96. Cyhoeddwyd yn wreiddiol yn *Y Faner*, 17 Rhagfyr 1941, t. 4.

Amrywiadau

(*Y Faner*)

7 Llosgodd yn boethach fyth
8 Rhy hy' yn nerth ei ben

227. Gwanwyn

DP, t. 97. Cyhoeddwyd yn wreiddiol yn Y *Faner*, 8 Mai 1946, t. 1.

Amrywiadau

(*Y Faner*)

7 Llodi bleiddieist blwng
10 myrdd yn sarn i'r Gwir gael ei gwrs
11 uwch llwybr y llanciau
12 llechian o draw

Nodiadau

Nodyn gwreiddiol yn *DP*: 'Gwanwyn 1946: "Y durtur hefyd a'r aran a'r wennol
a gadwant amser eu dyfodiad eithr fy mhobl ni wyddant farn yr Arglwydd".
Ieremeia' [sef Jeremeia 8:7]. Gw. ymdriniaeth fanwl John Fitzgerald â'r gerdd,
'Trosiad a Delwedd', *Ysgrifau Beirniadol* XV, 1988, tt. 223–45.

8 **Yn y wig lle cyrcher rhag carchar braw** cf. 'Nid oes le y cyrcher rhag carchar braw', 'Marwnad Llywelyn ap Gruffudd', Gruffudd ab yr Ynad Coch.

228. Rhodia, Wynt

DP, tt. 98–9. Cyhoeddwyd yn wreiddiol yn *Y Faner*, 23 Awst 1939, t. 8.

Amrywiadau

(*Y Faner*)

 2 Sychir y colion â'i law
 3 Ir yw pob paladr i'w wraidd
18 Gwawdiwr pob terfyn a wnaed
28–9 Cawr yn yr hwyr ar ddi-hun

Yr ail bennill yn *Y Faner* yw'r trydydd pennill yn *DP*, a'r trydydd pennill yn *Y Faner* yw'r ail bennill yn *DP*.

Nodiadau

Nodyn gwreiddiol yn *DP*: 'Mesur Thomas Carlyle yn ei gân hau.' Dyma ddau bennill o'r gerdd o waith Thomas Carlyle (1795–1881), 'The Sower's Song', y patrymwyd mesur 'Rhodia, Wynt' arni:

> Now hands to seed-sheet, boys!
>   We step and we cast; old Time's on wing;
> And would ye partake of Harvest's joys,
>   The corn must be sown in spring.
>   Fall gently and still, good corn,
>   Lie warm in thy earthy bed;
>   And stand so yellowsome morn,
>   For beast and man must be fed.
>
> Old earth is a pleasure to see
>   In sunshiny cloak of red and green;
> The furrow lies fresh, this year will be
>   As years that are past have been.

> Fall gently and still, good corn,
> Lie warm in thy earthy bed;
> And stand so yellowsome morn,
> For beast and man must be fed.

Rhodia, Wynt/Rhodia, rhodia, O, wynt! cf. llinell gyntaf soned R. Williams Parry, 'Cymru, 1937': 'Cymer i fyny dy wely a rhodia, O Wynt'.

229. Cymru a Chymraeg

DP, t. 100. Cyhoeddwyd yn wreiddiol yn *Y Faner*, 26 Tachwedd 1947, t. 8.

Amrywiadau

(*Y Faner*)

4 gweledigaethau'n munudau mân
7 Ni wn sut y safant
9 Tŷ teilwng i'n dehonglreg
11 Merch perygl yw hithau, ei llwybr lle mae'r gwynt yn chwipio

230. Y Ci Coch

DP, t. 101. Ceir copi o'r cywydd mewn llyfr nodiadau yn llaw Waldo ei hun yng Nghasgliad David Williams.

Amrywiadau

(Casgliad David Williams)

3 Un a'i drwyn main
7 Cyn elo Owen
8 I gau y drws a'i glws glo
13 Lle'r oedd
14 ger y twlc pren
20 A chau y drws bach dros ben
21 A dyna hi'n ei dinas
22 Yn popo mewn, pipo maes
23 Gan ddweud

231. Byd yr Aderyn Bach

DP, t. 102. Ceir copi o'r cywydd mewn llyfr nodiadau yn llaw Waldo ei hun yng Nghasgliad David Williams. Nid yw'r cwpled cyntaf yn cael ei ailadrodd ar ddiwedd y cywydd yn y fersiwn hwn.

Amrywiadau

(Casgliad David Williams)

  8 yn llond y rwm
10 Nid oes obaith daw seibiant
11 Cegau'n rhwth am y cig rhad
21 Golchi brist ond dim clustiau
27 dim piano

Nodiadau

Nodyn gwreiddiol yn *DP*: "Dim iws dweud 'do, mi, so, do' – am fod gormod odlau hefyd!'

25 Dylid bod wedi ateb y cyfuniad *g+h* yn 'Das*g h*udfawr' â'r gytsain *c*, ond atebir y cyfuniad yma gydag *g* ('dysgu').

232. Beth i'w Wneud â Nhw

DP, t. 103. Papurau D. J. Williams yn y Llyfrgell Genedlaethol, P2/33.

Nodiadau

Nodyn gwreiddiol yn *DP*: 'Yn fuan ar ôl y rhyfel cwynid fod y sipsiwn yn faich ar y wlad, a cheisiwyd gan y Llywodraeth roi trefn arnynt.' Yn y copi o'r gerdd a geir yn P2/33, ceir y nodyn rhagarweiniol hwn: 'Cwynir fod y sipsiwn yn faich ar y wlad, a cheisir gan y Llywodraeth roi trefn arnynt'.

11 **Aneurin Befan** Aneurin Bevan (1897–1960), gwleidydd, aelod o'r Blaid Lafur, a'r Gweinidog Iechyd o 1945 hyd at 1951.
21 **anghwanega** ychwanega.
22 **Tragwyddol Bebyll** gw. y nodyn ar 'Gŵyl Ddewi' [rhif 222].

233. Fel Hyn y Bu

DP, tt. 104–5. Cyhoeddwyd yn wreiddiol yn y *Western Telegraph and Cymric Times*, 27 Mawrth 1941, t. 4.

Nodiadau

Yn ystod misoedd cychwynnol 1941 digwyddodd tro trwstan rhyfeddol i Waldo. Un prynhawn Sul aeth am dro, meddai yn 'Fel Hyn y Bu', 'I weled y gwanwyn yn dod dros y fro'. Aeth i grwydro o amgylch plwyf Castell Henri. Cerddodd am ddwy filltir drwy'r ffordd gul o bentref Cas-mael i sgwâr Tufton, ac aeth yn ei flaen wedyn am ryw filltir heibio i Dŷ-meini, Tŷ-canol, Castell Henri, eglwys y plwyf, y rheithordy a dringo'r rhiw serth heibio i fferm o'r enw Pantycabal. Roedd dau frawd yn ffermio Pantycabal ar y pryd, Willie a Morris Morris.

Pan oedd Waldo yn cerdded heibio i ffermdy Pantycabal, yr oedd un o'r brodyr, Morris, yn digwydd bod yn sefyll ar y stand laeth ar fin y ffordd. Oedodd Waldo a gofyn iddo: 'Beth yw enw'r lle hwn?' Dieithryn oedd Waldo i Morris Morris, a chymerodd yn ei ben mai ysbïwr Almaenig oedd y gŵr dieithr. Gofynnodd am gael gweld ei gerdyn adnabod, ond gwrthododd Waldo ei ddangos iddo. Ar hyn, daeth y brawd arall, Willie Morris, allan o'r tŷ, a dechreuodd gerdded i lawr y rhiw, ar ei ffordd i'r oedfa brynhawn yn Eglwys Annibynnol Seilo, yn Tufton. Gwaeddodd Morris arno o ben y stand laeth a gofynnodd iddo ffonio'r Heddlu o'r bwth ffôn unwaith y cyrhaeddai sgwâr Tufton, i ddweud bod 'dyn od ar y ffordd'. Troes Waldo ar ei sawdl a diflannodd am ei hoedl. Cofnodwyd yr holl helynt yn ail bennill 'Fel Hyn y Bu'. Gan nad oedd Morris Morris yn aelod o'r Gwarchodlu Cartref, ni welai Waldo fod unrhyw reidrwydd arno i ddangos ei gerdyn adnabod iddo.

Gan gredu'n llwyr mai ysbïwr oedd Waldo, a rhag ofn na fyddai ei frawd yn credu hynny, cyfrwyodd Morris Morris ei ferlen a rhuthrodd ar garlam i'r Rheithordy. Esboniodd y sefyllfa i'r offeiriad, a gofynnodd iddo ruthro yn ei gar i ffonio'r Heddlu o'r bwth ffôn ar sgwâr Tufton. Wedi i'r offeiriad alw'r Heddlu, bu cwnstabl Maenclochog a rhingyll Treletert yn chwilio am Waldo am dridiau. A'r bore dydd Mercher canlynol, roedd dau blismon yn aros amdano y tu allan i Ysgol Cas-mael. Y tro hwn, dangosodd ei gerdyn adnabod i'r plismyn.

Wedi i Waldo gyhoeddi 'Fel Hyn y Bu' yn y *Western Telegraph*, ymddangosodd cerddi eraill yn ei sgil. Un o'r cerddi hyn oedd cerdd ei gyfaill E. Llwyd Williams, dan y teitl 'Wel, Waldo (Gair o gysur ar ôl helynt yr "Identity Card")', a gyhoeddwyd yn y *Western Telegraph and Cymric Times*, 3 Ebrill 1941, t. 4. Ynfydrwydd y sefyllfa a drawodd E. Llwyd Williams:

Wel, pwy ar y ddaear
  Amheuodd dy lun,
A hynny ym Mhenfro,
  Dy henwlad dy hun?
Ond twt! Paid gofidio,
  Cei rai ymhob sir
Heb glustiau i glywed
  Heb lygaid glân, clir.

Beio'r 'Sefydliad' am yr holl helynt a wnaeth E. Llwyd Williams, a tharo ergyd gyfrwys yn erbyn yr Eglwys Wladol yr un pryd:

Daeth atat ti blisman
  Ym mhentref Cas-mael!
Wel wir, yr hen gyfaill,
  Mae pethau'n lled wael ...
Paid synnu bod ffeirad
  Yn mynd ar y ffôn –
Mae pob gwas y goron
  'Run fath yn y bôn.

Yn yr un rhifyn o'r *Western Telegraph* ymddangosodd cyfraniad arall i'r ymryson, sef cerdd yn dwyn y teitl 'Adfesur' gan 'Castellwr'. Tybiai rhai o'r bobl leol ar y pryd mai John Williams, y rheithor, oedd 'Castellwr'. Canmol y ffermwr a chollfarnu'r 'sgwlyn' a wnaeth 'Castellwr':

Rhof rybudd caredig i'r sgwlyn fel hyn:
Paid meddwl am droedio pob pant a phob bryn,
Heb enw a dyddiad i foddio'r 'Home Guard'
Wedi eu gosod yn iawn ar 'r 'identity card'.

Roedd Waldo wedi adrodd y stori o'i safbwynt ef yn 'Fel Hyn y Bu', ac ar ôl i'w gerdd ef a cherddi E. Llwyd Williams a John Williams ymddangos yn y *Western Telegraph*, mentrodd Willie Morris, Pantycabal, i'r maes, i gyflwyno'i ochr ef a'i frawd o'r stori (*Western Telegraph*, Ebrill 24 1941, t. 4):

Wrth ddala pen rheswm â ffrind ar yr heol
Rhyw deithiwr ddaeth heibio yn ddieithr hollol.

Gofynnodd yn serchog, 'Ple mae'r ffordd hyn yn mynd?'
Yr ateb a gafodd, 'Pa le yr wyt am fynd?'
'Ddim un man o bwys,' atebodd y strawlin:
'Wn i yn y byd pwy ydoedd y smaglin.
Gofynnodd drachefn ple yr ydoedd fan hon;
Edrychai'n gartrefol a'i ysbryd yn llon.
Peth nesaf ofynnodd, beth oedd enw y lle?
Minnau ofynnais, pwy ydoedd efe?

Cofnodir helynt yr 'Identity Card' hefyd gan Eirwyn George yn ei ysgrif 'Helynt Waldo a'r Identity Card', *Barddas*, rhif 296, Ionawr/Chwefror 2008, tt. 15–16.

234. Yr Hen Fardd Gwlad

DP, tt. 106–7.

Nodiadau

Nodyn gwreiddiol yn *DP*: 'Adolygiad Mr Saunders Lewis ar *Beirdd y Babell* sydd yn gyfrifol am y gân hon, a'r syniadau ynddi. Casgliad Thomas Levi o farwnadau.'

Cyhoeddwyd *Beirdd y Babell*, dan olygyddiaeth Dewi Emrys, sef detholiad o gynnyrch 'Pabell Awen' *Y Cymro*, ym 1939. Ymddangosodd adolygiad llawdrwm Saunders Lewis ar y gyfrol yn *Y Faner*, 25 Medi 1940, dan y teitl 'Beirdd Gwlad'. Parodi ar gerdd Ioan Emlyn (John Emlyn Jones; 1820–73), 'Bedd y Dyn Tylawd', yw 'Yr Hen Fardd Gwlad'. Glynodd Waldo yn weddol glòs wrth y gwreiddiol, er enghraifft, y ddau bennill cyntaf:

Is yr ywen ddu ganghennog
  Twmpath gwyrddlas gwyd ei ben,
Fel i dderbyn o goronog
  Addurniadau gwlith y nen;
Llawer troed yn anystyriol
  Yn ei fathru'n fynych gawd,
Gan ysigo'i laswellt siriol:
  Dyma fedd y Dyn Tylawd.

Swyddwyr cyflog Gweithdy'r Undeb
A'i hebryngodd ef i'w fedd,
Wrth droi'r briddell ar ei wyneb
Nid oes deigryn ar un wedd.
'Nôl hir frwydro â thrafferthion,
Daeth i ben ei ingol rawd:
Noddfa dawel rhag anghenion
Ydyw'r bedd i'r Dyn Tylawd.

6 **Dewi Dad** Dewi Emrys (D. Emrys James; 1881–1952), golygydd 'Pabell Awen' *Y Cymro*.

17 **casgliad Lefi** cyhoeddwyd *Casgliad o Hen Farwnadau*, dan olygyddiaeth y Parchedig Thomas Levi (1825–1916), ym 1872.

18 **Rwymodd rhyw anghelfydd law** 'Rwymodd rhyw anghelfydd daw' a geir mewn sawl argraffiad o *DP*, felly dyma gywiro'r llinell yn derfynol. 'Mae'r garreg arw a'r ddwy lythyren/Dorrodd rhyw anghelfydd law' a geir yn 'Bedd y Dyn Tylawd'.

27 **Eliot** T. S. Eliot (1888–1965), un o feirdd ac un o feirniaid llenyddol pwysicaf yr ugeinfed ganrif, awdur cerddi newydd, cymhleth ac arbrofol fel *The Waste Land* (1922). Ystyrid Eliot gan amryw yn fardd hynod o anodd a thywyll.

29 **bendith Garmon** cyfeiriad at ddrama fydryddol Saunders Lewis, *Buchedd Garmon*, a gyhoeddwyd ym 1937 yn y gyfrol *Buchedd Garmon/Mair Fadlen*.

235. Y Sant

DP, tt. 108–9. Cyhoeddwyd yn wreiddiol yn *Y Faner*, 6 Rhagfyr 1944, t. 4.

Nodiadau

10 **fel Martha gynt, ynghylch ei lawer o bethau** cf. 'A bu, a hwy yn ymdeithio, ddyfod ohono i ryw dref: a rhyw wraig, a'i henw Martha, a'i derbyniodd ef i'w thŷ. Ac i hon yr oedd chwaer a elwid Mair, yr hon hefyd a eisteddodd wrth draed yr Iesu, ac a wrandawodd ar ei ymadrodd ef. Ond Martha oedd drafferthus ynghylch llawer o wasanaeth; a chan sefyll gerllaw, hi a ddywedodd, Arglwydd, onid oes ofal gennyt am i'm chwaer fy ngadael i fy hun i wasanaethu? Dywed wrthi gan hynny am fy helpio. A'r Iesu a atebodd

ac a ddywedodd wrthi, Martha, Martha, gofalus a thrafferthus wyt ynghylch llawer o bethau' (Luc 10:38–41).

236. Ymadawiad Cwrcath

DP, tt. 110–113. Cyhoeddwyd yn wreiddiol yn *The Dragon*, cyf. LIII, rhif 1, Tymor Gŵyl Fihangel, 1930, tt. 21–3.

Amrywiadau

(*The Dragon*)

22 A byw a bod dan y bwrdd
56 Daeth da odiaeth lef didawl
86 Gafaelodd brig o fai-lwyn

Nodiadau

Nodyn gwreiddiol yn *DP*: 'Canodd Idwal nifer o barodïau gan gymryd y thema hon, yna cenais i un arall. Yn y *Dragon* y bu hyn, tua 1930.'

Parodi ar 'Ymadawiad Arthur', yr awdl a enillodd i T. Gwynn Jones Gadair Eisteddfod Genedlaethol Bangor, 1902, yw 'Ymadawiad Cwrcath'. O ran thema, seiliwyd yr awdl ar rigwm y Teiliwr Coch o Hengoch, neu'r Cobler Coch o Ruddlan, a aeth i foddi cath. Gofynnodd B. G. Owens, a oedd yn aelod o banel golygyddol *The Dragon*, i Waldo am gyfraniad i'r cylchgrawn, 'hynny'n rhannol am resymau personol, gan mai ei dad ef oedd fy mhrifathro cyntaf i yn Ysgol Gynradd Mynachlog-ddu'. Ffrwyth ymateb Waldo i'r cais oedd 'Ymadawiad Cwrcath'. Cafwyd yn ogystal raglith ffug-ysgolheigaidd pan gyhoeddwyd yr awdl yn *The Dragon*. Gw. ymhellach ' "Ymadawiad Cwrcath" Waldo', B. G. Owens, *Barddas*, rhif 258, Mehefin/Gorffennaf/Awst 2000, tt. 34–5. Dyfynnir y rhaglith i'r awdl yn llawn yn ysgrif B. G. Owens ac yn *WWRh*, tt. 22–4.

8 Ceir nifer o fân wallau cynganeddol yn yr awdl, gan mai un o ymdrechion cynganeddol cynnar y bardd yw hi. Dylid ateb y gytsain *c* yn 'ac' â'r gytsain *g*, nid ag *c* ('Canaf').

17 Cynghanedd bendrom fel cynghanedd groes o gyswllt (sef yr hyn y bwriedid iddi fod); cynghanedd gywir fel cynghanedd draws.

28 Dylid ateb y cyfuniad o ddwy *g*, yn 'am gig gwyddyn', â'r gytsain *c*.

29 Ceir y gytsain *c* yn 'ac' yn ateb *c* yma eto ('Cân').

44 Cynghanedd bendrom eto.

45 Mae'r llinell hon yn fyr o sillaf.

60 Troir y gytsain *b* yn y cyfuniad *b+rh*, 'gyda pho*b rh*yw', yn *p*, ond ni wneir hynny yma ('*b*wrw').

64 Unwaith yn rhagor, dylid ateb y gytsain *c* yn 'ac' â'r gytsain *g*, nid ag *c* ('Cŵn').

66 Mae'r llinell hon yn rhy hir o sillaf.

74 Llinell arall sy'n rhy hir o sillaf.

84 Mae'r llinell hon yn rhy hir o sillaf, ac ni ellir ateb *b* ('*b*asiwn') â *p* ('Pwsi').

237. Medi

DP, t. 114.

Nodiadau

Gw. 'Dwy Goeden' [rhif 163], cynsail 'Medi'.

238. Molawd Penfro

DP, tt. 115–16.

Nodiadau

Nodyn gwreiddiol yn *DP*: 'Gobeithiaf na bydd y teitl yn help i hyrwyddo'r arfer o alw Penfro ar sir Benfro.' Ymddengys mai ar gyfer pasiant Eisteddfod yr Urdd, Abergwaun, yn 1951 y lluniwyd y gerdd. Gw. y nodiadau ar 'Oes y Seintiau' [rhif 164].

239. Y Daith

Cyhoeddwyd yn *Cerddi '71*, Golygydd: James Nicholas, 1971, tt. 119–23.

Amrywiadau

92 'A'm cil yn ddycnach na'm cêl' a geir yn *Cerddi '71*.

Nodiadau

Ym mis Mehefin 1955, aeth Waldo i ardal y Gaeltacht, sef cadarnle'r Wyddeleg yng ngorllewin Gweriniaeth Iwerddon, i ddilyn cwrs ar ddysgu'r iaith mewn ysgol haf yn An Spidéal, pentref ar ymyl ddwyreiniol y Gaeltacht. Anfonodd gerdyn post o An Spidéal at D.J. a Siân Williams ar 27 Mehefin 1955. 'Deuthum yma ddoe, wedi aros nos Wener a Sadwrn mewn pentref yr ochr draw i dref

Galway,' meddai. Ddoe oedd dydd Sul, 26 Mehefin, a chronicl o'r daith o harbwr Rosslare i An Spidéal yw'r cywydd hwn. Cyrhaeddodd Iwerddon ar ddydd Iau, 23 Mehefin. Cynhelid cyrsiau dysgu Gwyddeleg bob haf yn An Spidéal oddi ar 1910.

Ceir y cywydd gwreiddiol ymhlith papurau D. J. Williams yn y Llyfrgell Genedlaethol, P2/35/58. Y fersiwn hwnnw, yn llaw Waldo ei hun, a ddilynir yma, yn hytrach na fersiwn llai cywir *Cerddi '71*.

3 **Roslêr** Rosslare, Ros Láir yn yr Wyddeleg, porthladd yn Swydd Wexford, yng Ngweriniaeth Iwerddon. Ceir gwasanaeth fferi o Abergwaun i Rosslare.

6 **Galway** Gaillimh neu Cathair na Gaillimhe, dinas yng ngorllewin Gweriniaeth Iwerddon, yn y Gaeltacht.

6 **'Buddugoliaeth'** chwarae ar y gair 'Victory', enw'r cwmni a wnâi'r beisicl 'Palm Beach' (y 'Palm Draeth').

38 **Porth Mawr** Waterford, Port Láirge, dinas yn ne-ddwyrain Gweriniaeth Iwerddon.

51 **Afon Suir** An tSiúr neu Abhainn na Siúire, afon sy'n llifo i Fôr Iwerydd yn ymyl Waterford. Cyn cyrraedd Waterford mae hi'n ymuno ag afon Aherlow yn Kilmoyler, ac yna'n ymuno ag afon Tar, ac yn llifo trwy Clonmel, ymhlith lleoedd eraill.

65 **Clonmel** Cluain Meala (Glyn y Mêl), tref yn Swydd Tipperary, nid nepell o Waterford.

69 **i Lyn Aherlo** Glyn Aherlow, Gleann Eatharlaí, dyffryn wedi'i leoli rhwng Slievenamuck (Slieve-na-Muck, sef Bryniau Tipperary) a mynyddoedd Galtee (Na Gaibhlte neu Sléibhte na gCoillte) yng ngorllewin Swydd Tipperary.

74 **Mynydd Galti** gw. uchod.

77 **Tipperary** Tiobraid Árann, tref yn Swydd Tipperary.

89 **Llinon** Afon Shannon, Abha na Sionainne/an tSionainn/an tSionna, yr afon hwyaf a'r fwyaf yn Iwerddon. Tybir mai at afon Shannon, dan yr enw Llinon, y cyfeirir yn chwedl Branwen ferch Llŷr ym Mhedair Cainc y Mabinogi. Yn ôl y chwedl mae Bendigeidfran, neu Frân Fendigaid, gŵr cawraidd o ran maintiolaeth, yn croesi o Gymru i Iwerddon, i ddial cam ei chwaer, Branwen, dan law ei gŵr, Matholwch, brenin Iwerddon. Mae'r Gwyddelod yn cilio rhagddo dros afon Llinon, gan

ddryllio'r bont ar eu hôl, fel na all Bendigeidfran a'i wŷr eu dilyn. Ond mae Bendigeidfran yn gorwedd ar draws yr afon fel pont, gan lefaru'r geiriau adnabyddus, 'A fo ben, bid bont'. 'Shinon' a geir yn *Cerddi '71*.

90 **Limerick** Luimneach, dinas yn Swydd Limerick, yng ngorllewin Iwerddon.

91 **Ennis** Inis, tref ar afon Fergus yn Swydd Clare, wedi ei lleoli rhwng Limerick a Galway.

104 **Gaeltacht** an Gaeltacht, cadarnle'r Wyddeleg yng ngorllewin Gweriniaeth Iwerddon.

104 **Connacht** un o dair talaith Gweriniaeth Iwerddon.

112 **C.T.C.** Cyclists Touring Club.

240. March Amheirchion I

Casgliad David Williams. Ceir y gerdd hon mewn llyfr nodiadau a gadwyd gan Dilys Williams, chwaer Waldo. Ysgrifennwyd 'Cadwer' a 'March Amheirchion' ar glawr y llyfr. Ceir nifer o gopïau teipiedig ohoni yn ogystal. Ysgrifennwyd 'Cywaith Grŵp Waldo Cwrs Pantycelyn 56?' ar un copi, 'Grŵp Waldo Ysgol Haf Aberystwyth/cywaith' ar gopi arall, ac ar gopi arall eto, 'Cywaith Grŵp Waldo Ysgol Haf Aberystwyth 56?' Er nodi mai cywaith yw'r gerdd, gwelir ôl llaw Waldo yn drwm arni, yn enwedig yn y modd y mae'n defnyddio cyfeiriadaeth.

Amrywiadau

18 'Un hwyr heibio i'r pabwyr daeth pibydd' a geir yn y copi teipiedig, 'Un dydd daeth pibydd heibio' yn y llyfr nodiadau, a'r llinell 'Un hwyr heibio i'r pabwyr daeth pibydd' wedi ei dileu

23 daeth tro pibydd (copi teipiedig)

31 Rhagflaenwyd y llinell hon gan y llinell 'A March dan ei amharch mawr' yn y llyfr nodiadau, ond fe'i dilewyd

Nodiadau

Cerdd *vers libre* cynganeddol yw hon.

Enwir March Amheirchion yn Nhrioedd Ynys Prydain fel un o Dri Llynghesawg yr ynys, a cheir cyfeiriadau ato yn chwedl Breuddwyd Rhonabwy, yn Englynion y Beddau ac mewn cerdd yn Llyfr Du Caerfyrddin. Cysylltir y chwedl â Phlas Castellmarch yn Llŷn.

16–17 Cwpled gan Hedd Wyn yn ei awdl 'Ystrad Fflur' (1916) yw hwn.

26 Nid yw'r llinell hon yn gywir, oherwydd bod y gytsain *r* yn 'gorsen', sydd ar yr acen, yn ateb *r* yn 'geiriau', nad yw ar yr acen, fel y mae'r ail *r* a atebir yn y llinell, yn 'arswyd', ar yr acen.

28 Llinell o gerdd arwrol Aneirin, *Y Gododdin*.

38 **Ni bu dra gwrol na bai drugarog** llinell o waith Tudur Aled, gw. 'Arglwydd Digrifrwydd, Awdl i Siôn Grae, Arglwydd Powys ac Iarll Tancrfil', *Gwaith Tudur Aled*, Golygydd: T. Gwynn Jones. cyf. I, 1926. Mae'n llinell a fyddai wedi apelio at Waldo, cf. 'Dewrder o dan dynerwch' yn 'Tŷ Ddewi' [rhifau 113 a 173], ac 'Yno mae'r dewrder sy'n dynerwch' yn y gerdd ddi-deitl, 'Nid oes yng ngwreiddyn Bod un wywedigaeth' [rhif 199].

241. March Amheirchion II

Casgliad David Williams. Cerdd anorffenedig yw hon, ac fe'i ceir yn yr un llyfr nodiadau â'r gerdd *vers libre* 'March Amheirchion'. Mae rhannau ohoni mewn pensil, a rhannau mewn inc. Gosodwyd y penillion yma yn yr union drefn ag y'u ceir yn y llyfr nodiadau.

Amrywiadau

Ceir y ddwy linell ganlynol ar ddechrau'r gerdd:

> Yng NghastellMarch y trigai gŵr
> O'r enw March Amheirchion

Ni chwblhawyd y pennill, ac nid yw ychwaith ar yr un mesur â gweddill y gerdd.

9 Un torrwr gwallt oedd nawr ar ol (dilewyd)
47 Ond canai'i bib (dilewyd)

Dilewyd hefyd: Yn lleddfu swn y gwynt/A heibio i'r fan daeth pibydd/I'r castell ar ei hynt

Nodiadau

Uwch y gerdd, nodir mai 'Mesur 8–6 ddwbwl' yw'r mesur, ac enwir llyfr Eirwen Jones, *Folk Tales of Wales*, a gyhoeddwyd ym 1949.

57 **ryw ystyr hud** ymadrodd a geir yn chwedl Pwyll Pendefig Dyfed ym
Mhedair Cainc y Mabinogi. Lleferir y geiriau 'y mae yno ryw ystyr hud' gan
Bwyll ei hun, ar ôl i'w farch, y cyflymaf yn y deyrnas, fethu dal Rhiannon
ar ei march hithau. Po gyflymaf y gyrrai Pwyll ei farch, pellaf oddi wrtho
yr âi march Rhiannon.

242. [Ar Achlysur Anrhydeddu D. J. Williams â Gradd Doethur Mewn Llenyddiaeth, 1957]

Papurau D. J. Williams yn y Llyfrgell Genedlaethol, P2/35/60, llythyr oddi
wrth Waldo Williams at D.J. a Siân Williams, 15 Hydref 1956.

Nodiadau

Dyfarnwyd gradd Doethur mewn Llên er anrhydedd i D. J. Williams gan
Brifysgol Cymru ar 19 Gorffennaf 1957. Fe'i cyflwynwyd i dderbyn y radd gan
yr Athro G. J. Williams.

5 **i'th ddeor** i'th atal, i'th rwystro. Mae'r llinell hon yn rhy hir o sillaf.

6 **i'th fangor** 'bangor' yn yr ystyr o 'goleg'.

7 **o siâl Siôr** carchar ei Fawrhydi Siôr V. Dedfrydwyd D. J. Williams, ynghyd
â Saunders Lewis a Lewis Valentine, i naw mis o garchar ym 1936 am losgi
offer ac adeiladau'r Ysgol Fomio ym Mhenyberth yn Llŷn. Carcharwyd y
tri yn Wormwood Scrubs.

9 **Ifor** Enwir dau a fu'n elyniaethus tuag at D. J. Williams yn yr englyn
hwn, gan ddechrau gyda Syr Ifor Williams (1881–1965), Athro Iaith a
Llenyddiaeth Gymraeg yn Adran y Gymraeg ym Mhrifysgol Gogledd
Cymru, Bangor, ac un o ysgolheigion mwyaf Cymru. Yn Seiat y Llenorion
yn Eisteddfod Genedlaethol Lenyddol Hen Golwyn ym 1941, y pwnc
trafod oedd y gosodiad 'fod ar Gymru heddiw fwy o angen llenyddiaeth i'r
lliaws na llenyddiaeth i'r ychydig'. Llywydd y seiat oedd Ifor Williams, a'r
ddau brif siaradwr oedd R. T. Jenkins a Saunders Lewis. Roedd Saunders
Lewis wedi colli ei swydd fel darlithydd yn Adran y Gymraeg yng Ngholeg
Prifysgol Cymru yn Abertawe oherwydd iddo, ar y cyd â D. J. Williams
a Lewis Valentine, losgi rhai o gytiau a defnyddiau'r adeiladwyr ar safle'r
Ysgol Fomio ym Mhenyberth yn Llŷn fore dydd Mawrth, 8 Medi 1936.
Carcharwyd y tri am gyflawni'r weithred, ac er bod y rhan fwyaf helaeth
o ddarlithwyr adrannau Cymraeg Prifysgol Cymru o blaid ailorseddu

Saunders Lewis yn ei swydd, roedd Ifor Williams yn llwyr wrthwynebu rhoi ei swydd yn ôl iddo. Ar ddiwedd y cyfarfod, cododd D. J. Williams ar ei draed, ac yn ôl *Y Cymro*:

> Dywedodd Mr. D. J. Williams, Abergwaun, ei fod am ddweud yr hyn y dylasai'r llywydd fod wedi ei ddweud cyn dechrau'r ddadl. Dylasai fod wedi gwahodd y cyfarfod i ddatgan condemniad ar waith yr awdurdodau ynglŷn [â] Mr. Saunders Lewis a'r swydd a ddaliasai. Yr oedd hynny yn un o'r pethau mwyaf gwarthus a ddigwyddasai yng Nghymru mewn blynyddoedd diweddar. Yna ychwanegodd Mr. D. J. Williams ei fod wedi ymddiofrydu i wneuthur yr hyn oll a allai i drosi penderfyniad Abertawe.
>
> 'Seiat y Llenorion', *Y Cymro*, 16 Awst 1941, t. 1.

9–10 **a'r Bili/A'r Bola anhepgor** addolai D. J. Williams yng Nghapel y Methodistiaid, Pentowr, yn Abergwaun, a rhoddwyd ei enw ymlaen i fod yn un o flaenoriaid y capel fwy nag unwaith, ond gwrthodwyd y cais bob tro, un ai gan swyddogion y capel neu gan y Cwrdd Misol. Un o'r rhai a oedd yn elyniaethus tuag at D. J. Williams oedd cyfreithiwr o'r enw William Evans, a elwid yn 'Bili Bola'. Bu sawl anghydfod rhwng D. J. Williams ac aelodau'r capel, ac meddai am un anghydfod o'r fath:

> Fe'u coffeais mai eglwys Gymraeg ydoedd eglwys Pentowr, ac y dylem ni, bawb ohonom, roi hynny ar ddeall i'r gweinidog o'r cychwyn … Yna cyfeiriais at berthynas annatod crefydd ac iaith etc. Am fy ymweliad yr wythnos cynt ag Iwerddon, a'r hyn a welais ac a brofais yno. Ond gwelais wrthynt fy mod wedi codi eu gwrychyn, gan fod cymaint ohonynt yn euog heb hidio blewyn am yr iaith. Yna cododd y gŵr hwnnw a fu'n fy erlid yn gyson er pan wyf yn y lle yma, y cyfreithiwr William Evans (neu Bili Bola yn ôl yr enw cyffredin arno), gŵr a ddygodd fy achos o flaen Llywodraeth yr Ysgol Sir gynifer o weithiau am ryw f[â]n droseddau neu'i gilydd; a'r unig un ohonynt, gyda llaw, a bleidleisiodd i'm herbyn i gael fy lle yn ôl yn yr Ysgol, wedi llosgi'r Ysgol Fomio. Dyna pryd y gwelais i bobl Abergwaun yn dda neilltuol yn mynnu cael fy lle i yn ôl yma. Ni chymerais i arnaf gymaint â digio wrth hwn erioed, diolch i'r Arglwydd. Nid oedd yn werth y gost ysbrydol honno. Siaredais ag ef, bob amser, gan nad

beth a wnâi fel pe na bai dim wedi digwydd. Wn i ddim a wnaeth ef unrhyw niwed i mi wrth ymosod arnaf am fy mod bob amser, meddai ef, yn gosod iaith a chenedl a gwleidyddiaeth o flaen crefydd.

D. J. Williams, 'Detholiad o Gofnodion Dyddiadurol', *Y Cawr o Rydcymerau: Cofiant D. J. Williams*, Emyr Hywel, 2009, t. 240.

15 **Mynd i'r mwll bwll** rhwng 1902 a 1906, bu D. J. Williams yn gweithio fel glöwr mewn sawl pwll glo yn ne Cymru: yn Ferndale, y Rhondda; yn y Betws, Rhydaman, ac ym Mlaendulais. Croniclodd ei brofiadau fel glöwr yn y bennod 'Yn Ffâs y Glo' yn ei gyfrol *Yn Chwech ar Hugain Oed* (1959).

16 **Antur maith tu hwnt i'r môr** pan oedd yn ifanc roedd D. J. Williams â'i fryd ar ymfudo i America: 'Oeddwn, yr own i i fynd draw ymhen ychydig fisoedd gyda Nwncwl Dafydd i Dalaith Kansas, a chyda gwaddol y ffortiwn yr own i eisoes, yn un ar hugain oed, wedi ei phentyrru ym maes glo Deheudir Cymru, yr own i, rywbryd, i brynu ffarm byffalos hanner cymaint â'r Dalaith honno i gyd' (*Yn Chwech ar Hugain Oed*, t. 193).

18 **dieisor** digymar.

22 **Efail fach** Dafydd 'r Efailfach yw'r cymeriad cyntaf yn *Hen Wynebau* (1934), 'yr unig ddyn maes o'r cyffredin yn yr Hen Ardal'. Dafydd 'r Efailfach oedd pen-storïwr y fro a meistr ar yr 'Union Air'.

23 **Rhydcymere** gw. nodyn ar 'Cywydd Mawl i D. J. Williams' [rhif 254].

25 **iesin** hardd, prydferth.

27 **Tŷ ffarm** Cyhoeddwyd hunangofiant D. J. Williams, *Hen Dŷ Ffarm*, ym 1953. Cyhoeddwyd *The Old Farmhouse*, cyfieithiad Waldo o *Hen Dŷ Ffarm*, ym 1961.

243. Cyfarch Cassie Davies

Papurau Cassie Davies yn y Llyfrgell Genedlaethol, 238.

Nodiadau

Anfonodd Waldo lythyr at Cassie Davies ar 8 Medi 1958, ynghyd â chopi o'r cywydd, ac meddai:

Mae'r Gymdeithas yn eich cyrsiau wedi bod yn ysbrydiaeth i mi ac i bawb ohonom yr wyf yn siwr. Diolch yn fawr ichi am eu trefnu mor dda ac nid yw hyn ond rhan fach iawn o'r gwaith a wnaethoch. Dyma'r cywydd a ganwyd – ond fy mod wedi newid 'dyro i'th bau' yn 'dyro o'th bau', gan fod pau yn golygu ardal yn fwy na gwlad i'r rhan fwyaf ohonom, wrth siarad beth bynnag.

Papurau Cassie Davies yn y Llyfrgell Genedlaethol, 236.

Penodwyd Cassie Davies yn Arolygydd Ysgolion dan y Bwrdd Addysg ym 1938, a hi oedd yn gyfrifol am drefnu cyrsiau'r Weinyddiaeth Addysg i ddisgyblion y chweched dosbarth yn hen blas y Cilgwyn yng Nghastellnewydd Emlyn. Yr oedd yn gwahodd Waldo i ddarlithio yn y cyrsiau hyn yn gyson. Meddai Cassie Davies yn ei hunangofiant, *Hwb i'r Galon*, 1973, t. 118: 'Fe gawn gwmni Waldo yn gyson hefyd yng nghyrsiau'r Weinyddiaeth Addysg. Dyna'r enw a fyddai gyntaf ar fy rhestr i o wahoddedigion bob amser a hynny'n bennaf am fod ganddo'r bersonoliaeth oedd yn denu pobl o'i gwmpas bob min nos mewn seiadau gwlithog o atgofion a straeon.'

Wedi iddi fod yn gweithio yn Adran Gymreig y Weinyddiaeth Addysg am ugain mlynedd, penderfynodd ymddeol ym 1958.

4 **A godaist dŷ i'n gadael?** cf. *Hwb i'r Galon*, t. 133: 'Er mwyn bod yn nes fyth at fy mrawd ienga yn yr hen gartre, Cae Tudur, dyma godi'r tŷ y bu rhai ohonom yn byw ynddo oddi ar 1959 yn Nhregaron, a'i alw yn Cwm Tudur'.

9 **Syn li drwy noson lawen** arferai Cassie Davies arwain nosweithiau llawen.

11 **Cae Tudur** fferm fynydd fechan ym Mlaencaron yn ymyl Tregaron, Ceredigion. Yng Nghae Tudur y ganed Cassie Davies.

244. Cyfarch T. Llew Jones

Cyhoeddwyd yn *Cardigan & Tivyside Advertiser*, 18 Medi 1959, t. 2.

Nodiadau

Ymddangosodd yng Ngholofn y Beirdd, a oedd dan olygyddiaeth W. Rhys Nicholas ar y pryd, gyda'r nodyn canlynol: 'Adroddwyd yng nghwrdd llongyfarch T. Llew Jones yng Nghoed-y-bryn'.

Enillodd T. Llew Jones Gadair Eisteddfod Genedlaethol Caernarfon ym 1959 am ei awdl 'Y Dringwr'. Hon oedd ei ail Gadair Genedlaethol, wedi iddo ennill Cadair Eisteddfod Genedlaethol Glynebwy ym 1958, am ei awdl 'Caerlleon-ar-Wysg', y cyfeirir ati yn y llinell 'Ac o'r fro aethus a'r gwae ar Frython'. Fel y nodir ym mhedair llinell agoriadol y cywydd hwn, ni châi gystadlu am y Gadair eto, gan na châi neb ennill mwy na dwy gadair a dwy goron yn ôl rheolau'r Eisteddfod Genedlaethol.

13 Mae'r llinell hon yn rhy hir o sillaf.

16/18 **tair awdl** bu bron i T. Llew Jones ennill y Gadair yn Eisteddfod Genedlaethol Sir Fôn, pan oedd y testun yn agored. Dan y ffugenw 'Garmon', lluniodd awdl yn dwyn y teitl 'Y Storm'. Ei thema oedd yr anrheithio a fu ar Abaty Ystrad-fflur dan awdurdod Harri VIII adeg dadwaddoli'r mynachlogydd, ac at thema'r awdl y cyfeiria'r llinell 'O gwymp Ystrad-fflur dan gur y goron', llinell 19. Cyhoeddwyd yr awdl mewn pamffledyn yn dwyn y teitl *Dwy Awdl: Bro'r Ogofeydd gan G. C. Jones; Y Storm gan T. Llew Jones* ym 1957. Y tair awdl yw awdlau 1957, 1958 a 1959. Y 'tair oes' yw'r cyfnodau gwahanol y mae awdl 'Y Dringwr' yn ymdrin â hwy: 'Ddoe' (oes y dyn cyntefig), 'Heddiw' ac 'Yfory' (rhag-weld y dyfodol pan fyddai dyn yn anturio i'r gofod ac yn cyrraedd planedau newydd), gan gofio hefyd fod themâu'r ddwy awdl arall yn perthyn i ddoe: Cymru yn y cyfnod Rhufeinig a chyfnod teyrnasiad Harri VIII a dadwaddoli'r mynachlogydd. Felly, mae'r tair awdl yn cwmpasu tair oes: y gorffennol, y presennol a'r dyfodol.

25 **Nid diogelwch yw braint y galon** o awdl 'Caerlleon-ar-Wysg' y daw'r llinell hon: 'Cyrch wig orest rhag cynllwyn estron:/Nid diogelwch yw braint y galon'. Yr oedd Waldo yn hoff iawn o'r llinell. Meddai, wrth feirniadu cystadleuaeth y Gadair yn Eisteddfod Genedlaethol Sir Feirionnydd, y Bala, 1967: 'Dywedir weithiau fod y gynghanedd yn peri i'r bardd anghofio'r saernïaeth trwy gadw ei olwg ar y gwead o linell i linell. Ond yn fynych ceir rhyw linell fawr na ddaethai i fod heb y gynghanedd yn ymorol ynom wedyn ac yn uno'r awdl â'i chofleidiad[.] "Nid diogelwch yw braint y galon," meddai T. Llew Jones yn "Caerlleon".'

Cyfansoddiadau a Beirniadaethau Eisteddfod Genedlaethol Frenhinol Cymru Sir Feirionnydd – y Bala 1967, Golygydd: Geraint Bowen, 1967, t. 25.

245. Cywydd Cyfarch W. R. Evans

Cyhoeddwyd yn *Beirdd Penfro*, Golygydd: W. Rhys Nicholas, 1961, tt. 150–3. Cyhoeddwyd yn wreiddiol yn *Cardigan & Tivyside Advertiser*, 23 Ionawr 1959, t. 2, a hefyd yn *Y Genhinen*, cyf. 9, rhif 2, Gwanwyn 1959, tt. 113–14.

Amrywiadau

(*Y Genhinen*)

Nodiadau

Lluniwyd y cywydd ar achlysur ymadawiad W. R. Evans â Bwlch-y-groes ym mis Ionawr 1959, wedi iddo gael ei benodi yn brifathro Ysgol Gymraeg y Barri ar ddiwedd 1958. Bu W. R. Evans yn brifathro Ysgol Gynradd Bwlch-y-groes, Llanfyrnach, o fis Hydref 1938 hyd at ddiwedd 1958, ac eithrio cyfnod o bum mlynedd yn y Lluoedd Arfog adeg yr Ail Ryfel Byd. Y mae W. R. Evans yn sôn am achlysur llunio'r cywydd hwn yn ei hunangofiant *Fi Yw Hwn* (1980):

> Daeth y cyfnod hapus i ben pan benodwyd fi'n brifathro ar Ysgol Gymraeg y Barri. 'Roedd gen i le cynnes iawn i Fwlch-y-groes yn fy nghalon, ond teimlwn, wrth nesáu at yr hanner cant, ei bod yn bryd imi gael sialens newydd. Tua diwedd y flwyddyn 1958 oedd hyn. Bu yna 'gyrddau ymadawol' rif y gwlith … Bu'r cyfarfod olaf yn farathon o beth, gyda chyfarwyddwyr addysg, gweinidogion a beirdd yn ein cyfarch. Roedd gan Tommy Evans, Tegryn, y prifardd, gyfres o englynion arbennig iawn. Dichon mai Waldo a goronodd y cyfan, trwy adrodd o'i go gywydd hir (dros 160 llinell) at yr achlysur. Byddai'n adrodd rhyw chwe llinell, yna petruso, gan symud o gwmpas y llwyfan, a rhoi twc sydyn i'w drowsus, ac yna ymlaen at y cymal nesaf. 'Roedd y gynulleidfa'n edrych yn hurt arno, ond yn gwrando fel y bedd. Roedd fy ffiol innau yn gwbwl lawn. O'r braidd y mae angen yr hunangofiant hwn, gan i Waldo amlinellu hanes fy mywyd i gyd yn y cywydd campus hwnnw. Mae un pwynt pwysig i'w bwysleisio yn y cyswllt hwn. Gan fod Waldo a minnau yn ffrindiau mor agos, fe ddisgwyliech iddo rigymu'n ysgafn yn ei gyfarchiad. Ond na, ni wnâi hynny'r tro i Waldo. Rhaid oedd llunio cywydd crefftus, yn null yr hen gywyddau mawl. Dim ond y gorau oedd yn ddigon da i'w gyfeillion.

Fi Yw Hwn, tt. 106–7.

Cafwyd nodiadau eglurhaol ar y cywydd gan W. R. Evans yn *Fi Yw Hwn*, yn ei ysgrif 'Waldo yn ei Gyfanrwydd' yn *CDWW*, a chan Waldo ei hun, fe ellid tybied, yn rhifyn Gwanwyn 1959 o *Y Genhinen*, dan y pennawd 'I W. R. Evans/ Dwg i Forgannwg y Gerdd'.

3 **Wyt olau tua'u haelwyd** 'Cyfeiriad sydd yma at fy ngwaith gydag Aelwyd yr Urdd ym Mwlchygroes' (*CDWW*, t. 72).

9 **Wyt ddarn o bregeth Bethel** 'Bethel, Mynachlogddu, yw'r Bethel y cyfeirir ato. Yno y byddwn yn addoli yn blentyn' (*CDWW*, t. 72).

11 **Wyt ŵr caeth yn torri cwys** 'Cyfeiriad yw hwn, allwn i feddwl, at fy ngeni a'm magu ar fferm' (*CDWW*, t. 72). 'Wyt ŵr *coeth* yn torri cwys' a geir ymhob fersiwn o'r cywydd sydd wedi ei gyhoeddi, ond 'caeth' a oedd gan Waldo yn wreiddiol, nid 'coeth'. Ar ôl i *Beirdd Penfro* ymddangos ym mis Gorffennaf 1961, anfonodd Waldo restr o gywiriadau at W. Rhys Nicholas, y golygydd, ar 14 Awst 1961. Un o'r cywiriadau hyn oedd 'caeth yn lle coeth'. Gw. Papurau'r Parch. W. Rhys Nicholas, 1/52, yn y Llyfrgell Genedlaethol.

17 **Wyt fad i lu tafodiaith** 'Wyt *fod* i lu tafodiaith' a geir ymhob fersiwn cyhoeddedig o'r cywydd, ond nododd Waldo yn ei lythyr at W. Rhys Nicholas mai 'fad' a oedd ganddo yn wreiddiol, 'fad yn lle fod'.

22 **Ac arian fôr i gronfâu** 'Casglodd Bois y Frenni rhwng £6,000 a £7,000 at achosion da' (*Y Genhinen*, t. 114).

24 **Bois y Frenni** cyfeiriad at W. R. Evans fel arweinydd Bois y Frenni. 'Fe gododd y parti hwnnw filoedd o bunnoedd at achosion da, yn ystod y rhyfel' (*CDWW*, t. 72).

28 **Dawn Gordon a'i gywirdeb** 'Roedd fy nhad, Ben Evans, yn fardd gwlad a gyhoeddodd lyfr o'i gerddi. Roedd rhai o'i ffrindiau gorau yn ei alw'n "Gordon", am ei fod, efallai, un amser, yn debyg o ran pryd a gwedd i General Gordon' (*CDWW*, t. 72); 'Ben Evans, Dangarn, tad Wil, awdur *Cerddi Gordon*' (*Y Genhinen*, t. 114).

30–1 **Wyt feistr côr,/Pennill a thonc** 'Bûm yn arwain côr meibion yn ardal Crymych, ac, wrth gwrs, *Pennill a Thonc* oedd teitl fy nghasgliad cyntaf o gerddi ysgafn' (*CDWW*, t. 72).

38–40 **Wyt ehedydd mynydd maith … oddi tan Garn** 'O gwmpas y lle y ces fy ngeni ynddo, yr oedd llawer o fynydd-dir a gweundir. Enw'r lle oedd "Dan-garn" ' (*CDWW*, t. 72).

45-6 **Tan y drefn oet un o dri/Ewybr ddyn yn barddoni** 'Cyfeiriad at Llwyd, Waldo a minnau, a oedd yn danfon ein pryddestau i Eisteddfodau lleol, ac yn eu darllen i'n gilydd ymlaen llaw' (*CDWW*, t. 72).

52 **Rhannem a chyfannem fyd** 'Rhannem a chyfrannem fyd' a geir yn *Beirdd Penfro*, gwall arall a gywirwyd gan Waldo yn ei lythyr at W. Rhys Nicholas. Mae'r gynghanedd a'r ystyr yn hawlio 'a chyfannem'.

53 **Pair Ceridwen** pair awen, y pair yn y chwedl Hanes Taliesin y rhoddwyd ynddo gymysgedd hud gan y ddewines Ceridwen. Ganed mab rhyfeddol o hagr i Geridwen, Afagddu (neu Forfran), ac i wneud rhywfaint o iawn am ei hagrwch, y mae Ceridwen yn holi'r derwyddon am gymysgedd a allai roi ysbrydoliaeth (awen), gwybodaeth a doethineb i'w mab. Wedi iddi gasglu'r holl gynhwysion ynghyd, y mae Ceridwen yn rhoi'r cymysgedd mewn pair, ac yn rhoi'r gwaith o droi'r trwyth, am flwyddyn gyfan, i Gwion Bach, ond mae tri diferyn o'r cymysgedd yn syrthio'n ddamweiniol ar fys Gwion Bach wrth iddo droi cynnwys y pair, ac mae'n rhoi ei fys yn ei geg. Felly, mae Gwion Bach yn cael ei gynysgaeddu ag awen a gwybodaeth, yn hytrach nag Afagddu. Mae'n rhaid i Gwion ffoi rhag dicter Ceridwen, a gwna hynny trwy ei drawsffurfio ei hun yn nifer o wahanol bethau, ond mae hithau hefyd yn ei thrawsffurfio ei hun yn wahanol bethau i geisio'i ddal. Wedi i Gwion droi'n ronyn o ŷd, mae Ceridwen, ar ffurf iâr, yn ei lyncu, ond mae'r gronyn yn troi'n blentyn yn ei chorff, a chaiff ei aileni yng nghyflawnder yr amser fel y bardd Taliesin.

56 **Frawddeg dy gyfarwyddyd** 'yn adrodd storïau am ddigwyddiadau cyffredin, yn enwedig am Ben a oedd yn was ar ein fferm yr adeg honno. Yr oedd Ben yn un gwreiddiol iawn, ac yn dod gyda mi i bobman ar sgil y moto-beic' (*CDWW*, t. 73).

57 **d'yswain, Ben** 'Ben Thomas, Llyn, Llangolman, gwas Glyn Seithmaen, y pryd hynny a chwmni Wil ymhobman' (*Y Genhinen*, t. 114).

65 **Chwarddet yr 'eth' na fethodd** 'Pan own i'n ifanc roedd gen i res o ddannedd disglair, a gwneud rhyw sŵn "eth" wrth chwerthin' (*CDWW*, t. 73).

67 **Darlledwr â lliw Idwal** 'Idwal Jones, y digrifwr o Lambed, yw hwnnw, wrth gwrs, a chyfaill mynwesol i Waldo' (*CDWW*, t. 73).

69-72 **Wyt reidiol i'r Tŷ Radio … yn swp sâl** 'Mae'r cyfeiriad at "Y Tŷ Radio" yn ddigri iawn. Ymryson y Beirdd oedd y treial, ac yn erbyn ei raen yn hollol yr âi Waldo gyda ni i'r ymryson radio, a minnau, fel ryw fath o gapten, yn gorfod gwneud y trefniadau lleol dros Sam Jones' (*CDWW*, t. 73).

74 **Âi'n garchar i bedwar bardd** y pum bardd y dewisid pedwar o'u plith i gynrychioli Sir Benfro yn Ymryson y Beirdd fel arfer oedd W. R. Evans, Waldo, Tomi Evans, Roger Jones ac Idwal Lloyd.

76 **Cartref a ddôi i'r** *courtroom* 'Mae'r llinell hon yn dangos nad oedd Waldo'n hoff iawn o'r fusnes, er nad oedd am adel "Shir Bemro" lawr' (*CDWW*, t. 73).

77–8 **Oet wrandawr mawr am eiriau,/Oet bur i dafod dy bau** 'cyfeirir at fy niddordeb mewn tafodieithoedd' (*CDWW*, t. 73).

80 **A'i pherl hi yn y ffair lon** 'Rwy'n siŵr mai cyfeiriad sydd yma at y gân "Nosweth y Ffair", yn nhafodiaith y Preseli' (*CDWW*, t. 73).

82 **A dyfodd i'w phendefig** 'A dyfod i'w phendefig' a geir yn *Beirdd Penfro* ac yn y *Cardigan & Tivyside Advertiser*, 'A dyfodd' yn *Y Genhinen*. Y mae'n amlwg oddi wrth y ddelwedd yn y cwpled mai 'A dyfodd' sy'n gywir.

87 **Ym Molestn oet. Malaist naw** 'Wedyn, eir i sôn am fy anturiaethau gyda'r mowth-organ, ac am un eisteddfod yn arbennig, yng nghapel Mol[l]eston, gerllaw Arberth. Roedd pob math o offerynnau yn cystadlu megis ffidil, cornet, etc. Digwyddodd y mowth-organ ennill, a bu gohebiaeth hir yn y papurau lleol, yn dadlau a oedd y mowth-organ yn "orchestral instrument". Roedd Waldo wrth ei fodd yn y fusnes, ac yn y diwedd dyma fe'n sgrifennu cyfres o englynion yn bychanu pob offeryn yn y gerddorfa *ond* mowth-organ. Yn anffodus, methwyd â dod o hyd i gopi o'r englynion hynny' (*CDWW*, t. 73). Gw. y nodyn ar 'Dinistr yr Offerynnau' [rhif 107] yn ogystal. 'Ym Molestr oet. Malaist raw' a argraffwyd yn *Beirdd Penfro*, ond cywirwyd y llinell amlwg wallus hon gan Waldo yn ei lythyr at W. Rhys Nicholas.

93–6 **Oet yn artist y Nortwn … mynydd Morfil** 'Mae'r gair "Nortwn" (Norton) yn cyfeirio at fy nghampau ifanc ar gefn y moto-beic. Arferai Dilys, chwaer Waldo, a oedd yn dysgu yn Wdig (ger Abergwaun) ddod gyda mi bob pen wythnos, adre i Landisilio, a rhaid oedd mynd dros Fynydd Morfil, sydd rhwng Abergwaun a Maenclochog' (*CDWW*, t. 74); **mynydd Morfil** 'Rhwng Aber Gwaun, lle'r oedd Wil yn athro gyntaf a Glyn Seithmaen ei gartref. (Gwelais Clyn Seithmaen yn Arch. Camb. a dyna a glywn gynt, credaf, ond ni fyn Wil mo hyn)' (*Y Genhinen*, t. 114).

97–100 **Hyrddiai'n wyllt ... mêt Rebeca** 'mae'n debyg fy mod yn perthyn i Thomas Rees, neu Twm Carnabwth, arweinydd y mudiad Becca yn Sir Benfro ... Glyn-Saith-Maen oedd enw fy nghartref, ac yma mae Waldo, fel yr arferai llawer, yn defnyddio enw'r lle am y person' (*CDWW*, t. 74); 'Cafodd Wil y gadair yn Eisteddfod Crymych yn 1936 a 1938. Stanley Woods, Nortwnwr arall oedd arwr un o'r pryddestau a Twm Carn Abwth oedd arwr y llall a chyn diwedd honno yr oedd y motor beic eto ar y ffordd a gadwesid yn agor gan un o hen dylwyth y bardd' (*Y Genhinen*, t. 114).

103 **abl** 'Cyfoethog yw abl' (*Y Genhinen*, t. 114).

105 **Myfanwy** priod W. R. Evans, 'Merch John Evans, Tymbl, yr englynwr' (*Y Genhinen*, t. 114).

108 **Gwawr** merch W. R. Evans.

109–38 'Mae'r rhan olaf o'r cywydd yn sôn am ail-godi'r iaith ym Morgannwg, am fy mod yn symud i Ysgol Gymraeg, Y Barri. Mae'n ddiddorol ei fod yn defnyddio termau sy'n nodweddiadol o'r Preseli ... afon Wern a oedd yn ymyl cartre nhad, "Y Focl" ... Moel Cwm Cerwyn, ger Glyn Saith Maen ... "bugail" a "hafoty", sydd mor nodweddiadol o'r Preseli' (*CDWW*, t. 74)

246. Llwyd

Beirdd Penfro, tt. 148–9. Cyhoeddwyd yn wreiddiol yn *Cardigan & Tivyside Advertiser*, 19 Chwefror 1960, t. 2 a *Seren Gomer*, Gwanwyn 1960, tt. 22–3.

Nodiadau

Un o gyfeillion pennaf Waldo oedd E. Llwyd Williams, a fu farw ar 17 Ionawr 1960. Ganed Ernest Llwyd Williams ar 12 Rhagfyr 1906, yn y Lan, Efail-wen, ger Rhydwilym. Fferm fechan ar y ffin rhwng Sir Benfro a Sir Gaerfyrddin oedd y Lan. Derbyniodd ei addysg gynnar yn Ysgol Gynradd Blaenconin, Llandysilio, pan oedd J. Edwal Williams, tad Waldo, yn brifathro yno. Roedd yn iau na Waldo o ryw ddwy flynedd ac nid oedd yn yr un dosbarth ag ef yn yr ysgol. Aeth Llwyd ymlaen wedyn i Ysgol Ramadeg Arberth, ac ar ôl gweithio fel fferyllydd yn nhref Arberth am blwc, rhoddodd ei fryd ar fynd i'r weinidogaeth. Aeth i Goleg Myrddin am flwyddyn, ac yna i Goleg y Bedyddwyr ym Mangor, 1928–31. Ordeiniwyd E. Llwyd Williams yn weinidog Eglwys y Tabernacl, Maesteg, ym mis Medi 1931, a bu'n gweinidogaethu yno hyd nes iddo dderbyn galwad i fugeilio Eglwys Ebeneser Rhydaman, ym 1936. Arhosodd yn Rhydaman o 1936 hyd ei farwolaeth ym 1960 ('Hir dymor yn Rhydaman').

Enillodd E. Llwyd Williams Gadair Eisteddfod Genedlaethol y Rhyl ym 1953 a Choron Eisteddfod Genedlaethol Ystradgynlais ym 1954. Yn ogystal â chyhoeddi *Cerddi'r Plant* ar y cyd â Waldo, cyhoeddodd nifer o lyfrau eraill, gan gynnwys y ddwy gyfrol *Crwydro Sir Benfro*. Cyhoeddwyd ei unig gasgliad o gerddi, *Tir Hela*, ym 1956.

Anfonodd Waldo lythyr at Eiluned, gweddw Llwyd, a'u merch, Nest, i gydymdeimlo â'r ddwy yn eu profedigaeth ar 18 Ionawr 1960, o Great Harmeston, Johnston, Hwlffordd. 'Collais gyfaill agos agos,' meddai (Llawysgrif LlGC 20882C). Darllenodd Waldo ddetholiad o'r cywydd mewn cwrdd coffa i Llwyd a gynhaliwyd yn Rhydwilym ar 5 Chwefror 1960.

24 **Arwain llu** 'Arwain Un' a geir yn *Beirdd Penfro*, cam-brint sy'n malurio'r gynghanedd a'r ystyr, ac yn ôl Waldo, yn ei lythyr at W. Rhys Nicholas ar 14 Awst 1961, 'llu' a ddylai fod yma. Mewn llythyr at Bedwyr Lewis Jones, golygydd *Yr Arloeswr*, o Wdig, 17 Mehefin 1960, rhoddodd y bardd ganiatâd i'r golygydd i gynnwys y gerdd yn y cylchgrawn ond gan gyfeirio at ffurf gywir y llinell hon. A'r ffurf gywir a gafwyd pan ymddangosodd y gerdd yn *Yr Arloeswr*, Hydref 1960, tt. 24–5.

28 **Llwyd, cêl fardd Allt Cile Fawr** yn ymyl Efail-wen y mae Allt Cilau neu Allt Cile Fawr. Cyfeirir at Allt Cilau Fawr ym mhortread Waldo o'i gyfaill, 'Y Parchedig E. Llwyd Williams, Rhydaman', a gyhoeddwyd yn *Seren Cymru*, cyf. LXXXVI, rhif 5226, 28 Mawrth 1958, a'i ailgyhoeddi yn *WWRh*: 'Yn gyntaf yn ei wythcae o fyd, ymhlith campau eraill yn marchogaeth y gaseg gwta mewn cylch, yna'n mentro i Allt Cila[u] Fawr yn ddychymyg i gyd, ac i lawr i lannau Cleddau, i Rydwilym, ac i Bwll Diferynion' (*WWRh*, t. 246).

32 **Wythcae o Fyd** cyfeirir yma, yn ogystal ag yn y dyfyniad yn y nodyn uchod, at gerdd E. Llwyd Williams, 'Lan (enw'r Hen Gartref)', *Tir Hela*, t. 40:

> Bûm yn byw yma unwaith
> Mewn wythcae o fyd ...
> Marchogwn gaseg gwta
> Mewn cylch ...

45–6 **Gwyn eu byd/Y rhai addfwyn** un o wynfydau'r Bregeth ar y Mynydd: 'Gwyn eu byd y rhai addfwyn: canys hwy a etifeddant y ddaear' (Mathew 5:5).

247. Swyn y Fro

Beirdd Penfro, t. 154.

Nodiadau

Lleoedd yn Sir Benfro a enwir yn y gerdd hon.

2 **A'r drum oesol** 'O'r drum oesol' a geir yn *Beirdd Penfro*, ond cywirwyd y
gwall gan Waldo yn ei lythyr at W. Rhys Nicholas ar 14 Awst 1961.

3 **a'u mawr fronnydd** nid 'o'u mawr fronnydd' fel ag a geir yn *Beirdd Penfro*;
un arall o gywiriadau Waldo.

5 **Mewn aur ym min Iwerydd** 'Mewn *awr* ym min Iwerydd' a geir yn *Beirdd
Penfro*; cywiriad arall gan Waldo.

19 **Brynach** gw. y nodyn ar linell 54 yn 'Ymddiddan rhwng Dewi, Teilo a
Cholman' [rhif 165].

248. Cywydd Diolch am Fotffon

Beirdd Penfro, tt. 155–6. Cyhoeddwyd yn wreiddiol, dan y teitl 'I Isfoel (am y
Fodffon)', yn *Cardigan & Tivyside Advertiser*, 21 Ebrill 1961, t. 2.

Nodiadau

Un o Fois y Cilie, y teulu enwog o feirdd o ardal Llangrannog, Ceredigion,
oedd Isfoel (Dafydd Jones; 1881–1968). Adolygwyd *Ail Gerddi Isfoel, ynghyd â
Hunangofiant Byr*, Golygydd: T. Llew Jones, 1965, gan Waldo yn *Y Genhinen*,
cyf. 15, rhif 4, Hydref 1965, a'i ailargraffu yn *WWRh*, dan y pennawd 'Bardd
Gwlad'. Gof oedd Isfoel wrth ei grefft a'i alwedigaeth, a gŵr hynod o fedrus
â'i ddwylo.

1 **Asb ddudwf Ysbaddaden** yn y llinellau agoriadol hyn, delweddir y
fodffon neu'r ffon fawd fel asb (*asp*) neu neidr ac iddi ddwy fforch yn
ei phen, sef y fforchiad naturiol, ar ffurf *v*, yn y pren y neddir y fodffon
ohono. Wrth gerdded, rhoir y bawd i orffwys yn yr hollt naturiol hwn ar
frig y ffon. Ysbaddaden yw Ysbaddaden Bencawr yn chwedl Culhwch ac
Olwen, ac mae'r fodffon braff a chadarn a gafodd Waldo yn rhodd gan
Isfoel yn deilwng o fod yn ffon i Ysbaddaden. O sythu neu laesu torch y
neidr, y mae'n union ac yn syth. 'Haeernin', wedi'i gwneud o haearn, yw
'bondorch' neu waelod y ffon, sef y darn metel a geir weithiau ar waelod
ffon, a hwnnw'n edrych fel hoelen braff. Mae'r gwaelod haearn hwn fel

dant, gan barhau'r ddelwedd o neidr. Ni all neb alltudio neu yrru ymaith perchennog y fodffon o unman ar y ddaear tra bo'r ffon hon â'r fforch hardd a'r gwaelod metel ganddo. Gall 'fferach hoel' olygu hoelen wrth ffêr y ffon, sef ar waelod y ffon, neu 'fferfach hoel', hoelen braffach.

18–30 **A cherdd dant yw'r wych rodd dau … Isfoel fad yn anad neb** tra bo'r ffon ganddo bydd awen Isfoel yn ei ddilyn i bobman – 'Awen i'w gamre'n gymrawd'. Y mae'r fotffon yn gerdd dant iddo, yn farddoniaeth a genir, ac yn gerdd dafod, yn farddoniaeth gynganeddol gywrain. Ystyr 'yw'r wych rodd dau' ydyw 'yw'r rhodd wych [a gefais] gennyt'.

249. Priodas Aur

Beirdd Penfro, tt. 156–7.

Nodiadau

Dathlodd Tommy ac Annie James eu priodas aur ar 19 Mawrth 1960. Yn ôl nodyn gan James Nicholas yn *Bro a Bywyd: Waldo Williams*, t. 82: 'Yr oedd Tomi James yn glocsiwr wrth ei alwedigaeth ac yn ŵr tra diwylliedig. Yr oedd ef a'i briod, Mrs Anni James, yn aelodau ffyddlon yng Nghapel y Methodistiaid, Caerfarchell. Treuliasant eu hoes yn Ysgeifiog gan fod yn ffyddlon i werthoedd uchaf eu Ffydd a Chymreictod.'

9/27/38 **Ysgeifiog** mewn llythyr diddyddiad a anfonodd Waldo, o Ventry (Ceann Trá) yn y Gaeltacht, at W. Rhys Nicholas, yn trafod y detholiad terfynol o'i waith ar gyfer *Beirdd Penfro*, mynnai mai 'Ysgeifog' ac nid 'Ysgeifiog' oedd enw cartref Tommy ac Annie James: 'Ysgeifog yw'r gair yn awr beth bynnag. Credaf i *i* fod yn y diweddiad unwaith onid e sut y daeth Ysgeifog o Ysgaw, buasai yn ysgawog gwlei' (Papurau'r Parch. W. Rhys Nicholas, 1/123). Parchodd W. Rhys Nicholas ddymuniad Waldo yn *Beirdd Penfro*, ond 'Ysgeifiog' yw'r ffurf gywir ar y gair, fodd bynnag. Ceir dau englyn coffa i Tommy James, 'Er Cof am Thomas James, Ysgeifiog' gan Idwal Lloyd yn *Cerddi'r Glannau*, 1985, t. 73.

13 **Hwythau'r plant â thŵr o'u plaid** yr oedd iddynt dyaid o blant, wyth i gyd.

20 **Caerfarchell** pentref bychan, rhyw dair milltir o bellter o Dyddewi. Ystyr y cwpled 'Gŵr a wnaeth – pwy geir yn well? –/Gryf orchwyl i Gaerfarchell' yn ôl Waldo 'yw iddo fod yn flaenor ac yn ysgrifennydd yn yr eglwys Fethodistaidd yno am flynyddoedd'. Poenai Waldo nad oedd wedi 'dweud yn ddigon eglur fan hyn', ond methodd gael dwy linell ychwanegol a oedd yn ei foddhau (Papurau'r Parch. W. Rhys Nicholas, 1/123). Awgrymodd hefyd y dylid cael toriad ar ôl y cwpled hwn, gan fod y rhan a'i dilynai yn sôn am grefft Tommy James fel clocsiwr, ond ni wnaeth W. Rhys Nicholas hynny.

26 **Pebidiog** un o saith cantref Dyfed.

32 **Mae gan eu merch amgen malne** roedd eu merch, Ruthie James, Solfach, yn Ynad Heddwch.

250. Emyn

Beirdd Penfro, t. 158. Fe'i cynhwyswyd hefyd yn nhaflen gwasanaeth claddu Waldo ym mynwent Blaenconin, 24 Mai 1971.

Nodiadau

Dinistriwyd Eglwys Sant Brynach, Cwm-yr-eglwys, ar yr ochr ddeddwyreiniol i Ynys Dinas, yn y storm enfawr a ddigwyddodd ar 25/26 Hydref 1859, sef y storm a suddodd y *Royal Charter* oddi ar arfordir Môn. Ym 1959, ar achlysur canmlwyddiant dinistrio'r eglwys, gofynnodd y Parchedig Gerwyn Stephens, Ficer Dinas, i Waldo lunio emyn ar gyfer y gwasanaeth coffa.

6 **Lewych yr anfeidrol awr** 'Lewyrch yr anfeidrol awr' a geir yn *Beirdd Penfro*, ond 'lewych' a oedd gan Waldo yn wreiddiol, fel y nododd yn ei lythyr at W. Rhys Nicholas ar 14 Awst 1961.

15–16 **y gŵr wrth ffynnon Jacob/Ydyw'r Brenin ar ei rawd** cf. 'Efe a ddaeth gan hynny i ddinas yn Samaria a elwid Sichar, gerllaw y rhandir a roddasai Jacob i'w fab Joseff: Ac yno yr oedd ffynnon Jacob. Yr Iesu gan hynny yn ddiffygiol gan y daith, a eisteddodd felly ar y ffynnon: ac ynghylch y chweched awr ydoedd hi' (Ioan 4:5–6). Adleisir hefyd yr emyn adnabyddus, 'Y gŵr wrth ffynnon Jacob/Eisteddodd gynt i lawr', o waith Thomas William Bethesda'r Fro (1761–1844).

17 **Brynach** gw. y nodyn ar linell 54 yn 'Ymddiddan rhwng Dewi, Teilo a Cholman' [rhif 165].

251. [Wrth Ladd Corryn ar fy Mhared]

Archifdy Sir Penfro, Waldo Williams DX/25/141.

Nodiadau

Ni wyddys pa bryd y lluniwyd y cyfieithiad hwn o waith John Wolfgang von Goethe (1749–1832), y bardd o'r Almaen. Ceir y gerdd fechan wreiddiol (cerdd rhif 30) yn yr adran 'Hikmet Nameh' (Llyfr y Gwirebau) yn *Westöstlicher Diwan* (1819; fersiwn estynedig, 1827), casgliad o gerddi telynegol ac athronyddol a ysbrydolwyd gan y bardd o Bersia, Hafez.

Roedd W. Rhys Nicholas wedi dewis rhai o gerddi *DP* ar gyfer ei flodeugerdd *Beirdd Penfro*. Roedd Waldo, fodd bynnag, o'r farn ei fod wedi dewis gormod allan o *DP*, a chynigiodd gerddi eraill, mwy diweddar, iddo. Roedd y pennill bach hwn ymhlith y cerddi hyn, ond, yn ôl llythyr a anfonodd at W. Rhys Nicholas o Ventry yn y Gaeltacht yn Iwerddon ar 29 Mai 1961, newidiodd ei feddwl ynglŷn â'i gynnwys: 'Byddai'n well peidio â rhoi'r pennill yna gan mai gwaith bardd arall ydyw, ac nid yw fy mod i wedi ei gyfieithu – a'i gyfieithu'n wallus fel y gwelsoch – yn ddim rheswm dros ei roi yn y llyfr. Roedd y syniad gennyf mai gwaith Goethe yw e, un o'i gerddi cynnar.'

Papurau'r Parch. W. Rhys Nicholas, 1/49.

252. Ei Lwyth yn AI ar Lloyd

Papurau D. J. Williams yn y Llyfrgell Genedlaethol, P2/35/40, llythyr oddi wrth Waldo Williams at D.J. a Siân Williams, diddyddiad.

Nodiadau

Meddai Waldo yn ei lythyr: 'Bum yn chwilio hen Ecos [papur lleol Abergwaun] i weld ai cywir fy argraff mai William yw enw y Lloyd hwnnw, ond methais weld ei waith yn unman'. Ceir troednodyn ar waelod y llythyr gan D. J. Williams: 'William Lloyd – llenleidr Bois y Cilie'. Mae'n debyg mai at William Lloyd, Troed-rhiw-fach, tyddyn rhyw filltir o bellter o draeth Cwmtudu yng Ngheredigion, y cyfeirir yma. Roedd William Lloyd yn un o ddeiliaid y Cilie ar un adeg. O Felin Huw, Cwmtudu, y symudodd William Lloyd a'i deulu i Droed-rhiw-fach. Bu un o'i ferched, Annie, yn forwyn yn y Cilie. Arferai William Lloyd adrodd gwaith Bois y Cilie wrth eraill, weithiau heb gydnabod awduriaeth y cerddi. Ceir cerdd iddo gan Isfoel, 'William Lloyd' (*Cerddi Isfoel*, 1958, t. 18).

253. Cân Imi, Wynt

Cyhoeddwyd yn *Taliesin*, rhif 3, 1962, t. 76.

Nodiadau

5–6 **yn Ysgol Arberth** bu Waldo yn ddisgybl yn Ysgol Ramadeg Arberth o 1917 hyd 1923. Yn Arberth y mae Rhos y Dref.

254. Cywydd Mawl i D. J. Williams

Cyhoeddwyd yn *D. J. Williams Abergwaun: Cyfrol Deyrnged*, Golygydd: J. Gwyn Griffiths, 1965, tt. 59–61. Ceir copi o'r cywydd yn llawysgrifen Waldo ei hun yng Nghasgliad David Williams.

Amrywiadau

(Casgliad David Williams)

    4 Llew hil faith
    9 A chael iti (dilewyd)
   16 A'u hwynebau
19/20 Rhoi ci brydferth nerth a'i nwyd/I dŷ a hen adawyd
   22 i adfer llys
   25 gŵr eiddgar
   31 Aredig calonnau (dilewyd)
   32 Ymbil dros yr hil (dilewyd)
41/42 Mae'r cwpled hwn yn dilyn cwpled 35/36
   50 yr anian glau
   64 Am lewych (dilewyd)

Nodiadau

Ceir nodyn wrth gwt y cywydd yn y gyfrol deyrnged: 'Darllenwyd gan yr awdur yng Nghwrdd Anrhegu Dr. D. J. Williams a Mrs Williams yn Ysgol Haf Plaid Cymru, Abergwaun, Awst 1964.' Recordiwyd y datganiad, ac fe'i cynhwyswyd wedyn ar y record hir, *Cofio D.J.*, gan Sain ym 1973.

Un o gyfeillion mwyaf Waldo oedd D. J. Williams (1885–1970), y llenor a'r cenedlaetholwr. Ganed David John Williams ym Mhen-rhiw, ffermdy ym mhlwyf Llansawel, Sir Gaerfyrddin, ond symudodd y teulu i Aber-nant, Rhydcymerau, ym 1891. Daeth ardal Rhydcymerau, ei 'filltir sgwâr', yn ffynhonnell gyfoethog a dihysbydd o ddeunydd iddo fel llenor. Roedd yn un o sefydlwyr Plaid Genedlaethol Cymru ym 1925, a bu'n deyrngar i'r Blaid ac yn weithgar iddi drwy gydol ei oes.

4 **O hil faith Llywele Fawr** ffermdy ym mhlwyf Llansawel oedd Llywele Fawr. Bu teulu D. J. Williams yn byw yno am genedlaethau. Yn ôl D. J. Williams: 'Gadawodd fy nhad-cu … sef Jaci Penrhiw ar ôl hynny, yr hen ffarm y cymerth y teulu ei enw oddi wrthi, Ŵyl Fihangel 1838, ac ef yn ôl traddodiad "yr unfed ach ar bymtheg a aned ac a faged yn Llywele".'

'Y Tri Llwyth', *Hen Wynebau*, t. 25.

13 **Dadannudd** term cyfreithiol yn golygu 'hawliwr', 'adfeddiannwr'. Y blaid fechan hon a oedd am adfeddiannu Cymru, hawlio Cymru yn ôl.

49 **y tri llwyth** gw. 'Y Tri Llwyth' yn *Hen Wynebau* (tt. 23–4):

Y mae yn yr Hen Ardal o ryw wyth neu naw ugain o drigolion, fawr a mân, dri thylwyth o bobl … Gelwir hwy gennym ni, yr ardalwyr, yn Dylwyth Llywele – sydd acw na ŵyr neb ers pa bryd; Tylwyth y Doleydd – sydd o un ochr yn hen iawn hefyd; a Thylwyth y Cnwc – sef disgynyddion pâr ifanc o Sir Aberteifi a ddechreuodd eu byd mewn ffarm yn y cyffiniau o'r enw hwnnw, rhyw ychydig cyn canol y ganrif ddiwethaf.

63–6 **Tri enaid … Disgleirwaith England's Glory** cyfeiriad at D. J. Williams, Saunders Lewis a Lewis Valentine yn llosgi cytiau a defnyddiau ar safle'r Ysgol Fomio ym Mhenyberth yn Llŷn ym mis Medi 1936 gyda matsys England's Glory. Mae'r llinellau blaenorol, 59–62, yn cyfeirio at gyfnod D. J. Williams yn y carchar yn sgil y weithred.

255. Arwisgiadau

Cyhoeddwyd yn *Tafod y Ddraig*, rhif 22, Mehefin 1969, t. 14.

Nodiadau

Lluniwyd yr englynion hyn yn union cyn arwisgo Siarl yn Dywysog Cymru yng Nghastell Caernarfon ar 1 Gorffennaf 1969.

16 Nid atebir y gytsain *r* yn 'I'r'.

256. Gwenallt

Cyhoeddwyd yn *Y Traethodydd*, cyf. CXXIV, rhif 531, Ebrill 1969, t. 53.

Nodiadau

Bu farw Gwenallt, un o hoff feirdd Waldo, ar 23 Rhagfyr 1968. Soned i'w goffáu yw'r soned hon. Am Gwenallt gw. y nodiadau ar y gerdd 'Bardd' [rhif 194].

2 **Bethesda a gynhyrfid i'n hiacháu** cf. 'Ac y mae yn Jerusalem, wrth farchnad y defaid, lyn a elwir yn Hebraeg, Bethesda, ac iddo bum porth; Yn y rhai y gorweddai lliaws mawr o rai cleifion, deillion, cloffion, gwywedigion, yn disgwyl am gynhyrfiad y dwfr. Canys angel oedd ar amserau yn disgyn i'r llyn, ac yn cynhyrfu'r dwfr; yna yr hwn a elai i mewn yn gyntaf ar ôl cynhyrfu'r dwfr, a âi yn iach o ba glefyd bynnag a fyddai arno' (Ioan 5:2–4).

5 **Harddwch arswydus** cf. 'A terrible beauty is born', 'Easter, 1916', W. B. Yeats.

5 **'purwr iaith ei lwyth'** cf. T. S. Eliot, 'Little Gidding', *Four Quartets*, rhan II:

> Since our concern was speech, and speech impelled us
>   To purify the dialect of the tribe
>   And urge the mind to aftersight and foresight,
> Let me disclose the gifts reserved for age
>   To set a crown upon your lifetime's effort.

Er mai Eliot a boblogeiddiodd y syniad a'r dywediad, 'To purify the dialect of the tribe', aralleirio llinell gan y bardd Ffrangeg Stéphane Mallarmé (1842–98), yn ei soned 'Le tombeau d'Edgar Poe', a wnaeth mewn gwirionedd, sef y llinell 'Donner un sens plus pur aux mots de la tribu' ('I roddi ystyr burach i eiriau'r llwyth').

257. Y Dderwen Gam

Cyhoeddwyd yn *Cerddi '69*, Golygyddion: Gwilym Rees Hughes ac Islwyn Jones, 1969, t. 72.

Amrywiadau

Cadwyd dau fersiwn o'r gerdd hon gan Gareth a Sally Francis. Rhwng cromfachau dan y teitl yn y fersiwn cynharaf o'r ddau (Copi A) ceir y geiriau hyn: 'Dan goed Pictwn ar lan Cleddau Ddu wrth derfyn hen ffordd y fferi.

Golygir cau pen uchaf yr Aber i gronni dwfr y ddwy afon'; a rhwng cromfachau dan y teitl yn y fersiwn diweddaraf o'r ddau (Copi B), ceir y geiriau hyn: 'Yn ymyl Fferi Pictwn. Bwriedir cau ar ran uchaf Aber Dau Gleddau'. Mae'r ddau gopi yn llawysgrifen Waldo ei hun.

2 Y cyrliog ffyddlon (Copi A a B)

8 trwy ei gwyrdd a'i gold (Copi A a B)

12 Taw eu tafodau (*Cerddi '69*, a phob tro y cyhoeddwyd ac y dyfynnwyd y gerdd wedi hynny). 'Tau' sydd gan Waldo yn y ddau gopi, a hynny sy'n gweddu.

13 cynefin cerddorion (Copi A a B)

14 Mwy ni chlywir a'r wawr yn wyl (dilewyd yng Nghopi A, a rhoddwyd y llinell 'Yn taro'r gerdd pan anturio'r gwawl' uwch ei phen)

15 Gyfodi'n loywlefn a'u horohïan (dilewyd yng Nghopi A, a rhoddwyd y llinell 'Eu galw gloywlefn a'u horohïan' uwch ei phen)

18 I'n 'calonnau gwyrdd' dros y ddwylan lom (Copi A); Trwy'n 'calonnau gwyrdd' tros y ddwylan lom (Copi B)

20 A'r amser gynt dan y dderwen gam (Copi A); A'r amser gynt trwy dderwen gam (Copi B)

Nodiadau

Gofynnodd Islwyn Jones, un o olygyddion *Cerddi '69*, i Waldo am gyfraniad i'r flodeugerdd, ac anfonodd y bardd yr ateb canlynol ato, ar 8 Mai 1969: 'Rwy'n lled gofio cân a wneuthum tua 10 mlynedd nôl am y chwibanwyr ar lan Daugleddau. Hoffais hi ond nis cyhoeddais. Âf lawr i Hwlffordd ddydd Sul i chwilio amdani yn fy nhŷ a gyrraf hi ddydd Llun i chi gael ei gweld.'

Ymhen tridiau cafodd Islwyn Jones lythyr arall gan Waldo ynghylch y gerdd:

Dyma'r gân a addawais iti. Euthum i lawr i Hwlffordd ar ei hôl hi heddiw. Ces i hi, nid yn y man yr own i'n meddwl, ond mewn man arall ar ôl chwilio ychydig, a medrais ddod yn ôl ar y bws pedwar.

Anghofiais i beth oedd achlysur y gân. Dim ond y ffigyr olaf a fedrwn i gofio. Bwriadu gwneud argae i gau ar ran uchaf Aber Dau Gleddau yr oeddid, ond, trwy lwc, nid oedd digon o arian yn dod ar gyfer y cynllun. Dim ond am y chwibanwyr y cofiwn erbyn hyn. Maent yn codi yn un haid (gallwn feddwl). Mae eu cân ar doriad gwawr yn ddigon o ryfeddod.

Cerddais lawer tro drwy'r nos i fod yna mewn pryd i'w chlywed – pum milltir a hanner o Hwlffordd.

Wel, dyma'r gân – gobeithio y gwna hi'r tro, er bod y bygythiad hwn wedi mynd heibio am y tro, beth bynnag.

WWRh, tt. 354, 106.

Mae 'tua 10 mlynedd nôl' yn awgrymu mai tua 1959 y lluniwyd y gerdd. Ceir yn ogystal y nodyn hwn yn llaw Dilys Williams:

Pan oedd ystafell gan Waldo yn swyddfa Mr. Philipps-Williams yn Hwlffordd, fe fyddai'n cerdded liw nos hyd at gapel Mill Inn – ar y ffordd i Drwyn Picton. Roedd y capel ar agor nos a dydd yr adeg hynny, ac fe fyddai Waldo'n gorwedd ar y meinciau yno nes byddai'r wawr ar dorri, ac yna'n cerdded ymlaen at y dderwen gam … i weld a chlywed "oyster catchers" a "sand curlews" yn codi gyda'r wawr.

Mae Waldo yn cyfeirio at yr argae y bwriedid ei chodi i gau'r rhan uchaf o Aberdaugleddau mewn llythyr a anfonodd at Bobi Jones, o Hwlffordd, ar 22 Ebrill 1959. Diben y llythyr oedd llongyfarch Bobi Jones ar ennill gwobr Cyngor Celfyddydau Cymru ym 1958 am y casgliad gorau o farddoniaeth nas cyhoeddwyd o'r blaen. Cyhoeddwyd y casgliad hwnnw, *Rhwng Taf a Thaf*, ym 1960: 'Llongyfarchion mawr eto. Eisteddais ar y sêt wrth y bont newydd gynnau i gael cip ar yr afon wrth ddarllen y papur a llawenychais am fuddugoliaeth yr afonydd, yn gyntaf y llywodraeth yn gwrthod awdurdodi rhoi argae ar draws dauGleddau; ac yn ail dwy Daf yn ennill canpunt iti eto.'

Papurau Bobi Jones yn y Llyfrgell Genedlaethol, 978.

Lluniwyd y gerdd 'Pan fwriedid cau ar ran uchaf Aberdaugleddau', felly, cyn 22 Ebrill 1959. Ceir cyfeiriad at y gerdd mewn llythyr a anfonodd Waldo at W. Rhys Nicholas o Ventry ar 24 Mai 1961, pan oedd Rhys Nicholas wrthi'n paratoi *Beirdd Penfro* ar gyfer ei chyhoeddi: 'Bûm i'n treio cofio cân a wneuthum i afon Cleddau pan oedd sôn am argae arni, ond nid wyf yn ei chofio'n ddigon da, nac yn cofio pa le mae hi yn iawn imi gael dweud wrth fy chwiorydd' (Papurau'r Parch. W. Rhys Nicholas, 1/48). Trafodir y gerdd yn fanwl gan Jason Walford Davies, 'Waldo Williams a Buddugoliaeth yr Afonydd' yn Jason Walford Davies, gol., *Gweledigaethau: Cyfrol Deyrnged Gwyn Thomas* 2007, tt. 201–41.

258. Dan y Dderwen Gam

Casgliad David Williams. Ceir y nodyn eglurhaol hwn rhwng cromfachau: 'Gwyddys yr arfaethir cau ar ben uchaf yr aber i gronni dwfr y ddwy afon. Ar lan Cleddau Ddu y saif y dderwen gam, tua chwe milltir o Hwlffordd trwy goed Pictwn, ac wrth derfyn hen ffordd y fferi'. Cyhoeddwyd y gerdd a'i thrafod yn fanwl gan Jason Walford Davies, '"Dan y Dderwen Gam": Cerdd Goll gan Waldo Williams', *Ysgrifau Beirniadol XXXII*, 2013, tt. 163–97.

259. Llandysilio-yn-Nyfed

Cyhoeddwyd yn *Cerddi '70*, Golygydd: Bedwyr Lewis Jones, 1970, t. 79.

Nodiadau

Llandysilio-yn-Nyfed yw enw llawn Llandysilio. Gadawodd J. Edwal Williams, tad Waldo, ei swydd fel prifathro'r Ysgol Gynradd ym Mynachlog-ddu ar 29 Ionawr 1915, a symudodd y teulu i Elm Cottage, Llandysilio-yn-Nyfed, wedi i Edwal Williams gael ei benodi'n brifathro Ysgol Gynradd Brynconin yn Llandysilio.

Sant o'r seithfed ganrif oedd Tysilio, mab Brochfael Ysgithrog, Tywysog Powys, yn ôl traddodiad. Dywedir iddo wrthod olynu ei dad fel Tywysog Powys, 'rhag gorfod tynnu cledd', fel y dywedir yn y soned. Addysgwyd Tysilio gan abad o'r enw Gwyddfarch ym Meifod ym Maldwyn. Gadawodd Feifod a threuliodd saith mlynedd ar lannau afon Menai, gan sefydlu eglwys Llandysilio yno, yna dychwelodd i Feifod i olynu Gwyddfarch fel abad. Enwyd Ynys Dysilio yn afon Menai ar ei ôl yn ogystal â sawl eglwys yng Nghymru, gan gynnwys Llandysilio-yn-Nyfed.

260. Colli'r Trên

Cyhoeddwyd yn 'Waldo', Anna Wyn Jones, *CDWW*, t. 45.

Nodiadau

Collodd Waldo y trên olaf o Gastell-nedd un tro a dychwelodd i aros noson gydag Anna Wyn Jones a'i theulu. Erbyn y bore roedd y gân hon wedi ei hysgrifennu ar dudalen flaen copi'r teulu o *Cerddi'r Plant*.

18 **Enid** merch fach Anna Wyn Jones.

Yn yr un ysgrif, t. 46, cofnodir pennill arall a luniodd y bardd wrth adael y tŷ ar frys i ddal trên:

Mynd heb molchi, mynd heb shafo,
  Mynd heb wisgo tei na dim;
  Weithiau yn y dillad gardno,
    Weithiau yn y dillad 'gym' –
    Bendigedig!
  Ond cael myned – ni waeth sut.

261. Llanfair-ym-Muallt
Cyhoeddwyd yn *Yr Adferwr*, Ionawr 1973, t. 3.

Nodiadau

Ceir y sylwadau hyn yn *Yr Adferwr*: '"Gwlad wen": cyfeiriad at yr eira ar lawr
pan laddwyd Llywelyn. "A'i hoelio uwchben drysau'r tai" – yr unig Gymraeg
a welodd Waldo yn Llanfair-ym-Muallt oedd enwau'r tai.' Tybir mai hon yw
cerdd olaf Waldo.

262. Parodi ar 'Anfon y Nico i Lan Dŵr'
Yng Nghasgliad David Williams y ceir y parodi hwn, a David Williams ei
hun yw'r 'Deio' yn y gerdd. Pan oedd ar ei flwyddyn gyntaf yn y coleg yng
Nghaerdydd, dywedodd David Williams iddo dderbyn cais gan Waldo i fynd i
brynu trowsus glaw iddo ar gyfer seiclo. Dywedodd hefyd mai ar gefn cerdyn
post y cyrhaeddodd y cais.

Nodiadau

Cyhoeddwyd 'Anfon y Nico i Lan Dŵr' yn wreiddiol yn *Telyn y Nos*, 1921, ac
wedyn yn *Cerddi Cynan: Casgliad Cyflawn 1959 gydag Atodiad 1967*, dan y
teitl 'Anfon y Nico'.

263. [Y Fro a Garaf]
Cafwyd gan Sally Francis, priod y diweddar Gareth Francis, nai Waldo, mab
ei chwaer, Mary. Fe'i ceir yn llawysgrifen Waldo ei hun.

Nodiadau

Lluniwyd yr addasiad hwn o gân Woody Guthrie, 'This Land is Your Land',
gan Waldo ar gyfer grŵp canu gwerin ei nai, Gareth Francis, oddeutu 1962.

264. Y Ffordd Trwy'r Coed

Cafwyd gan Sally Francis, eto yn llawysgrifen Waldo.

Nodiadau

Cyfieithiad o 'The Way through the Woods' gan Rudyard Kipling yw'r gerdd hon. Ymddengys fod Waldo wedi gadael un o linellau'r gerdd heb ei chyfieithu, sef yr ail linell isod ar ddiwedd y pennill cyntaf:

> Only the keeper sees
> That, where the ring-dove broods,
> And the badgers roll at ease,
> There was once a road through the woods.

Ni cheir bwlch yn y copi yn llawysgrifen Waldo o'r cyfeithiad i ddynodi bod llinell ar goll.

265. Y Gwrandawyr

Cafwyd gan Sally Francis, hon eto yn llawysgrifen Waldo.

Nodiadau

Cyfieithiad o 'The Listeners' gan Walter de la Mare yw 'Y Gwrandawyr'.

266. Eilliwr Trydan Bobi Jones

O gasgliad Bobi Jones yn ei ysgrif 'Atgofion', *CMWW*, t. 54. Ymddangosodd yr ysgrif yn wreiddiol yn *Y Traethodydd*, cyf. CXXVI, rhif 540, Hydref 1971. Cadwyd yr englynion a gasglwyd gan Bobi Jones gyda'i gilydd yma, yn un grŵp. Y mae'r englynion hyn i gyd wedi eu hysgrifennu gan Bobi Jones yn ei gopi personol ef o *DP*. Ceir rhai hefyd ymhlith Papurau Bobi Jones yn y Llyfrgell Genedlaethol.

Nodiadau

Nodir yn yr ysgrif fod Waldo wedi llunio'r englyn '[p]an roddodd fy ngwraig ellyn trydan imi ar fy mhen-blwydd ym 1958'. Roedd Waldo yn aros gyda'r ddau ar y pryd, a lluniodd yr englyn 'yng nghanol yr ymddiddan'.

267. Adolygiad Bobi Jones ar *Ugain o Gerddi*, T. H. Parry-Williams

O gasgliad Bobi Jones, t. 54.

Nodiadau

Cyhoeddwyd *Ugain o Gerddi* ym 1949. Ymddangosodd adolygiad Bobi Jones ar y llyfr yn *Y Fflam*, cyf. 9, Awst 1950, tt. 44–6. Fel hyn y daw'r adolygiad i ben (t. 46): 'Y mae'r gyfrol yn ddrud (a siarad am ei gwneuthuriad), ac ofnaf fod peth o'r bai ar yr awdur. 'Does gennyf ddim yn bersonol yn ei erbyn … Ond ofnaf fod rhaid i mi ei feio am gyhoeddi cyfrol mor deneu rhwng y cloriau caled. Bellach aeth cyfrolau main o darddoniaeth yn ffasiwn.'

268. T. H. Parry-Williams

O gasgliad Bobi Jones, t. 54.

Nodiadau

Urddwyd y bardd, yr ysgrifwr a'r ysgolhaig T. H. Parry-Williams (1887–1975) yn farchog ym 1958.

269. *I'r Arch*, Bobi Jones

O gasgliad Bobi Jones, t. 55. Papurau Bobi Jones, 985 X.

Nodiadau

Cyhoeddwyd *I'r Arch: Dau o Bob Rhyw*, cyfrol o ysgrifau ar lên a hanes, ym 1959. Yn ôl yr awdur ei hun, 'cyfrol a bwysleisiai Rufeindra traddodiad y Cymry', oedd *I'r Arch*.

270. Bobi Jones yn Astudio Seico-Mecaneg Iaith

O gasgliad Bobi Jones, t. 55. Papurau Bobi Jones, 985 VII.

Nodiadau

Ffrwyth yr astudio hwn oedd cyfrol R. M. Jones, *System in Child Language* (Gwasg Prifysgol Cymru, 1970).

271. Beirniadaeth

O gasgliad Bobi Jones, t. 55. Cyhoeddwyd yn wreiddiol yn *Y Faner*, 18 Gorffennaf 1951, t. 2.

Nodiadau

Y mae'r englyn yn dychanu W. J. Gruffydd am feirniadu cerddi Bobi Jones yn hallt yng nghystadleuaeth Cyngor y Celfyddydau yng Ngŵyl Brydain, 1951. Cyfeirir ynddo at y ffaith fod W. J. Gruffydd newydd gyfieithu pamffledyn ar ran y Bwrdd Nwy.

272. Kate Lucas

O gasgliad Bobi Jones, t. 56.

Nodiadau

Nodyn gan Bobi Jones: 'yr oedd yna fyfyrwraig dra phoblogaidd [yng Ngholeg Aberystwyth] o'r enw Kate Lucas gyda chriw o'i hedmygwyr o'i chwmpas. Rhaid bod un o'r bechgyn wedi'i phryfocio hi neu wedi dweud rhywbeth anweddus oherwydd yn sydyn dyma hi'n codi'i chynffon, a bant â hi, gan adael pawb yn syfrdan'.

273. Englynion Saesneg

O gasgliad Bobi Jones, t. 56.

Nodiadau

1 **Idwal** Idwal Jones, y dramodydd a chyfaill mawr Waldo.

274. Elias

O gasgliad Bobi Jones, t. 56.

Nodiadau

Englyn a seiliwyd ar hanes Elias y Thesbiad a'r wraig weddw o Sareffta yn I Brenhinoedd, Pennod 17. Nodyn gan Bobi Jones: ' "Ma" oedd enw Waldo ac Idwal ar y lletywraig; *hoodah*, wrth gwrs, oedd hudoliaeth'.

4 **Oil and meal** cf. 'Ni ddarfu y celwrn blawd, a'r ystên olew ni ddarfu' (I Brenhinoedd 17:16).

275. Cyfieithiad o 'Blodau'r Grug', Eifion Wyn

O gasgliad Bobi Jones, t. 57. Papurau Bobi Jones, 985 VIII.

276. Cyfrinach y Gadair a'r Goron, 1958

O gasgliad Bobi Jones, t. 57. Papurau Bobi Jones, 985 XI.

Nodiadau

Yn Eisteddfod Genedlaethol Glynebwy, 1958, enillwyd y Goron gan Llewelyn Jones a'r Gadair gan T. Llew Jones. Rai wythnosau cyn cynnal yr Eisteddfod, aeth y si ar led mai'r ddau 'Lew' hyn oedd prifeirdd Glynebwy.

277. Bwthyn Waldo ger Pont Fadlen

O gasgliad Bobi Jones, t. 57.

Nodiadau

Lluniwyd yr englyn hwn ym 1965, pan oedd Waldo newydd symud i fyw i fwthyn ar gyrion Pont Fadlen, ger Hwlffordd. Yn ôl Bobi Jones: 'Yr oedd ei chwaer a chyfeilles wedi dod i dwtio ychydig ar y lle, ac yr oeddent yn sgwrsio yn y gegin, a Waldo'n clywed o ystafell arall, y sylw – "He's very active for his age".'

278. Tywysog Cymru

O gasgliad Bobi Jones, t. 58. Papurau Bobi Jones, 985 XI.

4 **Gwynfor** Gwynfor Evans, arweinydd Plaid Cymru ar y pryd.

279. I Dîm Penfro

O gasgliad Bobi Jones, t. 58. Cyhoeddwyd yn wreiddiol yn *Y Faner*, 26 Mehefin 1958, t. 3.

280 'Hy' nid 'Hyf'

O gasgliad Bobi Jones, t. 58. Nodir mai ym 1958 y lluniwyd yr englyn. Meuryn oedd R. J. Rowlands (1880–1967), newyddiadurwr, bardd a llenor, a beirniad *Ymryson y Beirdd* ar y radio am flynyddoedd lawer.

281. Y Red Cow

O gasgliad Bobi Jones, t. 58. Nodir mai ym 1958 y lluniwyd yr englyn.

282. Etholiad 1959

O gasgliad Bobi Jones, t. 58.

Nodiadau

1 Nid yw'r llinell hon yn berffaith gywir, gan nad atebir y gysain *r* yn 'i'r'.

283. Yr Eog

O gasgliad Bobi Jones, t. 59.

Nodiadau

Yn ôl Bobi Jones, sylw Waldo ar yr englyn oedd: 'Buddugol ym Maenclochog, er gwaetha'r gormod odlau'.

284. Mewn Carchar yn Rutland, 1961

O gasgliad Bobi Jones, t. 59. Papurau Bobi Jones, 985 VI.

Nodiadau

Anfonwyd Waldo i garchar Ashwell Road, Oakham, Rutland, am chwe wythnos (Chwefror–Mawrth 1961) am wrthod talu ei dreth incwm.

4 **Gŵyl Fair Mawrth** Gŵyl y Cyhydedd, Gŵyl Fair, Dygwyl Mair, *Lady-day*, 25 Mawrth.

285. Ymdrochi ym Mhwllheli

O gasgliad Bobi Jones, t. 59.

Amrywiadau

(goroesi ar lafar)

3 Moriaf tua'r ymwared

286. Pererindod Ariannol

O gasgliad Bobi Jones, t. 59. Papurau Bobi Jones, 985 IX.

287. Pan Benodwyd XXX yn Brifathro

O gasgliad Bobi Jones, t. 60.

288. Buwch

O gasgliad Bobi Jones, t. 60; hefyd Llawysgrif LlGC A1997/38 4 (Papurau Rachel Mary Davies yn y Llyfrgell Genedlaethol), llythyr oddi wrth Waldo Williams at Rachel Mary Davies, 20 Medi 1958.

Amrywiadau

(Llawysgrif LlGC A1997/38 4)

1 Llaeth a maners fel persil

289. Ar ôl Telediad Sentimental am Gymru

O gasgliad Bobi Jones, t. 60. Papurau Bobi Jones, 985 VII.

4 **Cledwyn Hughes** Arglwydd Cledwyn o Benrhos (1916–2001), gwleidydd, aelod o'r Blaid Lafur, ac Ysgrifennydd Gwladol Cymru am ddwy flynedd, 1966–8.

290. Llywelyn ein Llyw Olaf

Cyhoeddwyd yn *Y Ddraig Goch*, cyf. XXVI, rhif 11, Tachwedd 1954, t. 4, dan y pennawd 'Englynion Cilmeri'. Lluniwyd yr englyn ar achlysur cynnal Rali Llywelyn mewn pabell fawr yng Nghefn-y-bedd, Cilmeri, ar ddydd Sadwrn, 25 Medi 1954. Cyhoeddwyd hefyd yn *Y Faner*, 6 Hydref 1954, t. 1, dan y pennawd 'Englynion Llywelyn'.

291. CWSG

O gasgliad Bobi Jones, t. 60.

292. Testunau Plwyfol

Dyfynnir yn 'Atgofion', J. Tysul Jones, *Y Genhinen*, cyf. 21, rhif 3, Haf 1971, t. 122.

Nodiadau

Eglurir cefndir yr englyn gan J. Tysul Jones:

> Yr oedd Idwal a Waldo yn teithio i lawr yn y trên o Aberystwyth i Lambed ryw nos Wener yn Haf 1926, ac yr oedd ganddynt gopi newydd ei brynu o Restr Testunau Eisteddfod Genedlaethol Caergybi 1927. Wrth drafod addaster rhai o'r testunau, cytunent fod testun y Bryddest, "Darn o farddoniaeth yn ymwneud â bywyd ar lannau Menai neu ar

lethrau Eryri", yn rhy leol o lawer ac nad oedd iddo apêl gyffredinol i gystadleuwyr. A dyma Waldo, ar amrantiad ymron, yn adrodd yr englyn hwn.

1 **ar destun** dylid bod wedi ateb y gytsain *r* yn y cyrch, 'A*r* destun'.

293. Cynulleidfa Denau Plaid Genedlaethol Cymru

Dyfynnir yn *Annwyl D.J.: Detholiad o'r ohebiaeth rhwng D. J. Williams, Kate Roberts a Saunders Lewis*, Golygydd: Emyr Hywel, 2007, t. 54. Cynhwyswyd yr englyn mewn llythyr a anfonodd D. J. Williams at Kate Roberts, 18 Mehefin 1928. Ceir yr englyn yng nghasgliad Bobi Jones o englynion yn ogystal, dan y teitl 'Cyfarfod Gwan'.

Amrywiadau

(goroesi ar lafar)

4 Ai tri ydi'r blydi Blaid?/Ai ni'n tri yw'r blydi blaid?

Nodiadau

Ceir rhai manylion ynglŷn ag achlysur llunio'r englyn yn y llythyr:

Golygfa yn ystod yr etholiad hwn yn Sir Gaerfyrddin:

Ysgoldy Gwag, mewn tref lawn lle y cyhoeddesid siaradwr ar ran y Blaid ar awr neilltuol.

Y siaradwr yn cyrraedd, yng nghwmni dau gyfaill, – un ohonynt yn fardd.

Ebr [y] bardd yn hollol ddifyfyr, wedi dod drwy'r drws:

'I mewn, heb sôn am enaid – i glywed
   Y glewion wroniaid;
O Dduw, Tydi a ddywaid
Ai hyn ydi y blydi Blaid!'

Y bardd oedd Waldo Williams, y lle –Hen dy Gwyn-ar-Daf.

Amser – 7.30 nos Sadwrn diwethaf. Cyhoeddwr y cwrdd, heb gani[a] tâd y siaradwr – Huw Roberts. Siaradwr – dyn a elwir yn neb. Ei gyfaill – Neb arall.

Dydd Llun oedd 18 Mehefin 1928. Cynhaliwyd y cyfarfod 'nos Sadwrn diwethaf', felly, ar ddydd Sadwrn, 16 Mehefin, y cynhaliwyd y cyfarfod.

294. Iorwerth C. Peate

Papurau D. J. Williams yn y Llyfrgell Genedlaethol, P2/35/23, llythyr oddi wrth Waldo Williams at D. J. a Siân Williams, 3 Chwefror 1943.

Nodiadau

Yn y llythyr a anfonodd Waldo at D. J. Williams a Siân ar 3 Chwefror, yr oedd Waldo, ymhlith pethau eraill, yn sôn am yr is-etholiad am sedd Prifysgol Cymru ddiwedd mis Ionawr 1943. Mawr oedd diddordeb y cenedlaetholwyr Cymreig yn yr is-etholiad hwnnw, gan fod W. J. Gruffydd yn cynrychioli'r Blaid Ryddfrydol fel ymgeisydd, a Saunders Lewis yn cynrychioli'r Blaid Genedlaethol. Y ddau hyn oedd y prif ymgeiswyr am y sedd. W. J. Gruffydd a enillodd y sedd, gyda 3,098 o bleidleisiau; derbyniodd Saunders Lewis 1,330 o bleidleisiau yn unig. 'Yr oeddwn innau yn synnu wrth fwyafrif W.J. ond wrth gwrs nid oedd gennyf fawr o gyfle i wybod barn pobl yn gyffredin,' meddai Waldo. Nid oedd Waldo yn fodlon fod W. J. Gruffydd wedi ennill y sedd. Un o gefnogwyr mwyaf brwd W. J. Gruffydd oedd ei gyfaill mawr Iorwerth C. Peate, a fu'n ymgyrchu o blaid Gruffydd, trwy lythyru yn *Y Cymro* yn un peth.

295. Cwrw Joyce

Cyhoeddwyd yn *Bro a Bywyd: Waldo Williams*, t. 5.

Nodiadau

Lluniwyd yr englyn hwn pan ymwelodd Waldo a D. J. Williams â chartref Dillwyn a Joyce Miles ddydd Calan 1948. Ganed Dillwyn Miles (1915–2007) yn Nhrefdraeth, Sir Benfro, a chyhoeddodd nifer o lyfrau hanes am ei sir frodorol. Roedd yn aelod brwd a blaenllaw o Orsedd y Beirdd. Ceir hanes llunio'r englyn gan Dillwyn Miles:

> Englyn a wnaeth Waldo pan alwodd ef a D. J. Williams yng Nghastell Trefdraeth, lle'r oeddem yn byw ar y pryd, ar ôl i ni fod yn ail-sefydlu cangen o'r Blaid yn y dref, ddydd Calan 1948. Mae 'Syr Martin' yn cyfeirio at Syr Marteine Lloyd, Arglwydd Farchog Cemais. Yr oedd Joyce wedi macsu 'cwrw Nadolig' gweddol gadarn a oedd, yn ôl D.J., 'yn yfed fel hufen'.

296. Y Gweriniaethwyr

Englyn sydd wedi goroesi ar lafar yw hwn, fel nifer o englynion Waldo. Fe'i lluniwyd yn Ysgol Haf Plaid Cymru yn Nyffryn Ardudwy, 1949, wedi i ddau o'r cenedlaetholwyr, Trefor Morgan ac Ithel Davies, ddadlau bod angen sefydlu mudiad gweriniaethol oddi mewn i Blaid Cymru.

Amrywiadau
Lluniodd Waldo fersiwn arall o'r llinell olaf, 'Siôr Chwech sy'n siŵr o'i chochi'.

297–8. D. J. Williams (1/2)

Ymddangosodd y ddau englyn i D. J. Williams yn ysgrif-bortread Waldo ohono, 'Y Dyn Gartref', yn *Y Ddraig Goch*, cyf. XXVII, rhif 6, Mehefin 1955, tt. 3 a 2. Ailargraffwyd yr ysgrif yn *WWRh*, tt. 242–5. Cynhwyswyd esgyll yr englyn cyntaf yn ogystal ag esgyll yr ail englyn yng nghywydd mawl Waldo Williams i D. J. Williams, gyda pheth amrywiad. Mae llinell olaf yr englyn cyntaf yn rhy hir o sillaf, ond ceir yr hyd cywir yn y cywydd, 'Ti yw'r cawr ar y tir coch'.

299. At J. Gwyn Griffiths ynghylch Cyhoeddi *Dail Pren*

Cynhwyswyd yr englyn mewn llythyr a anfonodd Waldo Williams at J. Gwyn Griffiths, i egluro iddo pam na fyddai modd cyhoeddi *Dail Pren* ar gyfer Eisteddfod Genedlaethol Aberdâr, 1956, ond yn hytrach ar gyfer y Nadolig. Gw. 'Waldo Williams: Bardd yr Heddychiaeth Heriol', J. Gwyn Griffiths, *CMWW*, t. 201.

300. Pa Bryd?

Papurau Rachel Mary Davies yn y Llyfrgell Genedlaethol, Llawysgrif LlGC A1997/38, llythyr oddi wrth Waldo Williams at Rachel Mary Davies, 20 Medi 1958.

301. Llongyfarch T. Llew Jones

Ceir yr englyn hwn yn llaw Waldo ei hun mewn dau lyfr nodiadau sydd ym meddiant David Williams. Ceir y nodyn 'Cyfarfod dathlu Llew yn neuadd Pantycelyn yn Aberystwyth' uwchben yr englyn yn y naill lyfr, a 'Cwrdd Croeso Llew ym Mhantycelyn' oddi tano yn y llall.

Nodiadau

Enillodd T. Llew Jones Gadair Eisteddfod Genedlaethol Glynebwy ym 1958 am ei awdl 'Caerlleon-ar-Wysg'. Ymgom rhwng tad, hen bennaeth o Frython, a'i fab yw'r rhan fwyaf o'r awdl. Cynrychiolai'r hen bennaeth y diwylliant Cymraeg a'r hen ffordd wledig, Gymreig o fyw, cynrychiolai'r gaer Rufeinig y bywyd dinesig, Seisnig, a chynrychiolai mab y pennaeth y genhedlaeth ifanc a gâi ei llygad-dynnu a'i meddiannu gan y bywyd hwnnw. Cynhaliwyd cyfarfodydd yn Sir Aberteifi i ddathlu buddugoliaeth T. Llew Jones yng Nglynebwy, a lluniodd Waldo englyn iddo ar gyfer y cyfarfod a gynhaliwyd yn Neuadd Pantycelyn yn Aberystwyth. Rhoddodd Waldo ei awgrymiadau alegorïaidd ef ei hun i'r englyn. Cyfystyr oedd yr Ymerodraeth Rufeinig â'r Wladwriaeth fodern, a sylweddolodd Waldo hefyd fod i'r awdl arwyddocâd cyfoes.

3 **Fardd Tre-groes** Roedd T. Llew Jones yn brifathro Ysgol Gynradd Tre-groes, Sir Aberteifi, ar y pryd.

302. Cleddau

Ceir yr englyn hwn, yn ogystal â'r englyn dilynol, 'Pen-caer', yn llaw Waldo ar ddalen rydd yng Nghasgliad David Williams, a rhoddwyd 'Enwau Lleoedd' yn deitl cyffredinol i'r ddau. Dyfynnir gan E. Llwyd Williams yn *Crwydro Sir Benfro* 1, t. 26, ond nid yn union fel y'i ceir gan Waldo Williams. Mae'i ail linell, 'Rhwng y ddau dewgoed', yn fyr o sillaf yng nghopi Waldo o'r englyn, felly rhoddwyd fersiwn *Crwydro Sir Benfro* 1 o'r englyn yma: 'Sy rhwng y ddau dewgoed'.

Amrywiadau

(*Crwydro Sir Benfro* 1)

1 aing o ddŵr
4 Trawsli'r Cawr rhwng treslau'r coed

Nodiadau

Ceir y sylwadau canlynol yn *Crwydro Sir Benfro* 1:

> Wrth gefnu ar y felin [melin Blackpool], fe'm temtiwyd i droi i'r dde a dilyn yr heol gul sy'n cydredeg â'r afon [Cleddau Ddu neu Gleddau Ddwyreiniol] drwy'r cwm a'r coed i MYNWAR, LANDSHIPPING a

MARTLETWY ... Nid ffordd i'w hosgoi mohoni ychwaith, yn enwedig os ydych yn hoff o dawelwch a gwylltineb natur, ac efallai y digwyddwch fod yno pan fydd y llanw'n cyrraedd o dan dir Miner.

Dylid nodi bod yr englyn yn anghywir, oherwydd bod 'coed' yn brifodl ynddo ddwywaith.

303. Pen-caer

Gw. 'Cleddau' uchod.

Nodiadau

Cymuned yw Pen-caer a saif i'r gogledd a'r gogledd-orllewin o Wdig, ger Abergwaun yn Sir Benfro.

3 **disglain** disglair, llachar. cf. 'Cwrel, goleuwefr ac orain,/gwe aur ar y gorwel disglain', T. Gwynn Jones, 'Ymachlud Haul'.

304. Ynys Bŷr

Dyfynnir esgyll yr englyn gan E. Llwyd Williams yn *Crwydro Sir Benfro* 2, tt. 85–6.

Dyfynnir yr englyn yn ei grynswth yn *Ar Drywydd Waldo ar Gewn Beic*, t. 372, wedi i nai Waldo Williams, David Williams, ei adrodd wrth Hefin Wyn, awdur y gyfrol.

Nodiadau

Ceir y sylwadau canlynol yn *Crwydro Sir Benfro* 2:

Codwyd mynachlog ar Ynys Bŷr yn y chweched ganrif, a dywedir mai'r abad cyntaf oedd Pŷr nen Piro. Rhoes ei enw i Faenorbŷr gerllaw. A dyma ynys Illtud a Samson. Mab Anna o Went ac Amwn o Ddyfed oedd Samson (*c*.485–*c*.565). Aeth at Illtud yn ifanc, ac ar ôl gorffen ei addysg dychwelodd o Lanilltud Fawr i Ynys Bŷr. Pan foddodd Pŷr, yn y ffynnon wedi meddwi, daeth Samson yn abad ac aeth ati i ddiwygio'r lle. Yna ymwelodd ag Iwerddon a cheir eglwysi yn dwyn ei enw gerllaw Dulyn ac yn Bally Samson. Pan ddaeth yn ôl, enciliodd fel meudwy i ogof ar lan y môr, nepell o Stack Rocks. Y mae Ogof Samson yno o hyd, a cheir ffarm, croesffordd a phont, ryw filltir o Bosherston, yn cofáu ei enw hyd heddiw. Wedi bod yn olynydd i Illtud am gyfnod, aeth i Lydaw a sefydlu yn Dol. Gwnaeth waith mawr yno, ac nid ildiodd nes cael y brenin ym Mharis i adfer yr hen raglaw yn lle'r treisiwr a oedd yn cythruddo'r saint, – buddugoliaeth a ddengys fawredd ei bersonoliaeth ... Cofiwn amdano ef, Illtud a Dewi, wrth gyrchu Ynys Bŷr. Dywaid hen chwedl mai ynys ddiffaith oedd hi pan ddechreuodd Illtud yno, ac mai Samson a weddïodd ar Dduw i'w ffrwythloni.

305. Englynion y Crics
Englynion Digri, Bethan Llywelyn, 1966, tt. 35–6. Codwyd o gopi teipysgrif a gafwyd ar fenthyg gan W. R. Evans. Ceir yr englynion hefyd ymhlith papurau W. R. Evans a drosglwyddwyd gan Mrs Gwawr Davies i Mr Eurig Davies, Pontardawe.

306. Y Dynwaredwr
'Casglu Gweithiau Waldo Williams', B. G. Owens, *Y Traethodydd*, cyf. CXXVIII, rhif 549, Hydref 1973. tt. 260–1.

Nodiadau
Englyn i Jason Lewis, Eglwyswrw, a allai ddynwared lleferydd Waldo hyd at berffeithrwydd, yw hwn.

307. 1001 Carpet Cleaner
Llythyrau Waldo Williams at Anna Wyn Jones, yn Llyfrgell Genedlaethol Cymru, Llawysgrif LlGC 23896D, 28/29, llythyr oddi wrth Waldo Williams at Anna Wyn Jones, 27 Gorffennaf 1976. Cynhwyswyd yr englyn hefyd yn 'Waldo' gan Anna Wyn Jones yn *CDWW*, t. 47.

Nodiadau
Soniodd Waldo am bwl o waeledd a gafodd adeg ysgrifennu'r llythyr:

> Yfais bedair potelaid o tonic ac un llwyaid fawr, llwy ford, o rywbeth o'r un lliw yn gywir mewn potel a chap du'r un fath. Roedd y meddyg wedi dweud y byddai'r moddion yn gas ond doeddwn i ddim yn cael blas fel

hynny arno. Ond y tro hwn roedd yn wir gas. Dyma beth sy'n dod o beidio a siglo'r botel meddwn i. Ac eto roedd e'n eithaf cyson drwyddo i bob golwg. Ar ôl ystyried y mater fel hyn mi fwytais ellygen ond dim ond gwneud y blas yn waeth wnaeth hynny. Gwelais wedyn y botel iawn ar y ford. Roeddwn i wedi cymryd 1001 Carpet Cleaner – it cleans so many things, meddai'r label.

Pan ddihunodd, meddai, roedd yn ddigon iach i ganu'r englyn.

308. Bwthyn Bwlch-y-Ddwysir

Dyfynnir yn *Ar Drywydd Waldo ar Gewn Beic*, t. 373. Gan David Williams, nai Waldo, y cafodd Hefin Wyn yr englyn hwn, ac ym 1966 y lluniwyd yr englyn yn ôl David Williams.

309. Rasel Drydan J. Eirian Davies

Dyfynnir yn *Ar Drywydd Waldo ar Gewn Beic*, t. 388.

Nodiadau

Bardd a gweinidog gyda'r Methodistiaid Calfinaidd oedd J. Eirian Davies (1918–98), ac awdur pum cyfrol o gerddi. Gw. y nodiadau ar 'Wedi'r Canrifoedd Mudan' [rhif 221].

310. Ymweliad â Phont Hafren

Dyfynnir yn *Ar Drywydd Waldo ar Gewn Beic*, t. 169.

3 **Ken** Ken Richards, gŵr Eluned, merch Mary, chwaer Waldo. Lluniwyd yr englyn yn y 1960au pan oedd Pont Hafren newydd ei hagor. Mae'r englyn yn cofnodi ymweliad Ken ac Eluned Richards, Mary a Waldo, â'r bont.

311. Y Stôl Odro

Cafwyd gan Sally Francis. Mae pob un o'r englynion canlynol, saith i gyd, yn llawysgrifen Waldo.

312. Y Bompren

Cafwyd gan Sally Francis.

Nodiadau

1-2 **yes, leash your/Oscillations horrid** er mwyn cael cynghanedd gywir, rhaid cyfuno 'leash' ac 'your', a chreu un gair diacen ohonynt: 'leashyour'.

313. Y Gorwel

Cafwyd gan Sally Francis.

Nodiadau

Ymddengys mai englyn anorffenedig yw hwn. Dilewyd 'inside' yn y llinell gyntaf, a rhoddwyd 'within' yn ei le. Anodd deall beth oedd gan Waldo dan sylw yn yr ail linell, 'We shall man space – *calon*'. Rhaid cyfuno 'live' ac 'on' yn y drydedd linell, a'u hynganu fel un gair diacen, 'liveon', i sicrhau cyfatebiaeth gynganeddol. 'And the ring we find thereon' oedd y llinell olaf yn wreiddiol, a dilewyd hefyd y ddau air 'the eyering' gan y bardd.

314. Y Ci Defaid

Cafwyd gan Sally Francis.

Nodiadau

Ceir peth tebygrwydd rhwng rhannau o'r englyn hwn ac esgyll englyn enwog Thomas Richards, 'Y Ci Defaid': 'Hel a didol diadell/Yw camp hwn yn y cwm pell'.

315. The Englyn

Cafwyd gan Sally Francis.

Nodiadau

3 *vignetta* gair Eidaleg sy'n golygu cartŵn neu ddarlun bychan; ystyr y gair Ffrangeg *vignette* yw stori, sgetsh neu ddisgrifiad byr, cryno.

4 **Thirty ticks** ceir deg ar hugain o sillafau mewn englyn.

316. Heather

Cafwyd gan Sally Francis.

Nodiadau

Dylid cymharu'r englyn hwn â chyfieithiad Saesneg Waldo o englyn Eifion Wyn, 'Blodau'r Grug'.

317. [I Longyfarch Gareth Francis ar ei Lwyddiant â'i Arholiadau Lefel 'O']

Cafwyd gan Sally Francis.

Nodiadau

Anfonodd Waldo yr englyn hwn at ei nai, Gareth, ar gerdyn post o Lanelli, ar 24 Awst 1953.

318. The Wild Rose

Cyflwynwyd copi o'r gerdd, yn llawysgrifen y bardd ei hun, i Archifdy Sir Penfro gan Idwal Lloyd, Hwlffordd, ac i'r Llyfrgell Genedlaethol. Cadwodd Idwal Lloyd y gerdd ar ei gof.

Nodiadau

Tybir mai cerdd gynnar iawn o waith Waldo yw hi. Yn ôl *www.thefreelibrary. com*:

> Mr Lloyd, who comes from Mathry in North Pembrokeshire, first met the young Waldo Williams when he took over from him as a teacher at Dinas Cross school in the late 1920s. A few years later the poet would come to his home in Square and Compass, where the two teachers would talk about their shared interest in poetry over the kitchen table. 'We were discussing poetry and how he started and he wrote down this poem which pleased me very much, said Mr Lloyd ...
>
> I thought it was a brilliant poem even though I believe he wrote it before he left elementary school ... I had a copy of it in his handwriting but having moved about seven times over the years the poem was lost. But I had memorised it years and years ago.
>
> It is believed 'The Wild Rose', which depicts the transience of beauty, was written by the young Waldo at around 10 or 11 before he left elementary school for secondary school in Narberth.

319. [Gay is the Maypole]

Ceir y gerdd hon yn llawysgrifen Waldo ei hun yng Nghasgliad David Williams. Ymddengys mai cerdd gynnar ydyw.

320. Brambles

The Dragon, cyf. XLIX, rhif 1, Tymor Gŵyl Fihangel, 1926, t. 31.

Nodiadau

Yn ddienw y cyhoeddwyd 'Brambles' yn *The Dragon*, yn ystod cyfnod golygyddiaeth Waldo ar y cylchgrawn. Gw. *ChANG*, t. 59.

321. Llawhaden

The Dragon, cyf. XLIX, rhif 2, Tymor y Grawys, 1927, t. 17.

Nodiadau

Yn ddienw y cyhoeddwyd y gerdd hon yn *The Dragon* yn ogystal. Nodir arwyddocâd y gerdd fechan hon yn *ChANG*, t. 134:

> Dengys y gerdd hon fod y fframwaith o symbolau cyferbyniol a ddefnyddiwyd yn 'Y Tŵr a'r Graig' wedi dechrau ymffurfio ym meddwl y bardd flynyddoedd ynghynt. Cymerir Castell Llawhaden yn symbol o rym y gwŷr cedyrn, tra cynrychiolir delfryd Democratiaeth neu Weriniaeth ar y llaw arall gan gyfres o wrthrychau naturiol, y bronfreithod, y coed afalau a'r afon, afon Cleddau.

322. Gandhi

Western Telegraph and Cymric Times, 18 Mawrth 1943, t. 4.

Nodiadau

Cyfieithiad o soned Gwenallt, 'Gandhi', a gyhoeddwyd yn *Cnoi Cil* (1942), yw hon. Fe'i cynhwyswyd fel rhan o ymateb Waldo, dan y teitl 'Friendship with India', i erthygl olygyddol y *Western Telegraph and Cymric Times*, 4 Mawrth 1943, dan y teitl 'The Hand of Friendship'. Meddai Waldo, cyn dyfynnu'r soned: 'Through the lifelong devotion of Mr Gandhi, India is proceeding to a degree of unanimity which means the end of the British Raj. In the words of the Welsh poet Gwenallt, which I have attempted to translate for the benefit of those of your readers who are unacquainted with the tongue.'

WWRh, t. 295.

323. Beauty's Slaves

Western Telegraph and Cymric Times, 23 Tachwedd 1944, t. 4.

Nodiadau

11 **Alun** Alun Lewis, bardd ac awdur storïau byrion, a aned yng Nghwmaman, Aberdâr, ym 1915. Roedd Timothy Lewis, y gwnâi Waldo gymaint o hwyl am ei ben, yn ewythr iddo.

11 **and our own Geraint** David Rhys Geraint Jones, Hwlffordd. Galaru y mae Waldo fod y rhyfel wedi difa dau o feirdd ifainc Cymru, Alun Lewis a David Rhys Geraint Jones. Bu farw'r ddau o fewn ychydig fisoedd i'w gilydd, Alun Lewis, a oedd wedi ymuno â'r Peirianwyr Brenhinol ym 1940, ar 5 Mawrth 1944 (wedi'i glwyfo'n angheuol gyda'i ddryll ei hun), a David Geraint Jones ar 28 Mehefin 1944. Argraffwyd soned Waldo yn y *Western Telegraph and Cymric Times*, yn eironig ddigon, uwchben cerdd gan David Rhys Geraint Jones, 'POEM, by D. R. Geraint Jones. Died of wounds in Normandy, June 28th 1944, aged 22'. Yn wir, trwy'r *Western Telegraph* y daeth Waldo i wybod am farwolaeth David Geraint Jones, ac yn y papur hwnnw y gwelodd ei gerddi.

Nodwyd yn rhifyn 9 Tachwedd 1944 o'r *Western Telegraph* fod David Rhys Geraint Jones wedi'i marw o'i glwyfau yn Normandi ar 28 Mehefin 1944, a bod y papur yn bwriadu cyhoeddi rhai o'i gerddi mewn rhifynnau i ddod. Traethwyd rhywfaint am ei gefndir:

> David Rhys Geraint Jones, the only son of Mr. and Mrs. W. E. D. Jones, Gwynfa, Merlin's Hill, Haverfordwest, was educated at the Haverfordwest Grammar School (1933–36), Cheltenham College (1936–40), and for two years (1940–2) he was a law student at Trinity Hall, Cambridge.
>
> In 1942 he passed through Sandhurst and was given a Commission in the Royal Armoured Corps. While in the R.A.C. he received a certificate from the Commander-in-Chief Home Forces in appreciation of his services and devotion to duty. Later he was transferred with the rank of Lieutenant to the 159th Infantry Brigade Headquarters.

Ac roedd gan y papur hyn i'w ddweud am ei gerddi: 'Although his young life has been cut short so tragically he has left behind him a memory of inestimable value. They seem, peculiarly enough, prophetic of an early death, and show a philosophy of life unusual in one so young.'

'Poems by D. R. Geraint Jones', *Western Telegraph and Cymric Times,*
9 Tachwedd, 1944, t. 4.

Cyhoeddwyd tair cerdd o'i waith yn y *Western Telegraph and Cymric Times* i gyd, un ar 9 Tachwedd 1944 ('The light of day is cold and grey and there is no peace'), un ar 16 Tachwedd 1944 ('Let me not see old age'), ac un arall yn rhifyn Tachwedd 23 1944 ('Where once your laughing loveliness').

324. Preseli

Papurau D. J. Williams yn y Llyfrgell Genedlaethol, P2/33.

Nodiadau

Y copi a geir yn llawysgrifen Waldo ei hun, sef y copi a gadwyd gan D. J. Williams, a ddilynir yma. Dyfynnir y cyfieithiad hwn gan James Nicholas yn *Writers of Wales: Waldo Williams,* 1975, tt. 8–9, ond nid yn gywir. 'The act they took for fun at a run, and straightening their bodies,/Flung one four voiced giant laugh to the sun' [gan ddifetha'r odl 'blades'/'clouds'] yw llinellau 11–12 yn *Writers of Wales.* Yn llinell 15, 'It is the pearl pledged by time to eternity', nid 'to time by eternity', a geir yn *Writers of Wales,* yn llinell 17, 'these harvestings' nid 'those harvestings', ac yn llinell 19, 'a windowless forest', nid 'the windowless forest'.

325. [The Cherhill White Horse]

Casgliad David Williams, cerdd o dan ddarlun paentiedig o Geffyl Gwyn Cherhill.

Nodiadau

Anfonodd Waldo gerdd Saesneg ynghlwm wrth lun o Geffyl Gwyn Cherhill a cholofn hirfain cofeb Lansdowne yn weladwy yn y cefndir at fachgen o'r enw Gordon ar 20 Rhagfyr 1948, yn rhodd Nadolig, fe ellid tybied. Mae'n debyg mai un o ddau nai Maude Webb, prifathrawes Waldo yn Ysgol Gynradd Lyneham, ger Chippenham, Wiltshire, oedd y Gordon hwn. Bu Waldo yn dysgu yn yr ysgol o fis Tachwedd 1946 hyd at fis Tachwedd 1948. 'Waldo G. Williams' yw'r enw wrth gwt y gerdd, sef y ffurf ar ei enw a ddefnyddid fynychaf yn ysgolion Kimbolton a Lyneham.

326. [The Autograph]

Cafwyd gan Sally Francis. Y mae'r gerdd yn llawysgrifen Waldo ei hun.

Nodiadau

6 **Davies Tabor** y Parchedig Gerson Davies, gweinidog Capel y Bedyddwyr, Tabor, Dinas.

8 **J. P. Howell** perchennog siop y pentref, Kiel House, Dinas.

10 **Aunty Lizzie** Gweddw Levi Williams, brawd J. Edwal Williams, tad Waldo, oedd 'Aunty Lizzie', sef Elizabeth Watkins (cyn priodi) o gyffiniau Llandysilio. Aeth y ddau i Lanelli i fyw, ac yno yr arhosodd Elizabeth Williams ar ôl marwolaeth ei gŵr.

15 **R. M. Lockley** Ronald Mathias Lockley (1903-2000), adaryddwr, naturiaethwr ac awdur adnabyddus. Ganed R. M. Lockley yng Nghaerdydd, ond treuliodd y rhan fwyaf o'i fywyd yn Sir Benfro. Bu'n byw ac yn ffermio ar Ynys Sgogwm o 1927 hyd at gyfnod yr Ail Ryfel Byd, pan hawliwyd yr ynys gan y Swyddfa Ryfel ar gyfer dibenion militaraidd, a dychwelodd i'r tir mawr.

17 **D. T. Lewis** athro yn Ysgol Gynradd Dinas, o Lanybydder yn wreiddiol.

18 **Joe the Garage** Joe Stevens, perchennog y modurdy yn Ninas, ac ef hefyd a ofalai am dafarn y Rose Cottage yn y pentref.

20 **Könekamp** F. R. Könekamp (1897-1977), arlunydd o'r Almaen. Gadawodd ei wlad yn 1933, wedi i Hitler ddod i rym, ac ymsefydlodd yn Sir Benfro. Roedd yn gyfeillgar â Gwenallt, a luniodd gerdd iddo, 'F. R. Könekamp', *Eples* (1951).

36 **T. J. Francis** tad Gareth Francis, brawd-yng-nghyfraith Waldo.

327. Night-talk

The Dragon, cyf. XLIX, rhif 1, Tymor Gŵyl Fihangel, 1926, t. 19. Cyhoeddodd Waldo o leiaf bum cerdd yn ddienw yn *The Dragon* yn ystod sesiwn 1926/7, sef 'Y Saboth yng Nghymru' ('Yn Gymaint …' yn Llawysgrif LlGC 20867B), 'Ynys Ffri', 'Y Môr' ('Dyhead' yn Llawysgrif LlGC 20867B), 'Brambles', a 'Llawhaden'. Waldo oedd golygydd *The Dragon* yn ystod sesiwn 1926/7, a'i gyfraniadau ef i'r cylchgrawn yn unig sy'n ddienw. Y mae hyn yn awgrymu'n gryf mai Waldo yw awdur pob un o'r cerddi dienw a ymddangosodd yn *The*

Dragon yn ystod cyfnod ei olygyddiaeth ar y cylchgrawn. Ceir yn rhai ohonynt wedyn beth tystiolaeth fewnol.

Nodiadau
Cerdd ar fesur trioled yw hon, fel y trioledau 'Te', 'Darllen' ac 'Yn yr Ysgol Sul' (Llawysgrif LlGC 20867B).

3 **yellow moon** cf. 'lleuad felen' yn 'Cerdd Olaf Arthur ac Ef yn Alltud yn Awstralia' [rhif 64].

328. Hughbells
The Dragon, t. 27.

Nodiadau
Waldo ac Idwal Jones oedd arloeswyr y limrig yng Nghymru, ac yn y coleg yn Aberystwyth y dechreuodd y ddau lunio limrigau. Cyflwynodd Idwal Jones ei lyfr *Cerddi Digri a Rhai Pethau Eraill* (1934) 'I WALDO GORONWY WILLIAMS, am fy nghadw ar ddi-hun y nos yn cyfansoddi limrigau, lawer tro, pan ddylaswn fod yn cysgu.' Roedd Idwal Jones wedi gadael y coleg oddi ar 1924, ac y mae'n fwy na phosibl mai Waldo a luniodd y limrig hwn, yn ogystal â'r ddau sy'n ei ddilyn.

329. The Clissold Club
The Dragon, t. 29.

Nodiadau
Cyhoeddwyd nofel H. G. Wells, *The World of William Clissold*, ym 1926. Ceir ysgrif gan Violet Watson yn *The College by the Sea (A Record and a Review)*, Golygydd: Iwan Morgan, 1928, sef 'Hostel Life', tt. 199–201, a llun ohoni fel 'President of Women's Sectional Council' gyferbyn â thudalen 188.

330. That Picture
The Dragon, t. 33.

331. The Freshers' Guide

The Dragon, t. 44.

Nodiadau

3 **Pelham** Reginald Arthur Pelham, un o gyfoedion Waldo yng Ngholeg Prifysgol Cymru, Aberystwyth. Enillodd radd Dosbarth Cyntaf mewn Daearyddiaeth ym 1927.

332. Advice

The Dragon, t. 44.

Nodiadau

1 **Brinley Thomas** un o gyfeillion mwyaf Waldo yn y coleg yn Aberystwyth. Gw. y nodyn ar yr englyn 'Athro Ffasiynol' [rhif 105].

2 **Please use plenty of commas** cymharer â'r hyn a ddywedodd Waldo wrth D. J. Williams a'i briod pan oedd yn dysgu yn Ysgol Botwnnog ac yn byw yn Llŷn:

> Yr wyf yn gweithredu fel beirniad adrodd yn eisteddfod Rhoshirwaun nos Fawrth nesaf. Pwysleisiaf y *fel*. Nid oes gennyf gynnyg i'r gwaith … Bu'n rhaid i minnau syrthio yn ôl ar y dot, ac ar y coma. Soned Williams Parry i'r llwynog yw'r darn i rai dros 18 oed yr wy'n meddwl. Oes lot o gomas ynddi? Gobeithiaf fod e.

Papurau D. J. Williams yn y Llyfrgell Genedlaethol, P2/35/50, llythyr oddi wrth Waldo Williams at D. J. a Siân Williams, 5 Mawrth 1943.

333. L(Ord) C(Hief) J(Ustice)

The Dragon, t. 49.

334. N.U.S. Notes

The Dragon, t. 49.

Nodiadau

3 **Three Endsleigh's** yn 3 Endsleigh Street, Llundain, yr oedd pencadlys yr N.U.S. (the National Union of Students), Undeb Cenedlaethol y Myfyrwyr.

4 **Bensley** yr Athro Edward von Blomberg Bensley neu Bensly, Athro Lladin Coleg Prifysgol Cymru, Aberystwyth, o 1905 hyd at 1919.

335. Drastic Action
The Dragon, t. 54.

Nodiadau

4 **Pinsent** Arthur Pinsent, darlithydd yn yr Adran Addysg yn Aberystwyth, awdur nifer o lyfrau ar addysg.

336. If
The Dragon, t. 54.

Nodiadau

3 **Professor Roberts** yr Athro T. Stanley Roberts, Athro Hanes Trefedigaethol yn Aberystwyth o 1907 hyd at 1934.

3 **Dr Parry-Williams** roedd T. H. Parry-Williams yn Athro yn yr Adran Gymraeg yn Aberystwyth o 1920 hyd 1952.

4 **sealyhams** math o ddaeargi yw *sealyham*.

337. Tastes Differ
The Dragon, t. 54.

Nodiadau

1 **Bagnall** ni lwyddwyd i ddod o hyd i'r person hwn.

3 **Sydney Herbert** darlithydd mewn Gwleidyddiaeth Ryngwladol ac wedyn mewn Hanes yng Ngholeg Prifysgol Cymru, Aberystwyth. Ceir llun ohono yn *The College by the Sea (A Record and a Review)*, gyferbyn â thudalen 280, ynghyd ag aelodau eraill o Bwyllgor yr Undeb Dadleuon, sef yr hen Gymdeithas 'Lit. and Deb.' ar ei newydd wedd, yn ystod sesiwn 1926–7, blwyddyn gyntaf bodolaeth yr Undeb. Roedd Waldo yn aelod o Bwyllgor yr Undeb Dadleuon, ac yn y llun mae'n sefyll ar y dde yn y rhes ôl. Atgynhyrchwyd y llun yn *Bro a Bywyd: Waldo Williams*, t. 14. Mae Waldo yn crybwyll Sydney Herbert yn ei lith olygyddol yn rhifyn Tymor y Grawys 1927 o *The Dragon*. Gw. *WWRh*, tt. 16 a 17.

338. Dreams

The Dragon, t. 54.

Nodiadau

3 **Principal Edwards** Thomas Charles Edwards, Prifathro cyntaf Coleg Prifysgol Cymru, Aberystwyth, 1872–91.

4 **Bryner** Cadwaladr Bryner Jones, a benodwyd yn Athro Amaethyddiaeth yng Ngholeg Prifysgol Cymru, Aberystwyth, ym 1907, swydd a gadwodd nes iddo gael ei benodi'n Ysgrifennydd Cymreig cyntaf y Weinyddiaeth Amaeth a Physgodfeydd, a sefydlwyd ym 1919.

339. Ffieiddgerdd

Y Ford Gron, cyf. 1, rhif 8, Mehefin 1931, t. 6, dan y ffugenw 'Uri'.

Nodiadau

Roedd gwragedd llety Aberystwyth yn ddeunydd hwyl a dychan i Waldo a'i gyfaill Idwal Jones. Gw., er enghraifft, ysgrif Waldo, 'Digs' (*WWRh*, tt. 19–22). Gallai'r naill neu'r llall fod wedi llunio'r gerdd-barodi hon, ond rhaid ystyried hefyd mai Waldo yw'r awdur. Mae'r arddull barodïol yn awgrymu hynny yn sicr. Gwyddys hyd at sicrwydd mai Waldo a luniodd lawer o'r cerddi a gyhoeddwyd dan ffugenw yn *Y Ford Gron*, er enghraifft, 'Diddordeb', sef parodi ar 'Diddanwch' R. Williams Parry, a gyhoeddwyd yn rhifyn Mai 1931 o'r cylchgrawn. Gan ei fod yn gyfrannwr mor gyson i'r *Ford Gron*, mae'n amlwg fod Waldo wedi gofyn i olygydd y cylchgrawn, J. T. Jones (John Eilian), gyhoeddi rhai o'i gerddi dan ffugenw. Weithiau fe gyhoeddid cerdd dan ei enw yn ogystal â cherddi dan ffugenw ar yr un dudalen yn y cylchgrawn. Cyhoeddwyd 'Ffieiddgerdd' ar yr un dudalen ag y cyhoeddwyd 'Cwyn Dafydd ap Gwilym yn y Nefoedd', er enghraifft. Cerdd arall a gyhoeddwyd ar yr un dudalen yn union yw 'O Glust i Glust', ac y mae ôl llaw Waldo arni hithau hefyd.

340. O Glust i Glust

Y Ford Gron, cyf. 1, rhif 8, Mehefin 1931, t. 6, dan y ffugenw 'Cythraul Bach'.

Nodiadau

Ychydig iawn o feirdd a ddefnyddiai odl ddwbwl yn y cyfnod hwn – T. Gwynn Jones, R. Williams Parry, Iorwerth C. Peate, ac enwi tri o'r rhai amlycaf –

a Waldo. Deheuwr yw awdur 'O Glust i Glust' ('Tua thre", 'Iddo Fe'). Gair cyfansawdd Waldoaidd yw 'gormesdeyrn', cf. 'Hen dreis-deyrn y Grym' yn y gerdd 'Cymru'. Odl sy'n nodweddiadol o odlau Waldo yw 'cyngor'/'angor', odl sy'n gyfuniad o odl ddwbwl ac odl gytseiniol, cf. rhai o odlau 'Adnabod': 'dadelfennwr'/'gyfannwr'; 'waddol'/'dragwyddol'; 'hamseriad'/'cariad'; 'amdanom'/'ynom'; 'olau'/'cymylau' 'yrfa'/'borfa'. Ar ben hynny, defnyddiodd Waldo'r ddwy odl ddwbwl 'hebot'/ 'tebot' yn 'Y Bardd yn Annerch Taten Gyntaf y Tymor'.

Seiliwyd 'O Glust i Glust' ar gerdd gan G. K. Chesterton, 'Antichrist, or the Reunion of Christendom: An Ode', gyda'r eglurhad hwn dan y teitl: ' "A Bill which has shocked the conscience of every Christian community in Europe." – Mr. F. E. Smith, on the Welsh Disestablishment Bill'. F. E. Smith oedd Arglwydd Birkenhead (gw. 'Rondo' – *'Pan fyddi di, Lord Birkenhead'*). Dyma ddau bennill cyntaf cerdd Chesterton:

> Are they clinging to their crosses,
>   F. E. Smith,
> Where the Breton boat-fleet tosses,
>   Are they, Smith?
> Do they, fasting, trembling, bleeding,
>   Wait the news from this our city?
> Groaning 'That's the Second Reading!'
>   Hissing 'There is still Committee!'
> If the voice of Cecil falters,
>   If McKenna's point has pith,
> Do they tremble for their altars?
>   Do they, Smith?
>
> Russian peasants round their pope
>   Huddled, Smith,
> Hear about it all, I hope,
>   Don't they, Smith?
> In the mountain hamlets clothing
>   Peaks beyond Caucasian pales,
> Where Establishment means nothing
>   And they never heard of Wales,

> Do they read it all in Hansard
> With a crib to read it with –
> 'Welsh Tithes: Dr Clifford Answered.'
> Really, Smith?

5 **Sheceina** ymddangosiad gweladwy y presenoldeb dwyfol, y Gogoniant Dwyfol.

7 **o Riwbeina** penodwyd W. J. Gruffydd yn Athro Celteg yng Ngholeg y Brifysgol, Caerdydd, ym 1918, a bu yn y swydd hyd nes iddo ymddeol ym 1946. Trigai yn Lôn y Dail, Rhiwbeina, ar gyrion y ddinas.

13 **gormesdeyrn archesgobol** Dr Alfred George Edwards, Archesgob cyntaf Cymru, gŵr a oedd yn gwbl elyniaethus tuag at iaith a diwylliant Cymru. Ymosododd W. J. Gruffydd ar yr Archesgob a'i syniadau, wedi iddo godi llais yn erbyn defnyddio'r Gymraeg ym myd addysg, yn 'Nodiadau'r Golygydd' yn *Y Llenor*, cyf. VIII, rhif 3, Hydref 1929, t. 131: 'Dywedodd ef yn garedig iawn am y wlad a gâr: "There is no room in the world for small and snarling nations." Efallai y caniateir i minnau arfer ei eiriau ef ei hunan a dywedaf: "There is no room in Wales for small and snarling prelates".'

25 **Ai Gŵyl Ddewi ai Gŵyl Dewi** cyfeiriad at ymosodiad W. J. Gruffydd ar ragrith y dathliadau a'r ciniawau a gynhelid ar Ddydd Gŵyl Dewi yn ei nodiadau golygyddol yn *Y Llenor*, cyf. X, rhif 1, Gwanwyn 1931, t. 1: 'Ar ben y cwbl daw un o ddwy uchel ŵyl y Cymro, – gŵyl Dewi (neu fel y myn rhai, gŵyl Ddewi) ar ein cefnau, y *saturnalia* Cymreig sy'n rhyddhau pawb ohonom o rwymau gwladgarwch a'i ddyletswyddau am flwyddyn gyfan'.

341. Cerdd Ymson
Y Ford Gron, cyf. 2. rhif 2, Rhagfyr 1931, t. 36.

Nodiadau

Yng ngwanwyn 1929 symudodd T. Gwynn Jones o Aberystwyth i bentref Bow Street, tua phedair milltir o bellter o'r dref. Enw'r tŷ yr oedd yn byw ynddo yn Bow Street oedd 'Hafan'. Casâi T. Gwynn Jones ffugeiriau Cymraeg fel 'realiti' a 'ffilosoffi, a dychanai Gymry a ddefnyddiai eiriau o'r fath, er enghraifft; 'ond os e, o'r ffyliaid sydd/Ffŵl saffa, ffilosoffydd ('Ffyliaid'), *Manion*, 1932. Ymddengys fod Waldo yn gwneud hwyl ysgafn am ben T. Gwynn Jones.

17 *Cetera desunt aut inde sunt* y mae'r gweddill ar goll neu y maent o …

342. Y Trethi

Y Ford Gron, cyf. 2, rhif 8, Mehefin 1932, t. 190, dan y ffugenw 'T.R.W.'.

Nodiadau

Dyma union fesur 'Eirlysiau' gan Waldo. Gw. y nodyn ar 'Eirlysiau' [rhif 189].

15 **Byms** bwm-beilïaid, bwm-beilïod, *bailiffs*.

343. Parodi

Y Ford Gron, cyf. 2, rhif 8, Mehefin 1932, t. 190, dan y ffugenw 'O'r Vest'.

Nodiadau

Parodi yw'r gerdd hon ar un o gerddi 'Bro fy Mebyd', y bryddest a enillodd i Wil Ifan Goron Eisteddfod Genedlaethol Pwllheli, 1925. Ceir y gerdd wreiddiol yn ail ran y bryddest, 'Gallt Pencraig'. Gw. *Bro fy Mebyd a Cherddi Eraill*, Wil Ifan, Golygydd: Derwyn Jones, 1996, tt. 98–9.

344. Maddau, O! Dad, ein Claerineb Cyhyd

Cafwyd yr emyn hwn gan John Emyr. Daeth ar ei draws wrth edrych drwy bapurau Emily Roberts, un o brif hyrwyddwyr gwaith Mudiad Efengylaidd Cymru yn ei ddyddiau cynnar. O dan y teitl yn y llawysgrif (nad yw yn llaw Waldo) ceir 'cyfieithiad Waldo o "O Father, Forgive"'. Ni lwyddwyd i ddod o hyd i emyn Saesneg y mae'r geiriau hyn yn amlwg yn gyfieithiad ohono.